中华优秀传统文化名家讲座

诗经讲座

夏传才 著

广西师范大学出版社
GUANGXI NORMAL UNIVERSITY PRESS

·桂林·

诗经讲座

SHIJING JIANGZUO

图书在版编目（CIP）数据

诗经讲座 / 夏传才著．—2 版．—桂林：广西师范大学
出版社，2019.5
（中华优秀传统文化名家讲座. 第二辑）
ISBN 978-7-5598-0270-5

Ⅰ．①诗… Ⅱ．①夏… Ⅲ．①古体诗－诗集－中国－春秋
时代②《诗经》－诗歌研究 Ⅳ．①I222.2

中国版本图书馆 CIP 数据核字（2017）第 220781 号

广西师范大学出版社出版发行

（广西桂林市五里店路 9 号　邮政编码：541004）

网址：http://www.bbtpress.com

出版人：张艺兵

全国新华书店经销

广西民族印刷包装集团有限公司印刷

（南宁市高新区高新三路 1 号　邮政编码：530007）

开本：700 mm × 970 mm　1/16

印张：30　　　字数：460 千字

2019 年 5 月第 2 版　　2019 年 5 月第 1 次印刷

印数：0 001~5 000 册　　定价：68.00 元

如发现印装质量问题，影响阅读，请与出版社发行部门联系调换。

目　录

上　编

第一讲

《诗经》的性质和价值

《诗经》名称的由来

中国的原始诗歌有极为古远的历史,相传在考古学定为仰韶文明的新石器时代("三皇五帝"时期),已经有神农氏的《虫草辞》、帝尧的《击壤歌》、帝舜的《南风歌》和舜传位于禹的《卿云歌》、歌大禹娶亲的《涂山歌》等,经后世追记而流传下来。在各种古籍和甲骨文片中,后人辑录的远古歌谣还有一些。这说明在原始村社时代和奴隶社会初期,中国诗歌已经诞生和开始发展,因为它们是口头创作,当时没有保存条件,大都自生自灭或随生随灭,有幸被后世追记的,为数寥寥;即使被追记下来,也不会是原貌了。

现代文艺理论认为,一切文学艺术均起源于人类的生产劳动。诗歌最初是劳动者在劳动过程中创造的,他们为了激发劳动情绪、协调动作节奏、化解疲劳,创作了"劳动号子"一类劳动歌,后来内容逐渐扩展,又有诸如庆丰收、祈雨、"饥者歌其食,劳者歌其事",以及求偶、婚恋等等歌谣。我们承认诗歌最初萌芽于人类的生产劳动和生活,但这些上古的歌谣俚谚,毕竟是原始的口头创作,表现为简单的、初级的和不定型的形态。

我们认为,诗歌重要的起源,还应该是原始宗教祭歌。通过现代中外学者的文化人类学考察,原始宗教祭歌是世界各个民族诗歌的起源。中国原始宗教崇奉"万物有灵",崇拜祖先神灵、皇天后土、日月雷雨、山川草木……在不同时节举行各式各样的祭礼仪式。大规模的祭礼由部族首领主祭,规模小的由村社负责人带领,人们集聚向神灵礼赞、祝祷、祈求。祝词和咒语,因为要齐声宣诵,有一些便成为韵语。在祭礼仪式上常常有乐舞,即组织一部分人在祭坛上奏乐、歌唱和舞蹈,来表现虔敬的礼赞、战争胜利的欢庆、丰收的喜悦。歌舞是上古祭礼仪式上不可缺少的内容,因为要在集体场所演出,一些口头创作的祝词、咒语、祭歌,不能不有所加工;因为要集体性的诵唱和连年使用,不能不组织在必要的范围内传习。这样,一些韵语的祝词、咒语、祭歌,必然逐渐趋向定型。结合原始宗教祭礼所进行的集体娱乐活动,一些为群众所喜爱的歌谣,也得以通过表演而传播,并趋向定型。所以,各民族原始宗教的祝词、咒语、祭歌,以及宗教活动中传播的歌谣,是各民族最早的诗歌。

《吕氏春秋·古乐》记录有"葛天氏之乐"。葛天氏属于传说中的远古部族,其时代大致相当于仰韶文明阶段。上古音乐和歌曲是不分的,这里说的"乐"指音乐和唱词合一,是在葛天氏部族祭坛上演唱的歌曲:

> 昔葛天氏之乐,三人操牛尾,投足以歌八阕:一曰《载民》,二曰《玄鸟》,三曰《遂草木》,四曰《奋五谷》,五曰《敬天常》,六曰《达帝功》,七曰《依地德》,八曰《总禽兽之极》。

这是"社祭"的祭歌,社祭是祭祀大地的祭仪,古人把大地供奉为"生殖母神",人类生存和万物繁殖全由大地母亲哺养,所以社祭是重要的祭仪,传续为后世的民俗。"葛天氏之乐"所歌的八阕,据专家考释:第一首《载民》歌颂负载人民的土地,第二首《玄鸟》歌颂作为部族标志的图腾——黑色燕子,第三首《遂草木》祝各种植物繁茂,第四首《奋五谷》祝五谷丰登,第五首《敬天常》歌尊重天道——自然规律,第六首《达帝功》表达遵循并完成天帝的分派,第七首《依地德》表述依照大地的生产规律安排并努力工作,第八首《总禽兽之极》表述使家禽家畜和狩猎对象有最大限度的繁殖。[①] 从"葛天氏之乐"上述内容来看,这组原始乐舞已经多方面地表现了原始村社时代人们的

---

① 参见杨荫浏《中国古代音乐史稿》上册,人民音乐出版社,1981 年,第 6 页。

社会生活和精神生活,歌舞的艺术形式也被后世艺术史称为中国"歌舞之祖"。它的内容和形式也大部分为《诗经》的乐舞诗歌所继承。

原始乐舞和一部分口头诗歌创作,在没有文字的上古能够推广应用,并且能在一定的时期和范围内流传,必然要有人进行整理定型和组织传习。《尚书·尧典》中有以下记载:

> 帝曰:夔!命女典乐,教胄子。直而温,宽而栗,刚而无虐,简而无傲。诗言志,歌永言,声依永,律和声。八音克谐,无相夺伦,神人以和。夔曰:於!予击石拊石,百兽率舞。①

> [译文]帝舜说:夔啊!命令你主管音乐,教育青年,教导他们正直而温和,宽宏而庄严,刚正而不暴虐,平易而不傲慢。诗表达志意,歌把语言咏唱出来,声调随着咏唱而抑扬顿挫,韵律使声调和谐统一。八类乐器的声音协调,不能互相搅乱伦次,神和人听了都感到快乐和谐。夔说:好啊!我们敲击石磬奏起乐来,让百兽(打着各种兽类图腾的众多部落)随着音乐跳起舞来吧。

《尧典》当然是后人追记的,原话不一定准确,但可以使我们了解,在原始氏族社会后期舜的时代,已经注意到用诗和音乐来教育青年子弟,诗、乐有教育作用,也有促进天人感应和各部落之间团结、促进社会和谐的作用,因此当时已经要求祭歌、诗乐要提高艺术感染力,在社会分工上已设有管理这些工作的专职人员。相传夔就是尧舜时掌管音乐的人,他负责祭歌的艺术加工、传习和对青年的音乐教育。相传舜禅位于禹时同群臣互贺唱和,那时的乐歌已不全是祭歌,有的是具有社会性质的朝会乐歌,至于尧帝时某老者的《击壤歌》、舜作五弦琴歌唱的《南风歌》,都是抒情乐歌了。

殷商王朝是奴隶制国家,特别重视对祖先神的祭祀,我们可以想象他们必然会制作宗庙祭祀乐歌。那时已经有文字,我们从甲骨文卜辞中发现了

---

① 原文见《今文尚书·尧典》,注释、译文、简析,见拙著《中国古代文学理论名篇今译》第1册,南开大学出版社,1985年,第1—4页。

近似诗歌韵语的若干文字,有人辑录分行为诗,题作《今日雨》①,其性质类似劳动山歌。我们从许多卜辞可以看出,殷商王朝确实设有管理祭祀、祭歌、乐歌的专职人员。劳动山歌类的文字能够记录,他们特别重视祖先祭祀,那么制作的祭祀乐歌必然记录简册,以利传习、应用和保存。殷商覆亡之后,周王朝接收了殷王朝保存的全部简册文献,其中也有商的祭歌。春秋时期宋国大夫正考父得到商的《名颂》十二篇到周朝太师那里去校正音律之说,是可以相信的。

周王朝全面地继承了夏商两代文化(《论语》"周监于二代"),发展成灿烂的西周文明。周王朝建国之初,在周公旦的领导下,大规模制礼兴乐,开辟了中华文明崭新的、辉煌的新时期。他们设立了专职管理音乐的太师培训乐工,帝王亲自参与乐歌的制作,发动大臣创作和进献歌词,还派出专职人员到各地采诗,通令各诸侯国进献地方歌谣,由王朝乐官合乐,供中央和地方各种礼仪应用。而且,所有的礼乐活动,又体现着当时周王朝的文明精神;其制作和收集乐歌的规模之大,用功之精勤,意识形态之新,都是前所未有的。于是,从西周到东周,最后积累了305篇乐歌,其乐歌数量之多,内容之丰富,艺术之精湛,也都是前所未有的。这就是我们现在读的《诗经》。

这些乐歌,本名称《诗》,一共305篇,举其总数,又称"诗三百"或"三百篇"。它们原来都是各种典礼仪式应用的乐歌,古代没有保存声音的条件,屡经动乱而曲谱失传,只留存305篇歌词,就是现在《诗经》的305篇诗。

《诗经》是一本什么书呢?我们现在可以作出一个结论了:它本来是周王朝在几百年之间陆续制作、收集和编辑的,供推行礼乐而应用的305篇乐歌歌词的结集。

在春秋时代,这本乐歌集只称《诗》。《左传》记载春秋史事,很多人引《诗》、赋《诗》,只称《诗》这个本名。春秋末年的孔子,讲《诗》论《诗》,也只称它的本名;战国诸子百家,无论是战国前期的墨子,中期的庄子、孟子,后期的荀子、韩非子等的著述也只称《诗》,如《墨子》的"诵《诗》三百,舞《诗》三百,歌《诗》三百",《庄子》的"《诗》言道其志也"。可见《诗》就是春秋战国时

---

① 见《先秦诗鉴赏辞典》,陈志明辑评,上海辞书出版社,1998年,第926—927页。

的通称。

孔子曾经对《诗》进行了一次重要的整理工作,用来作为他教授学生的教材,留下了一些有关的评论和讲解。孔子逝世后,他的弟子们形成儒家学派,继续使用包括《诗》在内的孔子用过的六种教材,战国后期开始有"六经"之名。当时的这个"经"字,不过是指他们传统的有权威性的简册之意,并没有推崇它有什么特殊的神圣性。其他学派更不推崇它,法家更通过秦始皇要把《诗》《书》全部烧掉,连读它讲它的人都要活埋,更谈不到尊崇了。

汉武帝(前140—前87)推行"罢黜百家,独尊儒术"的文化政策,大力尊崇孔子和他传授的教材,尊孔子为圣人,定儒家"五经"("六经"中《乐》失传故称"五经")为国家法定教科书,各立博士专门传授,通行天下。于是《诗》被正式称为《诗经》,这个名称通行至今已有两千多年。

在长达两千多年的中国封建社会,儒家思想学说是居于统治地位的社会思想。《诗经》在"五经"之中又有重要的地位。按"五经"排列的顺序:古文经学派排为《诗》、《书》、《易》、《礼》、《春秋》,《诗经》居首位;今文经学派排为《易》、《书》、《诗》、《礼》、《春秋》,《诗经》也占有重要位置。由于《诗经》较易诵读,是读书人在启蒙后即开始诵读的读本,也是国家各级考试用书之一。在那漫长的年月,《诗经》又被称为"圣经",尊崇它是圣人"垂教后世"的"万世不变之常则",用以推行封建政治伦理和社会道德教育,它被赋予了神圣的性质。

20世纪初叶的"五四"新文化运动,开启了中国现代科学文化的大幕,摧枯拉朽般地扫荡封建旧文化的残余。新文化运动的先驱者们面对《诗经》的重要文化价值,承认它是"一部有价值的书",但它的真相被歪曲了,真正的价值被埋没了,他们宣称要"从重重瓦砾中恢复《诗经》的真相",开始称《诗经》是"一部古代歌谣总集"。如在新文化运动中一马当先的胡适说:《诗经》不是圣贤遗作,只是"慢慢收集起来的一部古代歌谣总集"。①

"《诗经》是古代歌谣总集"之称,较早而彻底地破除了"圣经"这个封建主义愚弄人民的概念,对于推倒传统叙说中的封建性的曲解而重新研究三

---

① 胡适:《谈谈诗经》(1925),见《古史辨》第3册。

百篇,具有开启倡导的作用。但遗憾的是,"歌谣总集"之说并不是《诗经》的真相"。《诗经》305篇并不全是歌谣,而且大部分不是歌谣。从语义学来看,"歌谣"指随口唱出而没有音乐伴奏的韵语,约占《诗经》半数的"雅"、"颂"两类诗绝对不是,十五"国风"中能称歌谣的也很少。"歌谣总集"之说不符合三百篇的实际。

鉴于"歌谣总集"之说的不妥,新文化运动时期的学者作出了修正,称《诗经》是古代民歌总集。从语义学来看,"民歌"指人民口头创作的诗歌;从现代文艺学理论来看,"民歌"专指劳动人民口头创作的诗歌。《诗经》中的"颂"诗是贵族制作的祭祀诗,"雅"诗是贵族创作的抒情诗,"风"诗的作者属于社会各阶层,有贵族、士吏(小贵族)、里巷平民,能够确定为劳动人民创作的诗少之又少。即使我们把"民歌"这个概念的内涵放宽,采取朱熹的"里巷歌谣之作"的说法,一些原来是里巷民俗歌谣的口头创作,在编入"风"时也经过多次的记录、加工、润饰,已经化为书写的诗歌作品。即使再把它们算作"民歌",在全部《诗经》中数量仍是少数。所以,"民歌总集"之说仍然不符合实际。

20世纪50年代以后的一段不短的时期,由于当时被强化的意识所制约,学术界曾经流行《诗经》是"古代民歌总集"之说,甚至变本加厉,声称《诗经》是"劳动人民的民歌"或"奴隶之歌",等等,这更是错上加错了。

与"民歌"说同时,学术界也曾采取比较稳妥的说法,称《诗经》是"中国第一部诗歌总集"。这个说法被普遍接受,从20世纪80年代以后,通行至今。

其实,中国"第一部诗歌总集"之说也不完全确切。"总集"者,全部或汇总之谓也。就现存上古文献来考证,我们可以发现为数不少的《诗经》之外的"逸诗",据不完全统计:篇名、诗词俱逸的14篇,篇名存而词逸的27篇,篇名逸而诗词存的38篇,篇名、诗词俱存的17篇,合计96篇,其篇数将近《诗经》305篇的三分之一。① 这些逸诗中的大部分产生在《诗经》时代,如

---

① 据张启成《诗经逸诗考》,详见张氏《诗经研究史论稿》,贵州人民出版社,2003年,第282—299页。原文逸诗合计共98篇,误,应为96篇。

《墨子》所引的"周颂"之诗,《国语·周语》所引武王克殷的诗《支》,《尚书大传》和《史记·宋微子世家》所引的"雅"诗《麦秀之歌》,《左传·昭公十二年》所引讽喻周穆王的诗《祈招》,《礼记·檀弓》所引的"曾孙之诗"《狸首》,《穆天子传》所引的《白云谣》、《黄泽谣》、《黄竹》等诗,还有《史记·伯夷列传》所引的《采薇歌》,《管子》所引的《白水》,或全篇或某章,都较为完整;尤其是《尤射·志服篇》所载《志服》诗,全诗 6 章 36 句,不仅完整,诗的内涵与艺术形式都与《诗经》中的作品十分相近。我们可以说:《诗经》编集的 305 篇,不是《诗经》时代诗歌的全部或总汇,还有一些有内涵而且艺术水平较好的作品没有入编,称为"总集",并不确切。

在胡适他们提出"总集"说并且已经通行的时候,鲁迅就有不同的观点。他明确地说:《诗经》"是中国现存的最古的诗选"。[①] 称《诗经》是中国第一部诗歌选集,当然比"总集"说比较准确一些。

我赞同鲁迅的"诗选"说,但也不指摘"总集"说谬误多么要不得。我在 20 世纪 70 年代写《诗经研究史概要》(1982 年出版),在其时其地批评了胡适先生的"总集"说,现在来看,大可不必。《诗经》确是汇总了周代相当数量的乐歌,历代"总集"之称,都是总而不全,如《全唐诗》以后也有《全唐诗补遗》,即使现代的《鲁迅全集》也又发现佚文而一补再补,何况两千五百年前的一部诗集呢? 对《诗经》这个名称,我们现在并不承认它有什么神圣性、权威性,我们仍称《诗经》,只是因为这个名称已经通用了两千多年。"中国古代第一部诗歌总集"之称,也已经通行了将近一百年,沿袭这个称谓,也未尝不可。通过我们以上对《诗经》的起源和名称演变的考察,可以作出以下的小结:

《诗经》所结集的是周代推行礼乐文化所应用的 305 篇各类乐歌,上古诗乐合一,乐曲失传,传下来的只有歌词,就是现在看到的 305 篇诗。

这个结集的本名只称《诗》,或"诗三百"、"三百篇",原来没有特别尊崇的意思。

---

① 鲁迅:《选本》(1933),收《集外集》,见《鲁迅全集》第 7 卷,人民文学出版社,1981 年,第 135 页。

《诗经》这个名称是从西汉时代开始的，封建统治者为了政治需要赋予它"圣经"的思想权威地位，用以推行封建政治教育和社会道德教育。我们今日仍称《诗经》，并不认为它有什么神圣性，也不承认它的权威性，只是沿袭已经通用了两千多年的习惯称谓；我们现在理解的"经"，只是重要典籍的意思。

"五四"以后称《诗经》是"中国古代第一部歌谣总集"或"民歌总集"，从经学到文学，是认识上的一个重大的进步；但是《诗经》实际上是周代应用乐歌的歌词，大部分是贵族的创作，来自民间的一部分中即使有少数原来是劳动者的口头创作，也经过贵族阶级的润饰或改造；它们原先只是周代贵族各种礼仪活动应用的乐歌，所以不能称为歌谣集或民歌集。

现在通常称《诗经》是中国第一部诗歌总集，这个"总"字并不确切，因为《诗经》的时代还有许多诗歌，它们之所以没有编进来，是因为由王朝的司事人员制作应用乐歌，当然不会把所有的诗都制乐，已经制成乐歌的也难免有个别的佚失，所以不宜称为"总集"，而可称为中国古代第一部诗集；再确切一点，可以称为中国上古由口头文学创作转化为书写文学创作的第一部诗集。

书写文学的第一部诗集

我们说《诗经》不是民歌总集，不是说《诗经》和民歌没有关系。

《毛诗大序》说："情动于中而形于言，言之不足故嗟叹之，嗟叹之不足故永歌之，永歌之不足，不知手之舞之，足之蹈之也。"先民在原始时代已经产生了口头创作的谣曲、民歌，表达他们的思想情感，诸如"饥者歌其食，劳者歌其事"，以及礼赞、祈雨、婚恋、求偶等等，反映他们的生活和愿望。在《诗经·国风》中，确实还保留着少量的劳动山歌和一部分地方民歌性质和形态的作品，虽然已经过记录加工和润饰，仍可以表明《诗经》对民歌的继承和提高。

现代的文化人类学研究一再证明：世界各民族的诗歌来自原始宗教的

祷词、咒语和祭歌,中国也是这样。仰韶文明时期的"葛天氏之乐"八阕,都说明那时早已有祭歌。中国上古先民的宗教信仰是"万物有灵",崇拜上帝主宰,礼赞祖先神灵,敬畏日月山川、风雨雷电、草木妖魅……既举行隆重的对神祖的祭礼,各个地区也"巫风"盛行。在殷商时代,商人尤其重视祭祀,他们的上帝是与祖先合一的,制作了不少祭祀祖先神灵的宗庙祭祀乐歌,并且有了文字记录。《国语·鲁语》说"昔正考父校商之名颂十二篇于周太师",可见周王朝开国时接收的殷商王室档案文献中就有殷商的祭歌。西周继承夏商两代文化,开国之初大规模制礼作乐,首先是完成自己的宗庙祭祀乐歌,这就是"周颂"的开始制作。

上古有从事降神、祈祷、占卜等活动的人,称作"巫",巫者用作祷词、祝咒的歌曲称作"巫风"。据《墨子·非乐》篇,"巫风"在商汤时代曾经流行到宫内。[①] 直到春秋时代,殷商曾长期统治的郑、卫等地区,巫风依然盛行。在《诗经》的《郑风》、《陈风》等诗篇中,还可以看到原始宗教歌舞活动的场景,其"风"诗中乐歌的歌词,还保留着祷词、祝咒的痕迹。

《诗经》中的"颂"诗是由原始宗教祭歌发展而来,"风"诗中的一些地方乐歌也是由原始宗教活动中的巫风发展而来的。尤其是"雅"诗作者们所创作的朝会乐歌和贵族燕享乐歌,作者们或利用历来流传的民间口头文学创作的某些素材(如被称为"周人开国史诗"的那些具有较多叙事成分的诗篇),或借鉴了各类抒情性民歌的艺术经验,创作了中国最早的一大批书写诗歌。《诗经》与原始祭歌和民歌确有密切的联系,但不是简单的继续,而是在西周文明之光的照耀之下,赋予这些诗篇以反映时代精神的新内容,并且利用当时语言文字进化的新条件,在艺术表现形式上进行了创造性的发展和提高,成功地完成了中国诗歌由口头创作到书写创作的历史性的转化。

当世界上许多民族还处于蒙昧时代的上古时期,中国已经完成了由口头创作到书写诗歌的进化,产生了《诗经》这样充满人文精神和艺术已较成熟的诗集,这因为它具备了三个条件:一是悠久的文化传统,从五千年前的

---

① 《墨子·非乐》:"汤之官刑有之曰:其恒舞于宫,其刑,君子出丝二卫,小人否似二伯黄径……"(意为君子罚出丝二尺,平民加倍。)

氏族社会开始，就有大量的谣曲、民歌和原始宗教祭歌、祷词、咒语流传，积累了丰富的艺术经验；二是西周开国后大规模制礼兴乐，促使了《诗经》的产生，《诗经》的内容贯穿着西周先进的人文精神；三是汉语的发展达到了较高的水平，进入单音词向双音词发展的阶段，词汇的丰富，大大地提高了语言的表现力，通行的籀文也较殷商时代的甲骨文易于书写，所以殷商时虽已有书写文字，却远远达不到西周的水平。正是在上述的条件下，《诗经》在上古就完成了中国诗歌发展的历史性飞跃，成为中国诗史光辉的开端。我们也可以说：《诗经》是西周先进的人文精神与上古民歌、祭歌的优良的艺术经验，是在汉语和文字发展到较高阶段的必然产物。

认为只有民歌才有重要价值，大概是 20 世纪 50 年代以后，为了强调"民歌说"的认识基础吧。其实抹杀"颂"诗"雅"诗的存在，过分拔高民歌的价值，是不符合实际的。民歌诚然有其优良的品性，如内容的现实性，即情即景抒情，感情的真实、淳厚，语言的质朴、生动，韵律的自然、活泼，等等，然而它毕竟是口头创作，难免发生粗糙、雷同、鄙俗、思想认识和艺术水平较差等弊端；这与有思想和艺术修养的作者精心构思、反复琢磨加工的书写诗作相比较，毕竟在艺术上有文野之分、粗细之分、高低之分。而且，口头创作是不定型的，其中水平较好的也只有少数有幸被人记录，大多都随生随灭；口耳相传更不易传播和保存。书写的诗歌能够成为一篇篇独立的、定型的艺术作品，其中的精品可以成为千古传诵、万世不朽的名篇。由口头歌谣到书写的文学创作，是文学艺术的进化，《诗经》正是标志着中国诗歌由口头创作转化到书写文学的第一部诗集，它承先启后，成为中国诗史的开端；没有《诗经》所代表的这个转化，便没有屈原、李白、杜甫、苏轼等耀眼的星座，没有那些千古光彩夺目的诗篇。

中华文化的元典

《诗经》是一部什么性质的书呢？认为它是中国上古由口头创作转化为书写文学创作的第一部诗集，这当然是对的，但这个认识还不完全，我们还要对《诗经》的性质，有进一步深入的和全面的认识。

先秦时期，文史哲不分，并没有文学这个独立的门类，人文社会科学的诸多内容，在先秦文献中以各种表现形式相交融。现在已经辨识的甲骨文和金文中，我们还没有发现"诗"字，这个文字符号使用于西周中期以后。从公元1世纪到20世纪，古文字学家对这个字的研究曾经形成两个讨论系统：一个系统是从语义学来考察，东汉许慎《说文解字》说：这是"言"和"寺"合成的象声字，"寺"，古文作"㞢"，篆文作"寺"，都与"志"同声，"诗"的造字本义就是"言志"。近人杨树达《释诗》一文对此作了详细的训释。① 另一个解释系统从北宋的王安石《字说》开始，他说："诗为寺人之言。"这是把"诗"作为会意字。今人叶舒宪《诗经的文化阐释》所作的《诗经》文化人类学考证，对"诗"字作出新的破解，他认为"寺"字的语源是"祭礼主持"，以卜辞为证，"寺人"的本义指主持祭礼的巫师或称祭司，即上古的神职人员。天子和诸侯的宫廷都设有这样的专职人员，主持祭礼、占卜、观测天象，而且又和管理时历和记载史事相结合，所以又称"巫史"。这些神职人员多由阉人担任，欧洲称"净身祭司"，作为神意的代言人，他们有较高的社会地位，他们的言语即指那些祭歌歌词、祷词、祝咒、宣读卜辞、诵史；他们以代神传言的身份发言，那些言语就具有一定的神圣的性质。随着神权被王权利用，一方面王权为了利用神权，仍然设有这样的工作人员；一方面王权又支配神权，这些人员已失去昔时至高的地位，沦为帝王宫廷中的近侍之臣，即"寺人"。"寺人"当然不止一人，在他们之中，按分工职责之不同，地位也有高低之分。《小雅·巷伯》："寺人孟子，作为此诗。"《秦风·车邻》："未见君子，寺人之令。"二诗中的"寺人"，都是宫廷中的近侍小官。叶舒宪考证的结论是："《诗》原本是祭政合一性质的礼仪圣辞。"②

正因为在人们的传统观念中《诗》的言语还具有"圣辞"的性质，认为它有一定的神圣性、法度性，所以春秋时代在各国政治和外交活动以及人们社会交往中通行"赋《诗》言志"，在战国诸子著作中也常常"引《诗》为证"。众

---

① 杨树达：《释诗》，见《积微居小学金石论丛》（增订本），中华书局，1983年，第25—26页。
② 详见叶舒宪《诗经的文化阐释》第三章，湖北人民出版社，1998年，第135—157页。

多的"赋《诗》言志"和"引《诗》为证"说明,从春秋到战国的几百年间,人们并不把这305篇歌诗当作文艺作品来欣赏,长期通行的一再称引,不是看重它的艺术欣赏和感染作用,当时根本还没有这样的概念,之所以一再称引,还是因为这些祭政合一的"圣辞",在那时已经相当普遍地传播,如《墨子》也说"诵诗三百,弦诗三百,歌诗三百,舞诗三百",说明这305篇在那个时代通过诵、弦、歌、舞各种表现形式广泛流传,而且传统观念又认为其中的言辞具有神圣性、法度性,处理政治事务和社会关系时称引《诗》中的言辞,较之一般的言语,便具有一定的权威性和说服力。

《诗经》305篇当然不是"圣辞",但最初确是"祭政合一"的产物。即使其中专用于宗庙祭祀的乐歌"周颂",内容也不是单纯的崇拜、礼赞、祈福,而贯穿着西周开国者的哲学观念、政治思想。周人的哲学观念,主要是它的天命观和天人感应。天命观由来已久,源于人类童年时期认为宇宙和人间的一切由冥冥之中有绝对权威的神灵主宰,产生了原始宗教的神权信仰。商王朝已经利用神权,他们创造的天帝是神祖合一的祖先神,他们的王权是天帝之子的世袭。周王朝也利用神权,但他改造了天帝神,创造了一个仁德的上帝,这个上帝选择能实现天帝仁德意旨的人来担任人间的王,赋予以代上帝统治万邦万民的权力;如果人间的王不能实行仁德,上帝就要惩罚他,另换实行仁德的人为王。在天和人的关系上,包含着更丰富的内容:天帝能够明察人间的一切,人间的善恶都能上达天听,上天所作反映,以不同的方式予以奖许、警告或处罚。天帝安排了自然和社会发展的"天道"(规律),人必须顺应"天道",所谓"顺天者昌,逆天者亡";人通过自身的努力又可以影响天事,有条件地改变某些规律,即所谓"人定胜天"。其实所谓"天帝"及其"天道",在本质上只是反映先民对自然和社会发展规律的认识,从顺应规律和改造自然来说,其中已包含着唯物主义的因素了。西周的祭歌正是利用神权为王权服务,它所贯穿的政治思想,就是突出一个"德"字,强调对人民实行德治:天心好德,民心反映天心,只有民心拥护,政权才能长治久安。这些哲学观念和政治思想,在三千年前的当时是先进的,放在世界范围来看,当世界绝大多数民族或处于野蛮的蒙昧时代,或处于黑暗的奴隶制时代,中华文明已发现人的价值,并开始熠熠生辉地照耀着人类的新进程。

西周初年大规模制礼作乐，为中华古代文明传统奠定了坚实的基础。王国维的名著《殷周制度论》说：

> 中国政治与文化之变革，莫剧于殷周之际……殷周间之大变革，自其表言之，不过一姓一家之兴亡与都邑之转移；自其里言之，则旧制度废而新制度兴，旧文化废而新文化兴。
>
> 周人之礼制之大异于商者，一曰立子立嫡之制，由是而生宗法及丧服之制，并由是而生封建子弟之制，君天子臣诸侯之制；二曰庙数之制；三曰同姓不婚之制。此数者，皆周之所以纲纪天下者，其旨在纳上下于道德，而合天子、诸侯、卿、大夫、庶民以成一道德团体，周公制作之本意，实在于此。①

王国维把殷周更代看作以新制度和新文化代替旧制度和旧文化，周公领导的制礼作乐，就是建设新制度和新文化。当时建立的新制度，就是以宗族血缘关系为纽带的封建宗法制度，确定整个宗法社会所有成员在社会中的地位（权利和义务），及其相互之间如君、臣、庶民、父子、夫妻、兄弟之间应有的关系，为此制定各种典章制度，把这种政治的和社会的伦理关系法典化，这就是"礼"。

周人也重视祭祀和卜筮，制定各种祭礼求神的礼节仪式，即王国维所说的"庙数之制"。祭礼自然是古已有之，商人祭祀的是天神与祖先合一的祖先神，商王是天神降生，死者仍归天为神，所以帝王的统治在任何时期、任何情况下都是绝对的；周人却创造了一个仁德的上帝，他关怀人民的疾苦，从人间选拔仁德的人来做人间的帝王，来代天实行仁德，若他违背仁德，上帝就选拔别的人来代替他。周人祭祖的礼仪特别隆重，而且主要是祭文王，其次是武王，再其次是成、康诸王，对他们开创社稷、繁荣国家的业绩，礼赞、崇拜、感戴、祈祷，尤其强调他们实行仁德政治而福佑子孙。很明显，周人的祭礼之隆重，即宣告王权"受命于天"，又以血缘为基础使全宗族团结在先王

---

① 节引自王国维《殷周制度论》，全文见《观堂集林》卷十。

以德治国的旗帜下,促进国家的繁荣昌盛,这仍是神权为王权服务。周人还改造和发展了远古以来的"万物有灵"崇拜,他们也祭祀日月风雷、土地山川,求神占卜,祈雨禳灾,乃至民间驱鬼驱鼠,各有祭礼活动,都有相应的礼仪。在许多祭礼中,通过具体的仪式,表达他们的信仰和愿景,其中也包含着他们对自然规律的敬畏和求索。

周礼十分繁富,据现存先秦的有关文献,①有祭礼之类、丧礼之类、吉礼之类、朝礼之类、军礼之类、燕礼之类、贵族生活之类……每类都有多种相应礼仪,周礼的内容涵盖政治和社会生活的方方面面,反映当时的政治制度和社会伦理道德规范,是人们社会活动必须遵循的法度。

乐,自然也古已有之。自古以来,乐、歌、舞三者合一,有悠久的传统,产生过一些美好的著名的乐章。上古已经认识到乐的教化作用,《尧典》:"命女(汝)典乐,教胄子。"孔子《论语·泰伯》:"兴于诗,立于礼,成于乐。"都表明乐的教化作用。荀子《乐论》说:"乐者,感人心者也。"他论证了乐对人们的精神世界有感染作用,音乐的声调、歌词的内容、舞蹈的形态,可以感染人们产生相应的心理活动,影响性格和行为。但音乐有善有恶、有正有邪,他主张"美善相乐",用以安天下、正人心、移风易俗、强邦富国;对那些邪音、淫声,则批评它们乱天下、惑人心、危害国家。周公早在孔子、荀子几百年前,就认识到乐的作用,而且为了建设新国家,把乐和礼结合起来,创造了礼乐文化。西周的乐歌,继承了《韶》乐(舜乐),改进了《濩乐》(汤乐),创制了"雅"(当时的正乐),又吸收了各地可取的"风"(土乐);制作了新的歌词,改进了与之相配合的舞蹈。"礼"是内容,"乐"是表现形式,通过其感化作用,陶冶情性,和顺人心,统一思想,移风易俗,最终社会和谐,天下大治。

西周的礼乐文化产生在公元前1000年以前,较之奴隶制的殷商文化,它是全新的、先进的,在世界范围内,以它所代表的中华文明,也是先进的、灿烂的。用现代人的价值观念来看,有些内容已经过时了,但其中的某些东

---

① 《十三经》中的"三《礼》",《仪礼》曾为孔子所用的教本,基本可信;《周礼》是政治制度记录,为后人追记,其中可能有一部分是理想,既是愿景,当亦非空穴来风;《礼记》是战国到西汉的礼学论文集,也有重要的参考价值。

西是中华文化传统的精髓,具有永久的价值。我们现在不是也在提倡"以德治国",也在提倡"人心和顺"、"社会和谐"吗？这些理念,都需要我们探讨,用以建立我们时代的新的社会伦理道德。《诗经》正是西周礼乐文化的产物,是反映西周文明的一部代表性典籍。

两千五百年来,中国传统的古文经学学派一直把《诗经》列为儒家经典之首,不是因为它是一部具有艺术价值的诗集,而认为它是第一部重要的文化典籍,具有多重的价值。我们只从文学作品这一方面来看,认识就不全面了。灿烂的西周文明是中华传统文化的坚实的基础,《诗经》比较全面地,而且以艺术形式比较生动地反映了那个新时代的新文化,并且反映了那个时代的社会由兴盛到衰落全过程的面貌,这既有重大的认识价值,又给我们留下无尽的探讨空间。《诗经》是中华文化的元典。

《诗经》是中华文化的元典,也是世界重要的文化遗产。它不仅属于中国人民,也属于全人类。美国学者把中国的《诗经》和古希腊的史诗、英国的莎士比亚戏剧并列,称三者鼎足媲美,是世界古代文学史上的三大杰作。[①]

早在公元前1世纪,《诗经》开始南传和西传。公元5世纪起更大规模地东传,中世纪时或为东亚汉字文化圈各国共同的经典,对各国的文化和文学产生了积极的影响。17世纪来华的法国传教士把《诗经》译为拉丁文传播到欧洲,现在谁也说不清欧洲各个语种一共有多少种《诗经》译本,仅英译本在几百年中就有不同时期不同译者的著名译本数十种之多。随着18世纪兴起的世界性的汉学热,《诗经》研究也一直是世界汉学的研究热点。三百年来,各国都有《诗经》研究的名家,诗经学是一门长盛不衰的世界性学科,这门学科的研究领域也不断地深入扩展。现在,世界每一所大学,讲世界文学或东方文化课程,都要研读《诗经》,《诗经》是全世界人民共同的文化遗产。

---

① 陈士骧:《诗经在中国文学史上和中国诗学里的文类意义》,见台北《"中央研究院"历史语言研究所集刊》第39卷第1期,1967年。

《诗经》的价值及其现实意义

我们知道《诗经》是中国古代由口头文学创作转化为书写文学创作的第一部诗集，是中华文化代表性的元典，是世界重要的文化遗产，了解了《诗经》的性质，它的价值也就明显了。简言之，《诗经》主要有三个方面的重要价值。

(一)《诗经》的历史文化价值

在中国的先秦古籍中，具有高度真实性和保存完整的文献，就是《诗经》。梁启超《要籍解题及其读法》说："现存先秦古籍，真赝杂糅，几乎无一书无问题，其精金美玉、字字可信可宝者，《诗经》其首也。"《诗经》早期流传时也难免有脱简错简之处，但绝少后人的伪作。这因为它原本是乐歌。《诗经》和《尚书》是同时代的，二者都经过秦火，《尚书》损伤很大，《诗经》却依靠记诵而得以比较完整地保存下来。如《汉书·艺文志》所说："遭秦而全者，以其讽诵不独在竹帛故也。"当然《诗经》不一定"字字可信可宝"，在先秦也经过儒家的删订润色，但是《诗经》仍是我们研究周代社会和文化的最可靠的史料。

《诗经》是周代礼乐文化的产物，305篇诗都是周代各种典礼仪式上应用的乐歌，从宗庙祭祀、朝会典礼、宴享，到贵族社会活动以及民间节日，应用范围很广，这些歌词真实地反映了周代礼乐文化的具体情景和基本内容。

《诗经》被列为儒家"五经"之一，在周代宗法社会发展而来的长期封建社会，被应用为社会教化的重要工具。传《诗》的目的是"以是经夫妇，成孝敬，厚人伦，美教化，移风俗"（《毛诗序》），称《诗经》"人事浃于下，天道备于上，而无一理之不具也……则修身及家，平均天下之道，其欲不待他求而得之于此矣。"①把《诗经》作为政治伦理和道德修养教育的必修科目。

明、清人已经明确提出古代经典的史学价值。明王阳明说："五经皆史。"清章学诚作了具体的论述："六经皆史也。六经皆先王之政典也。六经皆先王得位行道,经纬世宙之迹,而非托于空言。"这就把这几部古籍看成古史材料。关于《诗经》的史料价值,他又说："诗类今之文选耳,而得与史相终始何哉?土风殊异,人事兴废,经传所不及详,编年所不能录,而参互考验,其合于是中者,如《鸱鸮》之于《金縢》,《乘舟》之于《左传》之类。其出于是外者,如《七月》追述周先,'商颂'兼及异代之类。岂非文章史事,固相终始者欤。"②

这说明《诗经》包含着周代经济、政治、阶级关系、部族斗争、社会生活和思想意识等丰富的资料,对于历史学、考古学、民俗学必不可少。事实上,《诗经》中的各种材料已经被广泛利用在现代各种史学著作中。例如,如前所述,现代的通史或近代史、哲学史、法制史、伦理史乃至天文学史、农学史等,无不引用《诗经》中的有关内容,并作出他们的解释。20 世纪 50 至 60 年代的中国史学界,为了用《诗经》中的农事诗论证周代社会生产力和生产关系,对几篇诗的理解曾产生热烈的争论。郭沫若对《诗经》反映的周人哲学思想(天道观)的研究是十分出色的,而以农事诗来论证周代生产力和生产关系,论断则有失误。这说明,《诗经》具有重要的文献价值,它包含哲学、政治、经济、文化、社会民俗以及博物资料,并没有被充分利用和正确解释,还给我们留下巨大的研究空间。

17 世纪的欧洲汉学家早就看到《诗经》的历史文化文献价值,称它是反映中国古代社会生活和民俗风习的"画卷",又称它是认识古代中国的"百科全书"。称"百科全书"未免过头了,称"画卷"是可以的,因为《诗经》又是文学作品,不同于简单的记事或抽象的理论,而是通过语言艺术,生动地再现那个时代的情景。《诗经》的全部作品形象地再现了周王朝从兴起到衰亡的全过程,这是《诗经》较一般历史文献记载更为可贵之处。

---

① 朱熹:《诗集传序》。

② 章学诚:《文史通义·易教上》,《章氏遗书》嘉业堂本。

在《诗经》，尤其在《诗经》的地方乐歌里，还保存着远古时代氏族社会遗留下的原始宗教和民俗风习的遗存，如祭神仪式、社火活动、节日集会、婚俗、各种原始艺术及其产生的隐喻性的艺术原型，等等。世界各民族由原始走向文明的发展过程是相通的，研究《诗经》中的这些资料便具有世界意义。法国汉学家葛兰言第一个进行了《诗经》的文化人类学研究。在他的著作的影响下，以松本雅明、赤冢忠、白川静为代表，在日本也兴起《诗经》的文化人类学研究，有显著的成绩。不论是法国人，还是日本人，他们还不可能对中国上古社会有全面的了解，也不可能完全对中国古籍准确理解，由于误读，则难免产生失误。① 中国现代诗经学的文化人类学研究，十余年来也已形成一股学风，有着广阔的发展空间。

以往两千年的诗经阐释学基本上属于传统经学，而传统经学曾是中国长期封建社会的上层建筑。范文澜说："几部经典，流传到现在，已经两千多年，经学本身起了多次变化并产生了各种派别，每一变化和派别，都或大或小地影响到文化的各个方面。所以不了解经学和儒家派别，很难了解中国文化的重要部分。"②诗经学是两千多年来经学中的一个重要部门，我们了解它的基本情况、主要学派的著作，可以加深我们对中国文化的了解。

我们对传统文化和传统学术，应该有一个全面的认识。不能认为凡是封建社会的文化都是封建文化。正像列宁说的，每个民族文化的内部，除了为封建统治阶级服务的文化，还有反映人民的思想和愿望的具有民主的和社会主义成分的文化，③这就需要我们去分析、研究。

再者，封建制社会只是人类历史发展的一个必然的阶段，有其产生、发展和衰亡的全过程，在取代奴隶制的时候，它也是进步的、朝气蓬勃的，推动了人类文明的进展。经过我多年的思考，我不同意在中国历史分期问题上，郭沫若学派把西周社会定为奴隶制社会，而认为西周建立了封建领主制的国家，已经进入早期封建社会。当时，它较之殷商奴隶制国家是先进的，在

---

① 参见拙文《国外诗经研究新方法论的得失》，《文学遗产》2000 年第 6 期；《思无邪斋诗经论稿》，学苑出版社，2000 年，第 275—301 页。

② 范文澜：《中国通史简编》(修订本)，人民出版社，1952 年，第 144 页。

③ 参见列宁《关于民族问题的批评意见》，见《列宁全集》第 20 卷，第 6—7 页。

世界的东方,升起了人类文明的曙光——灿烂的西周文明。《诗经》正是西周文明的代表,我们将在本书的下编选读《诗经》的诗篇,来了解西周文明的内涵。

当然,《诗经》及其反映的西周文明,已经属于历史文化范畴,我们也只能用历史的眼光来观照。我们评价历史人物和历史名著,不能看他们是不是提供现代社会意识和符合我们现代人口味的东西,而是看在他们的时代他们创造了哪些新的东西,推动了社会的进步,丰富了人类的文化;我们也不是把他们创造的东西照搬到今天,而是进行科学的总结,掌握发展的规律,借鉴优良的经验,发现其合理的内核继续发展,创造我们时代的新文化。

(二)《诗经》的文学艺术价值

经过现代诗经学近百年的研究,现在我们一致认为《诗经》是我国古代一部优秀的诗歌创作,表现了上古时代我们民族光辉的艺术成就,是民族宝贵的文学艺术财富。当世界上大多数民族还处于野蛮蒙昧时代时,我们的物质生产和精神文化已达到高度的文明。通过对这些诗篇的文学欣赏,我们能够形象地了解古代社会的广泛图景以及人民的生活、思想和感情。其中许多篇章至今仍有动人的艺术魅力。

《诗经》又标志着中国文学史的光辉起点,现在我们一致推许它是中国现实主义文学的源头,它直接为改革政治、为揭露社会弊病、为反映人民的生活和思想感情而创作的现实主义精神,以及一些优良的艺术经验,对中国文学两千余年的发展有着深刻的影响。在古代,历代诗人、学者都曾经对它进行学习和研究。从荀卿作《佹诗》,到楚辞、汉代乐府民歌,都受到《诗经》的艺术影响。以《古诗十九首》为代表的成熟的五言诗,是从《诗经》发展而来;以三曹为杰出代表的汉魏诗人群在创作精神和艺术表现方法上都直接向《诗经》学习,曹操的诗作名篇甚至引用或化用《诗经》的诗句。六朝时代著名的诗论:钟嵘的《诗品》和刘勰的《文心雕龙》,开始总结《诗经》的艺术经验。我们都认为,唐诗是中国古代诗歌艺术发展的一个高峰,而推动唐诗繁荣和健康发展的,是唐初陈子昂倡导的诗歌革新运动。陈子昂总结齐梁以来"文章道弊五百年"的原因是背离了《诗经》中"比兴"、"寄托"的美刺讽喻的艺术传统，①以致浮艳繁缛的形式主义文风盛行，要求上承风雅，力追汉魏。李白、杜甫、白居易、元稹、韩愈、柳宗元等人都接受《诗经》的艺术经验，创作出了他们光芒万丈的诗文。这些历史上的大诗人都继承了《诗经》的现实主义诗歌创作传统，并概括为"风雅比兴"四字。

宋诗和宋词或在真朴深厚的抒情上，如苏轼、陆游等人，或从反映现实的精神上，或从比、兴、赋的诗歌表现手法上，或从修辞技巧和结构形式上，都不同程度地受到《诗经》的影响。宋、明、清各代大量的诗话、词话，都有对《诗经》艺术方法赋、比、兴和表现技巧的评论，有一些精当的见解，可惜零碎散漫，又散见各书，缺乏系统的总结，给我们留下众多的研究课题。

中国古典诗史证明，在诗歌发展进程中，哪个时期继承了《诗经》的现实主义创作精神和"风雅比兴"的艺术传统，诗歌创作就健康地发展而繁荣昌盛，在这个基础上再进行创造性的努力，便产生大诗人和传世名篇；背离这个传统，就流于浮艳颓靡，在历史上留下一片空白。《诗经》是古老的作品，但绝不是郭沫若所说的:《诗经》太古老了，除了学习它向民歌学习，在艺术上已经没有什么可以学习的了。② 诗人毛泽东的观点就与郭沫若不同，他提倡"诗言志"，提倡写诗要用比兴。③ 除了现实主义创作精神和赋、比、兴的艺术方法，《诗经》还有许多优良的创作经验，如美国、加拿大学者曾致力于研究《诗经》的自然韵律，研究以比、兴方法创造内涵深蕴的意象，也都推动了中国的学术研究。发展现代诗创作，《诗经》有许多创作经验是可以借鉴的。

古代诗乐合一，诗是可以歌唱的，歌唱的诗更易于传播，通过音乐的旋律也更感动人心。《诗经》的许多诗又是配合舞蹈的，诗、乐、舞结合，就不仅是文学，而是综合性的艺术。所以说，《诗经》也具有广泛的艺术价值。

---

① 陈子昂:《与东方左史虬修竹篇序》,《陈伯玉文集》卷八《答制事问》。

② 见郭沫若《谈谈诗经》,《文艺报》1950 年第 7 期。

③ 毛泽东 1957 年为《诗刊》题词:"诗言志。"毛泽东在给陈毅同志关于写诗的一封信中说:"写诗,比兴是不能不用的,赋也可以用。"见《毛泽东论文艺》,人民出版社,1985 年。

(三)《诗经》的语言价值

诗是语言的艺术,它以语言为材料,构造出生动感人的篇章。文字是语言的符号,或称书面语,书面语能够保存,能够长久和广泛流传。

《诗经》是第一部用汉字记录的诗集,"雅"、"颂"是士大夫的创作,是用当时通用的标准语即雅言写作的;"国风"是各地区的作品,其中还有相当数量的民歌,但经过记录时的整理加工,语言也规范化了。孔子说:"《诗》、《书》、执礼,皆雅言也。"(《论语·述而》)这由十五"国风"语言文句的统一和音韵的一致,可作证明。所以说,《诗经》的语言是经过提炼加工的书面语,是在先秦全民共同语的基础上规范化的语言,它对我国书面语言的统一和发展,起了积极的作用。

《诗经》一共使用了 2949 个单字,有许多单字是一字多义的,按字义计算,有 3900 多个单音词。先秦的两周时代,是汉语词汇由以单音词为主向以双音词为主开始过渡的阶段,这些单字又构造了近 1000 个复音词。二者相加,有将近 5000 个词,这样数量众多的词汇,反映事物较为丰富,表现较为精确,它们就是两千多年以来所使用的文言文的前身。在上古时代,我们民族创造出这样词汇丰富又具有强大的表现力的语言,在世界上是绝无仅有的。汉语的基本词汇是单音节词,有平上去入四声,①一个单音节的不同声调表达不同的意思。由单音节词又发展了许多双音节词,虽然后来也产生了多音词,但汉语词汇仍以单音节和双音节词为主。每个单音节有四声,不同声调表达的词义不同,把声调(平上去入)、节奏(单音双音)、音韵(声母韵母)和谐组合,便产生了抑扬顿挫、悦耳动听的音乐性效果。《诗经》的四言诗,常常 4 句 16 字即 16 个音节便能成为内涵丰富又可吟可唱的动人诗章,后来的五言绝句、七言绝句表现更精确了,是由《诗经》发展而来。语言有民族性,也有地域性,地域性方言已经过规范化处理,《诗经》的语言是先秦时代华夏民族的共同语,所以是先秦汉语的代表。

---

① 《诗经》单字的四声是平声、上声、长仄声、短仄声。

《诗经》的语言又是诗化了的语言,已经通过艺术的加工提炼,所以更具精确、生动的表现力。

语言随社会发展而发展,新事物不断出现便产生新词语,但基本词汇不变。《诗经》中有一部分词已经死亡,但它的基本词汇仍然作用在我们的生活中,尤其是它的许多形象生动或含义深刻的固定词组,是我们民族宝贵的语言财富,成为我们经常使用的成语。据统计,从《诗经》流传下来的成语近300个,这是多大的财富啊!

同时,《诗经》综合运用各种修辞格,诸如比喻、比拟、借代、夸张、对比、对偶、衬托、排比、层递、设问、反问、顶真、回环、摹状、拟声、双关、反语,以及叠字、叠句、双声、叠韵,等等。常常在一篇诗中,具有不同修辞效果的辞格交错使用,前后配合,互补互衬,增强语言效果。我们学习《诗经》的语言,会增长我们的语言知识,提高我们的语言表达能力。

现在,汉语的词汇更加丰富了,权威性词典所收古今词汇总量达5万多个,但先秦汉语仍是汉语的基础。研究古汉语和汉语史,不能不研究《诗经》的语言,考察它的词汇、语法和音韵的发展变化,力求总结出规律性的认识,来指导我们的语言工作。以瑞典高本汉为代表的欧美语言学家,曾长期研究《诗经》语言,既为了掌握先秦汉语阅读古籍,研究中华传统文化,也为了充实语言学的内容。各民族语言的发展,除了各自的特点,也必然有共同的规律,认识这共同的规律,有助于各民族的语言工作。

《诗经》是由先秦汉语写成的,许多词语到汉代已经不能为人所理解,所以必须为这些词语作注解,一次、两次注解不够,还要再作"笺",以及为"笺"再作"疏"。注疏中最主要的是"训诂"。传统诗经阐释学留下大量的《诗经》训诂,这是两千年来历代古人研究《诗经》语言成果的结晶。从汉代的《毛传》《郑笺》,到唐代的孔颖达"疏",尤其是清乾嘉学派兴起的《诗经》小学,有的学者曾以毕生精力倾注于《诗经》词语的考释或《诗经》名物、制度、音韵的探讨。那个时代,获取资料和资讯的条件相当困难,民国初年曾有人把驳倒百家误解而考释出一个词语的确解,比作哥伦布发现新大陆那样艰辛和快乐,他们锲而不舍地为此倾注了大量的心血。一方面,我们应该珍视他们的训诂遗产,肯定他们工作的价值,因为是他们使我们今天能够阅读《诗经》。我们如果不参读前人的训诂,在我们面前的《诗经》将是一串串不能理解的上古文字符号,古人确曾作出许多正确的、有用的注解,为我们排除了阅读的文字障碍,离开了它们,我们就会一无依傍。学习这些训诂,也可以用于解读其他古籍。任何学术的进展都是在无数前人研究的基础上点滴积累起来的,只有傻瓜才会一概排斥前人的研究成果而回到黑暗中去摸索。另一方面,限于当时的总体科学水平,他们又必然受到当时政治环境和学术环境的制约。许多新近的地下出土文献,他们没有见到,金文、甲骨文或者没有见到,或者当时能够辨识的字不多,他们的训诂又难免会有失误或疏漏,纠谬补阙的工作应该由我们担负。

综上所述,认识《诗经》的历史文化价值、文学艺术价值、语言价值,对于我们弘扬中华文化,发展现代诗歌和文学艺术,以及增长语言知识、提高古籍解读和语言能力,都有重要的意义。现代的诗经学是一门多学科的学术,也是一门世界性的学术,我们是在和世界各国读者一同读《诗经》,在与世界各国的学人一同研究诗经学,这也有利于开展国际文化交流,有利于促进与遍布世界的华人的民族团结。

第二讲

《诗经》的篇数和分类

乐歌、笙诗和逸诗

现在我们读的《诗经》基本上全是周代的作品,可以称为"周诗"。在周代(西周和东周),只称《诗》,又称"诗三百"或"三百篇"。称"三百",是举其总数,实际上我们现在阅读的是 305 篇。古代诗、乐合一,这 305 篇全是周代为实际应用而编制的乐歌,古代没有保存声音的技术,乐谱不全也不易保存,后来乐谱完全失传,只剩下歌词。这 305 篇歌词,便是我们现在读的《诗经》。

(一)三百篇全是乐歌

三百篇全是乐歌,古时早有定论。先秦两汉史籍有大量记载:《论语·子罕》篇:"吾自卫反(返)鲁,然后乐正,'雅'、'颂'各得其所。"这是孔子的自述,《史记·孔子世家》亦记:"三百五篇,孔子皆弦歌之,以求合韶武雅颂之音。"

与儒家学派对立的其他学派也认为三百篇是可诵可唱的歌诗、舞诗,如墨家学派的《墨子·公孟》篇:"诵诗三百,弦诗三百,歌诗三百,舞诗三百。"

《左传》是中国第一部编年体史书,其《襄公二十九年》记载以下史实:

吴公子札来聘……请观于周乐。使工为之歌《周南》、《召南》……

为之歌《邶》、《鄘》、《卫》……为之歌《王》……为之歌《郑》……为之歌《齐》……为之歌《豳》……为之歌《秦》……为之歌《魏》……为之歌《唐》……为之歌《陈》……为之歌《桧》……为之歌"小雅"……为之歌"大雅"……为之歌"颂"。

以上史料，只是举其要者，都可证明《诗经》所录全是乐歌。"诗为乐章"，自汉至唐，并无异见。

到南宋时代，宋人兴起怀疑学风。他们以汉代人曾经提出的"风雅正变"之说为理论依据，提出三百篇中有乐歌，也有"徒诗"。所谓"徒诗"，就是没有乐曲相配的只能诵读的诗。所谓"风雅正变"，只把宗庙祭祀和歌颂周先王和西周盛世的诗，称为"诗之正经"，而把那些众多的产生于衰乱之世的讽刺诗和爱情诗，称为"变风"、"变雅"。"变"指不合诗的正统。

首先提出"诗有入乐不入乐之分"的是南宋程大昌《诗论》17 篇[①]，他说："盖南、雅、颂，乐名也，若入乐曲之在某宫者也。……若夫邶、鄘、卫、王、郑、齐、魏、唐、秦、陈、桧、曹、豳，此十三国者，诗皆可采，而声不入乐，则直以徒诗著之本土。"

朱熹附会"风雅正变"说进一步提出："二'南'，正风，房中之乐也，乡乐也。二'雅'之正雅，宫廷之乐也。商周之'颂'，宗庙之乐也。至变雅则衰周卿士之作，以言时之得失，而《邶》、《鄘》以下，则太师所陈以观民风者耳，非宗庙之所用也。"

明末顾炎武《日知录》卷三把这一观点说得更明白："夫二'南'也，《豳》之《七月》也，'小雅'正十六篇，'大雅'正十八篇，'颂'也，诗之入乐者。《邶》以下十二国之附于二'南'之后而谓之变风，《鸱鸮》以下六篇之附于《豳》而亦谓之《豳》，《六月》以下五十八篇之附于'小雅'，《民劳》以下十三篇之附于'大雅'而谓之变雅，诗之不入乐也。"按照他们的立论，全部《诗经》只有 100 篇诗入乐，134 篇风诗和 71 篇二"雅"，共 205 篇诗是"变风"、"变雅"，不是"诗之正经"，因而也不入乐。这不符合《诗经》的实际。

---

① 程大昌：《诗论》，《丛书集成初编》第 1711 册。

"诗全入乐"和"诗有入乐不入乐之分"两说,进行过长期的热烈争论。清代有些著名的学者都支持前说。如马瑞辰《毛诗传笺通释》卷一《诗入乐》从诗歌的起源来论证古时诗乐本来不分,从诗和歌的起源说起,"在心为志,发言为诗,言之不足,故嗟叹之,嗟叹之不足,故咏歌之",故有诗便能歌。皮锡瑞《论诗无不入乐史汉与左氏传可证》则从两方面论证:一方面说明"谓诗不入乐与史汉皆不合,亦无解于左氏之文";一方面从中国文学史来说明古乐府、唐诗、宋词、元曲最初皆入乐。[①] 俞正燮《癸巳存稿·诗入乐》、康有为《新学伪经考·汉书艺文志辨伪》也先后举出有力的证明,指出所谓的"变风"、"变雅",从汉时至魏晋仍传有乐歌。则"变风"、"变雅"不乐之说不攻自破。

近人顾颉刚长文《论诗经所录全为乐歌》除了辨订以上诸说,又对《诗经》的形式进行研究,从章段的复叠、词句的重沓等乐歌特点,说明三百篇全是乐歌,有的是按照已有的乐谱写歌词,也有的是采自民间的歌谣再经乐工配乐;有些乐歌(正歌)是规定在典礼时使用的,有些乐歌(无算乐)则是礼毕坐宴和慰劳司正时用的。三百篇全入乐,已是不可移易的定论。

(二)笙诗问题

《诗经》实际保存的诗305篇,而我们翻开旧版本的篇目来看,却是311篇。这是什么缘故呢?原来在"小雅"部分,有6篇有目无词。这6个篇目是:《南陔》、《白华》、《华黍》、《由庚》、《崇丘》、《由仪》;它们被称为笙诗。笙诗是用笙这种乐器吹奏的乐曲。

关于笙诗,过去有两种不同的解释。

"有义亡辞说"是汉学的论点。《毛传》:"有其义而亡其辞",《南陔》孝子相戒以养也。《白华》孝子之絜白也。《华黍》时和岁丰宜黍稷也。《由庚》万物得由其道也。《崇丘》万物得其高大也。《由仪》万物之生各得其时

---

① 引文俱见皮锡瑞《经学通论·诗经》,中华书局,1954年,第55页。

也"。① 郑笺孔疏因袭这个说法,其不同之处只是辞亡在孔子之前或孔子之后。但是,既早已亡其辞,又何以知其义?宋王质对此说的批驳较为有力:"毛氏不晓笙歌而一概观之。大率歌者,有辞有调者也;笙者,管者,有腔无辞者也。后世间也有如此清乐,至唐仍有六十三曲。""有其义者以题推之也,亡其词者莫知其中谓何也……所谓有其义者也,皆汉儒之学也。"②

"有声无辞说"是宋学的论点。以朱熹为代表,他们认为,笙诗只是贵族宴会典礼中演唱诗歌时插入的清乐,原本就无辞。据《乡饮酒礼》和《燕礼》的记载:演奏"《鹿鸣》、《四牡》、《皇皇者华》诸篇称歌,《南陔》、《白华》、《华黍》诸篇曰笙、曰乐、曰奏,而不言歌,则有声无词明矣,所以知其篇第在此者,意古经篇题下,必有谱焉"。③

二说有一点是相同的,即笙诗是用笙吹奏的乐曲。《仪礼》17 篇是《礼经》三礼的主要部分,是可靠的先秦史籍,记载周代各种礼节和仪式。其中《乡饮酒礼》这一篇,记载贵族卿大夫宴会典礼次序:

> 众宾序升,即席。……乐正先升,立于西阶东。工入,升自西阶,北面坐。相者东面坐,遂授瑟,乃降。工歌《鹿鸣》、《四牡》、《皇皇者华》。……笙入堂下,磬南北面立,乐《南陔》、《白华》、《华黍》……乃间歌《鱼丽》,笙《由庚》;歌《南有嘉鱼》,笙《崇丘》;歌《南山有台》,笙《由仪》。乃合乐《周南》:《关雎》、《葛覃》、《卷耳》;《召南》:《鹊巢》、《采蘩》、《采蘋》。工告于乐工曰:"正歌备。"乐工告于宾,乃降。主人请彻俎……众宾皆降,脱屦,揖让如初,升坐,乃羞。无算爵,无算乐。宾出,奏《陔》。

从这段记载中可以看到:贵族宴会有规定的典礼仪式,乐歌是重要内容,而清乐和乐歌在典礼中相间进行,时而吹奏一曲,歌唱一诗,歌诗有器乐伴奏,"小雅"和二"南",都是当时应用的乐歌。

---

① 引自宋吕祖谦《吕氏家塾读诗记》卷一八,《丛书集成初编》第 1719 册。
② 王质:《诗总闻》卷一○,《丛书集成初编》第 1713 册。
③ 朱熹:《诗集传》卷九《南陔》、《华黍》、《鱼丽》题解。

六篇笙诗是无词的乐曲,在典礼中与乐歌交叉使用。

笙诗问题的二说,至今尚未统一,仍有人认为笙诗是逸诗。

(三)逸诗问题

所谓逸诗,指《诗经》之外,散见于各种古籍、文献中的诗作。经历代学者收辑、考证,已经发现了为数不少的逸诗。

这些逸诗被古籍文献引录时,其中少数或篇或章引录还比较完整,多数是残章断句,或仅知有某诗。我们现在只谈周代的逸诗,到现在为止,统计所发现的周代逸诗有四类:篇名和诗词俱存的 17 篇,只存篇名的 27 篇,只存诗词而不知篇名的 38 篇,篇名和诗词都不存仅知有其诗的 14 篇,合计共96 篇,数量约为《诗经》305 篇的三分之一,[①]当然还有我们未曾发现的。张启成经过考察作出以上统计后认为,这些逸诗中有颂诗 23 篇、雅诗 17 篇、风诗 58 篇,虽然不是绝对准确的数字,但可以肯定有一些颂诗、雅诗、风诗未曾编入《诗经》。

如中国第一部编年体史书《左传》记载春秋史事,是可信的文献,共有逸诗 12 条,其中《昭公十二年》引祭公谋父讽谏穆王的《祈招》诗,可归于"大雅",但所引只一章,还有 11 条是没有篇名的残辞。《国语·周语》引歌颂武王克殷的颂歌《支》,可属"周颂",虽名词俱有,也只存 6 句。《礼记》中《射义》篇引录的《狸首》是射礼用的乐歌,《檀弓》篇引录的是近似"风"的情歌,虽是乐歌,但都不全,只有《志服》篇所引《志服》一诗,六章 36 句基本完整。其余如《穆天子传》所引《白云谣》《黄泽谣》近似"风"诗,却只有断章,有《黄竹》三章较完整。《墨子·尚贤》所引颂诗,《尚书大传》所引《麦秀之歌》,《史记·伯夷列传》所引《采薇歌》都只有残章。《论语·子罕》篇引:"唐棣之华,偏其反而。岂不尔思?室是远而。"这是孔子评论的四句逸诗,并不见全诗。照上列所见,我们先秦古籍发现的逸诗大多都是残章残词,只有两三首基本完

---

① 详见张启成《诗经逸诗考》,载《诗经研究史论稿》,贵州人民出版社,2003 年,第 282—299 页。

整成篇。

为什么有许多逸诗没有编入《诗经》呢？我想，应该有三个原因：

一、《诗》本来是周王朝制作的各种礼仪应用的乐歌，有的诗没有制作成乐歌，孔子（或别的人）在整理或编订这本乐歌集时，当然不会把它们编进来。

二、编制是为了在礼乐上应用，即使是制成的乐歌，在若干年流传过程中，有的可能脱误，以致成为残篇断章，整理的人不会把残篇断章再编入供应用的集子。我相信孔子整理过《诗经》，他既然知道"唐棣之华，偏其反而"那四句，为什么不编进《诗》呢？只有两个原因，或者是未制成乐歌，或者只见到这四句，还不能成篇。

三、我们现在读的《诗经》是由汉代传下来的一个版本，汉代流传的《诗经》多种版本并不完全一样，与春秋末年孔子整理过的版本当然也会有篇目和文句上的出入。据学者们考证和研究，今本《诗经》中就有把两篇诗误合为一篇的，也有在一篇中因脱简错简而产生文字讹误的。因此，也会有原来《诗》中的乐歌漏编或误编。

我们说我们现在读的《诗经》不是春秋时流传的原本，这并不影响我们以上对《诗经》的基本评价，今本《诗经》仍然是可信可宝的先秦文献，它的性质和价值没有变化。在总体上，它保持了"诗三百"的规模、内容和语言。这部诗集虽然经过很多人的删订加工，基本上还是保存了它原来的面貌。这由于它在最初辑集时就已经在社会上流传。到汉代时，先秦史籍已经成了古文，三百篇无人能够尽通，只有保存原貌，诗本来有格律、音韵的限制，在汉代以后，又由于语言的发展变化，词汇、语法、语音都有变异。因此，它基本上是一部可靠的古代文献。

三百篇的分类问题

《诗经》305 篇的编制，分为风、雅、颂三类，依次是"国风"、"雅"、"颂"。
"风"：160 篇，计《周南》11 篇、《召南》14 篇、《邶风》19 篇、《鄘风》10 篇、

《卫风》10篇、《王风》10篇、《郑风》21篇、《齐风》11篇、《魏风》7篇、《唐风》12篇、《秦风》10篇、《陈风》10篇、《桧风》4篇、《曹风》4篇、《豳风》7篇,合称十五"国风"。

"雅":105篇,计"小雅"74篇、"大雅"31篇,合称二"雅"。

"颂":40篇,计"周颂"31篇、"鲁颂"4篇、"商颂"5篇,合称三"颂"。

(一)风、雅、颂的分类

三百篇分为"风"、"雅"、"颂",这样分类的标准是什么,为什么称"风"、"雅"、"颂",三者之间有什么区别?传统诗经学曾经作过多种解释,现代诗经学者也发表过不少议论,关于划分这三类诗的标准,归纳起来不外以下四种:以诗歌的政教功用划分;以作者及内容划分;以歌诗的音乐划分;以歌诗的用途划分。我们研究这个问题,也就了解了风、雅、颂的本义和三类诗之间的区别。

关于以政教功用来划分,以《毛诗序》为代表。它说:"风,风也,教也;风以动之,教以化之。……上以风化下,下以风刺上,主文而谲谏,言之者无罪,闻之者足以戒,故曰风。……是以一国之事系一人之本,谓之风。言天下大事,形四方之风,谓之雅。雅者,正也,言王政之所由废兴也。政有小大,故有小雅焉,有大雅焉。颂者,美盛德之形容,以其成功告于神明者也。"持这种意见的人继续说明,"国风"是王政推行教化和地方反映民情以讽谏王政缺失;"雅"诗是写天下大事,关系政治废兴的;"颂"是歌颂祖先神灵的祭祀诗。

以作者和内容来划分,以朱熹《诗集传序》为代表:"凡《诗》之所谓'风'者,多出于里巷歌谣之作,所谓男女相与咏歌,各言其情者也。……若夫'雅'、'颂'之篇,则皆成周之世,朝廷郊庙乐歌之辞,其语和而庄,其义宽而密,其作者往往圣人之徒,固所以万世法程而不易者也。"

以音乐来划分,如宋代郑樵:"风土之音曰风,朝廷之音曰雅,宗庙之音曰颂。"(《通志》)清代惠周惕《诗说》更明确地说:"风、雅、颂以音别也。"今人多从此说。

以用途来划分，如张震泽在《诗经赋比兴本义新探》一文中说："周代通行宗庙祭祀、朝会燕享、日常生活之礼。"《诗》在典礼上有此三用，三用的意义不同，方式也不同，所以就形成了"风"、"雅"、"颂"三体。[1]

我们如何使这么多的意见统一呢？还得从"风"、"雅"、"颂"的本义以及文艺形式内容的统一来研究。

"风"这个名词的本义就是乐调，《大雅·嵩高》："吉甫作诵，其诗孔硕，其风肆好。"这是《诗经》中的内证。《左传·成公九年》："使与之琴，操南音……乐操土风，不忘旧也。"这是史证。"土风"，显然是地方乐调。朱熹《诗集传序》："国者诸侯所封之域，而风者民俗歌谣之诗也。"十五"国风"就是十五个国家和地区各用其地方乐调演唱的歌诗。周王朝收集和应用这些地方乐歌，一方面是为了推行政治和社会道德教化（即"上以风化下"），一方面为了了解民情，作为行政的参考，来改良政治（即"下以风刺上"）。所以，编集这160篇风诗有明显的政教目的，它们的内容也符合这个目的。

"雅"古时与"夏"二字通用，周王畿一带原是夏人的旧地，周人也自称夏人，其地称为夏地，王畿为政治中心，其言称为正声。朝会和贵族集会用的乐歌当然要用正声，雅乐就是宫廷和贵族的"正乐"。"雅"是正乐，古说大体一致。在朝会典礼上应用的乐歌，既必然要用正乐，还必然要有相应的歌词内容，它的内容不外是"美"（歌颂）、"刺"（讽谏），所以说"雅"诗有明显的政治性，尤其是"大雅"。所以《毛诗序》说"雅者，正也，言王政之所由废兴也"是就"雅"诗的政治功用而言的。"小雅"比"大雅"的内容宽泛，有贵族生活礼仪用诗，也有一些小贵族的讽刺诗，所以《毛诗序》说"政有小大"，也是就内容来区分二"雅"的。

关于二"雅"的区别，古人有的从政治内容来划分。如上文所引述的《毛诗序》的"政有小大"，苏辙《诗经集传》还从内容的"美恶"来区分，他认为"大雅"有美无恶，"小雅"有美有恶，也是就内容来说的。[2]

---

① 张震泽：《诗经赋比兴本义新探》，《文学遗产》1983年第3期。

② 参见苏辙《诗经集传》，《四库全书总目提要·经部·诗类一》。

从音乐来区分二"雅",始自唐代孔颖达,他提出:"诗体既异,音乐亦殊。"宋代程大昌《诗论》:"音既同,又自别为大小,则声度必有丰杀廉肉,亦如十二律然,既有大吕,又有小吕也。"郑樵《六经奥论》:"'小雅'、'大雅'者,特随其音而写之律耳。律有小吕大吕,则歌'大雅'、'小雅',宫有别也。"清代学者大多同意这个说法。

我们现代考察,古时原来有一种名叫"雅"的乐器,[①]为正乐所用,雅乐由此得名。"雅乐"原来只有一种,后来有新的雅乐产生,便叫旧的为大雅,新的为小雅。孔子曾大声疾呼"恶郑声之乱雅乐也",可见雅乐受外来影响而有变化。古人说"小雅""杂乎风之体",就是说它受到各国土乐的影响,音乐发生了变化。从诗的形式来看,"大雅"句法韵律变化较少,"小雅"就显得灵活和谐,有的诗已不是四言诗,如《祈父》一篇12句,其中10句二、三、五、六言杂之。诗乐不可分,这些证明音乐确已发生明显的变化。原来的乐器硕大而笨重,在发展过程中也必然吸收新乐而改进其结构,使之小巧灵活,这与"大雅"、"小雅"之分也可能有关。只是古乐早已失传,我们已无法具体考证。

关于"颂",前人解释都在一定程度上符合实际。"颂"是舞、乐合一的乐歌。"颂"字古训"容"字,"容"也就是现在的"样"字。阮元《挈经室集·释颂》:"所谓《商颂》、《周颂》、《鲁颂》者,若曰商之样子,周之样子,鲁之样子而已。……三颂各章,皆是舞容,故称为颂。若元以后之戏曲,歌者舞者与乐器全动作也。"这说明了"颂"是有舞蹈配合的乐歌。

"颂"的乐调特点:"颂"、"庸"古写通假。"庸"即"镛"字,是一种大钟。钟声缓慢,其音庄重,余音袅袅,至今宗教仪式还用钟这种乐器伴奏。"颂"的篇章简短,多无韵,不分章,不叠句,也证明它是由大钟伴奏、声调缓慢、配合舞蹈的宗教性祭祀舞歌。

"颂"是郊庙祭祀祖先、祈祷神明的乐歌。所谓"美盛德之形容,以其成

---

① 章炳麟(太炎)《大匹小匹说上》引郑司农说《笙师》:"雅状如漆筩而弇口,大二围,长五尺六寸,以羊韦鞔之,有两组疏画。"

功告于神明"(《毛诗序》),就是向祖先和神明崇拜、礼赞、祈祷,感戴神明的恩惠、祖先的荫庇。这是三"颂"共同的内容,三"颂"之分,从其名称即可区别。

文艺的内容和形式是统一的,"风"、"雅"、"颂"三类歌诗,它们的内容、功能、音乐、用途,必然是结合一体的,只从政教功能来区分,只从内容来区分,只从用途来区分,或只从乐调来区分,都只是看到内容或形式的一个方面。所谓"到什么山上唱什么歌",不同性质、不同场合的典礼上应该唱什么,乐调、歌词及其产生的作用,完全要统一起来,才能达到预期的效果。所以,"风"、"雅"、"颂"分类的标准,我们可以把以上诸说综合起来,不必拘泥一说。不过,在编集时乐歌歌词已经完成,内容与礼仪目的、音乐曲调都是相应的,按音乐分类是以内容、礼仪分类,从事《诗》最初编集的乐官,直接以音乐分类是可信的。

(二)四始、四诗

"四始"、"四诗"都是诗经学的专用词语,与《诗经》的分类有关。

1.所谓"四始"说

"四始"有三种说法,一是《鲁诗》之说,一是《毛诗》之说,一是《齐诗》之说。

《史记·孔子世家》说:"《关雎》为'风'之始;《鹿鸣》为'小雅'始;《文王》为'大雅'始,《清庙》为'颂'之始。"司马迁是学《鲁诗》的,可知这是《鲁诗》之说。这个说法说明了《诗经》中"国风"、二"雅"、"颂"四个部分的开始。从先秦到汉初,《诗》是竹简记载、口耳相传的,一本书的竹简少则几千、多则几万枚,一串串堆起来,翻阅很不容易,口耳相传也要有个段落始终,提出四部分歌诗的"始",有如起个"索引"作用。清代魏源《诗古微》考释:古时合乐都是三篇连奏,"四始"不都指每一部分的头一篇,而是前三篇,"汉时古乐未湮,故习《诗》者多通乐,此盖以诗配律,三篇一始,亦乐章之古法。特又律配历,分属七二支则四之,以为四始",这是说四始有乐章上的提示作用。以上是对"四始"实用性的解释。

《毛诗》称"四始"所指诗是"诗之至也"（《序》），"始者，王道兴衰之所由"（《笺》），"此四者人君行之则为兴，废之则为衰……人君兴衰之始，故谓之四始也"（《疏》）。这是《毛诗》对"四始"发挥议论的政治性的解释。

《齐诗》的"四始"说又自不同："《大明》在亥，水始也；《四牡》在寅，木始也；《嘉鱼》在巳，火始也；《鸿雁》在申，金始也。此《诗》之四始也。"（《诗纬·汜历枢》）它把五行中的四行与《诗经》中的四篇诗相配，没有实际意义，表现出《齐诗》与阴阳五行和谶纬神学结合，由此他们还有所谓阴阳际会的"五际"（卯酉午戌亥）、"六情"（喜始哀乐好恶）之变，更无实际意义，很少有人理会。

2."四诗"说

就诗体来说，"四诗"也有两种解释。一种解释是自司马迁《史记》所记的上述"四始"而来，以"风"、"小雅"、"大雅"、"颂"为"四诗"。另一说则认为二"南"是独立的一体，应从"国风"中分列出来，"四诗"是"南"、"风"、"雅"、"颂"。

以二"南"为独立的一体，提出于怀疑学风兴起的南宋，王质《诗总闻》强调《小雅·钟鼓》诗"以雅以南"句，又引《礼》"胥鼓南"句，再据《春秋传》谓"南"为南夷之乐，故不能附于"国风"。程大昌继作详说，将"南"与"风"、"雅"、"颂"并论。清人崔述《读风偶记》明确提出："南者，诗之一体。"现代学者郭沫若著《释南》一文，认为"南"本为乐器名："南本钟镈之象形，更变而为铃"，"当亦以乐器之名，孳乳为曲调之名"。陆侃如等学者响应这个说法，此说至今还有影响。

古今的大多数学者不同意这个说法，因为此说论据不足；相反，《周礼》太师教国子以六诗，没有"南"；《左传》称《召南》中的诗为"风"，在历史上《周南》、《召南》各有其地域。"国风"既是各国各地的地方乐调，二"南"也是地方乐调，当然也是"国风"的一部分。

因此，"南"、"风"、"雅"、"颂"四诗说，不能成立。

风雅正变之说

"变风变雅"之说,初见于《毛诗序》:

> 治世之音安以乐,其政和;乱世之音怨以怒,其政乖;亡国之音哀以思,其民困。故正得失,动天地,感鬼神,莫近于诗。先王以是经夫妇,成孝敬,厚人伦,美教化,移风俗。……至于王道衰,礼义废,政教失,国异政,家殊俗,而变风变雅作矣。国史明乎得失之迹,伤人伦之废,哀刑政之苛,吟咏情性,以风其上,达于事变而怀其旧俗者也。故变风发乎情,止乎礼义。发乎情,民之性也;止乎礼义,先王之泽也。

《毛诗序》是先秦到汉代的儒家诗论总结,以总结三百篇的功用和创作经验为中心,完整地继承并且发展了孔子的诗教思想。上文节引的文字,论述乐诗的功用是通过感化作用把人的思想感情纳入社会政治伦理道德规范,即文中所说的"上以风化下":"先王以是经夫妇,成孝敬,厚人伦,美教化,移风俗。"本文引录《礼记·乐记》的文字,进而论述乐诗与时代和政治的关系,不同时代的歌诗有不同的内容。在政治修明、教化昌盛的时代,歌诗担负正面教育的功能,而社会由盛变衰,政纲败坏的乱世、衰世、亡国之世,"明乎得失之迹,伤人伦之废,哀刑政之苛"的诗人创作的歌诗,其内容和风格便产生了变化,即以反映民生困苦,吟咏个人的情志和哀思的怨刺之作,"下以风刺上"。《毛诗序》称这样的诗为"变风"、"变雅",但认为,变风变雅"发乎情,止乎礼义"不越出以礼义为中心的社会伦理道德规范,以恢复"正始之道"王化之基为旨归。应该说,《毛诗序》确是文论史上的重要文献,有一些正解的理论概括,其中提出《诗经》的"风"、"雅"两部分作品中因创作时代不同而有内容和艺术风格的变化,有其合理的成分。它只提出"变风变雅"产生的原因及其作用,而且予以肯定。

东汉末年的郑玄作《诗谱序》,把"变风变雅"说加以推衍,开始提出"风雅正变"之说。他说明："颂"诗和"正风正雅"是周代政治修明时期的作品，是"《诗》之正经"，"变风变雅"是"政教尤衰，周室大坏"的反映，"变"是"不正"的意思，不是《诗》之正经。郑玄以后的经学家大都接受了"风雅正变"之说，从宣扬所谓圣道王化的理念出发又作进一步的发挥，直到清代马瑞辰的名著《毛诗传笺通释》亦说："风雅正变"是以政教得失而分，凡讽刺时政者皆属于"变风变雅"。依据"风雅正变"理论，哪些是"正经"，哪些是"非正经"的"变风变雅"呢？郑玄《诗谱》把周夷王至陈灵公之时统列为"变风变雅"。陆德明《经典释文》以"国风"中只有二"南"是"正风"，《邶风》以下十三国风都是"变风"；"小雅"自《六月》以下都是"变小雅"；"大雅"自《民劳》以下都是"变大雅"。这个分法，只有"颂"诗40篇、"大雅"18篇、"小雅"17篇、二"南"25篇，共100篇是他们所谓的"正经"了。当然，也有学者做了一些调整，把上述数字做了些许变动，在整体上没有大的变化。

　　"风雅正变"理论一经经学家的推衍，便产生了不好的影响。他们推崇"诗之正经"，提倡正面宣扬圣道王化、歌功颂德和粉饰太平的诗，贬低批判现实、揭露黑暗、反映民生疾苦的诗，如李白、杜甫诗作的价值在唐代曾被压抑，直到李杜诗作的万丈光芒实在压不住了，才慢慢地得到承认；他们推崇白居易后期的闲适诗，不承认他讽喻现实的新乐府诗，认为不合"诗之正统"。只就《诗经》来谈，他们认为"变风"中有"淫诗"，有"悖于君臣之礼"的诗，加以曲解。宋代王柏著《诗疑》提出："正风、正雅，周公时之诗"之外，"秦火之后，诸儒各出所记"，故"变风变雅"中多有汉儒掺杂的淫俚之辞，不合礼乐之作。所以他要代圣人删诗，从"风"诗中砍去的31首，其中30首属于"变风"。

　　其实，有见识的古人也不同意以"风雅正变"之说来看待歌诗的价值和区别"正经"或"不是正经"。朱熹是接受《毛诗序》的"变风变雅"说的，但不承认"变"就是不正。他说："至于'雅'之变者，亦皆一时贤人君子闵时病俗之所为，而圣人取之，其忠厚恻怛之心，陈善闭邪之意，尤非后世能言之士所能及之。"（《诗集传序》）

　　我们认为，"风雅正变"之说，就反映文学作品与时代的关系来看，有其合理的成分，但建立在封建教化基础上的论说是站不住的；对三百篇正变的区分也不是科学的分析,事实证明,盛世也有讽刺诗,衰世也有歌颂的诗,同时在盛世或衰世,都会产生一些非政治性的诗,如三百篇中就有数量不少的情诗恋歌、母爱诗篇、友谊诗篇,后来还有山水诗,等等,单纯用政治的观点解释,以教化功用来衡量文艺作品的价值,会造出对作品内容和价值的曲解。以至于把《诗经》三百篇又区分为"正经"和"不是正经",认为只是"正经"才是"诗之正统",就更是错误的了。

第三讲
《诗经》的时代、地域和作者

我们现在已无法考证三百篇各篇的创作年代,只能大致论定其中最早的创作于西周初期,最晚的创作于东周的春秋中叶,全部作品产生于公元前11世纪至公元前5世纪这五百多年的时间中。

305篇诗分"风"、"雅"、"颂"三类,按产生的时代来排列,应该是"颂"在前,"雅"次之,"风"在后,现在依次讨论。

三 "颂"的时代和地域

(一)"周颂"

"周颂"是西周王室的庙堂祭祀乐歌,主要产生在西周初期兴盛时期。《史记·周本纪》:成王"既绌殷命、夷淮夷……兴正礼乐,而民和睦,颂声兴。"古时重视祭祀。西周政治安定后,经济兴旺,为巩固和发展这种兴盛局面,大兴礼乐,首先制作祭祀乐歌。在整个"成康盛世",这些乐歌已积累不少,昭王时继续补充修订。从这些诗所祭祀的先王和所反映的史实来看,可以相信"周颂"大部分制作在公元前 1058 年以后的七八十年之间。①

据说,"周颂"中最早的诗,是武王伐纣胜利回朝祭祀文王时制作的《大武》乐章 6 篇;最晚的诗是昭王初年祭祀武、成、康三王的《执竞》。具体年代无法确考,我们只能大致推断它们产生在西周初期不到一个世纪之间。

"周颂"31 篇,多数是宗庙祭祀祖先的乐歌,如《清庙》、《维天之命》、《维清》、《我将》、《武》、《酌》、《桓》、《赉》、《般》,都是祭祀文王的。以上包括《大武》乐章的 6 篇,②当作于西周之初,武王主祭,故只祭文王;《烈文》,成王合祭文王、武王;《昊天有成命》,康王祭成王;《执竞》,昭王祭武、成、康三王;《有瞽》,合祭群祖;《雝》,宗庙祭祖彻俎。宗庙祭祖除了每年规定的时节,还有"告庙",即为某事向祖先禀报而举行祭礼,如《振鹭》,率来朝诸侯祭祖;《丰年》,报告丰收;《潜》,渔业丰收献鱼给祖先;《载见》,成王登基率朝见诸侯谒庙;《有客》,宋微子来见祖庙;《闵予小子》,成王免丧告庙;《访落》,成王执政告庙;《敬之》、《小毖》,成王自警告庙;《丝衣》,周王举行敬老之礼。宗庙祭祀之外,还有郊庙祭祀。宗庙祭祖先,郊庙则祭天地山川(这个祭祀制度延续到明、清,庙祭如清朝的太庙,郊祭如天坛、地坛)。"周颂"中的郊祭,如《天作》,祭岐山,兼及开发岐山兴周的先祖;《时迈》,武王视察诸侯国,祭祀山川百神;《思文》,祭天地配祭后稷;《臣工》、《噫嘻》、《载芟》、《良耜》,周王举行籍田礼祭社稷神。

从 31 篇祭祀乐歌来看,昭王以后再无祭歌,所以祭到康王为止,在祭祖歌诗中以祭祀文王为主,武王次之("大雅"的颂歌中也以歌颂文王为多)。礼赞先王的功德,难免会夸张揄扬,但是这仍反映了文王在周人中有崇高的威信。

---

① 西周从武王灭商(公元前 1064 年)到幽王亡国,凡十一代十二王,据《竹书纪年》说共 257 年。中国历史有确实纪年,从公元前 841 年即共和元年开始,共和以前年代都不甚可靠。武王灭商后二年死,其弟周公旦摄政七年,《尚书大传》:周公"五年营成周,六年制礼乐,七年还政"。故其开始制礼兴乐在公元前 1058 年,"周颂"的一部分当制作在这个时期。

② 近人王国维《大武乐章考》提出为今本《诗经》中的《昊天有成命》、《武》、《酌》、《桓》、《赉》、《般》6 篇,经后人研究,提出的《大武》乐章篇目互有出入;高亨提出的 6 篇是:《我将》、《武》、《赉》、《般》、《酌》、《桓》;其他还有多种提法,都只有 1 篇出入。

周代祭礼是最重要的礼仪,《仪礼》有种种等级严格、程序烦琐的规定,不祭祖,不但为人不齿,还是一项大罪;违制,也会被人讥笑,乃至受处罚。宗庙祭礼非常隆重,场面盛大,周王主祭,诸侯助祭,济济多士分列,一切按部就班,响声沉重的镛钟,整齐舒缓的舞容,箫管编钟齐鸣,烟香缭绕,烛光通明,人人肃穆无声,只有低沉凝练的歌诗,祈祷祖先神明的福佑。……郊庙祭祀也是周王主祭的,场面同样盛大,周王率群臣百官参加,君臣多日前即斋戒,其规模,我们在北京天坛及其展览室还能看到一些。在这里应用的乐歌,有其特定的内容和特定的艺术风格。"周颂"中最有价值的是《大武》乐章6篇和农事诗5篇。

　　"周颂"作品的创作时间,我们可以确定产生在西周前期下接中期,祭祀几代周王,肯定不会是一代人所作。完成于西周初期的《大武》乐章,传说是周公作或周公与武王合作,并不可靠,可信是四代巫、史、乐官所作。制作和应用的地点当然是在镐京(镐京遗址在今西安市西南,有镐京村,北魏时建镐京观,至今有香火)。文王始建丰邑,武王开国后建镐京,由丰京迁镐京需要一段时间,武王伐纣后制《大武》乐章,最初也可能在丰京,很难考证。丰、镐二京一水之隔,应是一个地区。

(二)"鲁颂"

　　"鲁颂"4篇比"周颂"晚9个世纪,是春秋时期鲁国的宗庙祭祀乐歌。

　　鲁国是周后裔的封地,在今山东曲阜地区。

　　鲁国是诸侯国,为什么会有宗庙祭祀乐歌呢?原来鲁国是周公后裔的封国,周公姬旦是周文王与太姒的儿子,武王姬发的同父同母兄弟,武王死后其子姬诵继位为成王,成王还未成年,由周公旦摄政。周公旦是成王的亲叔叔,他东征平定三监和殷商残余势力的反叛,巩固了西周政权;制礼作乐、发展经济,促进国家繁荣昌盛。因为有这样大的功劳,成王封他的长子伯禽于鲁,享用天下的礼乐,所以西周已有的祭祀乐歌,鲁国都可以用。除了祭祀文、武、成、康等先祖,也需要祭祀已故的鲁国君主,所以鲁国亦制作乐歌。这4篇,便是歌颂鲁国君主的。这是鲁国有"颂"的原因。

魏源《诗古微》卷六《鲁颂诗发微》："僖四年,经书:公会齐侯、宋公等侵蔡,蔡溃,遂伐楚,次于召陵。此中夏攘楚第一举;故鲁僖、宋襄,旧侈阙绩,各作颂诗,荐之祭庙。"齐桓公率八国之师伐楚时是鲁僖公四年即公元前656年,所以现存"鲁颂"4篇,如果创作祭歌,应该是鲁僖公逝世的作品。如果作于鲁僖公活着的时候,那只能称为颂诗,哪能预先作出祭歌等人死了再用? 世上没这个道理。从4篇诗的内容来看,《驹》是咏马诗,以马比喻贤人,赞美鲁僖公重视和培育人才;《有駜》写鲁僖公为丰收与群臣欢宴;《泮水》歌颂鲁僖公征伐淮夷归来庆贺胜利;《閟宫》极尽虚夸地歌颂鲁僖公。前三篇均无崇拜礼赞、祝祷、祈福之类祭祀之意,末一篇虚夸溢美,又长达120句,与"周颂"不类。这4篇不是为宗庙而写的祭歌,只是后来也应用于祭祀僖公的活动中的一般的歌颂诗。

"鲁颂"创作在春秋时代,与"周颂"相距九百年,时空差距都很大,语言也在发展中变化,"鲁颂"4篇的语言,不像"周颂"那样凝练沉稳、质朴厚重;而语言生动,句法参差,韵律有致,或铺叙夸饰,或夹叙夹议,运用多种修辞手法,显示出一定的艺术性。

诗中作者署名奚斯,是鲁国大夫公子。四诗产生的地点当在鲁国国都曲阜。

(三)"商颂"时代的公案

西周推翻了殷商的政治统治,封殷商后裔微子启于商的旧地宋,继承对殷商先王的祭祀,是为宋国(在今河南省东部和皖北亳州一带,都商丘)。微子是殷纣王的堂兄,但反对纣王政权的暴虐统治,同情文王、武王的"革命",所以被周封为宋国国君。不绝商祀,也许有对殷商残余势力怀柔的用意。"商颂"5篇就是宋国的宗庙祭祀乐歌。据说,原来有12篇,现在只剩下5篇了。

"商颂"的时代问题,历来有商诗(殷商时代的诗)和宋诗(周代宋国的诗,即周诗)两说。究竟是商诗还是周诗,已经争论了两千多年。

先秦古籍中只有"商颂"或"殷颂"之称。《国语·鲁语》有一条重要的记述:"昔正考父校商之名颂十二篇于周之太师,以《那》为首。"古文学派的《毛诗序》引述这句话将"校"作"得",解释为孔子七世祖正考父在宋国戴公时代得到了保存在周之司乐太师那里的商代著名的旧歌,那时礼崩乐坏,正考父拿回去作为宋国祭祀祖先的乐歌。所以"商颂"是商诗。

今文学派三家《诗》将"校"作"效",即"献",解释为正考父将商之名颂12篇献于周太师比正音律。司马迁习《鲁诗》,故取今文学派之说,在《史记·宋世家》中说:"宋襄公之时,修行仁义,欲为盟主,其大夫正考父美之,故追道契、汤、高宗、殷所以兴,作'商颂'。"因而,"商颂"是周诗。

"商颂"原来的12篇,到孔子编《诗》时只存5篇,这一点两派无异辞。这5篇是商诗还是周诗,两派各持己说,争执数百年。宋代争论继续。到清代,两派争论曾激烈,连不愿卷入汉、宋、今、古之争的姚际恒,也骂"宋诗说"者是"妄人";①而《诗三家义集疏》著者王先谦,针锋相对地骂主商诗说的古文学派是"陋儒"。② 同是今文学派的魏源、皮锡瑞整理出 20 条论证,力证"商颂"5 篇是商诗。③

近代集考据学大成的王国维作《说商颂》三篇,他一方面补充和修正魏、皮的 20 论,一方面利用殷墟卜辞作证明,论说"商颂"不是商代作品;梁启超也赞同王国维的观点。虽然还有人仍坚持"商颂"在前(如吴闿生《诗义会通》),但信史缺少,古史难通,甲骨文难辨认,王、梁都是本世纪初的国学大师,所以信从其说者较多。

"五四"以后的现代诗经学直接继承了这些材料,当时的学者都继续他们的老师王国维的观点。郭沫若也从"商颂"5 篇的内容,结合他对卜辞、铭文的考释,在其专论《先秦天道观的发展》中断言:"'商颂'是春秋时宋人的东西。"④20 世纪 50 年代以后郭氏在古史研究领域有很大权威,这个问题本来难以通解,再加上卜辞、铭文的辨认和运用也十分艰难,刘大杰著《中国文学发展史》便一边倒,取宋诗说,写进大学通用教材;许多介绍《诗经》的读物

---

① 见姚际恒《诗经通论·商颂》部分。
② 王先谦:《诗三家义集疏》卷二八,中华书局,1987 年新排本。
③ 见皮锡瑞《经学通论·诗经通论》。
④ 《郭沫若全集·历史编》第 1 卷,人民出版社,1982 年,第 321 页。

也这样写。"商颂"是宋诗,为海内外学人所普遍接受,几成定论。

1956年杨公骥、张松如合写《论商颂》,次年杨氏又发表《商颂考》,[①]重提旧案,向盛行的宋诗说挑战,宣称:"'商颂'的确是殷商奴隶社会的颂歌","一切企图否认'商颂'是殷商颂歌的理由,都是杜撰的和臆测的,都是错误的和不能成立的。"

1957年以后的20年,基本上缺乏自由研究的学术环境,而且这个公案太大(涉及文学史、殷商史以及包括甲骨文、铭文在内的语言文字学)、太难(缺乏信史、历史科学和文字学的现实水平以及权威的影响),需要思考和钻研,所以长期没有反应。70年代我开始撰写《诗经研究史概要》,对这个问题做过这样的思考:"商颂"的内容歌颂殷商先王功业,所表现的思想意识,表达的风格,带有殷商的时代色彩,不能说它们完全是春秋时代宋国的作品;其内容、某些词语和表达风格又有春秋时代的痕迹,与《尚书·盘庚》不类,不能断定它们纯是商诗。两派都"持之有据",甲骨文4000多字,至今不过辨识1000多字,王国维、郭沫若辨识的结论学术界也有争议,很难据以论断是非。我看到王夫之所论"商颂"五篇商三宋二之说,[②]于是在书中写下下面一段话:

> 现存"商颂"五篇的内容,有的是歌颂宋襄公与齐、鲁合兵伐楚事,当作"鲁颂"同时期;有的是记述殷商先祖功业,可能是先世流传或后世所追述。五篇"商颂"产生的时间很长,其制作年代,学术界尚有争议。

这一段话所说宋伐楚事,是取王夫之所论和当时通行之说,现在看来论据不足,也是站不住的,但不妨碍我所作的"制作时间很长"、"先世流传或后世追述"的总的结论。我不赞成把产生年代只定在商或只定在宋,而采用"大而化之"的说法。

---

① 《论商颂》,见《文学遗产增刊》第2辑。《商颂考》,见《中国文学》第1分册,吉林人民出版社,1982年。

② 王夫之:《诗广传·商颂五论》,《船山全书》第2册。

80 年代以后陆续出现了一批文章,力主商诗说,其中影响较大的著作有张松如的专著《商颂研究》①和赵明主编的《先秦大文学史》第二编第二章。张松如积 20 年的继续探索,从 5 篇诗的译释入手,以训诂释义为基础,论述诗篇的时代和内容,然后梳理商诗和宋诗争论的过程,反驳魏源、皮锡瑞的 20 条论证,批评王国维、郭沫若的考释。他与赵明、赵敏俐等几位博士,继续充实和明晰地表述商诗说的论点。总括起来,他的以下论点很值得注意:

一、"商颂"是殷商盛世祭祀先王的乐歌,它是青铜时代的产物,凝定了那个时代的宗教意识、文化精神和审美理想。"商颂"中的"如火烈烈,则莫我敢遏"的征服者的形象,与商代青铜艺术中那些威猛可怖的青铜饕,都属于相同的历史内涵和同一审美层次,表现了对征服者的英雄颂歌和对暴力的崇尚。《玄鸟》、《长发》、《殷武》追述本族起源和颂扬先王以武力征服天下的功业,可作为商族史诗和英雄颂歌。《那》、《烈祖》描写商人祭祀场景和不同于周人的礼俗习尚,表现出其祖帝一元的宗教观念,并反映了"殷人尚声"的艺术成就。这些内容及其体现的历史文化精神和艺术特色,证明它们是商代旧日的颂歌。

二、周灭商后,当然地接收了殷商的典册和文化财富,《商书》编入《尚书》即是明证。公元前 220 年前后,殷商后裔宋国的正考父保存了 12 篇殷商旧歌,因当时礼乐俱废,曾到周的司乐太师那里校正音律,由宋国用作宗庙祭祀乐歌。过了两个世纪,又亡佚 7 篇,所以现存《诗经》者只有 5 篇。

三、《史记·宋世家》所记正考父作诗美襄公之说,所据传闻有误。正考父佐戴公、武公、宣公,史有明载,而从戴公到襄公共历九君 100 年左右,戴公时的正考父不可能活到襄公时。再说诗中并无"美襄公"或记述襄公事迹的语句,襄公与楚之战大败,也无可歌颂之处。

四、郭沫若等从天道观来论证"商颂"是春秋时作品,其论证是互相矛盾的。相反,"商颂"所体现的如上所述的思想意识正是商代奴隶制全盛期的思想反映。王国维等以卜辞所记祭祀与文物于"商颂"一无所见而论"商颂"

_____

① 张松如:《商颂研究》,南开大学出版社,1995 年。

非商诗,方法是不科学的;而且亦正相反,卜辞所记祭祀与文物制度,在"商颂"中有迹可寻。

五、关于《殷武》"奋伐荆楚"句,是写殷王武丁伐楚事。据《竹书纪年》载:"武丁三十二年伐鬼方,次于荆。"又据卜辞《掇》62、《南·上》32、《虚》2324 等片记,商军三师在今湖北京山、枣阳、随县一带及汉水流域各方国配合下向南方用兵之事。

我在为张松如先生《商颂研究》作的序言中写了下面一段话:

> 过去把问题绝对化了。说它们是商诗,不见得春秋时人没有加工或改写;说它们是宋诗,不见得没有依据前代遗留的蓝本或大部资料。事实上,从内容到形式,有前代的东西,也有春秋时代的东西。我国古籍大多这样,《尚书》中的许多文章是这样,《商书·盘庚》现公认是比较可信的商代文献,但它仍有战国时代最后写定的痕迹。《周易》最后写定,也类此。

我们承认"商颂"是殷商旧歌,又经过春秋时人的整理加工和写定,这样说,是不是可以呢?

二 "雅"的时代

二"雅"中"大雅"31 篇、"小雅"74 篇,大致是西周中期和后期的作品。就二者来说,"大雅"在前,"小雅"在后,宣王以后,绝对没有"大雅"中的诗;而"小雅"中有几首产生在西周灭亡之后的东周早期。

西周四百余年,历经武、成、康、昭、穆、恭、懿、孝、夷、厉、宣、幽十二王,历史学通常以前四王为前期,后四王为后期。对歌诗创作而言,这当然不可能机械地划开,必有前接后连。如大家公认"周颂"是西周前期制作的郊庙祭祀乐歌,《执竞》是祭文、武、康三王的诗,自然是昭王时制作,而《载见》诗祭"昭考",则可能是昭王死后的穆王时诗。① 有几篇诗,诗中无明据,是很难截然断代的,但"周颂"中没有祭以后诸王的诗,是很明显的,"大雅"诗也不会产生在宣王以后。

(一)"大雅"的时代

"大雅"是为应用于朝会礼仪活动而制作的乐歌,从应用来分,可分作两类:一类是所谓"正乐正歌",即在典礼进行中的主要环节所用的乐歌;另一类是所谓"散乐散歌",即在主要环节之外的其他环节所用的乐歌。② (如我们在有关典礼上全体肃立奏国歌、军歌、国际歌,但某些环节也间奏歌颂祖国、歌颂领袖的乐歌。)

"大雅"31 篇按内容来分,可分颂祖德歌诗、颂时王歌诗、美刺时政歌诗三类。

颂祖德歌诗中最有代表性的是所谓"周人开国史诗"的《生民》、《公刘》、《绵》、《皇矣》、《大明》5 篇和被作为"大雅"首篇的《文王》。《生民》等 5 篇,有人称作"周人开国史诗",有人不同意这个称谓,已经讨论了几十年。用西方文学术语的"史诗"概念来衡量,用古希腊史诗来比较,《生民》等 5 诗只能说是具有"史诗"这一概念的若干因素,所以有的学者又称之为"颂史诗"③或"颂祖德歌诗"④。"颂祖德歌诗"是就这 5 诗的内容和应用作出的合于实际的概括。这个问题,我们这里暂不讨论,这里仍用"周人开国史诗"这个称谓,因为用了几十年,已为多数人所接受,都明白所指的是哪几首诗。这 5 诗歌颂祖先的功业和品德,偏重于他们的功业,《文王》一诗则着重颂扬文王崇高的道德,所以也曾有人把它列入"周人史诗"。《思齐》诗歌颂太姜、太

---

① 《载见》诗"昭考"二字,朱熹注为"称武王",李山《诗经的文化精神》考其不确,认为是称昭王。见是书第 166—169 页,东方出版社,1997 年。

② "正乐正歌"、"散乐散歌"二语取自何定生《诗经今论》第 73 页,台湾商务印书馆,1968年。不过他认为"散乐散歌"用于娱乐,所论则不尽然。

③ 廖群文章见《东方丛刊》1995 年第 1 期。

④ 黄松毅:《诗经大雅歌诗研究》,首都师范大学博士论文,2006 年。

任、太姒三位女性祖先，也可以归入颂祖德诗。

这一类诗基本上产生在西周中期，但不能排除全无西周前期的作品。如《吕氏春秋·古乐》以为是周公作，《汉书·翼奉传》说是周公作以"深戒文王"；汉、宋旧注多从此说，尚难确证。《生民》等5诗利用了大量远古传说材料，不会与前期的留存无关，但从语词和文体结构来看又可信在中期写定。说这些歌诗写定在西周中期是可以的。这类颂祖德诗，既可以配合用于祭祀大典，也可于其他礼仪活动中歌唱，可以不局限于一用，这也是将其编于"雅"诗的一个原因吧。

颂时王歌诗指在朝会典礼活动中歌颂周王的颂词。（例如，皇帝宴请群臣，明明是他请人吃饭，来吃饭的人却要三拜九叩，山呼万万岁，颂吾皇德配天地寿比天齐。）这类歌诗，"大雅"中有《行苇》、《凫鹥》、《旱麓》、《既醉》、《棫朴》、《灵台》、《下武》、《泂酌》、《假乐》、《卷阿》等。①

这类歌诗的用途较前者广泛，有的用于祭祀后的燕宴礼，有的用于祭祀后的射礼，有的用于诸侯朝贺；总括来说，是应用于祭祀后的多种活动的礼仪，不一一列举。② 这类诗基本上也产生在西周中期。如《灵台》一诗，古注皆以其为西周前期歌颂文王的歌诗，李山据全文、词语和历史考证是穆王朝翻修灵台和建群雍举行盛典时的乐歌。"大雅"的歌诗中多穆、恭两朝的作品，他称这两朝是一个"创作高潮时期"。

美刺时政的歌诗，美是歌颂、赞美，刺是讽刺、讽谏，从内容就可以区别。

歌颂、赞美的歌诗有：

《崧高》，宣王大夫尹吉甫赞美并送别宣王母舅申伯。

《烝民》，尹吉甫送别樊侯仲山甫去筑齐城。

《韩奕》，赞美宣王新封的韩侯。

《江汉》，歌召伯虎讨伐淮夷成功受赏，颂天子万寿。

---

① 据黄松毅博士论文《诗经大雅歌诗研究》。

② 详见李山《诗经的文化精神》第六章，东方出版社，1997年，第163—232页；亦可参阅上注黄松毅博士论文。

《常武》,歌颂宣王平定徐、淮夷叛乱。

《江汉》,天下大旱,人民饥苦,歌宣王登基,关怀民生,祈天求雨。

以上诸诗之中,人物、事件明确记载是宣王朝的歌诗。宣王在位 46 年,号称"中兴"。这些诗或歌颂宣王,或赞颂大臣,确是所产生的那个时代的反映。

讽刺、讽谏的歌诗有:

《民劳》,召穆公刺厉王。厉王是西周后期一位暴虐昏庸、荼害人民的君主,最后被国人推翻并放逐。

《板》,凡伯刺厉王。

《荡》,穆公刺厉王。

《桑柔》,卿士芮良夫刺厉王。

《抑》,《国语·楚语》谓卫武公年九十五,犹关心朝政,诵诗自儆,实则以自儆刺王。

这 5 首讽刺诗,有 4 首从诗的内容和古籍记载,可信是讽刺厉王的作品,或产生在厉王朝晚期或厉王被放逐以后的"共和"期。《抑》的时代尚难确定。魏源《诗古微》分析说:卫武公是平王的卿士,距厉王殁已 80 多年,这首诗只是借自儆来讽谏平王,故此诗产生的时间,当在西周灭亡后的东周早期或东西周之间的"二王并立"时期。"大雅"中的《瞻卬》、《召旻》也诗有明证是幽王时的歌诗。其余的美刺时政诗在宣王时期,是诗有明证、古籍可考的。

(二)"小雅"的时代

我们可以认定"小雅"中也有为数不多的西周中期的诗。《楚茨》、《信南山》、《甫田》、《大田》4 篇农事诗或籍田礼祭神、祀祖,或表现籍田之事,与"周颂"的农事诗有相近之处,与《幽风》亦有相同语句,语言又不似"周颂"那样古典,既不会是西周前期的歌诗,又不可能是宣王朝的歌诗,因为据《国语·周语》"宣王即位不藉千里",宣王不行籍田制,其王朝自然不制作这类乐歌;宣王的父亲厉王、祖父夷王,更不会去下田劳动示范了。"小雅"的4篇农事诗的制作时间,推断在西周中期的后一段时间比较合理。"小雅"中能够推论为厉王朝歌诗的是《大东》,因为厉王加重对人民的赋税和徭役剥削,也发动过规模较大的讨伐东夷的战争,传统注疏皆云《大东》是"东国困于役而伤于财,谭大夫作是诗",《汉书·古今人表》列谭大夫为厉王之世的人,故时代可信。

"小雅"歌诗产生于宣王朝的,据李山研究,还有《常棣》、《出车》、《六月》、《采芑》、《车攻》、《黍苗》、《伐木》、《天保》、《鹤鸣》、《祈父》、《斯干》、《无羊》、《瞻彼洛矣》、《鸿雁》、《黄鸟》、《我行其野》等篇。所以这样论定,因为:(一)其中的战事诗与宣王进行的"北伐"、"南征"相合,其中将帅南仲、尹吉甫、方叔都是宣王大臣;另一部分诗中记述的史事、人物,也出在宣王朝。这些也是诗有明证、史有明据的。(二)其中没有明证明据的是一些礼仪乐歌,是从宣王青年亲政、志在中兴、修治礼乐等史实来推断的,与旧注多无抵牾。我认为李山的推断大体可信。"小雅"中从西周中期后段到宣王朝为止,目前考定的是这20多篇,当然还有,留待继续研究。

"小雅"一共74篇,"风雅正变"论者把"小雅"前16篇统称为"正小雅",而把《六月》以下58篇统称为"变小雅",指它们是衰世、乱世、亡国之世之作。前面说过,这样划分是不准确的,如"小雅"4篇农事诗就划到"变小雅"去了,是没有道理的,而所谓"中兴"的宣王之世,也有怨刺诗。不过,从歌诗内容与时代的关系来看,也可以帮助我们了解作品产生的大致时代。

幽王朝11年,"二王并立"时期12年[①],能够认定是这23年制作的"小雅"歌诗有:

《小弁》,幽王废太子宜臼,太子傅刺幽王。

---

① 晁福林:《论平王东迁》,《历史研究》1991年第6期。幽王死,虢公立王子余臣,称携王,申侯立宜臼为王,"二王并立"12年,余臣被晋文侯杀死,宜臼东迁,即平王。

《巧言》，幽王宠信小人，诗刺幽王身边的俳优之辈。

《白华》，被废的幽后刺幽王。

《节南山》，写明"家父作诵，以究王讻"述亡国之痛，指斥师尹误国。

《正月》，写危弱的携王小朝廷困难重重，朝政昏暗。

《雨无正》，携王近侍小臣忧虑小朝廷的孤立和危殆。

《小旻》，写小朝廷缺乏人才，治乱乏策，国运可哀。

《角弓》，面对丧亡，以角弓为喻，呼吁兄弟宗亲团结，勿再兄弟对立，结束"二王并立"。

《菀柳》，言携王小朝廷所以处于诸侯不朝、大夫不受命，因携王之位不合宗法礼制。

《都人士》，写平王东归，受宗周人民热烈欢迎。

《鱼藻》，写平王在镐京举行盛大酒会。

东周平王朝"小雅"歌诗，最可信的是《十月之交》，诗中记载当时的一次月食和日食现象。古人推断这次日食发生于周幽王六年，推论《十月之交》是幽王时诗；今人张培瑜作出新的考证，提出这次前有月食的日食发生在公元前 735 年 11 月 30 日，即东周平王三十六年。[①] 据此可论断《十月之交》这篇"小雅"名篇，是东周平王时的歌诗。《绵蛮》、《渐渐之石》，也是平王东迁的作品。

至于上文没有写出篇名的"小雅"歌诗，主要是那些怨刺诗，只有大体上认为它们是西周后期衰乱时代对现实的反映了。

为《诗经》各篇系年，是根本办不到的事。我们只能企求明白各类诗的时代，了解主要篇章的时世，以利于"知人论世"，来较好地研读这些作品。汉代的郑玄作《诗谱》，明代的何楷作《诗经世本古义》，都积多年的精力想列出各篇的世次，但他们都没有成功。中国现代诗经学近一百年了，学者们都

---

① 张培瑜(南京紫金山天文台教授)《中国早期的日食记录和公元前 14 至 11 世纪日食表》一文说：幽王六年(前 776 年 9 月 6 日)的日食，食份小，周都看不到，而前 735 年的日食加月食，中原地区可看到。赵光贤利用这个结论，作《十月之交作于平王时代说》，载《齐鲁学刊》1984 年第 1 期。

在研究,在克服无数错误的进程中前行,目前,还只能大体上了解各类诗篇的时代,尤其对于"雅"、"颂"诗篇的时代研究,仍存在很多问题,常常证明我们以前的论断有错误。这主要是因为资料不足,更缺乏实证,同时也有研究方法上的问题,在"雅"、"颂"歌诗的世次研讨方面尤为不足。

近几年,一批较年轻的博士作出了很好的成绩。我读到的博士论文,如李山博士的《诗经的文化精神》、马银琴博士的《西周诗史》、刘毓庆博士的《雅颂新考》、李瑾华博士的《诗经周颂考论——周代的祭祀仪式与歌诗关系研究》、张建军博士的《诗经与周代文化考论》、黄松毅博士的《诗经大雅歌诗研究》,他们收集掌握了众多新的研究材料,利用了国内外历史学、考古、古文字、文化人类学以及自然科学新的学术成果,改进了研究方法,各有创获,他们的研究比我进步。江山代有才人出,我为"雅"、"颂"研究的深入和可喜的进展感到高兴。我在上文关于"雅"、"颂"时代的叙述就参考了他们的论文,尤其是利用了李山的关于二"雅"世次的一些论点。我认为,晁福林对东西周之际"二王并立"的发现,以及李山利用这个发现重新论定"小雅"若干诗篇的时世,非常值得重视,应感谢年轻的博士们把"雅"、"颂"研究推到新的发展阶段。

十五 "国风"的时代和地域

"国风"是东周时期收集的 15 个国家和地区的地方歌诗。这些国家和地区的地理位置,在现在的陕西、山西、河南、河北、山东和湖北北部,包括当时中国的全部地域,主要在黄河流域,向南扩展到江汉流域。历史上把公元前 770 年(平王东迁那一年)至公元前 476 年(赵、魏、韩三家分晋那一年)划为春秋时代,"国风"160 篇大部分是春秋初期到中期的作品,也有一小部分是西周时期传下来的地方乐歌。"国风"中最早的可能是《周南》或《豳风》中从西周早期流传下来的某篇歌谣,最晚的则可信为《陈风·株林》。

"国风"的"国",现在来看,不过是"地区"的意思。周初封建,分封亲属和功臣(诸侯)不等的土地,规定他们拥有一定数量的武装力量,统治人民,收取的赋税一部分上贡周王,一部分自己享用。土地可以世袭,周王又随时可以收回。史书说周初分封大大小小有三千余国,数目未免夸张,不过确实存在许多小国,这里所谓的"国",也就是"地域"。上海博物馆保存的战国竹书《孔子诗论》,不称"国风"而称"邦风",就能够说明问题。

历来的诗经学对十五"国风"之中有的名称和地域,有不同的认识,我们依照现在它们排列的顺序,对它们及其所在的地域历史和文化特点,作简略的考察。

(一)二"南"问题

澄清二"南"的问题,有必要先从"周"、"召"、"南"三个名称的由来说起。

"周"、"召",原来是周人本土岐山之南的地名。周人向外发展,向西向北都是边荒之地,土地和人口资源较差,而且西有戎族、北有狄族,所以在战略上只宜向南向东发展。向东发展虽有殷商的阻力,但殷商正在衰落。"南国"是当时对南方诸小国的统称,阻止周人发展的力量很小,所以"经营南国"是周人发展战略的首选。至于向东发展,关中东部的渭南地区自然是首先经略之地,渭南地区的洽川一带自然条件优越,是帝喾旧地,与尧都地区一河之隔,又是夏禹母亲的故里,夏禹在此治水开凿龙门。夏启封支子在此建有莘国,后来是汤妃和汤相伊尹故里,是当时经济、文化开发较早的地区。文王的妻子太姒是有莘国贤淑的美女。周、莘的联姻,使文王势力顺利东进。文王营建丰邑为政治中心,统治了整个关中作为根据地,在这里接受了夏商两代文化,发展出灿烂的西周文明。文王东进伐密伐崇(在今河南北部和山西南部)也必然从洽川渡河。洽川,在文王实现经营天下的整个战略中是一个非常重要的地方。

在《诗经》的传统注疏中,汉、唐诸著都注释《周南》的前几篇是"后妃之德"或"后妃自作"。欧阳修、朱熹均注《关雎》中的"君子"是文王、"淑女"是太姒,而文王娶太姒,《大雅·大明》有明证,史传有记载。郃阳地方志和当地民间传说,也说《关雎》是歌唱文王和太姒的爱情故事,并称《关雎》后面的《卷耳》、《葛覃》是太姒之作。在学术考证资料不足的条件下,至少,在目前我们还没有证据来一一推翻这些古注和传说,不妨以民俗文化为参考。

"南"这个字,不但作为方位词对当时南方诸小国统称"南国",同时也是一种乐器的名称。郭沫若《甲骨文研究·释南》考证"南"原来是一种似铃状的古老乐器。《吕氏春秋·乐语》说,禹"娶涂山氏之女,实始作南音"。"南音"是由这种乐器而形成的乐调。洽川是禹母的家乡,夏禹又到洽川一带治河,把这个"南音"带到洽川这个地区,是合情合理的事。我到洽川去考察,发现那里的地方歌舞和地方戏曲,因为伊尹,还有商代大濩乐舞的遗存。鉴于夏、商、周的文化传承关系,西周时代,在渭南地区洽川地方有名为"南音"的乐歌是可信的。

西周开国,将岐周以东至洛阳一线之南的地区(包括南方诸小国),由周公姬旦、召公姬奭分别治理,周公在东,召公在西。"周公"、"召公"是二人的封号,不是指岐山之南原名"周"、"召"这两个小地方,如同"周"这个地名扩大为整个周王朝国家。周公、召公为在他们经营治理的地方推行文王教化,为发展礼乐,当然会采集原来就有的"南音"制作乐歌,因为这也更易于在南方诸小国推广。所以,二"南"中有西周前期包括《关雎》在内的一些乐歌。

崔述《读风偶识》说:"成王之世,周公与召公分治,各采风谣以入乐章。周公所采,则谓之《周南》,召公所采,则谓之《召南》焉。其后周公之子,世为'周公',召公之子,世为'召公',盖亦各率旧职而采其风。是以昭、穆以后,下逮东迁之初,诗皆有之。"这段文字,说明二"南"名称的由来,也说明了为什么二"南"中也有江、沱、汝、汉之诗。二"南"采诗的时间很长,地域很广。

古籍上所谓的周、召二公"分陕而治",这里的"陕"字,不是指现今的陕西省,也不是现在河南省陕县,考之古地理,是今河南省禹州市地区,秦治颍川郡,辖境相当登封、宝封以东,尉氏、漯河以西,密县以南,治所阳翟(今禹县)这个地区在今洛阳之南。《周南》、《召南》之地是从这个地区中间分开,《周南》的地理位置包括这个地区东半部及以东再向南达江、沱、汝、汉;《召南》的地理位置则在《周南》地域之西,西至今陕西省南部,南达湖北省东北部。

二"南"歌诗最晚的时间,不迟于周釐王之世(前681—前677),即春秋初期。《左传·僖公二十八年》记:"汉阳诸姬,楚尽实之。"楚国势力逐渐强大，先后灭亡了江、沱、汝、汉诸姬姓小国，所以二"南"没有春秋中期的歌诗。

综上所考，二"南"地域文化最大的特色是推行所谓"文王之化"，即把西周礼乐文化通过乐歌的形式向南方推广（化自北而南），如《毛诗序》所说："先王以是经夫妇、成孝敬、厚人伦、美教化、成风俗。"全部二"南"都服务于这样的教化目的，所以称"正始之道，王化之基"。孔子十分重视二"南"的教育作用，他对自己的儿子说："女为《周南》、《召南》矣乎？人而不为《周南》、《召南》，其犹正墙面而立也与！"（《论语·阳货》：你研读《周南》、《召南》了吗？人假若不研读《周南》、《召南》，就好像面对墙壁站着，一步也不能前行啊！）朱熹说："惟《周南》、《召南》亲被文王之化以成德，而人皆有以得其性情之正。"（《诗集传序》）因而二"南"在"国风"中置于首二篇，称为"诗之正经"。

《周南》放在"国风"最前的位置，因为周公假天子之礼乐，所采之风便称为"王者之风"；《召南》位置次之，因为召公是诸侯，只能称"诸侯之风"。

最近又读到林东海的文章《说"南"与"风"》，他考证说："南"既非独立于"风"外，亦非包括于"风"中，而是在春秋之时，音义俱同，只是用字有别，其一，二字都有乐歌之义，是字义的演化；其二，就字音言之，从《诗经》的乐韵可推知二者在上古读音相同；其三，"南"作为方位词，比较稳定，很难容纳新义，不易更改。质而言之，"南"就是"风"，二字属于通假字。[①] 这段话与我们讨论的问题有关，所以节录在上面。

(二)《邶》、《鄘》、《卫》辨

十五"国风"中有《邶风》、《鄘风》、《卫风》三组歌诗，据今本《诗经》（毛诗）分为三卷：《邶风》19 首、《鄘风》10 首、《卫风》10 首。这 39 首诗，总篇数占十五"国风"160 篇的近四分之一。《三家诗》将《邶》、《鄘》、《卫》合为一卷，其篇次与《毛诗》不同，而且又多出一篇《黍离》，共 40 篇，恰为"国风"总数的四分之一。

这三组诗编排在二"南"之后、《王风》之前。《周南》、《召南》编为"国风"

---

① 详见林东海《说"南"与"风"》，引文是节要，全文见《文学遗产》2006 年第 1 期。

之首,是《诗经》编者特别重视的两组歌诗。《王风》是西周东都亦即东周都城洛邑地区的歌诗,为什么把《邶》、《鄘》、《卫》编在《王风》之前呢?这首先是由于这个广大地区在当时具有重要的政治、经济和文化上的地位。

1.为什么编在《王风》之前

邶、鄘、卫的所在是殷商的王畿千里之地。这里千里沃野,西倚太行,东连冀州和齐鲁大平原,南跨黄河,北接幽燕,是汉族最早开发的广大农业区,物产丰富,文化发达。商汤兴国建都于亳(今河南商丘附近),经五次迁都,盘庚时代迁都于殷(今河南安阳境),又迁都于朝歌(今河南淇县境),这个地区那时便成为天下政治、经济、文化的中心。

周兴起于西北,虽有关中平原富庶的农业区,却比不上商畿平原的面积广大和物产丰富;而且它的发展始终受到戎狄等强大的游牧部落的牵制。从地下发掘来看,在武王灭商之前,周人的手工业,特别是青铜器制造业,基础比较薄弱,锻冶水平较低。商代的青铜器制造业和各种手工业,已经相当发达,工艺达到纯熟水平,贸易和货币流通已经发展,而且开始用铁。1972年河北藁城(今属石家庄市)台西商代墓葬遗址出土的铁刃铜钺,就是实证。周战胜商之后,占有了商的手工业资源和设备,俘获了许多技艺纯熟的手工业奴隶,适当地调整了生产关系,青铜器工业于是迅速发展到更高的水平。所以这片地区发达的经济,是周王朝十分倚重的。

在政治上,这里原是殷商的统治中心,商的残余政治势力仍有影响,遗民并未心服;而东面的奄国等方国,北面的孤竹(在今冀东)等方国,都有商的同姓国或关系密切的属国。周王朝必须牢靠地控制这片地区,才能巩固在全国的统治。所以,武王在邶、鄘、卫设立"三监"。武王死后,纣的独生子武庚勾结"三监",会同奄及各东方小国发动复辟的叛乱战争。周公坚决地镇压了叛乱,他把商朝顽固的贵族迁到洛邑,并监视其劳动,封文王的小儿子、他的弟弟康叔统治这地方的殷民。康叔封号"孟侯","孟",大也,"孟侯"即诸侯之长。他一方面镇压商潜伏势力的反抗,一方面推行周公旦提倡的"德政"和礼乐"教化",这个重要的政治地区终于与周朝联结为一体。

出土的大量商代文物,反映出殷商文化已有辉煌的成就。殷商文化主要集中地的都城大邑,大多分布在这一地区。安阳殷墟出土的卜辞,标明已有较成熟的文字，天文、历法、工艺美术、乐舞、医药、数学、建筑，都有发展。灿烂的西周文化，正是对殷商文化的直接继承、改造和发展。

《诗经》的编者编次 15 个国家和地区的民间歌诗，鉴于邶、鄘、卫在政治、经济、文化上的重要地位，又鉴于这里通过康叔推行"文王之化"，而且卫侯是诸侯之长，所以编在周公、召公推行"文王之化"的《周南》《召南》之后。

至于《王风》又次之，因为东都开发较晚，在西周时代，洛邑只是周王朝设计的统治东方的政治军事中心，东周时代虽成为都城，但王室衰微，地位反而不如几个大的诸侯国，而且诗篇不多。如《诗集传》所说："王室遂卑，与诸侯无异，故其诗不为'雅'而为'风'，然其王号未替也，故不曰《周》而曰《王》。"

2.邶、鄘、卫的地域问题

邶、鄘、卫的地域，从古至今，是长期考辨的问题。

据史籍所记，"三监"的存在，只是几年间的事。周朝派三叔领重兵在殷都朝歌三面驻扎，一方面监视武庚的活动，一方面分别向北、向南、向东管治殷畿千里疆土。三监并非三国，只是分别管制殷都的东、南、北三个地区。当周公平定三监与武庚的叛乱后，便把这千里商畿统封给康叔，建国封侯。我们作以上的理解，比较吻合《书》《史》的记载，也解决了邶、鄘的始封和何时被卫合并的问题。班固始曰"三国"，不过是古人常以邑为国的惯例而已。

明白了邶、鄘、卫原来是三个地域，综合诸说，大致可以认定：

邶：从朝歌而北谓之邶，指从故邶城（今河南卫辉东北）向北逾衡、漳二水这一区域，这一点，自来无疑问。衡、漳二水源于今晋东南，流经今河北南部及中部衡水地区东流入海；邶地地域当在今晋东南边缘、豫北的一部及冀南、冀中地区的一部分。

鄘：鄘、卫的地域，前人之说不同，或谓鄘南卫东，或谓鄘东卫南，考之故鄘城在殷都南（今河南汤县东南），当以《谱》《集传》所言鄘南卫东为是。鄘的地域约今之豫北及跨河部分地区。

卫：卫的地域约从殷旧都淇邑而东；后来旧卫为狄人所灭，渡河迁漕方，都于楚丘，则其地域从豫北向东及东南方，约当今冀东南、鲁西南与兖州接壤。

康叔被封为孟侯,包括原来邶、鄘、卫三地的千里殷畿之地尽归其统治。《孔疏》谓周之封建制度,大国不过五百里,殷畿千里不会尽封康叔,因而把邶、鄘、卫的地域限定在殷都左右。这是不对的。实际上康叔封建卫国得到殷民七族为种族奴隶,康叔的政治使命是治理殷畿旧地,他的采地的确很大。后来这块地区陆续封了一些同姓小国,如邢、凡、胙、共、邘、温、南燕诸国,都在殷畿之内,都是方百里的子国。(至春秋时,这些小国又陆续被卫灭掉)。邢国(今河北邢台市)即临衡、漳二水,其地即属邶地,邢被灭后仍属卫国。又如齐侯师尚父(即姜氏吕尚)封国也很大,据《左传·僖公四年》及《史记·齐太公世家》,他的封地"东至海,西至河,南至穆陵,北至无棣,王侯九伯,实得征之"。可见周制诸侯封地不过五百里之制在初期并不尽然,不独第一世卫侯例外,西周的封建制度也有一个发展和完善的过程。

我们可以说,周初所封建的卫国疆域,包括原来邶、鄘、卫三监所分别治理的殷畿千里之地。《邶》、《鄘》、《卫》三"风",都是卫国的土风。

3.《邶》、《鄘》、《卫》是三种地方乐调

因为《邶》、《鄘》、《卫》都是卫国的歌诗,《左传·襄公二十九年》记季札观乐,就统称为《卫风》。又《左传·襄公三十一年》记北宫文子相卫侯访楚,赋《邶风·柏舟》,也称"卫诗"。汉今文鲁、齐、韩三家《诗》,把《邶》、《鄘》、《卫》三风合为一卷,40篇。今人也有从此例者,如程俊英的全译本和注析本,都编为一大组,称为"卫诗"。

从这39篇诗的内容来看,它们都歌咏卫国之事,而分属三"风",如下例:

[1]《载驰》,许穆夫人卫姬回国奔赴国难,入《鄘风》。

[2]《竹竿》、《泉水》,相传是许穆夫人的怀乡之作,或卫女思乡之作,一入《卫风》,一入《邶风》。

[3]《简兮》,咏卫国公庭万舞盛况,入《邶风》。

[4]《君子偕老》,刺卫夫人淫乱,入《鄘风》。

[5]《新台》,刺卫宣公淫乱,入《邶风》。

以上 5 诗都咏卫国之事，为什么分别编入三组呢？有人解释它们产生在邶、鄘、卫三国存在时期，所以分属于三"风"。这个解释是不对的。因为上面五例，都是春秋时期的作品，而非周初的作品。我们还可再举年代更为确凿可考的二例：

[6]《定之方中》，入《鄘风》。美颂卫文公从漕邑迁楚丘重建卫国，事实确凿，卫文公为十七世卫公，世在春秋，非西周之初；地在楚丘（今河南滑县），非卫国旧地。

[7]《击鼓》，入《邶风》。诗云"从孙子仲，平陈与宋"，明写事件和人物。查《左传·隐公六年》记陈、宋两国纠纷被调停一事，事在公元前717 年，这是不容置疑的。

据以上 7 例，上述理由不能成立。

那么，又有人解释：这三组诗是按原来的地域分组的，它们产生于邶、鄘、卫旧地。

这个理由也不能成立。除以上诸例，清代王先谦《诗三家义集疏》据各诗中的地理名词，举出以下诸例：

[8]《凯风》："爰有黄泉，在浚之下。"《干旄》："子及干旄，在浚之郊。"浚，卫邑名，今河南濮阳县南，二诗却分属《邶风》、《鄘风》。

[9]《泉水》："亦流于淇"；《桑中》："送我乎淇之上矣"；《淇奥》："瞻彼淇奥"；《氓》："淇水汤汤"。淇水南流汲县入河，这里却写入《邶》、《鄘》、《卫》三"风"。

[10]《硕人》："河水洋洋"；《柏舟》："在彼中河"；《新台》："河水弥弥"……"河"即黄河，难道卫宣公劫留儿媳会到邶地河边去建台阁藏娇吗？

王先谦说：卫诗所以分编三"风"，并没有一定的规则，因为卫诗多达 39首，编为一"风"篇目太多，"分《邶》、《鄘》、《卫》者，盖为卷分上、中、下，或一、

二、三",并无其他意义。(《诗三家义集疏》)那么,既然因篇数多而分为三,为什么不各 13 篇,而是一个 19 篇、两个 10 篇呢?又,《郑风》有 21 篇,为什么不一分为二呢?王先谦没说出道理。

前人没有讲通《邶》、《鄘》、《卫》编组的问题,朱熹《诗集传》干脆说:"其诗皆卫事,而犹系其故国之名,则不可晓。"

其实,朱熹老夫子思考过这个问题,与他同时代的学者薛季宣也思考过这个问题,他们都有很好的见解。据王应麟《诗地理考》引朱氏曰:"《邶》、《鄘》皆主卫事,而必存其旧号者,岂其声之异欤?"又引薛氏曰:"邶、鄘灭而章犹存,故非卫所能乱。"这两位老先生的看法,已经抓住了解决问题的关键,一只脚已踏进真理之门,再进半步,问题就迎刃而解了。朱熹是一位有眼光的大学者,我读《朱子语类》,从他与学生谈话的许多语录来看,这位道学老先生毕竟是很有眼光的,可是,有些见解只在平时向学生流露一些,不肯写到书里去。

《诗经》的整个编排体制,是按这些歌诗的音乐分类的。"风"是土风,即地方乐调,十五"国风"是 15 个国家和地区的地方乐曲配合的歌诗。邶、鄘、卫三地毗连,各有其地方曲调,即邶调、鄘调、卫调。这三个地域在政治上合为一个卫国,但流传的曲调继续在民间传唱,或在卫国公庭演奏,当然可以用这三种土风配制新的歌诗。在现代的豫北、鲁西南、燕赵平原,仍然同时流传着河南梆子、河北梆子、丝弦、曲子戏、吕剧等多种曲调;在苏南、浙江,也同时流传着越剧、锡剧、淮扬剧等腔调不同的剧种,其中的道理是一样的。编《诗》时,根据这 39 篇诗的乐调而编为三组,即邶调、鄘调、卫调。

《诗》最初编集,本来是供王公贵族的乐团或乐队演奏用的,这样的编排体制,有它的科学性和实用性。孔子整理时,用很大力气来"正乐",当然尊重这个编排体制,因为这样编,学起来方便,用起来方便。

由此看来,我们既然承认十五"国风"是按乐调分组的,那么,有些学者把《邶》、《鄘》、《卫》合为一组,也就大可不必了。

《邶》、《鄘》、《卫》三风 40 篇,都是春秋时期的作品,内容比较丰富,题材多样,它们的作者除个别上层贵族外,主要是中下层贵族和城市自由民,从各个方面反映了当时的"礼崩乐坏"、战乱、社会生活与习俗;其中的一部分爱情诗,曾被道学家长期斥为"淫诗",这个问题,我们在下面与《郑风》一同讨论。

(三)《郑风》和"郑卫之音"

《郑风》21篇,是郑国的地方歌诗。郑国是东迁后兴起的大国,地理位置西与东周京都洛邑及王畿相连,北与卫国接壤,东与殷后裔的宋国及殷旧地陈国接壤,南与楚国相接,其辖境约相当于今天郑州市、开封市所属若干县,国都在今新郑县。

郑国地域是商王朝前期旧邦,商前期都南亳(今商丘南),迁西亳(今偃师),郑国地域正在中间,是商前期的统治中心区域,受商人信鬼好巫和喜耽酒、好歌舞的文化影响很深,加上南方楚国巫风的影响,形成郑国的民间习俗,我们在《郑风》中就能看到很多原始性祭祀、驱鬼和节日歌舞、欢会活动。西周推行礼乐文化,先本土,次南国,所谓"化自北而南",这个地域本来姬姓小国不多,相对来说礼乐教化在这里的影响较浅,即使在上层社会,婚姻制度、男女往来、道德观念受宗法礼教的束缚也比较少。这个地域平原广阔,水系发达,农业经济也带动了商业发展,城镇居民增多,人们的歌舞娱乐需求增长;礼教的缺位或松弛,也使人们自然的性爱要求渴望得以自由地表达。我们在《郑风》中看到的那些与祭祀和节日活动相结合的歌舞和男女欢会,就说明这种情况。郑国如此,邻近的卫国等也大致相近。《汉书·礼乐志》说:"周道始衰,怨诗之起……郑、卫、赵、宋诸国,亦皆有淫声。"

《郑风》21篇,除《缁衣》、《大叔于田》、《清人》、《羔裘》4篇,另17篇都与爱情婚姻有关,可以说《郑风》以爱情诗为主。这些爱情诗可分两类:一类是上层社会的歌诗,表现了礼教束缚和恋爱自由意志的冲突,以及突破束缚的内心愿望;一类是民间歌诗,热情泼辣,自由奔放,表现不受束缚的真实人性。《郑风》的情诗恋歌,是那个时代文化精神的反映。

关于"郑声"或"郑卫之音",是一个长期议论不一的问题,议论不一的关键所在是"郑声"和《郑风》的关系。

首先可以肯定:"郑声"是春秋时代郑国兴起的一种新乐。孔子说:"放郑声,远佞人;郑声淫,佞人殆。"(《论语·卫灵公》)他把"郑声"比作"以利口覆邦家"的佞人。《荀子·乐论》说："郑卫之音，使人心淫。"孔子时所说的"淫"字，本义有过度、放纵或惑乱、沉迷的意思，后人才专指男女交合之事。但这种乐曲能使人心情欢欣，听乐能得到快乐，所以流行很广，上层社会的人也喜爱，如《礼记·乐记》记战国初魏文侯曾说："吾端冕而听古乐，则唯恐卧；闻郑卫之音，则不知倦。"历来对"郑声"有不同的评价，儒家斥它"邪僻"、"淫声"；嵇康则称"若夫郑声，是音声之至妙"（《声无哀乐论》）。李善注《文选·枚乘〈七发〉》称为"善倡"，按"倡"同"唱"，"善倡"即动人的歌曲。古人或称"郑声"，或称"郑卫之音"，都是指这样一种音乐。单称"郑声"，因为郑国流行的这种音乐更有代表性，如朱熹《诗集传》说："郑、卫之乐，皆为淫声。然以诗考之，卫诗三十有九，而淫奔之诗才四之一；郑诗二十有一，而淫奔之诗已不翅七之五。卫犹为男悦女之词，而郑皆为女惑男之语。卫人犹多刺讥惩创之意，而郑人几于荡然无复羞愧悔悟之萌。是则郑声之淫，有甚于卫矣。"

"郑声"代表的这种音乐，是"邪僻淫声"，还是"至妙之音"，是由于政治观念和审美观点不同而产生的不同评论，我们这里可以不作辩论；在诗经学上难于说清的是"郑声"与《郑风》歌诗的关系。归纳古人和今人的讨论，主要有以下三种观点：

第一种观点认为：孔子说"郑声淫"，是专指郑国音乐而言。例如，明代杨慎："淫者，声之过也。……郑声，淫声，郑国作乐之声过于淫，非谓郑诗皆淫也。"（《丹铅总录·订讹类》）清代陈启源："夫子言'郑声淫'耳，曷尝言'郑诗淫'乎？声者，音乐也，非诗词也。……乐之五音十二律长短高下皆有节焉，郑声靡曼幻眇，无中正和平之致，使闻之者导欲增悲，沉溺而忘返，故曰'淫'也。"（《毛诗稽古篇》）

这种观点把乐和诗分开，还有一个论据：《诗》是孔子选定并整理过的教导人修身齐家治天下的经典，怎么会有"淫惑"之作呢？但诗乐合一，早有明论，早在春秋中期吴公子季札至鲁国观周乐，就听到《郑风》，并且评论说："美哉！其细已甚，民弗堪也。是其先亡乎？"（《左传·襄公二十七年》）梁代刘勰解释这段评语，从"诗为乐心，声为乐体"即内容和形式的关系说起，"乐心在诗，君子宜正其文"，故季札观辞，不直听声而已，并明言"诗、声俱郑"。

（《文心雕龙·礼乐》，范文澜注："诗声俱郑，犹言诗声俱淫。"）

第二种观点即"诗声俱淫"，西汉的白虎观大论辩，记载其结论的班固《白虎通·礼乐》云："孔子曰'郑声淫'，何？郑国土地民人，山居谷浴，男女错杂，为郑声以相悦怿，故邪僻，声即淫色之声也。"后儒多取此说，前面引述的朱熹的言论更明确指出《郑风》的七分之五，《卫风》的四分之一，都是"淫诗"；他著《诗集传》对上述诸诗，也一一注明"此淫奔之词"。这样解释就产生一个问题：孔子以《诗》育人，为什么保留这么多的"淫声淫词"？他说"放郑声"，他又为《诗》作过"正乐"的工作，这些"淫邪"之声，为何不"正"？于是，产生了种种辩解，传统的解释是：这是孔子为了发挥《诗》教的"观"的作用，让人观察风俗，同时也让这样的作品作"反面教员"，起到鉴戒的作用。为了力求通过解释，使这些诗篇合乎礼义，也产生了对这些诗篇内容的种种曲解。

第三种观点认为孔子说"郑声淫"，是指他当时所见的"新乐"。孔子是在春秋末年见到和整理《诗》的，《诗》中最晚的诗是产生在春秋中期的《陈风·株林》，时在公元前 599 年前后；孔子开始整理《诗经》大约在公元前 490 年；季札在鲁国观周乐评价在公元前 543 年，距孔子整理《诗》也有 50 多年。《礼记·乐记》引孔子的弟子子夏曰："今夫新乐，进俯退俯，奸声以滥，溺而不止。及优侏儒，犹杂子女，不知父子，乐终不可以语。不可以道古，此新乐之发也。"子夏是说那时早已流传的《诗经》，已是"古乐"、"古语"，孔子所见到的是当时流行的民间音乐，也就是孔子所反对的"郑声"或称"郑卫之音"。今人顾易生《先秦两汉文学批评史》采取此说，认为郑声"当是其时一种流行乐调歌曲，情思比较放浪，节奏比较浮靡，不符合乐而不淫的标准，使听者为之沉湎"。这个观点认为孔子"放郑声"是指他当时的郑卫流行音乐，无关于《郑风》和《卫风》。

这三种观点的论者都说明了一些理由。乐调早已不存，缺乏直接的证据，认识尚未能统一。我们认为，诗乐合一是肯定的，《郑风》是卫国地方乐调的歌诗，任何地方乐调不是凝固的而是发展的，不是单一的风格而是多样的风格，如 21 篇《郑风》，其中 4 篇中有歌颂武公的《缁衣》，有赞美猎人的《大叔于田》，有讽刺统治者的《清人》，有赞美大夫的《羔裘》，它们毕竟与爱情诗的曲调、旋律有较大的差异；几十年乃至近百年的时间距离，《卫风》的乐调和孔子所见的"卫声"，不会没有变化，子夏与顾易生所言，有一定的道理。我们可以用发展的眼光来看。我们的原则是具体事物具体分析，苦于缺少具体资料，只能作一般的推论了。①

(四)其他诸《风》地域和有关问题

《齐风》11篇，是春秋时齐国的地方歌诗。齐地本是东夷之地，周初，东夷各小国曾助殷的后裔复辟叛乱，周公东征戡平叛乱后，封开国元勋姜尚（吕望，俗称姜子牙）于齐地建国，作王朝的东方屏障。齐国始封地域就较为广大，东至于海西至于河，曾拥有今山东中部、东部及东北部的广大地域，大致包括今昌潍、泰安、临沂、德州地区及河北沧州地区南部，都营丘（今淄博市）。齐国经济发达，国力强盛，民俗还保留着尚武好猎的风尚，在婚俗和男女关系上仍有原始的母系氏族制残余，如长女不嫁、近亲婚乱、女性主动和自主等，这些习俗在《齐风》诗中有所反映。11篇歌诗大多产生在春秋前、中期，是上层社会和"士"阶层的作品；首篇《鸡鸣》有人认为是西周作品，尚难确考。齐国地方乐歌句式不等，风调舒缓，歌诗多语气词，也多杂言诗（其四言诗5篇、四言兼杂言诗3篇、杂言诗3篇）。

《魏风》7篇，是春秋时期魏国的歌诗。春秋时期的魏国是姬姓小国，魏故城在今山西省芮县北五里，魏地正处于黄河折流之处，西、南两面临黄河，北面是绵延的山脉和汾水，其地域南北长三十余里，东西长五六十里，国土狭窄，地瘠民困，旱涝无常，灾害频仍，生产力落后。东周时，王室衰微，无力保护它，它又深受秦国、晋国两个大国的压榨、胁迫，加上统治者的贪婪昏庸，诸如赋税、徭役、军需勒索等，必然加重对人民的剥削，所以魏国人民遭受的压迫剥削最为严重，生活十分贫困。《魏风》7篇是这个时代的真实反映。公元前716年晋国攻魏，芮伯被俘，魏国灭亡。这些诗当产生在公元前

---

① 以上综归各家之说，引录都很简略，详见鲁洪生《诗经学概论》，辽海出版社，1998年，第109—112页；张启成《诗经风雅颂研究论稿》，学苑出版社，2003年，第118—129页。

716 年之前的春秋前期。至于公元前 476 年"三家分晋"而建赵、韩、魏三国,历史已进入战国时代。战国时代的魏国拥有土地面积较大,曾西跨黄河,称雄一时,这与《诗经》的歌诗无关了。

《唐风》12 篇,是唐国的地方可读。唐国原是西周初期武王之弟叔虞的封国。经 20 世纪 90 年代的考古发掘,山西翼城与曲沃两县交界的天马——曲村遗址,发现了前八位晋侯的墓葬,证实此地即唐国所在。境内有晋水,叔虞之子燮侯,改国号称晋,所以《唐风》就是晋国的歌诗,其地域初在今山西南部翼城、曲沃一带。从晋公子重耳(即晋文公)去国流亡来看,原来的晋国统治阶级相当腐败,内部倾乱,回国后的晋文公励精图治,向外扩拼,才成为军事大国、"五霸"之一。这组歌诗多讽刺之作,而且讽刺前几代晋侯,历代注疏多认为是西周后期至春秋初期作品。不称"晋风"而称"唐风",也与原来的唐地有关,唐地自有唐地的乐调,而且也能反映时代的先后。

《秦风》10 篇,是秦国的地方歌诗。秦人本来是一个游牧民族,发展为奴隶制国家,在今甘肃天水及西北一带。西周灭亡后,秦赶走犬戎,关中一带才归其所有,经过几代人与犬戎、狄人的长期战斗和艰苦经营,成为西方大国。在秦国经济发展中,虽然逐渐重视农业,但畜牧和狩猎仍处于重要地位,战争时秦国人人当兵,所以好田猎、习射骑、尚武、善战斗,有集体精神,形成全社会的风气。从社会发展阶段来看,从上层统治阶级到民间,都保留着奴隶制度的残余(如殉葬制)。这些,共同构成秦国的文化精神。《秦风》10 篇中也有爱情和亲情的抒情诗,反映了具有强悍尚武精神的秦人,也有真挚、浓厚的亲情和深沉的刻骨铭心的爱情。秦国的地域包括今陕西省和甘肃省天水一带,都城咸阳。这 10 篇诗的创作时代在春秋前、中期。

《陈风》7 篇,是陈国的地方歌诗。史载武王把自己的大女儿嫁给舜的后裔妫满,称胡公,封于陈,使祀舜帝。陈国地域在今河南东部和安徽省西北部亳州地区,都宛丘(今河南淮阳县)。陈国北与宋国接壤,东北与齐国接壤,南与楚国相接,东南与淮夷相接,而且它的本土也是商汤故都南亳地区。商人祷神祈鬼的遗俗,受封祀祖的使命,周围宋、楚、南夷巫风地域的影响,加上胡公夫人因无子求神而好巫,巫觋淫祀、迎神歌舞,形成陈国的民俗。到春秋时代,在陈国的宛丘和东门这两个地方,与迎神歌舞相结合的男女聚合游观,成为定期举行的大会。《陈风》是这一文化景观的反映,有些男女也在这里对心爱的人唱出追求的恋爱,或唱出失意的情歌。这些诗篇大约产生在春秋前、中期。

《桧风》4篇,是桧国灭亡前后的歌诗。桧国本来是古祝融氏后裔妘姓的封国,其地域在河南省中部溱、洧二水之间,今郑州市之南。东周之初,郑桓公以其强大的武力,一举消灭了桧、虢等十个小国,来扩大自己的国土。郑灭桧而将其土地并入郑国,事在公元前722年左右,《桧风》有两首诗歌是桧国亡国前后贵族士大夫歌唱时世衰乱,亡国哀怨的抒情诗。春秋初时以后,桧国即不存在,并入卫国,为什么还称《桧风》呢?《诗集传》说:"苏氏以为桧诗皆为郑作,如邶、鄘之于卫也,未知是否。"依《邶》、《鄘》、《卫》例,当亦是地方乐调的原因。

《曹风》4篇,是曹国的地方歌诗。曹国是武王之弟振铎的封国,地域在卫、鲁、宋三国之间,约在今山东省西南部菏泽地区一带。4篇歌诗的时代说法不一。鉴于其中的颂美之诗,而曹国先亡于晋,复国后又于公元前487年亡于宋,近人多认为是东周初年上至西周时期的作品。

《豳风》7篇,产生在周人兴国的故地。其始祖弃居邰(今陕西武功);四世祖公刘迁豳立国,地域在今陕西省邠县、枸邑一带;至十二世祖古公亶父迁岐(周原);十二世文王才建丰邑(今陕西西安);西周镐京与丰邑仅一水之隔。从周人发展路线来看,由西而东,中间八世在豳地,所以这里是周人的老家,也是他们长期建设的地区,以及为他们开国征战提供兵员和给养的重要根据地。班固总结《豳风》的特色:"其民有先王遗风,好稼穑,务农业,故豳诗言农桑衣食之本甚备。"《豳风》有周公东征时期的歌诗,以及相传是周公所作的诗。公元前724年西周灭亡,包括豳地在内的整个关中都归秦国所有,所以可以肯定《豳风》全部是西周的作品,以各诗内容相证,也可信有西周前期的作品。

《诗经》的作者和民歌问题

《诗经》是周代五百多年之中积累的 305 篇乐歌,时间跨度是由西周到东周,产生的地域遍及当时中国的主要地区,绝不是一时一人之作。台北有位教授,写书说《诗经》全部是一个名叫尹吉甫的人作的,那是呓语。

305 篇的作者很难考证,只有 5 篇诗中言及作者名字,历史文献上的记载也只有 9 篇,《毛诗序》标明作者的有 33 篇。

(一)可知的作者

诗内具名的 5 篇 4 人:宣王大臣吉甫(尹吉甫)作"大雅"的《崧高》、《烝民》,平王卿士家父作《小雅·节南山》,寺人孟子(寺人是内小臣,孟子是名字)作《小雅·巷伯》,鲁国公子奚斯作《鲁颂·闳宫》。

史籍文献记载的 9 篇 5 人:周公作《豳风·鸱鸮》(《尚书·金滕》);许穆公夫人作《鄘风·载驰》(《佐传》);周大夫芮良夫作《大雅·桑柔》(《左传》);周公作《周颂·时迈》(《国语·周语》);卫武公作《大雅·抑》(《国语·楚语》);周公作《大雅·文王》(《吕氏春秋·古乐》);《左传》称《小雅·常棣》为召穆公作(《国语·周语》称为周公作,不可信)。

又,《诗古微》谓《邶风·泉水》、《卫风·竹竿》也是许穆公夫人作,近人多以为可信。

以上 14 篇、9 位诗人,学术界大多认为可信。

《毛诗序》所记 33 篇的作者,有的与上述 14 篇重复,其中有明显错误的(如谓《大雅·公刘》是康公戒成王,《豳风·七月》是周公陈王业,《周南·河广》是宋襄公送母之作等);有缺乏根据的(如卫庄姜作《邶风》的《绿衣》、《燕燕》、《日月》、《终风》4 诗)。也有的诗考究内容、历史事件、作者身份三者相合,所言作者较为可信,这几位作者及其作品是:《大雅·民劳》召穆公刺厉王,《荡》召穆公伤周室大坏,《常武》召穆公美宣王,《板》凡伯刺厉工,《云汉》、《韩奕》是尹吉甫的颂美诗，《瞻卬》、《召旻》是凡伯刺幽王的诗。这8篇都是西周后期至幽王和"二王并立"时期的诗，距离平王时《诗》的编采时间较近，他们献诗由乐官制成乐歌，作者又有较高的身份，所以作者的名字能够记住并传下来。

即使以上可信或比较可信的知道作者的诗篇，仍不到305篇的十分之一，百分之九十以上诗篇的作者仍无从查考。而且即使知道了作者之名，除了个别人，我们对他们的事迹，仍然知之甚少。例如，《巷伯》是寺人孟子所作，我们也只是知道他是一位在内府供职的小官，这和知道"为下层士吏所作"是一样的；我们知道凡伯或曹公作某诗，这和知道是公卿所作，也没有区别。

逐一考查三百篇的作者是办不到的事，我们只能根据诗篇的内容和时代背景，大体上了解作者的身份，争取能了解一些作诗的本事。我们在前面已经说过，"周颂"基本上由王朝乐官制作，而且有些颂歌是在王朝统治者的领导和参与之下制作的。"雅"诗基本上是贵族阶级的作品，其中"大雅"大多是公卿大夫的作品，"小雅"既有公卿大夫的作品，也有贵族阶级下层士吏的作品。"风"诗是各地的地方乐歌，作者有上层贵族、小贵族，也有平民，产生自社会各个阶层。

(二)西周后期的诗人群体

我们研读二"雅"中创作在西周后期的诗篇，会发现一道奇异的风景：在公元前827年至公元前770年往后一段时间，即距今将近三千年，中国出现了一群出色的抒情诗人，创作了一批优秀的政治抒情诗。

这个时间包括周宣王朝46年、幽王朝11年和曾经被从前的历史学家归入东周平王朝的"二王并立"时期12年。这群诗人的代表作如尹吉甫的《云汉》、《崧高》、《烝民》、《韩奕》，召伯虎的《江汉》，芮良夫的《桑柔》，卫武公的《抑》，家父的《节南山》，寺人孟子的《巷伯》，召穆公的《民劳》、《荡》，凡伯的《板》、《瞻卬》、《召旻》，还有作者名称失传的《常武》、《四月》、《十月之交》、《雨无正》、《小旻》、《小宛》、《巧言》、《大东》、《北山》、《小明》、《青蝇》、《苕之华》《何草不黄》等讽喻诗和怨刺诗。从数量来看,那个时期确实有众多的诗人。这些诗人主要集中在宣王朝和"二王并立"时期,因为刺厉王的诗,在宣王政治开放时代才可能制作乐歌,其中幽王朝只有 11 年,所以许多诗人是生活在同一时期。他们生活时代相同,讽喻或怨刺的对象相同,改良政治这一基本主题相同,因而自然地形成前后两个诗人群体。

这是贵族诗人的群体,是他们的阶级中有觉悟、有理想的一群人,他们关心国家的命运和人民的疾苦,为实现国家安宁、政治清明、人民安居乐业而创作。

上面举出的诗篇中也有几篇赞美君王或大臣的颂美诗和战争诗,如《云汉》是赞美宣王关心民瘼,而诗中着墨最多的是人民的苦难。那些有关战争的诗,则是歌颂为保卫边疆而建立功勋。这类美颂诗中贯穿着作者的希望。

那些政治讽喻诗,是诗人面对国运危殆、政治腐败、民不聊生,以深厚的忧患意识,揭露时弊。他们或指桑骂槐,或直斥君王昏庸、奸佞当道,感情激切,直言无忌。后世把这类政治讽喻诗的基本精神,概括为"板荡精神",鼓舞着世世代代的知识分子干预政治,揭露弊端、犯颜直陈。所谓"武死战,文死谏",如海瑞之敢骂皇帝,是这一精神传统的延续。

那些贵族阶级下层的怨刺诗,如朱熹所说:"以一人之事系一国之本。"通过个人的遭遇揭露社会黑暗和政治腐败,引起统治者的警戒而进行政治改革,"其忠厚恻怛之心,陈善闭邪之意,尤非后世能言之士所能及之"(《诗集传序》)。

在艺术上,这些作品贯穿着古典现实主义的创作精神。不少篇章感情真切,语言凝练,多用比兴,赋体铺陈也并用多种修辞格,在艺术上达到成熟的水平。

纵观人类几百代,横看世界五大洲,距今三千年,出现这样成熟的诗人群体,产生这么多优秀的政治抒情诗,舍我中华民族,文明古国,夫复岂有他哉!

(三)民歌问题

"国风"160篇的作者究竟是什么人？这个问题，前面已经谈过，这里有必要再说几句。

汉人解《诗》，都没有把"国风"解作民间歌谣。司马迁在《史记·太史公自序》说："《诗》三百篇，大抵圣贤发愤之所为作也。"他说大多数是圣贤之作，少数是什么人作的，他没有说。《毛诗序》释各篇题解，大都是圣贤、后妃、夫人、卿大夫、士、君子、国人之作，即大部分是上层贵族作品，一部分是中层阶级的作品。

朱熹《诗集传序》明确提出："'风'者，民俗歌谣之诗也。"他说："凡诗之所谓'风'者，多出于里巷歌谣之作，所谓男女相与咏歌，各言其情者也。"朱熹所说的"民俗歌谣"，其概念是相当宽泛的。他认为反映各阶层家庭、婚姻、男女情爱、风俗习尚、生活状况等内容的歌诗，都属"民俗歌谣"。

"五四"时代的学者力图作出新解释，他们就《诗经》各篇的艺术形式，如起兴、章节复沓、语言质朴、明快易晓等特点，肯定《诗经》是"古代歌谣总集"，"国风"是民歌这个说法被普遍接受。50年代以后，"国风"民歌说更被大加张扬。

按照现代文艺学的"民歌"这个概念，民歌是劳动人民的口头创作；劳动人民的口头创作具有人民性、阶级性，反映劳动人民的生活和斗争、思想和感情。把这个概念套到"国风"的作品上，再机械地运用马列主义的教条来解释"国风"的作品，必然产生以下两大弊端：

一是论者努力从"国风"中寻找现实主义和人民性的内容、民主的和社会主义的因素，引申阶级和阶级斗争学说，出现了《陈风·月出》是杀害奴隶，《召南·殷其雷》是号召奴隶逃亡之类的奇谈怪论。这种庸俗社会学思潮蔓延的时间很长，"国风"成了被压迫、被剥削的劳动人民的创作。由圣贤、后妃的教化之作变为奴隶的反抗之歌，不过是以新经学代替旧经学，以新谬误代替旧谬误。

二是把《诗经》中的绝大部分都摒弃了。"劳动之歌"、"奴隶之歌"，在

"国风"中太少了。于是选进高中语文课本的只有《伐檀》、《硕鼠》两篇,选进大专古代文学作品选的也不过再加上《七月》、《氓》等几篇,让广大群众看的《诗经》剩下的已经不多;到"文革"时期,更进一步提出:《诗经》是"奴隶主贵族文学",将它判处死刑。

30 年代朱东润已经对民歌说提出异议。他在专论《国风出于民间论质疑》①,考证"国风"绝大部分并非出自民间,而是统治阶级的作品。1959 年胡念贻发表论文《关于〈诗经〉大部分是否民歌的问题》②,提出把"'国风'和二'雅'的一部分笼统地说成民歌,这是不符合它的实际内容的"。他从作品所反映的现实生活、观点和感情进行论证,认为其作者属于社会各阶级,有一小部分民歌,大部分是统治阶级人士的书写文学,不是民歌,"应该称之为各阶级的群众性诗歌创作"。

80 年代,我们重新进行研究,逐渐深入,归纳其主要观点如下:

一、"国风"160 篇诗的作者,出于社会各阶层,能够确定为下层劳动人民作品的很少;把几篇无法确指作者身份的情诗、讽刺诗也算在一起,总数仍然不多。从周代社会阶级结构来分析,可以确定一部分是贵族作品,大部分是社会中产阶层作品。极少数的作品带有浓厚的劳动山歌或质朴的情歌风味,也不是原来的劳动人民的口头创作,经过记录、润饰、加工或改造,已非原貌。所以,"国风"就其主要部分而言,它不是现代文艺学特定意义的"民歌"。这也就是说,它不是劳动人民的口头创作,并不反映劳动人民的生活、观点和感情。它的价值是通过各阶层作者广泛地反映周代社会生活风貌,具有更为丰富和复杂的内涵。

二、"风"、"雅"、"颂"的体制是按音乐分类的,"国风"160 篇是用 15 种地方乐调(土乐)演唱的歌诗,与民歌有天然的亲密联系。不论歌词原来的作者是什么人,用地方歌调唱,都不能脱离民歌的艺术形式,或袭用,或借鉴,因而它们具有即情即景的起兴、章节复沓、语言朴实平易、韵律活泼明快

---

① 朱东润:《国风出于民间论质疑》,原发表于 1935 年《武汉大学文史季刊》,1980 年收入《诗三百篇探故》,上海古籍出版社。

② 胡念贻:《关于〈诗经〉大部分是否民歌的问题》,《文学遗产》1959 年第 7 期。

等民歌艺术特点。

三、不能认为只有劳动人民口头创作的民歌才具有最重要的价值。由口头文学向书写文学的发展，是社会的发展和文学艺术的进步。民歌诚然有它优良的品性，但它是不稳定的口头创作，也受作者文化水平、艺术修养、创作时间等条件的限制，与诗人精心构思、反复琢磨的书写诗歌相比，有粗细之分、文野之分。成功的诗人继承民歌的优良品性，精心创作艺术上成熟、思想内涵丰富而深刻的诗篇。没有这个继承和发展，便没有璀璨的中国诗史。《诗经》正是由口头文学向书写文学转化的第一部诗集，是中国诗史的光辉开端。

四、说"国风"不全是民歌，是指它不是现代文艺学特定概念的民歌。鲁洪生认为"民歌是一个历史概念，作者不是唯一的充分的必要条件，'国风'是'里巷歌谣'、'地方土乐'，今天主要是在这个意义上称'国风'为民歌"①。总的来看，现在学术界对基本事实的认识是一致的，有所出入的只是概念的表述问题。

---

① 鲁洪生：《关于〈国风〉是否民歌的讨论》，《第二届诗经国际学术研讨会论文集》，语言出版社，1996 年。

第四讲
三百篇的采集、应用和编订

三百篇的采集

《诗经》305 篇产生的时间长达五百余年，产生的地域遍及黄河流域中下游、南及江汉流域，怎么会收集起来，有什么用途，又怎样编订成集而且能够长期流传呢？

(一)乐官制度

西周王朝开国之后，为了巩固和发展封建领主制的宗法国家，建立稳定和谐的社会，把提倡和推广礼乐文化作为基本国策，在出色的政治家周公姬旦的直接领导下，大规模地制礼作乐。

制礼作乐，为了工作需要，建立了国家直接领导的专职机构。

《周礼·春官·大司乐》有如下记述：

> 大司乐掌成均之法，以治建国之学政，而合国之子弟焉。……以乐德教国子：中、和、祗、庸、孝、友；以乐语教国子：兴、道、讽、诵、言、语；以乐舞教国子：舞《云门》、《大卷》、《大咸》、《大韶》、《大夏》、《大濩》、《大武》。①

---

① 《周礼注疏》卷二三，见《十三经注疏》。

大司乐是周代六卿之一,掌管文化教育,其主要手段就是推行音乐教育,贯彻乐德、乐语、乐舞教育。从这里也可以看出,诗、乐、舞三者合一,而且与礼制紧密结合。"乐德"的六德指教育的内容;"乐语"指诗的六体;"乐舞"是六种乐曲配合的舞蹈。虽然《周礼》是后世追记,其中可能有若干理想成分,但总体上可以看出周代礼乐文化的组织制度和基本内容。六卿之一的大司乐下面,分设乐师和大(读曰"太")师,乐师掌管学政,大师掌管制乐;在大师的下面还有掌管、操作与传习不同乐器的瞽矇、磬师、笙师、镈师等专门技术人员。

周礼十分繁缛,《礼记·王制》有祭、丧、婚、冠、乡、相见等六礼,又各有大礼、小礼,名目繁多,可谓凡事有礼,不同的礼仪应用不同的乐舞和歌诗。可以说,十分明细而又有严格规定的礼乐制度,贯彻到周代宗法制贵族社会生活的方方面面,以此来推行所谓的"六德"教育。

《周礼·春官·大师》:"大师掌六律六同,以合阴阳之声。"这个音乐管理机构的首长是"大师",负责领导制作朝廷需要的祭祀乐歌和各种典礼仪式上应用的乐歌。

《荀子·王制》:"禁淫声,以时顺修,使夷俗邪音不歌乱雅,大师之事也。"这个音乐官署还负责音乐的审查工作,以夏代传下来的雅乐为本,也随着乐器的改进而改进,同时也继续传习舜代的韶乐和商代的大濩乐等古典乐,制作应用的新乐歌,禁止"淫声"和"夷俗邪音"在礼仪上应用,也不让这些不合"六德"的声调扰乱雅乐的纯正。

《国语·鲁语》:"昔正考父校商之名颂十二篇于周太师,比其音律。"宋国的大夫正考父到周太师那里去校正商代颂歌的音律,说明周代的音乐官署有一个音乐库,里面保管着从商朝接收下来的音乐典册,其中也保管着一些古典的音乐典册,如上引文所述的《云门》《大卷》《大韶》《大濩》等等。

周代的礼乐,尤其是其中的"大礼",规模相当大,所谓"百乐俱奏、钟磬齐鸣,舞者如云",从《仪礼》所记也可以看出,"大礼"需要出动一个乐团,"小礼"也需要一个乐队。一代代这一批专业的文艺人才需要培养和进行经常性的训练,因此也必然有培训机构。

由以上所述,我们可以肯定,西周有比较完备成熟的乐官制度,西周初年的国家最高统治者武王和周公,都重视和参与乐歌的制作。例如,传说西周开国的《大武乐章》6篇,是武王与周公合作的,"颂"诗、"雅"诗和"风"诗中都有"周公作"的记述。是不是他们亲自执笔,自然已无从考证,但诗中既用他们的口气,又有这样的记载,而且事迹相合,我们至少也可以相信他们重视和领导了这些工作。

我们在这里还需要说明,周代制作和收集的乐歌,不仅保存在王朝的主管机构,也通过对贵族子弟的教学以及王朝与诸侯国的往来,传播在各诸侯国的贵族社会。既然整个贵族社会的礼仪活动,乃至春秋时代各国盛行"赋诗言志"和"引诗明理",《诗》成为贵族社会文化生活的一部分,所以,一些主要国家也有乐官制,一些贵族也有自己的乐队。《左传·襄公二十七年》记季札在鲁国欣赏周乐,内容与今本《诗经》目次基本一致,这是一证;鲁国自己又制作了"鲁颂"4篇,这是二证;《论语·述而》记"子在齐闻《韶》,三月不知肉味",这是三证。正因为《诗》已经在各国贵族社会流传,当周朝衰亡,孔子才有可能把王朝和各国公庭散失的三百篇收集、整理和编订。

三百篇是周代礼乐文化的产物,由于周代建立了成熟的乐官制度,才得以收集、制作和编订。三百篇中最早的作品"周颂",就是王朝乐官在国家最高领导人的直接领导和亲自参与之下完成的。

(二)采诗说

据说周代还保存着由上古时代传下来的一种制度:王朝派出专门官员到各地去采集民间歌谣。

这种官员在各种书上有不同的名称,如"行人"、"遒人"、"轩车使者"、"遒人使者"等等。采诗是为了知民情、观风俗。

采诗之制,先秦书中没有明确记载。汉代追记有王官采诗和各国献诗两说。

班固《汉书·食货志》:

> 孟春之月,群居者将散,行人振木铎徇于路以采诗,献于太师,比其音律以闻于天子。

《汉书·艺文志》:

> 古有采诗之官,王朝所以观风俗,知得失,自考正也。

何休注《公羊传·宣公十五年》:

> 男女有所怨恨,相从而歌,饥者歌其食,劳者歌其事。男子六十、女子五十无子者,官衣食之,使之民间求诗。乡移于邑,邑移于国,国以闻于天子。故王者不出牖户,尽知天下所苦。

不同意王官采诗说的人认为:先秦的书并没有说春秋时有采诗之官,《左传》"遒人以木铎徇于路"一句中的"遒人"是宣令之官①,下至各国是为巡查民情宣布政令,不必是为采诗。《春秋》对王官至鲁皆有记载,并无王官至鲁采诗记载。春秋时代分崩离析,王室衰微,派王官遍行各国采诗,势所难能。由此所见,王官采诗并无定制。

不同意各国献诗说的人认为,十五国风实际上是十五个地方的土乐,"周南"、"召南"、"唐"、"豳"、"王"五者是指地域,不是指国名,说是各国所献就讲不通。再者,列国若各献诗,何以没有宋风、鲁风、楚风,东迁后没有灭亡的一些小国也没有献诗。由此可见,各国献诗也无定制。

近世学者又提出大师(乐官)搜集整理之说。古代设乐官是有定制的,至汉代依然沿袭。《汉书·郊祀志》:"乃立乐府,采诗夜诵,有赵、代、秦、楚之讴,以李延年为协律都尉,多举司马相如等造为诗赋,略论律吕,以合八音之调,作十九章之歌。"《国语·鲁语》:"正考父校商之名颂十二篇于周太

---

① "遒人以木铎徇于路"句,见《左传·襄公十四年》师旷引《夏书》,孔安国注古文《尚书·胤征》:"遒为宣令之官。"

师。"《礼记·王制》:"天子五年一巡守。岁二月东巡守……命太师陈风以观民俗。"这些记载都说明周大师有采诗陈诗等使命。

史无明据,古无定制,对《诗经》中民间诗歌采集的具体情况,无法作出确定的答案。我们可以不拘泥于一说。王官采诗可能有,是否设专职官员遍至各国去采诗倒不一定,即使是宣令之官,也未尝不可以顺带收集点民歌以观民俗。各国献诗也可能有,诸侯向天子进献女乐和贵族之间互赠女乐,本来是各国各地音乐传播的一种渠道。各国之中,可能有进献的也有不进献的,也不一定凡进献的都能保存下来。官乐采集和整理也是可信的。因为他们的专责就是采集、制作和演出。总之,三百篇的编采集中,可以经过各种渠道,最后都在乐官那里集中进行整理加工,制作成合乐的乐歌。

(三)陈诗和美刺

二"雅"诗篇是贵族阶级的作品,有一些是歌颂功德、燕享酬应的,但还有一些是抨击时政、揭露社会弊病,以及倾诉个人怨恨和不平的。这些诗篇为什么能够编采入乐呢?

据说周代有过公卿列士可以陈诗进谏的制度。《左传·襄公四年》:"昔周辛甲之为大史也,命百官,官箴王阙。"《左传·昭公十二年》:"昔穆王欲肆其心,周行天下,将皆必有车辙马迹焉。祭公谋父作《祈招》之诗,以止王心,王是以获,没于祇宫……其诗曰:祈招之愔愔,式昭德音。"①《大雅·民劳》:"王欲玉女,是用大谏。"《大雅·板》:"犹之未远,是用大谏。"《小雅·节南山》:"家父作诵,以究王讻。式讹尔心,以畜万邦。"

以上诸例可见,西周各代确有公卿列士向国王陈诗进谏的事实。《国语·周语上》记述召公谏弭谤,说明当时明智的政治家也认识到,为了维护统治阶级的利益,应该容许某些批评,并从这些批评中吸取意见来巩固统治。在中国长期封建社会中保留着这种讽谏制度,如设立御史,称为"言官"。不

---

① 《祈招》诗是逸诗,未见今本《诗经》,文如下:"祈招之愔愔,式昭德音。思我王度,式如玉,式如金。形民之力,而无醉饱之心。"这是大臣讽喻周穆王之作,应属"大雅"。

过以后多用奏章或廷谏。当然，这种制度很难实行，历史上不乏死谏的"忠臣"，很少纳谏的"明君"。然而这种古老的讽谏制度，毕竟有一定的历史和社会基础。周厉王时"国人莫敢言，道路以目"，三年后"国人"推翻厉王统治。宣王"中兴"图治，接受正反两面经验教训，恢复进谏的制度。二"雅"中大量针砭时政、言词激切无忌的讽刺诗于是产生。

当然，周代这种开放批评的制度，只用于贵族阶级内部。但是，这一部分贵族和知识分子所写的以政治讽喻和怨刺为内容的诗篇，比较真实地反映了厉、幽两朝昏暗动乱的社会政治生活，其感情愤懑、言词激切，较之后代的政治诗较少忌讳，表抒大胆率直，艺术上也是优秀之作。

公卿陈诗也有较多的歌颂和赞美，除祭祀诗、歌颂祖德和歌颂文王、武王的诗之外，我们在大、小"雅"都能看到公卿对时王或有功大臣的颂美。如"大雅"的《云汉》《崧高》《烝民》《韩奕》《江汉》《常武》《卷阿》，"小雅"的《天保》《出车》《南山有台》《蓼萧》《六月》《采芑》《鸿雁》《庭燎》《斯干》，等等，在一些饮宴诗中也多有祝颂之辞。以上所举并不完全，即使"国风"中也有《甘棠》《颂召伯》。总的来看，二"雅"中的颂美之诗多于讽刺之诗。我们不必简单化地把这些颂美之诗统归为"拍马"之作，这些贵族诗人颂美宣王而讽刺厉王、幽王，颂美为国家建立功勋或品德高尚的大臣，而批判、鞭挞那些祸国殃民的佞臣，还是有个政治上的邪正是非标准，至少表现了他们理想中的好皇帝和可以作为榜样的大臣。

二"雅"诗篇的美刺是比较鲜明的，生活在封建社会的朱熹曾经做过这样的总结：

> 若夫雅颂之篇，则皆成周之世，朝廷郊庙乐歌之辞，其语和而庄，其义宽而密，其作者往往圣人之徒，固所以为万世法程而不可易者也。至于雅之变者，亦皆一时贤人君子闵时病俗之所为，而圣人取之，其忠厚恻怛之心，陈善闭邪之意，尤非后世能言之士所能及之。(《诗集传序》)

朱熹老夫子的揄扬是过分了，但他说明了二"雅"的美刺诗具有贵族阶级内部教育的意义，颂美的诗可用于正面教育，讽刺的诗则可作为反面教育，引起人们的鉴戒。所以这些贵族诗人的陈诗成为三百篇中的重要篇章。

综上所述，祭祀乐舞在我们民族有极为久远的传统，一些古老的乐舞一直流传到周初。周人也重视祭祀，建立了乐官制度之后，将传统的乐舞加以改进，注入新的内容，首先制作了一批郊庙祭祀乐歌，陆续制作颂祖德和应用于朝会的乐歌，加上公卿列士的陈诗献诗，以及收集各国地方乐歌，前后经过五百年时间，集中了305篇歌诗。

三百篇的应用

三百篇本来是为了实际应用而制作和采集的。它们或由王廷乐官制作，或由公卿列士献诗，或由15个国家和地域采集，集中到乐官，又经过整理加工。它们书写于简片，习演于乐工，经过漫长时间中无数人的工作而得以保存和流传，自然有其实用的作用。归纳散见于先秦书籍中的材料，它们的应用范围是广泛的。

(一)礼仪的应用

周礼繁多，《礼记·王制》所谓祭、丧、婚、冠、乡、相见等六礼，每种之中又有大礼、小礼。如祭礼有宗庙的大祭、小祭、郊天、社稷、山川等等祭祀；丧礼据生者和死者辈分有大丧、小丧，不同程序又有不同礼仪；婚礼有纳采、问名、纳吉、纳征、请期、婚迎等礼节，也有大礼、小礼；入学、成人、射猎、宾客、拜见、宴请乡老等等社交活动，可谓凡事有礼法规定，不同的礼仪要应用相应的乐歌。三百篇中有些诗歌创作的直接目的，就是应用于王廷和贵族社会的各种典礼仪式，诸如祭祀（宗庙、郊庙）、朝会（诸侯觐见、册封、使聘、宴飨群臣、出征、凯旋等）。《周颂·有瞽》《商颂·那》描写了祭祀典礼的奏乐状况。《小雅·楚茨》描写了祭祀典礼逐次演奏乐歌的全过程。《大雅·崧高》《小雅·出车》是朝会庆功的乐歌。

贵族的宴会（喜庆、婚嫁、迎宾等）也有繁复的礼节。《仪礼·乡饮酒礼》

就是按贵族宴会的礼仪演奏乐歌程序的记载。《小雅·鹿鸣》、《小雅·白驹》都是宴宾的乐歌。《周南·关雎》、《周南·桃夭》都是婚嫁的乐歌。

据《仪礼·乡饮酒礼》所记，除典礼上有"正乐"，还有"无算乐"助酒尽欢。《礼记》中《射义》、《投壶》诸篇，记载习射和投壶游艺时也间奏乐歌。可见除了庄严郑重的乐歌外，还应用一些比较轻松和谐、带有娱乐性的乐歌。《仪礼》是可信的周代文献，《周礼》虽成书较晚，其记录与《仪礼》相合的也可信，它们对周代礼仪上乐歌的应用，记述比较详细，不一一抄录。

(二)贵族教育

以诗乐教育子弟，我们民族也有久远的传统。《尧典》所记"命女（汝）典乐，教胄子……"一段已经表明重视诗乐对青年品格的教化作用。不过，舜的时代还在氏族社会末期，无信史可以查考。

西周的典礼作乐，有明确的政治目的，即推行礼乐文化，通过诗乐的教育感化作用，把全社会人们的道德和行为纳入礼制的规范，以达到宗法制国家的安定巩固和社会的和谐发展。那些祭祀乐歌固然也有礼赞祖先神灵、祈求福佑的成分，而更主要的内容是突出文王以仁德而受命于天，那些庄严隆重的祭礼和歌赞，基本上传达这样一个主题：天以民为本，失德则失去民心，则失去天命。祭祖颂祖的根本目的，是教育全宗族成员，以血缘关系为纽带，以宗族共同利益为基础，促进内部的亲密团结，在文王"以德治国"的纲领下巩固宗法国家。二"雅"的美刺诗，或对君主和公卿进行正面的榜样的教育，或提供反面的教育作为鉴戒，教育作用也是明显的。收集各地的地方乐歌，在于了解各地民俗民情，作为"以德治国"的行政参考，那些几乎贯彻到贵族阶层全部社会活动的各类礼仪歌诗，与前者一样，总的目的都是"教化天下"，所谓"先王以是经夫妇，成孝敬，厚人伦，美教化，移风俗"（《毛诗序》）。

综以上数端，朱熹称《诗》的内容是"人事浃于下，天道备于上，而无一理之不具也"（《诗集传序》）。所以从周代开始，统治阶级一直把《诗》作为政治和社会伦理道德的教材。

西周初期贵族子弟的公学（国学），已经确定以诗乐作为主要教材，如前文所引,诗乐教学"以六德为本"(中、和、祇、庸、孝、友),还要"教六诗,曰风、曰赋、曰比、曰兴、曰雅、曰颂"(《周礼·春官宗伯·大师》),可见教学内容是比较具体的。

所谓"六德"的"中",即"忠",忠于宗法国家的宗主(君主),忠于所担任的职事;"和",指刚柔相济;"祇",即敬,合礼法;"庸",即常;孝,对父母;友,对兄弟。这些内容,在《诗》中都有反映。所谓教"六诗",这里的"六诗"指的是六种诗体,不是《毛诗序》和我们所说的《诗经》的"六义",用字虽同,但"六诗"和"六义"的内容不同。这个问题,下义再作讨论。

在孔子创办私学以前,平民没有入校读书的资格。当时的贵族子弟集中在公学学习,传播者是太史(史官兼管历法和卜筮)和大司乐(乐官总管),诗乐是教学的主要科目。据史籍记载,贵族阶级中的一些人是重视学《诗》的,为节约篇幅,仅举以下二例:

《左传·僖公二十七年》:"(晋)谋元帅。赵衰曰:'郤縠可。臣亟闻其言矣,说礼乐而敦《诗》、《书》。《诗》、《书》,义之府也;礼乐,德之则也;德义,利之本也。'"赵衰推荐郤縠为帅,认为他学习《诗》、《书》成绩优异,因而道德、修养和知识、言辞都可胜任。

《国语·楚语上》:楚庄王操心太子的教育问题,大夫申叔时对教育内容提出的建议中有"教之《诗》,则为之导广显德,以耀明其志"。他认为太子学《诗》可以扩大眼界,增长知识,明白道理,树立宏大的志向,这说明当时把《诗》作为贵族子弟的必修科目。

在春秋时期,东周王朝衰弱,诸侯国强大,随着政治矛盾和兼并战争的进行,各国之间的外交活动频繁,在政治外交活动的场合,流行赋《诗》言志,人人更必须学习并熟悉《诗》的内容含义,所以连二百年后的孔子也说:"不学《诗》,无以言。"(《论语·季氏》)

(三)赋诗言志

赋诗言志是中国古代文化的一道特殊的风景。在春秋时期,三百篇已经相当广泛地流传,它们的应用范围,超越了最初制作和采集它们的目的。

春秋时列国人士已经进一步应用这些诗的言辞于社会政治生活的各个方面,赋诗言志,在当时非常普遍,《诗》成为社会交往中经常应用的表情达意的工具。

《左传》和《国语》记载了大量赋诗言志的事实。据清代赵翼统计:《国语》引诗31条,其中三百篇中的诗30条;《左传》引诗217条,其中记列国公卿引诗101条(内逸诗5条),左丘明自引诗及转述孔子之言所引诗48条(内逸诗3条)。① 所谓赋诗言志,并不是自己创作诗篇诵唱,而是点出现成的诗篇由乐工演唱,借而表明自己的立场、观点和情意。

《左传·襄公二十六年》记晋侯囚卫侯,齐侯郑伯往晋排解纠纷。在宴会上,晋侯先赋《大雅·嘉乐》,作为欢迎曲,表示对两国君的欢迎和赞颂。齐国的国景子答赋《小雅·蓼萧》,赞颂晋侯恩泽遍及于诸侯;郑国的子展答赋《郑风·缁衣》,表示郑不背晋。这些都是通过赋诗互相表示友好的情意。接着商谈救卫侯的问题,国景子赋《辔之柔矣》(逸诗),以驾驭马要用柔辔作比喻,劝晋侯对小国要宽大;子展赋《郑风·将仲子》,取诗中“人之多言,亦所畏也”一句,暗喻要考虑到各国舆论。于是晋侯放卫侯归。

《左传·定公四年》记楚遭吴侵略,“申包胥如秦乞师曰:‘吴为封豕长蛇,以荐食上国,虐始于楚。寡君失守社稷,越在草莽,使下臣告急……’秦伯使辞焉,曰:‘寡人闻命矣,子姑就馆,将图而告。’对曰:‘寡君越在草莽,未获所伏,下臣何敢即安?’立,依于庭墙而哭,日夜不绝声,勺饮不入口,七日。秦哀公为之赋《无衣》,九顿首而坐,秦师乃出”。

列国间办外交,往往通过赋诗言志,用比喻或暗示的方法,表达彼此的立场和意见。赋诗成为外交官员所必须具备的一种才能。在外交场合,不懂得《诗》,便会丢脸。《左传·襄公二十七年》记齐国的庆封往鲁国行聘,在宴会上失仪,人家让乐工赋《相鼠》,他不懂;第二年他又去,还是失仪,人家又让乐工赋《茅鸱》(逸诗),他还不懂。这种人当然办不成什么交涉。那时,

---

① 赵翼《陔余丛考》的这个统计和近人夏承焘的统计不同。夏文《采诗和赋诗》说《左传》引诗共134处,其中关于卿大夫赋《诗》的共31处。这种差别在于赵文把逸诗和在语词中杂用诗句的都计算在内。夏文载《中华文史论丛》第1辑,1962年。

赋错了诗,甚至会闹出事来。《左传·襄公十六年》:晋侯会诸侯,各国大夫赋诗,齐国的高厚赋诗不得体,激怒了晋国君臣,高逃归,各国大夫联合起来要"同讨不庭"。因此,办理外交事务必须选择掌握诗词文采的人才。《左传·僖公二十三年》:晋公子重耳逃亡到秦国,为了出席秦穆公的一次重要宴会,重耳的主要谋臣狐偃说:"吾不如衰之文也,请使衰从。"推荐能够运用诗词文采的赵衰随重耳前去办理这次外交事务。

除在政治外交场合赋诗应对,公卿士大夫在谈话中也常常随口引用诗句,借以加强语言的表达力。这就从通过乐歌赋诗言志,扩大于谈话中直接引用,从音乐的范围扩大到语言的范围。这是由诗的特质所决定的,诗的语言精练而富有表现力,把它们适当地杂用在讲话中,就使语言丰富和生动。

由以上叙述可以知道:(一)三百篇在春秋时期已广泛流传,其应用范围已超越其本来制作的目的,成为政治外交场合表情达意的一种普遍应用的特殊工具;(二)许多诗句离开了音乐,杂用到人们直接交往的谈话中,从而逐渐丰富了语言的文采和表现力;(三)赋诗和引诗不一定符合全诗原意,而大多是采取断章取义的方法,即采用一首诗中一章或一句两句的形象和意义,按照赋者和引者所要表达的意思来运用它们。

《诗》既然在如以上所述广泛的范围应用,在春秋时代,王室、诸侯、大小贵族都有大小不等的乐队,流传着大致相同的演奏乐歌,肯定要有一个大致相同的本子流传。

三百篇的编订

在长达五百多年的时间里,产生于不同年代的各类作品,当然不可能是一次或一人编订的,只能是在这么长时间中经过多代多人先后工作才能够完成。既然王朝设有专职部门管理,那么,每制作或收集到一篇,便会和已有的作品归置到一起,当归置的作品达到一定数目,为了便于应用和传习,便需要分别门类作一次比较系统的编集和整理。

经过学者们研究,《诗》在周代先后经过三次较大规模的编集整理。

第一次编集整理是在昭、穆时代。西周前期制作的乐歌并不很多,而且主要是"周颂"和少数"大雅"与二"南"的歌诗,在昭、穆两代继续制作"颂"、"雅"诗,产生的作品较多,昭王又重视这项工作,继盛世之余韵,有可能和必要连同西周前期的歌诗一起,进行一次整理和编集。

昭、穆以后的西周开始衰落,外患严重,几代周王都没有什么作为,也很难确定三百篇中有没有这几朝新制的乐歌。厉王更是一位残暴昏君,那个时代只能产生讽喻怨刺之诗,而且还只有在厉王被放逐之后的共和时代才能公开,昭、穆之后的几朝不具备整理编集的条件。

宣王"中兴"时期,《诗》得以第二次整理编集。对宣王号称"中兴",历史学家可以有不同的评论。他在位 46 年,"武功"、"文治"并重。在武功方面,他东征西讨,南北用兵,确实在一定程度上遏制了边患,但连年征战,也消耗了大量人力财力,加重了政府和人民的负担,为国内的动乱和外族更大规模的入侵埋下祸端。在文治方面,他确实是想把国家拉回到礼乐文化的正途,又大规模地兴礼作乐,也开放言路,允许政治讽喻诗和怨刺诗合乐公开歌唱。宣王朝是三百篇中许多作品产生的时代,一些代表性的优秀篇章就在其中,为了工作需要,这个时期必然要对已有的和新制的乐歌,再作一次整理编集。

幽王朝 11 年西周灭亡,"二王并立"时期 12 年国运摇摇未定,直到平王东迁,这个时期又产生了"雅"、"风"中的作品。东周初期,平王在位 51 年,痛定思痛,自然希望振兴国运,沿袭西周政制,也沿袭乐官制度,重整礼乐文化,更广泛地收集各国地方乐歌,以东迁前的公卿列士诗作补充二"雅",整理编定《诗》的传本,是必然决策。的确,二"雅"中的作品有许多宣王朝后期到东周初的作品,而《国风》中的作品更有大量春秋前期的地方乐歌,尤以王畿洛邑附近郑、卫两国作品为多。郑桓公是保护平王东迁的,甚至能左右朝政,所以《郑风》多(《桧风》也属于郑地),《陈风》、《曹风》也都在附近,是王朝政令容易下达的地方。在平王前期编集与今本《诗经》大致相近的传本,是可以认定的。至于"国风"还有少数春秋中期的地方歌诗,那只能是后来补充了。《左传·襄公二十九年》记吴公子季札聘鲁,鲁国为他演奏周乐,演奏的内容和顺序,大体和现在流传的《诗经》相同,可以证明当时已经有了一个内容和编次与现在流传的《诗经》差不多的结集。

东周王朝的政治军事实力毕竟是太软弱了。诸侯争霸,进行兼并战争。在春秋时期,"弑君三十六,亡国五十二"。旧制度崩溃,随着贵族阶级没落,周朝的礼乐文化也失去了群众基础。"三年不为礼,礼必坏;三年不为乐,乐必崩。"(《论语·阳货》)公元前506年即孔子46岁以后,即不再见列国公卿赋《诗》的记载。孟子后来说的"王者之迹熄而《诗》亡"(《孟子·离娄下》),指的就是这个礼坏乐崩、文籍逸散、动荡离乱时代的后果。王朝和没落的贵族公庭,已经无力养活众官和百工,纷纷自谋生路。拿鲁国来说:"大师挚适齐,亚饭干适楚,三饭缭适蔡,四饭缺适秦,鼓方叔入于河,播鼗武入于汉,少师阳、击磬襄入于海。"①(《论语·微子》)整个乐官制度烟消云散,机构瓦解,连主管的大师、少师和乐师们一一走散,逃亡四方,经过周王朝几百年积累、制作和长期流传的《诗》,也流失于各处,散乱不全。

《诗》要流传下去,必然得下大力气重新整理和编订。这位整理编订的人,就是孔子。

---

① 这句话的译文是:大师(名挚)到齐国去,二饭乐师(名干)到楚国去,三饭乐师(名缭)到蔡国去,四饭名缺到秦国去,打鼓的名方叔去黄河边,摇小鼓的名武到汉水之滨,少师名阳和击磬的名襄都居住在海边。"饭"指天子、诸侯用饭都奏乐,所以乐师有亚饭、三饭、四饭之称。

第五讲

孔子和《诗经》

孔子的诗教思想

春秋末期和战国初期,是中国社会急速蜕变的大动荡时期,贵族阶级的没落及其统治的崩溃,造成原来保存在王室、公室的古文献大量散失,流传下来的乐歌结集也遭到同样的命运。春秋末年的孔子,热烈地崇拜西周的礼乐文化,致力于搜集和整理古代文献,整理出《易》、《书》、《诗》、《礼》、《乐》、《春秋》六种典籍,作为他创办的中国第一所私立学校的教本。从此,这部诗歌总集一直是儒家学派所重视的经典,长期传授下来。

孔子很重视《诗》的教学。《论语》记录他督导学生和儿子读《诗》的谈话,有以下四条:

子曰:兴于诗,立于礼,成于乐。(《季氏》)

[译文]修身要学诗,立身要学礼,陶冶性情要学乐。

鲤趋而过庭。曰:学诗乎?对曰:未也。曰:不学诗,无以言。鲤退而学诗。(《季氏》)

[译文]鲤(孔子的儿子)小心地从庭中走过,夫子问:"学诗没有?"回答说:"没有。"夫子说:"不学诗,就不会说话。"鲤退回便学诗。

子谓伯鱼曰:女为《周南》、《召南》矣乎?人而不为《周南》、《召南》,其犹正墙面而立也与?(《阳货》)

[译文]孔子对伯鱼（鲤字伯鱼）说："你研究《周南》《召南》了吗？人假若不研究《周南》《召南》，就好像面对墙壁站着，就一物也看不见，一步也不能前行啊。"

子曰：小子何莫学夫诗？诗可兴，可以观，可以群，可以怨。迩之事父，远之事君，多识于鸟兽草木之名。（《阳货》）

[译文]孔子说：学生们，为什么不学诗呢？诗有修身感化的作用，有认识现实的作用，有互相沟通思想的作用，有批评讽刺的作用。近呢，可以用来事奉父亲，远呢，可以用来侍奉君主，还可以多认识鸟兽草木的名字。

据老夫子督导学生和儿子学《诗》的几次谈话记录，他教学生学《诗》，有教育和教学两个方面的目的。

教育的目的是学做人（修身）为首（"兴于诗，立于礼，成于乐"），孔子认为，通过《诗》的"兴、观、群、怨"作用，可以使人感发意志、涵养性情，认识现实，协和群体，以及辨别善贤不肖而有所作为；"兴、观、群、怨"是孔子对三代以来对诗歌教育作用认识的理论概括。孔子以前的贵族学校也教《诗》，为《周礼》"大师以六诗教国子"，也把"兴"列于第一位。孔子吸取三代的经验予以明确的概括，在认识上大大提高。

孔子所说的"兴"，和《周礼》的意思一样，认识到《诗》有激发和感染作用，可以用于修身。古人注释《论语》，对"兴"的解释基本一致，以朱熹的解释最为明晰，其《论语集注》谓"感发意志"，"诗本性情……其为言既易知，而吟咏之间，抑扬反复，其感人又易入。故学者之初，所以兴起其好善恶恶之心而不能自已，必于此而得之"。

"观"是"观风俗之盛衰"，在孔子以前流行的赋《诗》以"风"诗观各国盛衰，季札观周乐而以各国"风"诗评论各国政治得失，而王官采诗或各国陈诗而使各国"风"诗采集，也正是"风"诗编集之本意。"观"的作用是指通过《诗》认识社会现实，了解政治得失和国家盛衰之由。《汉书·艺文志》又提出"别贤不肖而观盛衰焉"，通过观察国家盛衰可以知道政治上哪些当为哪些不当为，辨别贤良与不肖。

"群"的作用,古注多注相互切磋、交流感情、沟通思想,这个注解还不能完全表达孔子原来的思想。祭祀诗是促进全宗族的团结和睦,"雅"诗是促进政治上的团结一致,所谓"经夫妇,成孝敬,厚人伦,美教化,移风俗",无不为了社会的和谐,因而朱熹注释这个词为"和而不流"。今人王运熙、顾易生解释说:"群,指诗歌可使人们借以交流思想,促进感情融洽,起到协和群体的作用。"

"怨"是"怨刺上政"以及对社会不良现象的谴责,孔子指出《诗》中许多篇章已经言明的功能。孔子赞同对社会中的一些不良现象提出批评。

孔子更进一步要求学生学习《诗》要应用于社会实践。《论语·子路》有如下记载:

> 子曰:诵诗三百,授之以政,不达;使之四方,不能专对;虽多,亦奚以为?
>
> [译文]孔子说:熟读《诗》三百篇,交给他政务,办不通;出使到四方去,不能独立行事,随机应对,虽然读得多,又有什么用处呢?

这里的"授之以政",是指要能应用于处理政务;"专对",是指纯熟地引用《诗》,在政务外交中能赋《诗》言志。他对学生还说过"迩之事父,远之事君",即齐家治国。所以,孔子教学生学《诗》,根本的目的是教学生修身齐家治国。

孔子教《诗》也有让学生提高语言表达能力和增长知识的教学目的。他说的"多识鸟兽草木之名",属于增长知识,当然还可以增长其他知识,"多识"不会只限于"鸟兽草木之名",可以举一反三。孔子说的"不学《诗》无以言",也不是不会张口说话,我认为有两方面的含义:一是不学《诗》便不能在政治外交活动和社会交往中赋《诗》言志,或引《诗》言事,在孔子46岁以前,社会还是通行赋《诗》、引《诗》的,纯熟地学《诗》,是社会生活中不可缺少的知识与才能。再者,《诗》中有丰富的词汇,简劲而精辟的成语,各种使语言生动的修辞方法,通过学习,可以提高语言表达能力。《论语·雍也》有他一段话:"质胜文则野,文胜质则史。"(质朴多于文采就未免粗野,文采多于质朴就未免虚浮。)孔子是主张要有点文采的。

"修身治平"以"修身"为首要,孔子不仅要求他的学生学《诗》,还希望把《诗》教推广到整个国家、社会。《礼记·经解》引"孔子曰:入其国,其教可知也。其为人也,温柔敦厚,《诗》教也"。孔颖达疏:"温谓颜色温润,柔谓性情和柔。《诗》依违讽谏,不切指事情,故云温柔敦厚,是《诗》教也。""温柔敦厚",是孔子诗教对人的政治道德和思想修养的基本要求。在政治上,统治者治人而仁民,被统治者守制而不犯上,批评而不破坏,怨刺而不作乱,表达思想感情含蕴委婉,乐而不淫,哀而不伤,怨而不怒,犯而不校。所以孔子对那些批评、讽刺、怨刺以及感情的流露,要求不超出"礼"的范围。如果人人如此,那么,社会和谐,天下太平。

三百篇的内容包罗社会生活和人们感情表抒的方方面面,如何去理解这些诗篇内容的主旨呢?孔子作出一个最简单而明确的概括。"诗三百篇,一言以蔽之,曰:思无邪。"(《论语·为政》)这是孔子对《诗经》思想内容的总评价。

"无邪,归于正也",旧注完全一致。三百篇的内容,有"盛世"的颂歌,有对"圣王"、"贤臣"的赞美,有对礼坏政乖的批评,有对衰世的怨诉;诗中既有贵族社会图景,也有人民劳动、家庭、婚姻等等生活风貌;诗的感情也是多样的,庄严和虔诚、快乐和哀愁、爱情的追求、欢愉和痛苦……孔子把这一切都归于"无邪",说明他衡量的尺度比较宽,承认文艺反映现实生活的多样性。在歌颂和赞美中寄托理想,把讽喻和怨刺当作谏书,用社会多方面的生活图景观察民俗,他把这一切都归于"无邪"。对于那些情诗恋歌、那些小人物对现实的怨刺,他认为不但无害,还有观风俗、知民情、增长见识、开阔眼界的作用,并不越出"礼"的规范,所以也归于"无邪"。

孔子既称《诗》三百篇内容"无邪",又主张以《诗》经世致用。要引用某一篇诗或对其作具体的解释,不能不作引申性的发挥。《论语》中有两段弟子向孔子问诗的记录。一段是子贡问《诗》,见《论语·阳货》:

> 子贡曰:贫而无谄,富而无骄,何如?子曰:可也。未若贫而乐,富而好礼者也。子贡曰:《诗》云"如切如磋,如琢如磨",其斯之谓与?子

曰：赐也，可与言《诗》已矣，告诸往而知来者。

[译文]子贡说：贫穷而不去巴结奉承，富而不骄傲，怎么样？孔子说：可以，但还不如贫穷而乐于道，富而好礼的呢。子贡说：《诗》中说"如切如磋，如琢如磨"，就是这样的意思吗？孔子说：赐（子贡姓端木，名赐，子贡是字）呀，现在可以同你讨论《诗》了，你能由已知的推知到其他了。

"如切如磋，如琢如磨"是《卫风·淇奥》中的两句，本来的意思是称赞一位青年仪表和风采，子贡把它这个意思引申到人的品德修养，指个人修身也要力求精进不断提高。孔子称赞子贡读《诗》能够举一反三，对诗中的意象触类旁通，引用于其他方面。

另一段是《论语·八佾》，是子夏（姓卜名商）问《卫风·硕人》中的三句诗，师生二人对话：

子夏问曰："'巧笑倩兮，美目盼兮，素以为绚兮。'①何谓也？"子曰："绘事后素。"曰："礼后乎？"子曰："起予者，商也；始可与言《诗》已矣。"

[译文]子夏提问说："'美人笑时两腮酒窝嫣然，美目黑白分明流盼有神，服缟素之衣而更显绚丽。'怎么解释呢？"孔子说："在洁白的绢上绘画，才显出美。"子夏说："是不是礼要在后面呢？不合于礼，就没有美了。"孔子说："启发我的人是卜商呀，现在可以同你讨论《诗》了。"

这三句诗在原诗中只是形容一位美女的容貌，孔子发挥到"绘事后素"（先要有个洁白的底子才能画出美丽的花），子夏进一步发挥到"礼后"（后面的行事一定要合于礼的规范），这样层层发挥，虽然离原意越来越远，却受到孔子的称赞，因为发挥到孔子所主张的"礼"，孔子以为这样读《诗》符合修身的要求。

孔子称赞这样读《诗》评《诗》的方法，对后世讲解《诗经》影响很大。

---

① 这第三句"素以为绚兮"是逸句，今本《诗经》未见。

孔子办学是中国历史上的一件十分了不起的大事,对中国社会发展的影响极为深远。在孔子以前,只有贵族学校,贵族子弟才能入学,平民和广大劳动人民被剥夺了受教育的权利。孔子创办了中国第一所平民学校,"有教无类",凡是志愿入学的人都可以入学。孔子在教学内容和教学方法上也进行了重大的革新。他从濒临灭亡的古籍里整理出六种教材,这六种教材是中华民族在他以前长期积累的灿烂文化的结晶,《诗》就是其中的一个重要的读本。他的诗教思想为儒家学派所继承并加以发展。

孔子"删《诗》"问题

西汉确立儒家思想的绝对权威性,把孔子偶像化,把孔子整理编纂的教材神圣化,《诗》成为孔子教化天下的经典。司马迁根据当时的传闻,在《史记·孔子世家》中记述:"古者诗三千余篇,乃至孔子,去其重,取可施于礼义,上采契、稷,中述殷、周之盛,至幽、厉之缺,始于衽席……三百五篇,孔子皆弦歌之,以求合《韶》、《武》、《雅》、《颂》之音。"司马迁说孔子从三千多篇古诗中去重、正乐并选择可宣扬礼义的三百零五篇编成《诗经》。这个记述与西汉推行经学的政策和理论相一致,又记载于权威性的正史,几百年相传无人疑义。唐初孔颖达为五经作疏,开始怀疑司马迁记述失实:"书、传所引之诗,见在者多,亡佚者少,则孔子所录,不容十去其九,马迁言古诗三千余篇,未可信也。"(孔颖达《毛诗正义·诗谱序疏》)宋代兴起经学的怀疑学风,宋儒严格地强调纲常礼教,认为《诗经》中有批"淫诗","若以圣人删定",则借圣人之名传播"恶行邪说",[①]所以不能承认孔子按礼义标准删诗之事。从此删诗说与非删诗说展开论战。这场论战一直延续到清末,长达八百余年。

大体上说,在宋代,宋学派持非删诗说,汉学派持删诗说;到清代,今文学派持删诗说,古文学派持非删诗说。他们争论激烈,聚讼难决,双方都把这场公案提到"捍圣卫道"的原则高度。主删诗的一派,竭力维护孔子的神

---

① 王柏:《诗疑》,通志堂经解本;又,《古籍辨伪丛刊》,中华书局,1955年。

圣地位和罩在经书上的灵光，以清代皮锡瑞的论点最为典型，他说："不以经为孔子手定，而属之他人，经学不明，孔教不尊。……故必以经为孔子作，始可以言经学；必知孔子作经以教万世之旨，始可以言经学。"①非删诗的一派则认为，若以"淫奔"之诗乃经圣人手定，贻害无穷，也玷污圣人灵光，最典型的例子莫过于王柏，他抢起板斧砍掉《诗经》32 篇，说是代圣人删诗。

究竟孔子有没有删诗，历史留下的直接记述太少，两派都以自己的论点去解释那几句简约的文字，从各处搜求旁证，加以自己的推测。应该承认，两派的论点和论证，都有一定道理，可说明问题的一个部分，但都缺乏可以确立己说的充分论据和圆满论证，又都意在竭力排斥对方观点，其中掺杂师法门户的偏见。我们可以这样总结：历史上这场公案的实质，是传统经学内部为"捍圣卫道"、"昌明经学"以推行封建教化所进行的争论。如果跳不出封建思想的圈子，眼界则不能开阔，继续纠缠于古诗的数量和编订的具体细节，停留在辨析两派各种论点的是非，那么再争论八百年，还是说不清楚的。

"五四"以来的现代诗经学，完成的第一项重大成绩是反对封建思想。"圣人"、"圣经"、"圣道"、"王化"这些以神圣字眼构成的桎梏，被"五四"民主与科学的狂飙一扫而光。在"五四"前期"打倒孔子，废弃经学"的思潮影响下，胡适、冯友兰都说"孔子没有删诗"；20 年代兴起的古史辨学派的顾颉刚说：孔子"只劝人学诗，并没有自己删诗"。钱玄同说得更干脆："我以为不把六经与孔丘分家，'礼教'总不容易打倒的。"所以他说："《诗经》这书的编纂与孔老头儿也全不相干。"②这个论点的偏激，典型地表现出当时的社会思潮和一些人的形而上学思想方法。当"五四"的狂飙过去，20 年代后期至 30 年代初，中国学者冷静地思考中国传统文化的价值，检讨形而上学的片面性，重新肯定孔子的历史贡献。学者们着手梳理过去争论的脉络，扫除"圣道王化"的迷雾，剔去臆断的偏激之词，而综合双方可取的论点、论据，首先肯定孔子整理《诗经》这一历史事实及其功绩。著名历史学家范文澜说：春秋时应用的诗不过三百多篇，说孔子从三千篇诗删成三百零五篇不可靠，但

---

① 皮锡瑞：《经学历史》第一章，中华书局新排本。

② 胡适、冯友兰、顾颉刚、钱玄同的文章分别见《古史辨》第 1、3 册。

孔子"保持原来的文辞,删去芜杂的篇章……一些有重大历史意义的古诗篇,因孔子选诗而得以保存"。[①] 郭沫若则从《诗经》创作时代绵长,产生地域辽阔,而其形式和内容比较统一,肯定它经过总的编辑加工和删改,这整理删改者可能是孔子。[②] 匡亚明著《孔子评传》,基本上也是相同的意见。这些立论谨慎、稳妥的概括,长期为学术界所接受。

70年代后期起,我们开始在较为广阔的历史背景下,研究春秋时古文献和《诗经》流传的情况,研究孔子整理古文献的思想和方法,全面探讨《诗经》和孔子的关系,从新的角度、全方位地进行审视。我认为,孔子不是必须顶礼膜拜的偶像,却是对中国文化有卓越贡献的思想家、教育家和古文献整理专家。在现代回顾孔子删诗的公案,其性质已发生根本性的变化,它实质上只是一位教育家和经他编选的一部教材的关系,一位古文献整理专家和他所整理的一部上古文献的关系。这样,我们可以用新的思路来清理这一公案。

总结近二十余年学者们的研究,我们可以得出以下认识:

在孔子以前两百多年《诗》已在各国流传,并普遍应用,可以肯定必有传本。据《左传·襄公二十九年》记季札访鲁观周乐,可证明孔子8岁时已有编次和篇数与今本《诗经》大致相近的传本,"诗三百"是它的规格和通称。孔子生活于春秋末年的社会大变革时期,保存在各国公庭和贵族那里的"诗三百"和其他文献散佚,习演的乐队瓦解而各奔西东,即孟子所说的"王者之迹熄而《诗》亡"(《孟子·离娄下》)。孔子爱好古代文献,向往西周礼乐盛世,长期搜集散佚,挽救了一批濒临失传的文化遗产。他对从各处搜集到的各种传本,比较鉴别,进行了正乐、语言规范化、去重和编订。这些,从《论语》的记述和《诗经》的内容及其形式的统一,完全可以证实。

所谓"正乐",即孔子自己所说的"'雅'、'颂'各得其所",按乐曲的正确音调校正音律,并进行篇章编次的调整,"雅"诗归于"雅"这一类,"颂"诗归

---

① 范文澜:《经学史讲演录》。这是他40年代的讲稿,后收入《范文澜历史论文选集》,中国社会科学出版社,1979年。在他主编的影响广泛的《中国通史》第1卷有同一说法。

② 郭沫若:《简单地谈谈〈诗经〉》。这是他40年代的文章,1950年初发表于《文艺报》,见《郭沫若文集》第17卷。

于"颂"这一类。《史记》说"三百五篇,孔子皆弦歌之",他确实曾经按乐曲分类进行编订。

所谓语言规范化,即《论语·述而》所记孔子所说:"《诗》、《书》、执礼皆雅言也。"从各地搜集来的传本,在当时只有抄本,十五"国风"又是土乐,其文辞必然古语、方言、俗语错杂。孔子运用当时的"雅言"(标准语)进行语言规范化处理,取得语言的统一。这是作为教师的孔子,对用作教授学生的教材,必然要做的。为了规范化,对某些文字和语法作必要的加工和改动,应当是必然的工作。

所谓"去重",即"删去芜杂的篇章"。皮锡瑞《经学通论·诗经》说:"东迁以后,礼坏乐崩,诗或有句而不成章,有章而不成篇者,无与于弦歌之用。"孔子将搜集到散失掉的许多传抄本加以校勘,删汰重复芜杂。《史记》说孔子从三千余篇去其重,汉代王充《论衡·正说》说:"《诗经》旧时亦数千篇,孔子删去重复,正而存三百篇。"都指的是从各地搜集到的各种抄本(版本)的重复芜杂的总篇数,孔子仍按原来通行的编次和规模,整理出一个比较完善的版本来。删,可以有多种情况,删篇、删章、删句、删字,都可以用这个"删"字,但绝不是将原来的《诗》删得只剩三百篇。

通过以上考察,只剩下最后一个问题:孔子是否按礼义标准选诗。——这个问题,只有从孔子对《诗》的内容的评价和他整理古文献的原则和方法来研究。

孔子说过:"诗三百篇,一言以蔽之,曰思无邪。"(《论语·为政》)可见孔子认为三百篇的内容都归于正,符合孔子的思想标准。据他的评论,《关雎》"乐而不淫,哀而不伤",那些自由恋爱和怨刺之作,可以知风俗、考得失,为推行德治之所需。孔子编订的《诗》,无悖于他所倡导的礼义。孔子曾说明他整理六经的三大原则和方法:一是"述而不作,信而好古"(《论语·述而》),他尊重并热爱古代文献,只是传述它们,而不是创作和增添新的内容。我们可以相信,经他整理的《诗》保持了原来的"诗三百"的编次、内容和表达风格,具有历史的真实性,通过他的整理,完成了质量提高的新版本。二是"不语怪力乱神"(《论语·述而》),在《诗经》中没有鬼神迷信的妄诞内容,没有破坏社会秩序、鼓动造反的内容;即使是为"观民俗"而采录的情诗,也"发乎情而止于礼义";那些激切的讽喻诗和怨刺诗,也与他的政治思想相一致。三是"攻乎异端,斯害也已"(《论语·为政》),异端,指与他的学说不相容的对立学说,在《诗经》中的确没有体现。综上所述,孔子的"述而不作",实际是"以述代作",通过《诗》和其他古文献的整理,表达他的哲学、政治和艺术观点。

关于孔子删诗的问题,通过开拓视野,全面研究,大家的认识已经趋向明朗化:孔子挽救了这一笔宝贵的文化遗产,而且整理校勘出一个好的版本。

孔门诗教和孟、荀

孔子通过多年教学,有弟子三千,其中出类拔萃的有"七十二贤人"。孔子死后,他的弟子们继承老师的教导,继续传经,在战国初期形成儒家学派。在战国诸子百家中,儒家是人数最多、影响最大的学派,他们大多以执礼或教学为业,教学仍一直采用孔子的六种教材,后来因乐谱不易传习而渐渐失传,只有《诗》、《书》、《易》、《礼》、《春秋》五经。这个时期与《诗经》传承关系最大的是战国前、中、后期先后三位儒学大师:子夏(卜商)、孟子(孟轲)、荀子(荀况)。

(一)子夏传《诗》

子夏(卜商),或称卜子,卫国温地人。① 在孔子弟子中,他与子游以文学优异而闻名,为战国初期儒学大师。战国初,魏、韩、赵三家分晋,魏国又跨河得河西之地,子夏到河西筑石室讲学终老。他讲学的地方在古莘国故城(文王妻太姒故里,今陕西合阳县洽川风景区莘里村)。"桃花石室"是洽川八景之一,今石室、子夏文章台遗迹仍在,均有史籍与民俗文化可考。子

---

① 卜商的籍里、事迹,详见朱守亮《论语中之四科十子》,台北万卷楼出版公司,2006 年。

夏传经,是传《诗经》和《春秋》,尤以《诗经》为主。关于今本《诗经》传授源流,几种主要古籍记载如下:

> 陆玑《毛诗草木鸟兽虫鱼疏》:"孔子删诗,授卜商,商为之序,以授鲁人曾申,申授魏人李克,克授鲁人孟仲子,孟仲子授根牟子,根牟子授赵人荀卿,荀卿授鲁国毛亨。亨作诂训传,以授赵国毛苌。时人谓亨为大毛公,苌为小毛公。"
>
> 《经典释文》引东吴徐整曰:"子夏授高行子,高行子授薛仓子,薛仓子授帛妙子,帛妙子授河间人大毛公。毛公为故训传于家,以授赵人小毛公。小毛公为河间献王博士。"
>
> 陈奂《诗毛氏传疏》曰:"卜子亲受业于孔子之门,遂橐括诗人本志,为三百十一篇作序。数传至六国时,鲁人毛公依序作传……授赵人小毛公。"

《汉书·艺文志》等书亦有类似记载。各说虽然在由子夏至毛公之间的传承有所出入,而由子夏相传数代而传至毛公,都是一致的,子夏亲受孔子之传,更是毫无可疑的。我们现在读的《诗经》是由孔子传子夏再由子夏到现在,是可以确认的。

上面的引文中提到"子夏作《诗序》"。《诗序》的作者问题是诗经学长期争讼的一大学案,不敢遽下断语,而历代学者中都有人认为是子夏作,或子夏、毛公合作。这个问题下一讲还要谈,这里就简单地谈谈我的看法:我认为,《诗序》确实保留了一部分先秦古说,这些古说是从哪里来的?过去口耳相传,而多家《诗》的序说有不少是相同或基本一致的,当然是同一个祖师传下来的,那么,至少可以相信其中有亲受孔子之传的子夏传下来的,说子夏是《诗序》最早的作者之一,应该是可以承认的。

子夏是传承《诗经》、昌大孔门诗教第一个有重要贡献的大儒,他的影响至今仍在。我于 2005 年 10 月应邀去洽川考察,往访古莘国旧城,在子夏传经遗址徘徊良久,信口吟诗一首:"子夏西河讲经洞,杏坛春雨文章台。诗经由此传百代,学者五洲拜师来。"①2006 年 3 月随《诗经》发祥地国际考察团再访,见地方政府已刻了碑立在遗址上。诗不合律,只好由它献丑去了,权当古风吧。

(二)孟子的"以意逆志"和"知人论世"

孟子(孟轲)是战国中期的儒学大师。《史记·孟荀列传》说:"天下方务于合纵连横,以攻伐为贤,而孟轲乃述唐虞三代之德,是以所如不合,退而与万章之徒,序《诗》《书》,述仲尼之意,作《孟子》七篇。"孟子在社会大动荡、大变革,兵连祸结的战国时代弘扬孔子的仁义学说,宣传他的民本和仁政思想,也像孔子一样四处碰壁,晚年从事著述和讲学,主要是讲述《诗》、《书》(《尚书》),尤以《诗经》见长。《孟子》7 篇,篇篇都有引《诗》,计《梁惠王》篇 8处、《公孙丑》篇 3 处、《滕文公》篇 6 处、《离娄》篇 8 处、《万章》篇 5 处、《告子》篇 4 处、《尽心》篇 1 处,共 35 处,其中有 4 处论《诗》,其余都是"引《诗》为证"。

春秋中期以后,贵族阶级退出政治舞台,不再赋《诗》言志,进入战国时期,百家争鸣,随着《诗》的流传,诸子百家著述普遍引《诗》。所谓"著述引诗",就是在理论著述中引用《诗》中的诗句,作为理论的依据,又称"引《诗》明理",或"引《诗》为证"。据现在文献,在这些学者中,孟子是战国中期"著述引《诗》"最早也最多的人,从春秋时期的"赋诗言志",发展到战国时期的"著述引诗",表明《诗》经孔子整理后,随着孔门诗教的兴盛,走出贵族宫廷而进入宽阔的社会领域。

孟子重视诗教,为了教导学生去正确地理解诗义,提出"以意逆志"和"知人论世"的方法论。关于"以意逆志",见《孟子·万章》:

---

① 这首诗在格律上犯了三个错误:第二句有三平调,第四句更犯孤平大忌,绝句中的"经"重字。如果三平调因"文章台"是专名词,勉强过去,孤平须改。我想把"拜"字改为"投"字,可以补救过来,但"投师"不是我的本意。再说,还有重字之误,改不改,踌躇难决。

咸丘蒙曰："舜之不臣尧,则吾既得闻命矣。《诗》云:'普天之下,莫非王土;率土之滨,莫非王臣。'而舜既为天子矣,敢问瞽瞍之非臣,如何?"曰:"是诗也,非是之谓也;劳于王事而不得养父母也。曰'此莫非王事,我独贤劳'也。故说《诗》者,不以文害辞,不以辞害志,以意逆志,是为得之。如以此而已矣,《云汉》之诗曰:'周余黎民,靡有孑遗。'信斯言也,是周无遗民也。"

[译文]学生咸丘蒙说:"舜不以尧为臣,我已经聆听你的教诲了。《诗》(《小雅·北山》)说:'普天之下,莫非王土;率土之滨,莫非王臣。'舜既然已经做了天子,瞽瞍却不是臣民,请问是什么道理呢?"孟子说:"这首诗不是你说的这个意思,是说勤劳王事而不能奉养父母。诗中说,这些事没有一件不是王事,为什么让我独自辛劳呢?所以,说诗不要拘泥于个别文字而误解文句,不拘泥于个别文句而误解全篇的用意。以全篇的意思去推求作者的意旨,这就对了。假如拘泥于文句的话,《云汉》诗中说:'周余黎民,靡有孑遗。'信实这句话,就是周朝没有存留的人了。"

孟子在这段话里提出"不以文害辞,不以辞害志,以意逆志",意为不抠个别字词,不拘泥于个别文句,而从全篇的意思去推求作者写诗的本旨。诗是语言艺术,常用比兴和艺术夸张的手法,读《诗》或说《诗》,"不以文害辞,不以辞害志",是完全正确的,"以意逆志",即通观全篇去推求作者的本意,也是对的,但做起来很不容易。把"以意逆志"理解为以说《诗》者个人的意去推求作者的志,①由于立场、观点、修养的不同,难免会产生偏误乃至臆断。孟子除了提出"以意逆志",又进一步提出"知人论世"。《孟子·万章》有他这样一段话:

---

① 见朱自清《诗言志辨·比兴》,"以己之意,迎受诗人之志,而加以钩考"。开明书店,1948 年。

颂(诵)其诗,读其书,不知其人,可乎? 是以论其世也,是尚(上)友也。

[译文]吟诵他的诗,读他著的书,不了解他这个人,可以吗? 所以要研究他生活的时代,进而像与朋友相处一样了解他。

读古人的诗和书,像与古人相交为友,是一个很好的比喻。对作者了解得深刻、全面,对他的作品也就理解得更多,领会得更亲切。知人,是对作者的生平和思想有所了解,"论世"是对其所处的时代有一定的研究。把作品看作一定时代的产物,结合作者的生活、思想和时代背景进行考察,是分析作品的正确方法。"以意逆志"和"知人论世"二者有着有机的联系,虽然孟子不是在一处说的,但是后世的文学理论批评家却把二者结合在一起,如清代文论家顾镇说:"不论其世,欲知其人,不得也;不知其人,欲逆其志,亦不得也。"(《虞东学诗·以意逆志说》)王国维也说:"由其世以知其人,由其人以逆其志,则古诗虽有不可解者,寡矣。"(《观堂集林·玉溪生年谱会笺序》)孟子提出"知人论世,以意逆志"的方法论,是对中国古代文学理论批评的重大贡献。

孟子把这个方法论运用于读《诗》和说《诗》,也是对孔门诗教的重大贡献,两千多年来,一直是诗经阐释学的一个指导理论。历代的许多学者都曾经努力去认识《诗经》及其各篇的时代和作者,直到现代,依然在努力。

由于年代古远,文献匮乏,真正做到"知人论世",做好"以意逆志",是非常艰难的。即使是孟子本人,距离《诗经》的时代较近,《孟子》一书记录他说《诗》三十来处,"知人论世,以意逆志"的理论,在他的说《诗》实践中有时做得好或比较好,有时又表现为理论和实践脱节,《孟子·梁惠王》记载了下面一段:

王曰:"寡人有疾,寡人好货。"对曰:"昔者公刘好货,《诗》曰:'乃积乃仓,乃裹餱粮,于橐于囊,思辑用光。弓矢斯张,干戈戚扬,爰方启行。'……王如好货,与百姓同之,于王何有?"王曰:"寡人有疾,寡人好色。"对曰："昔者太王好色，爱厥妃，《诗》云：'古公亶父，来朝走马，率西水浒，至于岐下，爰及姜女，聿来胥宇。'当是时也，内无怨女，外无旷夫。王如好色，与百姓同之，于王何有？"

[译文]齐宣王说："我有个毛病，我喜好钱财。"孟子回答说："从前公刘也喜好钱财，《诗·大雅·公刘》篇写道：'外有囷内满仓，行人包裹有干粮，装满橐又装满囊，人民心齐气势昂。箭上弦弓开张，干戈斧盾都上场，浩浩荡荡向前方。'王如喜爱钱财，与百姓一道，王又有何难？"齐宣王说："我还有个毛病，我好色。"孟子答道："从前太王古公亶父好色，爱他的妃子太姜，《大雅·绵》篇写道：'古公亶父，清晨驰马，沿着西河岸，来到岐山下，带着姜氏女，观察地形好安家。'在那个时候，内无怨女，外无旷夫。大王如好色，与百姓一道，王又有何难？"

《大雅·公刘》的这7句，是歌颂周人先祖公刘率全族迁往豳地，在行前有充分的准备；《大雅·绵》的6句，是记述文王祖父古公亶父（太王）同全族再迁居岐地，同妻子一同来考察地形选择全族建房之地。二诗与"好货"、"好色"毫无关系。孟子为了向齐宣王宣传他的"仁政"学说，牵强附会地把公刘和古亶父说成是"好货"、"好色"而"与百姓同之"的贤君，就不顾"以意逆志"、"知人论世"，为了政教目的而断章取义了。这种断章取义的方法，正是春秋时代"赋《诗》言志"方法的继续。

从春秋的"赋《诗》言志"，到孔子时代的"引申发挥"，再到孟子时代的断章取义、牵强附会，表现了孔门诗教阐释诗义的主观随意性，为了把《诗》用于教化的目的，不顾诗的本义，这种倾向在汉代以后发展得更为严重。孟子提出"以意逆志"、"知人论世"的方法论，他自己也不能做到。汉代的郑玄作《诗谱》，明代的何楷作《毛诗世本古义》，以他们为代表，有许多学者下了大功夫想排出一百篇的世次，因为他们要把《诗》作为社会伦理道德的教科书，宣扬圣道王化，不但做不到"知人论世"，反而更加穿凿附会。

(三)荀子的"明道、征圣、宗经"和"隆礼"

荀子是战国后期的儒学大师,《荀子》32 篇,经今人统计,其中引《诗》82次(内逸诗 6 次),论《诗》14 次,合计 96 次之多。① 在战国诸子百家著述中,他引《诗》论《诗》最多。他又是传经大师,汉代通行的《鲁诗》《毛诗》(即今本《诗经》)是由他传授下来的;《韩诗》也极有可能得自他的传授(今传《韩诗外传》引荀子《诗》说 44 次),如确,汉代流传的四家诗,有三家都来自荀子。

1.明道、征圣、宗经

先秦时代,文学与一般学术文化是不分的,荀子提出一切文化学术和文学活动,都必须明道、征圣、宗经。《荀子·劝学》篇说:

> 学恶乎始?恶乎终?曰:其数则始于诵经,终于读礼;其义则始于为士,终乎为圣人。……故《书》者,政事之纪也;《诗》者,中声之所止也;《礼》者,法之大分,类之纲纪也。故学至乎礼而止矣,夫是之谓道德之极。《礼》之敬文也,《乐》之中和也。《诗》、《书》之博矣,《春秋》之微也,在天地之间者毕矣。
>
> [译文]学习从哪里开始?在哪里终结?回答说:学习的程序是开始要熟读六经,终点是读其中的《礼》;学习的意义是成为士,最终成为圣人。……《尚书》,是政事的记载;《诗》收集的是和平而醇正的乐歌;《礼》是法律政令的总则,一切条例、规则的准绳。所以学到《礼》就达到终点了,可以说它是道德的最高标准。《礼》规定严谨的仪式和车服等级的标志,《乐》陶冶和平醇正的感情。《诗》、《书》的内容广博,《春秋》精微的语言包含深奥的意义;天地之间的学问都包含在其中了。

荀子是儒家学派中最早称六种教本为"经"的人,他认为这六种教本包

---

① 各家统计小有出入。鲁洪生《诗经学概论》统计为引《诗》75 次、引逸诗等类 7 次,其余为论《诗》,差异由于有一、二篇之归属不同。

含了天地之间一切的道理,读包括《诗》在内的诸经,最后达到通晓和力行最高的道德标准——封建政治和社会伦理道德及其制度。六经中最主要的内容是礼仪,而学《诗》也是一个重要部分,因为诗乐结合培养人的和平醇正的心意。荀子认为人"性本恶",必须学习六经才能"向善",他把学经的重要性提到这样的高度:"为之,人也;舍之禽兽也。"(《劝学》)他主张人人都要读经,读经才可以明道,才可以为人、为世,乃至成为圣人。

荀子歌颂文、武、周公、孔子为"圣王"、"圣人",推崇他们有最高的道德礼义,兼知万物事理:

> 圣人也者,道之管也。天下之道管是矣,百王之道一是矣……《诗》言是其志也,《书》言是其事也,《礼》言是其行也,《春秋》言是其微也。(《儒效》)
>
> 故凡言议期命是非,以圣王为师。(《正论》)
>
> [译文]圣人,是道的总汇。天下的道总汇在这里,百王的道都在这里……《诗》歌的是圣人的志,《书》记的是圣人的事,《礼》记的是圣人的行,《春秋》记载有圣人的微言大义。
>
> 所以一切言论、判断、是非,都必须以圣王为师。

荀子说六经表现圣人的志、事、行、和、微,全部《诗经》也都表现圣人之道,他不但要求人人读经明道,还要求一切著述、言论、诗文都要明道。他说:"凡言不合先王,不顺礼义,谓之奸言;虽辩(生动流利),君子不听。"称不合礼义的言论是"小人之辩",越是说得流利动听,为害越大,"圣王起,所以先诛也,然后盗贼次之"。(《非相》)

明道、征圣、宗经三位一体,以明道为中心,一切议论、著述都是为了宣扬礼义,以圣人的言行为楷模和判断是非的标准,以六经为依据和准则。这个文化学术观,由荀子传下来,经过汉代扬雄和齐代刘勰等人的继续和发挥,成为中国长期封建社会学术文化与散文创作的指导理论,对诗经阐释学更有直接的重大影响。以这个理论来指导《诗经》教学,通过阐释作品来昌明政教、宣扬礼义,必然产生断章取义或穿凿比附。荀子说《诗》正是这样,与"赋诗言志"不同的地方,他是引《诗》证理,用于政教的目的。

2.审诗商,禁淫声

古代诗乐合一。孔子正雅乐、放郑声。荀子也继承和发展了孔子的思想。荀子在他著名的专论《乐论》中论述了音乐对人们精神世界的感染作用,以《诗经》中的乐歌为据,强调音乐重大的社会教育作用,他把音乐分为正声(礼乐)和淫声,提出由国家专职官员"修宪命脉,审诗商,禁淫声,以时顺修,使夷俗邪音不敢乱雅,太师之事也"。这是主张国家设立主管机关领导文艺工作,对文艺实行政治的管制。荀子强调《诗经》的政教功能,这个功能,在汉代及以后各代的孔门诗教中也是非常突出的,封建王朝也是进行干预的。汉朝的办法是不聘你教书;宋朝的办法是对爱情诗、怨刺诗申斥或曲解;明、清两代更专制,明朝的大学者李贽,因为"非圣毁经"的罪名被关死在监狱里;清朝的文字狱更多,而且株连九族,两派学术争论,某一方拿出个大帽子:"你敢'非圣毁经'!"对方就不敢说话了。

3.隆礼义,杀诗书

孟子、荀子是孔子之后的两位儒学大师,孟子生卒年大约在公元前385—前304年,荀子生卒年大约在公元前331—前238年,二人相差50多年,一个在战国中期,一个在战国后期。在社会大动乱的时代,社会已经发生很大变化。在孟子时代,秦国崛起不久,各国正进行混战,东周王朝还在(公元前256年秦灭周)。在荀子时代,强大的秦军正在横扫六合,秦始皇称帝后荀子还活了七八年。所以荀子晚年正是大乱甫定、人心思治的时候。孟子主张法先王,荀子主张法后王。孟子主张人性本善,继承孔子"内圣"的一面,注重启发人本性中的善因来止干戈行仁政,达到天下大治;荀子主张人性本恶,继承孔子"外王"的一面,注重礼义,即以法律、制度和道德规范达到大治。孟子特重《诗》、《书》的感染教化,荀子则特别重视《礼》,所以他说读经的终点是读《礼》,《礼》是"道德之极"。

在当时,儒家主要以办学为业,由于孟子几十年的影响,《诗》、《书》流行,针对这种情况,荀子提出"隆礼义",杀《诗》、《书》(《儒效》)。"隆"的意思是推崇,他的意思是对礼义要大大推重,如他说:"礼义者,治之始也。"(《王制》)"礼者,治辨之极也,强国之本也。"(《议兵》)"养生安乐者,莫大于礼义。"(《强国》)"杀"的意思是贬抑,把《诗》、《书》当时在社会的最高地位往下面贬一贬,而把最高的位置让位给礼义。为什么呢?他说:"《诗》、《书》故而不切。"(《劝学》)这是说《诗》、《书》是由不同时代的许多篇编集的,内容杂乱,没有条理连贯起来,寓意不能明确地领会,也不能直接地用于治道,而且有些内容已不切合现实。所以《劝学》篇又说:"不能隆礼,安特将学杂识志,顺《诗》、《书》而已耳。则末世穷年,不免为陋儒而已。"荀子"隆礼义,杀诗书",不是不要《诗》,他还是很重视《诗》的,他本人就是传《诗》大师,汉代流传的《诗》是他传下来的,我们现在读的《诗经》是他传下来的。在诸子百家著述中他引《诗》证理最多,他论《诗》,教《诗》,启发学生读《诗》,承认《诗》的作用,贯彻孔子的诗教思想,是对孔门诗教有极大贡献的人物,不过就政教功能而论,他认为《诗》毕竟没有礼义重要。

我们从荀子引《诗》也可以得到验证。荀子引《诗》证理,引今本《诗经》共 75 次,多从以美刺政治为主的"雅"、"颂"中引用,很少从"国风"中引用,今人鲁洪生作过比较详细的统计,引"雅"、"颂"63 次,引"国风"仅 12 次。就《诗经》三部分而言,他也重视政教内容较强的"雅"、"颂"中的诗篇。重视《诗经》中政教功能明显的诗篇,也是荀子诗教的显著特色。

孔门诗教在中国封建社会延续了两千多年,孔子的诗教思想(思无邪、兴观群怨)一直是基本的指导理论,孟子和荀子都是推行孔门诗教的大师,他们在孔子学说的基础上又作了补充和发展。孟子的"以意逆志、知人论世"的方法论,长期是诗经阐释学的指导理论。荀子的注重政教和礼义,对后儒和封建统治者影响很大。因为偏重《诗经》的政教功能,解说诗义的断章取义、引申比附、穿凿附会,也一直未能消除,成为传统诗经阐释学的痼疾。

第六讲

三家《诗》、《毛诗》和《毛诗序》

秦灭六国,一统天下,鉴于《诗》、《书》在民间的广泛传播,一些儒生张口"先王",闭口"仁政",妨碍他的专制统一,于是实行封建专制主义文化政策,颁布禁书令:"天下有敢藏《诗》、《书》、百家语者,悉诣守尉杂烧之;有敢语《诗》、《书》者弃市,以古非今者族。见知不举者与同罪。"(《史记·李斯列传》)同时还活埋了600多名儒生。这就是公元前200年在秦始皇时代发生的"焚书坑儒"事件。这时,《诗》与其他一些先秦典籍,濒临几乎毁灭的浩劫。

三百篇是合乐的歌词,那时古乐曲还没有完全失传,韵文又便于咏诵和记忆,所以,《汉书·艺文志》说:《诗经》"遭秦而全者,以其讽诵不独在竹帛之故也"。被杀的多是孟子学派的儒生,荀子学派的儒生没有受到最严重打击,孟子学派也没有被杀绝,潜伏在民间的儒生,保存着他们的经书,《诗经》得以比较完整地保存。

汉初开书禁,准许私人传授古学,后来又设立五经博士,把五经立为官学。当时整理的写本,为了讲述便利,都用当时通行的文字——隶书书写,称为今文经。今文《诗经》由于传授者和搜集的地区与时间不同,由于过去口耳相传记忆不准或口音不清,有多家传本,流传的主要有《鲁诗》、《齐诗》、《韩诗》三家,称"今文三家",简称"三家《诗》"。西汉中期以后,又陆续发现了一部分用战国时代篆书书写的经籍,称为古文经。古文《诗经》,只有《毛诗》一家。"三家《诗》"和《毛诗》不只是书写文字的不同,文句、训诂和内容解释也有很大不同。汉代传经重视师法,形成齐、鲁、韩、毛四家并传,分为今文三家和古文《毛诗》两相对立的学派。

汉初传《诗》实际有多家。《汉书·六艺略》总括说"凡《诗》六家",除上述四家,还有《后氏传》、《孙氏传》。《汉书·楚元王传》又记载曰:"元王好《诗》,诸子皆读《诗》,申公始为《诗》传,号《鲁诗》,元王亦次之《诗传》,号曰《元王诗》,世或有之。"1977年发掘安徽阜阳双古堆一号汉墓,出土今文《诗经》残简170余条。经考释文字,不同于今文三家,也不同于《毛诗》,因简称《阜诗》。考证墓主、时间、地点可以认为《阜诗》即是失传的《元王诗》,是今文《鲁诗》的一个支派。

三家《诗》

(一)《鲁诗》

《鲁诗》是西汉初年出现最早的《诗经》,由最初流传于鲁国而得名。

《鲁诗》最早的传授大师是申培。据称孔子传《诗》于子夏,五传于荀子,荀子传于浮丘伯,浮丘伯传于鲁人申培,或谓荀子直接传给申培,这自然无从稽考。《鲁诗》自称其源流传自孔子及子夏(卜商)。《史记·申公传》:"申公独以《诗经》为训以教,无传,疑者则阙而不传。"《汉书·艺文志》:"鲁申公为《诗训故》。"可见申培在汉初给《诗经》作了训诂。《汉书·艺文志·六艺略》记有《鲁故》25卷、《鲁说》28卷。前者当是申培所著《诗训故》,后者当为其弟子韦、张、唐、褚诸氏的补充。西汉诸家《诗》中以《鲁诗》影响最大,因申培曾任楚元王太子的师傅,武帝时又被朝廷立为博士,其弟子和再传弟子多人担任朝廷及地方要职,几代皇帝也学《鲁诗》,所以《鲁诗》盛行。《鲁诗》著作在西晋失传,今仅有石经残碑一块留于世,不足200字。

清陈乔枞《鲁诗遗说考序》说:从《史记》、《汉书》、《后汉书》以及汉代诸家著述的称引,还能够看到《鲁诗》的一鳞半爪。荀子的《诗》说是《鲁诗》训释所本,孔安国受《诗》于申培,而司马迁受业于孔安国,所以《史记》引述的是《鲁诗》。刘向、刘歆世习《鲁诗》,所著《说苑》《新序》《列女传》以及班固执笔的《白虎通》,说《诗》都是《鲁诗》。《尔雅》也是《鲁诗》之学。《汉书·艺文志》曾作过如下评论:三家诗"咸取《春秋》,采杂众说,咸非其本义,与不得已,鲁最为近之"。三家诗都是采用《春秋》和杂说来附会诗义的,都不能解说诗的本义,而三家比较而言,《鲁诗》还是多少接近诗义的。

(二)《齐诗》

《齐诗》由齐人辕固所传,以传者地区得名。辕固在景帝时被立为博士。据《汉书·儒林传》记述,他曾与道家辩论汤武革命的问题,当着皇帝说汤武诛桀纣而得天下,是得民心的正义行动;后来又与奉黄老之学的窦太后当面辩论,几乎丧命。这些事实,可以说明他是坚持儒家学说的。荀悦的《汉纪》说他著有《诗内外传》。其弟子有翼、匡、诸、伏诸氏等。这些弟子把《齐诗》进一步与阴阳五行之说相结合,兴盛于西汉后期,学《齐诗》的人大多显贵,在东汉前期更盛行一时。《汉书·艺文志》载《齐诗》主要著述目录,有《齐后氏故》20卷、《齐后氏传》39卷、《齐孙氏故》27卷、《齐孙氏传》28卷、《齐杂记》18卷。所有这些著作,都在东汉末年失传。据陈乔枞《齐诗遗说考序》说,董仲舒学《齐诗》,他的《春秋繁露》等著述及荀悦《汉纪》、焦氏《易林》、桓宽《盐铁论》所称引的《诗》说,当是《齐诗》。

《齐诗》分化的派别很多,其中最突出的是翼奉一派。他们把对《诗经》的解释阴阳五行化,并进而和谶纬神学相结合,发挥所谓"四始、五际、六情"之说。①《齐诗》的"四始"说附会五行中的水、火、金、木四行,毫无实际意义。《齐诗》的所谓"五际",是以卯、酉、午、戌、亥,附会《易》卦的阴阳际会;所谓"六情",指喜、怒、哀、乐、好、恶,五行运用,阴阳际会而产生六情之变。《齐诗》把三百篇一一附会上"四始、五际、六情",简直把《诗经》变成推算阴

① 见清陈乔枞《三家诗遗说考》,《清经解续编》本。

阳灾异的"推背图"或占卦书。它内容的迷信成分日益妄诞驳杂,章句日益烦琐难学,使它失去上层建筑的作用,在三家《诗》中衰亡最早。

(三)《韩诗》

《韩诗》由传授者燕人韩婴得名,主要流传在燕、赵两个地区。韩婴在文帝时立为博士。《韩诗》也托称传自子夏、荀子,而其源流实无可考。《汉书·艺文志》说它"推诗人之意,而为内外传数万言,其语颇与齐、鲁间殊,其归一也"。这是说《韩诗》与《齐诗》、《鲁诗》大同小异。其主要著述目录,有韩婴《内传》4 卷,《外传》6 卷,共数万言,其后学所著有《韩故》36 卷、《韩说》40卷。《韩诗》亡佚较晚,隋、唐还有人著述《韩诗》章句,到北宋时均失传。现在留存的《韩诗外传》,不是韩婴的原著,而是经隋、唐学者补充修改过的。

《韩诗外传》不是对《诗经》的解释和论述,而是先讲一个故事,发一通议论,然后引《诗》为证。它和荀子"引《诗》为证"的路数有继承关系,与汉代盛传的《说苑》、《新序》、《列女传》都相类似。在《韩诗外传》中引用荀子《诗说》44 处之多。《韩诗》的授受源流,史籍失载,韩婴于文帝时任博士,景帝时任常山太傅,文景两朝的时间为公元前 179—前 143 年,他两朝任职,只能在公元前 156 年前后各若干年,而荀子于公元前 238 年左右逝世。就韩婴生活年代而论,他不可能亲自受学于荀子。荀子晚年在兰陵讲学,兰陵是当时文化中心之一,其影响遍及齐、鲁、燕、赵,韩婴《诗》学源流只能来自荀子门人。

关于三家诗的异同、优劣比较,后代学者进行过不少烦琐的考证。其实,它们大同小异。所谓大同,是说它们都是从《春秋》和杂说里采取一些材料,用穿凿附会的方法,把一些诗说得有政治意义或伦理意义,实际上大都脱离诗的本义;所谓小异,是说它们各立门户,自我标榜,互相竞争,都想突出自己一家,所以他们说《诗》又有所不同。他们的著述现在只搜集到一些鳞爪,一定要比较他们的高低,是没有多少资料、也没有多大意义的。

《毛诗》

《毛诗》由毛亨（称大毛公）、毛苌（称小毛公）所传。荀子《诗》学传自子夏，毛亨承自荀子。他在西汉初年开门授徒，著《诗故训传》（后简称《毛传》），传于赵人毛苌。河间献王任毛苌为博士，献《毛诗》于朝廷，但不被立为官学，长期在民间传授。东汉后期《毛诗》被立为官学，取代了三家《诗》的地位。以后，三家《诗》衰亡，《毛诗》兴盛于世。我们现在读的《诗经》，就是《毛诗》。

相传秦焚书坑儒时，鲁人毛亨携家逃亡到当时九河之间的武桓地方（今河北省河间市），在一个偏僻闭塞的乡间（今河间市诗经村）居住，在那里作《故训传》，传给其侄毛苌。因毛苌已定居河间，河间属赵地，故称"赵人"。汉初开书禁，毛苌在乡间讲授《诗经》，被好古求书的河间献王刘德聘为博士，设君子馆公开讲学，《毛诗故训传》得行于世。今河间市仍有毛公书院、毛公墓、诗经村、君子馆等遗迹，2002 年中国诗经学会和河间市人民政府联合举办了毛诗发祥地考察和研讨会，以史籍、方志、地方遗迹、民俗传说和毛氏后裔家谱等资料相互印证，证明上述《毛诗》来源是可信的。至今各地毛公后裔仍年年来祭祀。

《毛诗故训传》，简称《毛传》，是现存最早的完整的《诗经》注释本，完成时间当在秦汉之间，距今两千年。"故"通"诂"，顾名思义，这是一本为《诗经》作训诂的书。毛公时代距《诗经》时代不太远，词语注释大多是符合古义的，没有《毛传》，后人根本读不懂《诗经》，这是《毛传》最大的贡献。

西汉时一直是三家《诗》占统治地位，《毛诗》不立于官学（王莽新政时一度立于官学，王莽失败后又被取消），只在民间传授，在东汉时期才逐渐兴盛，乃至完全代替了三家《诗》而独传天下。《毛诗》所以胜过三家《诗》，相比有以下四个优点：

一、在几百年的流传过程中，许多《毛诗》学者对《毛诗》的训诂和序说，不断地充实和提高。我们现在看到的《毛传》，训诂简明，虽然它的内容还有许多缺疑和不妥的地方,后来的学者又不断进行加工、补充和完善,尤其是吸收了东汉时期文字学和历史学等学术研究成果,把文字和名物训诂,建立在比较切实的基础上。《毛诗》的训诂,我们现在来看,当然是不完善的,但在当时的学术水平上,比派别多、经说烦琐杂乱的三家《诗》,要高明得多。

二、《毛诗》学者一直坚守孔子"不语怪力乱神"的著述原则和"温柔敦厚"的诗教理论,排斥极端落后的谶纬神学,很少妄诞迷信的内容,着重发挥儒家"圣道王化"的政治理想。当阴阳灾异和谶纬迷信对人民失去欺骗作用时,封建统治阶级自然要转而利用《毛诗》的政治教化和道德教育的内容。

三、《毛诗》在长期流传过程中,每一篇诗都有简明的序,说明该诗的题旨。这些序经过许多人增补加工,按照周代历史发展,把三百篇解释成是依照周王或诸侯世次排列的,从而依时代顺序来解释诗义。当然,他们的解释并不可靠,有许多附会和臆说,但比毫无系统、时代颠倒错乱的三家诗说,要高明得多。

四、"毛公述《诗》,独标兴体。"(刘勰《文心雕龙·比兴》)《毛传》注重"兴义",标出116例。它所解释的"兴",都是譬喻,用以表现某些政治思想或伦理思想,从而把一些情诗恋歌和一般抒情诗,解释得具有封建政治教化的深意。《毛传》大量运用这种说诗方法,形成一套"兴义"理论,这同主要只用历史故事杂说来牵强附会的三家《诗》说相比,也要高明得多。

《毛诗》在以上四个方面超过了三家《诗》,能够发挥为封建统治服务的作用,所以受到封建统治阶级的推崇,能够独传于世。

《毛诗序》学案

东汉流传的《毛诗》305篇的题目下面,各有一段类似题解式的简略文字,简述诗的题旨,或述及时代背景与作者,称作《诗序》。据说今文三家《诗》流传中也有序。如《唐书·艺文志》载目:"《韩诗》卜商序、韩婴注22卷。"《四库全书总目》"诗序二卷"条下注:"观蔡邕本治《鲁诗》,而所作独断,载'周颂'31篇之序,皆只有首二句,与《毛诗》文有详略,而大旨相同。"所以，为了把现在流传下来的《诗序》说得更准确一些，又称为《毛诗序》。

《毛诗序》是为《诗经》各篇所作的题解，每个研究者都必然对它有所评价和取舍，所以关于它的聚讼最纷杂，头绪最繁多，争执最激烈，时间最长久。从汉代到现代，争论了两千多年，成为学术史上聚讼难决的一大学案。争论最多的中心问题是《毛诗序》的作者、时代以及对他是尊还是废的问题。这个问题解决了，派生的其他问题也会迎刃而解。

（一）作者问题

《毛诗序》的作者是谁？20 世纪初期胡朴安《诗经学》列举十三家之说；20 世纪中期张西堂《诗经六论》列举十六家之说。我们无须再一一辨析各家已万千遍征引的说辞，而换个角度，从考察争论的来龙去脉入手。

汉代传《诗》多家，都有序，《毛诗序》是汉代各家《诗》题解的一种。古文《毛诗》的最初传授者毛亨，是荀子的学生，自称荀子得自孔子弟子卜商（子夏），所以《毛诗序》最初署名"卜商序"，或称"孔子嫡传卜商序"。今文经学派传《鲁》、《齐》、《韩》三家诗，为了维护学术统治地位，攻击古文《毛诗》不是先秦传下来的真经，而是"小人伪托"、"盗名欺世"。到宋代，汉学派坚称它是"圣贤之作"，宋学派攻讦它是"陋儒"、"山东学究"、"村野妄人"之作。从《毛诗序》出世，两千多年争论不止，而且指称其作者的身份悬殊。

考察各家《诗》传授源流，都是经由子夏—荀子传下来的。今文三家和《毛诗》，有许多相同或接近的题解，在方法上也都比附《书》、《史》，引申附会，宣扬封建教化，足证四家同源。可以这样认为：相同或接近的部分，基本是从先秦传下来的，而不同的部分，则是后来汉儒的制作。西汉时代，《毛诗序》在官方处于被压抑地位，为争取其存在和发展，不断充实和提高训诂、序说的质量，终于取代三家而独传。《毛传》依《序》解诗，郑玄又依《序》的世次作《诗谱》，完成了三百篇世次的完整体系，《序》便成汉学封建义疏的中心。孔子传卜商，卜商序或竟说孔子序，这个说法为汉学所尊信。

经过几百年传授，越来越多地发现《序》说的世次与《书》、《传》不合，所提示的题旨、背景，也多有繁复讹误。讹误，当然不能说出自圣人，于是，南北朝学者把《序》分出大、小，即首篇《关雎》序文中总论全经的一长段文字是《大序》，是卜商或孔子所作，其余是《小序》，是毛亨作，或卜商作第一句。这类辨别，是想把《序》中的讹误与圣贤分开。

《后汉书·儒林传》提出卫宏作《序》："九江谢曼卿善《诗》，乃为其训；宏从曼卿受学，因作《毛诗序》，善得'风'、'雅'之旨。"此说一出，信从者不少。现代学者也颇多信从者，如鲁迅《汉文学史纲要》即从此说在大学讲授。但考察全部《序》，文辞重赘杂论，又显得非一人之作，《隋书·经籍志》乃修正《后汉书》之说，说是卫宏和其他汉儒将卜商、毛亨之作加以补充润益而成。

清代学者严可均《铁桥漫稿·对丁氏部》以为《梁书》录有卫宏所作《卫氏传》，《隋书》无录，则隋时已失传，所谓卫宏作《毛诗序》即在《卫氏传》之中，范晔著《后汉书》时尚见到，《儒林传》所称"今传于世"，指传于六朝刘宋之时，故卫氏《序》不是现在传世的《毛诗序》。《后汉书》之说是袭自陆玑疏之误。

通过学者的辨析，现在逐渐明确：《毛诗序》保存了一部分先秦古说，也有一部分是汉人陆续撰作。

说它们保存有先秦古说，有三个证明：（一）古文《毛诗》与今文三家在汉代水火不容，而其序说有一部分相同、相近，可证其来源同一，均为荀子所传先秦古说；（二）毛亨依《序》说诗，但也有不依《序》的，这些不依《序》的，是他没有见到旧说而自撰或由后人附益的；（三）考之《左传》引诗所取诗义有与《序》相合者。

说它们有汉人的陆续撰作，也有两个证明：（一）考证《新序》、《说苑》、《列女传》等汉代著述，其中引《诗》解《诗》，有许多与《序》相合而且穿凿附会的谬误相同，它们之间必定有相袭关系；（二）汉代作诗序的著述很多，都卓然成家，这些著作失传，如卫宏序即其中之一，《序》出自多人手笔，显然保留了汉人的一些诗说。

《毛诗序》的作者问题，现在我们可以作出以下结论：《毛诗序》不出于一时一人之手，其中保留了一些先秦的古说，秦汉之际的旧说以及多位汉代学者的续作；整理执笔的有毛亨、卫宏，可能还有别的人；在保存的先秦古说中，可能有孔子、卜商之说、荀子之说、国史之说，也可能有孟子之说或诗人自己的说明,缺乏具体材料,这些已很难考察清楚。在没有发现新材料之前,现时只能作这样概括的说明。

(二)大序和小序

《序》本无大、小之分,古人著书作序体例,是在第一篇总论总旨,然后分篇述篇旨。这一部分总论的文字,六朝人给起了个名称叫"大序",这本无不可;但六朝学者说大序是孔子或卜商作,则缺乏根据。这一大段文字概括了自孔子以来儒家的诗歌理论,其中大段文字与《荀子·乐论》和成书于西汉的《礼记·乐记》相同,显系由二书挪袭;大序吸取了先秦至西汉儒家学说加以发展,只能是汉儒写定于西汉之后。

如何分别大、小序?《诗经》首篇《关雎》之前,有一段较长的序文,作《关雎》题解又概论全经;以下各篇之前,各有一小段题解式的序文。宋代人把概论全经的这一段长序文,称为"大序";把各篇作题解的序文,称为"小序"。

《诗经》有305篇,《毛诗》连6篇笙诗也作了小序,所以大序有1篇,小序有311篇,形成一篇总论,以下各篇有题解的完整体制。在中国文学史上,为诗作序,起源于《毛诗序》。以后白居易的《新乐府序》,就采用《毛诗》大、小序的体制。

后来的学者,对大序和小序分别提出许多不同的说法。关于《关雎》的一篇长序文,有大序,也有小序,应该从哪一句断限,一般都认为其首尾几句属于《关雎》的题解,是小序,其余的是大序。具体从哪一句开始到哪一句为止是大序,还有各种细微的不同意见。也有些人把各篇序文的首一二句叫小序,或古序,或前序,把首句以下的话叫大序,或后序,等等;这类说法把原来比较整齐的序文体制说得杂乱无统。其实,这些争论没有什么意义,在细枝末节上标奇立异,成篇累牍纠缠不休,是中世纪的烦琐哲学。

大序以总结三百篇创作经验为中心,概括了先秦以来儒家对诗歌的重要认识,并在理论上有所发展。它的主要内容可分四个方面:

一、对诗歌基本特征的认识。大序继承了先秦的"诗言志"和诗、乐、舞三者密切结合的观点,进一步指出这三者的核心在于言志抒情。大序把情志并举,是对先秦诗论的重要补充;它还进一步把二者结合起来,着眼于对情志进行封建道德的规范。

二、论述诗、乐与时代和政治的关系,通过诗、乐的感化作用进行政治和道德教育,是大序的中心内容。它进一步阐明诗歌为政治服务的两种形式:"上以风化下"和"下以风刺上"。"下以风刺上",就是用诗歌对统治者进行讽谏,促进统治者改良政治或改正过失。大序还提出,各个时代的政治情况,往往反映在诗歌里,说明不同时代的诗歌有不同的内容,进一步提出"变风变雅"之说,反映了时代政治兴衰与诗歌内容的密切关系。

三、总结三百篇的分类及其内容。大序提出的"六义"说,对风、雅、颂的分类及这三类诗的内容作出说明。它认为"风"诗是"以一国之事系一人之本",通过个人抒情言志反映一国政教风俗。"雅"诗是"言天下之事,形四方之风",说的是王政兴废所由,反映国家治乱兴衰;"大雅"说朝政大事,"小雅"大多说个人在政治生活中的感受。"颂"诗是"美盛德之形容,以成功告于神明",是歌颂先王功德和祈祷神明的乐舞祭歌。它还认为,"风"、"大雅"、"小雅"、"颂""是谓四始,诗之至也"。指出这四类诗把诗的内容包括尽了,它们是后来各种诗歌的开始。这样的概括,基本上符合《诗经》的基本内容。

四、全文的中心思想,是要求诗歌宣扬封建伦理道德,使之成为统治阶级教化的工具,并且以此作为诗歌创作和评论的标准。它推崇歌颂和美化封建统治的作品,评价为"正始之道,王化之基"。对于《诗经》中"下以风刺上"的作品,它又强调"主文而谲谏,发乎情,止乎礼义"。诗歌为统治阶级政治服务,是全部《毛诗序》的基本思想。

大序把先秦到汉代对《诗经》的解说作了一次集录,一部分概括,发展了儒家诗论,并对《诗经》学的基本理论初步地作了简明的总结。作为文论史上的一篇文献,有我们可以借鉴的地方。

对《诗序》也不能一概而论。小序关于各诗所作题解的世次、故事、人物、题旨,有不少是比附史传、杂说,有许多谬误。但小序距离《诗经》时代近,而且杂采经史,保留某些先秦旧说,对某些诗篇的世次、背景的提示,或接近题旨,或有助于我们探求诗义,给我们以启发。所以仍然可以作为研究资料保存下来。至于大序,则是我国汉代文论著作中一篇重要的文献,具有保存和研究的价值。

(三)尊序和废序之争

关于《毛诗序》的尊、废问题,在历史上,时代不同,或尊,或废,有所不同。

在汉代《毛诗》独传以后,它是唯一通行的题解,成为封建诗说的义疏中心,这自然是"尊"。在汉学系统处于学术统治地位时,即使有人怀疑它的正确性,也未能动摇它的权威地位。

宋学反汉学,对汉学经传序说重新检讨,发现《序》的世次不合史籍,题解有谬误,不合时代思潮,从北宋开始受到普遍的批评。到南宋,终于展开声势浩大的废序运动。废序派论《序》有妄生美刺、随文生义、穿凿附会三弊①,谓《诗序》害《诗》,集宋学大成的朱熹《诗集传》废《序》不录。而尊序派则坚持依《序》解《诗》,提出"学《诗》而不求《序》,犹欲入室而不由户也"②。

宋代尊序和废序的论争,推动了诗经学的又一次大发展。首先,它打破汉学的僵化,开启自由研究,讲求实证、大胆怀疑、敢于反传统。废序派去《序》解《诗》,必须"覃精研思",注重"求实",如《诗集传》的总体水平就超过以前的汉学传本;另一方面,尊序派在争论中也不得不致力于注疏序说质量的提高,如吕祖谦的《吕氏家塾读诗记》积三十年功力,质量超过以前的汉学传本,而在依《序》说诗时遇有窒碍难通之处,也去《序》另立新说,因而宋代也产生了汉学派的一批名著。这都说明争论推动了学术进展。

元、明是宋学的继续,独尊朱熹。那时读《诗》只读《诗集传》,汉学著作不容易见到。宋学有其自身的弱点,在四百余年独尊过程中丧失其求真求实、自由研究的学风,逐渐趋向僵化。《诗集传》固然有一些正确的认识,而作为封建经学著作仍未能完全避免《诗序》的三弊,有些解说只是以新的谬

---

① 朱熹:《读诗辨说》,《四库全书》本。
② 程颐:《二程遗书》卷一八。

误代替旧的谬误,使注重考证的清代学者并不服气。当汉学复兴,《诗序》复出时,见者"辄据以为奇货秘籍"。于是,尊序和废序的斗争又在新的历史条件下兴起。

清代学术的发展,先是新汉学反宋学,接着是新今文经学反新古文经学。新汉学的几部《诗经》名著:陈启源《毛诗稽古篇》、马瑞辰《毛诗传笺通释》、胡承珙《毛诗后笺》、陈奂《诗毛氏传疏》,以上诸书或专主古文,或以古文为本兼采今文和两宋诗说,仍依《序》说诗。如《诗毛氏传疏自序》曰:"读《诗》不读《序》,无本之教也。"他们精研训诂义疏,精于考据,力驳朱熹之非。这些著述的影响压倒了《诗集传》,《诗序》又成为说《诗》的依据。

19世纪后期的清今文经学力主三家诗说而反对《诗序》,出于其宣传维新改良的政治需要,魏源《诗古微》论列"国风"中三家诗说与《毛诗序》之异同得失,论证《毛诗序》穿凿附会、歪曲本义之谬误十八处;他依三家诗说发挥微言大义,结果旧瓶装不进新酒,此路走不通。

在另一方面,清代发展的前、中、后三个阶段,都有学者超出尊序和废序之争,我们称之为"独立思考派",他们以康熙时代姚际恒《诗经通论》、乾嘉时代崔述《读风偶识》、同治时代方玉润《诗经原始》为代表。姚氏于其《自序》曰:"惟是涵泳篇章,寻绎文义,辨其前说,以从其是而黜其非。"崔氏《自序》曰:"惟知体会经文,即词以求其义,如同唐宋人之诗然者,了然无新旧汉、宋之念在于胸中,惟合于诗义则从之,不合者则违之。"①方氏《自序》曰:"不顾《序》,不顾《传》,不顾《论》,惟其是者从而非者止。""五四"以前的国学大师梁启超很重视这一派的著作,曾著文宣扬。

以上是我们对历史上尊序废序斗争的简略回顾。

"五四"时代的学者,也发起了对《毛诗序》的批判运动,不过这与古代的废序之争,已有本质上的不同。它不是一个封建经学学派反对另一个封建经学学派,不是以一种封建经说去代替另一种封建经说,而是高举反封建的旗帜,要求用科学和民主的思想重新探求诗义,汉学、宋学、古文、今文,一切不符合实际的封建诗说都在废除之列。当时所以对《毛诗序》集中火力,因

---

① 崔述:《诗风偶识·通论诗序》,《崔东壁遗书》,上海古籍出版社,1983年新排本。

为它是汉学封建义疏的中心,其影响最大。"五四"和以后的年代,我们确实把《毛诗序》批得很臭,其影响直到现在仍然十分深刻。

30年代的文论家,作了一件有意义的工作:他们不对《毛诗序》全盘否定,称作"大序"的那一段文字抽出来独立成篇,肯定它是先秦至汉代儒家诗论的总结,作为一篇有重要文学理论价值的文献,编入大学文论教材。

50年代以后,我们开始清理尊序废序斗争的历史学案,认识到在我们的时代,不存在尊序废序的问题,应该是梳理它的发展过程,予以科学的说明,作为发展现代诗经学的借鉴。比较尊序废序各派的诗说,我们发现比附书史、穿凿附会,为宣扬封建教化而曲解诗义之弊,《毛诗序》如此,三家诗遗说如此,宋学诸家乃至朱熹《诗集传》亦如此,清人以考据为标榜的名著如此,乃至"独立思考派"也难免;只是程度不同,并无本质区别。但是,他们的诗说中也都有正确的或接近正确的认识。封建社会的学者不可能摆脱诗教的束缚,由于他们的立足点,以及他们从前代继承下来的研究资料,他们时代所达到的科学水平,他们的贡献只能把认识向前推进一步。我们应该看到他们各种的成绩,承认他们在不同时期的进步,尊重他们的不同贡献。

历史地具体研究《毛诗序》,可以肯定它是上古第一部完整、系统的题解,优于汉代的其他各家题解,在这个意义上,即使是小序,也具有历史文献的价值。

拿废《序》最力的朱熹来说,据今人统计,《诗集传》全采小序说的82篇,大同小异的89篇,可见《诗集传》与小序相同和基本相同的有171篇,占《诗经》总数的60%。近几十年的几十种《诗经》注译,也有一部分题解袭自小序,或参考了小序。我们吸取和借鉴小序的某些成说,反过来又骂它一无是处,未免有欠公平吧。

《毛诗序》作为古代《诗经》题解中比较系统、完整,保存先秦古说较多,而且对后世影响最大的一种序说,自有其一定的价值。我们也应该无所尊,无所废,寻绎文义,考察背景,一一辨析,从其是而黜其非,把我们时代的诗说建立在科学的基础上。

从六诗到六义

《周礼·春官·大师》:"大师……教六诗,曰风,曰赋,曰比,曰兴,曰雅,曰颂。"

《毛诗序》:"故《诗》有六义焉:一曰风,二曰赋,三曰比,四曰兴,五曰雅,六曰颂。"

同样六个字,排列顺序相同,前者称"六诗",后者称"六义",而且它们又与现在通行的"风、雅、颂、赋、比、兴"的排列顺序不同。这几种称谓和排列形式各有什么含义,也是诗经学长期讨论难决的一个学案。经过近一百年来众多观点的比较,综合考辨和争论,现在主要问题已经明朗,取得基本一致的认识:"六诗"和"六义"虽有继承性的联系,却是两个不同的概念,风、雅、颂、赋、比、兴六个字的含义是发展的,其所指称,在不同的发展阶段有其不同的内涵。在这里,我们将历代的争议从略,只简述达成基本一致的主要的认识。

(一)六诗

《周礼》所称的"六诗",特指贵族学校教国子的并列的六类诗,其中大多是自古传下来的古诗,也有一部分西周初期制作的歌诗。因为《诗经》还没有编集,用于教国子的只能是这些作品。我们可以肯定周代前、中期,国学教学"六诗",绝不可能是《诗》三百篇,只可能有数量不多的一部分。如"周颂"中的祭祀诗、"大雅"的政治美刺诗和《国风·二南》中的一些作品以及传为"周公陈王业"的《七月》、周公寓言诗《鸱鸮》等"风"诗。分类的标准是根据诗的体裁,也是根据内容和应用,而体裁、内容和应用功能是相通的,按体裁分类和按内容、按应用分类,应该是一致的。例如,应用于宗庙祭祀的歌诗,绝不可能是有怨刺内容或男女言情的歌诗,应用于婚礼,绝不可能是弃妇的哀歌。

关于"六诗"的内涵,郑玄《周礼注》说:"风,言贤圣治道之道化也;赋之言铺,直铺陈今之政教善恶;比,见今之失,不敢斥言,取比类以言之;兴,见今之美,嫌于媚谀,取善事以喻劝之;雅,正也,言今之正者以为后世法;颂之言诵也,容也,诵今之德,广以美之。"这是郑玄对风、赋、比、兴、雅、颂六类诗名和内容的解释。换言之,他认为,"风"是以圣贤之道进行教化的诗;"赋"是铺陈直叙政治美恶的诗;"比"是不直言而以比喻或寓言批评社会不良现象的诗;"兴"是通过意象来赞美现实中美善事物的诗;"雅"即正,是言政治美刺的诗;"颂"是今人以歌诗、舞蹈相结合而显扬功德的祭歌。郑玄的概括还是比较粗浅的,也不完全准确,但他说出"六诗"是指称当时流传的六类诗。

当代学者试图将《诗经》之前的古诗分别归属"六诗":

> 如《南风歌》、《击壤歌》、《采薇歌》、《虞歌》、《饭牛歌》、《大隧赋》及《八阕》等,均似赋体诗。又如《舜帝歌》、《皋陶赓载歌》、《暇豫歌》、《接舆歌》、《龙欲上天》及逸诗《虽有丝麻》等,均系比体诗。再如《卿云歌》、《八伯歌》、《涂山歌》、《鸜鹆歌》等,均似兴体诗。[①]

关于"六诗"的排列顺序为什么是风、赋、比、兴、雅、颂,历来说法不一。现代学者中刘大白认为是由这几个字的发音,古代无轻唇音,这样排列,读起来顺口(刘大白《白屋说诗》)。此说理由不足。郭绍虞认为因为前四者是民歌,后二者不是民歌;"风"入乐,所以居于前,赋、比、兴只是诵,不入乐,所以居后。[②] 此说不确。章必功认为:"'六诗'是周代的诗歌教学纲领,这样的排列反映声、义并重的诗歌教学内容由低级到高级、由简易到复杂的发展过程。风、赋是第一阶段,比、兴是第二阶段,雅、颂是第三阶段而达到能够熟练地应用于宗庙和朝会。"[③]此说虽亦属推测之辞,却可为一家之言。

---

① 冯浩菲:《历代诗经论说述评》,中华书局,2003 年,第 45—46 页。以上诸诗均自各古籍引录,冯书有页注。又,这些诗大多可见于《先秦诗鉴赏辞典》。

② 郭绍虞:《六义说考辨》,见《中华文史论丛》1978 年复刊号。

③ 章必功:《六诗探故》,见《文史》第 22 辑,1984 年。

"诗三百"编集的是周代礼仪应用的乐歌,上文举出的周以前流传的诗作,不是周代的应用乐歌,所以没有编入"诗三百"。不过,可以相信,"大师教六诗",所教之中有这些诗,如果没人教,贵族们没有学,在《尚书》、《左传》、《国语》等等古籍中怎么会有引用的记录呢?当然,大师教的"六诗",除了古诗,也有西周前期制作的"周颂"、"大雅"中的歌诗,也会有"国风"中的早期作品,为二"南"和《豳风》中的早期歌诗。《周礼》的"六诗",是大师教授国子的教材,与后来的"诗三百"有联系,却不是东周时才编定的"诗三百"。古代的郑玄、孔颖达、朱熹、严粲以及近代的章太炎,论说"六诗"与"六义"相同,这个说法是不正确的。

(二)六义

　　《毛诗序》说:"故《诗》有六义焉:一曰风,二曰赋,三曰比,四曰兴,五曰雅,六曰颂。"孔颖达《毛诗正义·诗序疏》:"赋、比、兴是诗之所用,风、雅、颂是诗之成形,用彼三事,成此三事,是故同称为义。"朱熹《语类》说:"风雅颂是三经,是作诗的骨子;赋比兴是里面横串的,是三纬。"

　　孔颖达疏所解释的"六义",即我们现代通行的"三体三用"说:风、雅、颂是三类诗体,赋、比、兴是三种基本的表现方法。"六义"的三体三用说,与《周官》"六诗"的本义是大不相同的,但和"诗三百"的编排体制是相合的,赋、比、兴作为艺术表现方法,与三百篇的基本创作方法也是相合的,从唐代以来一直通行至今。"六诗"之说,就只作参考了。

　　"风"、"雅"、"颂"三类诗的编制是按乐调分类的,如前文已作解释。按音乐分类与按内容分类,并无矛盾,因为乐调和内容是结合的,某一类内容只能用某种乐调,按乐调分类也相当于按内容分类。除了曾有人主张"南"另为一体;《诗经》分风、雅、颂三体,再无异议。因此,现在通行的风、雅、颂、赋、比、兴的排列,前三者为三体,后三者为三用,这样的顺序是最适宜的。

　　赋、比、兴作为三种基本方法,从汉初的《毛传》开始标"兴",到朱熹《诗集传》既标"兴",也标"赋"、标"比",《诗经》的基本表现方法是赋、比、兴三法,也成为学术界的共识,而且成为中国诗学的传统的艺术方法,为古今诗人所学习、借鉴。诗人毛泽东在与陈毅谈诗的一封信中说："作诗，比兴是不能不用的，赋也可以用。"①这封信公开发表后，中国的文学理论研究形成赋、比、兴研究，主要是兴的研究的热潮，对兴的研究热情至今未衰。据《二十世纪诗经研究文献目录》②，20 世纪研究赋、比、兴的专著计 221 项，绝大部分发表在 70 年代以后。

何谓赋、比、兴，齐、梁的文论家曾有专文探讨，以《文心雕龙·比兴》篇最有影响，以后钟嵘、孔颖达、李仲蒙、朱熹等都有论说。朱熹的解释简明扼要，又通俗易懂：

> 赋者，铺陈其事而直言之。（《诗集传·葛覃》注）
> 比者，以彼物比此物也。（《诗集传·螽斯》注）
> 兴者，先言他物以引起所咏之词也。（《诗集传·关雎》注）

朱熹简明扼要的解释被普遍接受。赋，是从多方面去铺叙事物，指摹景物，状写情态，借以抒情言志，用途广泛。比，就是比喻，如《诗经》中的《鸱鸮》《鹤鸣》《硕鼠》就是比体诗，但用得更多的是描写和叙述中的比喻和比拟，起到渲染事物、突出特征、显示性质、强化形象的艺术效果。兴，是发端起兴的艺术手法，可以具有衬托意境，营造气氛，借景寄情，产生情景交融的效果。据明人谢榛《四溟诗话》中的统计，《诗经》中分别用赋 720 次、用比 370 次、用兴 110 次。

当代学术界对赋、比、兴的研究日趋深入。近几年主要是对比、兴进行发生学的研究。

---

① 毛泽东：《给陈毅同志谈诗的一封信》(1965 年 7 月 21 日)，见《诗刊》1978 年 1 月号。
② 寇淑慧编：《二十世纪诗经研究文献目录》，学苑出版社，2001 年。

第七讲

《诗经》的语言艺术

《诗经》的语言——先秦汉语的优秀代表

文学是语言的艺术，它以语言为材料，构造艺术形象。诗歌是最为精粹的文学语言。

《诗经》是中国古代第一部用汉字记录的诗集，是在规范化的全民共同语（雅言）基础上又提炼加工的书面语，它标志着上古时代汉民族语言的高度发展，适应两千五百年前的社会发展水平，具有许多优良的品质，在人类语言史上罕有其匹，是我们对世界文明的伟大贡献之一。它的主要品质，表现在词汇的丰富、声韵的音乐性、句式的多变化、修辞的众多辞格，以及精心锤炼的固定词组等各方面。

（一）丰富的词汇及其艺术运用

词是构成语言的基本单位，词汇量是决定语言表现力的主要条件。《诗经》305 篇一共使用 2826 个单字，①许多单字一字多义，按字义计算，大约有3900 多个单音词。在汉语发展史上，两周时代是汉语词汇由以单音词为主向以双音词为主开始过渡的重要阶段，这些单音词又构造了许多复合词，

---

① 据向熹《诗经词典》是 2826 个。杨公骥《中国文学》统计为 2949 个，这是因为有 123 个异体字。

《诗经》中所见约 1000 个。举其整,可以说《诗经》使用的词汇约 5000 个。就两千五百年前的上古社会发展水平来说,如此众多的单音词和复合词,可以表示较为丰富的事物和较为精确的意义。

随着人们对世界认识的增多、阶级分化和社会分工的发展,以及事物日益繁富,产生了日益丰富和区别渐趋细密的各种名词。近人胡朴安统计:草名 105 个、木名 75 个、鸟名 39 个、兽名 67 个、昆虫名 29 个、鱼名 20 个、各类器物名 300 余个;①清代陈奂摘录:建筑物名 82 个、畜名 83 个、服饰名 65 个;②还有众多的地理名词、时间名词、方位名词以及大量的各类事物名词和人物名词。以双音节的人物名词,不包括具体人物姓名和职官名称等专用名词,以"人"为词根构成的双音词(如圣人、善人、庶人、成人、民人、农人、寺人、古人、死人、美人……)51 个,从而可以对各类人物作较细密的区分和表示。再如马名 40 个,可以区分和表示不同特点、不同形态和不同用途的马。这些词汇的运用,使《诗经》语言有表现较为丰富和复杂事物的能力。

《诗经》的动词词汇,基本上可以表现较为多样的人的动作和各类事物的运动。单音动词为表现"看"的有瞻、望、相、监、见、视、觐、观等;表示手的动作有采、掇、捋、袺、襭、握、折、投、搞、搔、携、执、秉、束、摇、揭、扫、抱、击等;数量也相当丰富的双音动词,如洒扫、驰驱、匍匐、逃亡、颠沛、保佑、改造、内讧、沸腾、反复、安息、征伐、辗转、相好、流离、翱翔……不下百多个这样的双音动词,生动而形象,有较强的表现力,经过两千五百年到三千年,至今仍是现代汉语中有表现力的常用词汇。

《诗经》的形容词也大部分被现代汉语所继承,成为我们民族语言的基本词汇。其中单音形容词表示事物的属性,如大、小、高、低、长、短、粗、细、黑、白、好、巧、美、丑等。双音形容词则表示事物的情态或形貌,如逍遥、光明、清明、窈窕、参差、忧伤、永久、踊跃、震惊、劳苦、正直、艰难等等,表现力都很强。刘勰《文心雕龙·物色》说:

---

① 胡朴安:《诗经学·诗经之博物学》,商务印书馆,1929 年。
② 陈奂:《诗毛氏传疏·毛诗传义类》。

诗人感物，联类不穷。流连万象之际，沉吟视听之区。写气图貌，既随物以婉转；属采附声，亦与心而徘徊。故"灼灼"状桃花之鲜；"依依"尽杨柳之貌；"杲杲"为日出之容；"瀌瀌"拟雨雪之状；"喈喈"逐黄鸟之声；"喓喓"学草虫之韵；"皎日"、"嚖星"一言穷理；"参差"、"沃若"两字穷形。并以少总多，情貌无遗矣。

刘勰肯定了《诗经》运用形容词贴切、生动。他所举诸例中，也指示了《诗经》形容词的一个突出的特色，是创造性地运用叠字。《诗经》305篇中，三分之二的诗篇运用了叠字，其功用除了摹状、拟声，还包含着人的感情色彩，同时也产生音响的意趣。大量运用叠字，是《诗经》的艺术手段之一。

大量运用虚词，是《诗经》语言的又一大特色。虚词对组词成句、联句成章，以及表达情态和语气，都有重要作用。它们在句子中分别被用为介词、连词、助词，有的虚词兼具多种功能。如"之"字，在不同语言环境中可分别用为助词、连词、代词、动词。经统计，"之"字在《诗经》中共使用998次（不包括"止"假借为"之"56次），在诗句中起语法作用或修饰作用。

语气词的使用在《诗经》中极为普遍，或用在句头、句中，而大多用在句尾；大多为单音节，少数为双音节。有的诗全篇句句都用，有的诗全篇隔句用，有的诗各章有一句不用。语气词在《诗经》中触目皆是，"兮"（啊）字一共用了321次，"矣"字用了207次，"也"字用了90次……唐代成伯屿《毛诗指说》论《诗经》语气词的作用说：

"已焉哉"，谓之何哉，伤之深也。"俟我于庭乎而"，"充耳以青乎而"，加"乎而"二字为助者，悔之深也。"其乐只且"，美之深也。

成伯屿看到《诗经》语气词模拟语气、情态和加深语意的作用。然而，《诗经》的语气词还有另一种功能：有时是为了凑足音节，使句式韵律整齐和谐；有时句句或隔句用同一语气词，造成韵脚的一致。成功地运用语气词，除了适当地起到语法和修辞作用，而且促成音节铿锵和谐，产生了音响的效果。宋代洪迈《容斋随笔·五集》说：

《毛诗》所用助语之字以为句绝者,若之、乎、焉、也、者、云、矣、尔、兮、哉,至今作文者皆然。

洪迈说明《诗经》的一些虚字,为我国两千多年的文言文所习用,这是我国诗赋词曲较多运用语气词的滥觞,作为语言艺术的一种方法,为后世所继承。

《诗经》语言的再一个大特色,是有许多精心锤炼的词组(或短句)。这些词组(或短句)简洁生动,形象鲜明。它们一般用两个双音节词构成一个词组,包含较为深厚的内涵。由于只用四个字就能生动地表现深刻的意思,所以作为固定词组传承下去,成为汉语中常用的成语。例如:小心翼翼、二三其德、人言可畏、辗转反侧、不可救药、一日三秋、忧心忡忡、战战兢兢、高高在上、窈窕淑女、为鬼为蜮、邂逅相遇、嗷嗷待哺、巧言如簧、天作之合、高山景行、风雨如晦、泾渭分明、兄弟阋墙、外御其侮、如临深渊、如履薄冰等。这只是一小部分,像这样具有高度表现力的词组(或短句)将近 300 个。它们都经过精心锤炼,以各种结构形式(主谓式、动宾式、联合主谓式、联合动宾式、联合名词式、联合动词式、动补式、兼语式),使用了比喻、对比、加重措辞等方法,在简洁的词语中熔铸生动的形象和深厚的内涵。它们成为艺术表现力特强的词组而定型,由《诗经》传下来,大多原样不变,也有的是将短句加以压缩,为"一日不见,如三秋兮"压缩为"一日三秋","泾以渭浊,湜湜其沚"压缩为"泾渭分明";也有的改换了同义字,如"邂逅相遇"成为"邂逅相逢"之类。这些成语,是上古人民经过千锤百炼的智慧结晶,丰富了祖国的文学语言宝库,至今还活在我们的日常生活中。

我们可以肯定地说,在周代,汉语词汇发展到较高的水平,才可能产生《诗经》这样生动形象并富有深厚内涵的歌诗,而《诗经》诗人们的贡献,是能够艺术地运用这些丰富的词汇。

（二）声韵优美的双声叠韵

语音是语言的物质外壳。汉语的语言以一个个音节为单位，用汉字记录下来。一般说来，一个汉字代表一个音节，是一个单音词，两个和两个以上的音节可以组成双音词和复音词，用两个或两个以上汉字记录。《诗经》的语言都是单音词和双音词。组词成句，一个语句只用几个音节，就可以把意思表达清楚。《诗经》中最短的诗（《周颂·维清》），全篇只有 18 个字，读起来只有 18 个音节。《诗经》以四言句为主，有许多是四句一章，16 个字就成一章诗。以后的五言绝句，也只有 20 个字，能成为千古传诵的杰作。汉语的简洁明快而且具有丰富的表现力，在世界各种语言中是独特的，这是汉语的优越性。

声母、韵母加上声调构成音节。声母，指音节开头的辅音；韵母指音节中声母后面的部分；声调指音节的高低升降曲直长短的变化，即通常所说的"四声"，以前的韵书分为平上去入四声。把声母、韵母、音调三者巧妙和谐地组合起来，发出抑扬顿挫的音响，自然地产生节奏有序、铿锵流畅、和谐悦耳的音乐效果。我们朗读古文，常常朗朗上口，觉得有强烈的节奏感和音响意趣，正是由于汉语所具有的音乐性特点。诗人再进一步注意声韵和声调的配合，便会构成韵律优美的诗章。汉语是适合做诗的语言，这是中国诗歌文学特别发达的原因之一。

《诗经》语言的音乐性，还表现在它创造了大量的能够产生音响意趣的联绵词，除了上面已经提出的叠字（一字相叠或二字相叠），还有数量更多的双声词、叠韵词。

双声是两个字声母相同，叠韵是两个字韵母相同。叠字和双声、叠韵词间隔交错、回环往复，增强了诗篇的音乐美。三百篇没有一篇不用双声叠韵，只是由于语言在发展变化，有一些字的读音古今不同，有些双声叠韵词现在不易确指。不过，语音有变化的词不到十分之三，大部分未变，所以现在还能指认大部分双声叠韵词。清人洪亮吉曾说明双声叠韵对后世的影响：

三百篇无一篇非双声叠韵。降及《楚辞》与渊、云、枚、马之作,以迄《三都》《两京》诸赋,无不尽然。唐诗人以杜子美为宗,其五、七言近体,无一非双声叠韵也。间有对句双声叠韵而出句否者,然亦不过十分之一。中唐以后,韩、李、温诸家亦然①。

《诗经》语言的音乐性,是祖先留给我们的宝贵遗产,也是《诗经》优良的艺术经验。无论是叠字或双声叠韵都有变式,可以灵活而巧妙地变化运用,值得我们进一步研究。

(三)各种修辞格综合运用

修辞是语言艺术的重要手段,在《诗经》语言中,各种修辞格综合运用,诸如比喻(明喻、暗喻)、比拟、排比、对比、借代、夸饰、对偶、衬托、层递、设问和反问、顶真、回环、摹状、拟声、反语,以及上文所提出的叠字、双声、叠韵,在305篇中都反复出现,既起到语言生动形象的作用,也起到准确地摹状、通情、达意的作用,兼有和谐声调、韵律的作用。《诗经》常常在一篇之中具有不同修辞效果的修辞格交错运用,前后配合,互补互衬,达到珠联璧合,浑融一体;因而语言生动多彩,鲜明有力。在阅读诗篇时,读者会有所体会。

我们在这里着重谈谈《诗经》修辞艺术所体现的三个原则:

一是信、达、雅。"信",即真实,叙事、状物通精达意,力求以恰当、贴切的词句表达原貌、原意,"为情而造文,不为文而造情";"达",即清楚明白而准确;"雅",即摒除粗陋,力求优美,如若干民间情歌,经加工后亦不显鄙俗。

二是简洁精练。305篇都不长,"风"诗犹多重章,每章十多个字,形象突出,内容完整。考察《诗经》的经验,一个是对所表现的事物十分熟悉,能够掌握事物的特点,因而能如刘勰所说"一言穷理"、"两字穷形"、"以少总多",即现代文艺学所说的抓住典型细节;另一个是删省繁冗芜杂,以意象来

---

① 洪亮吉:《北江诗话》,人民文学出版社,1983年,第2页。

引发读者联想。

三是朴素自然。在《诗经》中,以"国风"和接近"国风"的"小雅"的语言最为生动多彩,虽然它们大部不是民歌,却与民歌有天然的联系,有些篇章是按照地方乐歌的体式创作的"仿民歌",表现出生动、朴素、活泼、鲜明的风格。看是"平常语"、"口头话",而意趣深长,产生强烈的艺术感染力。"寻常言语口头话,便是诗家绝妙辞。"这些"口头话",是从人民口语中提炼出来经过加工的生动形象的语言。

从《诗经》的修辞经验来看,修辞的炼字炼句,决不是雕琢镂饰、堆砌辞藻,而是以信、达、雅为前提,力求简洁精练、朴素自然,综合运用多种修辞格,体现孔子所说的"辞达"和"文质彬彬"(《论语·雍也》),于平易中见功夫。

(四)词义变化和假借

1.词义之变

《诗经》语言作为先秦汉语的优秀代表,取得了相当高的成就,它又是汉语早期发展阶段的产物,因而也存在历史必然的不足。随着社会的发展,一些事物消失了,表示那些已消失的事物的名词,也自然地死亡。经过长期的社会融合,各地方言渐趋统一,一些方言有所改变,某些事物的名称也有变化(如荏菽现名大豆,鸧鹒现名黄莺等)。有许多词语,现在仍然使用,词义已经变化,如《周南·葛覃》"薄污我私"句,除基本词汇"我"字词义未变,另外三个字词义都变了:"薄"是发语助词;"污"是动词,洗衣时搓揉去污;"私"是名词,指贴身内衣。三个字都与今义不同,语法也有变化。读《诗经》,必须参考训诂,望文生义,常常会差之毫厘,谬之千里。

我们说《诗经》语言的词义有变化,不是说所有的词语语义全部变了。经考察,基本词汇大体未变,其余的词汇大约有一半未变,借助训诂读《诗经》,并不太吃力。

我们说《诗经》的语言代表了先秦汉语发展的高度水平,但汉语仍在继续发展,不断完善。《诗经》的语言远不如现代汉语的词汇丰富、语法规则更加统一和严密、更具有细致入微的表现力。我们现在使用的《辞海》有15600多个单字、56000多个词条,《诗经》的单字只有现存汉字的十分之三,其词汇只有现在词汇的十一分之一。用历史发展的观点,《诗经》的语言还属于中国书面文学语言发展的早期阶段。尽管如此,它的优良的品格,修辞经验,以及有强大表现力的成语,仍是我们的宝贵财富。

2.假借字

读《诗经》,会遇到大量假借字,这是《诗经》文学的一大特点。假借字之多,多到从汉代到现代,两千多年还没有全部辨析清楚。假借字主要有两类:

一、通,即同音假借。《说文解字叙》说:"假借者,本无其字,依声托事,令长是也。"人们使用这个语词,还没有造出记录这个语词的字,于是利用同音的字来代替。如《邶风·静女》:"爱而不见,搔首踟蹰。""爱"是"薆"(隐藏)的假借。《豳风·鸱鸮》:"鬻子之闵斯。""鬻"是"育"的假借。《豳风·伐柯》:"取妻如之何?必告父母。""取"是"娶"的假借。这类同音假借,在《诗经》的假借字中占大部分。在语言发展过程中这是必然的历史现象,为了解决文字不足而造成的书写困难,记录时用同音字代替,使之起标音作用,是在由口头文学向书写文学转变过程中一个必要的创造。

二、省借。先秦时代书籍、文献都刻写在竹简上,直到西汉依然简书和帛书并用。有些语词当时已经有其字,刻写者在刻写时为了简省几笔,也用了假借字。如《小雅·斯干》:"如鸟斯革。""革"是"翮"的省借。《卫风·芄兰》:"能不我甲。""甲"是"狎"的省借。

也有的本来有其字,不该通假,也并非为了省几笔而省借,只是写了别字,如《周南·葛覃》:"害瀚害否。""害"是"曷"的别字,因为"曷"字别诗已用,已有此字,笔画也不多,肯定是写了别字。不过,这类写别字的情况很少。

在假借现象之外,《诗经》文字还有一字数义或数字一义的现象。

一字数义之例,为"昏"有婚姻、昏暗、黄昏诸义;"干"有干犯、干城、干戈、河干(崖)诸义;"启"有开、分、跪诸义;"齐"有整齐、端正、庄敬以及国名、地名诸义;"女"有女性、柔嫩、你诸义……现代汉语仍有一字多义的痕迹,但构成双音词时比较容易理解,作单音词用,常常会产生理解的混乱。在现代汉语中,由于复音词大量产生,这个问题已经基本解决。

数字一义之例,如《诗经》中的初、哉、首、肇、祖、元、胎、俶等字,《尔雅》都释为"始";述、仪、特、仇诸字,《说文》都训为"匹";宁、绥、静、慰、宴、燕、保、遂、密、柔、康等字,《说文》都训为"安"。诸如此类的同义字,有时很难准确区别,兼之这些字或有他义,更会造成混杂。所以出现这样的现象,是由于在语言规范化的进程中许多方言词语还没有完全统一,这是汉语发展早期阶段必然的历史现象。

《诗经》中的通假、一字数义和数字一义的现象,在汉语后来的发展中已逐渐解决,我们读《诗经》时则不能不注意辨析,以免误读。

3.异文

我们现在读的《诗经》文本,它的文字由大篆而小篆,而隶书,而真书,至现代又由繁体而简体,字形多次变迁。上古书写条件困难,口诵手刻,难免产生讹误、遗漏,也难免错册错乱,产生脱简、错简。从近年出土的有关《诗经》的战国和汉初简书来看,其引《诗》确与今本《诗经》有文句上的一些差异。

在先秦史传和诸子百家著述里常有引《诗》,其所引诗句,与今本《诗经》相比照,也会发现异文。

汉初《诗经》传本有今文《齐》、《鲁》、《韩》三家和古文《毛诗》一家。四家《诗》不仅书写文字字体不同,文句也有不少差异。今《毛诗》独传,考三家《诗》佚文,就会发现异文。这些异文的产生,或是因为辗转传抄,造成文字的讹误、脱漏或重衍,或是因为脱简、错简,造成脱误或章节错乱。

产生异文是古代书籍印刷条件难以避免的历史现象。根据异文,我们可以知道,今本《诗经》,只是先秦传下来的《诗经》多种传本之一。考察已经发现的异文,其中一部分是异体字,还有一部分尚未改变该篇的总的内容,所以今本《诗经》,还是一个可信的、较好的传本。为了提高现在传本的质量,历代都有学者在研究脱简错简问题,以及据各种文献比对,进行文字校勘。

《诗经》的诗体、章句和韵律

(一)诗体的革新

《诗经》的诗体以四言为主。

《诗经》以四言为主体，但又不受拘束，而间或运用长短不齐的句子，句型参差变化，活泼自然，显示出错落有致的形式美。

现在能够保存下来的原始歌谣，都是两个单音节的二言句。如据说是黄帝时代的民谣《弹歌》："断竹，续作，飞土，逐肉！"[①]《周易》卦爻辞中可信为氏族社会流传下来的原始歌谣：

> 贲如，皤如，白马，翰如，匪寇，婚媾。(《贲·六四》)
>
> [译文]奔啊，太阳像火烧，白马，飞驰而来，不是来抢劫，是抢姑娘成婚。
>
> 突如，其来如，焚如，死如，弃如。(《离·九四》)[②]
>
> [译文]突然啊，闯来啊，烧啊，杀啊，摔啊。

两首远古民谣，前一首表现原始社会的劫夺婚，后一首表现抢掠性战争的烧杀破坏。这两首民谣只能作为诗歌的萌芽，有一定的概括性、形象性、节奏感，它们都是汉语发展早期阶段的产物，词汇以单音节为主，所以都是二言体的断章，每句由两个单音节组成，所以内容简单，音节单调。在《周易》卦爻辞中也有比上述民谣产生时间晚的四言体短章，如《中孚·九二》：

---

① 这是一首原始猎歌，反映渔猎时代的生活。诗句反映他们砍竹，接竹，制渔猎工具，用弹丸(土丸)追捕野兽。

② "如"是语尾助词；"其"是语头助词，可以不算音节。

"鸣鹤在阴,其子和之。我有好爵,吾与尔靡之。"这首歌谣是运用两个双音节词组成四言句,说明它创作的时代,双音节词已经产生和运用。它和《诗经》的诗体很接近,应该同为双音节词汇大量产生时代的作品。

以四言为主的《诗经》的诗体正产生在这个时代——公元前 11 世纪至公元前 6 世纪的两周时期,这时社会也正在发生重大的变革,社会文明进步,社会物质生产与现实生活内容十分丰富,汉语适应社会发展而向以双音节词汇为主过渡,歌诗由二言体变革为四言体,正是社会和语言这两大变革的必然反映。

卦爻辞中有三言的歌谣,《诗经》中也有三言诗,但终究还是以四言诗为主,这是因为双音词大量产生,双音词较之单音词有较精确的表现力。我们说四言体由双音节词构成,这是一般的情况,在创作中有必要时,仍可运用单音词,其方法是在单音词的前面或后面加一个单音虚词作衬字,读起来音节仍相当双音词,如"昔我往矣,杨柳依依"(《小雅・采薇》),"一日不见,如三秋兮"(《王风・采葛》),昔、矣、兮都是语气助词,既加强了语意,也凑齐了音节,由二言体发展为四言体,是中国诗体的一次重大的进步,它较之二言体,有以下的优越性:

一、由二言到四言,延长了句式,扩充了词汇容量,大量的表现力较强的双音词,尤其是叠词、联绵词和精心锤炼的词组得以运用于诗的创作,从而能够较为充分地反映生活和表达情志,使原始的单纯的歌谣,发展为内涵较为丰富的诗作。

二、由于四言句容纳了较多的词汇,二言句很难运用的各种修辞,如摹状、比喻、对比、呼告、设问、反诘、对偶以及上文所说的叠字、联绵词等等,在四言体中得以普遍地灵活地运用。再者,双音词和双音词混合使用,又可以运用多种语法结构形式,单音节、双音节交错回环,节奏变化而且和谐。我们可以说,四言体的创造,开拓了中国诗歌艺术的新天地。

三、由二言体革新为四言体,是中国诗歌韵律的一次大发展。二言体每句两个音节,一个音节一停顿,节奏短促,声调单薄,句句用韵,韵与韵之间只有一个音节,隔句用韵,音隔仍小,韵密显不出声调的回环。四言句的音节增多,韵与韵之间距离延长,可以把每个字四声的轻重、长短、清浊以及叠字、双声、叠韵艺术地组合，产生节奏变化、声调抑扬顿挫、韵律回环往复的音响。有了四言体，才会产生三百篇乐歌。古今音韵虽有变化，《诗经》的韵读，十分之七并未变化，有些诗，我们读起来仍然朗朗上口，铿锵生动。以《诗经》为代表的四言诗开拓了中国诗歌与音乐结合的传统。后世又发展为五言诗、七言诗，都始终具有音乐性。四言、五言、七言诗仍代代有人写，而诗与音乐结合，是《诗经》开创的优良传统。

（二）句型和章法

1.四言兼杂言

《诗经》以四言为主体，不是说四言是《诗经》唯一的句型。我曾经作过统计：305 篇共 7248 句，其中一言句 7 句，二言句 14 句，三言句 158 句，四言句 6591 句，五言句 369 句，六言句 85 句，七言句 19 句，八言句 5 句。[①] 根据这个统计，四言句约 91％，其次是五言句约 5％，三言句约 2％，再次为六言、七言，八言句仅 5 例。所以，《诗经》虽然有各种句型，而以四言句为主体，间用杂言。

所谓间用杂言，是说不受四言的限制，在大多情况下是根据提高表现力的需要，灵活地夹进一两个字，把句子适当延长。

以占总句数百分之五的五言句为例，全篇为五言的诗是《魏风·十亩之间》，而它的五言句只是在句末加一个语助词"兮"字来突出山歌的风味。全章或多章用五言句的有《召南·行露》和《小雅·北山》。后者只是全章在四言句前加一个"或"（有的人）字，以这个代词作主语来加强对比效果。在《诗经》中更多的，是在四言句中杂用五言句，除上述加一个语气助词或加一个代词之外，也有时因为四言表述不清楚，或表述不生动，如"谁谓鼠无角"、"予维音哓哓"等句，必须用五言。这些五言句的结构，基本上是两个双音词加一个单音词，成为三个节拍。这类句型，可以说是中国最早的五言诗句，当时还不够成熟和完善。随着社会生活和双音词汇继续发展，汉乐府和古

---

① 《诗经》句型的分类统计和句例，详见拙著《诗经语言艺术新编》，语文出版社，1998 年。

诗十九首在这个萌芽上完成了五言诗体的成熟。至于七言句,《诗经》只有19句,结构无规则,艺术上更不成熟。

《诗经》中也有三言句,如《周南·江有汜》,也有半章用三言句的,但大多是间用三言句。三言句式的结构是一个单音词加一个双音词。它是由二言体到四言体过渡之间的产物,毕竟因为容量小、音节短促,双音词日益增多,三言的局限更显著,后世虽仍有三言诗创作,仍未有较大的发展,间用三言式,却被吸收进后来的七言歌行体和唐宋词体之中。

《诗经》中的六言句,基本由三个双音节组成,限制了单音词汇和双音词汇的搭配,没有奇偶相生相成的声韵效果,缺少三字尾的悠长声韵,虽然较四言的句子长,终觉音节短促,声调呆板。清人赵翼在《陔余丛考》中说:"此体本非天地自然之音节,故虽工仍终不入大方之家耳。"

至于八言句,《诗经》极少,为什么长句少呢?顾炎武说:"古人不用长句成篇……不特以其不便于歌也,长则意多冗,字多懈,其为文也,亦难之矣。以是知古人之文,可止则止,不肯以一意之冗,一字之懈,累我作诗之本义也。"诗句精练简短,便于记诵歌唱,也易于锤炼;长句不易歌诵,也很难每个字都确切地恰到好处,所以《诗经》虽以四言为主兼用杂言,非绝对必要,不用长句。

《诗经》也有一部分杂言诗,各种句型杂用,长句短句交错,如《魏风·硕鼠》、《邶风·式微》。《诗经》的杂言诗是后世词体的前驱。

《诗经》的四言体是当时中国诗体的革新,以后中国诗体又经过多次革新,骚体、五言诗、七言诗、词、曲,《诗经》的各种句型及其结构,为后世诗体提供了最初的创作实践,双双结构的四言和单双结构的四言,也发展为后世各种诗体的基础。以一种句式为主而兼用杂言,也为骚体、唐七言歌行体、词体所继承。

2.篇章句结构

《诗经》各篇的章数没有限定,多的达 16 章,少的只有 1 章。经统计,305 篇章结构大多简短,总 1146 章,其中篇三章的最多,为 112 篇,其次是篇四章的 45 篇,篇二章的 40 篇,共占总篇数约 75%。按"风"、"雅"、"颂"来统计,"国风"160 篇中,篇三章的 90 篇、篇二章的 39 篇,篇四章的 24 篇,三者共 153 篇,占总篇数的 95％以上,篇二、三章的则为 80％以上。"小雅"的篇章结构为篇三章的 20 篇,篇四章的 18 篇,二者也为"小雅"总篇数的 50％强,也是篇三章的为多。与之相对,"大雅"31 篇没有一、二章的,三章的只有 1 篇、四章的只有 2 篇,90％都在五章以上,乃至八章(10 篇)甚而 16 章。

以上统计说明,从篇章体制看,"风"和"小雅"的诗短,而"大雅"诗长,这因为"风"诗是地方乐歌,短歌多,而且大部分与民歌有天然的联系,保持着内容简短的特点;"小雅"的一部分是下层贵族和士人作品,比较接近"国风";"大雅"基本上是上层贵族、公卿士大夫创作的颂史诗和政治美刺诗,表达的内容较多也决定其创作长歌。

至于篇一章的诗,"风"、"雅"中都没有,而"周颂"全部是一章到底的。这由于"周颂"是宗庙祭礼乐歌,在庄严肃穆的庙堂,配合舒缓凝重的舞曲的节奏,一曲终了即行结束,没有分章的必要。

由以上统计分析,《诗经》的篇章结构,完全根据歌诗的内容灵活掌握。

《诗经》的章句结构,我们也作过统计:"国风"160 篇 481 章 2662 句,其中章四句的 220 章,章六句的 106 章,章八句的 34 章,三者约 75％,三者都是偶数。"小雅"74 篇 359 章 2316 句,其中章四句的 118 章,章六句的 82 章,章八句的 90 章,三者约 80％,三者也都是偶数。"大雅"31 篇 223 章 1536 句,其中章四句的 30 章,章五句的 21 章,章六句的 36 章,章七句的 7 章,章八句的 68 章,章十句的 47 章,章 12 句的 14 章,"大雅"多长歌,各章的句数中依然偶句多。"颂"诗情况多一章到底,最少的 5 句,多的达 15 句以上。①

据以上统计,可以分析出以下认识:

一、《诗经》大部分作品,不但章数不多,而且每章句数也不多,按现代诗的排列方式,即每首两段(节)或三段(节)。每章句数以四句最多,其次是六句、八句,按现代诗的排列方式,则为四行、六行、八行,以四行为多数,每首诗二或三节,每节四行。这当然是短诗;就是每节八行,也不长。《诗经》短诗为多,这是《诗经》诗体的一个主要特征。以《诗经》为源头发展下来的中

---

① 篇章句结构分类统计,详见《诗经语言艺术新编》的图表和分析。

国古典诗词,也大多是短诗,章句结构有如《诗经》的一章,如五绝四句共 20字,七绝四句共 28 字,五律、七律,仍是短诗。众所周知,古典律、绝有许多千古传诵的名篇。

二、《诗经》的章句结构多是偶句,奇句很少。有些诗出现的奇句,又常是用于陈述的衬句。所以,《诗经》多为偶句,是其章句结构的又一主要特征。以后的中国古典诗词基本上也都是偶句,两句为一联,律诗八句更绝对讲究偶句;即使在五、七言古风或唐人歌行体和宋词中,出现奇句,也多是用为衬句。为什么用偶句成诗成为中国古典诗词的艺术传统呢?因为用偶句,上句是起句、下句是对句,双句能够相互对应,奇偶相生,也便于用韵和对仗。

三、《诗经》固然多短诗,若短诗不能尽抒怀抱,不能咏完所咏之事,如"大雅"和"小雅"中的颂史诗、政治美刺诗,"国风"中的农事生活诗《七月》和叙事诗《氓》,也可以写得长一些,不受形式的束缚,以求畅尽所怀。后世的中国古典诗词也如此。如屈原的骚体、汉唐的五言古风、七言歌行、宋词的长调。中国古典诗词的各种诗体,都是《诗经》诗体的继续发展。

(三)重章叠唱

在"国风"和接近"国风"的"小雅"部分,比较普遍地使用重章叠唱的章法。重章叠唱,就是全篇各章的结构和语言几乎完全相同,中间只换了几个字,甚至只换一两个字,形成反复咏唱。这种方式,又称复沓结构,是《诗经》的又一艺术特色。

重章叠唱,便于记忆,利于传唱,反复咏唱同一内容,一唱三叹,也加强了艺术感染力。

《诗经》中的复沓结构,有的是整章重复,有的是每章重复几句。这两种形式合计起来,在 305 篇中占一半以上。经统计,可作出如下分析:

有复沓结构的 177 篇,主要集中在"国风"(131 篇),约为其总篇数("国风"共 160 篇)的 82%;其次是"小雅"(41 篇),为其总篇数("小雅"共 74 篇)的 55%强;而"大雅"和"颂",一共只有 5 篇。由此可见,重章叠唱原是口头创作的民歌结构艺术特点,保存在由民歌发展而来的"国风"和接近"国风"的"小雅"里。

复沓结构的运用,以"国风"为例,主要是二章(34篇)、三章(79篇)和四章(16篇)的诗,这样的诗歌分段少、句数也不多,比较适宜重章叠唱;五章复沓的只有9篇,六章复沓的只有3篇,七章以上的全不复沓。比较长的、分段多的诗篇不适宜复沓。

"大雅"31篇,只有3篇短诗复沓,因为"大雅"的90%是长篇叙事(周人开国史诗)和赞颂、陈述之辞(政治美刺诗)。"小雅"中的不复沓者也是篇长、章多的叙事或陈述之辞。"国风"中不复沓的诗,如《七月》《氓》亦然。由此可证,叙事、陈述、篇长章多者不复沓。

"颂"诗中"周颂"全部31篇、"商颂"5篇中的3篇,全是一章到底的祭祀诗,不存在重章叠唱的前提。

通过以上统计分析,我们可以知道,起源于口头文学创作——民歌的复沓艺术形式,基本上适合于以歌唱为主的、短小的,抒情性较强的诗歌作品。到现代,我们传唱的一些抒情歌曲,仍采用重章叠唱的形式。

通过《诗经》的作品,我们可以看到复沓结构的多种艺术效果:

一、借助音乐效果。如名篇《周南·芣苢》,是妇女采撷车前子唱的山歌,通过三章章四句的复沓形式,以鲜明的节奏和优美的韵律,创造出浓郁的意境。诗的内容,本来用一句话就可以说明,如果不采用复沓形式重章叠唱,那就索然无味。清代王夫之说:"采采芣苢,意在言先,亦在言后,从容涵泳,自然生其气象。"[①]通过反复咏唱,借助音乐效果,激发人们的情感,展开联想,从更换的几个动词(采、掇、捋、袺、襭)的动作、感受入意境,亦如清代方东树所说:"只换数字,而备成一幅图画,言外又见圣世风俗,太平欢乐之象。"[②]这类复沓诗还有《陈风·日月》《郑风·风雨》《郑风·萚兮》《魏风·十亩之间》等。

二、加强主题。有一类的歌诗用重章叠唱,反复强调一种思想或愿望来

---

① 王夫之:《姜斋诗话》卷一,《清诗话本》,上海古籍出版社,1978年,第4页。
② 方东树:《昭昧詹言》,人民文学出版社,1961年,第107页。

加强主题,如《秦风·无衣》,三章章五句,每章的二、五句更换一字,第四句更换一个双音词,所更换的字词都是近义词,它们的更换并不改变句意,而是以不同的词汇和韵调,一而再,再而三,强调一个思想,加强了战士团结友爱、同仇敌忾的主题。《魏风·硕鼠》、《郑风·遵大路》、《邶风·柏舟》等都是这样,以复沓来加强主题,《诗经》的实例很多。

三、层层递进。《诗经》中采用复沓结构的诗篇,经各章换用几个字,起到一章接一章推进诗意发展的作用。如《召南·摽有梅》,三章章四句,写未婚女子盼望男子前来求婚,别等到自己青春消逝。诗中以梅子零落,象征女子青春的消退。第一章"其实七兮"(树上还有七成),第二章"其实三兮"(树上还有三成),第三章"顷筐塈之"(用簸箕收了);第一章"迨其吉兮"(别错过吉日),第二章"迨其今兮"(就在今日),第三章"迨其谓之"(就等你开一开口),只换几个字,层层递进,把姑娘急迫的心理生动地刻画出来。又如《王风·采葛》,三章章三句,写对情人的深挚思念,写"一日不见,如三月兮",二、三章将"月"改为"秋"、"岁"(年),也是层层递进,月、秋、岁,都是时间单位,一个比一个时间长,表现越来越深的相思。《邶风·相鼠》,三章章四句,讽刺某人连耗子都不如,一章骂他"无仪","不死何为"(不死还干什么);二章骂他"无耻","不死何俟"(不死还等啥);三章骂他"无礼","胡不遄死"(为啥还不快死),一章比一章骂得重。当然,复沓形式不一定每章只换两三个字,也时常多换几个字,各章的结构和基本文句相同,仍属于重章叠唱。

研究《诗经》的重章叠唱,还要注意复沓形式的变化。即有一些诗篇并不是全章复沓,而只复沓一部分,或在每章之前几句,或是每章的后几句,如《周南·汉广》,三章章八句,只复沓各章后四句;《豳风·东山》,四章章十二句,只重复开头四句。这类部分复沓,多表现在章句较多的诗篇。我们的现代歌曲通常采用的,大多是部分复沓的艺术方法。

(四)自然韵律

韵律,是声调、音韵和音节的规律性的组合,产生和谐动听的音响。中国古典诗词都有优美的韵律,它们起源于最早的乐歌集《诗经》。

1.韵式韵法

押韵是前后的句子句尾字的韵母相同。305 篇中只有"周颂"中的 8 篇不押韵,297 篇全部押韵。我们现在读《诗经》,有时感到佶屈聱牙,不顺口,那是因为古今语音有了很多变化。明代陈第《毛诗古音考》说:"士人篇章,必有音节,田野俚曲,亦各谐声。岂以古人之诗而独有韵乎?盖时有古今,地有南北,字有更革,音有转移,亦势所必至。故以今音而读古之作,不免乖剌而不入。"语言毕竟是历史形成的社会交际工具,随社会的进化而不断发展演变。不过,它的基本词汇和语法,仍会大部分保留下来,语音也没有全变。清代江永《古韵标准例言》说:

> 三百篇者,古音之丛,亦百世用韵之准。稽其入韵之字,凡千九百有奇;同今音者十七,至今音者十三。

据江永说《诗经》入韵的字古音有十分之七今尚未变,所以我们现在读《诗经》,大部分仍然朗朗上口,合辙押韵。

汉语音韵学是一门专门的学术,任何人研究古音韵,都离不开《诗经》,因为《诗经》保存的古音最多。唐代陆德明《经典释文》总结魏晋以来诸家之说,是现存最早的《诗经》音韵研究资料;吴棫和朱熹等宋代学者创造"叶音"理论,反映了宋以前《诗经》音韵研究的初级水平;陈第和顾炎武批判"叶音"理论,将《诗经》音韵研究提到新水平;清代一批朴学家专治古音韵学,成果累累。今人王力著《诗经韵读》[①],可称集清人研究之大成,标出了各篇每句韵脚的读音,古代没有保存古音的科技条件,后人的标音都是拟测,王力标的音,也是"拟音",拟古音,自然不可能完全准确,难免有所出入。几百年多少代学者研究,我认为有的"虽不中,亦不远矣"。[②]

今日之《诗经》读者,不可能都去学古音,也不必用古音去读《诗经》。现

---

① 王力:《诗经韵读》,上海古籍出版社,1982 年。
② 1995 年我去北京看望病中的余冠英先生,他向我说,某公认为王力的《诗经》拟古音,大部分不准确。但某公虽然知道王力的拟音有的不对,但没有把握能拟出准确的读音来,故不敢把试作公开发表。其实,发表出来大家讨论,有何不好?

在只拟测出韵字的读音,不押韵的字还拟不出来,这样只把一篇中几个押韵的字读古音,其他的文字一概读今音,反而不伦不类,成了笑话。所以,我们可以仍用今音来读,只要承认《诗经》有韵,了解它的韵式韵法,借鉴它的韵律经验就可以了。

《诗经》用音有两大特点:一是韵式多种多样,二是韵密。韵式的多种多样,就是韵式不拘于一格而灵活变化。韵密,就是在一篇、一章中用韵的密度大,或句句用韵,或多数句子用韵,以及还有交韵、抱韵等,从而产生悦耳的音韵效果。

2.韵脚和富韵

韵在句子中的位置,一般用于句尾,称韵脚,或脚韵。句尾韵脚通常放置在一个语法句的终结,即我们现在画句号的句子,这个地方一定要用韵。《诗经》基本是四言句,四个字往往不表达完整的语音,只是一个语法句的半句或一部分,即我们画逗号的单句。这类单句有的用韵,有的不用韵,可以灵活运用。

汉语的特点之一是虚字多,《诗经》运用了很多虚字,运用在句尾的大多是加强语气或加深语义的感叹词,常常相连的若干相连句的句尾,用同一个感叹词如“兮”、“矣”、“也”等。在这样的情况下,《诗经》的韵式是句尾虚字的前一个字,即句子倒数第二个字用韵。每句句尾同一个虚字,本来已经押韵了,在前面再加一个韵字,就构成两字韵脚。这种韵例,称为富韵。

3.基本韵式

对于古诗和《诗经》的韵式,顾炎武曾作如下分析:

> 古诗用韵之法大约有三:首句次句连用韵,隔第三句于第四句用韵者,如《关雎》之首章是也。凡汉以下诗及唐人律诗之首句用韵者源于此。一起即隔句用韵者,《卷耳》之首章是也。凡汉以下诗及唐人律诗之首句不用韵者源于此。自首至末句句句用韵者,若《考槃》、《清人》、《还》、《著》、《十亩之间》、《月出》、《素冠》诸篇,又如《卷耳》之二章、三章、四章,《车攻》之一章、二章、三章、七章,《长发》之一章、二章、三章、

四章、五章是也。凡汉以下诗若魏文帝之《燕歌行》之类源于此。①

顾炎武指出了《诗经》的三种基本韵式及其为后世诗歌所继承。简言之,即以下三种:

(1)偶句韵。即单句不押韵,双句押韵。一个出句(起句),一个对句,两句一韵,奇偶相生相成。这是《诗经》最常用的句式,也是后世诗歌常用的句式。

(2)首句入韵的偶句韵。这一韵式也是偶句韵,与上式不同处是第一句加上韵脚。这在《诗经》中也很普遍,后世的古诗绝句多继承这一韵式,唐人七言绝句以首句入韵为正式。

(3)句句韵。全章不论多少句,句句押韵,从两句到十句,《诗经》中都有。曹丕《燕歌行》、唐人七言古风中的"柏梁体",继承这一韵式。句句韵,韵脚蝉联,一气连贯而下,有其声韵之美,但一气蝉联不换气,少交错变化,也难免有急促感,而句数较多时每句求韵脚字也有困难,所以后世未普遍采用。

4.转韵、交韵、抱韵、遥韵

在《诗经》一章之中,可以从头到尾一韵到底,也可以有两个或两个以上的韵,即多韵。多韵有三种类型:转韵、交韵、抱韵。

转韵又称换韵,一章诗开始时押某韵,到中间又换另一个韵。诗隔句押韵是常式,二、四、六句的短章当然不存在转韵的前提,只有句数多、韵脚多才能转韵;句数多可以多换几次韵,转韵并无定式,根据实际需要来运用,表现出《诗经》韵法的灵活性,如《邶风·静女》转一韵,《邶风·谷风》《卫风·氓》转三韵、转二韵,较长的《大雅·板》转三韵;《小雅·宾之初筵》转六韵,不过这类在《诗经》中并不多见。后世古诗和唐人歌行体如李白、杜甫的歌行体名篇,都多次换韵,是对这一韵法的继承。但律诗八句都一韵到底,即使排律也不能转韵。转韵只是声韵的改变,必须仍然是诗意的延伸,上下相承。王夫之《姜斋诗话》以《周南·葛覃》为例说:"换韵者,必须韵意不双

---

① 顾炎武:《日知录》卷三。

转。……句绝而语不绝,韵变而意不变,此诗家必不容昧之几也。'薄污我私,薄浣我衣。害浣害否,归宁父母'意相承而韵移也。尽古今作者,未有不率由乎此,不然,气绝魄散,如割蛇剖瓜矣。"

交韵,是两韵交叉进行,单句和单句押韵,双句和双句押韵,如《邶风·柏舟》、《秦风·无衣》、《大雅·桑柔》等诗,可以两韵交叉,也可以三韵交叉,或全章只有一部分是交韵,并无定式,也不强求。

抱韵,是四句两韵;第一句和第四句押韵,第二句和第三句押韵,如《小雅·伐木》、《周颂·思文》。遥韵,在一章中的结尾或开头,与同诗别一章中的相同位置押韵,如《王风·君子阳阳》、《周南·麟之趾》。抱韵和遥韵不多,不论。

《诗经》用韵还有一个特点,就是不忌重韵。重韵,是同一个字在一章中可以重复用于押韵,这在近体诗(律诗和绝句)中是不允许的。后世的词、曲也不忌重韵,是《诗经》这一韵法的继承。

5.节奏和声调

韵律,不仅是押韵,还要讲究节奏和声调。就节奏而言,前面已经提到,《诗经》以四言为主,每四个音节,一般由两个双音节词组成,故四言句由两个音步组成,一个音步一个停顿点,其中用单音词,则一个单音词是一个单音顿,为凑足音节,常常加一个语气助词,以求节奏和谐。三言句是一个双音节加一个单音顿(或前或后)。五言句是两个双音节加一个单音顿。六言句基本是三个双音顿。《诗经》的七言句结构还不成熟。诗的音节和谐,表现为节奏顿挫,四环有序,整齐中又有灵活。

节奏顿挫,又要与声调的抑扬和谐统一。《诗经》时代的汉语也有四声,即平声、上声、长入声和短入声,但《诗经》只求音韵声调顺口悦耳,押韵可以平声、上声、入声通押,每个节奏点上也没有声调平仄的要求。《诗经》的韵律没有平仄规则。汉魏古诗是继承这个传统的,唐代律诗和宋词才有严格的平仄规则。

通过以上对《诗经》韵律的考察,我们可以用明代陈第《毛诗古音考》的以下论说作为总结,他说:

《毛诗》之韵,不可一律齐也。盖触物以摅思,本情以敷辞,从容音节之中,婉转宫商之外,如清汉浮云,随风聚散;蒙山流水,依次推移,斯其所以妙也。……总之,《毛诗》之韵,动于天机,不费雕刻,难与后世同日论矣。

这段评论的意思是说,《诗经》的韵律是自然的韵律,它有韵律,但又灵活自如,它用韵自由,有多种韵式,节奏、声调但求抑扬顿挫、回环有序,都不拘一格,体现出韵律和自由的辩证统一。

赋、比、兴酌而用之

赋、比、兴是《诗经》基本的艺术表现方法。

何谓赋、比、兴,现在大多采取朱熹之说:赋是"敷陈其事而直言之","比者,以彼物比此物也","兴者,先言他物以引起所咏之辞也"。朱熹给三者的界说,简单明白,抓住了三者的主要特点。古人和今人经过继续深入的研究,对朱熹的界说又予以丰富和深化,而且学术界又正在进行比、兴的发生学研究。我们现在只谈谈赋、比、兴在三百篇中的应用。

(一)赋法

赋、比、兴三法中,赋是最基本、最常用的表现方法。它的特点是"敷陈"、"直言",即直接叙述事物,铺陈情节,抒发感情,在诗歌创作中是直陈事物和情志的艺术。明人谢榛在《四溟诗话》中作过统计:"予尝考之三百篇,赋七百二十,兴三百七十,比一百一十。"据朱熹《诗集传》的标注,《诗经》1141章,其中赋727章,比111章,兴274章,兼类(兴而比、赋而兴之类)29

章。① 虽然二人的统计略有差异,可以肯定的是赋法的应用最多。唐代孔颖达疏《毛诗序》:"言事之道,直陈为正,故《诗经》多赋,在比、兴之先。"曾经有一种误解,认为赋体"正言直陈",就是"平铺直叙",浅浮直露,松散杂赘;他们以为形象思维重在比、法两法,所以不重视对赋法的研究。其实,赋和比、兴一样,都是语言的艺术。近人朱自清《诗言志辨·比兴》说:"汉乐府赋体就很多,陶、谢也以赋体为主,杜、韩更是如此。"不仅他指出的陶渊明、谢朓、杜甫、韩愈的诗多用赋体,李白、白居易也用赋体,宋诗则以赋体居多,"五四"以后的新诗和毛泽东的诗词,也大多是赋体。《诗经》三百篇中的赋体诗,其中有直露之作,也确有许多写得感情挚切,形象生动,含蓄委婉,引人入胜,是《诗经》艺术的精华,应该予以总结。

《诗经》以赋体抒情,可以直抒胸臆,也可以意在言外;写景状物,能够达到形神俱似,情景交融;叙事,既可以铺叙敷陈,也可以运用对话、设问和反问,手法灵活多样。《诗经》赋法的成功经验是注重语言的精练和形象,综合运用夸饰、摹状、比喻、排比、拟声、对偶、设问、反问等等修辞手法。②

(二)比法

比,刘勰《文心雕龙·比兴》解释说:"且何谓为比? 盖写物以附类,扬言以切事者也。"这就是说,利用两种事物之间在某一方面的相似点来打比方,或者是用浅显常见的事物来说明抽象的道理和情感,使人易于理解;或者借以描画和渲染事物的特征,使事物生动、具体地表现出来,给人以鲜明的印象。三百篇中的比,有两种:一种是纯比体的诗,一种是为起修辞作用而在文句中运用比喻和比拟。

全诗是比体的,《诗经》中只有《豳风·鸱鸮》、《魏风·硕鼠》、《召南·螽斯》、《小雅·鹤鸣》等数篇。这几篇诗中描绘的事物,不是诗人真正歌咏的

---

① 谢榛:《四溟诗话》卷二,《历代诗话续编》下册,第 1169 页。由于对三者含义理解不尽相同,归类统计数字略有差别。

② 例释详见《诗经语言艺术新编·论赋的艺术》,语文出版社,1998 年,第 112—131 页。

对象,诗中的形象没有独立的意义,而是用以打比方来表达诗人的思想感情和观点。如《鸱鸮》全篇是一只雌鸟的哀诉,诉说猫头鹰对她的迫害,以及她目前面临的艰危处境,控诉了统治者以暴力摧毁人们家园的罪行。《硕鼠》比喻不劳而获的劳动者。《螽斯》取其繁殖力强和集聚不散的特点,祝福子孙昌盛。《鹤鸣》则用一连串的比喻提倡招贤纳士。

作为修辞手段而运用的比喻,在三百篇中俯拾皆是。有明喻、隐喻(暗喻)、借喻等多种多样的比喻,其中有不少运用非常成功,我们可以概括出以下四点经验:

一是从日常生活中选择人们熟知的事物作喻体。比喻的作用是通过常见的、易懂的事物来说明陌生的、抽象的本体,如果喻体是罕见的,难理解的,就达不到比喻的目的。

二是比喻必须贴切、生动。所谓贴切,就是真正概括出喻体和本体的某种共同点,即抓住二者某种相似的特征而突出它们。所谓生动,即使喻体形象鲜明,使之产生深刻的印象,这样就往往夸张喻体,使其某种特征更加突出。

三是比喻有感情色彩。选择什么事物作喻体,往往表现作者的思想感情。用于歌颂和赞美,大都选用美好的形象来打比方,如用桃花比喻美人的脸面,用巍峨的高山比喻人格的崇高;用于诅咒或谴责,大都选择丑恶的形象作喻体,如用老鼠比喻剥削者,用蒺藜比喻肮脏的闲语。《诗经》中的这些比喻,都与作者的爱憎感情相一致。

四是比喻应该是新鲜的。诗歌是艺术创造,三百篇中的众多比喻,虽有少数是重复的,而大多数是新鲜的。只有新鲜的比喻,才能在人们头脑中构成鲜明的形象。如果反复是那几个比喻,也就失去创造性的美学价值。

(三)兴法

《毛传》自《关雎》而下,为 116 篇诗标注"兴也",其中"国风"70 篇、"小雅"40 篇、"大雅"4 篇、"颂"2 篇。朱熹《诗集传》在 305 篇共 1141 章中标兴 274 章。谢榛《四溟诗话》则认为是 370 章。由于对兴义的理解不尽相同,所以诸家统计有所出入。古今关于"兴"的讨论何止数百万言,但有一点各家均无异议,即作为三百篇中的一种主要的艺术表现方法,"兴"法的表现形式是"先言他物以引起所咏之辞"。我们在这里只谈谈在三百篇中"兴"的作用和表现形式。

形象思维是文学艺术创作的特殊规律,在创作过程中,它要求不运用概念和推理,而运用活生生的图像,对它们进行选择、比较、深化。即物起兴,就是形象思维的一种方法。它选择最初触动自己心灵,也是蕴含着自己情感的事物来开头,逐渐展开丰富的、经过提炼而深化了的形象。起兴,就是从触动诗人感情的事物展开联想,是形象思维的第一阶段。如"国风"首篇《关雎》首句:"关关雎鸠,在河之洲。"由一对相依的雎鸠在河洲的鸣叫,引起君子对窈窕淑女的相思和追求。

所谓"先言他物以引起所咏之辞",先言的"他物",即起兴的形象,也就是最初触动诗人情感的客观事物,是诗人展开丰富联想的起点。在《诗经》中,起兴的形象,既有眼前的景物(如《关雎》、《桃夭》、《谷风》等诗),也有社会生活现象(如《伐檀》、《采薇》、《侯人》等诗)。这些形象触发诗人内心蓄积的思想感情,并且展开由此及彼的联想、加强和深化。"兴"是包含着作者的感情的,"知比兴之所起,即知志之所之"(陈沆《诗比兴笺·序》)。发端起情,是欢快的调子还是忧伤的调子,常常决定全诗的情调。起兴的象,或以显喻隐,或寄寓情思,或渲染气氛、烘托形象,或描绘背景;作用多种多样,总归为一点,即把抽象的概念或不易捉摸的心理活动,化为可以感触的具体形象,通过联想而进入全诗中心意象的创造。

在《诗经》中没有纯用兴的"兴体诗",这是由"兴"的性质决定的。如果只是"先言他物",而没有其后的"所咏之辞",也就不成其为"兴"了。从《诗经》运用这种手法来看,起兴的"先言他物"与下文的"所咏之辞"的关系,大致有三类情况:

第一类是起兴的形象与下文的"所咏之辞",在意义上有某种相似的特征,因而能起到一定的比喻作用,即毛、郑派所说的"托物起兴"、"兴喻美刺";即有比喻意义的起兴。这样的起兴,在《诗经》中较为普遍,也可称之为"兴而比"。如上文所举的《关雎》、《桃夭》等,属于这一类。

这一类还有一种情况,即起兴是以显喻隐。如《邶风·柏舟》首章起兴:"汎彼柏舟,亦汎其流。耿耿不寐,如有隐忧。"用任水漂泊的小舟起兴,比喻被遗弃的妇女无所依归的处境。另一首弃妇的哀歌《邶风·谷风》:"习习谷风,以阴以雨。黾勉同心,不宜有怒。"(呼呼刮大风,又是阴云又是雨。一心同你过日子,不该对我发脾气。)用大风咆哮、忽阴忽雨起兴,对不易表现的一个男子的凶暴和反复无常作了形象的比喻。这二者被称为"比而兴",起到以显喻隐的效果。这类兴辞所用的比,多是隐喻或借喻。

这类兴辞具有比喻或比拟的意义,它们的作用,是能够把难以捕捉的感情活动,化为可以感触的具体形象。在这类兴辞中,或"兴而比",或"比而兴",比和兴密切联系,因此我们古代文论中常常比兴并称。

第二类起兴是有交代背景、渲染气氛的作用。如《魏风·伐檀》起兴:"坎坎伐檀兮,置置河之干兮,河水清且涟漪。"艰苦的伐木场景触动诗人的情感,联想到劳动者辛苦劳动却一无所得,而剥削者却占有一切劳动果实,于是发出质问,提出抗议。再如《郑风·风雨》起兴:"风雨凄凄,鸡鸣喈喈。既见君子,云胡不夷?"这一类起兴,与下文的意义是联系的,而且气氛和情调浑然一体。是赋还是兴,有时难于辨别,所以古人把它们称为"赋而兴"。

《小雅·苕之华》一章:"苕之华,芸黄矣。心之忧矣,谁其伤矣。"(凌霄花儿开,花儿黄灿灿,忧愁的心儿,是多么悲伤。)二章:"苕之华,其叶青青。知我如此,不如无生!"(凌霄花儿开,叶儿翠青青。早知我这样,不如不来世上!)兴句"苕之华"二句与下文的意义没有有机的联系,只起烘托的作用。清代王引之评论说:"物自盛而人自衰,诗人所以叹也。"[①]今人余冠英点评说:"感于花木的荣盛而叹人的憔悴。"[②]都指出这里的起兴起着以盛衬衰的烘托作用,这也是"赋而兴"。

第三类是"不取其义"的兴。如《秦风·黄鸟》各章起兴"交交黄鸟,止于棘(桑、楚)",与下文哀三良殉葬没有联系,只是发端起情和定韵的作用。《秦风·车邻》、《唐风·山有枢》的兴句也是这样发端起情定韵,引起下文的

---

①　王引之:《经义述闻》卷六。

②　余冠英:《诗经选·苕之华》题解,人民文学出版社,1958 年,第 148 页。

所咏之辞。在开头起定韵作用,在中间某章用兴,则起换韵作用,这类兴在三百篇中也有不少。

起兴来自现实生活中的形象对诗人的触发,客观现实千变万化,各色各样,诗人的思想感情和联想也各种各样,因而起兴也是各色各样的。以上种种,只是择其要者而言。

(四)赋、比、兴酌而用之

不能把赋、比、兴三法完全分开来看,上文已经说过,通观三百篇,通篇用比的诗只有四篇,大多是在赋中用比喻、比拟作为修辞手段;通篇用兴的诗根本不会有,起兴之后还要用赋、用比;古人就曾标出"兴而比","赋而比"。用赋的诗最多,其中可以酌用比、兴。

赋、比、兴三法,各有所长,各有所用。梁代钟嵘《诗品序》提出赋、比、兴"酌而用之"的观点:

> 宏斯三义,酌而用之,干之以风力,润之以丹彩,使味之者无极,闻之者动心,是诗之至也。若专用比、兴,患在意深,意深则词踬。若但用赋体,患在意浮,意浮则文散,嬉成流移,文无止泊,有芜蔓之累矣。

他指出,若专用比、兴,含义隐晦难明,文字不能流畅易晓,这和刘勰的理论是一致的,《文心雕龙·比兴》篇说:"兴之托喻,明而未触,故发注而后见也。"一篇诗要多处作注解才能让人明白,读起来太难了。但若专用赋,容易产生平直散漫或文繁意少的毛病,淡然寡味。所以赋、比、兴三者应"酌而用之",各取其长。

言志和美刺

（一）开山的纲领

《尚书·尧典》曰："诗言志，歌永言，声依永，律和声。"这是中国文学艺术发展初期给诗歌下的最早的一个定义，朱自清称之为"开山的纲领"。

从先秦诸子到《毛诗序》普遍继承了这个观点，如：

> 诗以道志。（《庄子·天下篇》）
>
> 诗言是其志也。（《荀子·儒效篇》）
>
> 诗以言志。（《左传·襄公二十七年》）
>
> 诗者，志之所之也，在心为志，发言为诗。情动于中而形于言，言之不足故嗟叹之，嗟叹之不足故永歌之，永歌之不足，不知手之舞之，足之蹈之也。（《毛诗序》）

"诗言志"，是上古人们对诗的特征的认识。何谓"志"？闻一多考证："志与诗原来是一个字"，最初，"志有三个意义：（一）记忆，（二）记录，（三）怀抱"。朱自清继续考证："志"原来与"意"、"情感"是同义词。后来语言发展，词汇逐渐丰富，这三个词才各自有了独立意义。先秦文献说的"言志"，就是表达思想感情，抒发怀抱。所以《毛诗序》在继承这个观点时，又提出"情"字，情、志并举。后来"志"这个字的义项主要指志向、理想，偏重于理性，晋代陆机作《文赋》，又特别提出"诗缘情"。"缘情"与"言志"并不相悖，是这个定义的丰富。"志"和"情"，是心灵世界的东西，诗就是把内心的思想感情表达出来，这和高尔基称诗是"心的歌"，两个说法，一个意思。

这个简单的定义，的确抓住了诗的本质：诗表达人们内心的思想感情。当然，一首诗只有思想感情是不够的，还要通过生动的语言形式和韵律表达出来，但"言志"是根本的条件。毛泽东给《诗刊》题词，题的是"诗言志"；他的光彩夺目的诗篇，就是"言志"的。

(二)《诗经》例诗

《诗经》的创作实践，为"诗言志"提供了重要经验。三百篇都是"言志"的，其中，有12篇由作者直接说明作诗目的，计"风"2篇，"小雅"、"大雅"各5篇，对于为什么作诗，言什么志，志从何而来，作了具体的解答。限于本书篇幅，只略举7例。

(1)《魏风·葛屦》

纠纠葛屦，可以履霜？① 掺掺女手，可以缝裳？要之襋之，好人服之。

好人提提，宛然左辟，佩其象揥。维是褊心，是以为刺。

[译文]葛麻鞋儿缠又绑，怎么能够踏寒霜？又瘦又弱女儿手，怎么能够缝衣裳？忙着裁腰又缝领，请那美人试新装。

美人扭着细腰肢，一扭腰儿脸向里，戴她的象牙簪儿不搭理。这女人生来心不正，唱支歌儿来讽刺。

这首诗描写一个女儿在一个贵族家庭所受到的不公正待遇。她穿着破烂的麻窝子(葛屦)，践踏寒霜，细瘦的双手忙着为美人缝制新装，而美人却对她摆出傲慢的神态。对抒情女主人公的身份，现代学者说是女奴，传统解释说是媵妾，当以传统疏解较为妥切。诗的结句说"维是褊心，是以为刺"，说明了是因为自己不平的遭受，揭露这不合理的社会现象，表述内心的怨刺。

---

① 俞越《诗经平议》："可、何古通。"

（2）《陈风·墓门》（第二章）

　　　　墓门有梅，①有鸮萃止。夫也不良，歌以讯之。讯予不顾，颠倒思予！

　　　　[译文]墓门有棵酸枣树，上面落只猫头鹰。那人不是好东西，唱支歌儿来数落。数落他也不在意，早就颠倒是和非。

　　《诗序》说这篇诗是"刺陈佗"。《左传·桓公五—六年》记：陈公子佗杀太子免而于桓公死后自立为君，陈国大乱，国人离散。诗表现出对陈佗的憎恨和诅咒，把他比作人人憎恶的棘、鸮。"夫也不良，歌以讯之"，用诗歌斥责祸国殃民的坏蛋。

（3）《小雅·四牡》（末章）

　　　　驾彼四骆，载骤骎骎，岂不怀归？是用作歌，将母来谂。

　　　　[译文]驾着四匹黑颈白马，急急忙忙一路疾驰，我怎能不想念家乡？作出这支歌，诉说奉养母亲的心愿。

　　这篇仿民歌体的诗，是下层小官吏的怨刺之作，抒情主人公为王室的差役而奔波不息，他诉说斑鸠还能集在树上歇息，而他"不遑将父"、"不遑将母"。他怀抱归家的愿望，"是用作歌，将母来谂"。《郑笺》："谂，告也……作此诗之歌，以养父母之志告于君也。"

（4）《小雅·四月》（首尾章）

　　　　相彼泉水，载清载浊。我日构祸，曷云能谷？

　　　　[译文]看看那泉水，时清也时浊。天天我遭难，哪有好生活？

――――――――――

　　① 王逸《楚辞·天问》注引诗作："墓门有棘，有鸮萃止。"马瑞辰《毛诗传笺通释》疑"梅"为"棘"之讹。

山有蕨薇,隰有杞桋。君子作歌,维以告哀。

[译文]山上蕨和薇,洼地杞和桋。君子作支歌,用来诉悲怀。

这篇诗,《诗三家义集疏》说是"大夫行役,过时不反……怨思而作"。全诗八章,抒情主人公述说为王室服役终年劳苦,自身却了无归宿。我们在上面只选了前后两章,作者倾诉遭遇的苦难和内心的忧伤,结尾说"君子作歌,维以告哀",即用诗歌来抒发内心悲哀的情感。

(5)《小雅·何人斯》(末章)

为鬼为蜮,则不可得。有靦面目,视人罔极。作此好歌,以极反侧。

[译文]是鬼还是狐狸精,总是现不出原形。戴着个老实人的面具,对人两面三刀没准行。我好心作出这支歌,揭露你那反复无常的坏秉性。

这篇诗,《诗序》曰:"苏公刺暴公也,暴公为卿士而谮苏公焉,故苏公作是诗以绝之。"《淮南子·精神训》高诱注谓暴桓公、苏信公为争田界交恶兴讼。朱熹《诗集传》则疑之曰:"旧说于此诗无明文可考,未敢信其必然耳。"而朱熹的解、注仍姑从旧说。今人袁梅《诗经译注》谓为女子咏其相爱始合终离、不念旧恩、行踪莫测。然以上各说于全诗字句均难通解。作者"作此好歌,以极反侧",从末章来看说明了作诗的目的在于揭露两面派和其反复无常的丑恶行径。

(6)《大雅·卷阿》(末章)

在今本《诗经》中全诗十章,疑当初错简,将二诗合为一诗。自第七章"凤凰于飞"句起的后四章,自成完整的一篇,前人已提出。我们这里只录末章。

君子之车,既庶且多。君子之马,既闲且驰。矢诗不多,维以遂歌。

[译文]君子的车啊,兴盛又众多。君子的马啊,娴熟又善驰。献上诗不长,马上谱成歌。

这是大臣为君王祝贺的献诗,大约写在西周初期。《竹书纪年》:"成王八年,凤凰见。"诗中以凤凰比周王,以百鸟比众臣,赞美天子圣明,群臣济济,王朝兴盛,群臣拥戴周王,有如百鸟朝凤。"矢诗不多,维以遂歌。"说这是献诗配乐演唱的颂歌。

(7)《大雅·嵩高》(末章)

申伯之德,柔惠且直。揉此万邦,闻于四国。吉甫作诵,其诗孔硕,其风肆好,以赠申伯。

[译文]申伯的品德,温和慈爱又正直。安定这南方万邦,闻名于天下四方。吉甫作颂歌,宏大的诗意,美好的乐调,赠送给申伯。

这篇诗的作者是宣王的大臣尹吉甫,"尹"是官职,吉甫是名。西周后期国势衰落,与四方各族时常发生战争,宣王"中兴"图治,为了加强南方防务,统治南方各小国,徙封母舅申伯于谢邑(今河南唐河县境)。谢邑是通往荆、楚的要道,实为西周王朝的门户,这一决策及其实施,是当时重大的政治事件。吉甫这篇诗记述了这件事的过程,歌颂了肩负重任的申伯。诗中对申伯本人多所美化,但基本思想还是以保障南方为中心,歌颂为国家建立功业的人物。

从以上诗人自述作诗目的的例子,可以看出《诗经》的诗是"言志"的,是诗人从社会生活中的亲自体验,产生了某种思想情感,把自己的感情、怀抱、意念或者对生活的认识和见解,运用语言艺术的形式表达出来。诗是"有为"而作的。《诗经》三百篇不是"文字游戏"和个人消遣品。

从以上诸例,也明显地反映出诗歌的两项基本职能。或是讽喻、怨刺,或是赞美、歌颂;用传统诗经学的术语讲,叫"美"和"刺",用现代文学理论的说法,叫"歌颂"和"暴露"。

(三)歌颂和暴露

从三百篇来看,诗言志,就是诗人运用诗歌的艺术形式抒发在社会生活中的感受——他们从自身的体验和观察中所形成的各种思想、情感,以及对生活与事物的认识和见解。由于人们在社会中的地位和生活状况,以及所体验和所观察的事物不同,因而产生思想、感情、认识、见解的不同,并形成自己的生活态度。这些,在诗歌中流露出来,必然形成两种基本创作倾向,"美"和"刺"。诗言志,主要就是:"美"和"刺",歌颂你所爱、所希望、所赞同、所认为的美好事物,揭露和批判你所憎、所反对、所不愿为的丑恶的事物。传统诗经学的"美刺"之说,一直是中国诗论的重要课题,唐诗直接继承"风雅比兴"传统,就标举"美刺兴比"的创作原则。

在上述《诗经》诸例中,"刺"诗占四分之三。在《诗经》全部作品中,如按传统的"风雅正变"说来划分,"美"、"刺"的比例,大体上也是这样。

为什么"刺"诗在《诗经》中占大多数呢?这是生活本身决定的。前引《毛诗序》已经指出《诗经》创作与时代的密切关系:"治世之音安以乐,其政和;乱世之音怨以怒,其政乖;亡国之音哀以思,其民困。""至于王道衰,礼义废,政教失,国异政,家殊俗,而变风、变雅作矣。国史明乎得失之迹,伤人伦之废,哀刑政之苛,吟咏性情,以讽其上。"西周的盛世并不长,社会矛盾的尖锐,统治阶级的腐败,政治败坏,国运衰颓,所谓宣王"中兴",也因不能解决社会矛盾,几十年后西周王国终于覆灭。所以作为社会生活和社会精神面貌的反映,《诗经》中较多衰世之音和乱世之音。在那个时代,丑恶的事物,不公平的社会现象,时时处处制造着人们的痛苦和血泪,从而在诗歌创作中得到比较普遍的反映,"刺"便成为普遍采用的手段。自古以来,诗歌创作以讽为主,好诗也是多"刺"诗,正是社会生活的反映,文学艺术的现实主义的必然规律。

我们这里说的"美刺",是沿用传统诗经学的术语,"美刺"都是有较广泛内涵的。"刺"诗在《诗经》中的表现形态,不只是大、小"雅"中的言辞激切、面向黑暗政治的政治讽喻诗,也包括"小雅"和"国风"中悱恻哀楚地表述征役之苦和各种社会不公的怨刺诗。一切揭露统治阶级丑恶和描述人民痛苦的诗篇，如反映妇女悲惨命运的弃妇诗、爱情不自由的婚恋诗，一切"饥者歌其食，劳者歌其事"，一切真实地反映社会矛盾的作品，都具有揭露和批判的意义，都属于这一类，有如我们现代文艺理论，统称之为"暴露"。

暴露黑暗，暴露丑恶，是争取光明美好的世界，推动社会进步的需要，"刺"诗具有重要的社会功用。中国古典诗歌继承了《诗经》关心国家命运、关怀人民疾苦、揭露社会弊病、反映社会矛盾的那种剀切直言的大无畏精神，我们还要继续继承并发扬光大。

"美"，就是赞美，是诗人对一切光明、美好事物的赞扬，现代文艺理论称之为歌颂。《诗经》中的歌颂作品，"颂"40 篇全是，大小"雅"和二"南"中也不少，即使被称为乱世之作的变"风"、变"雅"，其中也间有歌颂的内容。这些诗所歌颂、赞扬的，都是诗人所理想的和被认为是美好的事物，通过赞美它们使人们对这些事物拥护、支持和发扬；只是由于时代变迁，他们赞美的东西不一定和我们的立场和认识一致了，我们要歌颂我们所理想和拥护的事物。当我们取得人民革命战争的胜利，建立中华人民共和国，我们的颂歌都发出人民的心声，反映了我们的时代精神，有力地鼓舞了人民团结前进。今天，我们正胜利地建设现代化国家，正需要新的颂歌。

同样，我们也不能把歌颂的题材和内容看得太狭窄。并不是所有的事物，人们所有的精神活动，都有明显的阶级性、政治性，人类也有共通的美好情感和情操。例如，《诗经》中也有不少诗篇歌颂母爱、兄弟之情，歌颂友谊、正义、和平，歌颂真挚、忠贞的爱情，歌颂美好风俗和美好的人性，这些诗歌，都能受到人民的喜爱，有助于社会文明和进步，也将永远是我们诗歌可以选择的主题。

美和刺，歌颂和暴露，永远是诗歌的两项基本职能，体现其社会功用。诗歌的价值，不在于是歌颂还是讽刺，而在于歌颂什么，讽刺什么。鲁迅曾经指出："《颂》诗早已拍马，《春秋》已经隐瞒。"① 又说："《诗经》是后来的一

---

① 鲁迅：《伪自由书·文学上的折扣》，《鲁迅全集》第 5 卷。

部经,但春秋时代,其中的有几篇就用之于侑酒……"①"拍马"、"侑酒"之作,《诗经》中是有几篇,也正如鲁迅在上文所说:《诗经》仍不失为"伟大的文学作品"。我们对《诗经》的"美"、"刺"之作,并不形而上学地全部肯定或全部否定,而是要进行具体分析,批判地继承其优良的传统,借鉴其有益的经验。

---

① 鲁迅:《且介亭文二集·从帮忙到扯淡》,《鲁迅全集》第 6 卷。

第八讲

现实主义创作精神和风雅传统

现实主义创作精神

（一）现实主义创作方法

现实主义艺术，是用写实的方法真实地再现社会生活。《诗经》305篇描绘了周代社会的图景，17世纪欧洲的读者开始阅读它时，就称它是"中国古代的风俗画卷"，甚至称它是一部认识中国社会的"百科全书"。

《诗经》向我们展现了周代社会各个阶级的生存状况和阶级之间的悬殊差别。一方面"普天之下，莫非王土"，"不稼不穑"而锦衣玉食，一方面"无衣无褐，何以卒岁"，严重的阶级对立，使农奴们提出"不狩不猎，胡瞻尔庭有县（悬）貆兮"的质问，"逝将去女，适彼乐土"，希望逃亡到没有压迫剥削的地方。平民和下层士吏也深感社会的不公平，发出差役重、徭役苦的怨愤。在贵族阶级内部也是矛盾重重，"雅"诗中的许多篇章，反映了西周贵族阶级从兴盛到衰亡的全过程，西周王朝从奋发有为、强调德治、制礼兴乐，到贵族贪图逸乐，政治黑暗、奸佞当道，日趋衰落乃至覆亡。诗人只是如实地歌咏其事，却真实地反映了一个时代历史发展的面貌。在三百篇中，我们也能看到贵族阶级的政治理想和人格理想，他们的哲学思想和道德观念，他们的生活情趣和礼仪，以及广大民众恋土思乡，抗御外侮，反对战争徭役，而渴望和平,追求平等自由幸福生活等思想感情相交织的精神世界,三百篇还向我们展开民俗风习的一幅幅画面,以及一首首爱情婚姻的恋歌。

作者只是如实地描写,很少虚构的成分,三百篇中没有极端的夸饰,更没有超越现实的荒诞奇特的形象,从现实生活中取材而再现生活,注重细节的真实,这正是现实主义的创作方法。

《诗经》中的大多诗篇是个人的抒情诗。正如朱熹所说的:"以一人之事系一国之本。"(《诗集传序》)如那些歌咏徭役苦的抒情诗,实际上是反映了战争徭役加重人民的苦难;那几首弃妇诗(如《氓》),歌咏一个妇女被抛弃的婚姻悲剧,实际上是反映了无数妇女不幸的命运。那些为婚姻不自由而咏唱的悲歌,也是对整个社会不合理的婚姻制度的抗议。这些诗篇里的"一个人",正是现代经典文学理论所说的"典型环境中的典型性格",再加上"细节的真实",它们具备现实主义的基本要素。

抒情诗的现实主义与小说、戏剧的现实主义,在表现上有所不同,不是在作品中通过故事情节的发展塑造典型人物,而是在一定的具有普遍性的环境中歌唱出具有普遍性的心理活动(感情和愿望),从而反映一个时代的精神或共同的心理,这是诗歌的现实主义。《诗经》中的众多情诗恋歌全部源于生活,作者只是用精练的语言真实地再现婚恋中的各种情感,引起人们的共鸣,也正是表现了在婚恋的诸种环境中的诸种典型的心理活动。它不是虚构的浪漫主义的幻想,不运用奇特虚妄的意象,而是生活的再现,当然属于现实主义艺术的范畴。

颂诗有没有现实主义?要区别看待。新中国成立后,歌颂新国家的诞生,新制度的建立,歌颂人民爱戴的领袖,曾经是中国新诗的一个时期的共同主题,它们确实代表了全国人民大众的心声,反映了一个时代的精神。《诗经》中有些颂歌颂领导,歌颂包括奴隶在内的广大人民和各被压迫的小部族,共同推翻殷商奴隶主残暴统治的文王姬昌,歌颂由他奠基的昌盛文明的新国家,解放了大批奴隶,推进了社会生产力的发展,歌颂那个时代是先进的以德治国的政治思想,也是反映那时的时代精神,所以这样的诗篇,也是有现实主义诗歌的要素。

(二)基本的创作精神

《诗经》的现实主义固然真实地再现了周代社会生活的全景,而其中最突出的篇章是反映现实矛盾,揭发社会弊病,干预政治,关怀民生,发挥社会教育和社会改造作用。

白居易的《与元九书》①,是中国文论的一篇重要文献,其中对《诗经》"六义"作了深刻的发挥。他首先推崇《诗经》是中国文学的源头,其特质是"根情、苗言、华声、实义",因而具有感动人心的力量:

> 人之文,六经首之。就六经言,《诗》又首之。何者?圣人感人心而天下和平。感人心者,莫先于情,莫始于言,莫切于声,莫深于义。《诗》者,根情、苗言、华声、实义。

白居易把《诗经》比作一棵开花结果的树木,以情为根本,以语言为枝叶,优美的声韵如花朵,深刻的义理是果实。"情"、"义"是内容,"苗"、"华"是表现形式,四者有机地结合,实现内容和形式的统一。他认为,"六义"正体现了这种内容和形式的统一,概括了《诗经》的基本创作经验。白居易和他的新乐府诗派同道,在谈到"六义"时,常常简括为"风雅比兴";在他们看来,"风雅比兴"是"六义"的精髓。"风雅"的传统是反映现实,通过美刺而"补察时政"、"泄导人情"的创作精神,"比兴"的传统是"托物寓志"、"托物寄兴"的艺术经验。白居易有时称"风雅比兴",有时称"美刺兴比",内容是一致的,都是要求反映现实、干预政治、关怀民生,继承"言者无罪,闻者足戒"的讽喻精神,揭发社会的弊病,这也就是提倡诗歌创作的现实主义,发挥社会教育和社会改造作用。他在《新乐府序》总结出这样一句话:"为君为臣为民为物为事而作,不为文而作也。"这"五为一不为"的主张,影响极为深远。

"风雅比兴"是对《诗经》现实主义创作经验的概括,包括思想性和艺术

---

① 见白氏《长庆集》或古文论选本。

性,继承《诗经》现实主义的精髓,就要解决为什么作诗、作什么诗以及艺术手法问题。比兴是艺术手法,是为表现内容服务的。《与元九书》这样谈比兴描写:

> 噫!风雪花草之物,三百篇中岂舍之乎?顾所用何如耳。设如"北风其凉"①,假风以刺威虐也。"雨雪霏霏"②,因雪以悯征役也。"棠棣其华"③,感华以讽兄弟也。"采采芣苢"④,美草以乐有子也。皆兴发于此,而义归于彼。

《诗经》现实主义创作的基本精神是"风雅比兴",在光辉灿烂的中国古典文学的发展史上,形成长久的优良传统。

风雅传统对中国诗文的影响

我们说《诗经》是中国现实主义文学的源头,因为《诗经》之后两千多年中国诗歌文学乃至散文文学,那些光辉的篇章,都是《诗经》风雅传统的继续和进一步发展。

(一)骚、赋和汉魏歌诗

《诗经》之后,战国时期,以屈原为代表的《楚辞》,借鉴了《诗经》的艺术经验,文学史上早成定论。

---

① 《邶风·北风》第一章:"北风其凉,雨雪其雱。"以风雪的寒威,比喻暴虐的统治。

② 《小雅·采薇》末章:"昔我往矣,杨柳依依;今我来思,雨雪霏霏。"描写雨雪中征役者之苦。

③ 《小雅·棠棣》:"棠棣之华,鄂不韡韡;凡今之日,莫如兄弟。"棠棣花每两朵为一簇,因而用以讽喻兄弟友爱。华,同"花"。

④ 《周南·芣苢》:"采采芣苢,薄言采之。"芣苢,车前子草。全诗是妇女采车前子草所唱的山歌,主旨是什么,说法不一。汉儒注疏说妇女食车前子可以生子。白居易在这里用汉儒注说。

屈原的政治抒情诗明显地继承了"大雅"政治讽喻诗的创作精神,关心国家的命运,关怀民生的疾苦,揭露政治的弊病,批评佞臣祸国,劝诫君王醒悟。在他的时代,他的歌诗在内容上更具有政治思想的进步性,有"虽九死而不悔"的献身热忱,所以也更加深刻和动人。他也继承和进一步发展了比兴艺术,更加多姿多彩,以花草、美人乃至种种神奇、瑰丽的象喻,创造了具有浪漫主义色彩的意象。他也写过托物寓志、类于比体的四言诗(《橘颂》),又借鉴《诗经》的经验从民歌吸取创作营养,以楚地民歌为基础创作了组诗《九歌》,创造了新的诗体骚体。他创造性地继承《诗经》雅比兴传统,也从古老的神话和民歌的幻想世界吸取养料,为中国诗歌的浪漫主义艺术方法打开了源头。《诗经》风雅比兴传统最初对他的启发,是确实的存在。

汉赋的文体,由《诗经》赋体发展而来,而后成为独立的文体。《文心雕龙·诠赋》曰:"六义附庸,蔚成太国。"

对汉赋历来有认识分歧的评价:《汉书》作者班固认为汉赋"或以抒下情而通讽喻,或以宣上德而尽忠孝,雍容揄扬,著于后嗣,抑亦雅,颂之亚也"。而扬雄则由汉赋的作者变为汉赋的批评者,说:"诗人之赋丽以则,辞人之赋丽以淫",斥之为"童子雕虫篆刻……壮夫不为"。[①]

他们的褒贬固然由于立场、观点和看问题的角度不同,但从汉赋的总体和发展来看,它逐渐地背离《诗经》的风雅传统,许多作品以阿谀为媚,以雕琢为能,因而终于没落。

汉代乐府的设立,是继承"国风"采风的经验,从而保存了西汉民歌,也产生了文人仿民歌的乐府诗,促进了五言古诗的发展,以《古诗十九首》为代表,表现出对《诗经》意象、词语的借用。到建安时代,作家们直接继承《诗经》的"风雅"传统,出现了中国文学发展中的一个黄金时代。

我们从曹操的诗作,可以明显地看到与《诗经》诗篇的密切联系,他的四言诗名篇,可以说是《诗经》之后最好的四言诗,不但继承风雅精神,而且化用和引用《诗经》成句。建安其他作家,钟嵘《诗品》曾作以下论述:

---

① 扬雄:《法言·吾子》。

古诗:其体源出于"国风"。

魏陈思王植:其源出于"小雅"。骨气奇高,词彩华茂,情兼雅怨,体被文质,粲溢今古,卓尔不群。

晋步兵阮籍:其源出于"小雅"。无雕虫之功。而咏怀之作,可以陶性灵,发幽思。言在耳目之内,情寄八荒之表。洋洋乎会于"风"、"雅",使人忘其鄙近,自致远大。颇多感慨之词,厥旨渊放,归趣难求。……

当然不只这几位诗人,钟嵘还列举了刘桢等"国风"派、"小雅"派的众多诗人。

继承《诗经》和乐府民歌传统的建安诗歌,以"汉魏风骨"或称"汉魏风力",为后世所推重。所谓"风骨",如前所述,是指内容和形式相结合的一种创作风格,"风"指内容,"骨"指形式,具体表现是以高尚的思想情操,充实、清新、健康的内容,刚健、遒劲、凝练有力的语言形式,表现出鲜明而动人的感化力量。这是《诗经》风雅艺术传统在建安文学中的体现和发展。

(二)唐初诗歌革新运动和李白、杜甫

自六朝以来,文风纤丽繁缛,直到唐初,如《新唐书》二一○卷所述:"唐兴,诗人承陈、隋风流,浮靡相矜。"辞藻浮艳而空洞萎靡的"宫体诗"仍占据文学领域的统治地位。

适应历史发展的要求,初唐四杰开始了诗体变革的趋向。陈子昂作为诗歌革新运动的旗手,提出明确的诗歌革新的理论主张:

文章道弊五百年矣。汉魏风骨,晋、宋莫传,然而文献有可征者。仆尝暇时观齐、梁间诗,彩丽竞繁,而兴寄都绝,每以永叹。思古人常恐逶迤颓靡,风雅不作,以耿耿也。[1]

---

① 陈子昂:《与东方左史虬修竹篇序》,《陈伯玉文集》卷一,《四部丛刊》本。

陈子昂大声疾呼,要求上承风雅,力追汉魏,彻底改变六朝以来的浮艳文风,观点鲜明地提出诗歌创作的两个标准:兴寄和风骨。简言之,就是继承《诗经》的"风雅比兴"传统。这个呐喊揭开了唐代诗歌革新运动的序幕,开拓了唐诗健康发展的道路。

唐代诗人接过来陈子昂高举的旗帜,以自己的创作实践,把中国诗歌文学推向光辉的高峰。我们举几位诗人为例。

李白把"风雅比兴"的旗帜高高举起,以恢复"古道"自命,他说:"梁、陈以来,艳薄斯极……将复古道,非我而谁欤?"[①]他在《古风》其一曰:

> 大雅久不作,吾衰竟谁陈。王风委蔓草,战国多荆榛。
> 龙虎相啖食,兵戈逮狂秦。正声何微芒,哀怨起骚人。

李白这首古风的第一句,就感叹几百年诗坛的衰颓,在于丧失"大雅"精神。"正声",即《毛诗序》所说的:"雅者,正也,言王政之所由废兴也。"《离骚》继承了"正声",扬雄、司马相如兴起颓风,至建安而复"正道",以后又流于绮丽。他表示自己将恢复正道,创作纯朴自然、文质并茂的作品。如何继承风雅传统呢?李白的主张是创造性地继承,《古风》其三十五又曰:

> 丑女来效颦,还家惊四邻。寿陵失本步,笑煞邯郸人。
> 一曲斐然子,雕虫丧天真。棘刺造沐猴,三年费精神。
> 功成无所用,楚楚且华身。大雅思文王,颂声久崩沦。
> 安得郢中质,一挥成斧斤。

他用东施效颦、邯郸学步两个典故的生动形象,讽刺丧失本真的机械模仿;用荆棘造沐猴的典故,讽刺毫无所用的雕饰辞藻,而主张吸取《诗经》的美刺传统。创作"大雅"那样的政治讽喻诗,向慕开明兴盛的文王时代,学习屈原关怀国家命运,批判黑暗现实的精神,在李白的诗篇中,也的确始终激

---

① 孟棨:《本事诗·高逸第三》。

荡着与混浊社会的不妥协的精神。

许多文学评论家都认为杜甫的诗最接近"风"、"雅"。如张戒《岁寒堂诗话》曰："子美诗奄有古今,学者能识'国风'、'骚'人之旨,然后知子美用意处。"又曰："杜子美、李太白,才气虽不相上下,而子美独得圣人删诗之本旨,与三百五篇无异……"①姜夔《白石道人诗说》曰："诗有出于'风'者,出于'雅'者,出于'颂'者,屈、宋之文,'风'出也;韩、柳之诗,'雅'出也;杜子美独能兼之。"白居易《与元九书》说杜诗用风雅比兴最多。杜甫论诗的《戏为六绝句》,自己也总结性地说明对待"风雅"和一切文学遗产的态度。如其六曰:

> 未及前贤更勿疑,递相祖述复先谁?
> 别裁伪体亲风雅,转益多师是汝师。

关于继承文学遗产,杜甫把"亲风雅"放在根本的地位,而他并不是古非今,也不仅取一家,主张不论古代近代,凡优秀的作品都应该学习,"不薄今人爱古人,清词丽句必为邻"(其四),但继承不是"递相祖述",而是从精神实质入手,模拟和因袭是永远赶不上前人成就的,要以"风雅"精神为本,"转益多师",多方面地学习,从大量文学遗产中"别裁伪体",区别精华和糟粕,去伪存真,吸取一切有益的营养。杜甫的创作,正是上承"风雅"精神,博采历代诗家之长,成为中国诗歌艺术的集大成者。如元稹曾评论曰:

> ……至于子美,盖所谓上薄风、骚,下该沈、宋,言夺苏、李,气吞曹、刘,掩颜、谢之孤高,杂徐、庾之流丽,尽得古今之体势,而兼人人之所独专矣。②

---

① 《历代诗话续编》,中华书局,1981 年,第 45、469 页。
② 元稹:《唐故检校工部员外郎杜君墓志铭并序》。

(三)唐代新乐府运动和古文运动

元稹和白居易是中唐时期新乐府运动的领袖人物,共同标举"风雅比兴"的旗帜。

元稹在《乐府古题序》中说:"自'风'、'雅'至于乐流,莫非讽兴当时之事,以贻后世之人。"他提倡的"感事"诗即社会讽喻诗,并以之作为评论诗人及作品价值的重要标准。如《读唐生诗》:

> 为诗意如何? 六义互铺陈;
> 风雅比兴外,未尝著空文。

白居易在理论上对"六义"说作了深刻的发挥,也以自己的创作实践,创作了一批千古不朽的新乐府诗,"但伤民病痛,不识时忌讳"[①]。又如《寄唐生》:

> 不能发声哭,请作乐府诗。
> 篇篇无空文,句句必尽规。
> ……
> 非求宫律高,不务文字奇。
> 惟歌生民病,愿为天子知。

他编新乐府诗集,也仿效《诗经》的体制,取"诗三百之义",他的乐府诗,是对《诗经》艺术经验的直接继承。新乐府诗派直到晚唐诗坛仍有深刻影响。

《诗经》对唐代文学的影响,还表现于唐代的古文运动。

唐代古文运动是中国散文发展史上的一个重要转折点,倡导这次运动

---

① 白居易:《伤康衢》。

的是"文起八代之衰"的韩愈和另一位古代散文大家柳宗元。他们是继承《诗经》传统的诗人，又是散文家。所谓"八代之衰"，是指魏晋以后散文逐渐骈俪化，到南北朝时，文风萎靡，形式臃肿、僵化，不易如实地记述现实生活，也不能自由地述情达意，像积衰已久的重病患者。

韩愈"起衰"的方法是"补虚消肿"。他所下的药剂之中，学习借鉴《诗经》的创作经验，是一味重要的药剂。所谓"补虚"，是从"文以载道"的思想出发，做到文道合一。要达到这个要求，首先要"行之乎仁义之途，游之乎《诗》、《书》之源，无迷其途，无绝其源"①，这就是要学习《诗》、《书》来充实和提高思想修养，作为立行、立言的根本，这样才能"本深而末茂，形大而声宏，行峻而言厉，心醇而气和"②。所谓"消肿"，就是提倡创作流畅自然、接近口语的散文，反对堆砌雕镂华丽的形式，不受长短、音调的限制，也不受骈偶、排比等束缚。韩愈推崇"《诗》正而葩"，"闳其中而肆于其外"，③这是说《诗经》有健康的内容（正），又有优美的艺术形式（葩），是学习的典范。

柳宗元提倡"文以明道"，主张借鉴《诗经》的基本艺术经验用之于散文创作。他说：

> 文有二道，辞令褒贬，本乎著述者也；导扬讽喻，本乎比兴者也。……比兴者流盖出于虞、夏之咏歌，殷、周之"风"、"雅"，其要在于丽则清越，言畅而意美，谓宜流于谣诵也。
>
> 文之用，辞令褒贬，导扬讽喻而已。虽其言鄙野，足以备于用，然而阙其文采，固不足以竦动时听，夸示后学，立言而朽，君子不由也。④

柳宗元归纳文学的功用是褒贬和导扬讽喻，肯定了《诗经》的"风雅比兴"传统，并进一步提出《诗经》的导扬讽喻，是通过"丽则清越"、"言畅意美"、"宜其谣诵"的艺术形式；如果缺乏文采，则流于鄙野，"立言而朽"，是没

① 韩愈：《答李翊书》，《昌黎先生集》卷一六。
② 韩愈：《答尉迟生书》，《昌黎先生集》卷一五。
③ 韩愈：《进学解》，《昌黎先生集》卷一〇。
④ 柳宗元：《杨评事文集后序》，《柳宗元文集》卷二二。

有意义的。所以,他提出散文创作也要"本之《诗》,以求其恒"①,学习《诗经》的优良的艺术经验,使作品具有长久的艺术感染力。

柳宗元创作了各种题材的散文作品,大都褒贬现实,导扬讽喻,或托物寓志,或假物寄兴,体现了"风雅比兴"传统在散文创作领域的强大影响。

(四)宋代诗文革新运动

宋代是中国古代文学全面发展的新时期。从残唐五代到宋初三四十年间,浮艳颓靡的诗风、文风回潮,雕砌辞藻而脱离现实的西昆体诗、骈俪文章,泛滥一时。有识之士倡导诗文革新运动,要求建立内容有益于社会而形式平易畅达的文学。

被称为宋诗开山祖师的梅尧臣,在他的论诗诗中写道:

> 圣人于诗言,曾不专其中。
> 因事有所激,因物兴以通。
> 自下而磨上,是之谓国风。
> 雅章与颂篇,刺美亦道同。②

他说,圣人作诗并不专在诗的语言文字上下工夫,而是由于社会现实的激发,托物寄兴来表达情志;下以风刺上,是"国风"的基本精神,"雅"和"颂"的内容,或批评、或赞美,基本宗旨仍是相同的。梅尧臣标举的,仍是《诗经》"风雅比兴"的传统。

欧阳修、苏轼等大诗人,都是梅尧臣的后继者,上继盛唐,下开宋代一代诗风。宋刘克庄《后村诗话》曾经这样评价梅尧臣:"本朝诗惟宛陵为开山祖师。宛陵出,然后桑濮之哇淫稍熄,风雅之气脉复续。"③我不同意唐人已把

---

① 柳宗元:《与韦中立论师道书》,《柳宗元文集》卷三四。
② 梅尧臣:《答韩三子华、韩五持国、韩六玉汝见赠述诗》,《四部丛刊·宛陵先生集》卷二七。
③ 刘克庄:《后村诗话》,《四库全书·集部》卷四二〇。

诗作完的说法。文学是时代的反映，一个时代有一个时代的文学。宋诗是中国古代诗歌发展的一个新阶段，其题材、体裁、内容，都较唐诗有所拓展，并且形成以"理趣"为特色的新潮流。

苏轼是北宋诗坛的杰出代表，他曾把自己的书斋，命名为"思无邪"。他的诗和词，在日常生活体验的基础上，善于比兴，创造宽广的意境，以达观的哲学，从容地观察人生的风云变幻，独创豪放的风格。

陆游是南宋诗坛的卓越代表，他的绝句《读杜诗》写道：

> 千载诗亡不复删，少陵谈笑即追还。
> 常憎晚辈言"诗史"，《清庙》、《生民》伯仲间。

放翁尊崇李白、杜甫，尤其认为杜诗可与"雅"、"颂"并峙，在实际上是标榜由杜甫继承和发扬的"风雅比兴"传统。在论诗诗《示子遹》中他教导后人：李、杜继承了"风雅比兴"传统，因而他们的成就如数仞高墙；如果离开这个传统，"正令笔杠鼎，亦未造三昧"，意思是说，纵有举鼎的笔力，也难得诗之真谛。宋代诗人，包括江西诗派，都主张以杜甫为师。宋诗在继承传统题材的同时，更突出社会性主题和爱国主义主题，托物寄兴的诗也较多，这都是"风雅比兴"传统在宋代的发展。

宋代诗文革新运动最终完成了唐代古文运动的散文革新，建立和发展了平易自然、流畅婉转、质文并茂的中国散文传统，这与"风雅比兴"传统也是密切联系的。

"风雅比兴"是中国古典文学源远流长的优良传统。"风"、"雅"二义早就被连用，用以指称诗文之事，最早的如梁代萧统的《文选序》："故风雅之事，粲然可观。"近些的如清代薛福成《庸庵笔记·幽怪一》："……某孝廉以博学多才，主持风雅。"今人也常常讽刺某某"附庸风雅"。可见"风雅"已成为指称诗文创作和诗文活动的代词。这个词既是《诗经》体制中的二体，又列为"六义"中的二义，其泛指的诗文之事便有高雅、清正的含义，具有较高的品位；一些鄙野的、有害的、低级的文艺，都被认为不合"风雅"之旨而排斥之，由此也可见"风雅"传统影响之深远。

我们从中国诗史，可以清楚地看到《诗经》"风雅比兴"传统与诗歌文学兴衰的密切关系。凡继承和发扬这个传统，诗歌文学就发展进步，取得辉煌的成绩；凡背弃这个传统，诗歌文学就衰颓而陷入迷途，一些萎靡颓废的、无思想性的、有害的，以及形形色色的形式主义文艺就会泛滥成灾；当文学界重新标举"风雅比兴"，文学就健康前进，并在新的时代基础上进一步发展这个传统。我们应该重视这个历史经验。

第九讲

传统诗经学发展的轮廓

　　《诗经》是儒家的经典,在封建社会,《诗经》研究以经学为主体,以宣扬儒家教义为主要内容,传统诗经学主要是阐释学。随着社会运动的发展,经学经过几次重大的变革,各个时代的学术思潮有所变化。在各个学派的论争中,新起的学派为了驳倒旧的学派,最初也以一定的求实精神,对《诗经》的某些方面,作出一些符合实际或接近实际的阐释,积累了丰富的具有一定科学性的训诂、考证等材料。经学发展的几个阶段,和中国文化发展的阶段是密切联系的,所以我们也按照这条主线,把传统诗经学的发展分为四个阶段,即:先秦时期、汉学时期(汉至唐)、宋学时期(宋至明)、新汉学时期(清)。在 1919 年"五四"新文化运动以前,属于传统诗经学;"五四"以后的现代诗经学,是对传统诗经学的继续和革新,是中国诗经学发展的新时期。

先秦时期

　　先秦时期是传统诗经学的奠基时期。孔子整理编订已经散佚的"诗三百",用作传授给学生的教材,创立了诗教理论,主要包括兴、观、群、怨,以及温柔敦厚、思无邪、放郑声等主要内容。"诗教"即以《诗》的道德思想施教于人,孔子在说《诗》实践中提倡了触类旁通和断章取义的方法。儒家学派继承了孔子的诗教思想,孔门诗教在中国延续了两千多年。

战国中期的孟子,提出"知人论世"和"以意逆志"的方法论;战国后期的荀子,进而创立了"明道征圣宗经"的文学(学术文化)观。孟子、荀子在著述中大量引用《诗》句,或引《诗》明理,或引《诗》证理,仍然沿用引譬连类、断章取义的方法,以《诗》作为理论的依据。这些儒学大师为诗经学的形成和发展,奠定了理论基础。

战国时期的语言文字学也有发展,集先秦语言文字学之大成的《尔雅》,为《诗经》的训诂奠立了基础。

新近发现的战国楚竹书《孔子诗论》,证明孔子传授下来的《诗经》的编制体例、序说的基本精神,和今本《诗经》的体例和《毛诗》序说,基本上是一致的。[①] 孔子的弟子卜商(子夏)是孔子逝世后的传《诗》大师,他设教西河,[②]形成西河学派。后人认为,今传《毛诗序》中有一部分是子夏说《诗》的记录。《诗经》经子夏数传而至荀子。荀子是战国后期的传《诗》大师,汉代复出的《诗》有多家,大多是由荀子所传。

汉学时期

第二个阶段是汉学时期(汉至唐)。汉初《诗》定为"经",《诗经》成为"圣经"和国定教科书。汉初多家传《诗》,1977 年出土的阜阳汉简《诗经》已经证明;但普遍流传的主要是今文《齐》、《鲁》、《韩》,古文《毛》四家。

四家传《诗》的诗文、训诂、义疏并不相同,反映了汉学内部的今文经学

---

① 战国楚竹书指上海博物馆藏战国竹简,系 20 世纪 90 年代上博馆长马承源自香港文物市场竞拍购得,这一发现引起全世界的注意,其中《孔子诗论》尤为珍贵。但《孔子诗论》作者究竟是谁? 曾有孔子、卜子(子夏)之争。这批竹简究竟何时何地出土? 迄无交代。因此,我不敢过多地依靠这批竹简。

② 卜商设教西河,西河即今陕西省合阳县(旧称洽阳),是古莘国旧地,战国时属魏地,称西河。今合阳县洽川风景名胜区古莘旧城(莘里村)有子夏石室和子夏文章台,石室桃花为洽川八景之一。

和古文经学之争。今文三家先居于统治地位,成为官学,《毛诗》只能在民间传授。今文三家注释日益烦琐,内容僵化,最盛行的《齐诗》更趋向谶纬神学化。《毛诗》则不断提高训诂和义疏质量,吸收以《说文》为代表的两汉语言文字学成果,训诂序疏均十分简明;故三家衰落,《毛诗》兴盛。贾逵、许慎、马融都对《毛诗》的发展作出了优异的贡献。

《毛传》是简称,本名《诗故训传》,它将《诗》和《左传》相合,以史明诗,以诗论史,通训诂,明大义,训诂考证简明扼要,对字、词、典章制度的训释多有可取。它的体例较为严谨,每篇诗前有序,以明诗旨,依《尔雅》训释字义,再据《左传》、《周礼》、《仪礼》说明有关史事或典章制度。清代陈奂《诗毛氏传疏序》称《毛传》"文简而义赡,语正而道精,洵乎为小学之津梁,群书之铃键也"。《毛传》是汉代经学的产物,为发挥儒家学说,也有穿凿附会的地方,但确是完整保留至今的最早的古经注,在诗经注释和中国训诂学中都有重要的价值。

郑玄(127—200),东汉后期经学大师,从学者盈千累万。他打破学派樊篱,采今古文经说,遍注群经,著作等身。他以《毛诗》为主,兼采三家可取的说解,为《毛传》作笺,完成了实现今古文合流的《毛诗传笺》。《毛诗传笺》又简称《郑笺》,对《毛传》所作的传注加以疏通,对《毛传》隐晦、疏略之处予以申明,在《毛传》依文立解的基础上进一步作通假考证,对大义也有所阐释和发明。《郑笺》固然在疏解《毛传》时或有失当之处,总体上则是提高了《诗经》的注释质量,代表了两汉《诗经》注释和以《说文解字》为代表的语言文字学的较高水平。郑玄还著有《诗谱》二卷,依"风雅正变"和孟子"知人论世"的理论为三百篇排列了各篇的世次。他对诗篇世代的认识虽多不可信,但毕竟是第一次去努力认识各篇世次的实践,完成了三百篇时代世次的一个比较完整的体系,对后世影响很大。今《诗谱》已佚,《诗谱序》仍存。《毛传》经、传分立,《郑笺》则将经、传合在一起,也有利于传播。由于《郑笺》的出现,三家诗相继亡佚。

魏晋时代主要是郑学和王学之争,王肃学派坚守古文经学,反对郑玄学派包融今文三家。这个时期郑学、王学并行,而王肃在政治上拥有特权地位,郑学有学者支持。王肃、李譔、孙毓属王学,王基、韦昭、陈统属郑学。他们的著作均已亡佚,后人辑佚仅得鳞爪。

晋陆玑著《毛诗草木鸟兽虫鱼疏》两卷,释《毛诗》之名物,是《毛诗》博物学与名物考据学的开始。书今犹存。

南北朝时期主要是南学和北学之争。大体上看,北学上承两汉,重章句训诂,推崇郑玄,较多具传统色彩;南学直承魏晋,重义疏,兼采王学之说。王学在南北朝时期由衰落而沉沦,《毛传》、《郑笺》独传;王肃学说中的一部分被后人有选择地吸取。这个时代的《诗经》学者有周续之、梁简文帝、何胤、崔灵恩、沈重等人,著作均已亡佚,经后人辑佚,略得一二而已。[①]

六朝时期,经学相对地趋向衰落,这个时期的文学创作,却得到独立发展的地位,出现了所谓"文学自觉的时代",尤其诗创作最为兴盛,因而探讨文学问题,总结前人艺术经验的文学理论批评也发展。在六朝文学创作繁荣、文学理论批评发展之际,以《文心雕龙》、《诗品》为代表的文学理论著作,开始总结《诗经》创作经验,探讨其艺术表现方法。

隋朝实现了全国统一,促成南学北学合一,著名的《诗经》学者是刘焯和刘炫。刘焯著《毛诗义疏》,刘炫著《毛诗述义》,他们都学通南北,集六朝《诗》学之大成。二书虽然失传,但大部分内容为后来的孔颖达《毛诗正义》所采用。

从魏晋到隋末,一共四百年,五经注疏分歧错杂,而教学和考试需要有统一的标准,为了实现经学的统一,唐初敕令修纂五经正义,由孔颖达奉敕主持其事。用现在的话说,是担任修纂五经正义的主编。

孔颖达(574—648),隋时举明经高第,授博士。秦王李世民打天下时,为秦王府文学馆学士。唐开国后先后授男爵、子爵,协同魏徵修《隋史》,累擢国子祭酒(相当于国立大学校长)、东宫侍讲,奉敕主持修撰五经正义。年老致仕,绘图形于凌烟阁,卒陪葬昭陵。

《毛诗正义》成书于贞观十六年(642)。孔颖达集中了当时最优秀的学者,以颜师古的《诗经》定本为文字定本,以陆德明的音释为读音标准,注文

[①] 魏晋南北朝各家亡佚的各家《诗》说的辑佚,虽所得多为鳞爪,亦有参考价值,可见《玉函山房辑佚书》本。

取《毛传》、《郑笺》,疏文以刘焯的《毛诗义疏》、刘炫的《毛诗述义》为稿本,融贯群言,包罗古义,吸取六朝以来各家注疏的成果,本疏不破注的原则,为《毛诗传笺》作疏,完成了《毛诗正义》(又称《毛诗注疏》)40卷。

《毛诗正义》确实集中了汉学一千年的《诗经》训诂注疏成果,统一了汉学各派的学术纷争,提供了一个在当时质量较高的标准传本,有利于《诗经》的传播。但是,唐王朝把其文字、音释、训诂、义疏都定为标准,通过法令程序使之成为不可违背的教条,这就造成汉学《诗经》研究的终结,不能再向前发展。唐代中后期,虽然有的学者如成伯玙感到《毛诗正义》内容有错误的地方,[①]已无力改变其僵化的局面。

宋学时期

第三个阶段是宋学时期(宋至明)。学术思潮总是时代政治经济发展的反映。宋人改造传统儒家,兴起自由研究、注重实证的思辨学风,也重新研究《诗经》。

以欧阳修《毛诗本义》、苏辙《诗经集传》开其端,都自出新意,开一代新风;王安石《诗经新义》一度成为新定的教学和考试标准本,到郑樵著《诗辨妄》,开始向汉学《诗经》义疏中心《诗序》发起猛烈攻击,掀起声势浩大的废《序》运动。与此同时,汉学派也不甘退缩,展开了尊《序》和废《序》之争。汉学派的《诗经》著述代表作,有范处义《诗补传》、吕祖谦《吕氏家塾读诗记》、严粲《诗缉》、段昌武《毛诗集解》、林岊《毛诗讲义》等。宋学派《诗经》著述主要的有王质《诗总闻》、杨简《慈湖诗传》、朱熹《诗集传》、辅广《诗童子问》、朱鉴《诗传遗说》等。反《序》最力的是郑樵、王质、程大昌、朱熹,至于王柏《诗疑》,更走到极端了,他要把"国风"中的30多首情诗删掉,说是"代圣人删诗"。尊《序》最力的是程颐、吕祖谦,以及著《非诗辨妄》的周孚。

宋代学术风气倡导自由研究,不同学术观点可以公开辩论。南宋时倡

---

① 见成伯玙《毛诗指说》,今有《诗经要籍集成》本。

导理学的朱熹与开创心学的陆九渊,曾聚会学者在信州(今江西上饶)的鹅湖市举行学术辩论会,史称"鹅湖之会"。朱熹和吕祖谦也就《诗》学问题先后有四次辩论。学术辩论推动了学术的进展。吕祖谦的《家塾读诗记》并不墨守汉学,其注说有不少创见而纠汉儒之失;朱熹的《诗集传》注说中也吸取了吕祖谦《诗》说的一些意见。

宋代诗经学相当繁盛,除上述两派代表作之外,还有折中于两派之间的著作(如魏了翁《毛诗要义》)。名物训诂、音韵著作以及图谱等名著,有蔡卞《毛诗名物解》、陆佃《诗物性门类》、王应麟《诗地理考》。吴棫《毛诗叶韵补音》曾经很有影响,朱熹采用他的"叶音"说为《诗经》注音。经明、清学者研究,其"叶音"说是完全错误的,它所起的作用是唤起学术界展开《诗经》音韵学的研究。

朱熹(1130—1200),南宋理学大师,以理学为思想基础,遍注群经,倡导三纲五常,对儒家经典作出新解释。作为思想家、教育家,他的学说曾被当政者称为"伪学",把他列入"伪学逆党籍",在他死后,才承认他学说的价值,官方追封他为信国公、徽国公,儒家学派尊称"朱子",成为通行社会的意识形态。朱熹的《诗集传》,是宋学《诗经》解释学的集大成著作,它集中宋人训诂、考证的成果,同时比较注意《诗经》的文学特点,全部注释简明易解,成为以后通行八百年的权威性读本。

元、明诗经学是宋学的继续。元朝只有 98 年的时间,蒙古族统治者提倡经学并以之科举取士的时间更短,诗经学主要著作较有价值的,有许谦《诗集传名物钞》,是研究名物考证的著作;马端临《文献通考》的《诗经》部分,记述和论析了汉宋诗经学的若干资料。此外的著作基本上都是发扬朱熹《诗集传》的成说,或间有新意作些补充,如刘瑾《诗传通释》、朱公迁《诗经疏义》、刘玉汝《诗缵绪》、梁寅《诗演义》。

明朝实行八股取士,又罗织文网,故学术不振。朱熹《诗集传》被尊崇为绝对的权威,所以明代前期的诗经学可称为"述朱期"。胡广等奉敕编撰的《诗经大全》,只是元代刘瑾《诗传通释》的抄袭本,朱善《毛诗解颐》、梁益《诗传旁释》都可称为明初"述朱"的代表作。

这种局面到明代中后期发生了变化。一些学者摆脱朱子学说的桎梏,如朱谋㙔《诗故》对《诗集传》及宋儒废《序》之说提出批评;再如季本《诗说解颐》、李先芳《读诗私记》、姚舜牧《诗经疑问》、郝敬《诗经原解》,都能打破朱说的禁锢,开始以"六经注我"的精神以己意说《诗》,虽所说有的并无所据,却表现出精神解放的趋向。这些著作动摇了朱熹的权威地位,《诗集传》不是必须尊信的了。

从明代中期起,出现了《诗经》欣赏派。他们不理会传统义疏,不拘泥于前人章句训诂之学,而强调本人读诗后的直接感受,重视作品的艺术感悟和审美特征。他们视《诗经》为文学作品而不是"经",用文学的眼光对《诗经》进行点评,代表作如钟惺《诗经评》、戴君恩《读风臆评》、万时华《诗经笺》、贺贻孙《诗触》等。在明人的诗话、曲话之类著作中,也有对《诗经》艺术的评论,如王世贞《艺苑卮言》,把"三百篇"当诗歌来评论艺术得失;冯梦龙《叙山歌》,把"国风"还原为民歌,与山歌俗曲等量齐观。

明后期何楷撰《诗经世本古义》,是独具一格的《诗经》诠释著作。他将305 篇分为 28 个时代段落,各标以 28 宿的一个宿名,再以 28 位君王代表28 个时世,各录其时世的作品,然后把诗与史结合起来逐篇解说,既不悉从《小序》,也不悉从《诗集传》,而以自己的考据为断;对诗中的名物训诂,也一一详加考证。尽管其所定世次多不可取,但其中考证亦有一些精核之处,更重要的是它表现了晚明学者突破传统而求新的努力。

明中叶以后,考据学有显著的成绩,涉及范围很广。在《诗经》研究方面的主要成绩有杨慎、焦竑、陈第的文字音义和《诗经》音韵考证。陈第《毛诗古音考》推倒了宋人的叶音说,开创了《诗经》音韵学。杨慎《鸟兽草木考证》、冯复京《六家诗句物疏》、毛晋《毛诗陆疏广要》在考证名物方面都很有成绩。考辨伪书,也是明代考据学的一个特点。

明人好抄袭,也好作伪,如托名的《子贡诗传》、《申培诗说》,就是两本欺世盗名的伪书,在明代已经进行了大量的考辨。明代《诗经》考据学是清代考据学的先导。明清之际的顾炎武,是清代朴学的开创者。王夫之的《诗经》著作有《诗经稗疏》和《诗广传》,他的《诗》说符合他提倡"经世致用"的学术主张,尤其在后一本书里,通过说《诗》发表他对国运民生和政治改革的意见,类似一篇篇政治短评或杂感。

新汉学时期

第四个阶段是新汉学时期(清)。清代学者要求摆脱宋明理学的桎梏,以复古为解放,他们努力复兴汉学,史称新汉学。康熙钦定的《诗经传说汇纂》,既本《诗集传》,亦附录汉学《诗》说,为汉宋通学开辟了道路。毛奇龄《毛诗通义》、陈启源《毛诗稽古编》,都属于致力复兴汉学的早期著作。

清朝实行严酷的封建专制的文化政策,广开文字狱,汉族知识分子不敢谈政治,逃避现实,钻进故纸堆里。他们上承顾炎武的考证之学,其中也含有保存汉民族文物制度的用意,乾嘉时代兴起以古文经学为本的考据学派。他们对《诗经》的文字、音韵、训诂、名物、典章制度、历史地理等进行了浩繁的考证,出现了一批考据学大师。在一百年的时间里,他们考据方法之精严,考据范围之广阔,考据成果之丰硕,令人惊叹,乾嘉学派内部有吴派和皖派。

吴派为惠栋所创始,其特点是好博而尊闻,凡古书上有的东西无所不考,而考则必精。这一派的考据名著有惠栋《毛诗古义》1 卷(考证文字),洪亮吉《毛诗天文考》1 卷(考证天文),焦循《毛诗地理考》4 卷(考证地理)、《毛诗陆玑疏考证》1 卷(考证动植物)、《毛诗补疏》5 卷(补充毛郑训诂),徐鼎《毛诗名物图说》9 卷(考证名物),等等。这许许多多的考证,帮助我们解决了文字名物训诂上的一些问题,也有一些则属于"屠酤计账式的烦琐无用的考据"。

皖派为戴震所创始,其特点是注重经典的文字音韵训诂的考证。他们认为,训诂明而古经明,古经明而义理也明。戴震的名著《孟子字义疏证》是皖派由文字训诂而阐明经义的代表作,《毛郑诗考证》也是《诗经》文字训诂与释义相结合的名著。他的弟子段玉裁、王念孙,以及王念孙的儿子王引之,也都有卓越的成就。段玉裁的《说文解字注》15 卷,用三十年之工,引录诸子百家,对《尔雅》和《说文》,校讹字、考文理、通条贯,尤其是对《诗经》等经传文字的大量引申义和假借义作出可信的考证。王念孙著《广雅疏证》10

卷、王引之著《经传释词》10卷,都广取古经传,归纳研究,参照比验,尤其是《经传释词》,成就更高,对160个虚词的意义作出详细的解释。上述名著,至今仍是研究古汉语的经典之作,也是《诗经》和古经传研究的必读书。

乾嘉学派在文字、音韵、训诂、名物、辨伪、辑佚诸方面的成就,都超越了前人,也把清代的新汉学发展到顶峰。综合地吸收这些成果,运用于对《诗经》文本的注释,产生了清代新汉学诗经学的三部名著。

马瑞辰(1781—1853)的名著《毛诗传笺通释》,以汉学《传》、《笺》为本,吸取了乾嘉考据学成果,着重纠正《毛传》、《郑笺》、《孔疏》的错误,同时也像东汉的郑玄那样,吸收今文可取的疏解,来提高训释的质量。这部可称为以《毛诗传笺》为本的今古文通学之作,代表了清代新汉学《诗经》注疏的高水平。

胡承珙(1776—1832)的《毛诗后笺》旨在申明《毛传》。所以书明"后笺",他解释说:"知《笺》之于《传》,有申毛而不得毛意者,有异毛而不如毛义者。或郑自为说,而被以毛义,至毛义难明。……承珙所著,从毛者盖十之八九,而从郑者亦一、二焉。"所以,本书对辨析《郑笺》之正误,而发《毛传》之幽微,有相当的价值。承珙精于考证,如释《大雅·韩奕》"梁山",辨顾炎武等人之误,较为详审。文体不同于一般随文立义的注释著述,而用札记随笔体一事一议。全书历时十年,写至《鲁颂》而卧病,后面部分嘱陈奂补齐。

陈奂(1786—1863)以十八年的工夫撰成《诗毛氏传疏》,专主《毛传》、《诗序》,认为《郑笺》问杂《鲁诗》及其己见,《孔疏》亦博采诸家,《笺》、《疏》流行,则《毛传》名存而实亡。他专为《毛传》作疏,旨在发扬《毛传》之旧说。自序说:"读《诗》不读《序》,无本之教也;读《诗》与《序》而不读《传》,失守之学也。"他广征博引,既采西汉之前古说,又吸取乾嘉考据学众多成果,将文字简约的《传》文一一详加疏释,而且简要易解。梁启超《中国三百年学术史》称为"疏家模范"。原书附《毛诗音》4卷,是其师段玉裁之学说。附《毛诗说》1卷及图说;附《义类》1卷,仿《尔雅》体例,类似《毛诗词典》;又附《郑氏笺考征》1卷,考察《郑笺》采用三家《诗》的例证,这些多用乾嘉考证学的成果,故这本书实是清代汉学家研究《毛诗》的集大成著作。

道咸年间,社会矛盾尖锐,清王朝内忧外患,社会问题日益迫切地需要解决,脱离现实的以古文经学为本的乾嘉之学衰落下去,兴起提倡经世致用的今文经学。清人利用今文经学,主要是用以发挥"微言大义",宣传"托古改制",如通过说《诗》来发挥政治上的改制变法思想。但今文三家《诗》早已失传,留下来的资料太少了。于是陈寿琪、陈春枞父子继续前人未竟的搜集三家《诗》遗说的工作,有《三家诗遗说考》;接着有大批学者投入,几成一个时期的学术风气。王先谦《诗三家义集疏》是搜集和研究三家《诗》遗说的总结性著作。魏源《诗古微》是清今文学派诗经学的代表作。

超出汉学、宋学、古文学、今文学各派各家之外,还有清代前期的姚际恒《诗经通论》、中期的崔述《读风偶识》、后期的方玉润《诗经原始》三家。他们的著作在当时都不被注意,没有多大影响。20世纪初的国学大师梁启超发现他们的价值,称他们是"独立思考"派,"五四"以后的胡适,也大力推介他们。所谓"独立思考"派,是说他们说《诗》不受汉、宋、今、古的束缚,不宗一家一派,只是涵泳篇章,寻绎文义,辨别前说,从其是而黜其非,这当然是可取的;也确有一些较好的创见,也比较注意诗篇的文学特质。不过,"独立"毕竟只是相对而言的。在他们生活的时代,他们所接受的全部封建礼教的教育,以及所可能接受的学术研究资料,使他们不可能越出封建的意识形态,也不可避免地要运用原有的经史材料,三个人中的任何一位,在他们的著作中,严谨求实的治学精神,只能探求到一定的程度,抛不开那些封建伦理道德教条。他们的诗经学仍然属于传统经学的范畴。

从清末到民国初年,是传统诗经学向现代诗经学转化的过渡阶段,王国维、章太炎、刘师培以及梁启超等国学大师,都有《诗经》论著。王国维已经接受了西方的学术理论和治学方法。1908年以鲁迅为代表的革命民主主义者开始批判儒家诗教;与之差不多同时,民间也出现了《诗经》白话注本。这些信息预告现代诗经学的新阶段即将来临。

从西汉到清末的诗经学,基本上是传统经学的一部分,它是中国整个封建社会政治经济的反映及其科学文化发展水平的产物。它的主要表现形式是以疏释文本为基础的传、序、笺、疏之学,总括地可分为训诂、考证、义理三类内容。训诂,是训释词语及疏解章句,从而发展了训诂、文字、音韵和校勘之学,统称为《诗经》小学,它的成绩巨大,名家辈出。考证,是对名物、典章制度、历史地理和有关内容的考据，版本、辑佚等学术也可归于这一类。考据学由宋至清乾嘉学派达于全盛；可以说从古文献上所能做的考据，几乎被清人做完，产生了许多宝贵的成果，也有一些烦琐无用的考据。义理，是通过诗旨和内容的阐释发挥伦理道德思想，无论是汉学的尊《序》，或宋学的废《序》，都在贯彻孔夫子的诗教思想，明确地表现出它们是经学的重要组成部分。与这些相结合，还有一些关于诗经学基本问题的论说，如关于《诗经》的编订、流传、《诗序》、体制、作品时代、地域等等，各家各派都曾经长期论争，有不少千年乃至两千年争论难决的学案。

《诗经》的艺术研究，相对来说比较少。在传统的《诗经》注疏专著中只夹杂有不多的评点。在文论家的著作、诗人的书信和历代诗话中却有不少论述。但是，这些论述大多是零碎的、分散的，从来没有产生一部完整的、系统的研究《诗经》艺术的专著。

现在能够见到的传统诗经学的著述约600部，还不包括大量散见于经、史、子、集和晚清以来各种著述与期刊中的论述和资料，应该说这是一笔丰富的遗产。这一大笔遗产，是我们的财富，因为它是两千多年历代学者精神劳动的结晶，正是一代代学人以毕生之力进行探索，才使我们今天能够基本读懂这部古籍，如果没有古人呕心沥血做出来的训诂、考证、论证，《诗经》在我们面前只是一串串难以理解的文字符号。前人范围广泛的论证，为我们准备了丰富的研究资料，构筑了深入研究的基础，这是我们必须继承的。但是，前人的研究毕竟受他们时代社会思潮和科学文化水平的制约，难免有谬误、不足和伪托。所以，在这一大笔遗产中，金玉和瓦砾、真理和荒谬、正确和错误、真实和伪冒错杂在一起，清理精华和糟粕，并加以正确利用，要用很大的力气。

附记：

本文所引用古代经籍文献，除特殊需要的情况，一般均不再作注。因为这类经籍有多种通行版本，各地流传不一，如注一种版本的某个页码，各个版本页码并不相同，反而给查阅者增加麻烦；而且这些引文大多熟见，不必再加注。

本文所提到的历代诗经学名著,均见夏传才、董治安共同主编的《诗经要籍集成》,此《集成》收编历代要籍 141 种全文影印,未影印者亦存目并撰有提要。本文提到的著作均在其中,不再一一列注。《诗经要籍集成》,16 开精装 42 册,学苑出版社,2003 年出版。

第十讲

《诗经》在世界的传播和研究

　　《诗经》是中华文化的瑰宝,中国古老文明的代表性典籍,也是全人类重要的文化遗产。正像西方汉学家们的评价:它与荷马史诗、莎士比亚戏剧鼎足而立,是世界古代文学史上的三大杰作,在世界文化史上具有难以估量的价值。《诗经》不但属于中国,也属于全人类。

　　中国是世界文明古国之一,屹立在世界的东方,勤劳、智慧、勇敢的华夏民族创造的灿烂的古代文化,是升起在东方的人类文明的曙光。她绚丽的光芒,首先辐射到周围的民族国家。

《诗经》的外传

　　《诗经》外传始于何时? 根据现有中外文献,证明在公元前 1 世纪,《诗经》开始走出国门。一开始,它传到西域,再传到南亚次大陆,又传到东北亚的朝鲜半岛和日本。

(一)在东方各国的传播

(1)西域和中亚

　　开创于汉代的丝绸之路,也像一条文化运河,一队队"驼舟"穿越大沙漠,运载着东方和西方的文化交流,从长安经过西域、中亚、西亚,曾远达罗马。《汉书》记载,西汉时西域各国贵族子弟多来长安学习汉文化。由于中亚、西亚古国的衰亡,西域各族的变迁演化,历史被大风沙掩埋于地下,我们已得不到《诗经》流传情况的具体记载。

1959—1979年在新疆连续发掘的吐鲁番出土文书①,其中有《毛诗郑笺小雅》残卷,确证是公元5世纪的遗物。这一发现在久被淹没的历史长河中为我们提供了一丝确实的信息。

在新疆并入中国版图之前,西域各族是流动的,有的迁入中亚和欧亚大陆。新旧《唐书》也记载,通过丝绸之路,中国与中东、罗马进行经济文化交流,波斯人多有通汉学者。公元781年(唐建中二年)曾立"大秦景教流行中国碑","大秦"即罗马,碑的撰写者景净,是叙利亚人,此碑有汉文也有叙利亚文。碑文中引用和化用《诗经》20多处。② 这是又一条确实的信息,报道《诗经》经丝绸之路外传的历史相当悠久;而且历时若干世纪,时间相当长久。西域和中亚各国创造文字较晚,除了通晓汉文者,一般人还难以阅读《诗经》,所以《诗经》的传播对象有学习汉文的贵族子弟,也有来华的传教士。

(2)越南与印度支那半岛

中国与印支半岛和印巴次大陆的文化交流,也开始于汉代。汉武帝曾征服南越,分置九郡,推行汉朝的教化,作为五经之首的《诗经》必然进入。在古代漫长的交往中,这些地区的国家都有通晓汉学的人士。由于他们经济文化发展迟缓,以后又先后沦为英法的殖民地,他们的民族文化受到严重的摧残,我们已不易找到印支各国《诗经》流传的全面记载。

---

① 《吐鲁番出土文书》第1册,文物出版社,1981年;第2册,1982年。其中有古写本《毛诗关雎序》《毛诗郑笺小雅》残卷多篇。又见胡平生《吐鲁番出义熙写本毛诗郑笺小雅残卷的复原与考证》,《第二届诗经国际学术研讨会论文集》,语文出版社,1996年。

② 此碑现存于西安市碑林博物馆第三展室。加拿大戴维清《大秦历史重考》一文认为:大秦不是罗马或罗马帝国,而是希腊。大秦景教是源出于希腊的希腊正统教,统称正教或东方基督教,信徒约有1亿人,其中90%分布于东欧,在美国与加拿大大约有300万人,而以俄罗斯的教会为最大。起初以希腊文传教,后因古希腊文渐被淘汰,遂用较为流行的叙利亚文传教。这是大秦景教流行中国碑亦有叙利亚文的原因。景教徒初入中国传教,是在公元634年,时为唐太宗在位时期。详见《文史知识》1989年第4期戴维清文。

其中在越南,据越南各部史书记载:李朝十世规定以《诗经》为科试内容,黎朝十二世科试以《小雅·青蝇》句为题,当时越南的士人无不熟诵《诗经》。从 12 世纪开始,出现了古越南文字的多种译本,越南的诗文、文学故事中广泛引用《诗经》诗句和典故,从而影响了越南文学的发展。《诗经》的某些成语至今仍保存在现代越南语言之中,成为越南语的组成部分。独立后的越南,于 20 世纪 90 年代,将新越南文的《诗经》全译,列为国家社会科学院的研究项目。

越南是印度支那半岛的大国,越南文化对老挝、柬埔寨的文化有深刻影响。这方面的《诗经》传播资料尚待收集和研究。

(3) 朝鲜半岛

《诗经》的东传有信史记载。在魏晋南北朝时期,中国的五经和史传传入与中国一江之隔的朝鲜半岛。

当时朝鲜半岛百济、新罗、高丽三国分立。据中国《南史》和朝鲜《三国史记》记载,公元 541 年,百济王朝遣使请求梁朝派遣讲授《毛诗》的博士,梁武帝派学者陆诩前往。[①] 百济王朝也曾派学者去给积极吸收先进文化的日本皇子讲授中国的五经。新罗王朝于公元 765 年规定《毛诗》为官吏必读书之一。高丽王朝于公元 958 年实行科举制,定《诗经》为士人考试科目。这些事例可证:讲学《诗经》在朝鲜形成几个世纪的风气。

16 世纪,朝鲜大学者许穆精研中国经学。现仍保存的他的《诗》说,全面贯彻了孔子的诗教思想。[②]

《诗经》的流传,不但推动了朝鲜封建文化的发展,对朝鲜文学的发展也产生深刻影响。朝鲜作家的小说和诗歌创作,都对《诗经》有所引录、模仿或借鉴。18 世纪初编纂出版的朝鲜第一部时调集《青丘永言》,开拓了朝鲜近代诗歌创作的宽广道路,而它的序文就言明:它的编纂是借鉴孔子编订《诗

---

① 见《南史》的《梁武帝纪·大同七年》及《夷貊传·百济》。
② [韩]金时晃:《眉叟许穆先生诗说研究》,见《第二届诗经国际学术研讨会论文集》,语文出版社,1996 年。

经》的思想和经验。①

19世纪以后朝鲜半岛经历了长期的日本殖民统治,本民族的文化发展受到阻滞,而1945年光复以后,经济文化飞速发展,《诗经》研究仍是韩国汉学界重要的课题,一些学者纷纷撰写评介和出版新的译注本。现有新的译注本多种,李家源的全译本(1972)、金学玉的全译本(1984)多次再版。韩国67所大学中文系都讲《诗经》,其中34所专门开设了必修或选修的《诗经研究》课程,②有7位教授加入中国诗经学会。一批博士从诗经学选题撰写博士论文。韩国汉学家成立了诗经学会。

(4)日本

中国与日本的文化交往,可以追溯到上古时代。公元238年倭王遣使到魏都洛阳,开始建立两国的关系。后来一些中国人经朝鲜移居日本,朝鲜百济王朝也多次派学者到日本讲经。5世纪中叶雄略天皇(457—479在位)致中国刘宋皇帝表,用汉字书写并引用《诗经》诗句,③这是日本人在那时已经学《诗》、通《诗》、用《诗》的确证。

唐朝时期,日本确立了"全面汉化"的方针政策,在贵族社会读汉书、用汉字,那时,他们还没有自己的民族文字。他们多次派遣庞大的"遣唐使团",有大批僧侣和留学生来长安留学。以后不断有中国学者去日本讲学。中国文化促进了日本封建社会的发展。

第一部《诗经》日译本出现在9世纪,以后选译、全译和评介未曾中断,译注、讲解、汉文名著翻刻,成为几个世纪的学术风气,使《诗经》广泛流传。日本诗歌的发展与《诗经》有密切的联系,和歌的诗体、内容和风格都深受《诗经》影响,作家纪贯之(? —946)的《古今和歌集》的序言几乎是《毛诗大序》的翻版。

到19世纪,中国的汉、宋和清代的《诗经》名著在日本大量翻刻,并出现

---

① 见韦旭昇《中国文学在朝鲜》,花城出版社,1990年;[韩]金周汉《朝鲜〈青丘永言〉与中国〈诗经〉》,见《第二届诗经国际学术研讨会论文集》,语文出版社,1996年。

② 据[韩]宋昌基《当代韩国诗经研究概况》的统计,见《第一届诗经国际学术研讨会论文集》,河北大学出版社,1994年。

③ 《宋书·蛮夷传》。

了研究论著,发表于期刊、选集的单篇译文和评析数不胜数,同时流行几种选译本和全译本。

《诗经》评介与研究繁盛的景象,延续到 20 世纪初期。20 世纪中叶以后,在过去的基础上,日本汉学界又推出新的日译本,计全译本 5 种,选译本 10 种,单篇译析未计。目加田诚的译本被评价为信、达、雅,受到研究者和文学爱好者的欢迎①。日本当代学者于 70 年代成立了日本诗经学会,出版会刊《诗经研究》。

(二)在西方的传播

(1)在欧洲

《诗经》在欧洲的传播,开始于 16 世纪,至今已有 4 个世纪,它通过西方来华的传教士开始译介给欧洲读者。最初的译文是拉丁文,这是《诗经》西译的开始。

17 世纪末至 18 世纪初,资本主义迅速发展的欧洲,热烈地要求了解中国。为适应这种历史要求,传教士加大了介绍古老中国文明的力度,不断出现《诗经》译注和评介。19 世纪初叶起,以法国为中心的欧洲汉学升温,《诗经》译介呈现繁荣景象,欧洲的主要语种都有了全译本,译文趋向雅致和精确。

关于是散译还是韵译,曾形成韵律派和散译派之争。史陶思(V. Strauss)的德译本(海登堡,1880)是韵律派的代表作,被誉为那个时代的翻译文学难以超越的珍品;理雅各(J. Legge,1814—1897)的英译本(伦敦,1871)是散译派的代表作,被认为是《诗经》西译的里程碑式的精品。20 世纪以后,译介以日益深化的学术研究为基础,再进一步趋向雅致和精确。英国汉学家阿瑟·韦理(Arthar Waley,1889—1966)的英译本(伦敦,1937)、瑞典汉学家高本汉(Bernhard Karlgren,1889—1978)的英译本(斯德哥尔

---

① [日]田中和夫:《现代日本诗经研究概况》,见《第一届诗经国际学术研讨会论文集》,河北大学出版社,1994 年。

摩,1950),都具有里程碑性质。韦理的译本可作为西译追求"雅"的典型,把原著译成优美的抒情诗,为了体现原著的思想性和艺术性,打乱原本的体制和作品次序,重新按内容分类,附录又将《诗经》作为中国诗歌的代表与欧洲诗歌比较研究。瑞典高本汉的译本可作为追求"信"的典型,他是语言学家,在训诂、方言、古韵、古文献考证诸方面都倾注功力。这两部译著在西方产生几十年的影响。①

俄罗斯已有 15 种《诗经》译本(选译和全译)。50 年代以后,由于中苏两国文化交往人有进展,从事译介的都是中国古代文学专家和科学院院士,以王西里院士、什图金院士、费德林院士的影响最大。波兰、捷克、罗马尼亚、匈牙利也都有《诗经》译本。以匈牙利译本(1957)为例,这个只有几百万人口的国家,初版一千册半小时内抢购一空,再版仍供不应求,现在连第一版都不容易找到。

(2)在美国

北美在 20 世纪初期才开始《诗经》译介。美国经济文化发达使它具备丰富的资料、众多的学者、雄厚的物质条件,加上华裔学者的投入,一开始它就在欧洲三个世纪的研究基础上起步,起步晚,但起点高,所以呈现后来居上之势。

50 年代以后,西方《诗经》研究中心转移到北美。单篇译文大量散见于期刊和各种选集,重要译本有美国新诗运动领袖意象派大师埃兹拉·庞德(E. Pound,1885—1972)的选译本、麦克诺顿(Wenaughton)的全译本。庞德的英译曾引起热烈讨论。庞德向美国读者特别推崇以《诗经》为源头的中国古典诗歌。学术研究情况,下文将作介绍。

随着世界政治格局的变化,一些经济文化发展迟缓的国家和地区,独立后迅速发展。新加坡、马来西亚、印巴次大陆的国家和地区都在传播《诗

---

① 关于西方的《诗经》译本,本文限于篇幅,略举二三;可参见王丽娜《诗经在国外》,《第一届诗经国际学术研讨会论文集》;周发祥《诗经在西方的传播与研究》,见《文学评论》1993 年第 6 期;高本汉的著作有董同龢译本,台湾"国立"编译馆,1960 年。

经》。越南社会科学院列《诗经》新越文全译为国家项目,蒙古文全译也已经完成。

《诗经》正以几十种语言文字在世界传播,在各国的《世界文学史》教科书上都有评介《诗经》的章节。诗经学是世界汉学的热点。

西方诗经学发展的三个阶段

因《诗经》的文化价值决定,在其西传四百年的过程中,诗经学形成西方汉学的一个重要的分支学科。西方诗经学的内容包括译注、评介和理论研究。它经历了三个发展阶段。

一、18 世纪是西方诗经学的创始阶段。它的主要特征是与教会文化密切联系。

17 世纪西方传教士学《诗》通《诗》,目的是利用儒家五经来弘扬基督教义,所以他们最初的研究具有教会学术的色彩。如利玛窦《天主实文》引用"周颂"、"商颂"和"大雅"的《文王》、《大明》诸篇中的"天"、"帝"等观念,比附基督教的"天主"。如他所说:"我在阅读六经的过程中,注意到许多段文字有利于我们的信仰,例如上帝的统一性,灵魂的不朽,幸福的光荣……"[1]他们从《诗经》中努力寻找福音书的"证据",用来附和基督教义,甚至解说从《诗经》中可以窥见耶稣来华的迹象,[2]这类教会学术带有浓厚的宗教神学色彩。在 17 世纪,西方的评介是零散的、简略的,呈现初级的形态。

18 世纪初叶,资本主义欧洲的注意力集中到东方,热烈地要求认识古老文明的中国,传教士、汉学家的译介和研究,不能不满足欧洲人了解中国总体文化的愿望,从而比较客观地阐述《诗经》本体的文学的和文献的内涵及价值。当时的西译全都附有评介的文字,前面举出的在欧洲影响最大的

---

① 《利玛窦文集》第 2 卷,第 134 页。
② 参观保罗(P·A·Rule)《孔子》(悉尼,1986 年版);又,史景迁(J·Spence)《文化类同与文化利用》中译本(北京,1990 年版)。

《中华帝国全志》(1737)收进马若瑟选译的《诗经》8 首,编者汉学家杜喻德(L. P. Duhalde)的序文把《诗经》作为文学作品分为五类(人的赞歌、王朝风俗诗、比兴诗、高尚事物颂歌、不合孔子教义的诗),是初步的文学研究。下半叶巴黎相继出版前期汉学巨著多卷本《北京耶稣会士札记》,收有《诗经》选译,同时收入的法国汉学家希伯神父(Le. P. Fibot)的长论《古代中国文化论》,阐述《诗经》的文化历史价值。他认为"风"诗的收集是为了国王了解民情,如同法国各省的公、侯、伯、子爵将民间的歌谣献给皇帝一样;"风"诗风格、乐调不同,也如同法国里昂人的歌不同于普罗旺斯人的歌。他说:"《诗经》的篇什如此优美和谐,贯穿其中的是古老的高尚而亲切的情调,表现的风俗画面是如此纯朴和独特,足可与历史学家所提供的资料的真实性相媲美。"①在汉学兴起的欧洲社会历史背景上,汉学家明确了《诗经》的文学性质和文化价值,从而展开的理论性研究,使教会学术黯然失色。当然,18 世纪汉学家的论析,还处于初级阶段,然而它已经抓住了《诗经》的文学性和历史文化价值,开拓性地为诗经学的繁荣和深入发展提出了许多重大的课题。

二、19 世纪是西方诗经学发展成熟的阶段。它的主要特征是以译介为主,译介和研究相互促进,向深度和广度发展,在质和量提高的过程中摆脱了教会学术的影响。

19 世纪兴起的"汉学热"和《诗经》译介的繁盛,推动了学术研究。译介与研究是相辅相成的,如关于韵译和散译的讨论,韵律派要求注意《诗经》的文学性而译为具有欣赏价值的诗篇,散译派认为必须贴近原作句意,不增译,不意译。二者固然各有利弊,但共同点都要求尽可能透彻了解原作的内容、语言、艺术风格,并具有广博的学识。只有通过这些方面的研究,译作才能传达原文原意,较高质量译本的相继出现,不能不建立在对《诗经》的文学、语言、历史文化研究的基础上。

西方的译本几乎都附有比较全面的、理论性的评介,有些就是研究论著。如前述理雅各的散译本,附有 200 页之长的"绪论",分为五章分别介绍三百篇的采集、编订、流传、传序、笺注、版本以及基本内容、格律、音韵等诗

---

① 周发祥:《诗经在西方的传播与研究》,见《文学评论》1993 年第 6 期。

经学基础知识，其注释中还广泛涉及神话传说、历史地理、名物制度、风俗习惯等知识；此书还附录了法国汉学家爱德华·比奥（M. Edouard Biot）的论文。比奥认为，《诗经》是"东亚传给我们最出色的风俗画之一，同时也是一部真实性无可解辩的文献"，"这些艺术形式保存了它们那个时代的特征"。他在论文《根据〈诗经〉探讨古代中国人的风俗民情》中倡导从社会民俗学角度来研究《诗经》。顾赛芬（Seraphin Cogverur，1835—1919）的法译本，是中文、法文、拉丁文三种文字对照本，他在长篇导论中除了对《诗经》作总体介绍，还把它作为从中吸取古老东方知识的百科全书，并对三百篇作了具体的归纳分析。前面举出的史陶思的韵译也有 60 页之长的序言，对《诗经》的艺术性作了深刻的探索。圣·德尼侯爵（Saint-Denys，1823—1892）则将《诗经》与荷马史诗进行比较研究。19 世纪西方《诗经》的研究在前半期还存有的宗教学术的痕迹，在后半期已被扬弃，汉学家们对《诗经》的文学性和文化价值达成共识，在《诗经》广泛传播的基础上开始了《诗经》本体的、文学艺术的、语言的、文化的、社会民俗学的、比较文学的探讨，开拓了诗经学的广阔领域，而这正是西方诗经学发展成熟的标志。

三、20 世纪是西方诗经学研究深化的阶段。它的主要特征是艺术分析、思想内涵、文化底蕴探讨的深化和新方法论的运用，并在下半叶转向以研究为主。

前半期几部里程碑性质的西译本，如上述阿瑟·韦理的英译、高本汉的英译，都具有研究的理论深度。1960 年理雅各译本重版，卷首附上理雅各、顾赛芬、阿瑟·韦理、葛兰言、高本汉及影印阮刻《十三经注疏》的诗篇页码索引，表明西译已经有了权威性的译本，学者的注意力转向了《诗经》基本问题和深层次的理论研究。

20 世纪初期，已经有三部中国文学史著作把《诗经》放在重要地位上，以较多的篇幅加以介绍。它们说明了《诗经》本体的基本情况，批评了中国古代笺注序说以史证《诗》的错误。

法国汉学家、社会学家葛兰言（Marchel Granet，1884—1940）的专著《中国古代的节庆与歌谣》①，是西方第一部深入研究《诗经》的专著。他运用法国社会学和西方民俗学的研究方法，论证"国风"诸篇与中国古代节庆、歌舞、求爱、劳动生活的联系，描述了一幅中国古代人民的风俗画。他吸取中国传统传注可取的阐释，将中国西南少数民族和印支半岛的歌谣与"国风"作比较研究，进而探讨了远古中国的社会结构、宗教信仰和生活习俗。法文版1919年出版，1932年在伦敦、纽约同时出版英文版，其理论和方法产生了深远的影响。它具有文学、社会学、民俗学、民族学、神话学等综合研究的性质，是后来盛行的文化人类学的《诗经》研究的肇始；50年代以后在日本影响很大。

瑞典汉学家高本汉的译本及其姊妹篇《诗经注释》（1946）②，批评中国传统传注妄生美刺、穿凿附会，也批评许多西译袭用这些旧的误注。他对《诗经》词汇和音韵进行系统细致的研究，参照先秦典籍，逐词辨义，博采众说，择善而从，由字义推句义，推篇义，并且逐字注音，构拟了上古汉语语音系统，把古代汉语研究从传统的旧式训诂考证，推进到现代语音分析阶段，成为西方运用现代语言学理论研究古汉语的奠基之作。

下半个世纪，由于世界经济政治格局的变化，《诗经》研究中心转移到北美，诗经学继续深化。美国、加拿大的汉学家的研究着重于语言研究、艺术研究，近年又重视历史文化研究。

加拿大汉学家多布森（W. A. C. H. Doboson）的专著《诗经的语言》（多伦多，1968）和相关论文，通过《诗经》字词和语法研究来论证"风"、"雅"、"颂"的创作年代。他注意古汉语一些同义字词的演变，观察其分布，确定产生的时代顺序是"颂"（西周初叶）、"大雅"（西周中叶）、"小雅"（西周末叶）、"风"（东周初叶）。③ 这是运用现代语言学理论和几种语言比较的方法，其结论基本是符合实际的。当代美国语言学家保罗·赛鲁伊斯专著《诗经语文研究》，体现着这方面研究的继续深入。他的论文《诗经语言研究：语尾助

---

① 葛兰言：《中国古代的节庆与歌谣》，广西师范大学出版社，2006年。

② 《高本汉诗经注译》，董同龢译本，台湾"国立"编译馆，1960年。

③ 多布森教授补充说："这是大致的确定，不一定完全符合每一首诗，但是各类诗中最早的诗篇不会晚于上述产生的时代。"

词"矣"》,提出"矣"的多功能用法,不仅是语尾感叹词和时间标记,其基本意义是表示命令或祈使,联系上下文内容的不同,可以转换为一种谓语性或陈述性意味的标记,可以表示在疑问或反诘句中起某种特殊的作用。他由此而论证对某些特定字词作新的解读和翻译。①

关于艺术研究和赏析,主要研究诗体、比兴和意象。美国学者金守拙(G. A. Kennedy)的论文《诗经里的失律现象》认为:从三百篇全入乐的角度来考察,其中真正破格失律的现象并不多,如章句对应、字数相等,均不算失律,与对应句不谐的杂言句,其中常有一字在弱拍位置,可附于前字而不计拍节,故仍算对应。美国华裔学者陈士骧的论文《诗经在中国文学史上和中国诗学里的文类意义》②(1969),援引中国学者杨树达、闻一多、商承祚、郭沫若关于"诗"、"兴"二字字源的考证,揭示以《诗经》为代表的中国上古抒情诗的诗体特质,作为其基本特点的"兴"的原始意义,蕴含着诗歌的社会功能和诗歌内在的特质。

艺术分析鉴赏最多的是意象研究。美国意象派大师庞德推崇中国古典诗歌的意象,他的选译本《孔子颂诗集》(1950)引起学术界热烈的讨论。他的译本表达他的诗歌美学思想,但他的译述和阐释常常不符合原意。经过学术界广泛的讨论以后,几乎每部《诗经》专著都有意象赏析的内容。麦克诺顿的论著《诗经的综合映象》(1963),是较全面地细致深入分析的名著。华裔女学者余宝琳的专著《中国诗歌传统中的意象读法》(1987),指出应区别中西诗歌意象之不同,西方认为意象是一种模仿之物、一种描述或一种装饰;而在中国,意象是诗歌本身独特性的标志,从中可以引申出比喻意义、道德意义或历史意义。她不同意西方学者把三百篇统统看作寓言之作(allegory),认为"国风"只有一两篇这样的作品,而绝大部分诗篇的意象乃是具有象征的意义。③

美国华裔学者王靖献的《钟与鼓》④,是运用帕利-劳德理论研究《诗

① 见美国芝加哥大学夏含夷《美国〈上古中国〉期刊的学术成果 1989—1993 上》,第 131 页。
② 见《哈佛亚洲评论》第 4 卷,1957 年。
③ 见台湾《"中央研究院"历史语言研究所集刊》第 39 卷第 1 期,1969 年。
④ 王靖献:《钟与鼓》,谢谦译,四川人民出版社,1990 年。

经》的代表作。他分析《诗经》实际存在的"现成词组"(套语)和"现成思路"(套式)的现象,推出一系列论断:《诗经》基本上属于口头创作;与音乐组合;体现出口头创作到书面创作的过渡;套式与兴相似,许多起兴就是套式;从套语复现的比率可以确定创作年代的先后;他认为诗歌中套语比率越高,创作年代越古老;等等。这部著作在西方汉学界引起或褒或贬的评论,在中国也引起学者广泛的注意。

近20年来,美国学者注意中国诗经学的研究,他们研究传统诗经学,也关注中国现代诗经学并吸取其若干观点,对《诗经》的编订、流传、汉宋之争和传统阐释学,都有评述;佐伊伦(S. V. Zoeren)的专著《诗歌与人格:中国传统的读解、注疏和阐释学》(1991)是代表作。佐伊伦的这部著作主要讨论孔子的诗教、汉学和宋学,认为孔子编《诗》说《诗》,一是为复礼兴乐,一是为应对辞令,一是为教科书之用,从汉代开始的中国阐释学以人格教化为中心,以史证《诗》而比附穿凿,朱熹提出的新释学原则,产生巨大的长久影响。他提出:西方学者研究中国的阐释学著作,有助于阅读传统《诗经》文本和了解各诗篇的意义。

综合来看,西方是在近代资本主义的社会条件下接受《诗经》的,教会学术的影响不长,没有沉重的历史包袱,所以《诗经》西传仅仅三四百年的时间,诗经学已经经历创始、成熟、深化三个发展阶段。而我们摆脱传统经学的思想束缚,达到自觉地以科学、民主思想研究《诗经》的本体、文学特质和巨大的文化价值,走了两千年。这是中西诗经学的不同。

从20世纪开始,中国现代诗经学曾借鉴西方的理论和方法,而西方诗经学也不断吸取中国学者的观点和方法。苏联著名汉学家费德林院士的专著《诗经及其在中国文学史上的地位》①,系统地阐述了《诗经》的思想内容、艺术特色和在文学史上的地位,是苏联《诗经》研究的代表作,其中较多地吸取中国现代学者的观点,也吸取了西欧诗经学名著的观点。通过中西文化交流,中西诗经学又有相通相同之处,而中西交流仍在发展之中,彼此将有更多的互补。

---

① 见《费德林集》中译本,天津人民出版社,1995年。

日本诗经学发展的轮廓

"东亚汉文化圈"各国与中国的文化交往,历史悠久,各国的儒学与《诗经》研究,日本是成绩最为显著的典型。

日本与西方不同,它接受中国传统文化的影响较深,中国经学在日本有深厚的基础。日本诗经学的发展,粗略地划分,大体上也经历了三个发展阶段。

第一阶段是18世纪以前的古代经学,它的基本特征是对中国封建经学的认同。

如前所述,《诗经》传入日本的时间很早,平安时代(9世纪至12世纪)讲学依照中国汉学《郑笺·谱》、《陆疏》、《孔疏》抄本。五山时代(13世纪至16世纪)继续传入宋学著述。汉、宋疏释的歧义,产生了日本学者的讲本、注本,如景徐周麟的《毛诗闻书》、清原宣贤的讲义《毛诗听闻》和《毛诗抄》。17世纪进入江户时代,中国宋、明及清代的诗经名著大量翻刻,中国学术思潮的变迁,直接影响日本学者的研究,根据讲学的需要进行比较考辨、抉择和疏解,出现较多的注本和论著。这些论著无不以孔子诗教和《毛诗序》阐释的诗学理论为根本。德川幕府奉朱熹学为官方学术,朱熹《诗集传序》成为权威理论,其"劝善惩恶"的《诗经》观普遍地表现在17世纪日本的著述中。因此,在17世纪末和18世纪初以前,日本诗经学没有越出推行道德教化的经学樊篱,也不外训诂、考据、义理三类内容,而且许多学者用汉文著述,缺乏鲜明的日本民族特色。

第二个阶段是18世纪至19世纪日本近代诗经学,它的主要特征是明确《诗经》的文学特质,开拓了超越政教、崇尚风雅的传统,显示了日本民族特色。

17世纪末至18世纪初叶,日本资本主义的发展兴起人文主义思潮,开始了市民文学运动,不少学者认识到《诗经》是一部优秀的诗集,同时明代反宋学传统的诗经学著作,也给予日本学者以启发。以伊藤仁斋(1627—1705)和伊藤东涯(1670—1736)父子为代表的古义学派,悖离并批判程朱理学和朱熹的"劝善惩恶"说,倡导恢复《诗经》世俗文学的本质。伊藤仁斋的代表作《语孟字义》和《童子问》,主张撇开宋儒和其他人的政治道德说教,而自身通过文义思考和体味《诗经》各篇的世俗人情。① 从他的"三百篇"言人情的诗学观念出发,不但否定了"劝善惩恶"的道德说教,也表现了新的诗学观,促进了日本和歌的发展,不言政治道德而崇尚风雅。同时,他认为诗表现性情,欣赏者以自己的性、情去体会和认知,所以"断章取义"和"别解"都是当然产生的。这样,他为《诗经》的说解开拓了自由的天地,而且对中国诗经学的"六义"问题也提出新的见解。伊藤东涯的代表作是《读诗要领》,除了继续发挥乃父的主张,进而概括《诗经》自成书至《诗集传》的诗经学史上26个重要论题,提出自己的见解,尽管论述简略,却表现出视野的开阔。他的观点被荻生徂徕开创的古文辞派继承,著名学者太宰春台的《诗论》、《朱氏诗传膏肓》对朱熹《诗经》观的批判更加系统和尖锐。日本近代诗经学在检讨中国诗经学的道路上出现研究兴旺的景象,显示了自己的特色,产生了中村惕齐的《诗经示蒙句解》和《笔记诗集传》、宇野东山的《毛诗国字解》、中井履轩的《诗经彤题略》、皆川淇园的《诗经绎解》、仁井田好古的《毛诗补传》、龟井昭阳的《毛诗考》等名著。

第三个阶段是20世纪以来的日本现代诗经学,它的主要特征是传统研究的深化和西方新方法论的借鉴。

日本学术界有两个特点,一个是超越政治,一个是善于向外国学习吸取。尽管20世纪充满着政治斗争、战争交替和战败后的艰难,从1868—1990年,据村山吉广所编目录统计,日本译注和论文论著共764种,说明《诗经》的评介和研究一直持续发展。其基本情况如下:

1.对三百篇的评介主要以文学鉴赏的目的对诸篇内容和艺术作研讨分析,根据绝大多数读者的喜爱和将诗歌与政治分离的学术传统,对诗篇的研

① 参见王晓平《伊藤仁斋父子的人情诗经说》,见《第一届诗经国际学术研讨会论文集》。

析主要集中在《国风》抒情性较强的一部分作品。在赏析性研究中继续反对以史证《诗》、反对穿凿附会的道德说教,运用现代文学理论进行作品主题和艺术的阐释。西方接受美学和伊藤仁斋关于诗的情性可以产生不同认知的见解有其一致性,所以下半个世纪也产生了颇多"别解"。

2. 对中国诗经学的检讨,如编订、流传、六义、诗序等基本问题,汉宋之争和阐释学的名著评述、名物考证等等,在 20 世纪初期已经产生不少名家名著,如儿岛献吉郎、青木正儿等的著作均已由中国翻译出版。70 年代以后村山吉广等学者致力于明代诗经著作的研究,也是中国过去研究薄弱的地方。他们注意广泛收集利用中国的学术资料,补罅苴漏,或开拓新路,起两国研究互补的作用。

3. 西方比较文学理论 20 年代起在日本产生影响。许多学者比照《诗经》与《万叶集》修辞格调、抒情方式的一致性及其不同点,进而研究中国文化对日本文学的影响以及日本文学的民族性特点。当代铃木修次的名著《中国古代文学论——诗经的文艺性》,比较现代文学与古代文学本质上的差异,并分析了代表东西方文明的诗歌本质上的差别,这些分析也丰富了日本文学理论。

4. 法国葛兰言的《中国古代的节庆与歌谣》日译本于 1942 年在东京出版,日本学者受到启迪,在日本发展了《诗经》的文化人类学研究,其先后的代表者赤冢忠、松木雅明、白川静都成为《诗经》研究大家。他们吸取了葛兰言的基本理论和方法,又前进一大步,以对中国古代宗教、西周文化的研究为支柱,运用社会民俗学、民族学的观点,将《诗经》研究与日本古代民俗、神话、歌谣、宗教观念联系对比,从文化人类学的角度,探讨"兴"的形成与发展,以其作为解释诗义的钥匙,并推定各篇的年代。他们也通过对各民族历史和民俗的比较文化研究,进行《诗经》的深层次内涵的探讨,有些全新的解释与传统解释大相径庭。他们收集和利用各方面的材料,乃至中国的甲骨卜辞、金文、出土文物。这种具有综合性质的研究,把日本诗经学推进到新的领域。

从以上叙述来看,深受中国文化影响的日本诗经学,在现代已经突破了传统格局,从内容到方法都有重大的革新。

不论在日本还是在中国,西方新观念、新方法论的引进在诗经学领域的实践,有其得,也有其失,笔者另有专文评述。①

---

① 参见拙文《国外〈诗经〉研究新方法论的得失》,见《文学遗产》2000 年第 6 期。

下 编

第十一讲

周族开国史诗

《生民》、《公刘》、《绵》、《皇矣》、《大明》

　　每个民族都有自己的民族史诗。这些史诗以古老的传说,传述着本民族历史发展中的重大事件和英雄事迹。他们往往带着宗教和神话的色彩,又往往只是历史的片段或对史实的模糊的回忆,可是它们生动地反映出那个时代的自然斗争和社会斗争,表现了一个民族伟大的艺术想象力。民族史诗是原始氏族社会瓦解和奴隶制形成时代的产物,它们的主要部分,来源于上古人民口头创作的歌谣、神话故事和英雄传说。经过许多世代的口耳相传,到奴隶社会实现社会大分工,出现了从事精神劳动的专职人员,才有可能进行搜集整理修饰加工,完成规模宏大的民族史诗。编写者都是从属于贵族阶级的,所以这些作品又掺杂了上层氏族和贵族的思想意识。正如马克思、恩格斯的论述:伟大的荷马史诗的主题,就是对奴隶主、私有制的歌颂。

　　在中国,由于历史文化发展的特点,没有规模宏大的民族史诗流传下来。可是,在《诗经》中保存了5篇歌颂周人开国祖先的诗篇,它们的主要部分,正来源于上古人民口头创作的歌谣、神话故事和英雄传说,我们现在仍能明显地看到这些诗篇与口头歌谣、神话、传说的密切联系。诗中的许多内容,正反映氏族社会瓦解和奴隶制度形成与发展的时代,而且经过整理加工又反映着周代贵族阶级的意识形态,所以,可以肯定这些诗篇具有史诗的性质。

在所有的古代民族中，从原始公社解体，到阶级社会诞生，都经过大规模的、频繁的氏族兼并战争，战争的胜利者用血、火和掠夺，建立和发展了奴隶制国家。民族生死攸关的残酷的战争，产生英勇的事迹和受人爱戴的军事首领。恩格斯把这个时代称为"英雄时代"，各民族的史诗无不以歌颂英雄人物为重要主题，并在这些英雄人物身上，体现着贵族阶级的理想。在中国，这也不例外。

《诗经》中记述周人开国历史的诗篇，都收于《大雅》，主要有《生民》、《公刘》、《绵》、《皇矣》、《大明》5 篇。按照《大雅》的写作年代，这一组史诗大体上是在西周前期根据流传的传说和神话写定的。它们比较完整地叙述了从始祖后稷诞生到武王伐纣胜利为止的周人建国历史中的一系列重大事件，歌颂了后稷、公刘、大王、王季、文王、武王这六位对开国有重大贡献的英雄祖先。其中有许多题材，取自远古人民口头创作的神话与传说，但经过了贵族文人的修饰和改动。所以它们既有尚未湮没的人民群众的思想和智慧，又体现了西周贵族阶级的政治理想。这是具有我们民族特色的史诗。

生民(大雅)

歌颂周族始祖后稷的降生和对民族的贡献。诗八章，一、三、五、七章，章十句，二、四、六、八章，章八句。

厥初生民，	诞生第一代先人，
时维姜嫄。	是那姜嫄母亲。
生民如何？	先人怎样诞生？
克禋克祀，	是她郊外行禋祭，
以弗无子。	因为无儿求天帝。
履帝武敏歆，	踩着天帝脚趾印，
攸介攸止。	内心欢畅有了喜。
载震载夙，	胎儿好动不老实，

载生载育，	降生的孩子，
时维后稷。	就是这后稷。

［注释］第一章，歌姜嫄受孕的灵异。厥：其。初：始。时：是。维：惟。姜嫄：姜姓女子名嫄（一作原），周人始祖后稷（名弃）是她所生。《史记·周本纪》："姜原为帝喾元妃"，"后稷之兴在陶唐虞夏之际"。《山海经》谓帝喾即帝俊，是神话中的天帝。《大荒西经》："帝俊生后稷。"《大荒东经》郭璞注则曰："俊亦舜字假借音也。"以上材料所说不一，本属神话传说，无从钩考。《国语·周语上》："及夏之衰也……我先王不窋用失其官，而自窜于戎狄之间。"《周本纪》说不窋是后稷之子。《礼记·祭法》："夏之衰也，周弃继之，故祀之为稷。"以上材料说后稷是夏末时人。经卜辞证明，历史记载殷商自汤至纣传十七世是确实的，商代各王有的短寿，世代年限很短。《周本纪》记后稷至武王传十五世。多本说周第二世不窋为夏末时人，文王、武王与商纣王同时。依此推算，说后稷的时代为夏末，大体可信。克：能。行。禋（音烟）：一种祭天的祭品。"克禋克祀"即克禋祀。这是《诗经》特有的语法，下文"攸介攸止"、"载震载夙"等句亦然。祓：古代求福除灾的祭祀。履帝武敏歆：履，践；武，步武，迹；歆，欣。此句与下句句读不一，或读"履帝武敏，歆攸介攸止"，陈奂《诗毛传疏》则读"履帝武敏歆，攸介攸止"。攸：助词，无义。介：大。止：同"祉"。此二句意为踏着在祭礼上扮天帝"神尸"的脚印，内心感到大欢畅即获得福祉。载：助词。震：动。夙：早。

诞弥厥月，	怀胎满了月，
先生如达。	头生像肉蛋那么滑利。
不坼不副，	劈不裂，撕不破，
无菑无害。	婴儿无灾，无痛。
以赫厥灵，	去把这事问灵巫：
上帝不宁，	"莫非上帝不高兴，
不康禋祀，	对那禋祀不满意，
居然生子。	居然降下怪胎来！"

[注释]第二章,歌后稷诞生的灵异。诞:语首助词。弥:满。达:当读奎,羊子也。小羊出生,胞衣不破,形如肉蛋,故生产顺利。坼:裂开。副:析,劈。菑:同"灾"。赫:显。高亨释为诉。灵:指巫者,称灵巫。此句意为以此事诉请灵巫占卜。宁、康:安、乐。

诞寘之陌巷,	肉蛋丢弃狭巷里,
牛羊腓字之。	牛羊庇护来喂乳。
诞寘之平林,	肉蛋丢弃树林里,
会伐平林。	偏巧有人来伐树。
诞寘之寒冰,	肉蛋丢弃寒冰上,
鸟覆翼之。	大鸟展翅将他焐。
鸟乃去矣,	大鸟飞去了,
后稷呱矣。	后稷呱呱哭。
实覃实讦,	哭声又长又洪亮,
厥声载路。	声音响彻大路上。

[注释]第三章,歌后稷被弃不死的神异。寘:置。腓:辟,庇护。字:乳育,《说文》释:"乳也,又爱也。"平林:平地之林。覃、讦:长、大。

诞实匍匐,	后稷刚会爬,
克岐克嶷,	有智慧又懂事理,
以就口食。	自己能够找吃食。
艺之荏菽,	种上大豆荚儿肥,
荏菽旆旆,	枝叶长得茂又密,
禾役穟穟,	谷穗沉甸甸,
麻麦幪幪,	麻麦盖满地,
瓜瓞唪唪。	大瓜小瓜累累果实。

[注释]第四章,歌后稷的农艺天才。岐:知意。嶷:识。克岐克嶷句,一释为能站立行走。全属神话,无从考释。就:求。艺:种植。荏菽:大豆。旆旆:形容长势好。役:《三家诗》作颖,禾尖。禾役:穗美好貌。幪幪:茂盛貌。唪唪:实多貌。

诞后稷之穑,	后稷管庄稼,
有相之道,	观察土壤有诀窍,
茀厥丰草,	先把杂草除,
种之黄茂。	再把良种下。
实方实苞,	苗儿齐又旺,
实种实褎,	植株高又壮,
实发实秀,	发棵吐了穗,
实坚实好,	籽粒灌满浆,
实颖实栗,	沉甸甸穗儿籽粒满,
即有邰家室。	就在邰地安了家。

[注释]第五章,歌后稷掌管农艺定居邰地。相:视。茀:除。黄茂:谓五谷茂盛。方:始,指苗初出。苞:《笺》释茂也。种:犹肿,肥。褎(音袖):长高。秀:舒发,吐穗。坚、好:言谷粒充实。颖、栗:禾穗众多。以上五句写禾苗从生长到果实成熟,表现出种植工艺的优良。邰(音台):周族发祥之地名,故城在今陕西省武功县西南。相传后稷在虞舜时曾任农官,又佐禹有功,由于在农业上的创造性贡献,封于邰地,领导周族在邰地定居。

诞降嘉种,	上天降下好良种,
维秬维秠,	两种黑黍秬和秠,
维穈维芑。	红苗是穈,白苗是芑。
恒之秬秠,	遍地秬和秠,
是获是亩;	收割一亩又一亩;
恒之穈芑,	遍地穈和芑,

| 是任是负； | 抱的抱来背的背； |
| 以归肇祀。 | 回去操忙把神祭。 |

[注释]第六章,歌后稷领导全族获得农业大丰收。秬(音巨):黑黍。秠(音痞):一壳有二粒的黑黍。穈:红苗的谷。芑(音起):白苗的谷。任:抱。肇:始。

诞我祀如何？	问我祭祀怎么办？
或舂或揄，	有人舂米有人舀，
或簸或蹂，	有人簸来有人揉，
释之叟叟，	淘米嗖嗖响，
烝之浮浮。	蒸米气腾腾。
载谋载惟，	大伙商量筹划好，
取萧祭脂，	烧起香蒿牛脂，
取羝以軷，	宰只公羊祭路神。
载燔载烈，	又是炙又是烤，
以兴嗣岁。	祈求来年更丰饶。

[注释]第七章,歌后稷创立祀典。舂:为粮食颗粒去壳取实的加工。揄:《说文》作"舀",取出。簸,簸糠。蹂:揉搓。释:淘米。以米加工制酒作为祭品。叟叟:象声词。烝:同"蒸"。谋、惟:商量、筹划。萧、脂:香蒿,涂以牛脂,稷烧之,以其香气祭神。羝:公羊。軷(音钵):祭道路之神。嗣岁:来年。本章写祀典的种种准备和分工。

卬盛于豆，	祭品盛在木盘里，
于豆于登。	木盆是肉瓦盆是羹。
其香始升，	香气冉冉往上升，
上帝居歆，	上帝享用心欢喜，
胡臭亶时。	香气浓郁正适宜。

后稷肇祀，	自从后稷创祭祀，
庶无罪悔，	从此无灾又无难，
以迄于今。	一直相传到如今。

[注释]第八章，歌周人世代延续祀典获得天佑赐福。卬（音昂）：我。豆：木制盛器，盛肉食。登：陶制盛器，盛大羹。居歆：安享或释"居"为语词。胡臭：胡，大；臭，气息；胡臭谓香气大。"臭"之古义与后世不同。亶（音胆）时：正适宜，亶，诚（实在）。

《生民》歌颂后稷的事迹。"生民"指第一代周人降生。"后"是古代君主的尊称；"稷"即粟，俗称谷子。古代周人以小米为主食，故以稷为五谷之长。周人是以农业而兴旺发达的民族，周人对记忆中的最初的祖先谥号后稷，尊为农神和始祖。后稷对周人农业经济的确立起了重要作用。姜嫄生后稷——嫄，即原，就是大地，稷是五谷之长，大地生长五谷，邰地肥沃的原野，是周人伟大而神奇的母亲。后稷这个半神话半传说的人物，还是有一定的史实为依据的。殷墟出土实物和渭河流域考古发掘与《生民》中的记述互为印证，[①]我们可以确信：在夏朝末年，周人即已在渭河流域选择土地肥沃的地方定居经营农业。

关于后稷生活的时代，各种传说不一致，古籍记述互有矛盾，年代古远，事迹渺茫，且多数神话传说，无从钩考，大致是在夏代后期。"夏族"的部落联盟，由西北向东南发展，在黄河流域中部受到由东向西发展的"商族"的阻截，其中的一支，折回到如今西北的陕甘一带地区，这就是周人的祖先。周人把后稷尊为始祖，只是因为后稷是他们所知道的最早的男性祖先。诗中所写姜嫄感天而生后稷，从后稷以后就有了世次，正表明后稷的时代是母系社会的结束和父系社会的开始，后稷是周人氏族社会由母系制向父系制

---

① 殷墟出土祭器和耒、耜等农具和稷粒，与《诗经》中反映的生产力水平大致相同。近几十年在渭水流域多次发掘新石器时代晚期遗址，在凤翔斗鸡台遗迹和西安半坡村遗迹中，都发现稷粒。后稷居住的邰地，即今陕西省武功县，正在上述两地之间，各距不到一百公里。

过渡时期的伟大人物。

全诗有三方面的内容:后稷降生的神异,后稷对发展农业的贡献,创立祭祀。

前三章记述后稷降生的神异:"履帝迹而生"、"初生如达"、"三弃不死"以及聪颖过人、"生而知之"等等。《周本纪》《烈女传》《河图》《论衡》以及《太平御览》所引,不作"履帝迹"而作"履巨人迹"。古代伟大人物履迹而孕或感天而生的传说很多,都是荒唐无稽的神话。神话长着幻想的翅膀,可是它还是从它所产生的社会基础上起飞的,透过荒诞的外衣,还是反映着氏族社会的折光。对这个问题,郭沫若一语破的:"黄帝以来的五帝和三王的祖先的诞生传说,都是感天而生,知有母而不知有父,那正表明是一野合的杂交时代或者血族群婚的母系社会。"[①]后世讳言这一事实,便附会"履迹"的神话,美化自己祖先的亡灵。后来的奴隶主阶级和封建地主阶级,在这个基础上进一步创造了所谓天人感生的妄诞神学,几乎无一例外地渲染祖先出生神异,宣扬自己是天神的后裔,用来建立和巩固他们的统治。

诗的四、五、六章歌颂后稷对周人发展农业生产的贡献,表现了对农艺的赞扬,充满农业生产的劳动热情,洋溢着丰收的欢欣。当然,农业生产技术的发展是人类长期生产实践的结果,不是任何个人独自完成的。传说后稷是虞舜时"教民稼穑"的农官,他被周人尊为发展农业的始祖,祀为农神,可见他领导部族在邰地经营农业,提高耕作技术,发展农业生产力,作出了优异的成绩。整个诗篇表明周人这个部族的产生、兴旺和未来的前途,是与农业生产密切联系在一起的。

诗的最后两章,以丰收的欢乐和对未来幸福生活的希望,描写了后稷创立的祭祀活动。敬天祭祖祈福祛灾,是氏族社会以迄殷、周两代的重要的意识形态。在周文献中,周人非常重视祭祀。值得注意的是在这篇诗里,周人的上帝神和祖先神是合而为一的。黄帝、帝喾都是天帝,又都是周人的祖先;后稷是周人的始祖,又是农神。周人把具有支配自然力量的神灵,看作自己氏族的创造者,祈求神明威灵的祖先庇护自己的后裔。

---

① 郭沫若:《中国古代社会研究·导论》,人民出版社,1954年,第10页。

诗中描写的祭祀,是热烈而欢乐的集体性活动。"是任是负,以归肇祀","载谋载惟",可以想见是氏族公社的祭祀,全然没有《周颂》中那些祭祀诗所表现的肃穆、恭谨、等级森严的气氛。氏族社会的祭祀,除了敬天祈福这个意义,还为了以血缘为纽带,在同一祖先的名义下,把具有血缘关系的人们团结起来,巩固和加强本族的团结。进入阶级社会以后,祭祀就和宗法制联系起来,通过祭祀祖先这种形式,赋予宗法制以神圣的外衣。

公刘(大雅)

歌颂公刘领导周人由邰迁豳。诗六章,章十句。

笃公刘,	忠厚的公刘啊,
匪居匪康。	不图舒适,不顾安康。
乃埸乃疆,	又是整田埂,又是划地界,
乃积乃仓。	屋外粮屯满,室内有粮仓。
乃裹餱粮,	出发之前包干粮,
于橐于囊。	大小口袋满满装。
思辑用光,	团结齐心光大家邦,
弓矢斯张,	张开弓,搭上箭,
干戈戚扬,	盾牌擎起,长戈高扬,
爰方启行。	开辟道路去远方。

[注释]第一章,歌公刘率族人经充分的准备,由邰出发迁往豳地。笃:厚。公刘:公是称号,刘是名。后稷的后裔,当时周族的大酋长。匪:不。埸(音易)、疆:田的界畔,埸是小界,疆是大界。积、仓:露天堆积粮谷曰积,屋内堆积粮谷曰仓。餱:干粮。橐、囊:装干粮的口袋,囊有底,橐无底,盛物则束结两端。思辑用光:《传》释"言民相与和睦以显于时",《笺》释"和其民人,用光大其道"。干:盾。戚:斧类。爰:于是。启行:开辟道路。

笃公刘，	忠厚的公刘啊，
于胥斯原。	相准这片大草原。
既庶既繁，	既富庶又丰满，
既顺乃宣，	地方可心人欢畅，
而无永叹。	从此不用作长叹。
陟则在巘，	他一会上山冈，
复降在原。	一会下平川。
何以舟之？	什么东西腰上带？
维玉及瑶，	是那美玉和琼瑶，
鞞琫容刀。	镶玉的刀鞘装宝刀。

[注释]第二章，歌初到豳地族人满意。胥：相。斯原：这广大的草原。宣：通畅。陟：升。巘（音鲜）：小山。舟《传》释带也。鞞（音俾）琫（音蚌）：刀鞘上、下两端的饰物。容刀：佩刀。

笃公刘，	忠厚的公刘啊，
逝彼百泉，	走遍众水泉，
瞻彼溥原。	观察大平原。
乃陟南岗，	登上南山冈，
乃觏于京。	发现京这个地方。
京师之野，	京师的四野，
于时处处，	人们处处安家，
于时庐旅，	到处搭棚盖房，
于时言言，	到处说说笑笑，
于是语语。	到处闹闹嚷嚷。

[注释]第三章，歌公刘率族人在豳地聚集定居。逝：往。百泉：《广舆记》谓："平凉府泾州有泉眼百余，大旱不竭，即百泉。"又《通典》谓："百泉在

汉为朝那县,属安定郡。"觏:见。京:《尔雅·释丘》"绝高谓之京",指丘之高大者。今西北地区称之壆,即大平梁。京师称谓由此开始。庐:同"旅"。

笃刘公,	忠厚的公刘啊,
于京斯依。	大平梁上建宗庙。
跄跄济济,	族人济济有礼仪,
俾筵俾几,	上筵席有座,
既登乃依,	登席靠几都摆食,
乃造其曹。	次序分明排列齐。
执豕于牢,	圈里抓出猪,
酌之用匏,	大瓢舀酒浆,
食之饮之,	又是吃又是喝,
君之宗之。	推戴他做君主和族长。

[注释]第四章,歌族人拥戴公刘为君主和族长。于京斯依:古注多依《礼》谓"君子将营宫室,宗庙为先"。高亨《今注》谓"依"是祭名。张松如《周族史诗研究》对上说有疑,亦无确解。始从古说。乃造其曹:造,比次;曹,辈;此句诸家解释不同,余冠英释为:"席位按尊卑排定次序。"张松如译为"向大伙呼告",如从余说。君:一国或一个部族中地位最高,有一定权威的人,在公刘时代的"君"与后代的君王、皇帝有所不同,部族的领袖是由族人推选的。

笃公刘,	忠厚的公刘啊,
既溥既长,	开垦田地宽又长,
既景乃冈,	观测日影上山冈,
相其阴阳,	看哪背阴哪向阳,
观其流泉。	勘察流泉经何方。
其军三单,	三个台地设营地,
度其隰原,	丈量那个大草甸,

彻田为粮。 整治田亩种食粮。

度其夕阳, 一直量到西山后，

豳居允荒。 豳地土地真宽广。

[注释]第五章，歌开垦田地。溥：广。景：日影。其军三单：古今解说分歧。据于省吾《甲骨文字释林·释四单》，此句宜理解为在三个台地上设立营地。度(音夺)：测量。夕阳：山之西。允：实在。荒：宽旷。

笃公刘， 忠厚的公刘啊，

于豳斯馆。 就在豳地大营建。

涉渭为乱， 横渡渭水河，

取厉取锻， 搬来砺和锻，

止基乃理， 把那房基垫，

爰众爰有。 人多力大物料全。

夹其皇涧， 皇涧两岸都盖满，

溯其过涧， 顺着过涧往上延，

止旅乃密， 人口越聚越稠密，

芮鞫之即。 一直住到芮河湾。

[注释]第六章，歌公刘率族人在豳地营建和繁衍。馆：宫室。乱：横渡。厉、锻：砺和锻，石料，用作房基。过去注家多认为砺锻和铁有关，我亦曾引申为铁矿石，但商代是青铜时代，因当时科技工艺达不到必要的熔点，生铁石不能冶炼为器。陈子展《诗经直解》之说则认为似已应用于制造兵器。张松如则不同意此说。中国用铁的时代问题，史学界尚无定论。以取石作为

房基之用,已可将诗句解通,故此处不深究。① 止基:基址。皇涧:地名。溯:逆流而上。止旅:常住的和寄住的。芮(音锐):一作汭,水名,流经豳地。鞫(音居):水湾。

公刘是周人开国历史上第二个伟大的人物。周世系记载,从后稷起,公刘是第四世。《史记·刘敬传》记:"公刘避桀居豳。"据此推算,公刘的时代约在公元前 1700 年。原来住在邰地的周人,受到夏桀的侵略,在公刘率领下渡渭水北迁豳地(今陕西省邠县和永寿县之间)。周人经过多次战斗,赶走了当地游牧的戎狄,在四周游牧部落的包围之中定居发展农业生产。《史记·周本纪》记:"公刘虽在戎狄之间,复修后稷之业,务耕种,行地宜自漆沮渡渭,取材用,行者有资,居者有蓄积,民赖其庆,百姓怀之,多徙而保归焉。周道之兴自此始,故诗人歌乐,思其德。"《公刘》诗就是对周人历史上这次大迁徙的描写,形象地反映了这一重要历史事件,歌颂了深受全族爱戴的领袖公刘的形象,再现了周人迁豳后的一片兴旺发达的景象。

有的学者认为周人自邰迁豳是"全族大迁移"这个说法不确切。诗的第一段写"乃埸乃疆,乃积乃仓":在露天堆积粮食曰积,在室内堆积粮食曰仓,小的田界曰埸(音易),大的田界曰疆。囤积大批粮食,又整治地界,这些生活资料和再生产准备,以及又重新划定田界,证明是留下相当一部分居民。孟子说:"居者有积仓,行者有裹粮。"(《孟子·梁惠王下》)就是说既有行者又有留者。诗中"于豳斯馆","馆"字,《白虎通》引作"观",历来注为"宫室"无误,此句意为公刘到豳地后营建宫室。迁豳,是周人政治中心北移,在他

---

① "取厉取锻"句历来注释不一。"厉"即"砺"字,磨刀石。"锻"即"碫"字,《毛传》释为石,《郑笺》释"碫石所以为碫质",即铁矿石之意。经发掘,西周是青铜时代,有的学者认为:西周还没有铁器,何况西周以前几个世纪?"取厉取锻",不过是用石头磨制石器。这个说法不全面。豳地地处山谷,如果采石,何必"涉渭为乱",要渡过渭水去采运?再说当时已使用铜器,人们能发现铜矿和锡矿,当然也能发现铁矿。近人范文澜认为:人们发现了铁矿石,不过铜的熔点为 1120 度,铁的熔点为 1200 度,限于当时的鼓风设备,炼铁不能达到必要的熔点,是海绵体的熟铁,可锻不可铸,因硬度不够而用处不大,只能以粗锻的铁矿应用于建筑。诗中写"取厉取锻,止基乃理",说的也是用于建筑。1974 年第 8 期《文物》载《河北藁城县台西村商代遗址 1973 年的重要发现》一文介绍,台西出土了铁刃兵器。这的确是个重要发现。

们的开国历史上,不是消极地放弃已开发几个世代的肥沃的邰地,而是一次大发展,如《毛传说》:"诸侯之从者,十有八国焉。"公刘团结了受到夏桀侵扰的许多部落,在距邰地数百里的豳地,开发了新的广大的农垦区。清代陈启源《毛诗稽古篇》和陈奂《诗毛氏传疏》就古地理资料考证,认为公刘迁豳后,周人活动地区为今甘、陕、泾、渭之间庆阳、武功、邠县一带上千里土地。①这确实是一次大发展,所以《史记》说:"周道之兴自此始。"

诗中刻画了公刘戎装的英武形象,他是受到拥护的军事首领。氏族社会时代经常进行各部落或各部落联盟之间的战争,目的是争夺自然资源、抢掠财物和人口以及重新分配。周人在戎狄等游牧部落活动的地区开发新农垦区,不能不准备随时进行战斗。恩格斯曾经论述战争需要军事组织,从而产生有权威的指挥者,并必然发展到出现世袭的统治者:

> 居住日益稠密的居民,对内和对外都不得不更紧密地团结起来,亲属部落的联盟,到处都成为必要的了;不久,各新属部落的融合,从而各个部落领土溶合为一个民族(Volk)的共同领土,也成为必要的了。民族的军事首长——勒克斯,巴塞勒斯,提乌丹斯——成了不可缺少的常设公职人员。……战争加强了最高军事化首长以及下级军事首长的权力;习惯地由同一家庭选出他们的后继者的办法,特别是从父权制确立以米,就逐渐转变为世袭制。……世袭王权和世袭贵族的基础奠定下来了。②

有战争,就不能没有军事组织和指挥者,不能不赋予指挥者以极大的权威,那些掌握权力、享有威信、有指挥才能,并能团结部属、领导战争胜利的军事首长,自然地会成为被拥戴的民族领袖。公刘就是这样的领袖,诗中歌颂他成功地领导了这次大迁移,为军事、生产、建设辛勤操劳。他深受爱戴,

---

① 《毛诗稽古篇》,清经解本。《诗毛氏传疏》,清经解续编本。据考证,庆阳府城内有不窋庙,城东三里有不窋冢,庆阳旧称北邠。邠县城东六十里,有公刘墓及庙。宁州西也有公刘邑,宁州也称邠宁。庆阳与邠县相距五六百里,邰(武功)在二地之南数百里。

② 《家庭、私有制和国家的起源》,《马克思恩格斯选集》第4卷,第160—161页。

"君之宗之"。"君"，指国家的君主；"宗"，指氏族的族长。公刘是各部落联盟的君主，又是姬姓氏族的总族长。在这里，我们依稀地看到宗法制到来的讯息。

诗中三见"京"字。《尔雅·释丘》："绝高谓之京。""京"字的本义是高冈。"乃觐于京"，是说公刘发现这片符合理想的高冈（即西北地区人们所称的"塬"），要在这里建设都邑。关于"京师之野"句的训诂，《公羊传·桓九年》："京师者何？天子之居也。京师者？大也。师者何？众也。天子之居，必以众大之辞言之。"公刘把从各地迁来的人安置在京师四野，开始营建都邑。国家，古时即称为邑。《说文》："邑，国也，为国都所在也。"恩格斯曾经指明城邑的建立标志着氏族制度的解体，认为这些城墙"壕沟深陷为氏族制度的墓穴，而他们的城楼已经耸入文明时代了"。"乃积乃仓"，表明农业生产有了剩余产品；"执豕于牢，酌之用匏"，表明从事家畜饲养与酿酒；这些都表示生产力的发展已经能够积累社会财富。公刘生活在夏末至商初，殷墟发掘完全证实殷商是青铜时代。诗中的兵器，公刘的"鞞琫容刀"，当是青铜器，因为只有精制铜的刀柄和刀鞘上才能镶嵌玉石；也只有铜和锡合金的青铜能够铸造各种坚硬、锋利而精美的工具和器物，生产力才能达到诗中所描绘的那样的水平。当社会生产力发展到能够积累社会财富的时候，就会产生阶级分化和社会大分工，出现阶级和国家。殷商是奴隶制社会，《公刘》诗透露了这样的信息：在公刘时代，周人开始迈向奴隶制社会的门槛。

绵（大雅）

歌唱古公亶父率周人迁居周原。诗九章，章六句。

绵绵瓜瓞，	绵绵长蔓瓜连瓜，
民之初生，	当初我们的先人，
自土沮漆。	来自杜河沮漆河老家。
古公亶父，	从前公亶父，

陶复陶穴，	挖地窖、挖窑洞，
未有家室。	初来没把住房搭。

[注释]第一章，歌周族迁来岐山。瓞(音迭)：小瓜。土(读为杜)：水名，在周人故地邠地，流经今陕西麟游、武功二县。沮漆：二水名，在豳地，今陕西邠县西北，又合称漆沮水；一说沮乃"徂"字之讹，犹言"到"，漆河近陕西岐山，诗中周人迁来之地。本文取前说。古公亶父：古公是称号，亶父是名。他是文王的祖父，尊号太王。陶复陶穴：马瑞辰《通释》释"陶"为掏义，复、穴者指土室，一为窑洞、一为地窖。

古公亶父，	从前公亶父，
来朝走马，	黎明骑快马，
率西水浒，	顺着漆河涯，
至于岐下。	来到岐山下。
爰及姜女，	同他的妃子姜女，
聿来胥宇。	来观察何处安家。

[注释]第二章，歌太王到岐山下选择建设家园之处。走马：乘马奔驰。浒：水涯。岐下：岐山之下，岐山在今陕西省岐山县东北十里。姜女：姜姓之女，姬、姜两部落自古通婚。太王之妻姜女，又称"太姜"。聿来胥宇：聿，自；胥宇，察看地形，选择建筑地址。

周原膴膴，	周原肥油油，
堇荼如饴。	堇荼甜如饴。
爰始爰谋，	大伙来商量，
爰契我龟，	灼龟问一卦，
曰止曰时，	说地方好日子好，
筑室于兹。	就在这里建家室。

[注释]第三章,歌周原土地肥美适宜作家园。周原:周本来是岐山下的地名,原是广平的土地。朊朊(音武):肥美。堇荼:两种可食用的野菜;荼,俗称苦菜。饴:用米芽或麦芽熬成的糖浆。堇荼都略苦味,这里却说其味甜如饴,足见周原土地肥美。契、龟:占卜用龟甲,先钻凿,用火烧灼所钻凿的孔,看龟甲的裂纹来判断凶吉,占卜的结果用文字简略地刻在龟甲上。契,刻。

乃慰乃止,   心安稳,定下来,

乃左乃右,   左右两区分拨开,

乃疆乃理,   划经界,整田埂,

乃宣乃亩。   导沟渠,耕田亩。

自西徂东,   从西边,到东边,

周爰执事。   四周都在干起来。

[注释]第四章,歌治理田亩。慰:安。疆:地界。宣:导。周:周遭。执事:从事工作。

乃召司空,   召来了司空,

乃召司徒,   召来了司徒,

俾立室家。   让他们督建家室。

其绳则直,   拉紧绳子吊直线,

缩版以载,   绑上木版栽上桩,

作庙翼翼。   盖起宗庙真堂皇。

[注释]第五章,歌营建宗庙。司空:掌管营造的主官。司徒:掌管人力调配的主官。绳、直:建筑中以绳取直线。缩版以载:载,同"栽";筑墙之两边各以圆木绑束成版,以木桩固定,往两版之间填土夯实,即成墙。庙:祭祀祖先的宗庙。据《礼》,凡建筑,以宗庙为先。

捄之陾陾,	装土运土满腾腾,
度之薨薨,	填起土来响轰轰,
筑之登登,	夯起土来登登登,
削屡冯冯。	削起墙来呼呼呼。
百堵皆兴,	百堵高墙同时起,
鼛鼓弗胜。	擂起丈二大鼓听不清。

[注释]第六章,歌大建设热火朝天的声势。捄(音具):聚土和盛土的动作。陾陾(音仍):众多貌。度:填土的动作。薨薨:轰轰,拟声词。登登:拟声词。削屡:屡同娄,隆起。墙夯实后撤版,将隆起的部分削平。冯冯(音凭):拟声词。鼛(音皋)鼓:长一丈二尺的大鼓。弗胜:俞樾释"有堵皆兴,则众声并作,鼛鼓之声皆不足以胜之矣"。此句我以前译为"敲起丈二大鼓听不清",张松如译为"大鼓咚咚响不赢"。

乃立皋门,	立起都城郭门,
皋门有伉。	郭门多雄伟。
乃立应门,	立起王宫正门,
应门将将。	正门真庄严。
乃立冢土,	立起祭地神的社坛,
戎丑攸行。	混戎俘虏跪成行。

[注释]第七章,歌周城和社稷。皋门:王城的郭门。《说文》:"皋,本作高。"伉:高。应门:王宫正门。将将:庄严貌。冢土:大社,祭土地之神的坛。古之祭礼多种,主要是祭祀祖先,即宗庙,若明清时犹存的太庙(今北京劳动人民文化宫旧址),祭上帝(天神)和祭土地神的郊庙,若北京犹存的天坛、地坛。戎丑:古注解释不一,今取高亨《诗经今注》之说。"丑"为周人对敌戎的蔑称,《诗经》中有多诗可证。当时的敌人是混戎。攸,是语助词。古有祭典或王庭献俘之制,至清仍然。

肆不殄厥愠,	太王的怨愤不能消除,
亦不陨厥问。	太王的声名不容损伤。
柞棫拔矣,	拔光所有棘木,
行道兑矣。	开通往来的道路。
混夷駾矣,	让混夷拼命奔逃吧,
维其喙矣。	不给他们喘息的功夫。

[注释]第八章,歌周人彻底驱逐混夷安定周原。肆:很久以来。殄(音佃):绝。厥:具,代词。愠:恼怒。陨:坠。问:名声。柞、棫:两种丛生的灌木,荆棘类,阻塞交通,拔除则开通了周原内部及其外部的交通。下句的"兑",即开通。混夷:古时西戎中的一个部族,又称昆夷、犬夷,亦即犬戎,从周之初经常前来侵扰,后来又攻破西周镐京,以致西周灭亡。这个部族一直是周族的大敌。駾(音兑):奔突。喙(音惠):困极。对本章的解说历来有二说。《郑笺》以来认为是文王继承太王之志伐混夷;朱熹《诗集传》认为是太王为保卫周原而伐逐混夷。我据上下文意的连贯,译文从朱说,以第一句的代词"其"为太王。

虞芮质厥成,	虞芮的争讼化为友好,
文王蹶厥生。	文王德兴感动了他们的天性。
予曰有疏附,	我们有亲附远邦,
予曰有先后。	我们有前锋和后卫的战卒。
予曰有奔奏,	我们有使者宣布四方,
予曰有御侮。	我们有力量抗御外侮。

[注释]第九章,歌文王领导下周族在周原发展强大。虞、芮:当时的两个小国。虞国在今陕西朝邑县南,芮(音锐)国在今山西省平陆县东北。《毛传》曰:"虞、芮之君相与争田,久而不平,乃相谓曰:'西伯仁人也,盍往质焉?'乃相与朝周。入其境,则耕者让畔,行者让路。入其邑,男女异路,斑白不提挈。入其朝,士让为大夫,大夫让为卿。二国之君感而相谓曰:'我等小

人，不可以履君子之庭。'乃相让，以其所争田为闲田而退让。天下闻之而归者，四十余国。"西伯即文王。蹶：动。生：同"性"，天性。高亨《今注》云："此句指文王伐虞、芮，两国献城投降。"完全违背诗意，不可以。疏附：疏远者而亲附。先后：前锋和后卫。奔奏：告语，指向四方宣扬周国的德政。御侮：抗御外侮。

传说从公刘又过了八世，到殷商后期武乙之世，大约在公元前1129—前1095年[①]，居住在豳地的周人，又在古公亶父的领导下南迁到岐山之南的周原。崔述《丰镐考信录》说："公"是爵，亶父是名，《诗经》四字一句，故在前面加一"古"字。《史记·周本纪》称"古公"是不当的，实际应称公亶父[②]。公亶父是文王的祖父，追尊为太王。公亶父迁岐，离豳地二百五十里，自由民归附者日众，人口日增。关中平原土地肥沃，充足的劳动力和天然富源相结合，周人迅速发展强盛。《周书·武成》说"太王肇其王迹"，就是说太王奠立了灭商兴国的基础。《绵》诗就是歌颂太王迁岐开基事迹的史诗。

从公刘到公亶父中间八世，在史传上几乎是一段空白，只在《后汉书·西羌传》中提到一句："及武乙暴虐，犬戎寇边，周古公逾梁山而避于岐下。"这段记载说公亶父领导周人进行历史上第二次大迁移，是由于商王的暴虐和游牧部族的侵扰。20世纪初期发现的殷墟甲骨卜辞，有武丁时代关于周人的记载[③]，证明前面的记述基本是符合实际的。

全诗九章，从初迁周原时的艰难写起写到文王时代周成为西方诸侯中

---

① 据陈梦家《殷墟卜辞综述》的假定，科学出版社，1956年，第215页。

② 《崔东壁先生遗书》第4册，第12页。

③ 孙作云《诗经与周代社会研究》征引较详，摘要如下：《殷墟书契前编》2，片2："令多子族从犬侯璞周"；卷六、卷七亦有类似记载。"璞"一释为"扑"，郭沫若《卜辞通纂》释为"寇"。这类刻辞表明商奴隶主经常派遣武装力量对周人进行侵掠。又据《龟甲兽骨文字》卷一，片18、26："辛卯卜贞，令周人辰正(征)，八月"；《安阳发掘报告》第一期《新获卜辞写本》片227："令周侯，今夕无囚(祸)"；"令周"一词又见于《铁云藏龟》及《殷墟书契前编》；又《业中片羽》初集卷下，页46，片19：称武丁纳周妇为"帚(妇)周"。这类刻辞表明商奴隶主用征服的手段，变周为其属国，命令周出兵从征，并贡献财物和妇女。继续发展到武乙时代，商王的暴虐压迫达到周人不堪忍受的地步。

有威望的强国。诗中所反映的发展过程，与史传的记载基本吻合。

从诗中的描写可以看到，在关中平原上，周人建立的国家兴旺发达。"乃召司空，乃召司徒"，有专职官员分工管理行政事务，皋门、应门、社坛、宗庙的营建，大规模生产建设有组织地进行，都说明国家组织已具备一定规模，而这个国家机器除了领导对外战争和对内治理人民，还负责组织和领导生产建设、分田定界以及管理水利系统等公共事务。

诗中最集中、最突出的内容是描述规模宏大的营建。为什么周人追述这一段历史时特别突出这一内容呢？孔颖达疏："豳近西戎，处在山谷，其俗多复穴而居，故诗人举而言耳。"豳地人多居住在窑洞，周原一溜大平原，没有能挖窑洞的地方，初到时只有挖地窖子，所以开首诗云"陶复陶穴，未有家室"。长久住地窖子是不行的，要长期定居，不能不以住房为主。生活习俗的重大变化，在诗篇中留下明显的痕迹。诗中记述的当时的建筑技术，在建筑史上是很有价值的。诗篇生动地描绘了"百堵皆兴，薨鼓弗胜"的热烈劳动场面，运用了一连串拟声词和夸张手法，把沸腾的劳动场景作了绘声绘色的表现。我们可以通过这些描写看到，城郭、宫室、庙堂等浩大工程，正在有设计有组织地紧张施工，而这些又全是土木建筑，如拉绳吊线，填土夯实，削墙整平工序和操作技术，现在仍通用于我国部分农村，如陕西省合阳县一带，其中"缩版以载"的技术，也类似前些年大庆的"干打垒"。20世纪的大庆"推行"这种技术，自然是一时的权宜之计，但在周人灭商以前，距今已有三千余年，当时却是先进技术。人类文化发展到青铜时代，有了金属的锋利工具，才能够破木取版，才能有较精细的木工操作和楦接技术。较之"陶复陶穴"，"干打垒"是人类建筑发展的一个新阶段，它完全依靠土木结构和体力劳动，矗立起雄伟的郭门和庄严的宫门，创造了古代的文明。

诗的最后两章反映了周在西方诸侯中的崛起，周人本来是一个不大的部落，定居从事农业生产，经常受到西方各游牧部族熏育、犬戎等的侵扰。周人的生产力水平高于游牧部族，但游牧部族精于骑射，又可以随时主动发动袭击，在军事上处于一定优势，而周人只能在定居处自卫，基本上处于被动地位。归根结底，生产力起决定作用，诗的第八章写周人战胜了侵略者犬戎，解除了长期以来来自西方的威胁，表明周人国力的增长。在第九章中，传到文王时代,周已经是西方有威望的强国了。由小国而大国,这个变化奠基于公亶父领导开发了岐山下的周原,建设和发展了兴国根据地。

皇矣(大雅)

歌唱太王兴邦、太伯王季让国和文王受命及其军事胜利。诗八章,章十二句。

皇矣上帝,	伟大的上帝,
临下有赫,	严明地观察下界,
监观四方,	监察天下四方,
求民之莫。	关心人民的苦难。
维此二国,	这夏、商两国,
其政不获,	施政不合民心,
维彼四国,	于是向四方国度,
爰究爰度。	仔细去寻查考察。
上帝耆之,	挑选合适的人,
憎其式廓,	扩大他的疆土,
乃眷西顾,	上帝目光落到西方,
此维于宅。	就在这岐周地方。

[注释]第一章,歌上帝憎恶失德的夏商两国。本诗解诂自古以来颇为驳杂,诸家多有未能通达之处,口诵传抄或有讹脱,抑或有脱简、错简及假借不明之字,只有参阅古籍史传,统观上下文意,以求通诂。下面的译释,恐有解误失当之处。且试为之,与以前拙译,当有不同之处。皇:大。有赫:犹赫赫,明。莫:同"瘼",病痛苦难。二国:《传》释夏和殷商。四国:泛指四方诸侯国。究、度:审度。耆:《毛传》释为恶。憎其式廓:此句与上句,古今异解甚多,均难畅达。朱熹《诗集传》云:"耆,致也。憎,当作增,式廓犹言规模。"

盖以耆、憎皆假借字。译文姑从朱注,待考。眷:回顾。宅:居。

作之屏之,	砍的砍,扔的扔,
其菑其翳;	那些死树和枯木;
修之平之,	修的修,平的平,
其灌其栵;	那些灌木和树苴;
启之辟之,	劈的劈,锯的锯,
其柽其椐;	那些河柳和野椐;
攘之剔之,	该剔的剔,该拔的拔,
其檿其柘。	那些山桑和黄桑。
帝迁明德,	上帝佑助明德的人,
串夷载路。	犬戎夺路窜逃。
天立厥配,	上天立下合适的君主,
受命既固。	承受天命基业永固。

[注释]第二章,歌太王开发岐周而受天命。屏:除。菑、翳:死树和枯木。灌:灌木丛。栵:死而复生的灌木。柽:河柳。椐:灵寿木。檿:山桑。柘:黄桑。皆野生植物。以上八句写投奔周原的人众共同开荒。串夷:犬戎族的一部分,又名昆夷、混夷。配:配天,即受命为君主。一作配为"妃",《笺》释此句为上天为他生下好的配偶。未从。

帝省其山,	上帝视察岐山,
柞棫斯拔,	柞棫棘木拔光,
松柏斯兑。	松柏排排高大。
帝作邦作对,	上帝兴周授天命,
自大伯王季,	始自太伯让王季,
维此王季,	说起这王季,
因心则友。	天性讲孝悌。
则友其兄,	友爱他的兄长,

则笃其庆，	增多他的福气，
载锡之光。	赐予大位的荣光。
受禄无丧，	享受福禄无穷尽，
奄有四方。	广有这天下四方。

[注释]第三章，歌王季德高而受天福佑。省：视、察。柞、棫：木名，杂树。兑：直。作邦作对：指兴周国配明君。大伯王季：太王有子太伯、仲雍、王季，三人互让为君，太伯为让季继位而远走尚未开发的蛮夷之地（即后来的吴国），这是历史上传说的兄弟让国的故事。王季，是文王姬昌的父亲，王是后来的尊号。因：作其字。锡：赐。奄：大而广。

维此王季，	说起来这个王季，
帝度其心，	思合天意他的心，
貊其德音。	他的美名广传扬。
其德克明，	他的德行放光芒，
克明克类，	辨清是非分善恶，
克长克君。	能作族长作君王。
王此大邦，	治理周国这大邦，
克顺克比，	四方依顺，来归附，
比于文王，	他传位给文王，
其德靡悔。	文王德行更完美。
既受帝祉，	承受上天的福佑，
施于孙子。	传授给世代子孙。

[注释]第四章，歌王季的德行福延子孙。首句《毛诗》作王季，而三家《诗》作文王。以《毛诗》为是。度：规范。貊（音陌）：通“莫”，《广雅·释诂》释“莫，布也”。德音：美名。克明：《诗集传》释“能察是非”。克类：《诗集传》释“能分善恶”。长：师长。克顺克比：《传》释“慈和遍服曰顺，择善而从曰比”。比：及，到。靡悔：马瑞辰《通释》释同“晦”。靡悔即无悔，意为无尽。

一说"不改",亦通。祉:福。孙子:子孙。

帝谓文王:	上帝告诫文王:
"无然畔援,	"不要专横跋扈,
无然歆羡,	不要贪婪别国土壤,
诞先登于岸。"	实行仁德最为先。"
密人不恭,	密国人不守法度,
敢距大邦;	竟敢抗拒我大邦;
侵阮徂共。	侵阮攻共造祸乱。
王赫斯怒,	文王勃然震怒,
爰整其旅,	立即整顿军旅,
以按徂旅。	在莒地把密人阻击。
以笃于周祜,	这为了昌隆周国国运,
以对于天下。	为了安定天下万邦。

[注释]第五章,歌文王伐密安定天下。畔援:恃强跋扈。歆羡:贪欲,指垂涎他国土地。先登于岸:意为先居于有利位置。此处意译。岸,高地。密:密须,古国名,在今甘肃灵台县西。距:同"拒",抗拒。阮:古国名,在今甘肃泾川县。徂:往。共:古国名,在今甘肃泾川县北。按:通遏,阻止。徂旅(莒):往营地去的军队。这个"旅"字是"莒"的假借。莒,古地名,周的属地。《竹书纪年》:"帝辛二十三年,密侵阮,西伯帅师伐密。"

依其在京,	大军从京地出发,
侵自阮疆。	一直反击到阮疆。
陟我高冈,	我们登上高山宣告:
无矢我陵,	不许陈兵我们的丘陵,
我陵我阿;	这是我们的丘陵和山岭!
无饮我泉,	不许饮我们的泉水,
我泉我池。	这是我们的水泉和池塘!

度其鲜原，	我们开发这山野平原，
居岐之阳，	在岐山之南，
在渭之将。	在渭水岸边。
万邦之方，	做万国的榜样，
下民之王。	众民的君王。

[注释]第六章,歌文王伐密胜利宣扬国威。前三句,旧说或以为是说密军从阮疆来侵,占据周的京地和高冈;或说是文王的军队反击到阮国的疆土,收复失地后登上山冈发布声明。我取后说。依其:王引之《经义述闻》释为盛貌。侵自阮疆:指周军进击到敌后疆土。我疑文字或有衍误,故上下文义取二说中之任何一说,都难贯通。故此处译句取意译。矢:陈。鲜原:山野和平原。《传》释小山别大山曰鲜。《通释》释鲜原泛言小山下野。一说鲜原为地名,是周人的开发区。二说已难深究。方:法则、榜样。

帝谓文王：	上帝教导文王：
"予怀明德，	"我思念高尚的品德，
不大声以色，	不扬威疾言厉色，
不长夏以革；	不滥用刑罚和策鞭；
不识不知，	不要聪明不靠书本，
顺帝之则。"	一切遵循上帝法则。"
帝谓文王：	上帝教导文王：
"询尔仇方，	"与你盟国相商，
同尔兄弟；	联合兄弟之邦；
以尔钩援，	用你攻城的钩援，
与尔临冲，	开动你的战车，
以伐崇墉。"	去攻伐崇国都城。"

[注释]第七章,歌文王奉天意准备伐崇。怀:念。大声以色:《通释》为张扬声威而形诸颜色。长夏以革:长,依恃;夏,刑罚;革,指鞭。不识不知:

识（音志），《玉篇》：“识，记也。”指记住古代典籍；知，通“智”，不智，朱熹《诗集传》释为不作聪明。仇方：指盟邦。钩援：钩梯，攻城的用具，飞钩。临冲：攻城战车。墉：城。

临冲闲闲，	战车滚滚进发，
崇墉言言，	崇国的都城高耸，
执讯连连，	抓获的俘虏排成队，
攸馘安安。	割取的敌耳穿成串。
是类是祃，	举行祭礼告神明，
是致是附，	要敌人投降来归附，
四方以无侮。	四方能够保和平。
临冲茀茀，	我们战车威武雄壮，
崇墉仡仡。	崇国城墙巍巍摇晃。
是伐是肆，	猛烈冲锋，奋勇突击，
是绝是忽，	把顽抗的敌人消灭净，
四方以无拂。	四方不敢不顺从。

[注释]第八章，歌文王灭崇而慑服四方。执讯：捕获俘虏。馘（音国）：割下敌尸的左耳，按其多少而计功。类、祃（音骂）：出师前祭天称类，到达征伐之地祭战神称祃。致：招致。附：安抚。茀茀（音幅）：强盛貌。仡仡（音义）：动摇貌。肆：突击。绝、忽：绝。拂：违背、抗拒。

《皇矣》是记述周人开国历史的第四篇史诗，从太王受命、太伯和王季让国，叙述到文王姬昌兴起及其伐密伐崇胜利。

传说公亶父有三子，长名太伯，次名虞仲，幼名季历。《史记·周本纪》说：“太伯、虞仲知古公欲立季历以传昌，乃二人亡如荆蛮，文身断发，以让季历。”《吴太伯世家》也说：“太伯之奔荆蛮，自号句吴，荆蛮义之，从而归之千余家，立为吴太伯。”这个兄弟让国的传说，是古代歌颂兄弟友爱的著名故事。看起来故事温情脉脉，内容充满仁义，实质上却不过是维护严峻无情的宗法制度。周人建立了严密的宗法制,规定以长子为宗,实行嫡长子继承制。这个制度后来为整个封建社会所沿袭。① 季历是以少子继位的,为了不使长子继承制被破坏,必须对这个不合宗法制的事实作出圆满的解释,于是诗中歌颂季历"则友其兄",编造了"兄弟让国"的故事。不过,在周人的开国历史上,季历(王季)也是一个重要人物。

诗篇不惜笔墨地歌颂太王受命、兄弟让国和王季超人的德行。其实,上帝不过是人创造的偶像,体现着统治阶级的意志。所谓"受天命"的传说,正是借用上帝的权威来加强人间帝王的统治权。所谓"兄弟让国",如前所述,只是为了维护宗法制而编造的动人故事。诗中颂扬王季具备度、貌、明、类、长、君、顺、比、文九德,说是他的德行感化人民向周国归附。这当然不真实。据《后汉书·西羌传》注引古本《竹书纪年》:从武乙三十五年到大丁七年,王季先后攻伐西落鬼戎、燕京之戎、余无之戎、翳徒之戎。经考证,西落鬼戎在今山西省潞城县,燕京之戎、余无之戎也都在山西省南部。② 他的势力东达晋南,南及豫南,因为势力增强,被商王文丁任用为"牧师",即西方各部族的首领。因为他的扩充对殷商构成威胁,后来终于被文丁所杀。从这些史实来看,周人在西方发展强大,不是依靠王季道德的感化,而是依靠不断的征伐战争。王季的千里远征,当然很难解释为自卫。

诗的另一主要内容是歌颂文王姬昌。对这位被神化了的人物的歌颂,是《诗经》中"雅"、"颂"颂歌的基本主题。

文王是开明的政治家,在他的时代,殷商奴隶主集团已经极端腐朽,黑暗暴虐的统治更加促进了它与广大奴隶以及各族人民的矛盾。这时周国强盛起来,虽接受商的西伯封号,实际上是商的劲敌。文王执政五十年,积极进行灭商准备。他长期积蓄力量,联合同盟者,一一翦除商的羽翼,向东方和东南方发展,逐渐地步步向商王进逼,造成三面包围的形势,约公元前1077年宣布独立而自称文王。这就是史传所称颂的"文王受命"。《史记·

---

① 明朱元璋依法统传位给嫡长孙即惠帝,没有传给非嫡子朱棣,朱棣夺了其侄的皇位,即位为永乐帝。坚持封建正统观念的人认为朱棣是篡位,方孝孺面临寸磔和灭族的命运也不肯为他起草即位诏书。清代皇位继承不再采用嫡长子继承制,但皇权以外,还是长子世袭。

② 陈梦家:《殷墟卜辞综述》,科学出版社,1958年,第293页。

周本纪》记文王受命七年五伐：从自称文王算起，"明年（二年）伐犬戎，明年（三年）伐密须，明年（四年）败耆国，明年（五年）伐邘，明年（六年）发崇侯虎，而作丰邑，自岐下而徙都丰（今长安），明年西伯崩"。文王晚年已扩展领土和势力范围到长江、汉水、汝水三个流域，取得当时天下的三分之二，奠定了灭商的基础。文王也进行政治和上层建筑的改革，制定了西周的各种典章制度。文王实际上是西周国家的缔造者，周人对他像神明一样崇拜。本诗从文王因"其德靡悔"而上承天命，写到文王伐密伐崇胜利。篇章中贯穿的中心思想，是把作为观念形式的"德"，歌颂为文王取得胜利的根本原因。

诗篇还表现了周人代表当时奴隶社会中新兴的进步的政治力量。在第一章中就展出了周人所创造的上帝神。前面说过，上帝是统治阶级观念的反映，我们从"商颂"中看到的殷商奴隶主的上帝，是手执刀剑的暴力神，是凶残的对内压迫、对外抢掠的制度和欲望的化身。在这篇诗里出现的周人的开国神，却是"皇矣上帝，临下有赫，监观四方，求民之莫"。周人在这里把他们原来的与祖先合一的上帝改造了。他已经不是哪一个部族的祖先神，而是"帝迁明德"的道德神。看吧，这个伟大的新上帝，关心民生疾苦，对那些违背仁德天心的虐民的暴君，夺回天命并给予严厉的惩罚。他选择能够代天保民的有德行的人，授予统治万邦万民的大命，而且"施及子孙"。周人创造的这个上帝，实质上反映了在殷商奴隶社会后期生产力发展的基础上，要求改革凶残暴虐的奴隶制度而建立一种保护生产力的新的统治。周人宣称：就是这位仁德公正的上帝，给予周的先王以世世代代代天保民的大命，从而为自己的统治蒙上仁德的面纱，披上天意的罩袍。

季历对各部族的征伐战争和文王进行的反对殷商的战争，性质是不同的，文王的讨伐是反压迫反暴政，代表了当时社会的进步要求。在本诗描写的战争中，文王把这位上帝放在战车上。他举着代天伐罪的旗帜，把自己装扮成秉承上帝意旨除暴安民的正义天使，从而使自己所进行的战争，具有压倒性优势的精神力量，以战争的正义性来鼓舞士气，争取人民的拥护。第七、八章描写文王伐崇的经过，宣扬仁德的战神就站在战车上，进行充分的战争准备和精神动员，又通过庄严的祭祀仪式唱起为正义而战的战歌。《说苑》记："文王伐崇，令毋杀人，毋坏室，毋填井，毋伐树木，毋动六畜。"明代何楷谓此即"是致是附"的内容。① 朱熹《诗集传》释本诗末章:"文王伐崇之初,缓攻徐战,告祀群神,以致附来者,而终不服,则纵兵以灭之。"声讨敌人的罪行,建立严明的纪律,安抚民众,招致敌人归附,同时又有雷霆万钧的强大威力,对拒降的顽敌,一战而克并彻底歼灭之。这就是中国古代长期歌颂的"文王之师"。孟子称颂这样的军队"救民于水火"、"无敌于天下",人民"箪食壶浆以迎王师",是历代号称为正义而战的军队所效法的榜样。在中国历史上,凡是推翻旧王朝的战争,都抬出这个战神,打出这个旗号。

大明(大雅)

歌唱文王奠基、武王灭商。诗八章,章六句。

明明在下,	明明上天监四方,
赫赫在上。	赫赫天命在上苍。
天难忱斯,	天意本无常,
不易维王。	不易做的是君王。
天位殷适,	登大位的殷商嫡裔,
使不挟四方。	天不让他再拥有四方。

[注释]第一章,歌天命无常。忱:信。天位:天子之位。殷适:殷商嫡嗣。挟:拥有。

挚仲氏任,	挚国任家二姑娘,
自彼殷商,	从那殷商领地,
来嫁于周,	出嫁到周邦,
曰嫔于京。	就在京邑作新娘。

---

① 何楷:《诗经世本古义》,嘉庆刻本。

乃及王季,	她与王季啊,
维德之行。	积德行善得吉祥。
大任有身,	太任怀了孕,
生此文王。	生下这文王。

[注释]第二章,歌太任嫁周生文王。挚仲氏任:挚,国名,当时在殷商区域之内;任,姓;仲,排行老二。嫔(音贫):出嫁为妇。《公羊传·成公九年》:"古者妇入三月,而后庙见,称妇,择日而祭于祢。"京:周之京邑。有身:有孕。三家《诗》身作娠。大任:即太任,王季之妻,文王之母。陕西省合阳县洽川国家风景名胜区内莘里村原为古莘国故城,就有四圣母庙,共有太任,谓太任为莘里人,民俗传说甚久。据《诗》及《国语》,太任为挚国女。《路史》记"今蔡之平舆有挚亭",马瑞辰《通释》称平舆故城在今河南汝宁城东。此说根据也不足。古莘为太任故里,或只是民俗传说。《国语》韦昭注"挚、畴二国,奚仲、仲虺之后,大任之家",盖挚国也是夏人后裔,而古莘为夏之旧地,传说或由此而来。

维此文王,	就是这文王,
小心翼翼;	小心翼翼治家邦;
昭事上帝,	光明正大奉上帝,
聿怀多福。	招来百福降他身。
厥德不回,	他的德行很完美,
以受方国。	受命作大国之君。

[注释]第三章,歌文王德行完美而受命大国。昭:明白。怀:来。回:违、邪辟。方国:大国。

天监在下,	上天监察下土,
有命既集。	天意降于文王。
文王初载,	文王初立那年,

天作之合。	上天配好姻缘。
在洽之阳，	在洽水的南面，
在渭之涘，	在渭水的岸边，
文王嘉止，	文王娶亲办婚礼，
大邦有子。	大邦有个好姑娘。

[注释]第四章，歌上天为文王配姻缘。初载：初立。"初载"各家训释不一，或训初生，或训初立，或训初年。训"初生"，则谓文王降生后即为定婚配；训"初立"，则谓自立时定婚配；训"初年"者，则谓即位初年定婚配。今人多取朱熹说训载为年，而文王称王初年已四十多岁，无才娶妻之理。我亦曾取朱说，今改为"初立"。洽（音合）：水名，在今陕西省合阳县西北，合阳县即在此水之南得名（洽去水为合，南面为阳）。渭：渭河。涘，水边。嘉止：婚礼；止，礼。大邦：指有莘国。子：指太姒。

大邦有子，	大邦有个好姑娘，
伣天之妹。	好像天女一个样。
文定厥祥，	择吉纳彩定吉日，
亲迎于渭。	迎亲来到渭水旁。
造舟为梁，	建造大舟连成桥，
不显其光。	隆重显耀真荣光。

[注释]第五章，歌文王娶太姒，亲迎于渭。伣（音欠）：《说文》譬喻也。妹：少女。文定厥祥：意为择吉纳彩选定吉期；文，占卜可得文辞；厥，其；祥，吉祥。亲迎：古礼，亲即亲自把新娘迎回家。造舟为梁：连船为浮桥。梁，桥。不显：不，通"丕"，大也。

有命自天，	上天降命令，
命此文王，	命令这文王，
于周于京。	周国京邑建家邦。

缵女维莘，	取来莘国美姑娘，
长子维行，	文王太姒好德行，
笃生武王。	生下了武王。
保右命尔，	天命保佑你武王，
燮伐大商。	领兵去攻伐大商。

[注释]第六章，歌太姒生武王。缵女：美女。一说缵为继，释太姒为继室，不确。莘（音身）：有莘国。夏启封支子建有莘国，故城在今陕西合阳洽川风景名胜区之莘里村，太姒遗迹犹存。维行：同前章太任的维德之行。右：同"佑"。燮：攻击。

殷商之旅，	伐商的军队，
其会如林。	军旗有如密林。
矢于牧野：	武王誓师牧野：
"维予侯兴，	"我们一定胜利，
上帝临女，	上帝看着你们，
无贰尔心！"	不要有丝毫迟疑！"

[注释]第七章，歌武王伐商誓师牧野。会：旝之假借字，旌旗。矢：誓。牧野：地名，殷、周决战的战场，在今河南淇县南，据殷都朝歌七十里。维予侯兴：维我是兴；予，我；侯，是乃。女：同"汝"。无贰尔心：勿怀二心，即思想一致之意。这一章文句或有讹误脱漏，故旧解多歧。刘毓庆《诗经图注》以为，首句"殷商之旅"的"殷"字是"敦"字之误，敦有"讨伐"义，如此则可贯通。此章译文从刘说。

牧野洋洋，	牧野辽阔茫茫，
檀车煌煌，	战车如雷煌煌，
驷騵彭彭。	四马如龙嘡嘡。
维师尚父，	太师姜尚父，

时维鹰扬。	犹如雄鹰飞扬。
凉彼武王，	为辅佐那武王，
肆伐大商，	轻骑突袭攻大商，
会朝清明①。	甲子这一天天下清朗。

[注释]第八章,歌牧野决战胜利。檀车:檀木坚固,制为战车。驷骙:驷为一车四马,骙是赤毛白腹之马。师尚父:师,太师;尚父,即吕望,姜姓,亦即民间传说的姜子牙。吕望实为上将,与民间传说不同,西周开国,功封于齐。凉:佐。肆:疾。会朝:甲子日早晨;会,《传》训“甲”,《笺》训“合”,《诗集传》释“会战之旦”,牧野之战是夜战,至晨以商军败降结束。这一天以干支计,正是甲子日,多日阴,而胜利的早晨,天空特别晴朗,诗的结尾语义双关,是实写,也有象征意义。

文王姬昌死后四年约公元前1066年,他的儿子武王姬发继承乃父遗志伐商。《大明》这篇诗从文王出生写起,铺叙到牧野会战胜利。《郑笺》说:“二圣相承,其明德日以广大,故曰大明。”圣王、明德之说,自然是经学家的语词,但明确地指出本诗的题旨是歌颂文王、武王。

诗的第一章写一代兴亡系于天命,而天德合一,天命无常,唯德是从。这是西周统治者的天命论,说明他们之所以能够取代殷商奴隶主,是因为他们“维德之行”而获得天命。第二章至第六章铺叙文王、武王上承天命出生,为了表现他们出生的不平凡,还歌颂了文王的母亲太任和武王的母亲太姒。正如清代范家相《诗沈》说:“自首章以下,接言太任太姒者,唯圣父圣母乃生

---

① 王宗石《诗经分类诠释》曰:“会当为甲。”古代以干支计日。甲为一旬之首日,即一旬的第一日。武王会师牧野的那天是甲子日。甲、会双声故通,《彤弓》笺“一朝,早朝”,俞樾《群经平议》疑早为甲字之误。《楚辞·哀郢》:“甲之晁吾以行。即甲朝。”王氏又注曰:《牧誓》云‘时甲子昧爽,王朝至于商郊牧野,乃誓’。”1976年3月,在陕西临潼零口公社出土《利簋》,铭文云:“珷征商,唯甲子朝。……”二者所记,丝毫不爽。把“会朝”解为“甲子日”,这句则可译为:“甲子这一天天下清朗。”王氏注引,也有一定根据,与书传可合,而旧注旧译并不通达可靠。所以,我采取了王氏的注说,将旧译改正如上。王氏之书虽未尽善,而颇多发明,其三十年精研之功,未可泯也。

圣子。有是盛德,又有是圣配,妃匹之际,生民之始。莫非天业。"把文王、武王的诞生神圣化,无非是要宣扬他们是秉承天意的仁德的统治者,也就是天生的当然的统治者。如前所述,他们抬出了一个披着道德外衣的救世之神,从而顺应奴隶们反抗暴力压迫、争取解放的时代潮流,把广大人民聚集到反暴政的战旗帜下。

第七、八章就描写了胜利的牧野之战。《史记·周本纪》对这次会战的记述,是对这篇诗背景很好的说明:

> 武王率戎车三百乘,虎贲(冲锋骑兵)三千人,甲士四万五千人,以东伐纣。十一年二月戊午,师毕渡盟津。诸侯咸会。曰:孳孳无怠! 武王乃作太誓告于众庶。……誓已。诸侯兵会者,车四千乘,陈师牧野。帝纣闻武王来,亦发兵七十万(一说十七万)人拒武王。武王使师尚父与百夫致师(挑战)。以大卒(骑兵)驰帝纣师。纣师虽众,皆无战之心,心欲武王亟入。纣师皆倒兵以战,以开武王。武王驰之,纣兵皆崩畔纣。纣走反入,登于鹿台之上,蒙衣其殊玉,自燔于火而死。

牧野之战是殷周双方最后的决战,过去儒家曾给予很高评价。《易·革卦·象》说:"汤武革命顺乎天而应乎人。"《孟子·梁惠王下》说:"武王一怒而安天下之民。"他们所说的"革命",是指用武力推翻旧王朝,即革掉它所受的天命,与我们今天所说的"革命"一词的意义不同。他们看不见决定战争胜负的乃是人民的伟大力量。

武王伐纣及其胜利,并非如某些学者所说是一个奴隶主集团战胜另一个奴隶主集团,一个奴隶主王朝战胜另一个奴隶主王朝,而是广大人民从殷商奴隶主的残暴压迫剥削之下争取解放的正义战争。这里所说的人民,主要是指当时被压迫、被剥削的包括奴隶在内的劳动人民,还有参加联合作战的受殷商奴隶主侵略和欺负的庸、蜀、羌、髳、微、卢、彭、濮各族人民,以及武王誓师词《牧誓》中所说的"友邦冢君"和率兵来会的各路诸侯。这些人在武王领导之下,与共同的敌人在牧野进行了最后的决战。这一场正义的战争,为新社会的产生开辟了道路。它的直接结果,是殷商奴隶主国家覆亡,生产力获得解放,上层建筑和意识形态进行了重大的改革,一个强盛文明的西周国家建立起来,为中国社会向封建社会过渡准备了条件。

本诗对牧野会战的描写,仅仅用五十六字,便勾画出了会战的场景。首先是"殷商之旅,其会如林",接着写武王誓师,战前动员,随后大军勇猛进攻,战场辽阔,战车雷鸣,战马奔腾,表现出压倒敌人的气势,勇敢的大将姜尚父率骑兵如雄鹰飞扬,冲入敌阵,最后以"会朝清明"收尾,写出战争胜利结束,一战而定天下。本诗以极为精练的文字,抓住了全过程中的几个突出之点,表现了会战首尾及其中重要的史实和人物,场面宏伟,气势磅礴,形象生动,音韵铿锵,是中国文学中描写战争的名篇。

结语

保存在《诗经》中的这 5 首诗,没有集中和按其内容所叙述的时代先后合编在一起,这是《诗经》的编制问题,并不能改变它们的史实性质。现在我们把它们合在一起,就可以看出它们用歌唱的形式,叙述了周民族开国以前的历次重大事件,歌颂了各个世代对本民族作出重大贡献的英雄人物,内容还比较完整,有一定的系统性。它们在历史现实的基础上,根据一定的情节,运用想象和艺术描写,在叙述中夹有抒情和议论,在人物刻画和描写中,不少地方达到一定的艺术成就,当然可以称为史诗。

从《诗经》中最早的民族史诗,我们比较清楚地看到周人在灭商以前社会进步的过程。它由向氏族社会父系制转化开始,在农业生产力发展的基础上建立奴隶制国家,国家机构日趋完善,国力逐渐强盛。他们领导了一次反对奴隶制暴虐统治的人民解放战争,建立了一个强盛、文明的国家,开始了对奴隶制的重大改革,准备了新社会的诞生。《诗经》中最早的民族史诗,是人类走向文明和进步的记录。

是什么推动了文明和进步? 这一组史诗把这个问题的答案,归功于神圣化了的文王及其祖先,说是因为他们"唯德是行"而上承天命。现在看来,这个已经老掉了牙的天命论,早已经被科学揭穿而没有欺骗作用了。我们认为,推动历史前进,创造物质文明的,是那些为生产劳动和社会建设贡献力役地租的村社奴隶和战俘奴隶,是那些在解放战争中英勇冲锋和战场倒戈的奴隶兵,是他们埋葬了旧王朝。

这一组史诗以及"雅"、"颂",反复讴歌文王的"德"。它们把抽象的观念形态作为社会发展的决定力量。周国的兴盛和其他奴隶制国家的兴盛一样,都建立在刀剑和奴隶的血骨之上。诗中颂扬的季历和姬发,都曾不断对外征伐,扩大领土,增加奴隶。《尚书·牧誓》中提出的"弗迓克奔,以役西土",就是文王所制定的不杀俘虏而使之变为奴隶的政策。把俘虏变为奴隶,给他们工做,让他们活下去,较之把俘虏杀死或吃掉,毕竟是文明的进步。文王举起象征他那个时代文明的"仁德"的旗帜,这是由于生产力已经发展到了一定的水平,劳动者所创造的物质资料除了本身必需的消费还有剩余;正是这样才创造了财富,创造了文明,创造了统治阶级。于是,人的价值被发现了。保护人,就是保护生产力,就是保护文明和保护统治阶级自己的生存。这就是文王的"德"的实质。

文王提出的口号,顺应了奴隶们反抗暴力压迫、从暴虐统治下争取解放的时代潮流,也在一定程度上符合奴隶们争取未来解放的利益,因而它受到奴隶们的欢迎和支持,推动了西周开国后进一步的社会改革。在这个意义上,我们承认文王及其领导的运动、他们的意识形态和这些最早的民族史诗,具有历史的进步性。

当然,称为史诗,它们的规模并不宏大,也缺乏生动的情节,这由于中国历史文化的原因,没有能够全部记录整理,其中许多内容失传了。从这5篇诗的内容来看,许多地方有较为细致的描写,还有许多地方过于简略,显然是被删节了。然而,这并不能改变被保存下来的这一部分的基本性质。

为什么必须像希腊的荷马史诗那样规模宏大,才能够称为史诗呢?为什么一定要用西方文艺学的概念,用西方作品作样板,来衡量中国古代的文学作品呢?中国历史文化有自身的特点,为我们保留下来的不可能是规模宏大的鸿篇巨制。

第十二讲

祭祀诗和农事诗

　　周人认为,祭和戎(用兵),是国家最重要的两件大事。西周开国后制礼作乐,首先由周王和周公领导,并亲自参加,制作祭祀乐歌。祭祀的对象,总的来说,不外祭祖和祭天(泛指自然)两大类。

　　祭祀源起于原始氏族社会,周人继承商代的祭仪并进行了重大的改造,除了歌颂祖德和祈求福佑,又加进了政治内容,表现了他们的政治理念和治国原则。祭天,包括祭祀天、地乃至日月山川等自然神,表现了他们的自然观和"天人合一"的哲学思想。这些,对后世都有深远的影响。这些作品基本集中在"颂"诗中。

　　在祭祀诗中,有一些是在农事活动中举行各种祀礼的礼仪上应用的乐歌,后世称为农事诗,是研究周代农业生产力和生产关系的重要文献资料。除"周颂"的几篇之外,"小雅"也有两篇。我们认为,研究周代的农业生产力和生产关系,《豳风》中的《七月》也很重要。周代以农业为主,但牧业也有相当的发展,所以把《小雅·无羊》也附在这一讲。

　　我认为,《诗经》中的农事诗固然是研究周代农业生产力和生产关系不可缺少的资料,不可不读,但完全依靠它们来论断周代的生产力和生产关系的性质,还是不够的,史学界过去的大辩论没有结果,原因就在这里。

我将(周颂)

武王祭祀上帝和文王。

我将我享，	我奉上祭品献上苍，
维羊维牛，	供上羊供上牛，
维天其右之。	请求上天的保佑。
仪式刑文王之典，	我一一遵循文王的典章，
日靖四方。	日日努力安定四方。
伊嘏文王，	啊，伟大的文王，
既右飨之。	降临上座受供享。
我其夙夜，	我不分日夜，
畏天之威，	敬畏威严的上天，
于时保之。	保佑我周邦。

[注释]将：奉。享：献食。仪、式、刑：皆效法之意，三个同义词连用，意在表示一一遵循。典：指各项典章制度，一说"典"作"德"，《左传》《汉书》引作"德"。靖：平定。伊嘏：伊为发语词；嘏，旧训"福"，王引之《经义述闻》释嘏为"假"，假，大也。右飨：朱熹《诗集传》释："文王既降而在此之右以享我祭。"飨，通"享"；古以右为上。夙夜：早晚。于时：时，通"是"，此。

《毛诗序》："《我将》，祀文王于明堂也。"吕祖谦《读诗记》："明堂祀上帝，而文王配焉。"就本篇内容而言，吕说较确切。明堂是宗庙的正堂，周人祭祀天、祖同祭。"周颂"的内容是"美盛德以形容，以其成功告于神明"，祈祷上天和祖先的福佑。本篇前三句祀天，中间四句祀文王，后三句是祭者的祈祷之语，秩序井然。

战国旧说本篇是武王、周公所作，当是西周初期制作的祭祀乐歌之一，主祭者先是武王,武王早薨,周公摄政,当由周公主祭。诗用主祭者的口气,故有武王、周公作之说。

"周颂"是乐舞合一的乐歌,音乐洪亮、凝重、舒缓,舞容配合乐曲节奏和歌词内容,歌词无韵。高亨《今注》以为本篇是《大武》乐章的第一篇,是武王伐商时祀上帝和文王的歌词,其舞容即表现武王带兵出征。但此篇是否为《大武》乐章之一,尚无定论。

时迈(周颂)

西周开国后祭山川百神。

时迈其邦,	这天下万邦,
昊天其子之,	作为上天之子,
实右序有周。	上天保佑我周国。
薄言震之,	周国灭商振兴,
莫不震叠。	万邦无不惊慌。
怀柔百神,	祭祀百神归位,
及河乔岳。	大河山岳共享。
允王维后,	武王为天下之君,
明昭有周,	周国明白昭告,
式序在位。	万邦各安其位。
载戢干戈,	收藏干戈兵器,
载櫜弓矢。	弓箭装入皮囊。
我求懿德,	我要美好的德政,
肆于时夏,	施行中国四方,
允王保之。	武王要保国运长。

[注释]时:是,此。迈:行;一说通"万",万邦,指诸侯小国。林义光《诗

经通解》："迈读为万,诸彝器万年多作迈年,迈与万古通用。"昊天:广大无边的天。右序:右,通"佑";序,林义光《通解》："序读为付予之予,《桑柔》篇云'海尔序爵',借序为予,《墨子》引作予。"高亨《今注》："予,我也。非付予之予。"薄言震之:薄言,语助词;震,《韩诗》作"振",振兴、振奋。震叠:叠,通"慑"。怀柔:安抚。怀柔百神,意为祭祀百神各安定归位。河:黄河。乔岳:高山。允王维后:允,一释信,实也;一说当作似,通嗣,嗣王指武王继文王位为王。后,《尔雅》释"君也"。明昭:明显的昭示。式序:依顺序。戢(音吉):收藏,《说文》释"藏兵也"。櫜(音高):皮囊。我:主祭者自称。懿德:美德。这里指德政,以德治天下。肆:施行。夏:指中国。

　　传统序说都说明这是武王伐殷胜利后巡狩各诸侯国祭祀山川百神的乐歌。《左传·宣公十二年》："夫文,止戈为武。武王克商,作颂曰:载戢干戈,载櫜弓矢。我求懿德,肆于时夏,允王保之。"又,《国语·周语》云《时迈》为周公所作。明代何楷认为《时迈》是《大武》乐章之一,近人亦有从之者,然尚无确证。

　　全篇制作于西周之初,天下尚未稳定,过去的各诸侯小国心存疑惧,殷商遗民内心尚未臣服。周武王到各地视察(天子外出视察曰巡狩),祭祀山川百神,制作了这篇诗。诗的内容先说周受命于天,周任天下的君主是天意;继而说明祭祀的目的是请求百神归位、山川共享,保佑周朝安定天下;最后宣告将结束战争,实现和平,在全国推行德政。王宗石《诗经分类诠释》说:"实际上这是周王朝的一篇开国政策文告。"

维天之命(周颂)

祭祀文王的乐歌。

| 维天之命, | 天命无常有天道, |
| 於穆不已。 | 庄严地运行不停。 |

於乎！不显文王，	啊！光明显赫的文王，
之德之纯。	他有最完美的德行。
假以溢我，	赐给我福祉和光荣，
我其收之。	让我们蒙受恩惠。
骏惠我文王，	遵循文王的德政，
曾孙笃之。	子子孙孙要力行。

[注释]维天之命：这里指天道，即天命无常，顺天者昌，逆天者亡。维，语助词，一说同"惟"，思。於、於乎：赞叹词；读如"呜乎"。不显：同"丕显"，非常光明显耀；丕，大。德、纯：德行完美。"纯德"一词为周代常用词，如金文《厚子壶》铭"承受纯德"，即此句句意。《离骚》"昔三后之纯粹兮"，王逸注："至美曰纯。"假以溢我：《毛传》："假，嘉；溢，慎。"马瑞辰《通释》："假以溢我，正谓善以安我。"朱熹《诗集传》据《左传·襄公二十七年》引"遐以恤我"，释此句为"何以恤我"，可备一说。译文从马氏说。骏惠：《通释》：骏、惠皆训顺。曾孙：重孙，四世以下皆称曾孙。

这是"周颂"中祭文王的"三部曲"之一，另两篇是《清庙》、《维清》，盖周人用乐，以三篇乐歌为一部套曲，三篇歌诗的内容互补；《清庙》是序曲，《维清》歌文王的武功奠定灭商建国的基础，本篇歌文王的德行。全诗八句，前四句歌天道运行，文王因德行而受天命；后四句歌文王德行福延子孙，子孙要继承文王的德政。

"雅"、"颂"中有不少诗是歌颂文王的，在"周颂"中除了这个"三部曲"，其他祭祀乐歌中也有对他的歌颂；"大雅"有《文王之什》组诗，其他篇章凡涉及文王，都是赞颂之辞。这说明，歌颂文王是《诗经》中的一个突出的主题。

西周有十二位王，为什么集中地歌颂文王（其次是武、成二王及宣王），其他的王，有的不提，甚至有的还给予批评和谴责？可见歌颂或批评，有一定的现实的基础。文王为本民族的生存和发展曾与殷商暴虐的统治者进行长期的政治和军事斗争，在经济上他注重农业生产力和生产关系的发展和改进，把肥沃的关中平原建设为巩固的根据地；在军事上的五次战略性征伐的胜利以及向南方的开拓,已经"三分天下有其二";在政治上,他高举"反暴政"的旗帜,实行那个时代的"德政",以比较开明的政策,对腐朽的奴隶制度进行了若干改革(如按他既定的政策,解放了接收的原殷商地区的全部工业奴隶),吸引了大批自由民和逃亡奴隶的归附。他还与被压迫的各个小民族联合,结成了反殷统一战线,因而在政治上具有绝对优势。在其死后不久武王伐殷,正是在文王奠定的基础上,完全依照他的战略部署和具体政策,进军牧野与殷商决战,17万殷商奴隶兵战场倒戈,一战成功。所以,文王是战略和建国方略的设计师,周族和当时被压迫人民和民族的领袖,西周国家的实际的缔造者。这就是文王颂歌的现实基础。

当一个新时代开始,一个新国家诞生,一个新生的政权代替腐朽的旧政权,就会产生一些颂歌,歌颂自己的新国家,歌颂自己的民族领袖和为民族建立杰出功勋的英雄人物,欢呼地迎接曾经梦想的新时代的来临。正像20世纪50年代,这样的颂歌曾经成为中国诗歌的共同的主题。这是历史发展的必然产物,它们反映了那个时代人民共同的心声,反映了那个时代的时代精神。

载芟(周颂)

周王籍田祭社稷的乐歌。

载芟载柞,	去野草除杂树,
其耕泽泽。	耕田翻地土疏松。
千耦其耘,	千副禾耜同耕耘,
徂隰徂畛。	新田旧田都翻过。
侯主侯伯,	有天子有公卿,
侯亚侯旅,	还有大夫和众官,
侯彊侯以,	有的强有的弱,
有嗿其馌,	送来的饭食吃得嘴巴响,

思媚其妇,	送饭的女人真漂亮,
有依其士。	男人个个多健壮。
有略其耜,	耜头锋利又便当,
俶载南亩。	开始播种在南亩。
播厥百谷,	百种谷物播完种,
实函斯活。	种子入土全成活。
驿驿其达,	百谷幼苗拱出土,
有厌其杰。	先出的争着往上蹿。
厌厌其苗,	齐刷刷的一大片,
绵绵其麃。	连绵不断穗相连。
载获济济,	收获粮食多又多,
有实其积,	大囤小囤都堆满,
万亿及秭。	成万成亿难计算。
为酒为醴,	新粮酿酒最香甜,
烝畀祖妣,	献给先祖和先妣,
以洽百礼。	各种礼仪都周全。
有飶其香,	这酒醴的芳香,
邦家之光;	是我们国家的荣光;
有椒其馨,	这菜肴像椒兰一样芳馨,
胡考之宁。	使先人得到安康。
匪且有且,	不曾想到这样大丰收,
匪今斯今,	不是今年才有这景象,
振古如兹。	自古往后岁岁都一样。

[注释]芟(音删)、柞(音窄):《毛传》"除草曰芟,除木曰柞"。《通释》谓柞为槎之假借,除木。句意当指播种前清除田间杂草杂树和灌木根系。泽泽:《通释》释为释释之假借,土壤疏松貌。耕田以耜(若后世之犁)翻松土壤以备播种。千耦:二人并耕曰耦,千耦,言其多,非确指其数。一耜二人,前拉后推,使犁头深入前进而翻松土壤,曰耕;犁头浅入前进,而清除杂草,曰

耘。徂：往，本句中有往来意。隰、畛（音珍）：隰，低湿地；畛，田边小径；《郑笺》："隰谓新发田也，畛谓旧田径路者。"借指旧田。侯：有。主、伯、亚、旅：旧释主为家长，伯为长子，亚为长子以次诸子，旅为晚辈。于省吾《泽螺居诗经新证》释释："皆略举当时自天子以下卿大夫之禄食公田者。"《尚书·牧誓》"亚旅师氏"传注："亚，次；旅，众也。众大夫，位至次卿。"《左传·文公十二年》"请承命于亚旅"注："亚旅，上大夫也。"于说可从。彊、以：强、弱。于省吾《新证》以为是疆、理，释为整治地界，可备一说。本篇译文仍从旧说，籍田礼时周王及众卿大夫列士参加，未及届时再治田界也。郭沫若《由周代农事诗论到周代社会》对此语词解释较佳。有喷（音毯）：喷喷，状声词，众人吃饭之声。馌（音页）：送到田间的饭食。思媚：媚，美好。思，语助词。有依：依依，强盛貌。士：指到场的男子。略：锋利。耜：耕地农具，若后世之犁，青铜时代当已有金属。故云锋利，是生产力的进步。俶：始。南亩：天子籍田在南郊，故云南亩。实函斯活：实，种子。函，包含，指被土壤覆盖。驿驿：同"绎绎"，形容幼芽出土。达：《郑笺》"出地也"。厌厌：禾苗齐整貌，犹言齐刷刷。杰：先出者。麃（音标）：谷物穗芒。济济：众多。万亿及秭（音子）：秭是古代计算谷物的计量单位，秭犹一束或一把。万亿极言其多。醴：甜酒。烝畀：献给；烝，献上；畀，给予。祖妣：男女先祖。洽：合。苾（音必）：当为"芯"，《毛传》"芬香也"。椒：《毛传》"犹苾也"。胡考：老王。《逸周书·谥法解》："保民耆艾曰胡，弥年寿考曰胡。"故是对寿高之王的谥称。匪：通"非"。且：通"此"。振古：自古。

《毛传》："《载芟》，春籍田而祭社稷也。"《南齐书·乐志》记班固奏请汉章帝以《载芟》祈先农，是今文家义同于古文《毛》义。从诗的内容看，确是。

周人在关中平原发展农业生产而兴盛，开国后以农立国，重视农业生产力的发展与生产关系的调整。"溥天之下，莫非王土；率土之滨，莫非王臣。"（《小雅·北山》）在名义上，全国土地属于国王。国王留下一块田地为"王田"，其余分封给诸侯，诸侯向他交纳贡赋。诸侯也留下一块"公田"，其余的再分给卿大夫之类下一级贵族，再向他交纳田赋，这样一层层分下去，由村社农民耕种。那些村社农民实际上是被束缚在领主土地上、负担实物地租和力役地租的农奴,除了年年向领主交纳个人生产所得的大部分产品,还要纯义务地承担兵役和各种劳役,其中包括到各级领主的"公田"劳动,而且要在耕耘"公田"之后再耕耘自家的所谓"私田"。周王为表示重农,每年在开始春播的这一天,到自己的"公田"里亲自耕作,称为"籍田"。"籍田"时天子率公卿百官祭祀社稷(土地之神),祈祷丰收,称"籍田礼"。《载芟》等诗是开春籍田礼庆用的乐歌。这种制度至明清依然基本上沿袭。当然,皇帝不会亲自在田地劳作,不过是扶犁推三步,做做样子。《礼记·月令》:"孟春之月,天子亲耕耒耜……率三公九卿、诸侯大夫,躬耕帝藉,天子三推、三公五推、卿诸侯大夫九推。"所以实际劳作的还是众多的贡献力役地租的农夫,即诗中所写的"千耦其耘。"

这篇诗固然是祭祀乐歌,也是《诗经》中农事诗的代表作,全篇以赋法铺叙开春籍田劳动的场景,开头四句从场面阔大的籍田劳作起笔;继下八句写人多心齐,热情欢乐,其中"思媚"二句,艺术地点缀出热烈中有活泼;再叙写从"播厥百谷"种子入土、发芽到秋后"万亿及秭",虽是期望之辞,却是丰年的常见景象,其中所歌的种子有活力、农具锋利,可以看到当时农业耕作的进步,已经摆脱原始的粗放式耕作,注意了选种、改进农具和田间管理;"为酒"以下归结到祭祀和国家。全诗篇幅虽长,而铺叙有序,结构紧密,气象阔大。

噫嘻(周颂)

祭上帝祈丰收的乐歌。

噫嘻成王,	啊啊!我们的成王,
既昭假尔,	召请先公先王降临,
率时农夫,	率领这些农夫,
播厥百谷。	来播种各种作物。
骏发尔私,	快快开发你们私田,

终三十里。	耕完这三十里垦区。
亦服尔耕，	完成你们的任务，
十千维耦。	要发动上万来耜耕作。

[注释]噫嘻:感叹词,章太炎《新方言》云:"短言曰噫,长言曰噫嘻。"一说祈祷时呼叫的声音。成王:姬诵,武王之子,西周第二代国王。西周诸王,文、武、成、康、昭、恭、穆等,皆为名号,不是谥号。王国维、郭沫若先后考证,谥号始自战国中期。昭假:《诗经》常用语;昭,表明;假,通"格",到达。昭假意为表明敬诚之意上达天神,这里作到来。尔:你们。一说指先王先公,一说指田官,无定论,可作参考。时:这。骏:迅速。私:指私田。郭沫若1944年解此处的"私"字,释为耜的同音假借,译为"你们的农具";1956年又改为私田,译为"你们所有的土地"。终:完成。三十里:《周礼》周制每个行政管理的农业区为32.5里,举整数曰30里。服:从事。十千维耦:见上篇注释。

《毛诗序》:"《噫嘻》,春夏祈谷于上帝也。"三家《诗》无异议。诗仅八句,古今注解,极多歧义,很难统一。20世纪50年代后期,中国史学家对《噫嘻》词语的解释,曾经在全国性报刊,按百家争鸣的方针进行公开的学术辩论,最终也没有取得完全一致的认识。争论的词语有以下几个:(一)诗中的"成王",是姬诵本人祭天,还是后王祭天时称颂成王;(二)"尔"指的是谁,是先公先王,还是农官?(三)"私"字是"耜"的假借而指农具,还是指私田?(四)"三十里"如何理解,是天子的籍田,还是某某的私田?(五)"十千维耦"如何理解,是不是两万奴隶并耕?郭沫若以为本诗是成王时祭歌,因谥号之制从战国中期才开始,诗中不是谥号。就前后诗意来看,前四句是祭祀时祈请先王降临给予福佑,"尔"字当指先王先公。后四句是命农官们督导农耕,"尔"字当指农官。关于"私"字,郭沫若1944年释为"耜",译为个人的农具之类,1956年讨论之后放弃前说改译为卿大夫百官的田地,作私田解。"三十里"之说,决非指"天子籍田千亩",千亩方圆决无30里之广。方圆30里为900方里,每方里900亩,总计为81万亩,千亩籍田,仅其中之一片而已。《周礼》记周制一个农业行政区为32.5里,诗中指的是一个农业行政区,设有农官督导工作。一个行政区内的农田并不连成片,而各个村社田地的累计,耕作仍以各村社为单位进行。没有具备这样自然条件的田野,也没有这样的劳动组织力量。所谓"终三十里"、"十千维耦",只是诗中极言其地之广,其劳动者之多,展现一派热火朝天的大生产景象。只能照孟子所言"以意逆志",不能"以辞害意"。郭沫若氏固然有过一些好见解,但以这几句,论断这是奴隶社会的生产方式,则失之矣。

七月(豳风)

《七月》是《豳风》首篇。《豳风》又称《豳颂》、《豳雅》。本篇记述农民一年四季的劳动和生活,是《诗经》农事诗的重要作品。诗八章,章十一句。

七月流火,	七月火星垂向西,
九月授衣。	九月就要备寒衣。
一之日觱发,	十一月北风噼啦响,
二之日栗烈。	十二月寒气透骨凉。
无衣无褐,	粗麻衣服无一件,
何以卒岁?	如何过完这一年?
三之日于耜,	正月里来修农具,
四之日举趾。	二月里来要下田。
同我妇子,	带着老婆和孩子,
馌彼南亩,	公田地头吃顿饭,
田畯至喜。	田官看了好喜欢。

[注释]第一章,从七月起赋,歌农民为衣食而忧苦,以日月顺序开始叙述。七月:夏历七月。诗中出现两种历法:七月、九月以及四月至十月,都是夏历;下文的"一之日"至"四之日",都是周历。周人所居,原是夏地,民间习用夏历。如同我们颁行公历,而民间仍有沿用农历者,所以诗中出现两种历

法混用的现象。流火:火,指二十八宿的心宿星座,俗名大火星,很明亮。每年夏历七月以后,火星开始向西移下,所以称"流火",表明进入夏过秋来的季节。九月授衣:夏历九月将近深秋,奴隶社会时代奴隶主要准备奴隶的冬衣,这时女奴的农事了了,奴隶主便把这工作交给女奴隶去缝制(授,给予)。这时,不再是奴隶制,领主不再发给农奴冬衣,而由农奴有限的个人经济自行解决,九月秋深,民间相沿已久,应该准备寒衣了,所以下文有农奴的"无衣无褐,何以卒岁"的忧虑。一之日:周历一月的日子,相当于夏历十一月。鼜发(音必波):状声词。二之日:相当夏历十二月。栗烈:凛冽。衣、褐:粗麻做的衣服,褐的本义是粗麻布,可以包脚防冻。卒岁:过完一年。三之日:相当于夏历一月。下句四之日,相当夏历二月。于耜:于,治理;耜(音似),农具,犁类。举趾:举足下田。妇子:老婆孩子。馌彼南亩:南亩是向阳的田地,《诗经》中的南亩,多指公田,农奴们在每年开春开耕之日要到公田劳动,这一日由公家管饭,将饭食送到公田地头,这地头饭称为"馌"(音页)。田畯:管理公田的田官。

七月流火,	七月火星沉向西,
九月授衣。	九月就要备寒衣。
春日载阳,	春天太阳真暖和,
有鸣仓庚。	黄莺唱声好清亮。
女执懿筐,	姑娘手里提深筐,
沿彼微行,	沿着小路走,
爰求柔桑。	仔细找嫩桑。
春日迟迟,	春天日头长又长,
采蘩祁祁。	采白蒿来懒洋洋。
女心伤悲,	姑娘心头暗悲伤,
殆及公子同归。	要给公子当陪房。

[注释]第二章,歌春日女子采桑。春日:夏历三月。载阳:开始和暖。仓庚:黄莺。懿筐:深筐。微行:小路。柔桑:嫩桑叶,供养蚕之用。迟迟:形

容日长。蘩:《毛传》释"白蒿也,所以生蚕"。《正字通》:"蚕未出,煮蘩以沃之,则易出。"祁祁:缓行貌。殆及公子同归:殆及,将与;公子,贵族子女皆可称公子;归,女子出嫁曰归。贵族女出嫁带有陪嫁的女子供役使,俗称陪房丫环。一说殆为恐怕;公子指男性;同归指抢去成亲。此说 20 世纪 50 至 70 年代曾经通行。

七月流火,	七月火星沉向西,
八月萑苇。	八月芦苇要收割。
蚕月条桑,	三月修桑树,
取彼斧斨,	拿起斧和斨,
以伐远扬,	砍去冗枝条,
猗彼女桑。	扶起小树苗。
七月鸣鵙,	七月伯劳叫,
八月载绩。	八月要纺丝。
载玄载黄,	染黑又染黄,
我朱孔阳,	大红最鲜亮,
为公子裳。	要为公子做衣裳。

[注释]第三章,歌蚕桑诸事。萑(音环)苇:萑,即芦荻,与"苇"合称芦苇。八月芦苇长成,编箔,覆于蚕床之上,为养蚕所必备。一说萑同"摧",意为割,亦通。蚕月:养蚕的月份,即夏历三月。条桑:修整桑树;条,修理。斧斨(音枪):伐木工具,柄孔圆者为斧,方者为斨。远扬:指高出扬起的枝条。桑树砍去冗枝而后叶茂。猗彼女桑:王宗石《诗经分类诠释》释猗为倚。《尔雅》郭注:"今俗呼桑树小而条者为女桑树。"王宗石释此句为撑支小桑树以免倾斜。与文相列而言,此说可取。鵙(音决):鸟名,俗称伯劳。载绩:《毛传》:"丝事毕而麻事起矣。"绩,纺织。玄、黄、朱:指丝织品所染的颜色。玄,黑红色;朱,深红色。孔阳:非常鲜亮;孔,大。

四月秀葽，	四月苦菜开花，
五月鸣蜩。	五月蝉噪叫。
八月其获，	八月忙收获，
十月陨萚。	十月树叶落。
一之日于貉，	十一月里去打猎，
取彼狐狸，	剥下狐狸皮，
为公子裘。	来给公子做皮袄。
二之日其同，	十二月里大集合，
载缵武功，	出猎演武继续忙，
言私其豵，	猎来小猪归自己，
献豣于公。	大猪都要献公堂。

[注释]第四章,歌田猎之事。秀葽(音要):《说文》释"葽,草也。《诗》曰四月秀葽。刘向说,此味苦,苦葽也"。马瑞辰《毛诗传笺通释》谓苦葽即苦菜,即荼。旧说葽为可以入药的远志,不若此说为佳。秀,吐穗开花。蜩(音条):蝉。陨萚(音允拓):叶落。于貉(音骂):貉,似狐而尾短。《毛传》释"于貉,谓取狐狸皮也"。《笺》同,复申说。明、清各家则注为出狩猎的一种祭祀仪式,详见马瑞辰《毛诗传笺通释》。其同:会同,聚集;《郑笺》:"其同者,君臣及民因习兵俱出田也。"缵:继续。武功:功,事。古代战斗和狩猎都是武事,狩猎与演习武功合一。私、公:私指私人;公指公爷、贵族农奴主。豵(音宗)、豣(音肩):小猪、大猪。

五月斯螽动股，	五月蚂蚱伸腿叫，
六月莎鸡振羽。	六月纺织娘振翅飞。
七月在野，	七月蟋蟀在野外，
八月在宇，	八月来到房檐底，
九月在户，	九月躲到门后面，
十月蟋蟀入我床下。	十月藏到我床下。
穹室熏鼠，	堵严屋子熏老鼠，

塞向墐户。	塞窗户涂门缝。
嗟我妇子，	可叹我老婆和儿女，
曰为改岁，	说是要过年，
入此室处。	住进这破屋。

[注释]第五章，歌入冬农民居住条件之苦。斯螽(音宗)：蝗虫类，蚱蜢，俗名蚂蚱。动股：古人观察以为蚱蜢是股部振动而发声鸣叫；实际上蚱蜢的发声器官在右前翅，翅颤动而摩擦发声，古人这一观察错误。莎(音唆)鸡：蝗虫类，俗名纺织娘。振羽：飞动。野、宇、户、床：四句写七至十月随气候的变化，蟋蟀由野外而院内而门后，而床下。穹窒：堵塞屋的空隙。向：向北的窗户；《说文》："北出牖也。"窗北向。墐(音近)：《毛传》释"涂也。庶人筚户"。这里指以泥涂抹。改岁：指过年。处：居住。

六月食郁及薁，	六月吃野果和山葡萄，
七月亨葵及菽。	七月煮苋菜和野豆。
八月剥枣，	八月能打枣，
十月获稻，	十月把稻割，
为此春酒，	用枣用稻酿春酒，
以介眉寿。	为求公爷长寿。
七月食瓜，	七月靠吃瓜，
八月断壶，	八月剖葫芦，
九月叔苴。	九月拾麻籽。
采荼薪樗，	摘来苦菜臭椿煮，
食我农夫。	养活我们农夫。

[注释]第六章，歌农民之食。郁：郁李，一种似李子的野果。薁(音玉)：山野葡萄。葵：常见的野菜。菽：豆类植物的总称。剥："扑"的借字，敲打。获稻：割稻。春酒：入冬酿酒，春日始成，名曰春酒。介：求。眉寿：长寿，人老眉毛长，故称眉寿。断壶：壶是瓠的假借，即葫芦；葫芦剖开为瓢，其瓢可

食。叔苴（音居）：拾麻籽。叔，拾取，《说文》"叔，拾也"。薪樗（音初）：樗俗称臭椿树，可作烧柴；薪，柴，用作动词。臭椿是恶劣的烧柴，燃烧时释放恶劣的气味。食：作动词，养活。

九月筑场圃，	九月菜圃筑成打谷场，
十月纳禾稼。	十月庄稼进了仓。
黍稷重穋，	黄米高粱加谷子，
禾麻菽麦。	豆麦粟麻有多样。
嗟我农夫，	可叹我们农夫们，
我稼既同，	我们把庄稼全归仓，
上入执宫功。	还要进宫把差当。
昼尔于茅，	白天打茅草，
宵尔索绹，	夜晚搓麻绳，
亟其乘屋，	急急忙忙覆屋顶，
其始播百谷。	开春又要播百谷。

　　[注释]第七章，歌农民秋后劳役。场圃：《毛传》释"春夏为圃，秋冬为场"。场，打谷场；圃，菜园。至今乡间仍一地两用。纳：收藏。禾稼：各种谷物总称，俗称庄稼。黍稷重穋：黍，谷子，脱粒今称小米；稷，高粱；重，种的借字，先种后熟的谷子；穋（音陆），后种早熟的谷子。禾麻菽麦：禾，粟；麻，麻类多种总称，麻有多种用途，茎的外皮可作纤维，可制麻布和绳索，籽可榨油；菽，豆类总称；麦也有多种。既同：已经聚拢、集中。上入执宫功：上，通"尚"，还；执，从事；宫功，宫中之事；功，事。此句谓还要到公爷宫中服劳役。于茅：打茅草。索绹：搓麻绳；索作动词，搓；绹，绳。亟：急。乘屋：《说文》："乘，覆也。"承上文，意为在房顶上加覆茅草。末句王宗石《分类诠释》以为是指忙于冬耕，但越冬作物基本只有冬小麦，而诗中明言是"百谷"，而且越冬作物也播种在冬季之前，王说难通，故未取。

二之日凿冰冲冲，	十二月凿冰冲冲响，
三之日纳于凌阴。	正月里来冰窖藏。
四之日其蚤，	二月之初有祭礼，
献羔祭韭。	献上春酒和羔羊。
九月肃霜，	九月秋深天气凉，
十月涤场。	十月万物摇落经涤荡。
朋酒斯飨，	两坛美酒要献上，
曰杀羔羊，	还得再杀一羔羊，
跻彼公堂。	登上公爷公堂上。
称彼兕觥，	双手举起牛角杯，
万寿无疆。	敬祝公爷万寿无疆。

[注释]第八章，歌冬季岁末农民之生活。冲冲：状声词。凌阴：盛冰的地窖。《说文引经证例》谓"阴为窖之借字"。四之日其蚤：夏历二月月初。蚤，通"早"，此处即月初之意。韭，通韭，二月初已有头茬韭菜，称春韭。祭通献。旧释"早"是古代一种祭祀仪式，《礼记·月令》："仲春之月……天子乃献羔开冰。"但所言是在仲春。王宗石《诠释》以为诗中并无祭神之意，无非表明主子索取之多。此说较为简明，可从。旧释可备为一说。肃霜、涤场：王国维《观堂集林·肃霜涤场说》谓："肃霜、涤场，皆互为双声，乃古之联绵字，不容分开释之。肃霜犹言肃爽，涤场犹言涤荡也。"肃爽，形容深秋初冬天气清凉；涤荡，形容入冬万物摇落如经涤荡。朋酒：两坛酒。跻：登上。称彼兕觥：称，双手举起；兕觥（音似工），犀牛角制成的酒杯。

这篇歌诗歌唱西周豳地农民一年四季的劳动和生活，从七月写起，铺陈直叙，毫无雕饰，记述了当时农民衣、食、住的物质生存状态及其心理活动，真实地表现了贵族和农民生活的悬殊，鲜明地反映了当时的阶级对立和社会的本质面貌，是研究周代农事的最重要的史料。

旧注以为本诗是"周公陈王事"（《毛诗序》），这很不可靠。现多认为是根据长期流传在豳地的农谚歌谣编制而成，类似"月令歌"。

幽地是周人在公刘时代既已开垦的老家,西周灭亡后幽地为秦国占领,所以《幽风》全部是西周时代的民间乐歌。相传《幽风》前几篇是西周前期作品,而《七月》为第一篇,以及从夏历周历混用和农谚歌谣的痕迹来看,可以相信所反映的是西周前期的情况:在封建领主制统治之下的农奴,他们的劳动果实绝大部分归领主所有,他们"无衣无褐","殆及公子同归","为公子裳","为公子裘","食葵及菽"。领主需索无限制,农民还要承担繁重的超经济剥削,从事各种劳役,并且去祝福领主"万寿无疆"。这就是文王的"德政"了。所以,道德,永远是阶级的道德。这只是在当时的一点社会进步,较之严酷的奴隶制,农奴们只是获得一部分人身自由,有一点家庭私有经济,如此而已。本诗正是古老农奴制的田园风俗画卷。

古今对本诗的赞誉很多,在艺术上也推崇备至,录两段有代表性的评论于下:

> 此诗以编纪月令为章法,以蚕衣农食为节目,以预备储蓄为筋骨,以上下交相忠爱为血脉,以男女室家之情为渲染,以谷蔬虫鸟之属为点缀,平平常常,痴痴钝钝,自然、充悦、和厚、典则、古雅,此一诗而备三体,又一诗中藏无数小诗,真绝大结构也。有七八十老人语,然和而不傲。有十七八女子语,然婉而不媚。有三四十壮者语,然忠而不戆。凡诗皆专一性情,此诗兼各种性情,一派古风,满篇春气,斯为诗圣大作手。(牛运震《诗志》)

> 通诗八十八句,一句一事,如化工之范物,如列星之丽天。读之但觉其醇古渊永,而不见繁重琐碎之迹。中间有诰诫,有问答,有民情,有闺思,波澜顿挫,如风行水面,纯任自然。非制作官礼大手笔,谁其能之? 噫! 观止矣。(陈继揆《诗经臆补》)

无羊(小雅)

本篇歌咏牛羊繁盛,描绘牧场上牧人和牛羊的动态,历代公认是形神俱似的名篇。诗四章,章八句。

谁谓尔无羊?	谁说你家没有羊?
三百维群。	一群就是三百只。
谁谓尔无牛?	谁说你家没有牛?
九十其犉。	七尺黄牛九十头。
尔羊来思,	你的羊群过来了,
其角濈濈。	羊儿犄角挨犄角。
尔牛来思,	你的牛群过来了,
其耳湿湿。	牛儿个个耳朵摇。
或降于阿,	有的牛羊下山岗,
或饮于池,	有的饮水到池塘,
或寝或讹。	有的睡卧有的蹓。
尔牧来思,	你的牧人都来了,
何蓑何笠,	背着蓑衣和斗笠,
或负其糇。	有的身上背干粮。
三十维物,	牛羊毛色三十种,
尔牲则具。	各色祭牲都备齐。
尔牧来思,	你的牧人过来了,
以薪以蒸,	他们一路打柴草,
以雌以雄。	再让公母相交配。
尔羊来思,	你的羊群过来了,

矜矜兢兢，	矜矜业业紧依靠，
不骞不崩。	不奔不散不亏少。
麾之以肱，	胳膊一挥作指挥，
毕来既升。	一股脑儿进圈牢。

牧人乃梦，	牧人做了一个梦，
众维鱼矣，	梦见蝗虫变成鱼，
旐维旟矣。	旗上龟蛇变成鹰。
大人占之，	卜官占个卦，
众维鱼矣，	蝗虫变成鱼啊，
实维丰年；	象征来年好收成；
旐维旟矣，	旗上龟蛇变成鹰，
室家溱溱。	家族兴旺添人丁。

［注释］三百维群：维，为；此句意为三百只羊为一群。犉（音纯）：身长七尺的大牛。湿湿（音及）：聚集貌。思，语词。湿湿：耳动貌，牛反刍时耳朵活动。阿：丘冈。讹：通"吪"，活动。牧：指牧人。何：通"荷"，担、负。餱：干粮，见《公刘》注。物：毛色。牲：指牺牲，祭祀用的牛羊用不同毛色，故言具（齐备）。薪、蒸：柴草，薪是粗柴，蒸是细柴。以雌以雄：或谓捉雌鸟和雄鸟，可备一说。管所牧公畜母畜相配正是牧人之事。矜矜兢兢：兢兢业业，羊胆小谨慎，唯恐失散的情态。骞（音千）、崩：林义光《通解》释"骞，亏也；崩，散坏也"。麾：通"挥"，指挥。肱（音工）：臂。毕：全部。升：指进圈。众：当作"螽"，蝗虫。旐（音兆）维旟（音于）：旐是画有龟蛇的旗，旟是画有鹰隼的旗，上古游牧的部族各有本族的旗帜，旗帜上绘有本族的图腾以资识别，这是上古遗风。牧人梦见旗上画的龟蛇变成鹰隼。大人：即太卜，掌占卜的官员。丰年：古人以为螽变鱼象征雨水充足，是年成丰收的预兆。溱溱：繁盛众多貌，意为家族（室家）人丁兴旺。

周人以农立国，同时农牧结合，牧业也有相当的发展，这篇诗描述牛羊成群结队而来,抓住了牛羊的特点:写羊群觭角相聚而互不抵触,突出了羊的矜谨。写牛吃食时两耳摇动,突出了牛的温驯。写牧人沿途打柴和兼管牛羊交配,表现了他的勤劳;写牧人放牧有方,突出羊群不奔不散不亏少,牧人把臂一挥,作一个归拢的手势,牛羊就都进圈。描述这些动态,用字极简,但有典型性,只用一两个字形容,就使形貌皆备、神气活现。全篇描述,有分有合,有同有异,有详有略,绘出一幅参差错落、生动婉转的放牧图,充沛着牧业丰收的喜悦之情。

从诗中,我们也看到,这些牛羊都归某位贵族所有,牧人成天在风雨里放牧牛羊(背负蓑、笠),工作繁重,除放牧牛羊之事还要沿途打柴,而生活艰苦(背负干粮),这篇诗所反映的生产关系,在农业生产上也是一样,如《七月》。

第十三讲

政治美颂诗

　　《诗经》中有一部分政治美颂歌诗，歌颂西周王国的缔造者，英明的政治领袖，以及为国家作出重大功勋和肩负国家重任的人物。这些歌诗是国家昌盛、政治清明、社会进步时期的产物，也有的是衰乱以后拨乱反正、重新振兴时期的作品。这些歌诗虽然歌颂的是早已退出历史舞台的贵族阶级开明人物，它们也展现了一个时代的精神风貌，反映了一个时代的政治理想。在长期的封建社会，人们很重视这些颂歌，李白的《古风》其一："《大雅》久不作，吾衰竟谁陈？"同题其三十五："《大雅》思文王，颂声久崩沦。"李白所想的其实是一个蒸蒸日上、积极进取的时代，一种开明的政治理想。这些政治美颂诗，主要编在《大雅》，《小雅》和《风》诗中很少，因为衰乱之世，产生不了颂歌。

文王（大雅）

　　歌颂周王朝的奠基者文王姬昌。诗七章，章八句。

文王在上，　　　　　　　　文王在上治万邦，
於昭于天。　　　　　　　　光芒照耀普天下。

周虽旧邦，	我周虽是古邦国，
其命维新。	承受天命建新朝。
有周不显，	大周功德最显赫，
帝命不时。	遵从天命不敢忘。
文王陟降，	文王神灵升上天，
在帝左右。	就在上帝身旁。

[注释]第一章,言文王承天命建立新王朝。文王:姬姓,名昌,周王朝的缔造者。於:叹词,犹"呜"、"啊"。昭:光明显耀。旧邦:邦,犹"国"。周在氏族社会本是姬姓部落,后与姜姓联合为部落联盟,在西北发展。周立国从尧舜时代的后稷算起。命:天命,即天帝的意旨。古时奴隶制和封建制国家的君主宣扬自身承受天命来统治天下。周本来是西北一个小国,曾臣服于商王朝,文王使周发展强大,独立称王,奠定灭商的基础,遗命其子姬发(武王)伐商,建立新王朝。有周:这周王朝。有,指示性冠词。不(音丕):同"丕",大。时:是。陟降:上行曰陟,下行曰降;此处是偏义复词。左右:犹言身旁。

亹亹文王，	勤勤恳恳的文王，
令闻不已。	美名声永远传扬。
陈锡哉周，	上帝赐他兴周邦，
侯文王孙子。	文王子孙常兴旺。
文王孙子，	文王子孙都蕃衍，
本支百世。	本宗旁枝百代长。
凡周之士，	凡我周朝众卿士，
不显亦世。	累世也都显荣光。

[注释]第二章,言文王兴国福泽子孙宗亲,子孙百代得享福禄荣耀。亹(音伟)亹:勤勉不倦貌。令闻:美好的名声。陈锡:陈,犹"重"、"屡";锡,赏赐。哉:"载"的假借,初、始。侯:乃。孙子:子孙。本支:以树木的本枝比喻子孙繁衍。士:这里指统治周朝享受世禄的公侯卿士百官。亦世:犹"奕

"世"，即累世。

世之不显，	累世也都显荣光，
厥犹翼翼。	办事勤勉又周详。
思皇多士，	众多卿士都贤良，
生此王国。	生在王国保家邦。
王国克生，	王国从此更兴旺，
维周之桢。	都是周朝好栋梁。
济济多士，	济济一堂人才广，
文王以宁。	文王可以心放宽。

[注释]第三章，言王朝人才众多，得以世代继承传统。厥：其。犹：同"猷"，谋划。翼翼：恭谨勤勉貌。思：语首助词。皇：美、盛。克：能。桢（音真）：支柱、骨干。王宗石《诗经分类诠释》据《校勘记》谓"桢"字唐石经初刻"桢"，后改为"祯"，"祯"，吉祥福庆之意。此说亦通。济济：有盛多、整齐美好、庄敬诸义。

穆穆文王，	文王庄重又平和，
於缉熙敬止。	正大光明又恭谨。
假哉天命，	伟大天命不可违，
有商孙子。	殷商子孙全归顺。
商之孙子，	殷商子孙人数多，
其丽不亿。	数目上亿数不清。
上帝既命，	上帝既已降意旨，
侯于周服。	商的子孙服周邦。

[注释]第四章，言文王承天命兴周代殷，天命所系，殷人臣服。穆穆：庄重恭敬貌。缉熙：光明。敬止：敬之，严肃谨慎。止犹"之"。假：大。有：得有。其丽不亿：其数极多；丽，数；不，语助词；亿，周制十万为亿，这里只是概

数,极言其多。周服:服周。

侯于周服,	商的子孙服周邦,
天命靡常。	可见天命本无常。
殷士肤敏,	殷商卿士来服役,
裸将于京。	前来镐京作伴祭。
厥作裸将,	行礼如仪敬献酒,
常服黼冔。	头戴殷冕拜周王。
王之荩臣,	当年效忠众臣子,
无念尔祖。	不再感念你先王。

[注释]第五章,言天命无常,曾拥有天下的殷商贵族已成为服役者。靡常:无常。殷士肤敏:殷士,归降的殷商贵族;肤,繁体作"膚",《说文》曰:"膚,籀文臚。"有陈礼时陈序礼器之意;肤敏,即勤敏地陈序礼器。裸(音贯):古代一种祭礼,在神主前面铺白茅,把酒浇茅上,像神在饮酒。将:行。常服:祭事规定的服装。黼(音府):古代有白黑相间花纹的衣服。冔(音许):殷冕。荩臣:忠臣。无:语助词,无义。

无念尔祖,	不再感念你先王,
聿修厥德。	注重德行勤修养。
永言配命,	长久修德配天命,
自求多福。	才能求得多福祥。
殷之未丧师,	殷商没失民心时,
克配上帝。	也合天意治家邦。
宜鉴于殷,	应该以殷为鉴戒,
骏命不易。	天命改变本无常。

[注释]第六章,言以殷为鉴,敬天修德,才能天命不变,永保多福。聿:发语助词。永言:久长;言,同"焉",语助词。配命:与天命相合;配,比配,相

称。丧师:指丧失民心;丧,亡、失;师,众、众庶。克配上帝:可以与上帝之意相称。骏命:大命,也即天命;骏,大。

命之不易,	天命改变本无常,
无遏尔躬。	不要自身绝于天。
宣昭义问,	传布显扬好名声,
有虞殷自天。	依据天意治家邦。
上天之载,	上天之事本渺茫,
无声无臭。	无声无息难测量。
仪刑文王,	效法文王好榜样,
万邦作孚。	天下万国永敬仰。

[注释]第七章,言效法文王的德行和勤勉,可得天佑,国家长治久安。遏:止、绝。尔躬:你身。宣昭:宣明传布。义问:美好的名声;义,善;问,通"闻"。有:又。虞:审察、推度。殷:于省吾《泽螺居诗经新证》谓为"依"之借字。载:行事。臭:味。仪刑:效法;刑,同"型",模范,仪法,模式。孚:信服。

这篇诗是"大雅"的首篇。朱熹《诗集传》据《吕氏春秋·古乐》篇为本章解题曰:周人追述文王之德,明国家所以受命而代殷者,皆由于此,以戒成王。这指明本诗创作在西周初年,作者是周公。后世说《诗》,多从此说。此诗之旨,四字可以尽之,曰:"敬天法祖。"《诗经》中有多篇歌颂文王的诗,而序次以本篇为首,因为它的作者是西周王朝的政治代表人物、被颂扬为"圣人"的周公,诗的内容表达了重大的政治主题,对西周统治阶级具有现实的和长远的政治教育意义。

歌颂文王,是"雅"、"颂"的基本主题之一,因为文王是周人崇敬的祖先,伟大的民族英雄,周王国的缔造者。姬昌积五十年的艰苦奋斗,使僻处于西北的一个农业小国,逐渐发展为与殷商王朝抗衡的新兴强国,他奠定了新王朝的基础,他又是联合被侵略被压迫的各民族,结成统一战线,反抗殷商王朝暴虐统治的政治联盟的领袖;他组织的军事力量和政治力量,在他生前已经完成对殷王朝的三面包围,完成了灭商的决战准备;他采取比较开明的政策,以代天行道、反对暴政实行"仁德"为旗帜,适合当时各民族各阶级反对暴虐统治与奴隶要求解放的时代潮流,因而得到各族人民的拥护。文王是当之无愧的周王国国父,对他的歌颂,自然成为许多诗篇的共同主题。每个时代都曾产生自己时代的颂歌,歌颂自己时代深受爱戴的政治领袖,歌颂为自己的民族、阶级、国家建立功业的英雄,歌颂文王的诗篇,就是在上述现实基础上的历史产物。

如同每个时代的颂歌都体现它们产生时的时代精神,文王颂歌也打上奴隶制向封建制过渡时期的时代烙印。诗篇歌颂他是天之子,具有非凡的人格和智慧,是道德的楷模,天意的化身,赐予人民光明和幸福的恩主,显然是把他神圣化、偶像化了。这篇诗与其他的文王颂歌有相同之处,也有不同之处。除了歌颂,作者还以深谋远虑、富有政治经验的政治家的识见,书写殷士来助祭一节,向时王和全宗族提出敬天法祖、以殷为鉴的告诫。

灵台(大雅)

歌颂文王建灵台及其园囿之乐。诗四章,前二章,章六句;后二章,章四句。

经始灵台,	选好地基建灵台,
经之营之。	精心规划巧安排。
庶民攻之,	黎民百姓齐努力,
不日成之。	日子不多建起来。
经始勿亟,	工程进度不用催,
庶民子来。	百姓纷纷自动来。

[注释]灵台,《孟子》说为文王所建,今长安县西南丰京旧址,尚存文王灵台遗址,唐代在此建大平等寺,寺内有文王阁等建筑,现为县文物保护单位,灵台已重建。平等寺侧门外,灵沼、灵囿规模依稀可辨。灵台是辟雍中

的建筑，为贵族集会和举行典礼之地，也是贵族子弟的学习场所，据《括地志》，台孤高二丈，四面是广大的园林，三面池水环绕，养鱼之池称"灵沼"，养鹿鹤等禽兽之地称"灵囿"。经始：经，始皆训始，同义复词，即奠基。经、营：经营，筹划、营建。子来：俞越《诗经平义》释子通"滋"，多。

王在灵囿，	周王游乐在灵囿，
麀鹿攸伏。	母鹿卧伏多悠闲。
麀鹿濯濯，	母鹿毛色鲜又亮，
白鸟翯翯。	白鹤羽翼光闪闪。
王在灵沼，	周王游览在灵沼，
於牣鱼跃。	满池鱼儿都欢跳。

[注释]麀（音幽）鹿：母鹿。攸伏：攸，语词；伏，歇息。濯濯（音浊）：毛色鲜亮貌。白鸟：白鹤。翯翯（音褐）：羽光洁白貌。牣（音刃）：满。

虡业维枞，	钟架鼓架排列齐，
贲鼓维镛。	悬起大鼓和大钟。
於论鼓钟，	钟鼓齐鸣声和美，
於乐辟雍。	一派祥乐满辟雍。

[注释]虡（音巨）业：虡是悬挂编钟的木架两旁横木，业是悬挂乐器的大版，嵌在横木上，上雕花纹。贲（音坟）：大鼓。镛：大钟。论：通"伦"，伦次。

於论鼓钟，	钟鼓齐鸣声和美，
於乐辟雍。	一派祥乐满辟雍。
鼍鼓逢逢，	鼍皮大鼓蓬蓬响，
矇瞍奏公。	瞽师献乐颂成功。

[注释]鼍（音驼）：一种爬虫类脊椎动物，其皮制鼓称鼍鼓。逢逢（音

蓬）：拟声词，鼓声。矇瞍奏公：有眸子而盲称矇；无眸子而盲称瞍；奏，献；公，通"功"，事也。古代用盲人为乐师，奏公，即演奏乐器。

这是记叙文王建灵台和在灵台游赏欢乐的歌诗。《孟子》说："文王以民力为台为沼，而民欢乐之，谓其台曰灵台，谓其沼曰灵沼，乐其有麋鹿鱼鳖。古之人与民偕乐，故能乐也。"从本篇的文字看是文王建灵台，人民积极主动参加。周王游赏灵囿、灵沼、鹿、鸟、鱼不惊不扰，安闲雀跃，钟鼓齐鸣，一派祥和太平景象，歌颂了文王的伟大、神明和深得人民的爱戴。相传文王作邑于丰，于即位六年而建台，此诗又不似西周前之诗，今人或认为是后世周王重修灵台时所作（李山《诗经今注》），有一定道理，但诗作时代不影响全诗的主题。本诗历历铺叙而颇多夸饰，汉赋以宏大篇幅歌颂宫廷园林的铺陈扬厉手法，当是由本篇发展而成。

卷阿（大雅）

周王出游卷阿，群众相从，献诗歌颂。诗十章，前六章，章五句；后四章，章六句。

有卷者阿，	弯弯曲曲的丘陵，
飘风自南。	飘飘而来的南风。
岂弟君子，	平易和乐的君子，
来游来歌，	前来游赏歌载道，
以矢其音。	我也敬献一支歌。

[注释]在今本《诗经》中，《卷阿》十章，今人疑当初错简，将二诗合为一诗；前六章，章五句，为《卷阿》，后四章，章六句，可名《凤凰》。从体式和内容二者都可自成完整的一篇（孙作云、高亨、王宗石等）。其说有一定道理，但古籍不宜擅改，始仍从旧。

第一章,写国王出游,群臣陈诗祝颂。卷阿:弯曲的丘陵。《岐山县志》记卷阿在县西北二十里岐山之麓。《竹书纪年》记:成王"三十三年,王游于卷阿,召康公从"。献诗的人,当是召康公之类。飘风:迥风、旋风,牟庭《诗切》释为"飘扬而来之风"。岂弟:同"恺悌",平易和乐。君子:指周王。矢其音:矢,陈;其音,指歌诗。

伴奂尔游矣,	任你逍遥尽情游,
优游尔休矣。	悠闲自得且暂休。
岂弟君子,	平易和乐的君子,
俾尔弥尔性,	祝你高寿日月长,
似先公酋矣。	继续先王德政扬。

[注释]第二章,歌颂周王继承先公先王之道。伴奂:盘桓、逍遥。优游:闲适自乐。俾尔弥尔性:俾,使;尔,第二人称;弥,终、久;性,通"生",生命;句意为祝你长寿享天年。似:"嗣"的借字,继承。酋:通"猷",谋略、政策。

尔土宇昄章,	你的疆域版图大,
亦孔之厚矣。	实在辽阔又宽广。
岂弟君子,	平易和乐的君子,
俾尔弥尔性,	祝你高寿日月长,
百神尔主矣。	主祭百神是我王。

[注释]第三章,歌颂周王主百神之祭。土宇:疆域。昄章:版图,一说大明。孔、厚:孔,甚;厚,广博、富厚。主:主祭。天子主祭百神。

尔受命长矣,	你受天命长又久,
茀禄尔康矣。	福禄安康样样有。
岂弟君子,	平昌和乐的君子,

俾尔弥尔性，   祝你高寿日月久，

纯嘏尔常矣。   天赐洪福永远享。

[注释]第四章，歌周王永享大福。受命：受天命为王。茀禄：茀，通"福"。纯嘏：大福；纯，大；嘏，福。常：长。

有冯有翼，   有襄助也有辅佐，

有孝有德，   有孝有德品性高，

以引以翼。   有帮手也有引导。

岂弟君子，   平易和乐的君子，

四方为则。   天下把你当榜样。

[注释]第五章，歌周王有良臣辅佐，为则四方。冯：同"凭"，辅佐。翼：助。引：引导。则：法则、榜样。

颙颙卬卬，   温柔敦厚气轩昂，

如圭如璋，   纯洁无瑕如圭璋，

令闻令望。   美好名声传四方。

岂弟君子，   平易和乐的君子，

四方为纲。   天下纲纪由你掌。

[注释]第六章，歌周王有美誉掌四方之纲纪。颙颙（音容）：温和肃敬貌。卬卬（音昂）：气宇轩昂貌。圭、璋：美玉制成的礼器，多用以象征人的美好品德。令闻：美好的声誉。望：名望。

凤凰于飞，   凤凰在飞翔，

翙翙其羽，   百鸟齐展翅，

亦集爰止，   一同朝凤凰。

蔼蔼王多吉士，   王朝济济多贤臣，

| 维君子使, | 听命于君王, |
| 媚于天子。 | 爱戴明天子。 |

[注释]第七章,歌凤凰见,国王有良材辅佐,天下太平。凤凰:传说中的神鸟,相传凤凰见则天下太平。翙翙(音惠):禽鸟飞翔时振翅发出的声音。蔼蔼:众多貌。吉士:好的士,指周王众大臣。媚:爱。

凤凰于飞,	凤凰在飞翔,
翙翙其羽,	百鸟齐展翅,
亦傅于天。	高飞在天上。
蔼蔼王多吉人,	王朝济济贤臣多,
维君子命,	听从君王命,
媚于庶人。	爱护众百姓。

[注释]第八章,歌周王恩惠万民。傅:通薄,至,迫近。吉人:同"吉士"。

凤凰鸣矣,	凤凰在歌唱,
于彼高岗。	在那高冈上。
梧桐生矣,	梧桐在生长,
于彼朝阳。	迎着那朝阳。
菶菶萋萋,	梧桐枝茂叶盛,
雝雝喈喈。	凤鸣和谐响亮。

[注释]第九章,歌颂周王实现天下太平。梧桐:一种落叶乔木,传说"凤凰"非梧桐不栖。菶菶(音朋):草木茂盛貌。雝雝喈喈(音雍、皆):拟声词,拟凤凰鸣声和谐悦耳。

| 君子之车, | 君子的车啊, |
| 既庶且多。 | 兴盛又众多。 |

君子之马，	君子的马啊，
既闲且驰，	娴熟又善驰，
矢诗不多，	献上诗不长，
维以遂歌。	马上谱成歌。

[注释]第十章，卒章显志。庶：多。闲：训练有素，熟练。驰：快跑。遂：完成。

周王往游卷阿，众臣随行，献诗称颂。刘毓庆《诗经图注》说："这是周王与群臣出游卷阿，诗人陈诗颂王的诗。诗人可能是一位地方官，他庆幸周王的到来，故诗中盛赞周王仪容之美，群臣之贤，扈从之盛。"此说较为佳胜。前六章和后四章，都可独立成篇，前六章颂美周王出游的盛况，臣民的爱戴，继祚先王，礼贤求士，祝贺其平易和善，政权永固，长寿多福；后四章则以凤凰比周王，百鸟比群臣，赞美天子圣明，群臣济济，王朝兴盛，群臣拥戴周王，有如百鸟朝凤。其实，凤凰只不过是神话传说中的神鸟，诗中所歌寓意祥瑞的祝颂之辞。从《诗经》开始，这类颂诗历代都有，而凤凰之类虚幻的意象也历代沿用，直至清末。

云汉（大雅）

美宣王禳灾。《竹书纪年》记，周厉王二十六年大旱，连年旱灾严重，赤地千里，饥民遍野，宣王即位向天祈祷，为民禳灾，得大雨。诗八章，章十句。

倬彼云汉，	那明亮的银河，
昭回于天。	在天空光灿灿旋转。
王曰於乎，	王说：呜呼！
何辜今之人？	现今的人有什么罪孽？
天降丧乱，	上天降下丧乱，

饥馑荐臻。	饥馑接踵来临。
靡神不举，	没有一个神灵没祭祀，
靡爱斯牲，	从不吝惜贡献牺牲，
圭璧既卒，	圭璧礼器已经用尽，
宁莫我听。	为什么不听我们的呼声。

[注释]第一章，宣王于夜晚向天祈祷，为民请命。倬：明。云汉：天河，又称银河。昭：光明。回：旋转。於乎：同"呜呼"，叹词。荐：重复。臻：至。靡：无。举：《礼记·王制》郑玄注："举，犹祭也。"爱：吝惜。牲：牺牲，指牛、羊、猪等祭品。圭璧：祭礼所用玉制礼器。周人祭天则焚玉，祭山则埋玉，祭河则沉玉，祭人鬼神则藏玉。

旱既大甚，	旱灾太严重了，
蕴隆虫虫。	暑气闷热如熏蒸。
不殄禋祀，	禋祀未曾断绝，
自郊徂宫，	从郊祭又到宗庙之中，
上下奠瘗，	天神地神都祭奠，
靡神不宗。	没有一个神灵不礼敬。
后稷不克，	始祖后稷保不了子孙，
上帝不临，	上帝不降临显灵，
耗斁下土，	下土这样损耗败坏，
宁丁我躬。	我宁愿自身担承。

[注释]第二章，写宣王祭祖祀神，愿自身承受灾难。大甚：大，通"太"，特严重。蕴隆：蕴通"煴"，煴隆，暑气郁积而隆盛。虫虫：热气熏蒸貌。虫，同"重"，烤灼。殄（音舔）：灭绝。徂：往。宫：指宗庙。周人祭天在郊外举行，祭祖在宗庙举行。上下：天地。奠瘗（音义）：陈列祭品曰奠，祭地神埋玉于地下曰瘗，瘗，埋。克：胜。朱熹释："言后稷欲救此旱灾而不能胜地。"耗斁（音杜）：消耗，败坏。丁：当、遭遇。躬：身。

旱既大甚，	旱灾太严重了，
则不可推。	已经很难排除。
兢兢业业，	终日兢兢业业，
如霆如雷。	当头如有雷霆。
周余黎民，	周地残余的百姓，
靡有孑遗。	如今一个未剩。
昊天上帝，	昊天上帝啊，
则不我遗。	不把我们怜惜。
胡不相畏？	怎能不害怕呢？
先祖于摧！	先祖基业就要断绝！

[注释]第三章,写宣王祈求先祖救灾。推:排除。兢兢业业:《毛传》释"兢兢,恐也。业业,危也"。孑遗:遗留;孑,独也。昊天:上天。则不我遗:遗(音魏),给予。摧:折断。

旱既大甚，	旱灾太严重了，
则不可沮。	已经很难阻止。
赫赫炎炎，	烈日炎炎如火烧，
云我无所。	无处躲避无处逃。
大命近止，	寿命眼看终止，
靡瞻靡顾。	神灵不来关顾。
群公先正，	群公先正啊，
则不我助。	不来给我帮助。
父母先祖，	父母先祖啊，
胡宁忍予。	怎能忍心看我受苦。

[注释]第四章,写宣王祈求群公先正救灾。沮:阻止。赫赫炎炎:赫赫形容阳光如火,炎炎形容炽热。云:语助词。大命:寿命。群公先正:泛称已

死的前代诸公侯卿臣神灵。忍予:忍心让我受苦。

旱既大甚，	旱灾太严重了，
涤涤山川。	山陵光秃河水干。
旱魃为虐，	旱魃在肆虐，
如惔如焚。	有如燎原烈火燃烧。
我心惮暑，	酷暑令我畏惧，
忧心如熏。	忧心如同灼烤。
群公先正。	群公先正啊，
则不我闻。	不把我恤问。
昊天上帝，	昊天上帝啊，
宁俾我遁。	让我何处逃遁。

[注释]第五章,写宣王再祈求上帝救灾。涤涤:《毛传》释"旱气也,山无木,川无水"。旱魃(音拔):致旱的神鬼。惔:《毛传》释为燎。惮:怕。闻:通"问",《诗毛氏传疏》释为恤问。

旱既大甚，	旱灾太严重了，
黾勉畏去。	努力而为不畏怯。
胡宁瘨我以旱，	为什么大旱苦害我，
憯不知其故。	始终不知是何故。
祈年孔夙，	很早就祭祀求丰年，
方社不莫。	祭方祭社从不误。
昊天上帝，	昊天上帝啊，
则不我虞。	竟然不给我帮助。
敬恭明神，	我虔诚敬神明，
宜无悔怒。	不该对我恼怒。

[注释]第六章,写宣王怨问上帝。黾勉:勉力而为。畏去:通"畏怯"。

瘨(音颠)、憯(音惨)：朱熹释"瘨，病。憯，曾也"。祈年：祈求年景丰收。孔夙：很早；孔，甚；夙，早。方社：祭四方之神曰方，祭土地之神曰社。虞：《广雅》释"助也"。悔：恨。

旱既大甚，	旱灾太严重了，
散无友纪。	社会散漫没有了法纪。
鞫哉庶正，	六部长官无办法，
疚哉冢宰。	宰相内心空焦急。
趣马师氏，	趣马和师氏，
膳夫左右，	膳夫和近臣，
靡人不周，	人人都救灾，
无不能止。	个个忙不停。
瞻卬昊天，	仰望昊天啊，
云如何里？	旱情为什么止不住？

[注释]第七章，写宣王望群臣合力救灾。友：通"有"。无有纪，言没有法纪。鞫：穷尽。庶正：六官之长；庶，众官；正，长。疚：内心愧悔。冢宰：周代官名，类似后世宰相、首辅大臣。趣马：周代官名，掌养马之官。师氏：周代官名，掌国王和贵族子弟之教育。膳夫：周代官名，掌王宫饮食的官。左右：泛指国王左右的近臣。周：通"赒"，《毛传》释"救也"。卬：通"仰"。里：通"悝"，忧；一说通"已"，可从。

瞻卬昊天，	仰望昊天啊，
有嘒其星。	满空星光闪。
大夫君子，	大夫君子啊，
昭假无赢。	祷告上帝无差错。
大命近止，	寿命就要结束，
无弃尔成。	也不放弃对上帝的虔诚。
何求为我，	求雨不是为了我，

以戾庶正。	是为安定庶民百官。
瞻卬昊天，	仰望昊天啊，
曷惠其宁？	何时赐我们安宁？

[注释]第八章，写宣王望全国上下通力合作救灾。有嘒：嘒嘒，众多星辰星光闪烁。昭假：祷告上帝。无赢：无差错。成：通"诚"，一说为成功之成，亦通。戾：《诗毛氏传疏》释"戾，定也"。

西周盛世并不久，共、夷之后逐渐衰落，至厉王失政，天怒人怨，内忧外患，乃至爆发国人暴动。厉王二十六年起的连年大旱，史有记载。宣王励精图治，号称"中兴"。这篇诗歌颂宣王即位后祈天求雨的情景，通篇以宣王的语气，反映了当时旱灾的严重，也道出了他关怀民生，关心国运，乃至愿以身代的心情。《竹书纪年》说宣王登基祈天求雨，"遂大雨"，这当然不可信，他发动全国上下通力抗旱救灾，却是可信的。诗人作歌，歌颂宣王关怀民生的困苦。有人说本篇是宣王大臣尹吉甫作，无确证，我们可以肯定是宣王的大臣所作。

韩奕(大雅)

叙述年轻的韩侯入朝受封、觐见、迎亲、归国和归国后的活动。诗六章，章十二句。

奕奕梁山，	巍巍梁山多高峻，
维禹甸之，	大禹治水好地方，
有倬其道。	大道宽阔通京城。
韩侯受命，	韩侯来京受册命，
王亲命之：	周王亲自来宣布：
缵戎祖考，	继承你先祖功业，

无废朕命。	莫辜负朕的重任。
夙夜匪解,	日日夜夜不松懈,
虔共尔位,	只要你忠诚职守,
朕命不易。	朕的册命不变更。
榦不庭方,	讨伐不朝的方国,
以佐戎辟。	为王朝安定一方。

[注释]第一章,从大禹开通九州、韩城有大道直通京师起笔,通过周王亲自宣布册命和册命的内容,说明受封的韩侯应担负的重要政治任务以及周王对其所寄予的重大期望。奕奕:高大貌。梁山:宣王时韩国境内山名;所在地诸说不一。郑笺据《汉书·地理志》谓:"梁山在夏阳西北,即今陕西韩城县和合阳县之间的梁山。"马瑞辰《毛诗传笺通释》引《潜夫论》谓:"昔周宣王亦有韩城,其国也近燕。"又引王肃云:"涿郡方城县有韩侯城。"又引《水经注》云:"方城今为顺天府固安县,在府西南百二十里。"按《大清一统志》:"韩城在固安县西南,《县志》今名韩侯营,在县东南十八里。"胡承珙《毛诗后笺》则力驳此说,坚主陕西,可参考。甸:治;传说大禹治水开辟九州。倬(卓):长远。韩侯:姬姓,周王近宗贵族,诸侯国韩国国君。历史上周朝封建的韩国有两个,始封国君都是周武王的儿子。一在今陕西韩城县南,世袭到春秋时并入晋国。一在今河北固安县东北,与燕国接近,即本诗中的燕国。受命:接受册命。周制,封建诸侯爵位有等,其国城、土地、兵力因之有差别。周宣王为加强北方防务,增强韩国作为屏障的作用,提高其爵位,以便重修韩城,增加常备军。王:周宣王,西周一个比较有作为的国王,力图振兴趋于没落的周王朝。缵:继承。戎:你。祖考:先祖。朕:周王自称。夙夜:早晚。匪解:非懈。虔共:敬诚恭谨;共,通"恭"。榦:同"幹",安定;一说,同"干",纠正;均通。不庭方:不来朝觐的方国诸侯。周制,方国诸侯应定期朝觐纳贡,不来朝觐,称为不庭,被作为对周王不忠顺的罪状,应予讨伐。辟:君位。

四牡奕奕,	四匹公马驰如飞,
孔修且张。	又高又大气昂昂。

韩侯入觐,	韩侯入京朝天子,
以其介圭,	手持介圭上殿堂,
入觐于王。	恭行觐礼拜周王。
王锡韩侯,	王赏韩侯百千强,
淑旂绥章,	蛟龙日月旗漂亮,
簟茀错衡,	竹篷车子雕纹章,
玄衮赤舄,	黑色龙袍红朝靴,
钩膺镂锡,	马饰繁缨金铃装,
鞹鞃浅幭,	车轼蒙的是虎皮,
鞗革金厄。	辔头挽具闪金光。

[注释]第二章,叙述韩侯觐见和周王给予赏赐。依据礼法,呈介圭为贽表明韩侯的合法地位,周王的赏赐表示韩侯受到的恃宠。周代以"礼"治国,按制度,周代贵族服饰车乘的质料、颜色、图案、式样、大小规格都有规定,不能僭越。周王赏赐的蛟龙日月图案的黑龙袍、红色木底高靴、特定规格的精美车辆,都是诸侯方伯使用的。由周王赏赐,类似后世的"授衔"和公布享受何种等级的待遇,它表明受赐者地位、权利的提高:年轻的韩侯一跃而为蒙受周王优宠、肩负重任的荣显人物。牡:公马。孔修:很长。入觐(音近):入朝朝见天子。介圭:玉器,天子圭一尺二寸,诸侯圭九寸以下。按周礼,王册封诸侯赐予介圭作为镇国宝器,诸侯入觐时须手执介圭作觐礼之贽信。这是觐礼礼仪之一。锡:同"赐",赏赐。淑旂:色彩鲜艳绘有蛟龙、日月图案的旗子。绥章:指旗上图案花纹优美。簟茀:竹编车篷。错衡:饰有交错花纹的车前横木。玄衮:黑色龙袍,周朝王公贵族的礼服。赤舄:红鞋。钩膺:又称繁缨,束在马腰部的革制装饰品。镂锡:马额上的金属制装饰品。鞹鞃(音扩洪):包皮革的车轼横木。浅:浅毛虎皮。幭(音灭):覆盖。鞗(音条)革:马辔头。厄:通"轭"。

韩侯出祖,	韩侯出京先路祭,
止宿于屠。	途中住宿在杜陵。

显父饯之，	显父饯行设美宴，
清酒百壶。	美酒百壶甜又清。
其肴维何？	用的酒肴是什么？
炰鳖鲜鱼。	炖鳖蒸鱼味鲜新。
其蔌维何？	用的蔬菜是什么？
维笋及蒲。	嫩笋嫩蒲香喷喷。
其赠维何？	赠的礼物是什么？
乘马路车。	四马大车好威风。
笾豆有且，	盘盘碗碗摆满桌，
侯氏燕胥。	侯爷吃得喜盈盈。

[注释]第三章，叙述韩侯离京时由朝廷卿士饯行的盛况。出行祖祭是礼制，大臣衔命出京，例由朝廷派卿士在郊外饯行，这也是礼制。祖祭后出行，祭礼用清酒，所以饯行也"清酒百壶"，这仍是礼制。一切依礼制进行，又极尽宴席之丰盛。这些描写继续反映韩侯政治地位的重要及其享受的尊荣。出祖：出行之前祭路神。屠：地名，可能是岐山东北的杜陵。显父：周宣王的卿士；父，是对男子的美称。炰鳖：烹煮鳖肉。蔌：蔬。笋：笋。乘马：一乘车四匹马。路车：辂车，贵族用大车。笾（音边）豆：饮食用具，笾是盛果脯的高脚竹器，豆是盛食物的高脚、盘状陶器。燕胥：燕乐；燕，通"宴"。

韩侯取妻，	韩侯娶妻办喜事，
汾王之甥，	大王外甥做新娘，
蹶父之子。	蹶父长女嫁新郎。
韩侯迎止，	韩侯出发去迎亲，
于蹶之里。	蹶地里巷喜洋洋。
百两彭彭，	百辆车队闹嚷嚷，
八鸾锵锵，	串串銮铃响叮当，
不显其光。	婚礼显耀好荣光。
诸娣从之，	众多姑娘作陪嫁，

祁祁如云。	犹如云霞铺天上。
韩侯顾之，	韩侯行过曲顾礼，
烂其盈门。	满门光彩真辉煌。

[注释]第四章,叙述韩侯迎亲。这一章铺陈女方高贵的出身家世和富贵繁华的迎亲场面,烘托出热烈的喜庆气氛,再现了贵族婚礼的铺张场景和风习,也表现了主人公的荣贵显耀。取妻:同"娶妻"。汾王:郑笺"厉王流于彘,彘在汾水之上,故时人因以号之"。马瑞辰《毛诗传笺通释》以为"汾者坟之假借,故传训为大,传泛言大王,但以为美称耳,未尝专指厉王"。俞樾《群经平议》以为"此汾王疑即西戎之王……西戎之君称王者多矣。汾即《考工记》之纷胡,汾王者,纷胡之王也。韩侯娶汾王之甥……当时借此为服西戎之策,后世和亲之议,此其滥觞也。诗人张大其事而歌咏之,盖亦如此"。此说史无明据,故未取,仍依毛传但云大王。蹶父:周的卿士,姞姓,以封地蹶为氏。迎止:迎亲;止,同"之"。周时婚礼新郎去女家亲迎新娘。百两:百辆。彭彭:盛多貌。鸾:通"銮",挂在马镳上的铃,每车四马八銮。不(音披)显:不,通"丕",大;丕显,非常显耀。诸娣从之:娣,女弟,即妹。周代婚制,诸侯嫡长女出嫁,诸妹诸侄随从出嫁为妾媵。祁祁:盛多貌。顾:回头看;或谓"顾"为"曲顾"之礼。烂:光彩明耀。

蹶父孔武，	蹶父强健很勇武，
靡国不到。	足迹踏遍万方土。
为韩姞相攸，	他为女儿找婆家，
莫如韩乐。	找到韩侯心最舒。
孔乐韩土，	韩地是个好地方，
川泽訏訏。	川泽遍布水源足。
鲂鱮甫甫，	鳊鱼鲢鱼肥又大，
麀鹿噳噳，	母鹿小鹿聚满坡，
有熊有罴，	有熊有罴在山林，
有猫有虎。	还有山猫与猛虎。

庆既令居，	欣喜有个好地方，
韩姞燕誉。	韩姞心里好欢乐。

[注释]第五章，重点叙述韩国土地富庶，河流湖泊密布，盛产水产品和珍贵毛皮。孔武：很勇武。孔，甚。靡：没有。韩姞：即蹶父之女，姞姓，嫁韩侯为妻，故称韩姞。相攸：观察合适的地方；相，视；攸，所。訏訏（音虚）：广大貌。鲂鱮：两种鱼名，今名鳊、鲢。甫甫：大貌。麀（音优）：母鹿。噳（音禹）噳：鹿多群聚貌。令居：美好居所。燕誉：安乐高兴。

溥彼韩城，	韩城扩建高又大，
燕师所完。	燕国征役来完工。
以先祖受命，	依循先祖受王命，
因时百蛮。	管辖百蛮靖北方。
王锡韩侯，	王赐韩侯复祖业，
其追其貊。	追族貊族归韩邦。
奄受北国，	管辖北方各小国，
因以其伯。	充任北方诸侯长。
实墉实壑，	城墙坚实壕沟长，
实亩实籍。	划分田亩定税章。
献其貔皮，	珍贵貔皮作贡品，
赤豹黄罴。	赤豹黄罴献周王。

[注释]第六章，叙述韩侯归国，成为北方诸侯方伯，建韩城，施行政，统治百国，成为王朝屏障，并向朝廷贡献。溥（音普）：广大。韩城：韩国都城。燕师：燕国的人众。周制，各诸侯国都城建筑面积、城垣高度等规格及其常备军人数，据爵位高低而定。韩侯受命为北地方伯，故扩建韩城。韩城与燕国相近，故从燕国征发人众前来筑城。当时工程都向各地征役。燕国，姬姓诸侯，召公奭长子始封，在今北京市大兴县北。时：犹"司"，掌管、统辖。百蛮：古时对异族土著部落统称蛮、夷，百是概数，言其多。追（音堆）、貊（音

莫）：北方两个少数民族。奄：完全。伯：诸侯之长。实：是，乃。墉：城墙，此作动词。壑：壕沟，此作动词。亩：田亩，此作动词，指划分田亩。籍：征收赋税，正税法。貔（音皮）：一种猛兽名。

《韩奕》是历代重视的《大雅》名篇之一。《毛诗序》云："《韩奕》，尹吉甫美宣王也。"但按验文本，诗的内容主要是叙述年轻的韩侯入朝受封、觐见、迎亲、归国和归国后的活动，全诗的主人公是韩侯，至于说诗的创作年代在周宣王时，是可信的，与史实相合。是否尹吉甫所作，则尚难断定。

西周王朝后期内忧外患，经过厉王时代的社会和政治大动乱，宣王力图振兴，调整统治集团内部关系，实行某些开明政策；东伐淮夷、北伐猃狁以御外侮；迁申侯于谢邑镇守南方要冲，派仲山甫督修齐城捍卫东方，封韩侯扩建韩城加强北方防务，一时号称"中兴"。本诗所记述的韩侯受封入觐，是宣王时代重要的政治活动之一。

诗的主题是颂扬韩侯，颂扬他接受安定北方的重任，获得国王的倚重，公卿的尊慕和礼敬，诗中也渲染他的富贵荣华以及他的权威，而主要是突出他的政治作用。所以，这是一篇歌颂接受国家重任的大臣的颂歌。通过诗中对他的富贵、荣显以及饯宴、迎亲的描写，也使我们对周代上层贵族生活有所了解，如其迎亲的豪奢（"百两彭彭，八鸾锵锵""诸娣从之，祁祁如云"）和贵族婚制（媵妾制）等。所以，这篇诗也是周代贵族社会的一卷素描。全诗六章，各章重点明晰，又内容集中，章章勾连，首尾照应。诗的主旨是颂美贵族，却无溢美或阿谀之辞，只是叙述事实，铺陈事物，或正面叙述，或侧面烘托，落笔庄重大方。有些描写又有声有色，生动活泼。所以，吴闿生《诗义会通》评论说："雄峻奇伟，高华典丽，兼而有之，在三百篇中，亦为杰出之作。"

崧高(大雅)

　　周宣王的母舅申伯来朝,宣王为加强南部边防,改封建申伯于谢邑,总理南国之事,作南方的屏障,命召伯虎先行率兵士修建谢城,而后申伯离京赴新封地。宣王为之饯行时,大夫尹吉甫作此歌诗为申伯送行。诗八章,章八句。

崧高维岳,	崇高的大岳,
骏极于天。	高峻直达九天。
维岳降神,	太岳神灵降临,
生甫及申。	生下仲山甫和申伯。
维申及甫,	这申伯和仲山甫,
维周之翰,	是周王的臂膀,
四国于蕃,	捍上边疆的藩篱,
四方于宣。	镇守四方的垣墙。

　　[注释]第一章,歌申伯的出生和德才。崧:三家诗作"嵩"。嵩山在今河南省登封县境,为古代的四岳之一,亦即后世所称五岳中的中岳。骏:通"峻"。峻极,即至高。甫及申:甫是仲山甫,当时宣王朝的宰相;申是申伯,原来是封地申国,在今陕西郿县、周至县一带。这里甫、申并提,意在把申伯的才德和功绩与当朝首相并列。翰:主干、栋梁。蕃:通"藩",藩篱、屏障。宣:马瑞辰《毛诗传笺通释》谓通"垣",城墙。

亹亹申伯,	勤奋的申伯,
王缵之事;	担负国王的大任;
于邑于谢,	在谢地建城开邦,
南国是式。	治理南国地方。

王命召伯，	国王派召伯，
定申伯之宅。	确定申伯的城邑、疆土。
登是南邦，	让他临驻南邦，
世执其功。	世代把王国藩篱充当。

[注释]第二章,歌申伯改封,召伯虎奉命营建谢邑。亹亹(音伟):勤勉貌。缵:任用。于邑:建城邑。式:法式、榜样。召伯:召伯虎,是召公后裔、宣王的大臣,当时建城之工程多由兵丁集体担任,类似工程兵。西周的分封建国,各诸侯国都城规模有一定的制度,而且在一般情况下封国世袭,所以后文说"定申伯之宅"。登:升。功:事,指政权。郑玄释:"世世执其政事,传子孙也。"

王命申伯，	周王命令申伯，
式是南邦。	要作南国的榜样。
因是谢人，	利用谢地的民众，
以作尔庸。	来建筑你的都城。
王命召伯，	周王命令召伯虎，
彻申伯土田。	划定申伯的疆土。
王命傅御，	周王命令傅、御，
迁其私人。	搬迁申伯的家臣。

[注释]第三章,用周王的口气命召伯虎为申伯确定所属疆土。因:依靠、用。庸:通"墉",城。彻:治也,朱熹释:"彻,定其经界,正其赋税也。"傅、御:傅指太傅,御指国王近侍。私人:指申伯的家臣。

申伯之功，	申伯筑城彻田事情多，
召伯是营。	都是召伯来经营。
有俶其城，	谢城建筑多美好，
寝庙既成。	宗庙居室也落成。

既成藐藐，	落成的城邑真高大，
王锡申伯，	周王又把申伯赏，
四牡跷跷，	四匹公马多么雄壮，
钩膺濯濯。	颈上缨钩闪闪发光。

[注释]第四章，歌谢邑建城完成，申伯将行，周王开始赏赐。功：指筑城彻田之事。营：经营、操办。有俶：俶俶，美好貌。寝庙：居室和宗庙，周代建筑制度，前为宗庙，后有寝室。藐藐：高大貌。锡：通"赐"。牡：公马。跷跷：强壮貌。钩膺：马颈上的带饰。濯濯：明亮。

王遣申伯，	周王赏申伯，
路车乘马。	辂车和乘马。
我图尔居，	我思量你的居处，
莫如南土。	别处不如南国好。
锡尔介圭，	赐你大圭作信物，
以作尔宝。	用来作你传家宝
往迡王舅，	去吧，我的大舅，
南土是保。	保障南土靠你了。

[注释]第五章，以宣王的口气赏赐申伯并付托重任。遣：送。路车乘马：路车，通"辂车"，诸侯乘坐之车，有定制，驾车四马，称乘马。我：诗人代宣王自称。下文的"尔"为第二人称，指申伯。图：思考。介圭：大圭，周王颁赐诸侯的玉制礼器。迡(音计)：语助词，此字已废弃。王舅：申伯是周厉王王后申后之兄，宣王的大舅。

申伯信迈，	申伯的起程确定，
王饯于郿。	周王在郿郊饯行。
申伯还南，	申伯赴国去谢城，
谢于诚归。	真心实意实行王命。

王命召伯，	王已经命令召伯，
彻申伯土疆，	划定申伯管理的土疆，
以峙其粮，	要他快快积聚食粮，
式遄其行。	他急速地奔向南方。

[注释]第六章，歌宣王为申伯饯行。信：确实。迈：行。郿：地名。国王在郿地郊外为大臣饯行，是对出行大臣的隆重的礼遇。谢于诚归：诚归于谢的倒文；谢，指谢邑，申伯新封之国；诚，真心实意；赴谢地执行任务。土疆：土地疆界。峙：通"庤"（音志），《说文》释："储置屋下也。"粮（音张）：《尔雅》释："粮也。"遄：急速。

申伯番番，	英武的申伯，
既入于谢，	来到了谢地，
徒御啴啴。	兵多马又壮。
周邦咸喜，	全国都欢庆，
戎有良翰。	国王有了好臂膀。
不显申伯，	光荣显耀的申伯，
王之元舅，	国王的大舅，
文武是宪。	文武的榜样。

[注释]第七章，歌申伯到达谢地，全国欢庆。番番：英武貌。徒御：徒是步兵，御是车骑。啴啴（音摊）：众多貌。戎：你，指宣王。不：通"丕"，大。宪：效法。

申伯之德，	申伯的美德，
柔惠且直。	和顺又正直。
揉此万邦，	安定天下万邦，
闻于四国。	声名传扬四方。
吉甫作诵，	吉甫作出这篇诗，

其诗孔硕，	它的意义很重要，
其风肆好，	它的乐调极美好，
以赠申伯。	用来赠给申伯。

[注释]第八章，赞美申伯的德行，说明作诗的旨意。柔惠：温柔和顺。揉：安。吉甫：宣王的卿士尹吉甫，本诗的署名作者。孔硕：孔，甚；硕，大；指本诗的内容重大。风：曲调。肆好：极好。

这篇诗赞美担负保卫国家责任的诸侯，称之为国家的栋梁，众臣的榜样，从周王对申伯的升迁、托付重任，以及物质赏赐和隆重的礼遇，也可以看到周王封建诸侯的目的和制度，如"彻土田"、"彻土疆"、"定宅"、营城邑、建寝庙，以及申伯入谢的受欢迎，等等；也赞美宣王"能建国"、"亲诸侯"，反映了宣王力图中兴的气概，全诗是赞美申伯，也是赞美宣王。

甘棠（召南）

人民歌颂和纪念召伯的地方乐歌。诗三章，章三句。

蔽芾甘棠，	甘棠树高枝叶密，
勿剪勿伐，	莫要砍伐莫剪枝，
召伯所茇。	召伯曾宿树荫下。
蔽芾甘棠，	甘棠树高枝叶密，
勿剪勿败，	莫要毁坏莫剪枝，
召伯所憩。	召伯曾憩树荫下。
蔽芾甘棠，	甘棠树高枝叶密，
勿剪勿拜，	莫要拔它莫剪枝，
召伯所说。	召伯曾休息树荫下。

[注释]甘棠:棠梨树。蔽芾(音废):树木高大,枝叶茂盛,树荫浓密。召伯:《史记·燕召公世家》记:"召公之治西方,甚得兆民和。召公巡行乡邑,有棠树,决狱政事其下,自侯伯至庶人各得其所,无失职者。"此诗编在《召南》,今陕西宝鸡市属地,甘棠遗迹犹存。《史记》所记与诗的内容相合,诗中之召伯,指西周初期的召公奭。又,今人有谓召公奭未称伯,诗中称召伯者,当指宣王的大功臣召伯虎,可备一说。茇(音拔):通"废",草房,引申为住宿。败:毁坏。憩(音气):休息。拜:通"扒",《广韵》释"扒,拔也"。说(音税):通"税",《尔雅》释"税,舍也",止息。

这篇地方乐歌,歌颂曾经治理地方而为人民做好事的召伯,他下乡办公时曾经休息于其树荫下的甘棠树,成为人民对他永远的纪念。这是一曲别开生面的颂美乐歌,不写召伯的品德,不写他的业绩和作为,人们见到甘棠树,便想到曾经休息于其下的召伯其人,甘棠树成为人民心中召伯的纪念碑。通篇采用民歌体,语言质朴、明快,言浅意深,以重章叠唱的形式,每章只更换几个同义词,反复咏唱,加强主题。

第十四讲

政治讽喻诗

诗的内容是时代的反映。《诗经》中有一部分政治讽喻诗,基本上产生在西周王国厉、幽两朝的衰亡之世,它们是"大雅"中厉王时代的《民劳》、《板》、《荡》、《抑》、《桑柔》5 篇和"小雅"中幽王时代的《节南山》、《正月》、《十月之交》、《雨无正》、《小宛》等诸篇。"大雅"的政治讽喻诗,出自当时的老臣之手,以《板》、《荡》为代表作,它们共同体现了在国家危难时期老臣对国家命运的深切关怀,揭露政治的黑暗腐败,以改良政治挽救危亡的精神,向最高统治者提出激烈的讽谏。这类作品充满对现实人生的忧患意识,充满对国家、对人民的责任感和使命感,成为封建社会正直的知识分子的"忠正"典范,长期流传有所谓"疾风知劲草,板荡识忠臣",以及"武死战,文死谏"等格言。政治讽喻诗是《诗经》中的优秀篇章。

民劳(大雅)

召穆公谏厉王。诗五章,章十句。

民亦劳止,	百姓劳瘁不堪,
汔可小康。	但求稍稍安康。

惠此中国，	爱护京师百姓，
以绥四方。	才能安定四方。
无纵诡随，	勿信奸佞欺诈，
以谨无良。	谨慎防备小人。
式遏寇虐，	制止掠夺暴虐，
憯不畏明。	畏惧王法无情。
柔远能迩，	安抚远近民众，
以定我王。	保我国王安宁。

[注释]周厉王是成王七世孙，西周后期的昏暴君王，老臣召穆公作歌诗进行劝谏。第一章，以为民请命开端纵论政局。汔：同"乞"。中国：京师。诡随：欺诈。谨：谨慎防备。无良：行为恶劣的人，即小人。遏：阻止。憯（音惨）：曾、乃。

民亦劳止，	百姓劳瘁不堪，
汔可小休。	但求稍得休养。
惠此中国，	爱护京师百姓，
以为民逑。	可得天下民心。
无纵诡随，	勿信奸佞欺诈，
以谨惛怓。	谨防混乱朝纲。
式遏寇虐，	制止掠夺暴虐，
无俾民忧。	勿使百姓忧伤。
无弃尔劳，	不要不顾政绩，
以为王休。	让王美名传扬。

[注释]第二章，言爱护京师百姓，关心人民苦难。逑：《毛传》释为聚合。惛怓（音昏挠）：《毛传》释"大乱也"。尔：你，指当政者。劳：《郑笺》释"犹功也"，指功劳、政绩。休：美。

民亦劳止，	百姓劳瘁不堪，
汔可小息。	但求稍得生息。
惠此京师，	爱护京师百姓，
以绥四国。	可安定诸侯各国。
无纵诡随，	勿信奸佞欺诈，
以谨罔极。	防备缺德小人。
式遏寇虐，	制止抢掠暴虐，
无俾作慝。	不使邪恶横行。
敬慎威仪，	庄重仪容举止，
以近有德。	亲近有德贤臣。

[注释]第三章，言爱护京师百姓可安定四方诸侯国。四国：四方诸侯国。罔极：旧释为无法度，屈万里考释即今语"缺德"之意。慝（音特）：邪恶。威仪：仪容举止。近：接近、亲近。

民亦劳止，	百姓劳瘁不堪，
汔可小愒。	但求稍得休息。
惠此中国，	爱护京师百姓，
俾民忧泄。	使人民忧愁消失。
无纵诡随，	勿信奸佞欺诈，
以谨丑厉。	谨防丑类当差。
式遏寇虐，	制止抢掠暴虐，
无俾正败。	勿使朝政败坏。
戎虽小子，	你虽是年轻人，
而式弘大。	任务十分宏大。

[注释]第四章，言爱护京师百姓可解人民之忧。愒（音气）：休息。泄：《毛传》释"去也"。丑厉：丑恶者。正败：政治败坏；正，通"政"；败，《郑笺》曰"坏也"。戎：《郑笺》曰"犹汝也"，你。小子：年轻人。式：作用。

民亦劳止，	百姓劳瘁不堪，
汔可小安。	只求稍得安宁。
惠此中国，	爱护京师百姓，
国无有残。	国家不会残毁。
无纵诡随，	勿信奸佞欺诈，
以谨缱绻。	谨防营私结党。
式遏寇虐，	制止掠夺暴虐，
无俾正反。	勿使朝政反常。
王欲玉女，	王啊，我爱你像宝玉一样，
是用大谏。	才作这严重的劝谏。

[注释]第五章，言爱护京师百姓可保障国家不致败亡。缱绻（音遣犬）：纠缠不解。正反：政治反常；正，通"政"；反，一反常规。女：通"汝"，你。大谏：深切郑重的劝谏。

厉王年轻即位，横征暴敛，徭役繁重，信用奸佞，朝纲败坏，压制民意，滥杀无辜，以致民怨沸腾，诸侯国离心，是西周后期政治黑暗的时期。召穆公以老臣的资格，写下这篇歌诗向厉王大谏，这篇诗应当是写在厉王败亡之前。作者指明当时的政治现实，以为民请命和挽救国家为前提，要求厉王实行政治改良。改良的内容包括停止对人民掠夺式的暴敛，制止无法纪的暴政，去奸佞，近贤臣，重整朝纲，而且改革首先从京师做起，因为京师是全国的心脏，众目所视的样板，从整顿京师政治秩序和解除人民苦难入手，就可以由此辐射全国和各诸侯国。召穆公的改革措施应该是当时可行的良策。全诗都是说教之辞，由于言词激切，一派正气，又充满对人民苦难和国运的关切，以及对年轻国王谆谆教诲的关爱之情，仍有感动人的气势。全诗五章，每章前四句都是重章叠唱，其余地方也有叠唱之处，反复咏唱，强化了为民请命和挽救国运的主题。

板(大雅)

凡伯刺厉王。诗八章,章八句。

上帝板板,	上帝旨意不正常,
下民卒瘅。	下民劳悴受苦难。
出话不然,	君王说话不正确,
为犹不远。	处理国事无远见。
靡圣管管,	违背圣道瞎胡搞,
不实于亶。	言行不一信用丧。
犹之未远,	谋划政策无远见,
是用大谏。	因此我要用大谏。

[注释]第一章,言厉王背离圣道,使万民遭殃。板板:乖戾,反常。卒瘅:劳悴病苦;卒,通"悴";瘅(音胆),病也。出话:指君王发表公开的言辞,《毛传》曰"话,善言也"。犹:"猷"的借字,《毛传》曰"道也",指制定政策,治理国事。为犹,即为政。不远:无远见。靡圣:不合圣人之道。管管:无所依据。不实于亶:不实,指不实行;亶,诚信。郑玄曰:"不能用实于诚信之言,言行相违也。"

天之方难,	上天正在降灾难,
无然宪宪。	不要这样喜洋洋。
天之方蹶,	上天正在降变乱,
无然泄泄。	不要喋喋空话讲。
辞之辑矣,	政令和谐了,
民之洽矣。	百姓都欢畅。
辞之怿矣,	政令败坏了,
民之莫矣。	百姓遭祸殃。

[注释]第二章,言社会变乱,当政不得民心。宪宪:欣欣,喜悦貌。蹶:扰乱,《毛传》曰:"动也。"泄泄(音义):《毛传》曰:"犹沓沓也。"形容喋喋不休。辞:政令之辞。辑:缓和、和谐。洽:融洽。怿:通"殬"(音杜),败坏。莫:通"瘼",病。

我虽异事,	虽然我职务不相同,
及尔同寮。	与你总算是同僚。
我即尔谋,	我来同你商国事,
听我嚣嚣。	对我言语不搭理。
我言维服,	我的主张有道理,
勿以为笑。	莫当昏话来嘲笑。
先民有言,	先民曾经有教导,
询于刍荛。	樵夫之言可参考。

[注释]第三章,斥同僚不听取好的意见,表面是斥同僚,暗指周王。异事:职务不同。寮:同"僚";同寮,同事。嚣嚣(音敖):形容傲慢不听他人意见的样子。服:用。刍荛(音饶):刍,草;荛,柴;二者合称指割草打柴的樵夫。此二句意为应广泛听取意见,即使是樵夫意见也可以咨询。

天之方虐,	上天正在肆虐,
无然谑谑。	不要这样嬉闹。
老夫灌灌,	老夫诚诚恳恳,
小子跻跻。	年轻人趾高气扬。
匪我言耄,	不是我倚老卖老,
尔用忧谑。	你总是一贯调笑。
多将熇熇,	将烈火越烧越旺,
不可救药。	终于不可救药。

[注释]第四章,仍以对同僚的口气,斥对方不听合理之言。虐:暴虐。谑谑:嬉笑。老夫:诗人自称。灌灌:诚恳貌。小子:年轻人,实指周厉王。蹻蹻:骄傲貌。耄(音冒):古代八十岁称耄。忧谑:调笑;忧,通"优"。熇熇:炽盛貌。

天之方懠,	上天正在发怒,
无为夸毗。	不要再说大话。
威仪卒迷,	人们威仪丧尽,
善人载尸。	贤人也缄口不语。
民之方殿屎,	百姓正在呻吟,
则莫我敢葵。	前途我不敢揣测。
丧乱蔑资,	丧乱使财用匮竭,
曾莫惠我师。	用什么来救济民众。

[注释]第五章,斥厉王不恤民情。懠(音济):《毛传》曰:"怒也。"夸毗(音皮):说大话。迷:迷乱。善人:指贤者。载尸:意为缄口不敢说话。殿屎(音西):痛苦呻吟。葵:通"揆",揣度。莫我敢葵,即我莫敢葵的倒文。蔑资:财用匮竭。蔑,无;资,财用。师:指民众。

天之牖民,	上天教导百姓,
如埙如篪,	有如埙篪相和,
如璋如圭,	有如璋圭相合,
如取如携,	有如提携幼儿学步,
携无曰益,	因势利导不勉强,
牖民孔易。	教导百姓就很容易。
民之多辟,	如今百姓多行邪僻,
无自立辟。	没有礼法来约束。

[注释]第六章,言引导民众不力,乃至多行邪僻。牖:通"诱",引导、教导。埙:古代陶制吹奏乐器。篪(音池):竹管乐器。古乐中埙、篪合奏。璋、圭:皆玉制礼器,合二璋为圭。取:拿取。携:提。"如"三句意为教导民众应因材施教,因势利导。益:"隘"的借字,阻碍。多辟:多行邪僻之事。立辟:立法。

价人维蕃,	军队是藩篱,
大师维垣。	领兵大师是垣墙。
大邦维屏,	诸侯大邦是屏障,
大宗维翰。	同姓宗亲是栋梁。
怀德维宁,	明德修身保安宁,
宗子维城。	宗子你是国家的长城。
无俾城坏,	不要使城垣崩坏,
无独斯畏。	众叛亲离没有好下场。

[注释]第七章,谏厉王勿使众叛亲离。价人:通"介人",穿甲之人,即兵士,这里指军队。大邦:大的诸侯国。大宗:周王的周姓宗亲。怀德:修德。宗子:按西周宗法制,嫡子为宗子,周王是大宗的宗子。独:孤独,指以上藩篱、垣墙、屏障、栋梁皆众叛亲离。

敬天之怒,	敬畏上天震怒,
无敢戏豫。	不敢嬉戏欢乐。
敬天之渝,	敬畏上天降灾异,
无敢驰驱。	不敢放纵无法度。
昊天曰明,	昊天明察秋毫,
乃尔出王。	观察你的举止来往。
昊天曰旦,	昊天眼睛明亮,
及尔游衍。	观察游逛到何方。

[注释]第八章，言上天明察秋毫，劝厉王敬天畏天。戏豫：豫通"娱"，戏娱，嬉戏娱乐。渝：变，指灾异。驰驱：意为任意放纵。出王：王通"往"，出往，犹言往来。旦：明。游衍：游逛。

《毛诗序》说此诗是凡伯刺厉王。凡伯是周公的后裔，入朝任职，与《民劳》作者召穆公同为德高望重的勋旧老臣，以这个身份，他斥责厉王不遵圣训、不敬上天、不听善言，不恤民情，因而上天震怒，降下灾异，使人民遭受苦难。厉王失政失教，导使法纪败坏，邪僻丛生。诗中又谆谆劝诫厉王敬天修德，否则将众叛亲离，处境危殆。通篇用对同僚的口吻，而句句是斥厉王，意深而恳切，通篇跳动着老臣忧国忧民之心。

凡伯和厉王是同姓宗亲，他维护周王朝，也是在维护自己整个宗族和国家政权。虽然厉王是君，凡伯是臣，《李黄集解》引王安石说："事虽异，然同治天下。则凡伯与厉王，无以异于同僚矣。"

荡（大雅）

召穆公伤周室大坏，借古讽今。诗八章，章八句。

荡荡上帝，	广大无边的上帝，
下民之辟。	下界万民的君主。
疾威上帝，	上帝变得威严又暴虐，
其命多辟。	颁下许多反常的政令。
天生烝民，	上天降生亿万民众，
其命匪谌。	天命无常难凭信。
靡不有初，	每一国当初无不兴隆，
鲜克有终。	很少能够长久昌盛。

[注释]第一章，言天命无常，必须敬天修德，揭示了全篇主旨。荡荡：广

大无边貌。有释为法度废弛或放纵无度貌。皆非是。《孟子·滕文公》:"惟天为大,惟尧则之,荡荡乎民无能名焉。"焦循《正义》注:"荡荡,广远之貌,广远亦大也。"下民之辟:下民的君主;此处的"辟"作"君"解。疾威:暴虐,威严。郑玄曰:"疾病人者,重赋敛也。威罪人者,峻刑法也。"此句和下句暗喻厉王暴政。其命多辟:此处的"辟"通"僻",邪僻之意;命,暗指厉王之政令。炭民:众民。匪谌:匪通"不";谌,诚信。初:指西周创业之初。鲜:少。

文王曰咨!	文王说:啊!
咨女殷商。	你这殷商纣王。
曾是强御,	曾经实力强大,
曾是掊克,	曾经好胜称霸,
曾是在位,	曾经登上天子之位,
曾是在服。	曾经独揽国家政权。
天降慆德,	上天降罪的缺德事,
女兴是力。	你全都喜好而力行。

[注释]第二章,起始用文王的口吻借古讽今,斥纣王暴戾贪婪。咨:感叹词。咨女殷商:啊,你这殷商。商代传至盘庚,迁都于殷地,史称迁殷后的商朝为殷商。下文所指责的商王都是纣王,而周厉王之恶不下于纣王,本诗以纣王影射厉王。强御:实力强大。掊克:孔颖达《正义》曰:"定本掊作倍,倍者,不自量度,谓己兼倍于人而自矜伐。……克者,胜也。己实不能耻于受屈,志在凌物必胜。"在服:指在王位支配国家政事。《尔雅》曰:"服,事也。"《广雅》曰:"服,任也。"慆德:无德。兴:喜。

文王曰咨!	文王说:啊!
咨女殷商。	你这商纣王。
而秉义类,	重用邪恶的歹徒,
强御多怼,	恃强暴虐招怨恨,
流言以对,	依据流言治人罪,

寇攘式内。	收纳各处的盗贼。
侯作侯祝,	招致百姓的诅咒,
靡届靡究。	已经没有终了。

[注释]第三章,斥王任用邪恶小人,鱼肉百姓,扰乱朝纲。义类:邪曲不正。怼:怨恨。流言以对:流言,谣言、蜚语;对,牟庭《诗切》注:"对者,穷治人罪之名。"此句意为根据不实的密告或流言传闻而治人以罪。《国语·周语》记厉王"弭谤",得密报有批评朝政者即杀。寇攘:盗贼。《诗切》注:"强取为寇,有因而取曰攘。"式内:式,用;内,古"纳"字。侯作侯祝:侯,语助词;作、祝,同"诅咒"。靡届靡究:无穷尽;届,终极;究,穷尽。

文王曰咨!	文王说:啊!
咨女殷商。	你这商纣王。
女炰哮于中国,	你在京师炰哮如虎狼,
敛怨以为德。	因积聚众怨而得意洋洋。
不明尔德,	不相信你的德行,
时无背无侧。	你身旁身后没好人。
尔德不明,	你的德行不可信,
以无陪无卿。	没有贤臣肯辅助。

[注释]第四章,斥王不明善恶,乃至善恶颠倒,以恶为善。炰哮:虎狼吼叫声。中国:京师之内。敛怨为德:敛怨,积聚怨恨;德通"得",此句意为因招怨而自以为得意。不明:林义光《通解》曰"明,信任也";不明,不可信任。背、侧:背后、两侧。陪、卿:贤人卿士。

文王曰咨!	文王说:啊!
咨女殷商。	你这商纣王。
天不湎尔以酒,	上天不让你贪图酒色,
不义从式。	你为非作恶把坏事做绝。

既愆尔止，	你所作所为全是过错，
靡明靡晦。	没昼没夜饮酒作乐。
式号式呼，	醉酒后大声吼叫，
俾昼作夜。	把白天当黑夜颠倒生活。

[注释]第五章，斥王沉湎酒色。湎(音免)：沉溺于酒色。不义：不善。从式：通"纵慝"，放纵地做邪恶之事。愆(音千)：过错。止：举止、行为。明、晦：白天、晚上。式：乃。

文王曰咨！	文王说：啊！
咨女殷商。	你这商纣王。
如蜩如螗，	人民怨声如处处蝉鸣，
如沸如羹。	整个社会如沸羹动荡。
小大近丧，	所有的人已经接近丧亡，
人尚乎由行。	路上行人个个悲观失望。
内奰于中国，	你压迫国内黎民，
覃及鬼方。	还作恶到远远的异邦。

[注释]第六章，斥王怙恶不悛，乃至民情激愤，怨声载道。蜩、螗(音条、唐)：蝉，夏秋时到处鸣声不断，此处形容人民的怨声。沸、羹：水煮开曰沸，汤煮滚曰羹，此处以开水、滚汤比喻人民的议论和动荡的社会形势。小大：大大小小的人。尚乎：尚，通"怅"，怅乎，惆怅失意貌。由行：由，经过；行，道路。奰(音避)：《说文》曰"迫也"。覃：延。鬼方：当时称谓北方一个异族的名称。

文王曰咨！	文王说：啊！
咨女殷商。	你这商纣王。
匪上帝不时，	不是上帝不保长久，
殷不用旧。	是你背弃祖先训。

虽无老成人，	虽无德高老臣在，
尚有典刑。	根本大法有典章。
曾是莫听，	你竟然完全不依从，
大命以倾。	国家大命就要倾。

[注释]第七章，斥王废弃旧典。时：《毛传》曰"善也"。旧：指原来立国的典章制度。老成人：指德高望重的旧臣。大命：《吕氏家塾读诗记》注"大命，国命也"。

文王曰咨！	文王说：啊！
咨女殷商。	你这商纣王。
人亦有言：	人们常讲一句话：
颠沛之揭，	大树倒地树根扬，
枝叶未有害，	枝叶虽没损伤，
本实先拨。	根本已坏难生长。
殷鉴不远，	殷人的镜子并不远，
在夏后之世。	夏亡的教训在眼前。

[注释]第八章，斥王败坏根本，提出以殷为鉴。颠沛：犹"颠仆"，倒下。揭：举也，此处指大树倒下其根扬出地面。本：树根树干。拨：马瑞辰《通释》曰"拨即败之借字"。殷鉴：以殷商的灭亡为鉴；鉴，镜子。夏后：夏朝国君，指夏朝最后一位国君夏桀，他多行不义，暴政害民，被商汤推翻，夏朝亡国。

诗篇第一章提出天命无常、敬天明德的主旨，末章仍以此作结。以殷为鉴，以德治国，是西周开国后确立的政治原则。上天恩惠万民是天之常，统治者慢天失德，暴政害民，则有天之变。诗人依据这一主旨，借用文王斥责殷纣王的语气，历数纣王的罪恶，实则借古讽今，句句是斥责周厉王，以殷商的灭亡为鉴戒，促进猛醒。这种托古刺今的写法，开后世咏史诗的先河。诗人在诗中抒发了对王朝命运的忧虑，表达了对暴君的怨愤，对奸佞之徒的蔑视,也在一定程度上反映了对人民苦难的同情。在语言艺术上注意到语言的形象化,运用了比喻、比拟、夸饰、排比、引用等修辞手法,许多地方写得生动形象,虽然诗中多有说理内容,但读起来并不感到平直枯燥。

这首诗和《板》诗所表现的关心国家命运、积极干预政治的忧患思想,以及直言敢谏、不惜犯颜斥上的无畏精神,在中国社会传统的知识分子中曾产生深远的影响,称这种精神为"板荡"精神,有所谓"板荡识忠臣"、"武死战,文死谏"等广泛流传的说法,也确有一些人因批评皇帝而死难。但是,历代虽有这样敢谏的"忠臣",却极少能够纳谏的"明君",因而,从古至今,这样的悲剧不断上演。《板》《荡》所讽喻的周厉王,就毫无纳谏之意,怙恶不悛,在公元前841年,终于引发国人暴动,将这位暴君赶下台,流放于彘地,并在那里结束了耻辱的一生。

节南山(小雅)

批评幽王朝当政大臣之诗。诗十章,前六章,章八句;后四章,章四句。

节彼南山,	高峻巍峨终南山,
维石岩岩。	山石垒垒巉巉。
赫赫师尹,	权势煊赫的太师尹氏,
民具尔瞻。	百姓都向你观看。
忧心如惔,	忧心像烈火熬煎,
不敢戏谈。	不敢随便议论言。
国既卒斩,	国祚曾被猝然斩断,
何用不监?	为什么不作戒鉴?

[注释]第一章,写太师尹氏的威势显赫而国家危殆。节:高峻貌。南山:镐京之南的终南山。岩岩:山石堆积貌。师尹:太师尹氏。太师(大师)是全国最高军事长官,周幽王宠信的大臣,除掌管军事,也协助幽王处理国

家政务。具：俱。惔：火烧。戏谈：放言议论。国既卒斩：指国人暴动后厉王被放逐，经十四年的"共和"时期，宣王才即位。

节彼南山，	高峻巍峨终南山，
有实其猗。	山阿广阔有斜坡。
赫赫师尹，	权势煊赫的太师尹氏，
不平谓何！	办事不公可奈何！
天方荐瘥，	上天反复降灾祸，
丧乱弘多！	死丧祸乱更繁多！
民言无嘉，	百姓都在把你骂，
憯莫惩嗟。	你还顽固不悔过。

［注释］第二章，言师尹办事不公，上天降祸，人民不满。实：广。猗：通"阿"，山坡。荐瘥（音搓）：荐，屡次；瘥，灾难。民言：民众议论。憯（音惨）：曾，副词。惩：儆戒。嗟：语气词，啊。

尹氏大师，	太师尹氏啊，
维周之氐。	是支撑王朝的柱石。
秉国之均，	掌握国家运转的机关，
四方是维。	四方侯国需要维系。
天子是毗，	天子需要辅佐，
俾民不迷。	百姓需要引导。
不吊昊天，	你不体恤昊天的意旨，
不宜空我师。	不该反而使民众穷困。

［注释］第三章，言师尹职责重要而并未尽职。氐：房柱之石基。秉：持、掌。均：亦作"钧"，制陶的转盘，这里喻指国事运转的重要部位。四方是维：维系四方。毗（音皮）：辅佐。不吊：不体恤。空：困乏、穷。师：众民。

弗躬弗亲，	不亲自理政，
庶民弗信。	老百姓就不信任。
弗问弗仕，	不问询不考察，
勿罔君子。	就不要欺骗君子，
式夷式已，	办事公平罢劣官，
无小人殆。	百姓不会受磨难。
琐琐姻亚，	庸庸碌碌裙带亲，
则无膴仕。	别贪图厚禄来做官。

[注释]第四章，言师尹理政的弊端。躬、亲：皆亲身之意。问、仕：咨询、考察；仕，通"士"，《尔雅·释诂》曰："士，察也。"罔：欺骗。夷：平。已：止。小人：指百姓。殆：危。姻亚：姻亲；姻指儿女亲家，亚，通"娅"，指连襟。膴仕：膴指丰厚的官禄，仕指作官任职。

昊天不傭，	老天爷看不明，
降此鞠讻。	降下这么多的灾难。
昊天不惠，	老天爷不仁慈，
降此大戾。	降下这严重的祸乱。
君子如届，	君子办事不公正，
俾民心阕。	民心就会离散。
君子如夷，	君子办事公平，
恶怒是违。	人民的怨怒就消除。

[注释]第五章，言天降灾祸，天怒人怨。傭：当作"融"，明亮。鞠：极多。讻：同"凶"。惠：仁慈。戾：灾祸。届：《说文》释为"行不便"，俞樾《群经平议》以为"君子如届"与下文"君子如夷"为对文，"行不便"即不平。阕：高亨《今注》谓当读为"睽"，《说文》曰"睽，目不相视也"，《周易·序卦》曰"乖也"。与下文的"违"对文。违：离去，消除。

不吊昊天，	昊天不体恤下情，
乱靡有定。	动乱总不能安定。
式月斯生，	月月都发生灾祸，
俾民不宁。	老百姓得不到安宁。
忧心如醒，	我心中的忧愁像病酒，
谁秉国成？	弄不清是谁执掌国政？
不自为政，	国君不亲自理政，
卒劳百姓。	百姓总不能安生。

[注释]第六章，诗人转而怨天。式月斯生：意为月月有灾祸发生。醒（音呈）：酒醉神智迷糊貌。国成：国政。

驾彼四牡，	我驾着驷马之车，
四牡项领。	四匹公马十分雄壮。
我瞻四方，	我瞻望四方，
蹙蹙靡所骋。	天地狭窄无处驰骋。

[注释]第七章，面对现实，诗人抒写找不到出路的苦闷。牡：公马，时四马驾车。项领：马颈肥大，形容雄健。蹙蹙（音促）：形容局促不能舒展。

方茂尔恶，	你们怨恶最盛的时候，
相尔矛矣。	就注视你们的戈矛。
既夷既怿，	当你们平和高兴的时候，
如相畴矣。	如同主宾互相敬酒。

[注释]第八章，言师尹反复无常。茂：盛。怿：喜悦、高兴。畴：同"酬"，宾主互相敬酒。

昊天不平，　　　　　　昊天不公平，
我王不宁。　　　　　　我王不安宁。
不惩其心，　　　　　　太师尹氏不自省，
覆怨其正。　　　　　　反而怨恨让他纠正。

[注释]第九章，言师尹不知自责反省。惩：儆戒。覆：反过来。正：纠正；一说指官长。

家父作诵，　　　　　　家父作这歌诗，
以究王讻，　　　　　　寻求王朝祸乱的原因，
式讹尔心，　　　　　　感化你的思想，
以畜万邦。　　　　　　关心万国人民的生存。

[注释]第十章，作者署名说明作诗目的。家父：本诗作者，又作嘉父、嘉甫，据初步考证，他是宣王时的老臣，入幽王朝时仍为卿大夫，伯爵。作诵：作诗歌。究：寻究。讹：感化。尔心：尔指师尹。畜：养育。

　　作者对当朝权势显赫的执政大臣，指名道姓公开提出尖锐的批评，陈述政见，直言无讳，一件件地摆出事实，揭露被批判者的过错，指出王朝的祸乱应该由他负责，促其为国家、为生民有所悔悟。这篇诗直接批评师尹，也是间接批评国王。诗末署上自己的名字，表现出一位忠正老臣的坦荡胸怀。
　　从诗中我们看到作者多次问天、怨天、责天，呼唤天不明、不公、不惠，在西周后期的社会动乱中，天的绝对崇高的神圣地位已经开始动摇，在他们看来，天也不公平，不可靠。

正月(小雅)

被排斥的周大夫伤时哀民的政治抒情诗。诗十三章,前八章,章八句;后五章,章六句。

正月繁霜,	四月降大霜,
我心忧伤。	我心多忧伤。
民之讹言,	民间的谣传,
亦孔之将。	正沸沸扬扬。
念我独兮,	想我孤独被排斥,
忧心京京。	忧心忡忡太心伤。
哀我小心,	可怜提心又吊担,
癙忧以痒。	忧虑成病难排除。

[注释]西周末年,周幽王宠褒姒,重用奸佞,小人当政,政局动乱,国家濒于崩溃。第一章,写天时失常,谣言四起,社会动荡,诗人孤独感伤,以此起领全篇。正月:《传》、《笺》曰夏历四月。高亨《今注》以为"正"本应为"四",乃形似而误。此时繁霜是自然的反常现象,不利于田间作物生长,尤其是小麦抽穗灌浆,古人谓天时不正,是政治大变动的预兆。讹言:谣言、不实的流言。孔、将:很盛,《毛传》"将,大也"。京京:忧心深重貌,《毛传》"忧不去也"。小心:提心吊胆,一释忧思绵密,亦通。癙(音鼠)忧:因有畏惧而心忧。痒(音羊):病苦。

父母生我,	爹娘生下我,
胡俾我瘉。	为何让我赶上这痛苦。
不自我先,	灾祸不在我生前,
不自我后。	不在我死后。

好言自口，	好话人口传，
莠言自口，	坏话人口出，
忧心愈愈，	我的心忧难排遣，
是以有侮。	还要受那些议论侮辱。

[注释]第二章，诗人感叹生不逢时。瘉（音愈）：病患，指灾祸。自：《古书虚字集解》释"自犹在也"。莠言：坏话。愈愈：同"郁郁"，忧愁郁结不舒貌。侮：欺侮。

忧心惸惸，	茕茕孤立不尽的忧愁，
念我无禄。	想我失去俸禄如何维生。
民之无辜，	许多百姓并没有罪过，
并其臣仆。	一个个做了人家的奴仆。
哀我人斯，	可叹我们这样的人，
于何从禄？	到哪里再能得到俸禄？
瞻乌爰止，	看那乌鸦飞到哪里，
于谁之屋？	要落在谁家之屋？

[注释]第三章，言诗人被排挤后的困苦。惸惸（音琼）：孤独无依貌，或作茕茕。禄：古代官吏的俸给。并其：并，俱；其，作。《古书虚字集解》曰："其犹为也，一为作字之义。"臣仆：被役使的贱人，奴隶。马瑞辰《通释》曰："仆，犹臣也。古以罪人为臣仆。"从禄：获得俸禄，即任职取俸禄。乌：乌鸦。爰止：落何处。古人传说乌鸦喜欢落富家之屋，作者无处可去，不知乌落何处。

瞻彼中林，	看那树林之中，
侯薪侯蒸。	只有柴草丛生。
民今方殆，	百姓处境危殆，
视天梦梦。	看上天昏昧不明。

既克有定， 上天终能作出决定，

靡人弗胜。 那就无人不能取胜。

有皇上帝， 伟大光明的上帝，

伊谁云憎？ 你把什么人憎恶？

[注释]第四章，写小人在朝，朝中无贤人。薪、蒸：柴草之类；薪，粗柴；蒸，细柴草。中林：林中。侯：语助词。殆：危。梦梦（音蒙）：昏昧不明。既克有定：既克，终能；定，决定。有皇：皇皇，伟大光明。伊谁云憎：伊、云，皆语助词。

谓山盖卑， 高山为何说它低，

为冈为陵。 还把山冈说山岭。

民之讹言， 百姓的谣言，

宁莫之惩。 为何不制止。

召彼故老， 招来故旧老臣，

讯之占梦。 再问那位占梦。

具曰予圣， 都夸自己是圣明，

谁知乌之雌雄。 谁也辨不出乌鸦的雌雄。

[注释]第五章，言朝中是非颠倒。卑：低。冈、陵：冈，山冈；陵，岭。莫之惩："莫惩之"的倒文；惩，制止；一说通"征"，征验，亦通。故老：故旧老臣。占梦：掌管详梦、观气色的小官。具：同"俱"。予圣：我圣明。《说文》曰："圣，通也。"

谓天盖高？ 谁说天穹高？

不敢不局。 不敢不弯腰。

谓地盖厚？ 谁说大地厚？

不敢不蹐。 不敢大步走。

维号斯言， 他们高呼天高和地厚，

有伦有脊。	讲的也有根有梢。
哀今之人，	可怜当今的人，
胡为虺蜴？	为何见他们像蜥蜴避逃？

[注释]第六章,言乱世民的小心谨慎,处境艰难。局:《说文》"局,本作跼",伛偻、曲身。蹐(音集):《说文》释"小步也"。伦、脊:伦,道理;脊,通"迹"。虺(音悔)蜴:蜥蜴,俗名壁虎,四足爬虫,见人避逃。

瞻彼阪田，	看那山坡田里，
有菀其特，	有棵独立茂盛的禾苗，
天之杌我，	老天要摧残我，
如不我克。	却不能把我折倒。
彼求我则，	他们要夺取我那点田地，
如不我得。	也不能得到分毫。
执我仇仇，	待我那样傲慢，
亦不我力。	我也不出力效劳。

[注释]第七章,言自己不受重用。阪:不平的山坡。阪田,坡田。菀:茂盛貌。特:独立特出。杌(音误):摧折。如:虚词。不我克:"不克我"的倒文,即克不了我;克,制服。则:王宗石《诗经分类诠释》据《周礼》郑玄注,释"则"为周代最低一等的封地之称,面积甚小,可见作者地位低微。执:待。仇仇:《尔雅》曰"傲也"。亦不我力:"我亦不力"的倒文,即不为出力效劳。

心之忧矣，	我心中的忧伤，
如或结之。	像绳子打结难解。
今兹之正，	如今朝里的政治，
胡然厉矣？	为何这样暴虐？
燎之方扬，	野火烧得正旺，
宁或灭之。	有谁能够扑灭。

| 赫赫宗周， | 堂堂的宗周， |
| 褒姒灭之。 | 褒姒竟把它灭亡。 |

[注释]第八章,指摘时政暴虐,斥褒姒祸国。正:通"政"。厉:暴虐。燎:野火。褒姒:周幽王的宠妃,幽王听她的话,用奸佞、杀忠良、戏诸侯,导致朝纲败坏,国家灭亡。

终其永怀，	我既有深深的忧愁，
又窘阴雨。	又困于连绵的阴雨。
其车既载，	如同你把大车装满，
乃弃尔辅。	却撤掉车厢的铺板。
载输尔载，	掉落你车上的货物，
将伯助予。	请长者帮助为时已晚。

[注释]第九章,以车载物为喻,言治国不当弃贤。永怀:深长的忧思。窘:困。辅:车辅,车厢两旁的夹板。《诗毛氏传疏》云:"今大车既重载矣,而又弃其两旁之板,则所载必堕,此甚显喻也。"载输尔载:本句第一个载字是连词,第二个载字是名词;输,掉落;句意为假若掉落你车上所载货物。将:请求。伯:长者,诗人自指。

无弃尔辅，	不要丢弃你的铺板，
员于尔辐。	车辐要做得滚圆。
屡顾尔仆，	让跟车仆夫时时照看，
不输尔载。	不会掉落你车上货物。
终逾绝险，	最终越过险要的路段，
曾不是意。	你可曾考虑周全。

[注释]第十章,续写上帝之意。辐:车轮上连接车轴与外轮的直木。辐不匀不圆,则车行进不便。故"员于尔辐",员,通"圆"。古人也以辐代指车

轮。仆:随车行走的仆人,句意为让跟车的仆人看顾车上的货物,防止掉落。
逾:越过。曾不是意:不曾这样在意。在意,周全考虑。

鱼在于沼,	鱼儿游在浅沼中,
亦匪克乐。	不得自由不快乐。
潜虽伏矣,	纵然游在深水里,
亦孔之炤。	国事分明进目中。
忧心惨惨,	我的忧心难摆脱,
念国之为虐。	国家祸乱让人愁。

[注释]第十一章,诗人以鱼自比,然难忘国事。沼:池。潜:在水深处。
孔、炤:很明显;炤,通"昭"。惨惨:忧苦貌。虐:祸乱。

彼有旨酒,	他们饮美酒,
又有嘉殽。	又有可口的佳肴。
洽比其邻,	亲亲密密相依靠,
昏姻孔云。	姻亲裙带抱成团。
念我独兮,	想到我的孤独啊,
忧心殷殷。	心中的忧苦隐隐作痛。

[注释]第十二章,言当权者只顾饮酒享乐,沆瀣一气。旨酒:美酒。嘉
殽:同"佳肴"。洽比:亲近;洽比为邻,言他们互相依靠。昏姻:同"婚姻"。
婚姻孔云,指他们姻亲裙带亲密成团。殷殷:《说文》"殷,痛也"。

佌佌彼有屋,	穷人住狭小的土屋,
蔌蔌方有谷。	吃粗粝的谷。
民今之无禄,	如今的百姓无幸福,
天夭是椓。	上天降灾民人苦。

哿矣富人，	寻欢作乐的富人啊，
哀此惸独！	可怜这些人无依无靠！

[注释]第十三章，言人民生存的艰难。呲呲（音雌）：《毛传》释"小也"。彼：指穷人。藐藐：《毛传》释"陋也"。无禄：无福。天夭：自然灾害。椓：《诗集传》释"害也"。哿（音可）：欢乐。惸：同"茕"，见第三章注。

从诗的内容看，作者是一位地位低下的小贵族，因为忧国忧民，反对暴政，不满上层统治集团的腐败，受到打击迫害，陷入困窘，但他自比是一棵特出的禾苗，折不断，摧不垮，坚决不肯与腐败集团同流合污。他依然关心国事，为国分忧，出谋划策。诗中批评幽王荒淫无道，用奸佞，远贤人，百姓离心，灾祸频仍，小人当朝，以裙带关系朋比为奸，对人民施行暴虐统治。贫富悬殊，万民危殆，在暴虐的压迫下个个心怀忧惧，惴惴不安，乃至谣言四起，社会处于大动荡的前夕，而统治者依然寻欢作乐，粉饰太平，这深刻而真实地反映了西周亡国前夕的社会现实。诗中描写个人艰危的处境和内心的忧伤，吐露了满腔激愤，感情充沛，形象丰满，善用比喻、对比、夸饰和设问，语言简洁、活泼、生动，无概念化和词语干瘪之感。

十月之交（小雅）

批评周幽王及其信用的当政集团祸国殃民。诗八章，章八句。

十月之交，	十月刚开头，
朔月辛卯，	初一这一天，
日有食之，	发生了日食，
亦孔之丑，	这是大凶兆，
彼月而微，	那次是月食，
此日而微，	这次又日食，

今此下民，　　　　　如今众百姓，

亦孔之哀。　　　　　大难要来到。

[注释]第一章，由日食、月食写起。十月之交：十月，指周历十月，相当于夏历八月。交，指晦、朔相交的时间，月末（晦）月初（朔）相会之时，十月之交即十月初一日。朔月辛卯：古代用干支计历，以天干地支排列，周历十月初一这一天是辛卯日，据中国紫金山天文台历算室推算，时为周幽王六年九月六日，即公元前776年9月6日，是日在中国可以看到日食。西周镐京虽不能见到，因古人把日食现象看作是上天报警，必记载于史册，各地官员必有报告。又是据上述部门推算，公元前735年11月30日也是辛卯日，这天也发生日食，在周都可见，此时已进入东周，近有学者认为此诗当写于东周之时，但与诗的内容不合，当仍以前说为是。丑：凶恶、不详。古人以日为君象，日食是于君于国不利的大凶之兆，天将降大难。彼月而微：《郑笺》曰"微，谓不明也"，即昏暗无光；月微、日微，即月食、日食或写作月蚀、日蚀。在辛卯日这次日食前，还曾发生月食。孔、哀：甚、哀。

日月告凶，　　　　　日月警告凶兆，

不用其行。　　　　　不循正道运行。

四国无政，　　　　　天下政治动乱，

不用其良。　　　　　只因不用贤良。

彼月而食，　　　　　上次发生月食，

则维其常，　　　　　还可视作平常，

此日而食，　　　　　这次发生日食，

于何不臧！　　　　　可是太不吉祥！

[注释]第二章，日食、月食示警是因国政失常。不用其行：不循其正道运行；不用，不由。四国无政：天下政治昏暗动乱。常：常事。何：多么。臧：善、吉祥。

烨烨震电,	雷电闪闪隆隆,
不宁不令。	天下动荡不宁。
百川沸腾,	百川阻塞沸腾,
山冢崒崩。	山岭猝然碎崩。
高岸为谷,	高岸陷为深谷,
深谷为陵。	深谷隆为高陵。
哀今之人,	知今人们多么可怜,
胡憯莫惩!	你们为何不儆戒!

[注释]第三章,描写大地震,也作为上天的示警。史载幽王二年(前780)镐京一带发生大地震。烨烨:电光闪闪貌。震:《毛传》曰"雷也"。宁:安宁。令:善。《郑笺》曰:"雷电过常,天下不安,政教不善之征。"憯(音惨):曾。惩:儆戒。

皇父卿士,	卿士皇父管朝政,
番维司徒。	番管土地司徒。
家伯维宰,	家伯太宰大总管,
仲允膳夫。	仲允给皇家当膳夫。
棸子内史,	棸子内史掌文书,
蹶维趣马。	总管军马是蹶父。
楀维师氏,	还有师氏掌监察,
艳妻煽方处。	和褒姒炙手可热沆瀣一气。

[注释]第四章,列举祸国者八人的名单。皇父:人名,父读为"甫",是对男子的尊称。卿士:掌朝政事务。番:姓氏,司徒掌天下土地,户口和田赋。家伯:人名,宰是皇室日常事务总管。仲允:人名,膳夫掌管王宫饮食。棸(音邹)子:人名,内史掌管册命文书。蹶:人名,趣马后改称司马,总管军政马政。楀(音矩):人名,师氏掌监察。艳妻:美艳的妻子,指褒姒。煽:炽盛,炙手可热。方处:同在。

抑此皇父,	噫！这个皇父，
岂曰不时。	他役使劳力不顾农时。
胡为我作,	凭什么让我出劳役，
不即我谋？	不来和我商议？
彻我墙屋,	拆了我家屋和墙，
田卒汙莱。	使我良田积水变荒田。
曰予不戕,	还是："不是要害我，
礼则然矣。	礼法就该这么办。"

[注释]第五章，揭批皇父之恶。抑：通"噫"，发语词。岂：《经典衍词》释"岂犹其也，殆也"。不时：不顾农时。作：《笺》释"役作也"；高亨《今注》释"作，借为诈，欺也"，亦通。谋：商量。彻：拆毁。卒：尽、完全。汙（音污）：田里积水。莱：生长杂草田地荒芜。戕：残害。

皇父孔圣,	皇父这人特圣明，
作都于向。	封于向地先建城。
择三有事,	三卿全为他办事，
亶侯多藏。	他确实有太多宝藏。
不憖遗一老,	不肯留下一位老臣，
俾守我王。	来保卫我们国王。
择有车马,	选调所有的车马，
以居徂向。	为他往向邑搬家。

[注释]第六章，继续言皇父之恶。孔圣：明哲；孔，甚；言皇父"孔圣"，是反话。作都于向：皇父封于向地（今河南济源县境，一说在开封尉氏县西南），调制诸侯封国依制建都邑。三有事：即三有司，《毛公鼎》铭文记卿士下设三有司，即司徒、司马、司空，卿士皇父为众卿之长，三有司为其所管；择三有司，言皇父选三卿任为其筑城之事，假公济私也。亶侯：《诗集传》释"亶，

信;侯,维"。多藏:财物多。愁(音印):愿。徂:往。

黾勉从事,	尽力做事,
不敢告劳。	不敢诉说苦劳。
无罪无辜,	我无罪无过,
谗口嚣嚣。	谗言无尽无休。
下民之孽,	下民的灾祸,
匪降自天。	并非降自上天。
噂沓背憎,	当面谈笑背后是鬼,
职竟由人。	灾祸全是由人造。

[注释]第七章,言人民的灾难并非天降,而是这些小人造成的。黾(音敏)勉:即勉勉,黾勉从事,自述努力做事。谗口:吐谗言之口。嚣嚣(音敖):众口谗毁不绝。噂沓(音尊踏):众口议论纷纷。背憎:背后互相憎恨。《三家义集疏》释:"聚则笑语,背则相憎,小人之情状。"职竟:《毛传》曰"职,主也";林义光《通解》"竟读为谅",《说文》"谅,信也"。

悠悠我里,	我的心忧深又长,
亦孔之痗。	如同大病一场。
四方有羡,	四周人向好处想,
我独居忧。	只有我丢不掉忧愁。
民莫不逸,	百姓莫不想安乐,
我独不敢休。	只有我劳碌不敢休。
天命不彻,	天命无常实难测,
我不敢傚我友自逸。	我不敢学同僚自图安逸。

[注释]第八章,述说自身无辜遭受迫害,但关怀国运不敢自逸。里:通"悝",《尔雅》释"悝,忧也"。痗(音妹):病。有羡:余,富裕,或释欣喜。逸:安乐。不彻:不遵轨道,不测。我友:指同僚。

据诗中诗人的自述,诗人是幽王朝中一位地位不高的贵族,他只有很小的封地,但忧国忧民,不满朝政的黑暗腐败和当权小人的朋比为奸,坚持自己的独立人格,既不肯与其同流合污,又为保护个人的合法权益与当权者发生正面冲突,遭受排挤和打击。据许倬云《西周史》考证铭文,当时的中下级贵族普遍负债,生活艰难,遭受迫害的这位诗人,处境更为艰危,在诗中抒写了他孤独无助的痛苦和他的抗争。因而,他在政治上是比较清醒的,从灾祸频仍、生灵涂炭,看到社会的动乱和国运的危殆,从描写天灾,转而揭露和抨击当政集团擅权自恣、聚敛财富、结党私营、打击异己,并且公开指明这个罪恶集团主要成员的姓名和身份。诗人细致地铺叙事实,描写当政集团的恶行,说明自然灾异的发生是由于政治黑暗、昏君和奸佞当道,是上天的警告。他描写大地震的景象,抓住几个特征,写得形象鲜明,生动逼真,是自古以来,这类题材中罕见的有声有色的篇章。

关于本诗的写作时代,向来有幽王时作品和宣王时作品两说,包括近现代几位大学者如王国维、郭沫若、吴世昌等都曾主宣王时代说,经现代天文科学推算证明,诗中描写的日食发生在周幽王六年,镐京大地震发生在周幽王二年,宣王时代说则不攻自破。本诗所记日食,比巴比伦最早的日食记事早 13 年,是世界上最早的日食记载。

第十五讲

战争和家国诗

    祭祀和战争是周人的两件"国之大事",《诗经》的"风"、"雅"、"颂"中与战争、行戎密切相关的诗篇共有40余首。其中全诗以叙写军事活动为主题的诗是二"雅"中的10篇,有写宣王平定淮徐的《江汉》、《常武》,宣王北伐獫狁和南征荆蛮的《出车》、《六月》、《采薇》、《采芑》;《械朴》写最高统帅周王出师礼仪,《瞻彼洛矣》写周王戎服巡阅部队。古代通过狩猎训练军队,亦类似军事学习,以《车攻》为代表,《吉日》属之。这些诗篇所记的内容,在古籍史册和铭文陆续发现的彝器铭文中都可得到证实,所以它们又具有历史价值。

    周人进行的战争,是保家卫国的战争,或当外敌入侵进行自卫,或久经侵扰后先发制人,自卫反击。这些战争属于正义性质的战争。战争的胜败,直接关系国家存危和全体人民的命运,"国风"中也有一部分诗篇或描写人民同仇敌忾、踊跃参战(如《秦风·无衣》),或国家被异族攻占后,冲破艰阻力图挽救国难(如《鄘风·载驰》),《王风·黍离》也附在这一讲之后,因为这篇诗表现了战争失败后哀悼故京沦亡的悲伤。有战争就有牺牲,有破坏,"国风"中表现战士死伤、亲人离散、家园荒芜的诗篇,我们则把它们归入另一讲。

常武（大雅）

歌周宣王亲征淮、徐。诗六章，章八句。

赫赫明明，	宣王威武英明，
王命卿士，	向卿士发布王命，
南仲大祖，	命南仲操持师大祭，
大师皇父：	命太师皇父：
整我六师，	整顿我的六师，
以修我戎。	修整我的兵车戈矛。
既敬既戒，	做好一切警备，
惠此南国。	出兵解救南国。

[注释]宣王初即位，淮夷反，元年，宣王领兵亲征淮、徐。常武：古常、尚通，常武即尚武，尚武即崇尚武事。《诗经》各篇一般取首句前二字为题，如本篇之取诗义为题者甚少。第一章，写宣王布置出征。赫赫明明：赞词；赫赫，威武，明明，明察。卿士：周王朝的高级行政官员，约相当于幕僚长。南仲大祖：南仲，人名；时为掌管土地、田赋、户口的司徒；大祖，规模大的祖祭。按周礼，出师前举行隆重的祖祭告庙，兼祭礼天地，祈祷神灵辅佑、一路平顺、战争胜利。大师皇父：大师，即太师，执掌兵权的大臣；皇父，人名。旧注或谓此皇父即《十月之交》诗中的卿士皇父，非也。宣王在位34年，元年时已任太师，当是年龄老大之重臣，不可能活到40年后任卿士而始封于向地。幽王朝的皇父，当是另一人，或是宣王朝皇父的后代。六师：周代军队编制2500人为一师，宣王时镐京的常备部队为六个师，后亦以六师泛指强大的军队。戎：指兵器。敬：通"警"。戒：戒备。惠：给予恩惠。南国：指淮、徐一带，即淮夷反叛之地。淮、徐地区实际在镐京的东方，而当时周人把江淮一带统称南国。

王谓尹氏：	王让尹氏传策命：
命程伯休父，	程伯休父任司马，
左右陈行，	六师左右分两路，
戒我师旅，	告诫我全军部属，
率彼淮浦，	沿那淮水两岸，
省此徐土，	去巡察徐国叛土，
不留不处，	不分兵留守不久停，
三事就绪。	三件事全都就绪。

[注释]第二章,续写出征准备周严,井井有条。尹氏:掌管册命的文职大臣。程伯休父:休父是人名,伯是爵位,程是封地,宣王任为大司马。左右陈行:部队列为左右两路。戒:告诫。师旅:指全军各级建制。率:循。淮浦:淮水边。省:巡察,实为讨伐。徐土:徐国,淮夷的大国,在今皖北泗县境。不留不处:不停留不久居,意为宣布打完仗就回来,以安军心;留,指分兵留守。三事:指上述出师祭礼、顿整六师、宣告全军部属。

赫赫业业，	多么光辉而伟大，
有严天子。	我们天子英武威严。
王舒保作，	王的大军稳步进发，
匪绍匪游。	不迟缓也不游览。
徐方绎骚，	徐国闻风骚动，
震惊徐方，	大军压境徐国震惊，
如雷如霆，	如同天空响雷霆，
徐方震惊。	徐国全国震动。

[注释]第三章,言宣王亲征,徐国闻风骚动。赫赫业业:形容形象光辉而高大。有严:犹"严严",十分威严。舒:徐。保作:《传》曰"保,安";《笺》曰"作,行也"。此句意为稳步进发。绍:《笺》曰"缓也"。徐方:方,方国。绎

骚:指徐国闻风连续骚动。绎,本义为抽丝,有连续不断的意义;骚,动乱不安,绎骚。霆:迅雷。

王奋厥武,	我王英武奋发,
如震如怒。	有如霹雳震怒。
进厥虎臣,	指挥勇将进攻,
阚如虓虎。	万军呐喊声同虎吼。
铺敦淮渍,	包围逃敌在淮水滩,
仍执丑虏。	捉获俘虏一串串。
截彼淮浦,	淮浦一带全攻占,
王师之所。	王师方才安营盘。

[注释]第四章,写宣王大军进击淮夷获得大胜,进占淮夷全境。厥:其。虎臣:勇猛如虎的将领。阚如:虎怒貌。虓(音消):《说文》曰"虎鸣也"。铺敦:铺,打击;敦,迫、追;铺敦,意为追击。渍:水边高地,意为追击的敌方被围困在淮水边的一块高地上。仍:多次。执:捉住。以绳捆之。丑虏:对战俘的蔑称。截:整齐,这里意为全部占领。淮浦:淮水一带地方。王师:周王的中央部队。

王旅啴啴,	王师兵马声势壮,
如飞如翰,	迅如飞鸟从天降,
如江如汉,	动如江汉汹涌难阻挡,
如山之苞。	静如山苞坚固难撼摇。
如川之流,	行如大川滔滔滚滚,
緜緜翼翼。	连绵不绝整整齐齐。
不测不克,	不能预测不可战胜的神兵,
濯征徐国。	大举出征伐徐夷。

[注释]第五章,写宣王再征徐国。旅:部队。啴啴(音滩):众盛貌。翰:高飞。江、汉:长江、汉水。苞:林义光《通解》读为抱,苞的本义为本,亦通,不必以通假读。緜緜:绵绵,连续不断。翼翼:整整齐齐。克:胜。濯:《毛传》曰"大也"。

王犹允塞,	王的谋略实在高,
徐方既来。	徐国归顺我王朝。
徐方既同,	徐国朝拜我大国,
天子之功。	这是天子功劳。
四方既平,	天下已经平定
徐方来庭,	徐国来朝朝廷,
徐方不回,	徐国不再反叛,
王曰旋归。	我王凯旋班师。

[注释]第六章,写徐方投降,宣王胜利班师。犹:通"猷",谋略。允塞:允,信,真的;塞,寒的借字,《说文》曰"实也"。来:归顺。同:会同,朝会大国。旋归:凯旋班师。

这篇诗记述宣王亲征淮夷,从出征前的布置(安排祖祭、整顿六师、战前动员),到克淮降徐、凯旋班师,包括诗中人物和战争过程,都是写实之笔,与史籍记载和诸多铭文相合,其中四、五两章对征战的描写,生动形象,有声有色,气势磅礴,所用的比喻饱含感情色彩,表现了对王师的赞美和压倒敌人的绝对优势。第五章写伐徐,呈现大军压境,有雷霆万钧之力,但未见战争过程的描绘,大概是徐国已不战而降。淮、徐的反叛,造成周王朝在东方统治的动摇,宣王所进行的战争是维护国家统一的战争,所以详载于史籍,传播以歌诗。

出车(小雅)

歌南仲奉王命北伐猃狁。诗六章,章八句。

我出我车,	出动我的战车,
于彼牧矣。	来到镐京郊外。
自天子所,	天子从王宫发出命令,
谓我来矣。	派我领兵北征。
召彼仆夫,	召集那些车夫,
谓之载矣。	派他们把辎重装载。
王事多难,	国家又遭受祸患,
维其棘矣。	这祸患十分紧急。

[注释]猃狁是活动于陕晋两省北部、长城内外一带地区的一个以游牧为主的民族,经常对周族进行侵扰,是周人北方的主要边患。第一章,写南仲受命出征。牧:郊外。所:指镐京王宫。谓:《广雅》"谓,使也"。载:装载辎重。王事:国事。棘:通"急"。

我出我车,	出动我的战车,
于彼郊矣,	来到镐京郊外,
设此旐矣,	立起龟蛇旗帜,
建彼旄矣。	旗杆缀上牦牛尾。
彼旟旐斯,	那些鹰隼旗和龟蛇旗,
胡不旆旆。	迎风哗哗飘扬。
忧心悄悄,	我心忧又焦急,
仆夫况瘁。	把车夫累得憔悴。

[注释]第二章,写出征军容。旐(音兆):绘有龟蛇图案的军旗。旄(音毛):旗杆顶尖装饰的牛毛。旟(音余):绘有鸟类图案的军旗。旆旆(音沛):状声词,风吹旌旗发出的声响。悄悄:形容内心焦急。况瘁:通"怳悴",即憔悴。

王命南仲,	周王命令南仲,
往城于方。	往朔方筑城驻防。
出车彭彭,	兵车一路彭彭响,
旂旐央央。	龙旗龟旗色彩鲜亮。
天子命我,	天子命我南仲,
城彼朔方。	守边疆筑城朔方。
赫赫南仲,	威名赫赫的南仲,
猃狁于襄。	驱逐猃狁保家邦。

[注释]第三章,写南仲奉王命筑城安边。南仲:宣王时大臣,受命为此次北征主帅。往城于方:城作动词,方是地名,是朔方的简称,本句意为往朔方去筑城。筑城驻军,是周朝安边的重要措施。彭彭:状声词,车行声。旂(音旗):绘双龙的大旗。央央:鲜明貌。朔方:今陕西北部、山西北部至内蒙古包头一带,也是猃狁活动的地区。襄:通"攘"。

昔我往矣,	从前我出发的时候,
黍稷方华。	黍稷刚刚吐穗开花。
今我来思,	如今我转到这里,
雨雪载涂。	一路雨雪交加。
王事多难,	国家祸乱事正多,
不遑启居。	顾不上坐上一坐。
岂不怀归?	难道不思念还乡?
畏此简书。	不敢不遵从王命。

[注释]第四章,写由春至冬,战事繁忙。方华:正吐穗开花;华,同"花"。

载涂:满路;涂,通"途"。不遑:无暇。启居:启,小跪,居,安坐。简书:刻在竹简上的文书,指天子的册命。

喓喓草虫,	蝈蝈咕咕叫,
趯趯阜螽。	蚱蜢蹦蹦跳。
未见君子,	看不到南仲,
忧心忡忡。	心忧不安宁。
既见君子,	看到了南仲,
我心则降。	我心才放平。
赫赫南仲,	威名赫赫南仲,
薄伐西戎。	讨伐猃狁大胜。

[注释]第五章,写再入春草茂盛时节,平定猃狁。开头六句袭自《召南·草虫》。但此诗中所指"君子"当是不同人物。草虫喓喓(音腰):状声词,虫叫声;草虫,即蝈蝈。趯趯(音惕):跳跃貌。阜螽(音终):蝗类昆虫。君子:对高级贵族的称谓。心、降:心情、平静。西戎:王国维《鬼方·昆夷·猃狁考》曰:"西戎即猃狁,互言之以谐韵。"

春日迟迟,	春天日头长,
卉木萋萋。	四野芳草香。
仓庚喈喈,	黄莺吱吱叫,
采蘩祁祁。	采蘩姑娘在路旁。
执讯获丑,	押解俘虏一串串,
薄言还归,	班师还朝回家乡,
赫赫南仲,	威名赫赫的南仲,
猃狁于夷。	把那猃狁一扫光。

[注释]第六章,写凯旋。前四句亦袭用《召南·采蘩》、《豳风·七月》诗句。卉:草类总称。萋萋:芳草茂盛貌。仓庚:黄莺,喈喈状黄莺叫声。蘩:

白蒿。祁祁：众多貌。执讯获丑：意为捉获俘虏，丑是对俘虏的蔑称；又，马瑞辰《通释》云："讯为军中通讯问之人，盖谍者之类。"可备一说。薄：急。

　　这篇诗写周宣命南仲为主帅，筑城于朔方，北伐猃狁。据王国维《鬼方·昆夷·猃狁考》这次出兵在宣王五年三月二十六日，整个战役历时约一年，战地在朔方，于次年春回京。猃狁的侵扰，长期以来是西周王朝北部的主要边患，这次北征是征东北部的猃狁，给予沉重的打击。不久又派尹吉甫为帅征伐西北部的猃狁，有诗《六月》为歌。经过这两次大战役，史书上再不见有猃狁的记载，据考证，猃狁即后来的西戎，又称犬戎、鬼方，春秋时称北狄，秦汉时称匈奴。匈奴族在汉代仍是华夏民族北部的主要边患。犬戎族在幽王时攻破镐京，导致西周王朝灭亡。本诗的作者，大概是南仲部下的一位官员，诗中歌颂南仲抗敌保边的战功，也歌颂了宣王的决策和天子的威严，表现了西周王朝"中兴"时代国王有为、群臣用命的精神面貌。诗中描写军容军威，铺排扬厉，较为生动。本诗是"小雅"中的乐歌，诗中第四、五、六各章，都大段引用或间用"国风"乐歌的成句。"小雅"中的若干诗篇，在章句和艺术表现上与"国风"相当接近，这是"小雅"诗人学习《风》诗艺术方法、模仿民歌体式的结果。

采薇（小雅）

从征的士兵之歌。诗六章，章八句。

采薇采薇，	采薇啊采薇，
薇亦作止。	薇菜已经长出来。
曰归曰归，	回家吧，回家，
岁亦莫止。	眼看又要到年底。
靡室靡家，	长久的离开家庭，
猃狁之故。	是猃狁的缘故。

不遑启居，	我没有空闲坐一坐，
猃狁之故。	是猃狁的缘故。

[注释]本篇与《出车》同是征伐猃狁时期的作品，但诗的作者是下层兵士，写出他们对战争的体验和观感。第一章，以采薇起兴，写因猃狁而不能过和平生活。薇：野豌豆，豆和嫩叶可食。征地朔方寒苦，战士在军中有时采薇充饥。作止：作，《毛传》曰"生也"。止，同"之"。岁莫：年终；莫，通"暮"。室、家：家庭。

采薇采薇，	采薇啊采薇，
薇亦柔止。	薇菜苗儿正嫩柔。
曰归曰归，	回家吧，回家
心亦忧止。	实在担忧我的家。
忧心烈烈，	我心焦灼像火烧，
载饥载渴。	又饥又渴太难熬。
我戍未定，	我的防地不一定，
靡使归聘。	没法捎信问平安。

[注释]第二章，写战地生活艰苦，并与家庭失去信息。柔：指薇初生苗柔嫩。烈烈：形容焦灼如火。归聘：聘，问；指探问家庭情况。

采薇采薇，	采薇啊采薇，
薇亦刚止。	薇杆已经长结实。
曰归曰归，	回家吧回家，
岁亦阳止。	一年不到十月里。
王事靡盬，	国家差事没完了，
不遑启处。	没有闲空得歇息。
忧心孔疚，	我的心忧很痛苦，
我行不来。	在外无人来怜恤。

［注释］第三章，写战事不息，久戍不归。刚：薇苗长大其茎坚实。岁阳：一年的十月，《尔雅》曰"十月为阳"。靡盬（音古）：没有休止。孔疚：很痛苦。来：一说归来之意，一说慰劳之意，均通，译文取后说。

彼尔维何？	那么艳丽是什么？
维常之华。	将军车帷上绣的花。
彼路斯何？	领先开路的是什么？
君子之车。	是将军的车。
戎车既驾，	战车统统都出动，
四牡业业，	四马奔驰真威风，
岂敢定居，	大军进发怎能停，
一月三捷。	一月三捷获大胜。

［注释］第四章，写战事紧张，乘胜进军。尔（音米）："莪"的借字，花开艳丽。常之华：常，通"裳"，车的帷帐；华，同"花"，常之华，指车幔上绣的花。路：本义可通，一说通"辂"，高大的车，亦通。古代作战，将士一同前进，交战时，将冲锋在前。戎车：兵车，即战车。业业：《诗集传》曰"壮也"。捷：胜利。

驾彼四牡，	兵车四马真雄健，
四牡骙骙。	四马"的的"作先锋。
君子所依，	将军战车冲在前，
小人所腓。	士卒呐喊随后行。
四牡翼翼，	两翼兵车多齐整，
象弭鱼服。	象弓鱼囊耀眼明。
岂不日戒，	临阵岂能不警戒，
玁狁孔棘。	玁狁末日更猖狂。

［注释］第五章，写将士英勇作战。骙骙（音奎）：状马蹄声。依：乘载。

君子:指将帅。小人:士卒自指。腓:通"痱",《说文》曰"隐也"。翼翼:整齐貌,形容马整齐排列,其阵式如鸟之两翼张开。象弭(音米):象牙装饰的弓。鱼服:绣鱼鳞花纹的箭囊。戒:警戒。孔棘:非常紧急;棘,通"急"。

昔我往矣,	从前我离家的辰光,
杨柳依依。	杨柳丝儿轻轻飘荡。
今我来思,	如今我走回家乡,
雨雪霏霏。	雨雪纷纷扬扬。
行道迟迟,	长路漫漫走得慢,
载渴载饥。	又是饥来又是渴。
我心伤悲,	我的心多么凄惨,
莫知我哀!	有谁知我的忧伤!

[注释]第六章,写归途心情。来思:来,归来;思,语助词。

本篇是出征战士的歌唱。与《出车》虽同写征伐猃狁胜利归来,但因所处地位不同,诗的内容也就不同。战争最大的奉献者是参战的士卒,他们担负着战斗的死伤、生活的艰苦与家人的离散,诗中生动地描写了他们承受的痛苦,以及对朝廷给予的待遇不公有所不满。但由于是参加反侵略的民族战争,仍然勇敢地投入战斗,没有怨怅之情。诗中对战士心理活动的描写,真实而生动。

无衣(秦风)

春秋时期秦地流行的歌谣,表现了战士踊跃从军、同仇敌忾的精神。诗三章,章五句。

岂曰无衣？	怎说你没有军衣？
与子同袍。	我与你合穿战袍。
王于兴师，	国王出兵打仗，
修我戈矛。	修好我们戈矛。
与子同仇！	你的敌人就是我的！
岂曰无衣？	怎说你没有军衣？
与子同泽。	我与你合穿上衫。
王于兴师，	国王出兵打仗，
修我矛戟，	修好我们矛戟，
与子偕作！	我与你肩靠肩战斗。
岂曰无衣？	怎说你没有军衣？
与子同裳。	我与你合穿下裳。
王于兴师，	国王出兵打仗，
修我甲兵，	修好我们甲胄，
与子偕行！	我与你肩靠肩前进！

[注释]袍、泽、裳：均指衣着，即外袍、内衣、上裳。同仇、偕作、偕行：近义词。仇字的本义，是匹、配、侣之义；同仇，即同俦、同伴。历来解作"仇敌"，使主题更突出，虽非本义，倒也可取。

秦人于周室东迁后进入关中，发展农业生产，进行经济和政治改革，为保家卫国，经常与侵扰的戎、狄进行战争，也时常先发制人，发动自卫反击战争。秦国推行全民皆民制，寓兵于农，当国家宣布用兵，战士皆自带兵器入伍。这篇诗表现了战士响应号召、踊跃从军，以及患难与共、友爱互助的精神。这是军中流行的歌曲，其中"袍泽"一词，成为表示战友友爱关系的典故，两千多年来中国军人用以相互称谓，影响深远。三章重章叠唱，每章几个近义词的更换，并不改变诗义，却有以不同的韵调加强主题的效果。

载驰(鄘风)

许穆夫人奔赴国难之歌诗。诗四章,一、三章,章六句;二、四章,章八句。

载驰载驱,	车轮快转马不停蹄,
归唁卫侯。	我回祖国慰问兄长。
驱马悠悠,	马儿奔驰漫漫长途,
言至于漕。	前往他们避难的漕邑。
大夫跋涉,	大夫们跋涉来追赶,
我心则忧。	我的心中更加担忧。

[注释]《左传·闵公二年》、《史记·卫世家》记,狄人入侵卫国,卫都朝歌(今河南淇县)沦陷被毁,卫君懿公败死。遗民数百人渡河南下,避难于漕邑,先立懿公长子戴公,不久戴公死,再立其弟文公。许国穆公夫人是戴公之妹。当时许国(在今河南许昌)是小国,无力救援。许穆夫人闻祖国国难,奔赴漕邑吊唁,计划向大国求救,联合驱狄复国,她此行克服了种种艰难,写作了这篇有名的歌诗。第一章,写返国。卫侯:指卫文公,许穆夫人之兄。漕:有二说,一说在今河南省渭县;《左传》作曹,在今山东省曹州境。大夫跋涉:大夫,指许国大夫。许穆夫人离许奔漕,许国派大夫多人追赶拦阻,劝她回去,其理由是她此行不合礼法。按礼法,女子嫁,其父母去世后,不得再回娘家。同时也劝她此行无济于事。唁(音彦):吊唁,吊人失国也叫唁。

既不我嘉,	尽管说我不好,
不能旋反。	我也不能回转。
视尔不臧,	看你们不高明的主张,
我思不远?	我的打算难道不长远?

既不我嘉，　　　　　　尽管说我不好，

不能旋济。　　　　　　也不能回头渡河。

视尔不臧，　　　　　　比起你们不高明的主张，

我思不闷？　　　　　　我的考虑难道不周全？

[注释]第二章，是许穆夫人对许国大夫劝阻所作的回答。臧：善。济：渡河。闷：通"密"，周全。

陟彼阿丘，　　　　　　登上那边的山丘，

言采其蝱。　　　　　　来采治郁闷的药草。

女子善怀，　　　　　　女子容易动感情，

亦各有行。　　　　　　也有她自己的主张。

许人尤之，　　　　　　许国人来责难我，

众稚且狂。　　　　　　真是无知又愚妄。

[注释]第三章，斥许国大夫幼稚无知。蝱：药名，据说可治郁闷。善怀：好动感情。行（音杭）：作名词，路、理。尤：责备。狂：愚妄。

我行其野，　　　　　　我走在祖国的原野，

芃芃其麦。　　　　　　绿稠稠好一片麦田。

控于大邦，　　　　　　我要把国难向大国报告，

谁因谁极。　　　　　　谁相亲谁会来救援。

大夫君子，　　　　　　诸位大夫君子，

无我有尤。　　　　　　别以为我有什么过错。

百尔所思，　　　　　　你们的千百个主意，

不如我所之。　　　　　　不如我决定的方向。

[注释]第四章，写她的救国方略。芃芃（音朋）：茂盛貌。控：走告。大邦：大国，指邻近的齐国。谁因谁极：因，亲；极，通"亟"，急；此句余冠英曰：

谁和我卫国相亲谁就会急我卫国之难。

这篇诗描写一位贵族妇女关怀祖国命运,为拯救国难,不辞艰辛,冲破礼法的限制,不顾人们的阻挠,坚持自己复兴祖国的计划,表现了她对祖国的热爱。其坚强的斗争性格,及其行之有效的政治识见,形象跃然纸上。据《左传》记载,许穆夫人回到卫国不久,齐国桓公派其子率兵车三百乘、甲士三千人至漕邑,对卫国进行军事和政治支援,卫国得以复国。许穆夫人被称为"中国第一位爱国女诗人",据传《泉水》、《竹竿》两诗也是她的作品。

黍离(王风)

《毛诗序》曰:"闵宗周也,周大夫行役,至于宗周,过故宗庙宫室,尽为禾黍,闵宗室之颠覆,彷徨不忍去,而作是诗也。"诗三章,章八句。

彼黍离离,	黍子一行行,
彼稷之苗。	高粱出了苗。
行迈靡靡,	步儿慢腾腾,
中心摇摇。	心中晃摇摇。
知我者谓我心忧,	了解我的知我心忧,
不知我者谓我何求。	不了解的问我把什么寻求。
悠悠苍天,	悠悠的苍天啊,
此何人哉?	谁造成这个模样?
彼黍离离,	黍子一行行,
彼稷之穗。	高粱吐了穗。
行迈靡靡,	步儿慢腾腾,
中心如醉。	心中像酒醉。
知我者谓我心忧,	了解我的知道我心忧,

不知我者谓我何求。　　　　不了解我的问我把什么寻求。

悠悠苍天，　　　　　　　　悠悠的苍天，

此何人哉？　　　　　　　　谁造成这个模样？

彼黍离离，　　　　　　　　黍子一行行，

彼稷之实。　　　　　　　　高粱长足米。

行迈靡靡，　　　　　　　　步儿慢腾腾，

中心如噎。　　　　　　　　心中像噎气。

知我者谓我心忧，　　　　　了解我的知道我忧愁，

不知我者谓我何求。　　　　不了解的问我把什么寻求。

悠悠苍天，　　　　　　　　悠悠的苍天，

此何人哉？　　　　　　　　谁造成这个模样？

[注释]公元前 792 年，犬戎攻破镐京，杀幽王，西周（宗周）灭亡，后来平王东迁洛邑，是为东周（成周）。东周大夫过旧京，有感而发。黍：小黄米。稷：高粱。

《毛诗序》的题解可信，全诗写出故国黍离的兴亡沧桑之感。诗人目睹昔日豪华的镐京宗庙宫室尽毁，引起无限忧伤和痛苦。他将亡国之恨蕴含在难以诉说的行路"靡靡"、"摇摇"、"如醉"、"如噎"，更感其感情的沉痛和深沉，三次高问："悠悠苍天，此何人哉？"指西周亡国罪魁，其意甚明。全诗三章，重章叠唱起兴的"彼黍离离，彼稷之苗"，与下文要表述的意义有所联系：诗人见到遍地的黍稷，想到这里本是从前的宗庙宫室，引起心中的忧苦。可是连续三章，稷出苗、吐穗、成熟结实，得经历五六个月，而黍总是一行行；再说高粱播种早，黍子播种晚，不可能黍子成行而高粱才出苗；可见这又不是实指，只是诗人见到遍地黍稷，触发了自己的情思，借以发端起情。至于穗、实等字的变换，不是写时序的推移，只是为了分章换韵而已。诗是抒情艺术，不必字字咬实，即孟子所说的"以意逆志，是为得之"。

第十六讲

宴 饮 诗

　　《诗经》是周代礼乐文化的产物,305 篇都是各种礼仪和社会活动中应用的乐歌。周代礼仪繁多,在礼仪活动中都少不了宴饮,凡宴饮都有乐。诗乐合一,贵族社会频繁的宴饮场合,都要用三百篇中的歌诗,所用《风》诗《雅》诗《颂》诗都有。我们这里所说的宴饮诗不是指所有用于宴饮场合的诗,而是定为以宴饮为题材的诗,有《鹿鸣》、《伐木》、《常棣》、《行苇》、《颍弁》、《彤弓》、《瓠叶》、《宾之初筵》、《鱼丽》、《南有嘉鱼》、《凫鹥》、《既醉》等。有这样一批以宴饮为题材的歌诗,是中国文学在世界文学中独特的文化景观。不能简单化地认为《诗经》的宴饮诗反映贵族阶级的享乐生活和为其歌功颂德而予以全面否定,固然它们有这样的因素,但主要的是,它们集中地反映了中国礼乐文化的内涵及其本质特征,具有重要的文化价值。下面,选读四篇。

鹿鸣(小雅)

周王宴群臣。诗三章,章八句。

呦呦鹿鸣,	鹿儿呦呦叫,
食野之苹。	一同吃嫩草。

我有嘉宾，	我迎接尊贵的客人，
鼓瑟吹笙。	鼓瑟又吹笙。
吹笙鼓簧，	吹笙又鼓簧，
承筐是将。	薄礼先奉上。
人之好我，	客人对我情意好，
示我周行。	请向我指明大道。
呦呦鹿鸣，	鹿儿呦呦叫，
食野之蒿。	一同吃嫩蒿。
我有嘉宾，	我欢迎的尊贵客人，
德音孔昭。	品德天下明耀。
视民不恌，	为民表率不轻佻，
君子是则是傚。	君子的榜样来仿效。
我有旨酒，	我奉上美酒，
嘉宾式燕以敖。	请嘉宾开怀畅饮。
呦呦鹿鸣，	鹿儿呦呦叫，
食野之芩，	一同吃甜草，
我有嘉宾，	我欢迎尊贵的客人，
鼓瑟鼓琴。	鼓瑟又鼓琴。
鼓瑟鼓琴，	鼓瑟又鼓琴，
和乐且湛。	和乐融融情意深。
我有旨酒，	我奉上美酒，
以燕乐嘉宾之心。	祝嘉宾快乐欢心。

[注释]鹿鸣：鹿性喜和平，合群，找到食物便呦呦鸣叫，呼唤同伴同食。诗三章叠唱，前两句均以鹿鸣起兴，借喻宾友聚会。苹：蒿类野草。瑟、笙：两种乐器。瑟是六弦的弹拨乐器，笙是十三竹管拼成的吹奏乐器，古乐以瑟

笙合奏。鼓:吹。簧:管乐器中的金属簧片,吹奏时振动发声。承筐是将:承筐,盛放币帛等礼物的竹筐,古代贵族宴宾,主人命仆人捧礼物呈赠宾客,是一种礼节。示:指明。周行:本义是周初平定东方后修建的由镐京通达东方的国道,这里借指大道。德音:好品德。视:通"示"。不恌(音挑):不轻薄。则:法、榜样。傚:同"效"。旨酒:美酒。燕:同"宴"。敖:同"遨",纵情游。芩(音勤):蒿类植物。湛(音沉):深。

《鹿鸣》是天子和高级贵族宴会宾客的歌诗,第一章写主人欢迎和殷勤待客,第二章赞扬宾客品德高尚,第三章请众宾尽欢。这篇诗的内容在宴宾诗中有代表性,曾长期流传为宴饮的歌诗,汉魏时曹操《短歌行》(其二)即袭用本篇开头四句,也用于宴宾。后世科举,皇帝招待新进士的宴会,称为鹿鸣宴,参加鹿鸣宴是新进士的荣耀。

常棣(小雅)

《左传·僖公二十四年》谓召穆公召合宗族于成周会聚,作此乐歌。诗八章,章四句。

常棣之华,	棠棣花儿开,
鄂不韡韡。	花蒂真光彩。
凡今之人,	如今天下人,
莫如兄弟。	不如亲兄弟。
死丧之威,	死丧危难时,
兄弟孔怀。	兄弟最关心。
原隰裒矣,	倒在野地里,
兄弟求矣。	兄求来找寻。

[注释]第一、二章,言人与人之间,兄弟最相亲。常棣:通"棠棣",树名,果实似李子而较小,茎长而花下垂,花两三朵相依为一级,诗人即以此起兴喻兄弟。鄂不:鄂,通"萼",花苞;"不"字在甲骨文中是花蒂的象形,借指花蒂。华:同"花"。鲜鲜(音伟):同"炜炜"。威:通"畏"。原隰:原野,湿地,泛指野外。裒(音抔):林义光《通释》释为"踣"的借字。

脊令在原,	脊令水鸟困平原,
兄弟急难。	只有兄弟救急难。
每有良朋,	虽然也有好朋友,
况也永叹。	给予你的是长叹。
兄弟阋于墙,	兄弟在家有事吵,
外御其务。	外人欺侮同对外。
每有良朋,	虽然也有好朋友,
烝也无戎。	时间久长难相助。

[注释]第三、四章写动乱危急中兄弟最可依靠。脊令:水鸟名。水鸟落到原野,比喻有了患难。况:通"贶",赐予。阋:相争。务:通"侮",外侮。烝:久。戎:助。

丧乱既平,	如今丧乱平息,
既安且宁。	生活过得安宁。
虽有兄弟,	这时虽有兄弟,
不如友生。	不如朋友亲密。
傧尔笾豆,	摆列竹盘木碗,
饮酒之饫。	吃个酒足饭饱。
兄弟既具,	兄弟都已到齐,
和乐且孺。	和睦相爱相亲。

[注释]第五、六章写相会宴饮。友生：朋友。傧：陈列。笾豆：祭祀或宴享时盛食物用的器皿，笾，竹制；豆，木制。饫(音玉)：饱。既具：都到齐。具通"俱"。孺：通"愉"，欢喜。

妻子好合，	老婆孩子亲热，
如鼓瑟琴。	如鼓琴瑟相和。
兄弟既翕，	兄弟今日团聚，
和乐且湛。	永远和好欢乐。
宜尔室家，	愿你全家平安，
乐尔妻帑。	老婆孩子快乐。
是究是图，	思量兄弟之情，
亶其然乎？	上面的话不假。

[注释]第七、八章写美好的祝愿。好合：亲密和谐。翕(音细)：聚集。妻帑：老婆孩子；帑，通"孥"，子女。图：考虑。

厉王时代周王朝的动乱，使其立国之本的宗法制受到严重破坏，宗主国的王朝和各诸侯国之间、各诸侯国之间矛盾深化，产生种种冲突，为改善各兄弟国家的关系，促进宗族内部的团结，在"丧乱既平"之后，召穆公邀集同姓各国兄弟宴饮，产生了这篇宴饮诗，《左传·僖公二十四年》所记，是可信的。诗的主题是宴兄弟、劝友爱，说明兄弟之间应该亲密相爱，互相救助，在危难之时方见兄弟情谊之可贵。这个主题不仅适用于周王、诸侯和高级贵族阶层，也同样适用于宗法社会的其他社会阶层，所以这篇宴饮诗又成为宗法社会伦理道德的教化诗，"兄弟阋墙，外御其侮"已成为众所熟知的成语。

伐木(小雅)

周王宴兄弟亲属故旧的宴饮诗。诗三章,章十二句。

伐木丁丁,	伐木响叮叮,
鸟鸣嘤嘤,	鸟鸣叫嘤嘤,
出自幽谷,	来自深谷里,
迁于乔木。	飞到乔木顶。
嘤嘤鸣矣,	鸟儿嘤嘤叫,
求其友声。	为了找和鸣。
相彼鸟矣,	像那鸟儿啊,
犹求友声;	还要找和鸣;
矧伊人矣,	何况是人呢,
不求友生?	能不交朋友?
神之听之,	天神听这话,
终和且平。	降福赐和平。

[注释]第一章,从伐木鸟鸣起兴,以鸟为喻,言人当求友。友声:朋友相和之声。相:《说文通训定声》释为"像"。矧:何况。友生:朋友;生,语助词。

伐木许许,	伐木呼呼响,
酾酒有苎。	清酒扑鼻香。
既有肥羜,	杀只小羔羊,
以速诸父。	迎接叔伯尝。
宁适不来,	如果请不来,
微我弗顾。	不能怨我错。
於粲洒埽,	洒扫亮堂堂,

陈馈八簋。	八肴都摆上。
既有肥牡，	烹只大公羊，
以速诸舅。	迎接诸舅尝。
宁适不来？	如果礼不到，
微我有咎。	千万别见怪。

[注释]第二章,言治备酒宴以待长者到来。许许:状声词。酾(音师):以筐沥去酒糟。旨(音序):亦作"酌",香美。羜(音住):四五个月大的小羊。速:迎接。诸父:同姓长辈,犹言伯叔。适:往。微:勿。於粲:於,发语词,粲,明亮,此处指打扫得干净明亮。馈:食物。簋(音轨):内圆外方的一种长筒形盛食物器具。肥牡:肥公牛。诸舅:异姓长辈们,如舅、姑父、姨父。

伐木于阪，	伐木在山坡，
酾酒有衍。	沥酒漫出缸。
笾豆有践，	盘碗排齐整，
兄弟无远。	兄弟别疏远。
民之失德，	百姓伤和气，
干糇以愆。	饮食把脸翻。
有酒湑我，	清酒满了缸，
无酒酤我。	喝光再去买。
坎坎鼓我，	咚咚敲大鼓，
蹲蹲舞我。	蹦蹦一同舞。
迨我暇矣，	等到有闲空，
饮此湑矣。	再来喝个足。

[注释]第三章,写醉饱歌舞之乐,末尾再约后会。阪:山坡。衍:水溢。笾豆:见《常棣》注,践,陈列,成行。兄弟:同辈亲属。干糇:干粮。愆(音千):过错。湑我:湑(音须),清米酒。"我"及以下三句句尾同字,同"哦",语气词。酤:买酒。蹲蹲(音存):舞貌。迨:等到。

西周封建曾多达三千余国,受封者有同姓兄弟、子侄,也有异姓亲属以及功臣,视亲疏远近、功劳大小,予以不等的爵位,分封给不等的土地立国,各国国君对王朝承担一定的赋贡和战时出兵、出役的义务。周王定期宴享各国国君,目的是加强王朝与各诸侯国的团结,使他们恪尽对王朝的义务,从而巩固王朝的统治。在这篇宴饮歌诗里,只歌唱求友的必要和招待亲友的热诚,在上层社会生活中也有较普遍的适用性,所以流传甚广。《孟子·滕文公》曾引述本诗诗句:"吾闻出于幽谷迁于乔木者,未闻下乔木而入于幽谷者。""出于幽谷,迁于乔木",也是流行两千多年的成语。

宾之初筵(小雅)

记述周天子举行燕射礼。诗五章,章十四句。

宾之初筵,	宾客入座开筵席,
左右秩秩。	主客两边坐整齐。
笾豆有楚,	杯盘齐整又洁净,
肴核维旅。	鱼肉果品摆满几。
酒既和旨,	清酒醇和味香甜,
饮酒孔偕。	从容饮酒有让谦。
钟鼓既设,	钟鼓大乐安排好,
举醻逸逸。	举杯敬酒礼仪全。
大侯既抗,	红心箭靶高高挂,
弓矢斯张。	弓弦张紧只待发。
射夫既同,	射手对对安排定,
献尔发功。	比赛本领谁在先。
发彼有的,	但求发发中靶心,
以祈尔爵。	赢来美酒把人灌。

[注释]第一章,写燕射礼开始,宴饮入席,射箭比赛作好准备。筵:本义是"竹席",古人席地而坐,置几就食,后"筵席"一词之由来。初筵,宴会开始宾客入座。左右秩秩:左右两边入座者整齐有序。按房之正向,左右即东西两边,古礼主席在东,客席在西,左右秩秩即宾主依序就位。有楚:楚楚,整齐明洁貌。肴核维旅:菜肴果品摆列整齐,肉类食品称肴,带核的果品称核,旅指陈列。和旨:醇和甘美。偕:和同。举酬(酬):举杯敬酒。逸逸:形容文雅有礼貌。大侯:箭靶。抗:高挂,高举。斯张:弓弦绷紧待发;斯,于是。射夫既同:射手两人一对已经选定。发功:发射的本领。的:鹄的,即目标,靶上绘有圆心作目标。爵:饮用的盛酒之器,古人比射箭未中者罚酒,射中者可罚对方饮酒。

籥舞笙鼓,	跳起籥舞伴笙鼓,
乐既和奏。	音乐合奏翟羽。
烝衎烈祖,	献上乐舞敬先祖,
以洽百礼。	依次如仪百礼合。
百礼既至,	百礼齐备无违背,
有壬有林。	规模宏大仪式多。
锡尔纯嘏,	祖先赐予你大福,
子孙其湛。	子子孙孙得安乐。
其湛曰乐,	欢欢乐乐比射箭,
各奏尔能。	各显其能来争光,
宾载手仇,	宾客各自找对手,
室人入又。	主持之人到场边。
酌彼康爵,	满上酌上一大杯,
以奏尔时。	谁射不中罚谁酒。

[注释]第二章,写钟鼓乐舞,依礼祭祖。籥(音月)舞:又称文舞,舞者一边吹籥,一手执羽而舞蹈,用以娱神;籥,古代一种似排箫的古乐器。烝衎

（音看）：献乐，衎，娱乐。烈祖：有丰功伟绩的祖先。百礼：多种礼仪，祭祀时周王先行礼，然后诸侯依次行礼，程式甚多。壬：宏大，指祭礼规模。林：指礼仪节目盛多如林。锡：同"赐"。纯嘏：大福。湛（音沉）：欢乐。奏：献。手仇：选择射箭的对手。室人：主持射箭比赛的人。入又：又，通"侑"。康爵：大酒杯。以奏尔时：意为向射中者进酒。

宾之初筵，	宾客入座筵席开，
温温其恭。	个个谦和又端庄。
其未醉止，	当他们没有酒醉，
威仪反反。	仪态举止有板眼。
曰既醉止，	等到他们喝醉酒，
威仪幡幡。	仪态举止胡乱来。
舍其坐迁，	不顾排定的座位，
屡舞僊僊。	起舞蹦跳乱旋转。
其未醉止，	当他们没有喝醉，
威仪抑抑。	仪容举止稳定又庄严。
曰既醉止，	等到他们喝醉酒，
威仪怭怭。	举止轻佻不堪入眼。
是曰既醉，	人们一到喝醉时，
不知其秩。	失态忘形礼法全忘完。

［注释］第三章，写醉酒者大反常态，举止不守礼法。温温：和顺貌。恭：端敬谦和。威仪：仪表举止。反反（音板）：通"昄昄"，庄重，有节制。幡幡：混乱貌。坐迁：礼仪中偏东的座位，礼仪排定了合于每人身份的座位，舍（离弃）其坐迁，是不守这个规矩。僊僊（音仙）：形容舞蹈时跳跃旋转，失态忘形。抑抑：抑，同"懿"，沉着稳重貌。怭怭（音必）：轻佻貌。秩：规矩、秩序。

宾既醉止，	当宾客已经酒醉，
载号载呶。	又是号叫又是闹。

乱我笾豆，	打碎盘子打翻碗，
屡舞傲傲。	东倒西歪把舞跳。
是曰既醉，	这是他们喝醉酒，
不知其邮。	不知犯错瞎胡闹。
侧弁之俄，	歪戴帽子歪歪倒倒，
屡舞傞傞。	还是东摇西摆要舞蹈。
既醉而出，	醉了应该离席去，
并受其福。	对于大家有好处。
醉而不出，	醉了还不离席去，
是谓伐德。	就是缺德坏家伙。
饮酒孔嘉，	饮宴本来是好事，
维其令仪。	却要保持好态度。

[注释]第四章，继续写贵族们的醉后失态。号、呶(音挠)：号叫、喧闹。傲傲(音欺)：东倒西歪，站立不稳。邮：同"尤"，过失。侧弁：歪戴帽子；弁，帽。俄：倾斜。傞傞(音梭)：醉舞不止貌。伐德：缺德。令仪：美好的仪态。

凡此饮酒，	自从燕礼能饮酒，
或醉或否。	有人醉酒有人清醒。
既立之监，	既设酒监作监察，
或佐之史。	再要史官记录明。
彼醉不臧，	那些人不以为醉是错，
不醉反耻。	反以不醉是羞耻。
式勿从谓，	不要跟随这样做，
无俾大怠。	不会严重犯礼法。
匪言勿言，	那样的错话不要说，
匪由勿语。	失礼的事不要做。
由醉之言，	醉人的言语不要信，
俾出童羖。	如说公羊没有角。

三爵不识，	酒饮三爵已昏昏，
矧敢多又。	怎能再劝人多饮。

[注释]第五章，表明希望纠正滥饮风气。监：酒监，又名司正，负责管理和监察宴饮事务的官员，包括戒酒令的执行。史：指专职记载政事和王室活动的史官。诗人建议把犯酒戒者记录在案。彼醉二句：不以醉酒可耻，反而以为不喝醉是羞耻，这说明醉酒已成风气。臧：善。从谓：跟着做；谓，通"为"。大怠：太懈怠。非言：错话。由：马瑞辰《通释》释为"式"，法。童羖（音古）：黑公羊。三爵：犹言三大杯酒。矧（音审）：况且。多又：指多劝酒。

周人的祭、射礼常常合在一起，重视祭祀祖先，念祖先开拓基业之艰难，为保卫社稷，也不忘军事训练。这篇诗在射箭比赛之前先礼祭祖先，而后比赛和燕饮。周初周公曾颁布戒酒令（见《尚书·周书·酒诰》）提到耽酒亡国的政治高度，宣布了严厉的惩罚条例。周人重祭，以为食用祭祀后撤下的酒食可得神祖的福佑，所以允许在祭祀礼仪活动中的宴饮可以饮酒，因此贵族们借机痛饮。这篇诗如实地反映了这个情况。从诗中我们看到周初的禁令已经松弛，贵族们的酒醉失仪丑态，以及酒醉前后的对比，展现了他们平时的虚伪和内心的空虚，在艺术上对醉酒丑态的细节描写也很生动。

第十七讲

贵族生活风情篇

　　贵族社会生活是一个宽泛的概念,应该包括各种政治、经济、文化活动。本讲中所选读的,是反映贵族生活风情的诗篇,旨在为当时的贵族社会拍摄几个生活镜头,展现贵族阶级的一些生活断面,他们的理想和追求,他们的堕落和无可奈何的趋向没落。

硕人(卫风)

　　赞美卫庄公夫人庄姜的美丽和高贵。诗四章,章七句。

硕人其颀,	那美人个儿高高,
衣锦褧衣。	锦衣上穿着罩衣。
齐侯之子,	她是齐侯的女儿,
卫侯之妻,	卫侯的娇妻,
东宫之妹,	东宫的妹子,
邢侯之姨,	邢侯的小姨,
谭公维私。	谭公就是她的妹婿。

[注释]第一章,叙述庄姜的出身高贵。硕:大。颀(音祈):修长貌。"其颀"《玉篇》引作"颀颀"。古代男女同以硕大颀长为美。褧(音炯):褧衣,是女子穿的外衣。齐侯:指齐庄公。子:女儿,男女都可称子。卫侯:指卫庄公。东宫:指齐国太子,东宫是太子所住的宫,这里代指太子。邢:国名,在今河北省邢台县。谭:国名,在今山东省历城县东南。私:女子称谓姊妹的丈夫为"私"。

手如柔荑,	她的手指像茅草的嫩芽,
肤如凝脂,	皮肤像凝冻的脂膏,
领如蝤蛴,	嫩白的颈子像蝤蛴一条,
齿如瓠犀,	牙齿像瓠瓜的子儿,
螓首蛾眉,	方正的前额,弯弯的眉毛,
巧笑倩兮,	轻巧的笑流动在嘴角,
美目盼兮。	那眼儿黑白分明多么美好。

[注释]第二章,写庄姜的美貌。柔荑:荑是初生的茅,嫩茅去皮后洁白细软,所以用来比女子的手。凝脂:凝冻着的脂油,既白而滑,且有光泽。领:颈。蝤蛴(音囚齐):天牛的幼虫,柔白而肥。瓠(音壶):葫芦类。瓠中的子叫做犀,因其洁白整齐,所以用来形容齿的美。螓(音秦):虫名,似蝉而小,额宽广而方正。蛾眉:蚕蛾的眉(即触角),细长而曲。人的眉以长为美,所以用以作比。倩:口颊含笑的动人形象。盼:黑白分明。

硕人敖敖,	那美人个儿高高,
说于农郊。	车儿停在近郊。
四牡有骄,	四匹公马多雄壮,
朱幩镳镳,	马嘴边红绸飘飘,
翟茀以朝。	车前车后满挂野鸡毛。
大夫夙退,	大夫们早早退去,
无使君劳。	别让君王操劳。

[注释]第三章,写她初嫁到卫国时礼仪之盛。敖敖:高貌。说(税),停息。农郊:近郊。四牡:驾车的四匹牡马。骄:壮大貌。朱帻(音焚):马口旁铁上用红绸缠缚做装饰。镳镳(音标):盛。茀(音蔽)。女子所乘的车前后都要遮蔽起来,那遮蔽在车后的东西叫做茀,翟茀是茀上用雉羽做装饰,翟,长尾野鸡。朝是说上朝见君。大夫二句:是说今日群臣早退,免使卫君劳累。夙:早。

河水洋洋,	黄河水滔滔洋洋,
北流活活。	向北流浩浩荡荡。
施罛濊濊,	渔网儿洒水呼呼响,
鳣鲔发发,	泼剌剌黄鱼鳝鱼都上网,
葭菼揭揭。	河边芦苇根根高挺。
庶姜孽孽,	姜家妇女人人颀长,
庶士有朅。	武士们个个轩昂。

[注释]第四章,写庄姜的随从众多而强壮。河:黄河。洋洋:水盛大貌。黄河在卫之西、齐之东,庄姜从齐到卫,必须渡河。活活(音括):水流声。施罛(音孤):撒渔网。濊濊(音豁):撒网下水声。鳣(音毯):黄鱼。鲔:鳝鱼。发发(音拨):鱼着网时尾动貌。葭(音加):芦。菼(音毯):荻。揭揭:高举貌。庶姜:指随嫁的众女。姜是齐君的姓。孽孽:高长貌。庶士:指齐国护送庄姜的诸臣。朅(音洁):武壮高大貌。

《左传·隐公三年》记载,卫庄公娶齐庄公的女儿庄姜为妻,这篇诗描写庄姜初嫁时的情况,赞美她的高贵出身、美丽以及随从之盛。全篇用工细的铺叙手法,在第一章叙写她高贵的出身,父兄、夫婿和三亲六戚都是国君,使人仰望的门第;第二章精致地刻画她的美貌,接连用七个生动的形象比喻,描绘出她艳丽绝伦的肖像,而且动静结合,笔墨传神,以"巧笑倩兮,美目盼兮"八个字,写出她活生生的动人的神采;第三章铺陈迎娶的隆重和盛大,也在烘托她身份的高贵,又点出她对郊迎的卫国大夫们所说"大夫夙退,无使君劳"八个字,表现了她的气质和教养。末章七句之中六句全用叠字,以壮美的景象,隆重的仪仗,陪嫁队伍中个个俊美勇武的侍从,无不衬托出这位贵夫人的美丽和高贵。姚际恒《诗经通论》称:"千古颂美人者,无出其右,是为绝唱。"方玉润《诗经原始》亦谓"千古颂美人者,无出'巧笑倩兮,美目盼兮'二语",即除了摹其貌,尤须传其神。这篇诗被推崇为诗歌中题咏美人的"千古之祖",是它的艺术手法对后世诗人的启发,我们从曹植《洛神赋》对美女的工笔细绘,从白居易《长恨歌》"回头一笑百媚生"的名句,都能看到这篇诗的影响。

作为贵族生活风情的一个镜头,我们也可以看到当时的审美观念,以及高级贵族生活的极尽奢华、婚礼隆重铺张,但并非本篇的主旨。

大叔于田(郑风)

女子赞美一个贵族男子勇猛善猎,精于射御,是女性钟情的男子。诗三章,章十句。

叔于田,	叔到圃田去打猎,
乘乘马。	驾着四马拉的车。
执辔如组,	一把缰绳如丝带,
两骖如舞。	两边骖马行如舞。
叔在薮,	叔在围场打猎地,
火烈具举。	几处猎火齐燃起。
襢裼暴虎,	赤膊徒手搏老虎,
献于公所。	献给国君好猎物。
将叔无狃,	求叔不要常这样,
戒其伤女!	小心不要伤着你!

[注释]《郑风》中有《叔于田》、《大叔于田》一前一后两篇,内容都是一位女性赞美猎手,大概是同一作者赞美同一人,这篇写于后,而且比前篇长,所以前面加个"大"字。第一章,写田猎开始情景,这位猎手勇武搏虎,引起作者的关怀。叔于田:叔,对这位猎手的称呼。田,田猎,即打猎。郑国有名为大薮的圃田,是打猎的处所。叔是古代对同辈男子的一种通称,有敬重和亲切之意,如对长辈男子称为"父"。也有女性称丈夫为叔者。又,古代兄弟排行,依次称孟、仲、叔、季,有注者又将这位猎手注释为"老三"。从诗的本文看,究竟是情人、钟情者、丈夫或"老三",都难确定,也无文献可以征实,故不必确指。乘乘马:前一个"乘"字是动词,驾;第二个"乘"字(音剩)是名词,乘车,四马拉的车。贵族乘的车用四匹马来拉,跑得快。辔、组:辔,马缰绳;组,丝带。四匹马有六条缰绳,在猎人手里如同一条丝带,形容驾车技术高。两骖(音参):古代四马一车,中间的两马称为"服",两侧的两马称为"骖",两骖如舞,形容马奔跑时行列整齐,步调节奏和谐,有如舞蹈。薮(音叟):湿地,草木丛生、禽兽聚居之地,即郑国名为圃田的大薮。火烈具举:几面同时举火。烈是"迾"的借字,遮;打猎时几面燃火阻群兽逃路叫火烈,具举,同俱举,齐起。襢(袒)裼(音希):赤膊。暴虎:徒手与虎搏斗。公所:国公之处,即国君公庭。周室东迁新建郑国,郑君因功封地公爵。将:求,希望。狃(音纽):习以为常。女:同"汝",你。

叔于田,	叔到圃田去打猎,
乘乘黄。	四马拉车毛色黄。
两服上襄,	两匹辕马领前奔,
两骖雁行。	骖马如飞雁两行。
叔在薮,	叔在围场猎地,
火烈具扬。	几面猎火高扬。
叔善射忌,	叔是神箭射手,
又良御忌。	驾车手段也高强。
抑磬控忌,	屈腰勒缰马齐站,
抑纵送忌。	挺身松缰马跑欢。

[注释]第二章,写这位猎手驾车技术高超。乘黄:四匹黄马的车。两服上襄:两匹驾辕的马向前跃进;两服,指中间的两匹辕马;襄,通"骧",上襄即向前腾跃。雁行:形容两侧骖马如飞雁成行。扬:起。忌:语助词,下同。抑:发语词,下同。磬控:控是勒住马缰以控制马的前进,使马站住;磬的本义是形状半弯曲的乐器,借以形容驾车者控马的姿势,磬控是双声联绵词。纵送:纵马使之奔驰,直身松缰马即奔行;纵送是叠韵联绵词。

叔于田,	叔到圃田去打猎,
乘乘鸨。	四匹花马来拉车。
两服齐首,	两匹辕马头并头,
两骖如手。	骖马有如左右手。
叔在薮,	叔在围场打猎地,
火烈具阜。	处处猎火还未熄。
叔马慢忌,	马蹄声音慢,
叔发罕忌。	箭杆飞得稀。
抑释掤忌,	打开箭筒盖,
抑鬯弓忌。	长弓收袋里。

[注释]第三章,写打猎收场,这位猎手结束这次打猎。鸨:又作"驳",黑白杂色的马,表明猎手换了马。两服齐首:形容中间两匹辕马齐头并进。两骖如手:形容两侧骖马像人左右两手。"齐首"、"如手"都是形容正常的行进姿态。阜:盛。发:发箭。释掤(音冰):掤,箭筒的盖;释,解开。鬯(音畅):弓袋,鬯弓,将弓收入弓袋。

这篇诗写贵族田猎。田猎是贵族生活的一项重要内容,王室和诸侯国都有设定的猎场,除了定期的与军事演习、阅兵相结合的集体狩猎活动,一些贵族也常常进行个人的田猎活动,主要目的是习演射箭御车,当然也希望获得猎物,呈献国君、分赠亲友。射、御是古人十分重视的技能,也是贵族学校的教学和实验科目。孔夫子也学习射、御，精于射、御作为品评贵族的一项重要优点。古人男女都以高大健壮为美，高大、英武、勇猛而且精于射、御（有本领）是理想的男性品格。诗中赞美的贵族猎手，就是这样一位人物，所以这位女作者对他的勇猛、射技和御技，乃至一些熟练的动作，无不热情地赞美，并吐露出无限的关怀。全诗结构层次分明，对田猎场面和猎手技术的描写，都比较生动。

鹤鸣(小雅)

这是一篇比体诗，歌咏贵族园林中的景物，传统注疏都认为寄寓了贵族的人才观。诗二章，章九句。

鹤鸣于九皋，	白鹤长鸣在一个个池边，
声闻于野。	鸣声在田野传遍。
鱼潜在渊，	鱼儿潜游在深渊，
或在于渚。	有的浮游到洲滩。
乐彼之园，	令人喜悦的万木园，
爰有树檀，	有的檀树高参天，
其下维萚。	也有柽棘在下面。
它山之石，	他山的石头，
可以为错。	可当磨石把玉磨。
鹤鸣于九皋，	白鹤长鸣在一个个池边，
声闻于天。	它的鸣声传上天。
鱼在于渚，	鱼儿浮游到洲滩，
或潜在渊。	有的潜游在深渊。
乐彼之园，	令人喜悦的万木园，
爰有树檀，	有的檀树高参天，

其下维榖。	也有楮树在下面。
它山之石，	他山石头可当错，
可以攻玉。	能把玉器磨圆。

[注释]鹤：禽鸟类动物，体形较高大，羽白顶红，双腿超长，能高飞远翔，古人认为是一种高贵的动物，用来比喻特殊的人士。九皋：九，其言多，非实指；皋，沼泽。鹤鸣九皋，是说鹤在一个连接一个的池沼边鸣叫，盖鹤亦众多。野：郊外、田野。渊：深水，潭。渚：洲边浅水处。檀：一种落叶乔木，木质坚硬，白檀用于制车、紫檀制高级家具，是一种名贵木料。萚（音托）：通"柝"，一种棘类灌木，木质低劣。错：通"厝"，磨石。榖：即楮（音楚），又一类材质低下的树木。攻：磨砺。

从这篇诗中，我们看到一座优美的贵族园林，众多的鹤在接连的池沼边，鱼游在池、潭和水滩，万木生长，有声有色，有动有静，陈子展《直解》称为"小园赋"。这是一篇比体诗，通篇运用比喻，传统注疏多认为诗中是运用鹤、鱼比喻贤才，九皋的鹤有名声传扬，潜沉深渊的鱼有时会浮浅洲滩，也是可以发现的。人才到处有，万木园中有贵重的檀树可制车轮，也有普通的树，都可量材取用，不拘一格。"他山之石，可以为错"，比喻别处的贤才也可以为我所用。用一连串比喻，形象化地表明了开明贵族的人才观，说明了招纳人才的道理。王宗石《诗经分类诠释》则认为这篇诗还另有所指："诗人借自然界之现象，隐喻人类天生有高下优劣之分，如鹤之与鱼，檀之与萚，各有各的地位和作用，顽石只能为错，决不能是玉，所以应安分守己，不要作非分之想。"其实，诗是比体诗，作者未明指诗中的喻体（意象）所喻之本体，意象有较广泛的比照性，按接受美学的理论，读者自然可以自己的思想和体验有不同的理解，见仁见智，不必强求一致。

都人士（小雅）

怀忆西周镐京风物。诗五章，章六句。

彼都人士，	那镐京的男士，
狐裘黄黄。	狐裘袍子好鲜亮。
其容不改，	仪容不改旧时样，
出言有章。	出口斐然成文章。
行归于周，	就要回到镐京去，
万民所望。	那里是万民所望。

[注释]第一章，彼都人士：彼，那；都，指宗周镐京；士，指男士。黄黄：一说通"煌煌"，形容明亮有光。古人着裘服，皮毛向外，故煌煌有光。一说贾谊《新书·等齐观》引诗作"黄裳"，裳，上衣；则此句意为黄的上衣外面有狐裘罩袍。二说均通，今依通行本不改字释之。章：文采，出言成章，如誉人"谈吐斐然成章"。行归于周：将远行回周，周指宗周镐京。

彼都人士，	那些镐京的男士，
台笠缁撮。	莎带帽儿黑冠带。
彼君子女，	那些贵族的姑娘，
绸直如发。	长发稠密好漂亮。
我不见兮，	我看不见了，
我心不说。	心中多忧伤。

[注释]第二章，台笠：莎草编的草帽；台，莎草。缁撮：《毛传》曰"缁布冠也"，黑色的束发绸带。子女：指未出嫁的女儿。绸：通"䌷"，《说文》释"发多也"，有赞美意。如：读如其。说：同"悦"，喜悦。

彼都人士,	那些镐京的男士,
充耳琇实。	美玉莹莹坠耳旁。
彼君子女,	那些贵族的姑娘,
谓之尹吉。	尹姞两家话家常。
我不见兮,	我看不见了,
我心菀结。	心中郁结难舒畅。

[注释]第三章，充耳：男子的装饰，或称塞耳，从簪端垂到左右耳旁的两棵小玉石。琇实：《毛传》曰"琇，美石也"。实，陈奂《传疏》曰"充耳之貌"，马瑞辰《通释》释为美。尹、吉：《笺》云："吉，读为姞，尹氏、姞氏，周室婚姻之旧姓也。"周室姬姓，据《潜夫论·志氏姓》及有关全文资料，姬姓与姞、尹二大族姓历代通婚。菀结：同"郁结"，心情忧愁积缠。

彼都人士,	那些镐京的男士,
垂带而厉。	佩带飘飘长又长。
彼君子女,	那些贵族的姑娘,
卷发如虿。	头发拳曲向上扬。
我不见兮,	我看不见了,
言从之迈。	想学他们愿难偿。

[注释]第四章，垂带而厉：垂带，下垂的佩带，《笺》释"而亦如也"；厉，通"裂"，《说文》释"裂，缯余也"，即裁余的部分。垂带而厉，即束腰间的佩带有长余的部分垂下来。卷（音权）发如虿：卷发，拳曲的头发；虿（音瘥），蝎类动物，尾部尖而向上拳曲，以之形容女子的发型。从之迈：随他们走；迈，行走。言，语助词。

匪伊垂之,	不是那佩带要下垂,
带则有余。	佩带本来长又长。

匪伊卷之，	不是那卷发故意扬，
发则有旟。	头发本来密又长。
我不见兮，	我看不见了，
云何盱矣。	叫我怎能不忧伤。

[注释]第五章，有旟：犹"旟旟"，《毛传》释"扬也"，向上翘起貌。盱：通"吁"，《传疏》释"卷耳"，《传》云："愁也，言忧伤之深也。言忧伤之深也。"

这篇诗历代解释歧义甚多，主要有两说：一说是使臣自镐京来，相见后，作者怀忆起镐京士女的衣饰、发型、仪容、谈吐；一说是东迁后自镐来的妇女怀恋故国人物风貌。我认为这都无关紧要，就诗说诗，只是怀忆旧京的一些风物，提供几幅老照片。这几幅老照片向我们展示了西周时代男女的仪容、谈吐、流行服饰和发型，这些标志着那个时代的文明。

葛屦（魏风）

贵族家中婢妾劳作的不平之歌。诗二章，一章，章六句；二章，章五句。

纠纠葛屦，	葛麻鞋儿缠又绑，
可以履霜？	怎么能够踏寒霜？
掺掺女手，	干干瘦瘦女儿手，
可以缝裳？	怎么能够缝衣裳？
要之襋之，	忙着裁褄又缝领，
好人服之。	请那美人试新装。
好人提提，	美人生来腰肢细，
宛然左辟，	一扭腰儿脸向里，
佩其象揥。	戴她象牙簪儿不把人搭理。

维是褊心，	好个小心眼儿大脾气，
是以为刺。	编个歌儿讽刺你。

[注释]葛屦(音句)：屦，鞋；葛屦是用葛麻编的鞋，本是夏天穿的，入冬难御寒流，为了防止冻脚，就编织成"麻窝子"。用葛麻层层编绕，俗称"麻窝子"。纠纠：缠结缭绕貌。可：通"何"。履：践踏。掺掺(音仙)：瘦弱貌。要、襋：要，通"褾"；襋，衣领。提提：《尔雅》注引作"媞媞"，细腰貌。宛然：回转。左辟：辟，通"避"，躲闪。左辟是把脸转到另一边。象揥(音替)：象牙制的发簪。褊心：心地狭隘。

贵族锦衣玉食的生活，是由许多人为他们(以及她们)服役的，在这篇诗，我们看到贵族生活风情的另一道风景。诗中描写一个女儿在一个贵族家庭所受的憋屈。她穿着破烂的麻窝子(葛屦)，践踏寒霜，细瘦的双手忙着为美人缝制新装，而美人却对她摆出傲慢的神态，不理不睬。对抒情女主人公的身份，现代学者说是女奴，传统解释说是媵妾，当以传统疏解较为妥切。贵族女儿出嫁要带人数不等的媵妾陪嫁，其地位类似女奴，婢妾之分没有严格界限，这是一夫多妻制的产物。在《红楼梦》里，这样的人物多有悲惨的命运。全诗正像一个镜头，白描了一个场景，却有耐心思索的内涵。

新台(邶风)

国人刺卫宣公强占儿媳。诗三章，章四句。

新台有泚，	新台洁整好鲜亮，
河水弥弥。	黄河宽宽水洋洋。
燕婉之求，	本想嫁个如意郎，
籧篨不鲜。	老癞蛤蟆真难看。

新台有洒，	新台高丽好堂皇，
河水浼浼。	黄河满满水茫茫。
燕婉之求，	本想嫁个如意郎，
籧篨不殄。	丑癞蛤蟆太不祥。

鱼网之设，	架起渔网想捉鱼，
鸿则离之。	网住蛤蟆真倒霉。
燕婉之求，	本想嫁个如意郎，
得此戚施。	癞蛤蟆来当老公。

[注释]新台：春秋时代卫国的行宫，《水经注·河水》记"鸿基层广，累高数丈"，当在邺东，今河北省临漳县西。有泚(音雌)：泚泚，清洁明亮貌。河：黄河。燕婉：温柔和好。籧篨(音渠除)：旧释鸡胸驼背，闻一多考释为癞蛤蟆。鲜：善。有洒(音璀)：洒洒，新鲜貌。浼浼(音美)：水盛多貌，形容水与岸相平。殄(音舔)：不殄，同"不鲜"。鸿：本义是大雁，闻一多《新台鸿字说》以为是苦蚩之合音，《广雅·释鱼》曰："苦蚩，虾蟆也。"离：通"丽"，附。戚施：旧释蟾蜍，亦蛤蟆类。

《毛诗序》的题解说："《新台》，刺卫宣公也，纳伋之妻，作新台于河上而要之，国人恶之而作是诗也。"伋是宣公通庶母所生之子，仍娶齐女为妻，宣公闻貌美，于齐卫之间必经之处筑新台，强纳之。事见《左传·桓公十六年》，《史记》亦有记。

诗中以调侃的语调，用新娘的口气说：本想嫁个温柔和好的如意郎，不想遇上个癞蛤蟆样的丑老公。前两句的新台鲜亮、河水渌渌，正是点明了地点，说明了事件。全诗三章叠唱，三章诗义全同，所更换的泚和浼是近义形容词，籧篨、鸿、戚施，是同义词，把同一内容反复咏唱，对卫宣公的丑行，调侃式地进行讽刺。类似丑行在历代国君中并不罕见，如唐明皇欲纳其子寿王妃杨玉环，先送杨玉环去做女冠，这和卫宣公筑新台同样是欲盖弥彰的障眼法，但同样堵不住人民群众的讽刺。历代的"新台之讥"，是贵族阶级生活景观中的一个寡廉鲜耻的典型。

墙有茨(鄘风)

《毛诗序》谓："卫人刺其上,公子顽通乎君母,国人疾之,而不可道也。"
诗三章,章六句。

墙有茨,　　　　　　墙头有蒺藜,
不可埽也。　　　　　不能往下扫。
中冓之言,　　　　　内宫里的话,
不可道也。　　　　　不能向外道。
所可道也,　　　　　要是向外道,
言之丑也!　　　　　话儿实在丑!

墙有茨,　　　　　　墙头有蒺藜,
不可襄也。　　　　　不能往下捋。
中冓之言,　　　　　内宫里的话,
不可详也。　　　　　不能仔细讲。
所可详也,　　　　　要是仔细讲,
言之长也。　　　　　话儿实在长。

墙有茨,　　　　　　墙头有蒺藜,
不可束也。　　　　　不能捆成把。
中冓之言,　　　　　宫闱里的话,
不可读也。　　　　　不能对人说。
所可读也,　　　　　要是对人说,
言之辱也。　　　　　话儿太肮脏。

[注释]茨(音慈):蒺藜。埽:"扫"的别体。中冓(音够):内宫,宫内隐秘

处。襄:除。详:一说借作"扬",传扬;一说为字之本义,意为详细。束:捆束,指聚总除掉。

卫国王宫里的丑闻很多,据说公子顽淫乱他的后母宣姜,生有三男二女。诗将宫廷中的丑事比作蒺藜,除不掉,铲不光,乃至耻于出口。从诗本身的内容来看,不似《新台》有地址、史迹可证,论者多以揭露贵族宫廷生活污秽糜烂来看,比指明一时一事,更有普遍的意义。贵族宫廷的污秽,何止卫宫一处!这首讽刺诗言简意赅,揭露了上层贵族阶级有难以胜道的丑行。三章每章只有数字不同,主要部分是重叠的,所以是连续叠句。《诗经》中有不少这样的连续叠句,间断、反复交错。全诗皆为俗言俚语,这些丑事,卫国人人皆知,点到为止,欲言还休,调侃中露讥刺,幽默中见辛辣,比直露揭破,更有趣味。

权舆(秦风)

没落贵族发出今不如昔的哀叹。诗二章,章五句。

於我乎!	唉!我呀,
夏屋渠渠,	从前住的深宅大院,
今也每食无余。	如今这顿愁着下顿饭。
於嗟呼!	哎呀!
不承权舆。	不能比当年。
於我乎!	唉!我呀,
每食四簋,	从前每顿四大件,
今也每食不饱。	如今顿顿填不饱。
於嗟乎!	哎呀!
不承权舆。	不能比当年。

[注释]夏屋:大屋。又,近人王国维《说俎》释夏屋为"大房",是一种食器,王宗石《诗经分类诠释》引惠周惕《诗说》助成王说,释为"类似今日之蒸笼",将此句译为"双层蒸笼满腾腾",亦可通,王延海《诗经今注今译》即取之。但我认为,用本字亦通,其意亦佳,通假并无确证,何必通假而后释,故仍从本字之释。渠渠:深广貌。於嗟:同"于嗟",悲叹声。权舆:当初。簋(音鬼):古代的一种食器。

春秋时代社会进行重大的变革,但贵族阶级迅速没落,尤其在秦国,它进入西周王朝的旧地之后,经过经济改革而迅速崛起,原来的贵族失去了政治靠山,也失去了土地。这篇诗的作者,就是没落贵族的代表,从眼前最直接的吃饭问题,发出今不如昔的哀叹。诗中真实而直接地表述了对往日生活的怀恋,对现实的不满,也反映了无可奈何的心态。可以作为贵族阶级生活风情的最后景观。《毛诗序》和《正义》都序为"刺(秦)康公也,忘先君之旧臣与贤者",解说是贤士的哀叹,但此说一无证据,就诗论诗,从诗中也看不出抒情主人公是贤者。郭沫若释为没落的贵族阶级的哀歌,符合社会发展的时代背景,故取郭氏之说。

第十八讲

怨 刺 诗

在"小雅"和"风"诗里,有较多的怨刺诗,作者是处于社会下层的民众和低级士吏,他们倾诉他们所受到的压迫和剥削,他们所受到的迫害和苦难,他们内心的不平和怨愤。如反对剥削者不劳而获的《伐檀》、《硕鼠》,反映残酷的殉葬制度的《秦风·黄鸟》,反映周王朝对东方诸侯国压榨的《大东》,反映徭役造成人民苦难,使无数家庭离散、田园荒芜,乃至流浪无归的《鸨羽》、《陟岵》、《葛藟》,反映下层士吏怨刺差役之苦、劳逸不公、社会不公和政治黑暗的《北山》、《巷伯》,这几类诗合起来约 40 篇,我们只能选讲以上代表作。这些怨刺诗揭露了当时社会的各种矛盾,也体现了孔子"兴观群怨"论的"怨"的功能,表现出现实主义的批判精神。

伐檀(魏风)

劳动者抗议剥削阶级不劳而食,诗三章,章九句。

坎坎伐檀兮,	坎坎伐檀啊,
置之河之干兮,	把它放在河岸上,
河水清且涟猗。	河水清清起波澜。

不稼不穑，　　　　　　　　不耕种不收割，
胡取禾三百廛兮？　　　　　为什么拿走粮食三百捆？
不狩不猎，　　　　　　　　不撒网不打猎，
胡瞻尔庭有县貆兮？　　　　为什么猪獾挂在你庭院？
彼君子兮，　　　　　　　　那些大人老爷啊，
不素餐兮！　　　　　　　　可不是白白吃闲饭！

坎坎伐辐兮，　　　　　　　坎坎伐檀做车辐啊，
置之河之侧兮，　　　　　　把它放在河旁边，
河水清且直猗。　　　　　　河水清清起波纹。
不稼不穑，　　　　　　　　不耕种不收割，
胡取禾三百亿兮？　　　　　为什么拿走粮食三百束？
不狩不猎，　　　　　　　　不撒网不打猎，
胡瞻尔庭有县特兮？　　　　为什么小兽挂在你庭院？
彼君子兮，　　　　　　　　那些大人老爷啊，
不素食兮！　　　　　　　　可不是空手吃白饭！

坎坎伐轮兮，　　　　　　　坎坎伐檀做车轮啊，
置之河之漘兮，　　　　　　把它放在河水湾，
河水清且沦猗。　　　　　　河水清清起连环。
不稼不穑，　　　　　　　　不耕种不收割，
胡取禾三百囷兮？　　　　　为什么拿走粮食三百囷？
不狩不猎，　　　　　　　　不撒网不打猎，
胡瞻尔庭有县鹑兮？　　　　为什么鹌鹑挂在你庭院？
彼君子兮，　　　　　　　　那些大人老爷啊，
不素飧兮！　　　　　　　　可不是白吃现成饭！

[注释]坎坎：状声词，伐木声。檀：树名，见《鹤鸣》注。干：河岸。猗：语尾助词，通"兮"。稼、穑：耕种曰稼，收获曰穑。禾：通称谷物。廛（音蝉）：犹

言稛。二章的"亿"(通"缯"),三章的"困"同义,均言三百捆,"三百"言其多,非确数。狩(音受)猎:狩,冬猎;猎,春秋田猎。县:古"悬"字。豜(音欢):猪獾。特:三岁幼兽。湑(音存):水边。沦:小水波。飧(音孙):熟食。

诗义明显。以伐木者的口吻,斥责剥削者不劳而获,通过具体事实,揭露出剥削者占有劳动者创造的财富。三章重章叠唱,只易数字换韵。每章都以伐木劳动起兴,艰苦的伐木场景触动了诗人的情感,联想到劳动者辛勤劳动而剥削者却占有一切劳动果实,于是咏唱出对不劳而获的剥削者的质问,前三句的起兴,交代了有感于所咏之事的时间和背景,用伐木者的劳动衬托掠夺者不劳而获的现实情景,使形象更加鲜明突出。末两句表明主题,是冷嘲热讽的反话,可以加强艺术效果。自《毛传》以来,本篇即作"在位贪鄙、无功受禄"之解,近人或有就"君子"一语而另作他解者,释为"美君子不素餐",但全诗意象明确,作别解,大可不必。

硕鼠(魏风)

把剥削者比作令人憎恶的大老鼠,提出辛辣的谴责。诗三章,章八句。

硕鼠硕鼠,	大耗子呀大耗子,
无食我黍!	别吃我的黄黍!
三岁贯女,	白白养你三年整,
莫我肯顾。	我的死亡全不顾。
逝将去女,	发誓我要离开你,
适彼乐土。	去找那乐土。
乐土乐土,	乐土啊乐土,
爰得我所。	才是我的安居处。

| 硕鼠硕鼠, | 大耗子呀大耗子, |

无食我麦！	别吃我的小麦！
三岁贯女，	白白养你三年整，
莫我肯德。	一个劲儿把我害。
逝将去汝，	发誓我要离开你，
适彼乐国。	去找那乐国。
乐国乐国，	乐国啊乐国，
爰得我直。	我的劳动归我得。
硕鼠硕鼠，	大耗子呀大耗子，
无食我苗！	别吃我的禾苗！
三岁贯女，	白白养你三年整，
莫我肯劳。	从来不问我辛劳。
逝将去女，	发誓我要离开你，
适彼乐郊。	去找那乐郊。
乐郊乐郊，	乐郊啊乐郊，
谁之永号？	还有谁会呼号？

[注释]硕鼠：大田鼠。黍：黄米，俗称糜子，粘小米。三年：多年；三，非确数。贯：通"豢"，养。逝：通"誓"。去：离开。适：前往。德：感激。所：处所。直：与所同义。永号：长声哭叹。

诗义很明显，是农人（农民、农奴、佃农）反对统治者（农奴主、封建地主）的剥削，他们向往一个没有剥削的"乐土"、"乐国"、"乐郊"，诗中屡言"我黍"、"我苗"、"我麦"，证明他有了自己耕作物的部分所有权，只能是农奴或佃农，不是奴隶，那么所刺的剥削者不是奴隶主，而是封建农奴主或地主，后者更近似。至于他们向往的那个"乐土"、"乐国"、"乐郊"，在那个时代只能是个乌托邦。《毛传》说本诗是"刺重敛"，而汉代的《潜夫论》《盐铁论》则说是实行"履亩税"，即实行封建地主制以后的作品，时代背景也就明白了，这不是"奴隶之歌"。

诗篇以偷食的硕鼠为比喻,写出剥削者寄生的本性,提出谴责,表达了对没有剥削的社会的向往。每章复沓,通过调换几个近义词变韵,反复责斥,而末章末句变为反诘句,更加强了表现主题的力度。重章叠唱而在结尾处放置重音符,是后世歌词经常吸取的艺术经验。

黄鸟(秦风)

《左传·文公六年》:"秦伯任好卒,以子车氏之三子奄息、仲行、铖虎为殉,皆秦之良也。国人哀之,为之赋《黄鸟》。"诗三章,章十二句。

交交黄鸟,	黄雀叽叽叫,
止于棘。	停在酸枣树梢。
谁从穆公?	谁从穆公殉葬?
子车奄息。	子车家的奄息。
维此奄息,	啊!这个奄息,
百夫之特。	一人能把百人敌。
临其穴,	临近墓穴往下望,
惴惴其栗。	吓得他全身哆嗦。
彼苍者天!	苍天啊苍天!
歼我良人!	灭了我们的好人!
如可赎兮,	如果能赎他,
人百其身。	我们百人愿献身。
交交黄鸟,	黄鸟叽叽叫,
止于桑。	停在桑树上。
谁从穆公?	谁从穆公殉葬?
子车仲行。	子车家的仲行。
维此仲行,	啊,这个仲行,

百夫之防。	百人不能把他防。
临其穴,	临近墓穴往下望,
惴惴其慄。	吓得他浑身哆嗦。
彼苍者天!	苍天啊苍天!
歼我良人!	灭了我们的好人!
如可赎兮,	如果能赎他,
人百其身。	一百个人愿献身。
交交黄鸟,	黄鸟叽叽叫,
止于楚。	停在荆树条。
谁从穆公?	谁从穆公殉葬,
子车铖虎。	子车家的铖虎。
维此铖虎,	啊,这个铖虎,
百夫之御。	百人不能把他挡。
临其穴,	临近墓穴往下望,
惴惴其栗。	吓得他浑身哆嗦。
彼苍者天!	苍天啊苍天!
歼我良人!	灭了我们的好人!
如可赎兮,	如果能赎他,
人百其身。	一百个人愿献身。

[注释]写秦穆公死,以子车氏的三兄弟殉葬。交交(音咬):壮声词。黄鸟:黄雀。棘:低矮有刺的灌木,又名酸枣树。下文的"楚",荆条。从:跟随,此处指殉葬。穆公:秦国国君嬴姓,名任好,春秋五霸之一,史书记载,他死以177人殉葬。子车奄息:子车是姓氏,即《史记·秦本纪》中的子舆氏,奄息是名,下文的仲行(音杭)、铖(音前)虎,是他的兄弟。特:匹;百夫之特,言其可与百夫相匹;百夫指百个男子。下文的防、御义同。临:《尔雅》释"视也",由上往下看。惴惴(音坠):恐惧不安貌。

这是哀殉葬的诗。秦穆公卒于周襄王三十年,即公元前 621 年,也即本诗的写作时间。东周春秋时期,由奴隶社会迅速蜕变为封建社会,但仍保留着奴隶制残余,长期存在殉葬制,把活人与墓主一同埋葬,让其到地下仍事奉墓主。据《左传·文公六年》和《史记·秦本纪》,秦武公卒,66 人殉葬,穆公卒,177 人殉葬,并明确记载:"秦之良臣子舆氏三人曰奄息、仲行、铖虎,亦在从死之中。"本篇所咏是真实的,殉葬制在秦国延续很久,新近发掘的秦公一号墓,墓主是穆公四世孙景公,墓坑中发现殉葬尸骨 182 具。大批活人殉葬,骇人听闻,但确是史实,中外都有,在中国,直至清代仍有活人殉葬的事例。本篇是为殉葬者所唱的一首挽歌,三章叠唱,依次哀悼这三兄弟,开篇以"交交黄鸟,止于棘"起兴,为全篇笼罩悲伤气氛,三至八句写从殉者的才华和殉葬的悲惨景象,末四句三章完全重叠,愤而呼天,表达对三良的同情和珍惜。全诗如实地揭露了殉葬制的残酷和罪恶,表现了秦人对暴君的愤恨。

大东(小雅)

东人苦于役赋,作诗怨刺周王朝。诗七章,章八句。

有饛簋飧,	大罐糕点满满装,
有捄棘匕,	枣木勺子弯又长,
周道如砥,	周道光坦像磨石,
其直如矢。	如同射箭一般直。
君子所履,	贵族悠闲大道走,
小人所视。	小民一旁睁眼望。
睠言顾之,	回头看一看,
潸焉出涕。	不由泪汪汪。

[注释]第一章,写东人耕种所得尽由周道西运。有饛(音蒙):饛饛,形容食物装满。簋飧(音鬼孙):簋是圆口两耳的青铜式陶制食器,飧是熟食。

有捄(音求):捄捄,长而弯貌。棘匕:酸枣木制的勺子。周道:通往西周镐京的大道。周初周公东征平定叛乱后,开辟由镐京通往东方各国的大道,称周道,其作用类似现代的战略公路。砥:本义为磨刀石,用以形容平坦。矢:箭。履:行走。睠(音倦)言:睠然,《传》释"睠,反顾也"。潸(音山):《传》释"涕下貌",涕,泪。

小东大东,	小东和大东,
杼柚其空。	布机全空空。
纠纠葛屦,	麻鞋缠又绕,
可以履霜?	怎么踏寒霜?
佻佻公子,	轻佻的公子爷,
行彼周行。	走在周道上。
既往既来,	他们去了又来,
使我心疚。	使我心痛忧伤。

[注释]第二章,写东人的布帛被掠夺一空。小东大东:东方各国距镐京较近的称小东,较远的称大东。杼柚(音柱轴):杼是织布机上的梭子,柚是织布机上的轴,二者合称,用以代指布帛。纠纠二句:见《葛屦》注。佻佻:轻佻貌。既往既来:意为往来不断;既,又。

有冽氿泉,	哪里冒出冷泉水,
无浸获薪。	不要浸湿我砍的柴。
契契寤叹,	睡不着觉长声叹,
哀我惮人。	可怜我这累病的人。
薪是获薪,	砍的本是烧火柴,
尚可载也。	等着有车往回载。
哀我惮人,	可怜我这累病的人,
亦可息也。	能够歇息喘喘气。

[注释]第三章,写东人的劳役之苦。有冽(音列):冽冽,《传》释"冽,寒意也"。汍(音鬼)泉:侧出的泉水。浸:湿。获薪:砍到的薪柴。契契:忧苦貌。寤叹:难入眠而叹。惮(音旦):劳苦疲病。薪是获薪:前一个薪字作动词,砍柴。

东人之子,	东人的子弟,
职劳不来。	专干累活没人赏。
西人之子,	周人的子弟,
粲粲衣服。	个个华丽好衣裳。
舟人之子,	官长的子弟,
熊罴是裘。	熊罴皮袍披身上。
私人之子,	奴仆的子弟,
百僚是试。	百种贱役全担当。

[注释]第四章,写东人受苦累,西人享富贵。职劳:服役;职,只。来:通"赉"(音赖),赏赐,慰问。西人:从西方来统治东方的周人。舟人、私人:历代解释分歧,难于确考。舟人,有富人、周人贵族诸说;私人,有富人、周贵族亲友、沦为奴隶的西人等诸说。今从王宗石《分类诠释》之说,释"舟人"如《笺》云"舟当作周",亦金文的"州人",约为驻防军人中级别较高者;释"私人"为周贵族的私家奴隶。百僚是试:依上句的解释,古时僚的身份本与隶、仆同列,百僚可释为各种贱役;试,用。本章后四句只作意译。

或以其酒,	有人饮酒有美酒,
不以其浆。	有人难能喝米汤。
鞙鞙佩璲,	佩带瑞玉要看圆不圆,
不以其长。	不看那带子长不长。
维天有汉,	天上有银河,
监亦有光。	如镜亮光光。
跂彼织女,	织女星座三个角,
终日七襄。	一天七次穿梭忙。

[注释]第五章,再写东人西人地位与生活悬殊,望天象而生感慨。以:有。浆:米汤。鞘鞘(音捐):通"琄琄",形容玉的圆润。佩璲(音碎):佩带的瑞玉,《笺》释"以瑞玉为佩"。长:长佩带。贵族朝会时佩带的瑞玉,依其爵位等级而质地、花纹不等,而与佩带的长短无关。汉:银汉,即天空的银河。监:古鉴字,即镜子。跂彼织女:织女,指织女星座,由三颗星组成;跂,通"歧",织女三星分立,一说意为不正,亦通。七襄:每天七次更动位置,日日往复。

虽则七襄,	虽然七次穿梭忙,
不成报章。	她织不成布帛。
睆彼牵牛,	那亮晶晶的牵牛星,
不以服箱。	拉不了车厢。
东有启明,	东边出时叫启明,
西有长庚。	西边出时叫长庚。
有捄天毕,	天毕星座伸出弯弯的柄,
载施以行。	张开斜斜的网。

[注释]第六章,以星象为喻,刺周王室空有宗主之句而不能护东人。报章:指布帛。睆(音宛):形容星光明亮。牵牛:星座名,亦三星联合斜线,在牛星之上端。服箱:驾车,服,驾;箱,车。启明、长庚:即金星,早晨在东方先日出而出,故曰启明,晚上在西方日落后而落,故又曰长庚,实则同一颗星。天毕:星名,是八星组成的星座,状若长柄猎网。施:斜行。

维南有箕,	南天箕星像簸箕,
不可以簸扬。	不能簸米扬糠。
维北有斗,	北天斗星像舀斗,
不可挹酒浆。	不能用来舀酒浆。
维南有箕,	南天箕星像簸箕,

载翕其舌。　　　　　　　伸出舌头要吸血。

维北有斗，　　　　　　　北天斗星像舀斗，

西柄之揭。　　　　　　　西举长柄向东方。

[注释]第七章，仍以星象为喻，再刺周王朝虚有其名，空有其表，不能解除西人的苦难。箕：箕星，四星组成的星座，形状如簸箕。簸扬：簸米去糠。斗：星名，俗称南斗星，在箕星之北，六星组成的星座，形状似舀酒之斗。挹：舀取。翕（音吸）：通"吸"。载翕其舌，意为以其舌吸取，箕星前宽后小，如人缩其舌吸取东西，用以喻西人剥削东人。

　　《毛诗序》说："东国困于役而伤于时，谭大夫作是诗以告病焉。"东国，指被周王朝先后征服并奴役的东方各小国，包括殷人、东夷、淮夷、徐夷等族。《诗序》所说的谭大夫作此篇，谭国在今山东历城县南，是否谭国大夫所作，于史无证。周王朝的大规模东征有三次，第一次是周初三监勾结殷商在其旧土东部的残余势力，联合东夷等部族叛乱，周公东征六年而平乱，在征服的地区驻扎军队。第二次是宣王元年亲征淮夷，即前面选讲的《常武》所记，"不留不处，三事就绪"。这次班师似未留下军队驻防。这次宣王是征讨徐国和北部的淮夷，而后宣王又命召伯虎领兵征讨南部的淮夷。这篇诗中写有周王朝派驻的贵族统治者和军队，而且修成"战略公路"，统治时间已经长久，大概是第一次东征之后，这是本篇的时代背景。正因为东方各国人民不堪忍受周王朝的压榨，终于在周王朝政治动乱、国力衰落而剥削加重的厉王统治后期反叛，导致了周王朝统治在整个东部地区的动摇，因此才有宣王即位立即东征之举。

　　诗的前四章以东人和西人在各方面生活的对比，揭露了东人所受的严重剥削和奴役。东人，指的是被征服的东方各小国的人民，西人指的是周王朝派驻的贵族统治者及其驻军。在这些统治者的盘剥之下，一些东方人乃至沦为奴隶。诗中对贫富悬殊、政治地位悬殊、苦乐不均等社会不平，倾诉了强烈的不满。后三章变实写为虚写，以丰富、奇特的想象，以天象为喻，把星斗拟人化，讽刺以宗主国自居的西周王朝徒具虚名，他们鼓吹的文明和仁

德都是虚幻的光辉，于实际毫无用处。诗篇多用对比、象征、隐喻手法，虚实交互生辉，前后浑然一体。宋代欧阳修评论说："虽有箕，不能为我簸扬糠秕；虽有斗，不能为我挹酌酒浆。……箕、斗非徒不可用而已；箕张其舌反若有所噬。斗西其柄，反若有所挹取于东，是皆怨诉之辞也。"近人吴闿生《诗义会通》评此诗："文情俶诡奇幻，不可方物，在风雅中别为一调。……实三代上之奇文也。"

鸨羽（唐风）

农民控诉徭役。诗三章，章七句。

肃肃鸨羽，	野雁翅膀沙沙响，
集于苞栩。	集在丛生栎树上。
王事靡盬，	王事没完没了，
不能艺稷黍，	不能种庄稼，
父母何怙？	父母靠什么奉养？
悠悠苍天，	老天呀老天，
曷其有所。	何时得安身。
肃肃鸨翼，	野雁翅膀响沙沙，
集于苞棘。	集在酸枣矮树丛。
王事靡盬，	王事没完没了，
不能艺黍稷，	不能种高粱，
父母何食？	父母吃什么？
悠悠苍天，	老天呀老天，
曷其有极。	何时是个完。

肃肃鸨行，	野雁沙沙飞成行，
集于苞桑。	集在一片桑树上。
王事靡盬，	王事没完没了，
不能艺稻粱，	不能种稻粱，
父母何尝？	父母怎么充饥肠？
悠悠苍天，	老天呀老天，
曷其有常。	何时能正常。

[注释]三章重章叠唱，二、三章改字换韵，意义相同。肃肃：鸟飞声。鸨：一种似雁而体大的鸟，又名野雁。羽、翼：都指翼，第三章的"行"，行列。集：鸟息在树上。苞栩、苞棘、苞桑：草木丛生为"苞"，栩是栎树，棘是酸枣树，桑是桑树。靡盬(音古)：无止。艺：种植。怙：依靠。曷：同"何"。何其有所，犹何时安居；何其有极，犹何时止；何其有常，犹何时正常。

这篇诗的主旨是怨恨徭役繁重，历代无争议。周代的徭役基本上有两种，一种是戍边或征伐，属于兵役，一种是劳役，如征发去建城、开河以及大型建筑等，属于工役。西周后期，周王朝内忧外患，加重了人民的徭役负担，常有服役多年而不得轮换者。被征发的服役者不能从事农耕，田园荒芜，年老的父母生活无靠。这篇诗反映了徭役繁重，造成人民苦难，揭示了这一普遍性的社会问题。

陟岵(魏风)

征人思亲的怨歌。诗三章，章七句。

陟彼岵兮，	登上那青山，
瞻望父兮，	遥望我的爹，
父曰：嗟！	爹说：唉！

予子行役,	儿子去行役,
夙夜无已,	从早到夜不得息,
上慎旃哉!	还是处处小心啊!
犹来无止!	不要长留在外地!
陟彼屺兮,	登上那秃山,
瞻望母兮,	遥望我的娘,
母曰:嗟!	娘说:唉!
予季行役,	小儿去行役,
夙夜无寐,	从早到夜不能睡,
上慎旃哉!	还是处处小心啊!
犹来无弃!	不要抛尸在外地!
陟彼冈兮,	登上那山冈,
瞻望兄兮,	遥望我的哥,
兄曰:嗟!	哥说:唉!
予弟行役,	我弟去行役,
夙夜必偕,	从早到夜工作忙,
上慎旃兮!	还是处处小心啊!
犹来无死!	早点回家不要死!

[注释]陟(音质):登。岵(音户):《说文》、《尔雅》均释多草木的山。屺(音起):无草木的土山。季:指小儿子,古人排行为孟、仲、叔、季,季最小。上慎旃哉:上,通"尚",还;慎,小心谨慎;旃(音占),语助词之、焉的合音。偕:闻一多《风诗类抄》取《说文》释"强也,勤也,谓力行不倦也"。

征人登山望乡,思念父母兄弟,三章叠唱,登岵、登屺、登冈,望父、望母、望兄,足见他思亲情深。他不说自己如何思念,却在想象父、母、兄如何挂念自己,表现了亲人对行役者更加的牵挂,把思亲之情表现得更加深挚和沉痛。而且用双方的牵挂也更有力地揭露了徭役所加给广大人民的痛苦,受害的不只是服役者本人,而是无数家庭的骨肉分离、牵肠挂肚,那些弃尸异乡的行役者带来的,同时是无数家庭的悲剧。不写自己思亲而写想象中的亲人在思念自己,是一种成功的艺术手法。杜甫的《月夜》:"今夜鄜州月,闺中只独看。遥怜小儿女,未解忆长安。香雾云鬟湿,清辉玉臂寒。何时倚虚幌,双照泪痕干。"再如李商隐的《夜雨寄北》:"君问归期未有期,巴山夜雨涨秋池。何当共剪西窗烛,却话巴山夜雨时。"这两篇千古传诵的名篇,都是对这一手法的继承和化用。

葛藟(王风)

流浪者倾诉流落异乡的痛苦,《诗序》谓"王族刺平王"。诗三章,章六句。

绵绵葛藟,	葛藤长又长,
在河之浒。	长在河坡上。
终远兄弟,	远离哥和弟,
谓他人父。	称呼别人叫亲爹。
谓他人父,	称呼别人叫亲爹,
莫我肯顾。	没人对我看一眼。
绵绵葛藟,	葛藤长又长,
在河之涘。	长在河岸上。
终远兄弟,	远离兄和弟,
谓他人母。	称呼别人叫亲娘。
谓他人母,	称呼别人叫亲娘,
亦莫我有。	啥也不肯给一口。

绵绵葛藟,	葛藤长又长,
在河之漘。	长在河水旁。
终远兄弟,	远离哥和弟,
谓他人昆。	称呼别人叫大哥。
谓他人昆,	称呼别人叫大哥,
莫我肯闻。	对我不闻也不理。

[注释]葛藟(音垒):葛藤,蔓生植物。浒、涘(音四)、漘(音存):水边。谓:称呼。昆:《毛传》曰:"兄也。"

《毛诗序》把这篇诗作为刺诗,说是刺平王"周室道衰",也有些道理。因为这篇诗在《王风》,是东周洛邑近畿的地方乐歌,诗的语言全是口语,可信是社会地位低微的流浪者的哀歌。在京畿有流浪者,而且传唱这样的怨歌,朱熹《诗集传》说是:"世衰民散,有去其乡里家族而流离失所者,作此诗以自叹。"时代动乱,由于战争、徭役、重敛、苛政、饥荒等人祸天灾,造成许多平民家庭破裂,于是产生了背井离乡、四处漂泊的流浪者。王延海《诗经今注今译》说本篇是"最早的乞丐之歌"。流浪者的哀歌在京畿传唱,正可见平王政治的衰败,所以应当属于怨刺诗。但是,《诗序》接着说是刺平土"弃其九族",就缺乏根据了。这只是一篇流浪者的哀歌,倾诉了流落异乡的痛苦。全篇在重章叠唱(间隔反复)之中又使用连续叠句。"谓他人父"、"谓他人母"、"谓他人昆"三个连续叠句,有力地反映了求告无助之苦,是表现主题的关键性词句,把它们连续反复,就加强了感情,突出了主题思想。

北山(小雅)

下层官吏怨刺劳逸不均。诗六章,前三章,章六句;后三章,章四句。

陟彼北山,	登上那北山,
言采其杞。	前来采枸杞。

偕偕士子，　　　　　　　　身强力壮的士子，
朝夕从事。　　　　　　　　天天工作忙到晚。
王事靡盬，　　　　　　　　王家差事没有完，
忧我父母。　　　　　　　　忧我父母没人管。

溥天之下，　　　　　　　　普天之下，
莫非王土。　　　　　　　　哪一处不是王土。
率土之滨，　　　　　　　　四海之内，
莫非王臣。　　　　　　　　谁不是王的臣仆。
大夫不均，　　　　　　　　大夫分派不公平，
我从事独贤。　　　　　　　派我的工作多又累。

四牡彭彭，　　　　　　　　四匹马不停地跑，
王事傍傍。　　　　　　　　王家事纷纷的来。
嘉我未老，　　　　　　　　夸奖我正当年轻，
鲜我方将。　　　　　　　　赞许我身体强壮。
旅力方刚，　　　　　　　　说我年富力强，
经营四方。　　　　　　　　就派我奔波四方。

或燕燕居息，　　　　　　　有人在家享安逸，
或尽瘁事国。　　　　　　　有人为国事筋疲力尽。
或息偃在床，　　　　　　　有人吃饱饭高枕无忧，
或不已于行。　　　　　　　有人在道路劳碌奔走。

或不知叫号，　　　　　　　有人不晓得人间有呼号，
或惨惨劬劳。　　　　　　　有人身心忧苦不断操劳。
或栖迟偃仰，　　　　　　　有人随心意优游闲散，
或王事鞅掌。　　　　　　　有人为王事意乱心烦。

或湛乐饮酒，	有人图享乐贪杯豪饮，
或惨惨畏咎。	有人怕犯错误谨慎小心。
或出入风议，	有人耍嘴皮到处扯淡，
或靡事不为。	有人什么工作都得干。

[注释]杞:枸杞。偕偕:强健貌。士子:作者自称。从事:办事。靡盬:无休止。溥:同"普"。率土之滨:率,自;滨,水边。古人以为中国四周是海,此句犹言四海之内。大夫:官名,周代官制的等级,王以下依次是公卿、大夫、士。大夫地位在公卿之下,士之上,是列士的顶头上司。独贤:王夫之《稗疏》曰:"《小尔雅》云:'我从事独贤,劳事独多也。'"彭彭:马奔驰不息貌。傍傍:事务纷繁貌。嘉:赞许。鲜:通"善",赞美意。将:《传》释"壮也"。旅力:体力、气力;旅,通"膂"。燕燕:安闲貌。尽瘁:尽力而致憔悴。息偃:卧床休息。惨惨:忧愁貌。劬(音渠)劳:劳累。栖迟:游乐。鞅掌:忙碌烦乱。湛(音丹):通"耽";耽乐,沉溺于享乐。风议:夸夸其谈发议论。

周代贵族等级制度严格,"王臣公,公臣大夫,大夫臣士"(《左传》),层层相压,上是低级贵族官吏。西周后期周王朝内忧外患,上层贵族极为腐朽,钟鼎玉食,荒淫无度,终日不理政事,许多事务推给下级士吏。社会分配不均,一些低级贵族列士乃至典当借债。这就是诗的时代背景。诗人面对社会不公、劳逸不均、苦乐悬殊的不平等的现实,倾诉自己的苦和怨。第一章至第三章写士子为王事而辛劳,苦的是"王事靡盬",怨的是上司分配工作不公平使自己工作负担过重;后三章十二句诗,列举了十二种现象,每两种现象是一个对比,揭露了劳逸不均、苦乐悬殊的不平等事实,生动而深刻地表现了内心的怨愤不平。《邶风》中的《北门》的主题与此诗类似,通过这些诗,我们也能看到贵族阶级内部矛盾的一个侧面。

巷伯(小雅)

一位受迫害的寺人作诗对谗毁者发泄怨愤,同时劝告执政者。诗八章,一、二、三、四、六、七章,章四句;五章,章五句;八章,章六句。

萋兮斐兮,	彩丝亮,花纹美,
成是贝锦。	编出花团绣锦。
彼谮人者,	那诬陷人的坏家伙,
亦已大甚!	实在心太狠!
哆兮侈兮,	嘴巴张得大大的,
成是南箕。	简直是个簸箕星。
彼谮人者,	那诬陷人的坏家伙,
谁适与谋?	是谁与他出主意?
缉缉翩翩,	附耳叽叽说鬼话,
谋欲谮人。	商量如何陷害人。
慎尔言也,	听你的话要小心,
谓尔不信。	你花言巧语再没人信。
捷捷幡幡,	喊喊喳喳尽谎话,
谋欲谮言。	千方百计把陷阱挖。
岂不尔受,	哪会再有人上当,
既其女迁。	见你就要躲一旁。
骄人好好,	害人的家伙好得意,
劳人草草。	受害的人多忧伤。

苍天苍天，	苍天啊苍天，
视彼骄人，	看看那些坏家伙，
矜此劳人。	可怜这些受害人。
彼谮人者，	那个害人的坏家伙，
谁适与谋？	是谁与他出主意？
取彼谮人，	抓住那个坏家伙，
投畀豺虎。	扔给虎狼去充饥。
豺虎不食，	虎狼不肯吃，
投畀有北。	把他扔到北极去。
有北不受，	北极不肯收，
投畀有昊。	扔给老天去处理。
杨园之道，	沿着杨园的大路，
猗于亩丘。	来到这亩丘之上。
寺人孟子，	我是寺人孟子，
作为此诗。	编了这篇歌诗。
凡百君子，	在座诸位君子，
敬而听之。	敬请听我歌唱。

[注释]萋：当作"缕"，丝织物花纹。斐：花纹相错成文。贝锦：色泽如贝的锦。谮人：诬陷别人的人。哆（音侈）、侈（音耻）：哆，张口；侈，大话。南箕：见《大东》篇注。与谋：在一起计谋。缉缉：状声词，如"叽叽"，附耳私语。翩翩：通"谝谝"，形容言语巧妙动听。捷捷幡幡：义同缉缉幡幡。女迁：女，同"汝"，你；迁，改变。骄人好好：骄人，指得志的谮者，好好，谮者得志而得意。劳人草草：劳人，指因谗言而受苦的人；草草，通"慅慅"，忧貌。矜：哀怜。畀（音壁）：给以。有北：极北奇寒之地。有昊：昊昊苍天。杨园、亩丘：作者徘徊之地，所在不详。

《诗经》的诗,大多取诗中首句之词语为题,这篇诗是极少的不循此例的几篇之一,为什么题名"巷伯",朱熹《诗集传》说:"巷是宫内道名……伯,长也,主宫内官之长,即寺人也,故以名篇。"高亨《诗经今译今注》:巷伯是孟子的官名,所以篇名巷伯。这位巷伯是寺人,即宫中的内侍、阉人,他的名字叫孟子。他因为小人谗言诬陷而被阉,成为内侍小官。被阉是男子最大的耻辱,他被谗言诬陷而受宫刑,又是最重的迫害,因此他对谮者极为愤怨,在诗中尽情发泄,给以严厉的诅咒,并希望执政者能有所警戒。诗中感情强烈,姚际恒《诗经通论》说:"刺谗诸诗,无如此之快利,畅所欲言。"《小雅·何人斯》也是刺谗的名篇。从这类诗,我们也能看到贵族统治阶级内部有些人尔虞我诈,奸险凶狠,花言巧语,陷害他人,而统治者又昏庸无能,偏听偏信,乃至信任奸佞,残酷地迫害好人,这类刺诗也暴露了政治的黑暗。

第十九讲

征夫思乡、思妇念远篇

　　出征在外的征人思念家乡和亲人,他们的妻子则思念她们出征远行的丈夫,这一类主题的歌诗,在《诗经》中约有 20 篇,大多在"国风"中,"小雅"中只有四五篇。这类诗最早的是周公东征时代,约在公元前 1050 年(《东山》《破斧》),也有的在西周后期(《击鼓》),大多则产生在春秋时期。它们的作者有贵族,也有平民。不论产生在什么时代或作者阶级属性是什么,他们所表现的是人类共通的感情,在战争所带来的巨大变动中,这种感情更热烈,更挚切,能够引起社会各阶层的共鸣。征夫思乡、思妇念远是中国古典诗词的传统主题,有不少千古传诵之作,当以《诗经》的这组歌诗为源头。

东山(豳风)

　　东征战士复员回乡途中的歌唱。诗四章,章十二句,每章复沓开头四句。

我徂东山,	从我出征去东山,
慆慆不归。	长年累月未回还。
我来自东,	如今我从东山来,

零雨其蒙。	濛濛细雨总缠绵。
我东曰归，	听得叫我回家转，
我心西悲。	心已西飞向家园。
制彼裳衣，	脱下军装换便衣，
勿士行枚。	不打绑腿多自然。
蜎蜎者蠋，	像个野蚕曲又弯，
烝在桑野。	爬在田野蜷成团。
敦彼独宿，	孤身露宿路途远，
亦在车下。	有时车下也能眠。

[注释]第一章,写复员的欣喜和回家一路的艰难。东山:蒙山,在今山东曲阜,古属奄国,周公东征所平定的地方。徂:前往。慆慆(音滔):同"悠悠",久、长。其蒙:濛濛。西悲:林义光《诗经通解》曰:"悲读为飞,古飞字作非……此诗盖作西飞,后人改为悲耳。"裳:《诗经通解》:"裳读为常,裳、常初本同字。"常衣,即便衣,平民服装。士:《说文》曰:"士,事也。"行枚:旧释为衔枚,行军时以细横木衔在口中以防止出声,此处喻不再紧急行军。据闻一多《风诗类抄》考释,行枚就是打绑腿,即用带紧束小腿,便于行走。闻释较佳。蜎蜎(音冤):蜷曲貌。蠋(音烛):野蚕。烝:久。敦(音堆):通"团"。

我徂东山，	从我出征去东山，
慆慆不归。	长年累月未回还。
我来自东，	如今我从东山来，
零雨其蒙。	濛濛细雨总缠绵。
果臝之实，	野葫芦结成一串串，
亦施于宇。	蔓藤爬满房檐下。
伊威在室，	满屋爬着土鳖虫，
蟏蛸在户。	结网拦门挂。
町畽鹿场，	田园变成野鹿场，
熠耀宵行。	黑夜磷火闪闪亮。

不可畏也，	家园荒芜真可怕，
伊可怀也！	越是荒芜越牵挂。

[注释]第二章，途中想象家园的荒凉。果蠃(音裸)：野葫芦，一种蔓生攀缘植物。施：延伸。宇：屋檐。伊威：通"蚰蜒"，俗名土鳖，二三分长，聚生于潮湿的场地。蟏蛸(音萧肖)：一种蜘蛛类的虫。町畽(音团)：田舍旁空地。熠耀：光亮闪闪貌。宵行(音航)：萤火虫。不、伊：俞樾《古书疑义举例》曰："不，语词；伊，亦语词，言室中久无人，荒秽至此，可畏亦可怀也。"若依本字，译作"家园荒芜不可怕，心里只把人牵挂"，亦通；依俞氏之释，想象房荒人去，意更佳。

我徂东山，	从我出征去东山，
慆慆不归。	长年累月未回还。
我来自东，	如今我从东山来，
零星雨蒙。	濛濛细雨总缠绵。
鹳鸣于垤，	老鹳墩上高声叫，
妇叹于室。	我妻空房正长叹。
洒扫穹窒，	屋内屋外快洒扫，
我征聿至。	我的征人就到家。
有敦瓜苦，	苦瓜团团心里苦，
烝在栗薪。	蔓延当年束薪边。
自我不见，	自从你我不相见，
于今三年。	到今已经整三年。

[注释]第三章，诗人想象中又换一番景象，妻子正在家准备迎接他。鹳(音灌)：一种水鸟，捕鱼为食，常停立水中等待鱼游过来，俗名"老等"。垤(音碟)：土堆。穹窒：见《七月》注，堵塞鼠洞。有敦：敦敦，团貌。栗薪：束薪，柴堆。古代婚礼以束薪为永结同心的象征物。

我徂东山,	从我出征去东山,
慆慆不归。	长年累月未回还。
我来自东,	如今我从东山来,
零雨其蒙。	细雨濛濛总缠绵。
仓庚于飞,	当年黄鹂飞又唱,
熠耀其羽。	羽毛灿灿闪亮光。
之子于归,	是她出嫁做新娘,
皇驳其马。	花马迎亲真排场。
亲结其缡,	娘替女儿结佩巾,
九十其仪。	种种礼节求吉祥。
其新孔嘉,	她做新娘多美丽,
其旧如之何?	久别重逢又是什么?

[注释]第四章,再回忆当年的婚礼。仓庚:黄莺,也称黄鹂。于归:出嫁。皇驳其马:皇,黄白色;驳,青白色;指几匹花马拉的迎亲车。缡:同"褵",佩巾。古代婚礼时母亲为出嫁的女儿把佩巾结在腰上,称结褵,后代成为女性结婚的代称。九十:言其多。仪:礼仪。孔嘉:很美好。

这篇诗是战士思乡的名篇,《尚书大传》记:"周公摄政,二年东征,三年践奄。"诗中的东山就在奄国(今山东曲阜),战争结束,战士复员,自东山回归,时间约在公元前 1050 年,距今三千多年了。诗中描述征人复员的欣喜和归途的艰苦,一路上想象家园的荒芜,生怕人去房空,因而倍加牵挂;又想象妻子仍在,为他打洒房屋;再回忆当年结婚的美好情景,每章都有可以独立的内容,每章开头重复四句,就把比较繁多的内容统一起来,限定了它们都是抒情主人公在还乡途中的所感所想,将各章紧密地联系为一个浑然的整体,描述了征人还乡途中丰富的心理活动,真实动人。

击鼓(邶风)

卫国士兵久戍思归。诗五章,章四句。

击鼓其镗,	大鼓镗镗响,
踊跃用兵。	校场练刀枪。
土国城漕,	都去抬土筑漕城,
我独南行。	偏偏拨我征南方。

从孙子仲,	跟随孙子仲,
平陈与宋。	平了陈与宋。
不我以归,	不让我回国,
忧心有忡。	心忧不安宁。

爰居爰处,	糊里糊涂驻扎下,
爰丧其马。	糊里糊涂丢了马。
于以求之,	到什么地方去找呀,
于林之下。	原来就在树林里。

死生契阔,	死生不分离,
与子成说。	是我和你的誓约。
执子之手,	我曾经握住你的手,
与子偕老。	说与你相伴到白头。

于嗟阔兮,	唉,相距遥远啊,
不我活兮。	我没法与你相会。

| 于嗟洵兮，ᅠ | 唉，分离长久啊， |
| 不我信兮。ᅠ | 不是我不守誓言。 |

[注释]《左传》记宣公十二年，宋国攻陈国，卫国出兵援陈。晋国不满卫国援陈，次年攻卫。这是本篇产生的历史背景。第一章，写校场操练，奉命出征。镗：鼓声。其镗：镗镗。踊跃用兵：指在校场操练，踊跃，跳跃；用兵，操练刀枪；兵，兵器。土国城漕：因狄人的侵袭，卫国迁于漕（见《载驰》注），城漕，即在漕邑筑城；土，作动词，以土筑城；国，都邑；漕，在今河南省滑县东南。南行：随队出征南方。第二章，写南征平乱后仍戍守不得回国。孙子仲：当时卫国南征的统帅，姓孙名子仲。陈、宋：两国名，二国相邻，陈国是姬姓国，在今河南淮阳县。宋国是商的后裔国，在今河南商丘南。宋攻陈，也是姬姓国的卫去援陈，称是平乱。因为晋国插手，形势有变，事平后并不班师，卫军仍驻戍该地。有忡（音冲）：忡忡，忧愁不安。第三章，写驻守不归，士兵情绪低落，军心涣散，连马都丢了。爰：何。于以：在何处。第四章，回想与妻子离别时的誓言。死生契阔：契阔，聚合；胡承珙《后笺》曰："言死生相与约结，不相离弃。"林义光《通解》曰："言生则同居，死则同穴，永不相离也。"成说：定说，指约定的誓言。偕老：相伴到老。第五章，写思归，对统治者怨恨。于嗟：叹词。阔：遥远。活：通"佸"，马瑞辰《通释》："佸，会也。"指团聚。洵：久远。不我信：不让我守信。

诗中的历史事件发生在公元前 719 年左右，这篇诗产生在这个时候，人、事都可考证，旧说可信。春秋时期诸侯兼并战争频繁，"春秋无义战"，这些战争都是非正义的战争。广大民众固然承受战乱的灾难，各国的士兵被驱赶上战场，也蒙受巨大的牺牲，这篇诗就是被迫从征的士兵的怨歌，以简洁而质朴的语言，倾诉了他们与亲人远离的痛苦，情真意切，表达他们与亲人团聚的渴望。《王风·扬之水》的主题和这篇诗相同，它们都是战士对妻子的思念，反映了对家人团聚的和平生活的向往。

卷耳(周南)

妻子怀念出征的丈夫,想象他的劳顿困乏,更加牵挂。诗四章,章四句。

采采卷耳,	采呀采卷耳,
不盈顷筐。	采不满一浅筐。
嗟我怀人,	想起我怀念的人,
置彼周行。	把筐放在官道上。
陟彼崔嵬,	(仿佛他)登那高山路太险,
我马虺隤。	(他说)"我的马儿腿发软。"
我姑酌彼金罍,	我金罍斟满酒,
维以不永怀。	且把心儿宽一宽。
陟彼高冈,	(仿佛他)登那高冈更难爬,
我马玄黄。	(他说)"我的马儿眼发花。"
我姑酌彼兕觥,	我用牛角杯斟满酒,
维以不永伤。	且把忧愁放一下。
陟彼砠矣,	(仿佛他)登那石山陡又滑,
我马瘏矣,	(他说)"我的马儿累垮了,
我仆痡矣。	我的仆人病倒了。"
云何吁矣!	我的忧愁又怎得了!

[注释]卷耳:一年生草本菊科植物,又名苓耳、苍耳,嫩苗可食,子成熟可入药。顷筐:口面倾斜的筐,竹编或藤编。周行:周王朝修筑的国道。陟彼二句:是想象中的被怀念者的情景,第二句的"我"是被怀念者的自称。

三、四章同。崔嵬(音危):刘熙《释名》释"土载石曰崔嵬",高而不平的土石山。虺隤(音灰颓):马腿疲软难支。金罍(音累):一种高级的青铜制酒杯,上刻云雷花纹。玄黄:《尔雅》曰"病也",马病而毛色渐失光泽,故曰玄黄。闻一多《通义》:"玄黄者,诗人所拟想马视觉中变态现象,凡人或因疲极,或因惊怖,每至瞑眩,后世谓之眼花。眼花者,视物不审,但见玄黄纷错,五色交驰,此即所谓玄黄者。"兕觥(音似工):用犀牛角制的酒杯,俗称牛角杯。砠(音居):险阻难行的石山。瘏(音徒):疲乏到极点。痡(音铺):疲困之极。何吁:何,多么;吁(音虚),通"忓",忧愁。

《卷耳》写一位妇女怀念出征的丈夫,她无心采摘卷耳,在官道上翘望丈夫归来,在眼前出现了幻景:险阻的山道和人与马的困顿。想象中的旅途极为艰险,她的怀念和焦虑也达于极点。

古今对本篇的注释很不一致。传统注疏解题为"后妃之作",也有的说是"太姒所作",均不知何据;或者因为诗中有"金罍"之词吧?当然,金罍是高级贵族专用的酒具,诗中人物有马、仆、兕觥等表明是贵族身份,但古代民歌中常用这种写法来夸饰人物,汉乐府的《陌上桑》《孔雀东南飞》中的主人公都是平民女子。各个阶层的女性怀念出行的丈夫,情感是相通的,我们不必追究具体的人物及其阶级属性,只作为思妇怀远人的诗来读,这篇诗确是一篇佳作。

君子于役(王风)

妻子在家怀念久役的丈夫。诗二章,章八句。

君子于役,	丈夫当兵去远方,
不知其期。	不知要到啥日期。
曷至哉?	什么时候回家乡?
鸡栖于埘,	鸡儿上了窝,

日之夕矣，	太阳落了山，
羊牛下来。	羊儿牛儿下山冈。
君子于役，	丈夫当兵去远方，
如之何勿思！	怎么能不把他想！

君子于役，	丈夫当兵去远方，
不日不月。	不知要到哪一天。
曷其有佸？	何时相会把家还？
鸡栖于桀，	鸡儿进了窝，
日之夕矣，	太阳落了山，
羊牛下括。	羊儿牛儿归了栏。
君子于役，	丈夫当兵去远方，
苟无饥渴？	但愿他粗茶淡饭不为难。

[注释]曷：通"何"。塒（音时）：土墙挖洞而成的鸡窝。佸（音活）：相会。桀：小木桩做成的鸡舍。括：至。

《君子于役》描写一位思妇思念久役不归的丈夫，每当黄昏，睹物思人，是她相思最殷切的时候，抒情主人公触景生情：太阳落山，鸡上窝，牛羊回圈，外出的人为什么还不回来呢？口头语，眼前景，以极具特征的景物，传达了内心强烈的感情，情景交融。

伯兮（卫风）

女子思念从军远征的丈夫。诗四章，章四句。

伯兮朅兮，	我的哥啊最英武，
邦之桀兮。	在咱邦国数英雄。

| 伯也执殳， | 哥呀手持丈二矛， |
| 为王前驱。 | 为王打仗做先锋。 |

自伯之东，	自从哥去东征，
首如飞蓬。	我的头发像飞蓬。
岂无膏沐，	哪儿是没有润发油，
谁适为容！	为谁打扮为谁容！

其雨其雨，	有如天天盼下雨，
杲杲出日。	总是烈日照当空。
愿言思伯，	一心只把哥来想，
甘心首疾。	甘心想得脑袋疼。

焉得谖草？	哪儿去找忘忧草？
言树之背。	就在我的北堂栽。
愿言思伯，	一心只把哥来想，
使我心痗。	使我伤心成了病。

[注释]伯：周代男子排行伯、仲、叔、季，女子也称其夫为伯，犹如称大哥。朅（音窃）：英武貌。桀：通"杰"，英雄豪杰。殳（音书）：古代一种兵器，长一丈二尺，似后世之长矛。蓬：草名，其草轻如柳絮，随风飞旋，纷乱无序。膏沐：润发的油膏。适（音敌）：悦。杲杲（音稿）：明貌。愿言：犹愿然，念念不忘。首疾：头疼。谖草：萱草，传说此草可使人忘掉忧愁，因称忘忧草。言树之背：言，语助词；树，作动词，种植；背，同"北"，此句意为种植在北堂或北庭。痗（音每）：病。

抒情女主人公思念远征的丈夫，想象他的英武风姿、豪杰气概，为王前驱，感到自豪，但也更加相思。诗中用了两个形象的比喻：一个是"首如飞蓬"，用散乱的蓬草比喻头发，说明这个女人好久不梳洗了，为什么不梳洗呢？"谁适为容？"打扮了给谁看呢？这个比喻抓住事态的最关键部位而突出其本质的特征,表现了她刻骨的相思和为相思所苦的慵厌的神态。另一个比喻是"其雨其雨,杲杲日出",用久旱求雨的迫切心情比喻盼望丈夫归来的失望,把相思表现得更为深刻。末章的"焉得谖草,言树之背",只是表现她最后的失望,因为世界上哪里会有忘忧草呢？所以她只有相思成病了。她的丈夫何时回来,能不能回来,都很难说,也可能"可怜无定河边骨,犹是春闺梦里人"吧？诗中的"首如飞蓬"章,后来衍化为"女为悦己者容"和"为谁打扮为谁容"的成语。

小戎(秦风)

秦国妇女见军队出征,想起自己的丈夫。诗三章,章十句。

小戎俴收,	小兵车车厢浅,
五楘梁辀。	皮带五道缠车辕。
游环胁驱,	马缰绳活环穿,
阴靷鋈续。	拉车大绳白铜环。
文茵畅毂,	虎皮垫,车子宽,
驾我骐馵。	驾着花马奔向前。
言念君子,	想起我的丈夫来,
温其如玉。	温柔有如玉一般。
在其板屋,	他就编在名册里,
乱我心曲。	想他使我心中乱。

[注释]小戎:小兵车。将帅乘的兵车称"无戎",小戎为战士所乘。俴(音见)收:浅车厢。楘(音木):皮箍。梁辀:车辕。游环:套缰绳的铜环。胁驱:系于马外肋的皮条。阴靷(音引):马拉车的皮绳。鋈(音悟)续:白铜环;鋈,镀白铜。文茵:虎皮车垫。畅毂(音谷):长的兵车;畅,通"长"。毂为两

轮之间连接的圆木,木长则车宽。骐异(音住):骐是毛色黑白相间如棋盘的马,异是左腿毛白的马。温其如玉:《说文》曰:"玉,石之美,有五德,润泽以温,仁之方也。"五德为仁义智勇洁。板屋:王宗石《诗经分类诠释》据《司马法》和《周礼·小司徒注》释为编制于兵员名册,板(版)屋皆兵员编制名称(三夫为屋,三屋为井,四井为邑)。上述车具马具于秦始皇陵出土二号铜车马可见证。

四牡孔阜,	驾车四马多肥壮,
六辔在手。	六条缰绳一手抓。
骐骝是中,	骐骝中间驾辕,
騧骊是骖。	騧骊分列两骖。
龙盾之合,	合上绘龙大盾,
鋈以觼軜。	车前环套镀了铜。
言念君子,	想起温柔的丈夫,
温其在邑。	名字编在邑册上。
方何为期,	不知何时是归期,
胡然我念之。	为什么让我这般相思。

[注释]四牡孔阜:四匹公马驾车通称四牡;孔,甚;阜,肥壮。辔:缰绳。骝(音留):毛色身赤颈黑的马。騧(音瓜):身黄嘴黑的马。骊(音离):纯黑的马。骖(音参):驾车四马中两旁的马。龙盾:绘龙形图案的盾。觼軜(音角纳):軜是骖马靠内边的缰绳,觼是有舌的环,白铜制,设置在车轼以备放置骖之内缰。邑:古代兵员编制单位类如连、营等之称。胡然:为何这样。

伐骝孔群,	四马披甲挺协调,
厹矛鋈錞。	长矛杆底镀了铜,
蒙伐有苑,	绘鸟大盾有光彩,
虎韔镂膺。	虎皮弓袋雕花纹。
交韔二弓,	两弓交叉放弓袋,

竹闭绲縢。	再用竹闭缠绑紧。
言念君子，	想起我的丈夫，
载寝载兴。	他的起居我挂心。
厌厌良人，	我安详和善的好人儿，
秩秩德音。	好名声永远在我心。

[注释]伐驷:披薄甲的四匹驾车之马。孔群:很协调。厹(音求)矛:兵器,三刃的长矛。鋈镎(音敦):兵器长柄下端镀白铜。蒙伐:大盾。有苑:苑苑,形容绘的鸟羽图案。虎帐(音畅):虎皮制的弓袋。镂膺(音漏荧):雕刻饰金的花纹。交帐:两张弓交错放于弓袋。竹闭:竹制护弓的工具,弓不用时用竹闭绑上以免变形或受损。绲縢:绲,绳;縢,缠束。寝、兴:寝,睡;兴,起身;寝兴即起居。厌厌:安详貌。良人:妻对夫的昵称,即好人。秩秩:多而整齐有序。德音:好声誉。

秦国民风尚武,全民皆兵,有战事时,按户籍名册次第入伍。诗中的这位妇女,见到出征的兵车,很自然地想念自己已经出征的丈夫。每章前六句写看到的兵车、战马、兵器,后四句写思念丈夫。映入她眼中的是国家强盛的军容,优良的装备,铺叙细致,表现出赞美、自豪之意,写对丈夫的从征,有相思,有关切,也有赞美,却没有哀怨、缠绵的情绪,所流露的情感,深挚而又隐蔽,热烈而又自持。这篇诗在古今征妇念远的诗词中别树一帜。

第二十讲

婚 姻 诗

周人重视婚姻，以婚姻为人生之大本，因为它关系宗族的延续。周代是宗法社会，为保障私有财产继承权和宗法制秩序，实行嫡长子继承制，因而必须确立婚姻关系；而且贵族社会的婚姻关系同时也是政治关系，通过婚姻关系在政治上相互依存。作为自然的人，婚姻也关系人生的幸福，关系整个人类的延续。在已经进化到摆脱群婚制和亚群婚制而肇始婚姻文明的周代，不同阶层的人都重视婚姻。《诗经》中与婚姻嫁娶有关的诗约 20 篇，有贵族的婚姻，也有平民的婚姻，有婚礼乐歌，也有送出嫁的乐歌，还有亲迎、洞房、新婚、祝子以及平民间自由择偶的风习。至于婚姻破裂、妇女被离弃的诗，当另立一章。

关雎（周南）

贵族男子爱慕一位淑女，终于结成婚姻，这篇诗在周代即开始被用作婚礼乐歌。诗五章，章四句。

关关雎鸠，	雎鸠成对关关唱，
在河之洲。	在那水心沙洲上。

窈窕淑女，	贤良美丽好姑娘，
君子好逑。	君子爱慕想成双。
参差荇菜，	参差不齐水荇菜，
左右流之。	左找右拣来挑选。
窈窕淑女，	贤良美丽好姑娘，
寤寐求之。	睡醒睡梦把她想。
求之不得，	想来想去不如愿，
寤寐思服。	睡醒睡梦总思念。
悠哉悠哉，	漫漫长夜相思长，
辗转反侧。	翻来覆去到天亮。
参差荇菜，	参差不齐水荇菜，
左右采之。	左挑右选来摘采。
窈窕淑女，	贤良美丽好姑娘，
琴瑟友之。	弹琴弹瑟相和好。
参差荇菜，	参差不齐水荇菜，
左右芼之。	左挑右选来摘采。
窈窕淑女，	贤良美丽好姑娘，
钟鼓乐之。	钟鼓奏乐娶过来。

[注释]关关:拟声词,雎鸠和鸣声。雎鸠:水鸟名。传说这种鸟总是成伴。河:先秦文献中,河专指黄河。一、二句诗人以闻关雎和鸣起兴。窈窕(音腰条):美好貌。淑女:好姑娘;淑,善良。好逑:好,喜悦;逑,匹配。荇(音杏)菜:水生植物,叶浮水面,叶心可食。流、采、芼(音冒):近义词,都译为择采,因分章换韵而换字。寤寐:睡醒、睡着。思服:思念。琴瑟:古乐器,琴瑟同时弹奏,其音谐和,比喻两情和好。友:《广雅》曰"亲也"。钟鼓:两种

敲击乐曲,钟鼓合鸣用于祭祀和燕享等隆重的礼仪活动。乐:作动词,奏乐。这里当指婚礼。古人重婚姻,故婚礼隆重。

这篇诗编在《国风·周南》的第一篇,也是今本《诗经》的第一篇。我们今天来看,它是一首优美的情歌,歌唱人生对美好爱情的追求,反映了纯真、深挚的感情和获得爱情的欢愉。

这篇诗最初的编集,却有更为深刻的社会意义,它编在《周南》首篇,是被作为推行"文王之化"的主要作品,用于爱情婚姻的社会教化。通过诗的内容,宣扬男女情爱是人性的需求,也是人生之大本,所以"窈窕淑女,君子好逑"。思慕、追求是合乎自然法则的,但又必须有正确的恋爱观,即"琴瑟友之",行为不超越"礼义"的范围。所谓"发乎情止乎礼义";而且最后两性的结合,要"钟鼓乐之",举行正式婚礼。这样做,兼顾人们的性爱、幸福,社会和谐稳定以及宗法制的巩固和延续。这是孔子把《关雎》诗编在第一篇并屡加赞赏的原因。这篇诗的影响相当深远,长期以来成为中国婚姻文化的基本内容。本篇的体式是标准的四言体,全用双音节词汇,构成绵长的旋律,反复咏叹。孔子评论它的音乐旋律具有"洋洋乎盈耳"、"乐而不淫,哀而不伤"的情致。诗中的"窈窕淑女"、"君子好逑"、"辗转反侧"、"钟鼓乐之"都流传为后世的成语。

汉人注疏这篇诗是"后妃之德";宋代欧阳修、朱熹和明清一些注家,更指明诗中"君子"、"淑女"指文王、太姒,这类作诗本事,是否均难确考,可备一说。陕西省洽川国家风景名胜区所在古莘国旧址莘里村是太姒故里,紧靠黄河西岸,村边有处女泉,河心有关雎洲,洽川一带,民间传说《关雎》篇就产生在这里。笔者前往考察并登洲浏览,芳草萋萋,鸟鸣关关,河岸十里荷塘,荇菜片片,远山青黛,河声滔滔,情景宛合。我友周颖南赋诗曰:"万里黄河,唯此一洲;关关雎鸠,唱遍寰球,文王太姒,韵事千秋。"诗之本事,实无明据。《关雎》篇的解说,迄今已有 50 多种,现仍在讨论。此说除欧阳修、朱熹及明清诸家,明代郃阳方志亦记为洽川民间传说,时间久远,何从查考?民俗文化不同于学术文化,则此说不妨以民俗文化视之。

桃夭(周南)

贺女子出嫁的乐歌。诗三章,章四句。

桃之夭夭,	桃树长得多娇娆,
灼灼其华。	花朵艳丽又明耀。
之子于归,	这个姑娘出了嫁,
宜其室家。	夫妇和顺真美好。
桃之夭夭,	桃树长得多娇娆,
有蕡其实。	果实累累圆又肥。
之子于归,	这个姑娘出了嫁,
宜其家室。	夫妻和顺更美好。
桃之夭夭,	桃树长得多娇娆,
其叶蓁蓁。	叶子繁密枝丫多。
之子于归,	这个姑娘出了嫁,
宜其家人。	全家和顺日子好。

[注释]夭夭:茂盛娇娆貌。灼灼:鲜明光耀。华:同"花"。于归:出嫁。宜:和善相处。家室:犹言夫妇。古人称女子有夫曰有家,男子有妻曰有室。有蕡(音分):蕡蕡,果实累累貌;一说果实大而肥貌,亦通。实:果实。家室:同上文室家,移字换韵。蓁蓁(音真):《广雅》曰"茂也"。家人:同"家室"、"室家",易字换韵,但"宜其家人",又包含有祝愿与夫家整个家庭关系和顺的意思。

诗以桃之夭夭起兴,起兴兼有象征作用,赞美新娘青春美丽。以桃花来形容女子美艳,后来成为中国古典诗词的通用比喻,如"面如桃花"、"艳如桃李",还有"去年今日此门中,人面桃花相映红"的千古名句,都源出这篇诗。诗是贺少女出嫁的乐歌,三章叠唱,第一章祝贺嫁后夫妇和顺美满;第二章祝贺嫁后多生贵子;第三章祝贺嫁后家族昌盛合家和顺。祝贺的内容,也是对出嫁女子的要求和期望。三千年来,中国人祝贺女子出嫁的传统祝词一直是这些内容,所以本篇生动地反映了中国民间婚姻文化。

伐柯(豳风)

写婚姻礼俗的歌诗。诗二章,章四句。

伐柯如何?	砍斧把,怎么办?
匪斧不克。	没有斧子办不成。
取妻如何?	娶妻子,怎么办?
匪媒不得。	没有媒人不成婚。
伐柯伐柯,	砍斧把,砍斧把,
其则不远。	标准就在眼前。
我觏之子,	我与这个姑娘结合,
笾豆有践。	婚姻大礼摆酒宴。

[注释]柯:斧柄。克:能。取:同"娶"。则:准则。觏(音构):通"媾",男女结合。笾豆有践:笾、豆,见《生民》注;践,行列整齐。笾、豆都是祭礼和重大礼仪所用食器,笾豆排列整齐指举行隆重的礼仪设宴,这里指婚礼盛宴。

在婚礼庆宴上要请媒人上坐,敬酒感谢媒人。本篇是谢媒乐歌。反映了周代的婚姻礼俗,歌颂媒人的作用。开头以伐柯作比,强调婚姻必须有媒人,而且要举行婚礼;第二章还说明"伐柯伐柯,其则不远",谢媒作合婚姻,已经在社会通行,成例就在眼前。《周礼·地官》记周代有媒氏一职,"掌万民之判，凡男女自成名以上，皆书年、月、日、名焉，令男三十而娶，女二十而嫁……"《齐风·南山》也有这样的诗句："娶妻如之何？必告父母。……娶妻如之何？匪媒不得。"可见"父母之命，媒妁之言"的婚姻礼俗通行在贵族社会，而民间也逐渐在推行（如《氓》诗），直到近代，中国社会仍有"天下无媒不成婚"的风习。

著（齐风）

新郎亲迎新娘的乐歌。诗三章，章三句。

俟我于著乎而，	他等在屏门外了吧，
充耳以素乎而，	充耳用的是白丝绳吧，
尚之以琼华乎而。	两边坠的红玉石吧。

俟我于庭乎而，	他等在堂屋外了吧，
充耳以青乎而，	充耳用的是青丝绳吧，
尚之以琼莹乎而。	两边坠的是透明的红玉石吧。

俟我于堂乎而，	他等在正堂了吧，
充耳以黄乎而，	充耳用的是黄丝绳吧，
尚之以琼英乎而！	两边坠的是有花纹的红玉石吧。

[注释]俟：等候。著：正门内、屏门外的地方。乎而：重叠语气词；乎，表疑问；而，通"耳"，表肯定；是从猜想到肯定的语气。充耳：古代成年男子头发挽成髻于头顶，横插簪以固定发髻，两端各系一根丝绳，下垂一颗小玉石，因正当耳之旁，名曰充耳。素：白色，坠玉石的丝绳的颜色，下两章的"青"、"黄"所指同此。尚之：加上。琼华：红色有花纹的玉石，下两章的琼莹为红色透明的玉石，琼英为红色有花纹的玉石。庭：堂前的地方。堂：正房之中。

周代婚俗,结婚之日,新郎驾车至新娘家迎亲,称"亲迎"。亲迎之时,新郎站在庭堂等候新娘出来,然后携手登车。这篇诗是新娘的口吻,在等待新郎前来时,暗自估计新郎到了何处,猜想他的仪容打扮,描述新娘这一短暂时刻的心理活动,在她的猜想中,可以看到她对新生活的兴奋和向往。诗的构思及语气词的重叠运用,都别有风趣。

有女同车(郑风)

新郎迎亲归途,与新娘同坐车中,观看新娘。诗二章,章六句。

有女同车,	那姑娘同我坐车上,
颜如舜华。	容貌如同木槿花一样。
将翱将翔,	体态飘逸像鸟儿飞翔,
佩玉琼琚。	佩玉晶莹、闪耀红光。
彼美孟姜,	那美丽的姜家大姑娘,
洵美且都。	实在是文雅又漂亮。
有女同行,	那姑娘同我在车上,
颜如舜英。	容貌同红木槿花一样。
将翱将翔,	体态飘逸像鸟儿飞翔,
佩玉将将。	佩玉晶莹丁当响。
彼美孟姜,	那美丽的姜家大姑娘,
德音不忘。	她的情义永难忘。

[注释]舜华:木槿华,锦葵科;下章的"舜英",同义。翱、翔:本义是鸟飞的姿态,此处比喻此女身段轻盈飘逸,动如翱,停如翔。将:《衍释》曰"犹如也"。琼琚:红色美玉。孟姜:姜,姓;孟,排行老大。洵美:确实美。都:都

丽,文雅美丽。将将:状声词,玉石撞击的声音。德音:在《雅》诗中大多释为美好的声誉,闻一多《匡斋尺牍》谓"德音应解作表明夫妻间对待关系的一种成语",于省吾《泽螺居诗经新证》谓此词用法因时代前后有分化,于氏释为"德言"。三说皆通。今依王宗石《分类诠释》,取闻氏之说,我译为"情义"。

迎亲的新郎与新娘同坐在车上,他欣赏她的容貌、体态、佩饰、气度,着实赞美她的美丽,流露出内心的喜悦。诗中写出新娘是孟姜,即姜姓家的长女,姜姓,是周代高级贵族的大姓,门户高贵,而且又是长女,下嫁给他,他更加心满意足,所以诗的结尾说"德音不忘"。

摽有梅(召南)

一位大龄女青年盼望有男子求婚。诗三章,章四句。

摽有梅,	梅子落下地,
其实七兮。	树上还有七分。
求我庶士,	向我求婚的小伙子,
迨其吉兮!	不要错过吉日!
摽有梅,	梅子落下地,
其实三兮。	树上还有三分。
求我庶士,	向我求婚的小伙子,
迨其今兮!	不要错过今日!
摽有梅,	梅子落下地,
顷筐塈之。	要用簸箕收。
求我庶士,	向我求婚的小伙子,
迨其谓之!	就等你开一开口!

[注释]摽(音鳔):坠落。梅:酸梅,味酸甜的果实。古代有抛梅求婚的习俗,故以梅起兴。庶士:众多未婚男子。迨:趁着。吉:吉日。顷筐:见《卷耳》注。塈:取。

这篇诗写未婚女子盼望求婚的男子及时前来,别等到自己青春消逝。梅子零落,象征女子青春期渐渐消退。第一章说树上还有七分,姑娘盼望小伙子快找吉日来求婚;第二章说树上只有三分了,姑娘盼望小伙子今日就来求婚;第三章梅子凋零铺满地,姑娘心里越来越着急,只要对方开一开口,她就可以嫁给他。全诗各章只换了几个最有表现力的字眼,就把姑娘的心理生动地表现出来,把诗意层层推进。

溱洧(郑风)

上巳节青年男女相邀春游。诗二章,章十二句。

溱与洧,	溱水与洧水,
方涣涣兮。	流水哗哗淌。
士与女,	小伙子和大姑娘,
方秉蕳兮。	手拿兰花香。
女曰:"观乎?"	姑娘说:"去看热闹怎么样?"
士曰:"既且。"	小伙说:"刚才已经去过。"
且往观乎。	再去一趟也无妨。
洧之外,	洧水的那边,
洵訏且乐。	地方热闹玩得真快乐。
维士与女,	小伙子和大姑娘,
伊其相谑,	又是笑来又是说,
赠之以勺药。	赠她一把香芍药。

溱与洧,	溱水和洧水,
浏其清矣。	流水清又深。
士与女,	小伙子和大姑娘,
殷其盈矣。	熙熙攘攘人众多。
女曰:"观乎?"	姑娘说:"去看热闹怎么样?"
士曰:"既且。"	小伙说:"刚才已经去过。"
且往观乎,	再去一趟也无妨,
洧之外,	洧水的外边,
洵讦且乐。	地方热闹玩得真快乐。
维士与女,	小伙子和大姑娘,
伊其将谑,	又是笑来又是说,
赠之以勺药。	赠她一把香芍药。

[注释]溱(音真)、洧(音伟):河南省的二水名,流经郑国郊外。涣涣:河水盛大。秉蕳:秉,拿着;蕳(音艰),兰草,是一种菊科多年生草本植物,秋季开红花、白花,不是现在所说的兰花。既且:已经去过;且,通"徂",往。讦(音虚):《笺》口"张口鸣呼",闻一多训为"哗",人声喧哗,引申为热闹。又,《传》训"大",可释为地方宽阔,亦通,兹取前者。伊:语词。勺药:芍药,花名,花开如牡丹,赠芍药有向女子求婚之意。浏:水深而清。殷:众多。

《周礼·地官》:"仲春之月,令会男女,于是时也,奔者不禁。"本篇描述的是春秋时的郑国,每年夏历三月上旬巳日,当天,青年男女聚会到郑国国郊溱、洧二水之边游玩欢会,自由择偶,袚除不祥。这既在周政府的婚制中有所规定,也是郑国的民俗活动。诗中再现了上巳节这天青年男女的游乐,景色的描写,气氛的渲染,生动形象。插进的一段对话,表现了青年男女自由寻找游伴,互表情意,尽情享受青春的欢乐,使场面活跃,充满生活气息,结构也显得活泼。周王朝之所以准许在一定时间和场合未婚男女"奔者不禁",主要是鼓励婚姻和生育,周人以人数不多的部族战胜人数众多的殷商王朝,开国后即实行鼓励生育的政策以繁殖人口,这是他们的国策。

椒聊(唐风)

颂人多子的歌诗。诗二章,章六句。

椒聊之实,	花椒树结籽成嘟噜,
蕃衍盈升。	一嘟噜就满一升多。
彼其之子,	你看那个女子,
硕大无朋。	身材高大无人比。
椒聊且,	一嘟噜一嘟噜花椒啊,
远条且。	香气远远传播。
椒聊之实,	花椒树结籽成嘟噜,
蕃衍盈匊。	一嘟噜就有一捧多。
彼其之子,	你看那个女子,
硕大且笃。	身材高大又健壮。
椒聊且,	一嘟噜一嘟噜花椒啊,
远条且。	香气远远传播。

[注释]椒聊:椒,花椒;聊,嘟噜,累累成串之意。实:花椒树结的籽,既是调味料,又可入药。盈升:满一升,升为量器,十斗为一升。朋:《诗集传》曰"比也"。且:犹"哉",语气词。远条:遥远。匊(音居):古"掬"字,两手合捧为一掬,俗称一捧。笃:厚。

周人鼓励生育,以赞赏花椒结实众多而作比,赞美"彼其之子,硕大无朋"。古人认为妇女身高壮健,可以多生孩子,所以娶亲挑选对象,以硕大壮健为美。

柏舟(鄘风)

少女婚姻不得自主的呼告。诗二章,章七句。

泛彼柏舟,	柏木船漂漂荡荡,
在彼中河。	在那黄河浪中。
髧彼两髦,	那额前头发两边分的少年,
实维我仪,	是我称心的人,
之死矢靡它。	到死我也不变心。
母也天只,	娘呀,天啊,
不谅人只!	太不体谅人!
泛彼柏舟,	柏木船漂漂荡荡,
在河之侧。	漂到黄河岸边。
髧彼两髦,	那额前头发两边分的少年,
实维我特,	是我如意郎君,
之死矢靡慝。	到死我也不变心。
母也天只,	娘呀,天啊,
不谅人只!	太不体谅人!

[注释]柏舟:柏木船;柏,木质地坚实。中河:黄河之中。髧(音旦):发下垂。髦(音毛):披在前额眉上向两边分开的头发,是少年男子的发式。仪:马瑞辰《通笺》曰通"偶",配偶。之死:至死。矢:心志。靡它:它,同"他";靡,无。只:语助词。特:匹配。慝(音特):改变。

在"父母之命,媒妁之言"以及门第等各种礼制的约束之下,这些青年男女不能与心爱的人结合。诗中的女主人公心爱一位少年(古人多早婚),情意很深，但不能如愿，她痛苦地呼娘喊天，表示死不变心。闻一多《通义》释本篇是女子失恋之诗，但我以为就这女子情感的极端痛苦和态度的决绝来看，更宜解作因婚姻不自主而呼告，"泛彼柏舟"二句是起兴，喻写她的处境或心情，不一定解作她心爱的人在船上。

行露（召南）

一位女子拒绝逼婚，不畏诉讼。诗三章，一章，章三句；二、三章，章六句。

厌浥行露，	路上露水湿漉漉，
岂不夙夜，	难道不想早启程，
谓有多露！	是怕路上重露！

谁谓雀无角？	谁说雀儿嘴不尖？
何以穿我屋？	怎么能穿透我家屋？
谁谓女无家？	谁说姑娘没婆家？
何以速我狱？	为何告我上公堂？
虽速我狱，	纵然告我上公堂，
室家不足。	你要娶我理不当。

谁谓鼠无牙？	谁说老鼠没有牙？
何以穿我墉？	怎么会穿透我的墙？
谁谓女无家？	谁说姑娘没婆家？
何以速我讼？	为何让我打官司？
虽速我讼，	纵然让我打官司，
亦不女从。	你要娶我决不从。

[注释]厌浥(音夜邑)：湿漉漉；厌，"湆"的借字，《说文》曰"幽湿也"。行（音航）：《传》曰"道也"，即道路。夙夜：日夜，又作早夜，天色将明之时。谓：马瑞辰《通释》曰"疑畏之假借"。角：俞越《平议》曰："即其喙也，鸟喙尖锐，故谓之角。"速：朱熹《诗集传》曰"召致也"。狱：诉讼，打官司。室家：余冠英《诗经选》曰："室家犹夫妇，男子有妻叫作有室，女子有夫叫作有家。室家不足，是说对方要求缔结婚姻的理由不足。"墉：墙。讼：诉讼。不女从：不从你；女，同"汝"。

这篇诗的时代、题解、义旨、作者身份以及男词或女词，两千多年无定解。《诗序》、《正义》等皆谓"召伯听狱"，"强暴之男，不能侵陵贞女也"；《传》、《列女传》引《鲁》说、朱熹《诗集传》则谓"申女之作"，"即许嫁……夫家轻礼违制，不可以行，遂不肯往。夫家讼之于理，致之于狱"。此外还有"媒妁之言不合"、"寡妇执节"、"贫士却婚"等等，或谓女子自诉，或谓女方家长说辞，或谓男求婚者答辞。种种说解，莫衷一是。现代诸家注本，更有"抗议强迫作妾"、"夫妻纠纷致讼"、"贵族依势强横逼婚"诸说，王宗石《分类诠释》又作出"女青年超龄未嫁被人告发"的新解，别开生面。因为解说不同，对诗中个别词语（如一、二章中的"女"之所指）亦各有注说。诗中只写出男方逼婚成讼，女方坚决不从，这一婚姻案件的缘起，当事双方的理论曲直，不得而知。对上述歧异纷繁的各种解说，无从辨析是非。盖作诗的本事早已湮没，以上各说都是揣测之辞，一一辨证，徒劳无益。我们就诗论诗，只看到逼婚成讼而女方坚不屈服，可以看到周代有规范婚姻的婚姻法，有官方听讼受理婚姻案件，由原被告申诉理由，其依据当然不外周人立国的礼制。所以，这篇诗也使我们看到周代社会婚姻制度有法律保障。诗中这位女性坚不屈服的性格，连用八个问号，以声声质问的语气，表明了她对对方的蔑视、她的自信和坚强，把性格表现得相当鲜明。

第二十一讲

情诗恋歌·相思篇

爱情是诗歌的永恒主题,古今中外皆然。《诗经》中以爱情和婚姻为主题的歌诗约 60 篇,除"小雅"中有关的 9 篇,都编在"国风"里,其比重为"国风"的三分之一,为《诗经》全部 305 篇的近五分之一。这些歌诗大都以真挚、热烈、纯朴而健康的歌唱,反映出爱情生活中各种典型的情感,描述了青年男女对爱情幸福的渴望、大胆的追求、相会的欢乐、相思的痛苦、失恋的悲伤、热恋过程中的波澜,以及个人意志和家庭、礼教的冲突等,相当全面地反映了当时各个阶层人们的爱情生活。一部分婚姻诗、弃妇诗和行役相思诗,另立专章。这一讲,选读具有代表性的 10 篇情诗恋歌。

蒹葭(秦风)

追求伊人,可望而不可即,倾诉无限情意。诗三章,章八句。

蒹葭苍苍,	芦花白苍苍,
白露为霜。	冷露结成霜。
所谓伊人,	心想的这个人,
在水一方。	在水那一方。

溯洄从之，	逆水去找他，
道阻且长。	迂回曲折道儿长。
溯游从之，	顺水去找他，
宛在水中央。	仿佛又在水中央。
蒹葭凄凄，	芦花白茫茫，
白露未晞。	冷露不曾干。
所谓伊人，	心想的这个人，
在水之湄。	在远远的沙滩。
溯洄从之，	逆水去找他，
道阻且跻。	越爬越高路艰难。
溯游从之，	顺水去找他，
宛在水中坻。	仿佛又在水洲间。
蒹葭采采，	芦花密稠稠，
白露未已。	冷露降不完。
所谓伊人，	心想的这个人，
在水之涘。	在远远的水边。
溯洄从之，	逆水去找他，
道阻且右。	弯弯曲曲路艰险。
溯游从之，	顺水去找他，
宛在水中沚。	仿佛又在水中滩。

[注释]蒹葭(音加)：蒹，荻；葭，芦；二者于湿地多混生，合称芦苇。白露：冷露。谓：《尔雅·释诂》曰："谓，勤也。"林义光《通解》曰："谓训为勤者，乃殷勤恤问之义。"伊人：这个人。溯洄：逆流而上。阻：险阻。溯洄：逆水流沿岸而上行。从：寻找、接近。阻：艰险。溯游：顺水流沿岸而下行。宛：仿佛。凄凄：形容草茂盛。晞(音希)：干。湄：水边。跻(音基)：升高。坻(音池)：水中小洲。采采：鲜明茂盛貌。涘：水边。右：弯曲。沚：水中沙滩。

芦花苍苍,冷露成霜,秋水芒芒,诗人来追寻心中的"伊人",那伊人隐约可见,他满怀渴望、历经艰难、上下求索("溯洄"、"溯游"、"道阻且长"、"道阻且跻"、"道阻且右"),却始终可望而不可即。全诗笼罩着凄冷的色彩、迷离的情调,贯穿着思恋的焦渴和可望而不可即的惆怅。诗的本事以及"伊人"的性别都不确定,使诗中的意象具有较为广泛的象征性,给人以广阔的想象空间。诗的意境优美,画面生动,情景交融,以隐约、朦胧、凄凉而又缠绵的色调,呈现一种艺术的美。我们在曹植的《洛神赋》、李商隐的《无题》诗中,都感到这种色调和其中可望而不可即的惆怅。后世流传的成语"蒹葭之思"和"秋水伊人",即源自本篇;"在水一方"也被编成通俗歌曲,广为传唱。

汉广(周南)

　　男子求偶而不得,表露失望和惆怅。诗三章,章八句。

南有乔木,　　　　　　　　南山有乔木,
不可休思。　　　　　　　　不能乘荫凉。
汉有游女,　　　　　　　　汉水有女神,
不可求思。　　　　　　　　不能求成双。
汉之广矣,　　　　　　　　汉水宽又广,
不可泳思。　　　　　　　　不能泅过岸。
江之永矣,　　　　　　　　长江长又长,
不可方思。　　　　　　　　竹筏难过江。

翘翘错薪,　　　　　　　　割草扎束薪,
言刈其楚。　　　　　　　　先要砍荆条。
之子于归,　　　　　　　　姑娘要出嫁,
言秣其马。　　　　　　　　迎亲马儿先喂饱。

汉之广矣，	汉水宽又广，
不可泳思。	不能泅过岸。
江之永矣，	长江长又长，
不可方思。	竹筏难过江。
翘翘错薪，	丛杂柴草扎束薪，
言刈其楚。	先要砍芦蒿。
之子于归，	姑娘要出嫁，
言秣其驹。	迎亲马驹也喂饱。
汉之广矣，	汉水宽又广，
不可泳思。	不能泅过岸。
江之永矣，	长江长又长，
不可方思。	竹筏难过江。

[注释]汉：汉水，发源于陕南，流经鄂西北至汉阳入江，是长江主要支流之一。诗中的"江"，专指长江。休思：一本作"休息"；思，语词，下同。游女：三家《诗》皆以游女为汉水神女。近人或释为游玩之女，亦通。永：长。泳：泅水。方：《尔雅》作"舫"，舟也。近人释"筏"，即竹筏或木枅，可取。翘翘：高出貌。错薪：丛杂的柴草。古代习俗，迎亲多在夜间，以柴草扎成火把照明，称束薪，此处写"错薪"，喻有此意，指为迎亲做准备。若无荆条、苇蒿之类作骨干，扎不成火把。楚：荆条。于归：女子出嫁。秣：喂牲口。蒌：白蒿。

抒情主人公钟情一位姑娘，却企慕难求，由希望而失望，由失望而幻想，最后仍然是幻想幻灭的失落。第一章以乔木不可休息，神女不可求婚，以及江、汉宽广为喻，连用四个"不可"，表现出痴恋无望的惆怅；第二章、第三章却又一再幻想举行婚礼前去迎娶，由准备到准备停当，但结果仍是幻想的破灭。知不可求而苦恋，更表现出爱慕的情深和一再幻灭的爱恋之苦。全诗三章，每章末四句一字不换地复沓，突出了全诗望水兴叹又痴心不减的抒情主调。二、三章的刈薪和秣马却是暗示。全篇运用比喻和暗示,是本篇的艺术特色。

风雨(郑风)

《序》:"思君子也。"写风雨之夜的相思苦。诗三章,章四句。

<table>
<tr><td>风雨凄凄,</td><td>风凄凄雨凄凄,</td></tr>
<tr><td>鸡鸣喈喈。</td><td>鸡儿喔喔啼。</td></tr>
<tr><td>既见君子,</td><td>要是见到心上人,</td></tr>
<tr><td>云胡不夷?</td><td>还有什么不放心?</td></tr>
<tr><td></td><td></td></tr>
<tr><td>风雨潇潇,</td><td>风潇潇雨潇潇,</td></tr>
<tr><td>鸡鸣胶胶。</td><td>鸡儿喔喔叫。</td></tr>
<tr><td>既见君子,</td><td>要是见到心上人,</td></tr>
<tr><td>云胡不瘳?</td><td>还有什么病不好?</td></tr>
<tr><td></td><td></td></tr>
<tr><td>风雨如晦,</td><td>风雨不住天昏暗,</td></tr>
<tr><td>鸡鸣不已。</td><td>鸡儿叫不停。</td></tr>
<tr><td>既见君子,</td><td>要是见到心上人,</td></tr>
<tr><td>云胡不喜?</td><td>还有什么不欢喜?</td></tr>
</table>

[注释]凄凄:寒凉之气。喈喈、胶胶:鸡鸣声。夷:平。潇潇:风雨之声。瘳(音抽):《传》曰"愈也"。

传统解释都以为这篇诗是写"相见乐",我以为是写"相思苦"。每章前二句都以风雨鸡鸣起兴,风雨交加,天色昏暗,群鸡啼鸣,抒情主人公显然是在风雨之夜相思通宵而坐听鸡鸣的。对每章的后两句不能理解为所盼的人来到了,而是说如果我盼的人归来,那么我相思的痛苦和积成的病痛也就会好了。这样理解,起兴和下文气氛和情调浑然一体,既渲染了气氛,又深化了抒情主人公的相思之苦。

前二句,也有人以为是赋,在这样一类诗里,起兴和下文的意义是有机的联系,渲染了凄清孤苦的气氛,加深了抒情主人公的相思之情,因而是"兴"或是"赋",难于辨别的十分清楚,有人称为"赋而兴"。诗的语言精练而又通俗生动,而且多用拟声词,具有音响美的效果,是一篇对群众口语进行艺术加工的诗,"风雨凄凄"、"风雨潇潇",至今仍是习用的固定词组,"风雨如晦"更是富有象征性的成语。

月出(陈风)

爱慕一位月光下的美女。诗三章,章四句。

月出皎兮,	月亮出来亮光光,
佼人僚兮,	照着美人好俊俏,
舒窈纠兮,	步儿轻盈身苗条,
劳心悄兮。	让我心儿突突跳。
月出皓兮,	月亮出来亮堂堂,
佼人懰兮,	照着美人美又娇,
舒忧受兮,	步儿轻盈腰肢巧,
劳心慅兮。	让我心儿乱糟糟。
月出照兮,	月亮出来亮晶晶,
佼人燎兮,	照着美人闪光采,
舒夭绍兮,	步儿轻盈腰段软,
劳心惨兮。	让我心儿翻浪涛。

[注释]皎:月光洁白明亮。佼人:美人;佼,通"姣",姣好。僚:通"缭",面貌俊俏。舒:形容步履轻盈婀娜。窈纠:同"窈窕"。劳心悄:心忧且不安。皓:洁白明亮,更重在明亮。懰(音刘):面貌娇美。忧受:意同窈纠。慅(音骚):忧愁,不安。燎:与"僚"同义,可作光洁照人解。夭绍:意同窈纠、忧受。惨:亦忧愁不安。三章复沓,每章之中,一、二、四句各换一字,第三句换二字,所换的字都是同义词,基本意思相同,如皎、皓义同,都释洁白明亮。僚、懰、燎义同,都释为美;窈纠、忧受、夭绍义同,都释为窈窕;悄、慅、惨义同,都释为忧、不安。如果依照训诂直译,三章完全一样,为体现重章叠唱的功用,只意译如上。

这篇诗描写一个月光下的美女,她的美,引起诗人的相思。每章第一句写月光美,每二句写容貌美,第三句写姿态美,每四句写爱慕之情。每章之中,每句都换字,所换的字都是同义词,基本意思没有变,但是韵变了。用不同的韵调反复咏唱,用一串近似的词汇层层加深印象,突出了月光下人物的美丽形象,传达了抒情主人公不能自宁的爱慕之情。如果不是这样重章叠唱而只有一章的话,就构不成深邃的意境,收不到如此淋漓尽致又余韵悠长的抒情效果。

匏有苦叶(邶风)

姑娘在河边等待对岸的情人,写出她的痴情、她的期待。诗四章,章四句。

匏有苦叶,	葫芦叶儿黄又枯,
济有深涉。	济水水深已难渡。
深则厉,	水深腰系葫芦泅,
浅则揭。	水浅背着蹚过河。

有弥济盈，	济水茫茫涨满河，
有鹭雉鸣。	咯咯叫唤野鸡婆。
济盈不濡轨，	水满不过半轮高，
雉鸣求其牡。	鸡婆直把鸡公叫。
雝雝鸣雁，	雁鹅声声唤雁鹅，
旭日始旦。	红日初升照清波。
士如归妻，	小伙若要娶老婆，
迨冰未泮。	别等冰封早过河。
招招舟子，	船夫吆喝船儿开，
人涉卬否。	别人过河我等待。
人涉卬否，	别人过河我等待，
卬须我友。	等我相好过河来。

［注释］匏（音袍）：大葫芦。苦叶：苦，作"枯"；葫芦叶枯表示已经成熟，摘下系在人身上，涉水不沉。济：水名，据《水经注》引《风俗通》，源出于河北省赞皇县西南之赞皇山，东流入高邑县，正流入柏乡县，俗名槐河，入宁晋县之宁晋泊，属古邶国故地。深涉：涉，蹚水走，水深蹚水为保证安全，应系葫芦。厉：本义是垂着的带子，这里作动词，指用带子把葫芦系在腰上。《传》云："厉，带之垂者。"揭（音器）：背负。有弥：弥弥，满貌。鹭（音杳）：状声词，雉的叫声，雉，野鸡。濡（音如）轨：濡，湿。轨（古读九），车轴的两端。牡：雄性动物。雝雝（音雍雍）：雁的叫声。始旦：才天明。归妻：娶妻。迨（音代）：待。泮：合。招招：船夫摇桨的姿态。卬（音昂）：我。须：等待。

深秋清晨，旭日初升，河水弥弥，大雁南飞，一个少女独自在河边渡口，听到野鸡声声求偶的叫声，等待她的情人前来迎娶。诗以葫芦叶枯起兴，设想水深则厉,浅则揭,暗暗嘱咐对方,若等到河水冰封,就又错过一年,写尽了她的急切等待。她的心理活动以景物为衬托,更显得具体生动。

子衿(郑风)

一个女子在城阙等待恋人,久等不至。诗三章,章四句。

青青子衿,　　　　　青青的是你的长衿,
悠悠我心。　　　　　悠悠的是我的心。
纵我不往,　　　　　纵然我不能去找你,
子宁不嗣音?　　　　你难道不能来个信?

青青子佩,　　　　　青青的是你的佩带,
悠悠我思。　　　　　悠悠的是我的相思。
纵我不往,　　　　　纵然我不能去找你,
子宁不来?　　　　　你为什么不来?

挑兮达兮,　　　　　走过去又走过来,
在城阙兮。　　　　　在城楼上把你等待。
一日不见,　　　　　一天不见面,
如三月兮!　　　　　好像三月长!

[注释]子衿:子是女子指她的情人;衿,衣领。也有人解释衿是系佩玉的带子,亦通。嗣音:寄声相问;嗣与"诒"通用,"诒",寄;音,信息。挑、达:往来貌。城阙:城门两边的观楼。

本篇描写一个女子在城楼等待恋人,久等不见,急切的等待转化为惆怅和幽怨,而幽怨又包含着浓浓的爱意。吴闿生《诗义会通》曰:"旧评,前二章回环入妙,缠绵婉曲,末章变调。"所谓"回环入妙,缠绵婉曲",指细腻生动的心理描写,如钱锺书《管锥篇》所评:"《子衿》云:'纵我不往,子宁不嗣音?''子宁不来?'薄责己而厚望于人也。已开后世小说言情心理描绘矣。"诗中的"一日不见,如三月兮",如《王风·采葛》之句"一日不见,如三秋兮",是千古名句,衍化为通用的成语。

泽陂(陈风)

思恋像荷花一样美丽的姑娘,夜不能寐。诗三章,章六句。

彼泽之陂,	那池塘的岸边,
有蒲与荷。	香蒲与荷花一同生长。
有美一人,	一个美丽的姑娘,
伤如之何!	我爱她却没有法子想!
寤寐无为,	无心做事日夜想,
涕泗滂沱。	眼泪鼻涕像大雨一样。
彼泽之陂,	在那池塘的岸边,
有蒲与蕳。	香蒲与芙蓉一同开放。
有美一人,	一个美丽的姑娘,
硕大且卷。	个儿高高鬈发真漂亮。
寤寐无为,	无心做事日夜想,
中心悁悁。	我生自己的气又止不住忧伤。
彼泽之陂,	那池塘的岸边,
有蒲菡萏。	香蒲与莲花快要开放。
有美一人,	一个美丽的姑娘,
硕大且俨。	个儿高高庄重又漂亮。

寤寐无为,	无心做事日夜想,
辗转伏枕。	辗转反侧伏在枕上。

[注释]泽陂:泽的岸边;泽,沼泽,水积聚处,亦可译为池塘或湖。蒲:又名香蒲,一种多年生水草。荷:花名,其花未发称菡萏,已发称芙蓉,或称莲花、荷花,叶称荷叶,结子称莲蓬、莲子,根尖为藕。伤:《尔雅》郭注引作"阳",《尔雅·释诂》曰"阳,予也",予,即第一人称"我"。无为:无所作为,即一心在思念,什么也不干。涕、泗:眼泪、鼻涕。滂沱:大雨如注貌。蕑(音兼):蓝草,《鲁诗》作"莲"。就三章叠唱来看,作"莲"为是。卷(音权):好貌。朱熹《诗集传》作"头发拳曲",可取。悁悁(音冤):《说文》曰:"忿也,一曰忧也。"菡萏(音汗旦):见"荷"注。俨(音眼):庄重貌。

抒情主人公爱上一个姑娘,却无缘与她相见,为这无法实现的单相思,他只能默默思念,乃至"寤寐无为,涕泗滂沱","辗转伏枕",以夸张的艺术手法,表达了单相思的痛苦,三章重章反复陈述,更见情真而痴迷。也有注者以为本篇是女恋男。诗是写单相思,抒情主人公性别不改变诗意。

将仲子(郑风)

女子畏于父兄和社会闲话不敢与心爱的人幽会,又止不住对心爱者的牵挂。诗三章,章八句。用余冠英译文。

将仲子兮,	求求你小二哥呀,
无逾我里,	别爬我家大门楼呀,
无折我树杞。	别弄折了杞树头呀。
岂敢爱之,	树倒不算什么,
畏我父母。	爹妈见了可要吼呀。

仲可怀也，	小二哥，你的心思我也有呀，
父母之言亦可畏也。	只怕爹妈骂得丑呀。
将仲子兮，	求求你小二哥呀，
无逾我墙，	别把我家墙头爬呀，
无折我树桑。	别弄折了桑树枒呀。
岂敢爱之，	树倒不算什么，
畏我诸兄。	哥哥们见了要发话呀。
仲可怀也，	小二哥，哪天不在心上挂呀，
诸兄之言亦可畏也。	哥哥言语我害怕呀。
将仲子兮，	求求你小二哥呀，
无逾我园，	别向我家后园跳呀，
无折我树檀。	别弄折了檀树条呀。
岂敢爱之，	树倒不算什么，
畏人之多言。	人家见了要耻笑呀。
仲可怀也，	小二哥，不是不肯和你好呀，
人之多言亦可畏也。	闲言闲语受不了呀。

[注释]将(音枪)：请求。仲子：兄弟排行第二，此处是男子的名字。树杞：杞树，又名柜柳。逾墙就不免攀缘墙边的树，树枝攀折了留下痕迹，逾墙的事也就瞒不了人。所以请仲子勿折杞也就是请他勿逾里的意思。下二章"树桑"、"树檀"，仿此。逾：翻越。里：古以 25 家为里，里外有墙。园：种果木菜蔬的地方有围墙者为"园"。"逾园"也就是逾墙。

先秦时代，男女交往的社会环境处于由相对宽松到严格限制的渐变过程。郑国上巳节的男女欢会自由择婚，只是特定节令的选择自由，"父母之命，媒妁之言"、"门当户对"的婚制已经渐渐推行，最终成为礼俗。本篇的抒情主人公正生活在上述礼俗已有很大影响的时代环境中，诗中表现她心中爱与畏惧的内心矛盾。她的央求,她的自我解释,她的温言相慰,都表现了她对仲子的痴爱,而她的劝阻,她对兄长、父母以及社会舆论的畏惧,又表现了她在全社会一张"礼防"大网下的无可奈何的忧伤。全诗把一个热恋中的少女的爱与怕相交织的心理,刻画得真实而生动,以通俗的口语,以内心独白的方式,活现了女主人公既痴情又担忧的神态。她不敢与心爱的人相会,又怕他伤心和误会,那么,漫漫长夜,留给她的也就是孤独和辗转反侧的相思吧!

出其东门(郑风)

东门外美女如云,诗人思念的只有一个缟衣綦巾的女子。诗二章,章六句。

出其东门,	出了那东门,
有女如云。	花花绿绿美女有如云。
虽则如云,	虽然美女有如云,
匪我思存。	不是我念念不忘的人。
缟衣綦巾,	素白上衣青围裙,
聊乐我员。	才能使我乐在心。
出其闉阇,	出了外城门,
有女如荼。	姑娘有如一片白茅花。
虽则如荼,	虽然如一片白茅花,
匪我思且。	不是我心思所在的人。
缟衣茹藘,	素白上衣绛围裙,
聊可与娱。	才能使我开心。

[注释]如云:形容众多,朱熹《诗集传》"美且众也"。思存:思念。缟衣:

素白的上裳;缟,白绢。綦巾:綦,藏青色围裙。陈奂《传疏》释为苍青色,一说是浅绿色。缟衣綦巾是普通妇女粗陋的服装,用以代指贫贱人家操劳的妇女。员:同"云",语词;又,《韩诗》作"魂",亦通。闉闍(音因都):城的重门。郑国都城有外城,所以有重门。荼:白茅花,野地盛开,喻女多而美。思且:同"思存";且,通"徂",《尔雅》释"在也,存也"。茹藘(音驴):朱熹《诗集传》释为可作绛色染料,这里代指绛色围裙,一说为红色。娱:欢乐。

近人对本篇的解说多能切近诗旨,如陈子展《直解》:"诗人自述安于其耐勤守俭之室家,而不二三其德。"余冠英《诗经选》:"乐门游女虽则如云,都不是我所属意的,我的心里只有那一位缟衣綦巾、装饰朴陋的人。"高亨《今注》:"这首诗是一个男子对爱情忠贞不贰的自白。"袁梅《译注》:"表现了一个青年对爱人专注纯洁的爱情,他对成群的美女都无动于衷,只爱那位穿素衣的姑娘。"王宗石《分类诠释》:"坚持对那个朴素女子的喜爱,感情不为当时郑国的浮华风尚所动。"王延海《今注今译》:"……说明他所爱的不是姿色,而是爱的人,是在追求纯真的人性,一种质朴的生活。这是一种平民之爱。"以上诸家之说,把这篇诗的内容都说了。余冠英把"有女如云"译为"好像一片彩云屯",虽添字,却生动地突出主题。"缟衣綦巾"一语,在后世也流传为喻指贤德而勤俭持家妇女的成语。

东门之杨(陈风)

相约黄昏时在东门外杨树下相会,到时而不见来。诗二章,章四句。

东门之杨,	东城门外一株杨,
其叶牂牂。	风吹杨叶沙沙响。
昏以为期,	相约黄昏相会,
明星煌煌。	只见明星煌煌。

东门之杨，	东城门外一株杨，
其叶肺肺。	风大杨叶啪啪响。
昏以为期，	相约黄昏相会，
明星皙皙。	抬头明星闪亮。

[注释]东门：陈国（今河南省淮阳县）东门，当时是青年男女约会的地方。牂牂（音臧）：状声词，风吹树叶的响声。明星：金星，又名太白星、长庚星，天黑时现于西边的天空，十分明亮。肺肺（音佩）：风吹树叶啪啪的响声，声较大，则风大也。皙皙：明亮。星斗高移，则不若初现的煌煌也。

相约在黄昏时相会，到时不见来，只闻风吹树叶沙沙作响，又见长庚星冉冉上升，寥寥数语，声、色、动、静，风由小渐大，明星渐渐移高，时间推移，虚实相应，写出了等候者的心情。译文无论如何都传达不出诗的神韵。"人约黄昏"的成语，亦从此诗中来。

绿衣（邶风）

男子睹物怀人，思念亡妻。诗四章，章四句。

绿兮衣兮，	绿衣裳啊绿衣裳，
绿衣黄里。	绿色外面黄里子。
心之忧矣，	睹物思人心忧伤，
曷维其已。	什么时候才能止。

绿兮衣兮，	绿衣裳啊绿衣裳，
绿衣黄裳。	绿色上衣黄下裳。
心之忧矣，	心忧啊心忧伤，
曷维其亡！	什么时候才能忘！

| 绿兮丝兮，
女所治兮。
我思古人，
俾无訧兮。 | 绿丝线啊绿丝线，
是你亲手来缝制。
思念我的亡妻啊，
使我当年少过失。 |
| 绤兮绤兮，
凄其以风。
我思古人，
实获我心。 | 细葛布啊粗葛布，
凉凉爽爽穿在身。
思念我的亡妻啊，
实在体贴我的心。 |

[注释]衣：《毛传》曰"上曰衣，下曰裳"。黄里：黄色的衣里，余冠英谓非衣里，而是内衣，但里谓内衣，不知何据。曷维其已：《毛传》曰"何时能止也"；曷，何，已，止；维、其，皆语词。女：通"汝"。亡：通"忘"。治：制作。古人：故人，指亡妻。訧（音尤）：过失、罪错。凄：寒意。绤（音痴）：细葛布。绤（音隙）：粗葛布。绤绤是制夏服的衣料，葛布不贴肉，故有凉爽感。

睹物思人，尤其是亡故者的遗物，更能引起对亡者的思念，这是人类共同的心理现象。这篇诗便取材这一典型的细节，抒写对亡妻的怀念，看到亡妻当年的一针一线，想起为他付出的辛劳，再想到对他的体贴和规劝，凡此种种都能引起人们的共鸣，取材和表意的手法，也为后世诗人所借鉴。潘岳《悼亡诗》其二："凛凛凉风起，始觉夏衾单；岂曰无重纩，谁与同岁寒？"元稹的悼亡诗《遣悲怀》其三："衣裳已施行看尽，针线尤存未忍开。"等等这些名作，都从这篇诗的诗意化出，故本篇可称为中国悼亡诗之祖。

无衣(唐风)

睹衣触情,感旧伤逝。诗二章,章四句。

岂曰无衣?	哪能说我没衣穿?
七兮。	数数有七件。
不如子之衣,	不如你缝的衣服,
安且吉兮!	舒适又好看!
岂曰无衣?	哪能说我没衣穿?
六兮。	数数有六件。
不如子之衣,	不如你缝的衣服,
安且燠兮!	舒适又温暖!

[注释]安:舒适,合体。子之衣:你缝制的衣服。吉:吉利,这里引申为美观。燠:暖和。七、六:这两个数字只是言其多,不一定实指。

睹衣触情,思念伊人,这种体验是普遍的,在不同地区、不同阶层、不同教养的人们之中都曾经发生,所以解《诗》者,也可能对诗中的"子"和"我"作出不同的说解。程俊英《诗经译注》解释为"感旧伤逝",使意象的蕴含更深了一些,睹亡妻亲自缝的衣服而思亡人,使本诗多了一份凄婉,情韵更为深长。作伤逝解,则与《绿衣》似可为姊妹篇,不过本诗语言更加质朴,意象亦具有民间的普遍性,可谓写出了典型环境中的典型心理活动。

采葛（王风）

写一个男子对采葛姑娘的深挚思念。诗三章,章三句。

彼采葛兮,	那采葛藤的姑娘,
一日不见,	一天不见面,
如三月兮!	好像三月长!
彼采萧兮,	那采香蒿的姑娘,
一日不见,	一天不见面,
如三秋兮!	好像三秋长!
彼采艾兮,	那采艾叶的姑娘,
一日不见,	一天不见面,
如三岁兮!	好像三年长!

[注释]葛:葛藤,剥下的皮作纤维可织夏布。萧:一种香蒿,祭祀时燃之,用其香气。艾:也是蒿类植物,艾叶可供药用或针灸用。

重章叠唱,层层递进,意在加重情感,由月而秋而岁,表示思念愈益深切,葛、萧、艾的换字,只为三章叠唱,避免完全重复,不一定与这三种植物的使用价值有关。整首诗只说一件事:思念一日不见,已经度日如年,成语"一日三秋"即由此诗而来。

第二十二讲

情诗恋歌·欢乐和波澜篇

人类的爱情生活是各式各样的,既有表现方式不同和内容各异的种种相思,也有夫妻的欢歌、情人的欢会,两性相悦的戏谑,以及爱情生活中时而发生的波澜。这些内容,在《诗经》的情诗恋歌中也有惟妙惟肖的反映。

静女(邶风)

一对恋人约会,姑娘故意藏起来,然后又赠他礼物。诗三章,章四句。

静女其姝,	娴静的姑娘真美丽,
俟我于城隅。	约我等在城角里。
爱而不见,	躲躲藏藏不见面,
搔首踟蹰。	急得我挠头走来又走去。
静女其娈,	娴静的姑娘好俊俏,
贻我彤管。	送我一把红管草。
彤管有炜,	红草鲜艳多好看,
说怿女美。	我爱红草颜色好。

| 自牧归荑，　　　　　　　从牧地带回茅荑，

| 洵美且异。　　　　　　　实在美丽又稀奇。

| 匪女之为美，　　　　　　不是你茅荑多么美，

| 美人之贻。　　　　　　　是漂亮的姑娘送我的。

[注释]静女:娴静的少女。姝(音殊):面色红润娇美。爱:"薆"的假借字,隐藏。搔首:挠头。娈(音恋):少年男女体态姣好。贻:赠送。彤管:红色茅草管,甜美可食。炜:红而有光泽。说怿:即悦怿,心喜;说,同"悦"。牧:指放牧牛羊的地方。归:通"馈",赠。荑:即上文的彤管。匪女:不是你;女,通"汝",指彤管。

一对初恋的少年男女,约好在城角见面。男孩来到了,却看不到她,急得他挠头走来走去,原来是她故意藏起来逗他玩。她送给他一把好看的红管草芽儿,他喜爱得不得了。结尾说:"不是你红管草芽多么美,只因为是心爱的人送的。"它代表了恋人的情义。诗中通过男孩对恋人容貌的赞美,对她情义的珍贵,表现了他对恋人的挚爱;再通过女孩与他捉迷藏式的玩笑,以及从野外特意带来荑芽相赠,活脱脱地表现出她是一个活泼多情的美丽少女。全诗以一个简单的场景和少女的动作,表现出初恋的少年男女纯洁的爱情及其心理活动。南朝宋诗人陆凯诗《赠范晔》:"江南无所有,聊赠一枝春。"所赠也只是一枝花而已,但重的是情义,也是从《静女》中化出的吧。

木瓜(卫风)

情人互相赠答礼物,表示长久相爱。这是当时一种婚俗的反映。诗三章,章四句。

投我以木瓜,	她投给我木瓜,
报之以琼琚。	我拿玉佩回报。
匪报也,	这不是报答啊,
永以为好也。	是为了长相好。
投我以木桃,	她投给我鲜桃,
报之以琼瑶。	我拿琼瑶回报。
匪报也,	这不是报答啊,
永以为好也。	是为了长相好。
投我以木李,	她投给我李子,
报之以琼玖。	我拿黑玉回报。
匪报也,	这不是报答啊,
永以为好也。	是为了长相好。

[注释]木瓜：一种形状像瓜的木本果实,长二三寸。琼琚：以美玉制作的佩饰品;琼,美玉的通称,也是红玉的称谓;琚,玉佩。永好：长久恩爱相好。木桃、木李：即桃子、李子。琼瑶、琼玖：都是玉。本篇三章叠唱,几个名称不同,意思是一样的,只是为叠唱而换字。

果熟季节,青年男女欢会,女子把成熟的果实投给她中意的男子,那男子如果同意,便上前回赠一块玉,算是约定婚姻,然后再禀明家长、邀请媒人,择日举行婚礼。这是当时的一种婚姻习俗,这篇歌诗歌唱了青年男女相悦而投桃报玉的活动。后世"投桃报李"的成语,也是由这篇诗衍化而来。

萚兮(郑风)

男女欢会,女子领唱,要求男子们对歌。诗二章,章四句。

萚兮萚兮，	落叶儿，草皮儿，
风其吹女。	随着风儿到处飞。
叔兮伯兮，	弟弟啊，哥哥啊，
倡，予和女！	你们唱，我来和！

萚兮萚兮，	草皮儿，落叶儿，
风其漂女。	随着风吹到处飘。
叔兮伯兮，	弟弟啊，哥哥啊，
倡，予要女！	我来唱，你们和！

[注释]萚（音托）：草木的脱皮或落叶。女：同"汝"，每章第二句的女，指萚；第四句的女，为第二人称。叔、伯：同辈排行，比己小的称叔，比己年长的称伯。倡：同"唱"，带头唱歌。漂：飘，吹动。要（音夭）：会合，这里指和唱。

草皮落叶随风飘，是在秋后，已经进入农闲季节，一些地方的民间，还保留着青年男女欢会对歌的习俗。这种习俗，至今在一些少数民族地区依然保存。这样的活动，为青年男女提供相聚和择偶的场所，也为有情人创造进入婚姻殿堂的门径。每章前二句写景，后二句写要求唱和，全诗的基调是轻快的。

褰裳（郑风）

女子戏谑情人。诗二章，章五句。

子惠思我，	你要是心里真爱我，
褰裳涉溱。	快提起下裳蹚过溱河。
子不我思，	你心里要是没有我，

岂无他人？   难道没有别人来？

狂童之狂也且！   你这个傻小子里的大傻瓜！

子惠思我，   你要是心里还爱我，

褰裳涉洧。   快提起下裳蹚过洧河。

子不我思，   你心里要是没有我，

岂无他士？   难道没有别的小伙？

狂童之狂也且！   你这个傻小子里的大傻瓜！

[注释]子：女子称她的情人。惠：见爱。褰（音千）裳：提起下裙。古时男女服装都是下着裙，裙称裳。溱、洧：流经郑国的二水名，见《溱洧》注。狂童：犹言傻小子；狂，痴笨。也且（音居）：语气词，同"也哉"。

抒情女主人公要求她的情人前来相会，采用戏谑的口吻，前二句催促情人赶快蹚水前来，后三句向情人撒娇调笑，并开玩笑似的提出警告：你不来，就有别人来了。出语直率、质朴，表现出她爽朗泼辣的个性，也反映了她对情人的挚爱和她对爱情的自信。全诗模仿活泼的口语描摹出热恋中一个民间少女，饶有风趣。

狡童（郑风）

一对恋人在爱情生活上产生了一点矛盾，男的不和女的说话，也不一同用餐，这使女方寝食不安。诗二章，章四句。

彼狡童兮，   那个小滑头啊，

不与我言兮。   不同我说话。

维子之故，   为了你的缘故，

使我不能餐兮。   使我饭都吃不下。

彼狡童兮，	那个小滑头啊，
不与我食兮。	不与我一同吃饭。
维子之故，	为了你的缘故，
使我不能息兮。	使我睡不着觉。

[注释]狡童:小滑头,是女子对情人的昵称。也有注本称狡是"姣"的假借,姣童意为漂亮的小伙。二说均通,但后说毕竟改字。如不改字,诗意亦通顺,而且更有风趣,故取前者。

这一对青年男女之间的爱情生活,发生了波澜。男的赌气不理她,也不再同她一起吃饭。这使已陷入热恋中的她受不了,以致寝食俱废,在歌诗中反复申诉她的痛苦和幽怨。作者以质朴的口语直抒其情,表现了她对他依然爱恋不舍而唯恐失去的心理活动。

遵大路(郑风)

这对情人爱情生活中的波澜要大一些,她害怕被抛弃,紧跟着他,向他苦苦央求。诗二章,章四句。

遵大路兮，	顺着大路走，
掺执子之祛兮。	拉着你的衣袖。
无我恶兮，	不要讨厌我，
不寁故也。	旧情不要丢!
遵大路兮，	顺着大路走，
掺执子之手兮。	拉着你的手。
无我丑兮，	不要嫌我丑，
不寁故也。	别忘往日好!

[注释]遵:《毛传》"循也"。掺（音陕）执:拉住。袪（音区）:袖口。恶（音务）:讨厌。寁（音捷）:接续。故:故旧。

诗中的女子与这位男子曾经相恋多年,但他们的情爱发生了变故,她害怕失去他,在大路上紧紧跟随他,拉住他的衣袖苦苦央求,希望他看在往日的情分上别抛弃她。她恳切的哀求和动作,不需任何描摹,逼真地反映了她对他感情的执着和她性格的软弱,与《褰裳》中女主人公爽朗泼辣的性格完全不同。全诗没有一个修饰词,只有几句朴实的话,似乎不假思索,自然地流露出真切的情意,使一个被遗弃的妇女,在大路上拉住情人衣袖苦苦央求的形象跃然纸上、呼之欲出。像这类赋体诗,不作任何铺叙,只用精练的、富有表现力的口语直抒真挚的情感,也是相当成功的。

鸡鸣（齐风）

一对贵族夫妇的床头对话,女催男起,男却恋床。这是中国最早的闺房诗。诗三章,章四句。

鸡既鸣矣,	（女)鸡叫了,
朝既盈矣。	朝里人满了。
匪鸡则鸣,	（男)不是鸡儿叫,
苍蝇之声。	是那苍蝇闹。
东方明矣,	（女)东方亮了,
朝既昌矣。	朝里闹嚷嚷。
匪东方则明,	（男)不是东方亮,
月出之光。	是那明月光。

虫飞薨薨，	（男）整夜飞虫嗡嗡，
甘与子同梦。	和你再躺一会也无妨。
会且归矣，	（女）朝会快散了，
无庶于子憎。	别人骂你懒汉我脸无光！

[注释]朝、盈：朝指朝廷，盈为满，意为上朝的已满。则：犹之。昌：盛，意同"盈"。薨薨：拟声词，如嗡嗡。会：朝会。无庶于子憎：庶，众也，指众卿大夫；于，同"予"，我也。陈奂《传疏》曰："于同予，我也。"夫人自称，句意为不使众卿大夫见憎于我。

本篇全用夫妇的对话写成。第一章，写妻子催丈夫起床去上朝办事，丈夫贪恋床笫不肯起；第二章，写妻子再催上朝，丈夫仍然耍赖推脱；第三章，写妻子再婉转相劝，让丈夫以名声为重。诗人把夫妻的对话直录下来，生动地表现了人物的性格和情节的进展，充满生活气息，而且把人物的语态，男人的慵懒，女人的关切和嗔怒，都活画出来，给人以"如闻其声，如见其人"的感觉。从贵族闺中的一个生活细节，我们固然看到贵族士大夫留恋床笫而疏于朝政的情景，却也看到他们夫妇生活的亲密和感情的恩爱。糜文开、裴普贤《欣赏》说："此诗……以白描手法摹写夫妇床头对话，神情活现。"钱锺书《管锥篇·毛诗正义》评说："窃意作男女对答之词，更饶情趣。莎士比亚剧中写情人欢会，女曰：'天尚未明，此夜莺啼，非云雀鸣也。'男曰：'云雀报曙，东方云开透日矣。'女曰：'此非晨光，乃流星耳。'可以比勘。"我认为，此诗更富生活气息，不次于莎翁名著，而早于莎翁两千年也。

女曰鸡鸣（郑风）

用对话形式，描述夫妻的和美生活。诗三章，章六句。

| 女曰："鸡鸣。" | 妻说："鸡叫了。" |
| 士曰："昧旦。" | 夫说："将亮还未亮。" |

子兴视夜，	你起床看夜色，
明星有烂。	启明星光灿灿。
将翱将翔，	天亮鸟儿要飞翔，
弋凫与雁。	我要去射凫和雁。
弋言加之，	射中了凫和雁，
与子宜之。	烹烧菜肴让你尝。
宜言饮酒，	烧好菜肴同饮酒，
与子偕老。	与你相伴到白头。
琴瑟在御，	琴瑟安放支架上，
莫不静好。	定然平安又美好。
知子之来之，	知你这般勤劳，
杂佩以赠之。	我把杂佩相送。
知子之顺之，	知你这般和顺，
杂佩以问之。	我把杂佩相赠。
知子之好之，	知你对我这般好，
杂佩以报之。	我用杂佩回报。

[注释]昧旦：旦，天明；昧旦，天似亮未亮之时。兴：起。有烂：烂烂，犹灿灿。翱、翔：本义是鸟上下飞翔，这里指天亮鸟就要起飞，宜于射猎。弋（音义）：把丝系在箭上来射鸟。凫（音扶）：野鸭。言：语词。以下六句为妻之言。加：朱熹《诗集传》"加，中也"，射中。宜：《毛传》"肴也"，作动词，把射来的凫雁做成菜肴。琴瑟：古代的两种乐器，古人以弹奏琴瑟象征夫妻亲密和谐。御：放琴瑟的支架。静好：平静美好，犹言平安幸福。知子之来之：此下为第三章，是丈夫之言。来之，来读为劳来之来，《尔雅》曰："劳来，勤也。"杂佩：古人的佩玉形状不同，一个人常佩各种佩玉，称杂佩。顺：温顺。问：《毛传》曰"遗也"，遗（音魏），赠给。报：回报。

这篇诗写夫妇相亲相爱的家庭生活。裴普贤《欣赏》点评说:"在蜜月中的一对新婚夫妇,赶早起出门射雁,射得雁拿来做成美肴,一同饮酒,又弹琴鼓瑟一番,又唱赠佩定情之歌,花样百出,看起来乐趣无穷。"又说,这是一篇交织着清新朝气与深情蜜意而读来轻松愉快的诗,完全没有警戒之意,更无一点道学气。

翟相君有《郑风错简臆断》一文,提出《女曰鸡鸣》的章法,第三章和前两章有着明显的不同,应是在错简后缀上去的。在诗义方面,前两章的意思完整,应是单独成篇。录此,可备一说。

缁衣(郑风)

妻子关心丈夫的生活,家庭和谐温暖。诗三章,章四句。

> 缁衣之宜兮,   你穿的黑袍很合体,
> 敝,予又改为兮。   破旧了,我再给你重做新的。
> 适子之馆兮,   到你的官署上班去吧,
> 还,予授子之粲兮。   回家,我做好了美餐给你。

> 缁衣之好兮,   你穿的黑袍很好看,
> 敝,予又改造兮。   破旧了,我再给你改成新的。
> 适子之馆兮,   到你的官署上班去吧,
> 还,予授子之粲兮。   回家,我做好了美餐给你。

> 缁衣之席兮,   你穿的黑袍挺舒畅,
> 敝,予又改作兮。   破旧了,我再给你改条新的。
> 适子之馆兮,   到你的官署上班去吧,
> 还,予授子之粲兮。   回家,我做好了美餐给你。

[注释]缁衣:黑色的衣服。这是周代卿大夫和一般官吏在官署办公时穿的衣服。朝见君王时则另着礼服。宜:合适。这里指衣服合体。敝:破旧。予:我,抒情主人公自称。改为、改造、改作:义同制作,把旧衣制成新衣。适:前往。馆:"官"的古今字,即官府,犹今言机关、办公室。粲:通"餐"。席:大,这里指宽舒。

这篇诗写一位贵族妇女对丈夫的关心,丈夫是公务员,每天去上班,她留意他的衣着,尽量使他穿得合体、舒适、体面,亲自为他缝制新衣或改旧成新;他去上班时,"适子之馆兮",她要送上一句话;下班回家,她便奉上可口的饭菜。诗中只说出改衣、适馆、授粲三件事,未说出一个"爱"字,而关怀、体贴、期望之意,缱绻缠绵的恩爱之情,尽在其中。同时,我们从诗中也可以看到女主人公勤俭持家,与丈夫相敬如宾,乃至举案齐眉,这正是中国传统文化所一再宣扬的"妇道"。

野有蔓草(郑风)

与情人不期而遇。诗二章,章六句。

野有蔓草,	田野草蔓如茵,
零露溥兮。	草上露珠圆滚。
有美一人,	一个美丽姑娘,
清扬婉兮。	大眼清澈明亮。
邂逅相遇,	欣喜邂逅相会,
适我愿兮。	使我如愿以偿。
野有蔓草,	田野草蔓如茵,
零露瀼瀼,	草露降得更多。

有美一人，	一个美丽姑娘，
婉如清扬。	大眼明亮清澈。
邂逅相遇，	欣喜邂逅相会，
与子偕臧。	携手同去藏隐。

[注释]蔓草：蔓生的草。《说文》曰："蔓，葛属也。"零：《郑笺》"落也"。溥（音团）：凝聚成水珠。清扬：清而明，《毛传》："清扬，眉目之间婉然美也。"婉（音晼）：目大貌。邂逅：不期而遇。瀼瀼（音攘）：露多貌。臧：通"藏"；偕臧，言一同隐藏，至于隐藏去做什么，就不要问他们的事了。

历代对本篇的解题，有思遇时说、思贤说、厌乱思治说、君子遇主说、贤者仳隐说、朋友期会说、感物怀人说、刺庄公说、赞美却缺说、夏姬酬子说，以及男女相遇说、及时婚姻说等，这些说解中产生较早的《传》、《序》、《笺》，倒是说到"民穷于兵革，男女失时，思不期而会"，后来的说解或由此节外生枝而引申附会，或为宣扬礼教而故作曲解，距本义越说越远。现代学者参考历史文献，吸取《传》、《笺》及朱熹《诗集传》说解中可取的成分，重作解说，大多认为这是一篇情诗恋歌，写男女相遇、钟情而结合，以程俊英《诗经译注》的题解为代表，录于下："春秋时候，战争频繁，人口稀少，统治者为了蕃育人口，规定超龄的男女还未结婚的，可以在仲春时候自由结合，自由同居。这首诗就是写一对男女邂逅相遇于田野间自由结合的情景。"本篇两章叠唱，文字不多，不计重叠，表述的文字只有六句，每句一共分三个层次。前两句写相会的时地，中两句写一见钟情的人，末两句写如愿。每个层次只能用八个字，很不容易，作者不但做到了，而且写得很生动。开头两句只写露水（一章"零露溥兮"，二章"零露瀼瀼"），既表明时地，又生动形象；写人只写眼睛（婉清扬），这正是鲁迅所说的"要极省俭的画出一个人的特点，最好是画他的眼睛"。末二句则用暗示的方法（"与子偕臧"），用笔多么经济，抓住一个典型的细节，可以胜过千言万语，这是一个很好的艺术经验。

野有死麕(召南)

民间青年男女相爱幽会。诗三章,一、二章,章四句;三章,章三句。

野有死麕,	野外打死一只獐,
白茅包之。	用白茅把它来包。
有女怀春,	姑娘啊心儿动荡,
吉士诱之。	好小伙把她来撩。
林有朴樕,	林子里有灌木丛,
野有死鹿。	野外打死一只鹿。
白茅纯束,	白茅包紧献给你,
有女如玉。	姑娘美丽如白玉。
舒而脱脱兮,	别出声啊,慢慢儿来啊,
无感我帨兮,	别动我的围裙,
无使尨也吠。	别惹得狗儿叫啊。

[注释]麕(音菌):獐,鹿属。怀春:思春,特指女性情欲萌动。吉士:对男子的美称。诱:挑逗、求爱。朴樕(音速):灌木丛。纯束:《毛传》曰"包之也"。舒、脱脱:《毛传》曰"徐也","脱脱,舒迟也"。感:古"撼"字,《传》曰"动也"。帨(音税):系在胸前的佩巾,即蔽膝,类后世之裙。尨(音盲):长毛犬,俗名狮子狗。本篇译文多处参照余冠英所译,略有改动。

这是一篇描写初民婚恋的歌诗。上古男子以勇武为美,诗中的男青年以最为表现自己勇武的方式打猎,猎取獐、鹿用白茅包裹,献给一个正值怀春之龄的少女求爱,赞美那少女的美丽。前两章只是平叙其事。第三章改用少女的口吻,写一个怀春少女既不拒绝这异性的挑逗,又有着本能的羞涩,表现出若推若就、亦惧亦喜的情态:"舒而脱脱兮! 无感我帨兮! 无使尨也吠!"不是不愿意,你要慢慢来;不是不让动,只怕狗叫让人知。三句诗描绘了少女的渴望、欣喜、亲昵、紧张、害怕、含蓄种种心态,也勾勒出一个戏剧化的场景,这也是本诗在艺术上最成功的地方。

本篇描写了初民的婚恋习俗,周代的正式婚礼有所谓"六礼",其中"纳征"之礼即是男方向女方献鹿皮、献帛,亦来自"白茅纯束",而"束薪"亲迎,也与"朴樕"有关,所以周代婚礼实际上保留了初民遗留的婚恋习俗,而予以程式化、法则化。本篇编入《诗经》中二《南》的《召南》,是所谓推行"文王之化"的,采编的意义可能就在于此吧。明白这一点,过去封建卫道士的种种曲解,可以不去理会了。

第二十三讲

弃妇歌诗

　　所谓"弃妇诗",指以被丈夫遗弃的妇女诉说自身经历和内心感受为主题的诗,或诉说在恋爱婚姻关系中被男方遗弃的处境和心情,或哀悼自己遭遇不幸,或埋怨男方负情背信,或期盼对方回心转意,有悲哀愁怨,也有懊恼愤恨,它们反映了在夫权制社会广大妇女的不平等地位以及不幸命运,具有重要的社会文化价值。这类作品最早出现于《诗经》,并且作为后世弃妇诗的典范,成为中国文学史上一种诗歌类型。所以,我们未把《诗经》中这一组弃妇诗与家庭婚姻诗合编,而专设一讲。现在可以认定的《诗经》中的弃妇诗有 8 篇,其中《谷风》、《氓》写被狠心的丈夫抛弃,《中谷有蓷》写因年老色衰被弃,《柏舟》、《江有汜》写因丈夫有新欢而被冷落。

谷风(邶风)

　　丈夫喜新厌旧,弃妇临行前的倾诉,诉说丈夫的无情和自己的痴情。诗六章,章八句。

　　　习习谷风,　　　　　　　呼啦啦刮大风,
　　　以阴以雨。　　　　　　　又是阴云又是雨。

黾勉同心,	一心一意过日子,
不宜有怒。	不该对我发脾气。
采葑采菲,	采蔓青,采萝卜,
无以下体。	无非用的是根块。
德音莫违,	道义恩情莫违背,
及尔同死。	与你到死不分离。

[注释]第一章,写临行前对丈夫委婉地说理,希望免于弃逐。习习:飒飒,风声。谷风:山谷狂风,形容风暴。黾(音敏):辛苦努力。葑(音封):蔓青,俗名大头菜。菲:萝卜。无以下体:下体,指根块;以,用。这句是说采摘蔓青和萝卜,人们需要的是它们在土下的根块,而不是外表的花和叶。德音:兼指道义和恩情。在《诗经》中使用"德音"一词较多,这里也可以指当初相恋时的誓约,如说过"海枯石烂"、"同生共死"之类。

行道迟迟,	慢慢腾腾上了路,
中心有违。	心头怨苦挪不开。
不远伊迩,	不远送也当送一程,
薄送我畿。	送我到门槛就止步。
谁谓荼苦,	谁说荼菜苦又苦,
其甘如荠。	我比荼菜苦十分。
宴尔新昏,	看你新婚多和美,
如兄如弟。	亲密好像亲弟兄。

[注释]第二章,写被逐而迟迟不肯离去,见丈夫新婚,更加痛苦。行道:走路。迟迟:慢慢。中心有违:中心,心中;违,通"怼",有怼,即怼怼,怨苦。伊迩:很近;伊是语词。薄:《方言》释"勉也"。畿:门槛。荼:苦菜,野生可食。荠:荠菜,味甜可食。"谁谓"二句是说:谁说荼菜苦,我的体验它像荠菜一样甜呢,即俗语所说"人人都道黄连苦,我比黄连苦十分"。译文依此意译。宴尔新昏:宴尔,同"燕尔";燕,和乐;尔,形容词语尾;新昏,同"新婚"。

泾以渭浊，	渭水因泾水而浑浊，
湜湜其沚。	泾水不流入它也浏浏清澈，
宴尔新昏，	你正在新婚和乐，
不我屑以。	不屑于我相与。
毋逝我梁，	不许你们击我筑的石堰，
毋发我笱。	不许打开我设的鱼篓。
我躬不阅，	唉，我自身已不见容，
遑恤我后。	哪还能顾到我走以后。

[注释]第三章，写不许新人动自己设置的东西，但自知自己走后管不了这事。泾、渭：二水名，源自甘肃，在陕西合流，古人说泾浊渭清，泾以渭浊，裴学海《古书虚字集释》曰"以，犹使也"，此句意为泾水流入渭水，才使渭水浑浊。湜湜（音实）：形容水清见底。其沚（音止）：其，指渭水；沚，《说文》引作"止"，水静止貌。不我屑以：不屑以我；不屑，犹不肯；以，犹与，相与。逝：去。梁：指石堰，拦阻水流而留缺口以便捕鱼。发：打开。笱（音苟）：竹笼，承对梁的缺口捕顺水而下的鱼。躬：自身。阅：《毛传》曰"容也"。遑：何。恤（音序）：顾念。

就其深矣，	遇到困难如水深，
方之舟之。	不是撑筏就划船。
就其浅矣，	遇到困难如水浅，
泳之游之。	不是浮游就潜泳。
何有何亡，	家中有这又缺那，
黾勉求之。	想方设法去寻求。
凡民有丧，	凡是邻居有灾祸，
匍匐救之。	我爬着也要去救助。

[注释]第四章，诉说一向勤勉持家、救助邻里。前四句以渡水比喻持家

度日。深、浅：以水的深浅比喻度日所遇的困难大小。方：筏。舟：船。泳：潜泳。游：浮水而行。方、舟与泳、游同作动词，比喻以不同方法解决不同困难。亡：无。丧（音桑）：祸难不幸的事。匍匐：用手爬行。

不我能慉，	你不对我喜爱，
反以我为仇。	反而把我当对头。
既阻我德，	拒绝我的情义，
贾用不售。	当作卖不出的东西甩不掉。
昔育恐育鞠，	当初嫁你我心怀恐惧，
及尔颠覆。	任凭你颠倒反复。
既生既育，	为你生育了儿女，
比予于毒。	你却把我比作毒虫。

[注释]第五章，今昔对比，诉说过去共度患难，曾经恩爱，现在反而视同仇人。不我能慉（音序）：《说文》引作“能不我慉”，能，竟然；慉，喜爱。我德：我的情义。贾（音古）用不售：贾，卖；售，卖出。昔育恐育鞠：育，通“有”，作“又”解。闻一多《诗经通义》曰“昔育恐育鞠”，义不可通，疑两育字为“有”之误，有、育形声俱近。……有恐有鞠，即恐惧，鞠即惧声之转也。颠覆：颠倒反复，闻氏谓“疑所谓颠覆者，指夫妇之事言”，即俗语所谓“颠鸾倒凤”，诗写得比较含蓄。既生既育：生育孩子，同《大雅·生民》句。予：我。于毒：如毒物。

我有旨蓄，	常年我做可口的干菜，
亦以御冬。	用来准备过寒冬。
宴尔新婚，	如今你新婚多欢乐，
以我御穷。	当年只是拿我应付穷。
有洸有溃，	你发怒像大河决了口，
既诒我肄。	粗活累活只派我来干。
不念昔者，	全不顾念当年情，
伊余来塈！	又把我赶出门外！

[注释]第六章，最后诉说丈夫凶暴，不再念旧情。旨蓄：可口的干菜；旨，《毛传》"美也"。御冬：备冬天食用。御穷：穷，困乏。以我御穷，谓以我准备的干菜防备困乏时用。有洸（音光）：洸洸，水波激动貌。有溃：溃溃，河水满溢。洸洸溃溃：形容男子极为粗横暴怒。诒：通"贻"，给予。肄（音意）：劳。墍（音计）：除去。《说文》释涤、拭，皆除去意。马瑞辰《通释》释为古之"爱之"，可备一说。

本篇是一位弃妇的哀歌，倾诉丈夫喜新厌旧，贫穷时用她来从事家庭的劳役，度过苦日子，生活好转，便无情地将她抛弃。她不忍遽然诀别，历数丈夫忘恩负义的种种事实，陈述自己对家庭的贡献，委婉地说之以理，动之以情，仍希望丈夫能回心转意，表现出她丈夫的无情和她的痴情。俞平伯《读诗札记》评论说："《谷风》之篇，犹之汉人所作《上山采蘼芜》，其事平淡，而言之者一往情深，遂能感人至深。通篇全作弃妇自述之口吻，反复申明，如怨如慕，如泣如诉，不特悱恻，而且沉痛。篇中历叙自己持家之辛苦，去时徘徊，追忆中之情痴，其绵密工细，殆过于《上山采蘼芜》，彼诗只寥寥数语，而此诗则絮絮叨叨，彼诗是冷峭的讥讽，此诗是热烈的怨诅。三百篇中可与匹敌者只有《氓》之一篇，而又各有各的好处，全不犯复。"

氓（卫风）

弃妇诉述她错误的爱情、不幸的婚姻，她的悔、她的恨和她的决绝。诗六章，章十句。

氓之蚩蚩，	这个汉子笑嘻嘻，
抱布贸丝。	抱着麻布来换丝。
匪来贸丝，	哪里真是来换丝，
来即我谋。	前来找我谈婚事。

送子涉淇，	送你涉水过淇河，
至于顿丘。	直到顿丘才返回。
匪我愆期，	不是我要拖婚期，
子无良媒。	你无良媒怎成亲。
将子无怒，	请你不要发脾气，
秋以为期。	定下秋天好时期。

[注释]第一章，写相识和约婚。氓（音萌）：民。蚩蚩：同"嗤嗤"，嬉笑貌。抱布贸丝：以布换丝，是以物易物。当时的一种商业交易方式。棉花在元代才传入中国，明代才普遍使用棉布；古人衣着，贵族穿丝织品，称绸、帛，不称布；平民一般穿麻织品。"布衣"之词，汉代已通用。民是不舍得穿帛的，当是麻布。《孟子》曰"年五十而衣帛"，一般古代妇女普遍养蚕出丝，所以氓是当时的一个小商贩，女主人公也是平民。有人说"布"是当时货币的名称，这个氓是用货币来买丝，这与"抱"字不合。当时民间普遍用麻布，以麻布释之较妥。即我：到我这里来。谋：议事。淇：水名，在河南淇县境内。顿丘：淇水南岸的一个地名。愆（音千）期：过期。良媒：好媒人。礼云："男不亲求，女不亲许。"民俗云，天上无云不下雨，地上无媒不成婚。在本篇的时代，已成为民间礼俗。

乘彼垝垣，	爬上破城墙，
以望复关。	去把复关望。
不见复关，	不见进复关，
泣涕涟涟。	伤心泪涟涟。
既见复关，	看见你进复关，
载笑载言。	有说有笑心放宽。
尔卜尔筮，	你占了卜，算了卦，
体无咎言。	卦体全是吉利言。
以尔车来，	驾着你的礼车来，
以我贿迁。	一股脑儿把我嫁妆搬。

[注释]第二章,写望嫁和结婚。垝(音诡)垣:垝,《说文》曰"毁垣也";垣,土墙。复关:卫国城郊的关口,是氓前来必经之地。泣涕:流泪,《说文》曰"无声出涕曰泣"。以上四句说此女盼氓来迎娶,日期到了,爬到倒塌的土墙上张望,不见氓来到关门,以为他负约,所以伤心流泪,所以写倒塌的土墙,因为完好的墙,她爬不上去。卜、筮:以火灼烤龟甲视其裂纹判断吉凶,这种占卦方式称卜,以蓍草算卦,称筮;二者都是占卦。体:卦体。咎言:不吉利的话。贿迁:搬嫁妆;贿,财物。女子结婚时带去的财物,通称嫁妆。用个"贿"字表示财物多,而不止普通镜奁之类嫁妆。

桑之未落,	桑树叶儿没有落,
其叶沃若。	又绿又嫩多新鲜。
于嗟鸠兮,	唉,斑鸠儿啊,
无食桑葚!	别把桑葚贪!
于嗟女兮,	唉,姑娘们啊,
无与士耽!	别和小伙子缠!
士之耽兮,	小伙子缠上了,
犹可说也!	说甩马上甩!
女之耽兮,	姑娘们缠上了,
不可说也。	摆也摆不脱。

[注释]第三章,追悔当初自陷情网。沃若:沃然,柔嫩鲜亮貌。于嗟(音阶):吁嗟,叹息声。鸠:斑鸠鸟。桑葚:古人认为斑鸠多食桑葚会昏醉。耽:沉溺,迷恋。说:通"脱"。

桑之落矣,	桑树叶儿落,
其黄而陨。	干黄又飘零。
自我徂尔,	自我到你家,
三岁食贫。	三年受贫穷。

淇水汤汤,	淇水汤汤一片汪洋,
渐车帷裳。	浸湿我的车帷裳。
女也不爽,	想来我并没有差错,
士贰其行。	男人行为太张狂。
士也罔极,	这个男人缺了德,
二三其德。	言行不一品性坏。

[注释]第四章,写嫁后受穷而丈夫无德负心。陨(音允):掉落。徂尔:往你家来。三岁食贫:三年受穷。渐车帷裳:渐,浸湿;帷裳,车厢的幔布。爽:差错。贰:当为忒,与爽同义。罔极:罔,无;旧释罔极为无准则。屈万里考释为"缺德",可取。二三其德:品行变化,前后言行不一。

三岁为妇,	三年做媳妇,
靡室劳矣。	家务劳作我一身担。
夙兴夜寐,	起早睡晚多辛苦,
靡有朝矣。	天天如此无怨言。
言既遂矣,	如今日子遂心意,
至于暴矣。	你态度粗暴心肠变。
兄弟不知,	兄弟不知我心苦,
咥其笑矣。	笑我当年把男人错选。
静言思之,	冷静下来想一想,
躬自悼矣。	我只有暗地里自伤自悼。

[注释]第五章,写嫁后勤劳反而不得善报,兄弟不知情由也加嘲笑,愁苦无处诉说。靡室劳矣:靡,无;室劳,家务劳作。此句意为家务劳作无不承担。夙兴夜寐:早起晚睡。靡有朝:意为没有一天不如此,即天天如此。遂:顺遂。言既遂矣:言为发语词,既遂,意为日子已经过得顺心,指生活状况好转。咥(音细):笑貌。"兄弟不知"二句,意为兄弟不知内中情由,见我被弃反而嘲笑。静言:通"静焉",安静地。躬:自身。本章首四句俞樾《群经平

议》解释说：“我三岁为妇，则一家人无居室之劳矣；我夙兴夜寐，则一家人无朝起者矣，皆由己独任其劳故也。”录此可备一说。

及尔偕老，	原想和你相伴到白头，
老使我怨。	未想如今反成仇。
淇则有岸，	淇水汪汪有个岸，
隰则有泮。	湿地虽广也有个边。
总角之宴，	结发之时多么欢乐，
言笑晏晏。	说说笑笑你多和善。
信誓旦旦，	你的誓言又多么恳切，
不思其反。	不料这一切全相反。
反是不思，	既然与你的誓言相反，
亦已焉哉！	那就算了吧，从此了断！

[注释]第六章，抒写自己的怨恨，表示决绝和自我解脱。老使我怨：老是“总”的意思。隰（音席）：低湿的洼地。一说为水名，指漯河。泮：同“畔”，岸边。总角：先秦时未成年男子将头发绾成两个结，形成牛角，称总角，成为少年男子的代称，但此说与诗义难通。陈奂则考释“总角”亦释义为女子结发，详见《诗毛氏传疏》。宴：欢乐。晏晏：温柔和悦。信誓：发誓。旦旦：心诚恳切貌。不思：不料。反是不思：胡承珙《后笺》云：“反是不思者，即叠上不思其反，变文以叶下哉字耳。”已焉哉：语气词，相当于今日的“算了吧”。

这是《诗经》中的一篇叙事诗，故事完整，大体按照事件发展的顺序，通过女主人公的自述，诉说她错误的爱情、不幸的婚姻，她的悔、她的恨和她的决绝。全诗六章，第一、二两章写从恋爱到结婚的经过；第三章追悔当初陷入情网；第四、五两章写她持家勤劳，日子过好，因色衰被丈夫粗暴地抛弃；第六章写对负心汉的怨愤和决绝，反映了古代中国平民妇女在婚后被随意遗弃的悲苦命运。全篇把概括叙述与细节描写相结合，同时又通过对女主人公心理活动的刻画，展现了人物善良、多情又勤劳、坚决的性格，把悔与恨的感情熔铸于叙事、议论之中,使作品又具有抒情的感人力量。它是中国最古老的叙事诗,表现了典型环境中的典型性格,又有细节的真实性,体现了中国古典现实主义的风格特征,"痴情女子负心汉",成为中国古典文学的传统题材之一。

柏舟(邶风)

《诗集传》:妇人不得于其夫,故以柏舟自比。诗五章,章六句。

汎彼柏舟,	漂漂荡荡的柏木舟,
亦泛其流。	漂浮在河中流。
耿耿不寐,	睁着眼儿难寐睡,
如有隐忧。	心中有无限忧愁。
微我无酒,	不是我没有美酒,
以敖以游。	出去遨游解忧。
我心匪鉴,	我的心不是铜镜,
不可以茹。	不能把什么都包容。
亦有兄弟,	也有娘家兄弟,
不可以据。	个个不能依靠。
薄言往愬,	我曾经前往告诉,
逢彼之怒。	徒然见他们气恼发怒。
我心匪石,	我的心不是石头,
不可转也。	不能来回转动。
我心匪席,	我的心不是席子,
不可卷也。	不能卷起放到一边。

威仪棣棣，	我的态度端正庄严，
不可选也。	不能屈从退让。
忧心悄悄，	我的烦忧太慯心，
愠于群小。	被一群小人气恼。
觏闵既多，	遇到的伤害既多，
受侮不少。	受到的欺侮不少。
静言思之，	静下来想了又想，
寤辟有摽。	气恼得双手捶胸睡不着。
日居月诸，	太阳啊月亮啊，
胡迭而微？	为什么时常变得昏暗？
心之忧矣，	我心中的烦忧啊，
如匪澣衣。	像竹筐里洗不净衣裳。
静言思之，	静下来想了又想，
不能奋飞。	恨不能高飞展翅膀。

[注释]汎：漂浮无定。耿耿：形容有心事。隐：当作"殷"，大。微：非。敖游：同"遨游"。鉴：镜。茹：含纳。据：依据，即依靠。薄言：语助词。愬（音素）：告诉。威仪棣棣：威仪指仪表，棣棣形容端庄的样子。选（音逊）：通"巽"，屈挠。悄悄（音愀）：内心忧愁貌。愠：恼怒。群小：一群小人。觏闵：遭遇忧患。寤辟有摽（音标）：寤，醒来；辟，双手交互拍胸口；有，又；摽，击；句意为寤时双手捶胸。居、诸：皆语词。迭：更代、轮替。微：指昏暗，日月亏损无光，指日食月食。如匪澣衣：匪，《说文·匚部》曰"匪，器似竹筐"；澣衣，旧多释为洗濯衣服，以澣同"浣"，意为在竹筐内浣衣，衣污洗不净，用以比喻内心忧愁难去。杨合鸣《新选》以为"澣衣"通"翰音"，乃音近而假，《礼记·曲礼》谓"鸡曰翰音"，可备一说。奋飞：展翅高飞。

对于本篇的题解，朱熹《诗集传》说："妇人不得于其夫，故以柏舟自比。"

闻一多《风类诗抄》说:"嫡见侮于众妾。"余冠英《诗经选》说:"从诗中用语,像'如匪澣衣'这样的比喻看来,口吻似较适合于女子。从'亦有兄弟,不可以据'两句也见出作者悲怨之由属于家庭纠纷的可能性比较大。"我同意上述见解,也认为这是一位夫人受到丈夫的冷遇,遭受其他妾庶的算计和欺侮,抒发自己的怨苦和愤恨。在一夫多妻制社会,不为丈夫所喜的妇女,既失去爱情的幸福,实际上已形同弃妇;同时,她又必然受到众妾的轻侮,精神上更多一层痛苦。全诗一气呵成,以隐忧为干,一章说隐忧无法排除,二章说隐忧无处诉说,三章说造成隐忧的原因是自己性格刚正,第四章说隐忧是群小造成,五章说无法摆脱隐忧的处境,将自己的愁怨,孤苦婉转申诉,起兴和取喻工细巧密,诗中六用比喻,喻法各样,均从日常生活中取喻,句法多变,如单语、排句、对句,而又语言质朴,意象鲜明且蕴藉颇深。历代评者认为是三百篇中不可多得之作。戴君恩《臆评》认为汉赋名篇《长门赋》则本自本篇。本篇的意象可以引发因现实中受冷遇、受排挤而心怀隐忧者的共鸣,故也可以产生各自的领会,如守志、不遇、怨愤,乃至群臣忧谗悯乱等。在中国文学史上历来有以弃妇比喻逐臣,以之影射君臣、政治之说,各自领会不同,这只能见仁见智了。

中谷有蓷(王风)

因年老色衰而被遗弃的妇女,斥说生活艰难。诗三章,章六句。

中谷有蓷,	谷中生长益母草,
暵其干矣。	蔫巴巴已经干枯。
有女仳离,	那个被离弃的女人,
嘅其叹矣。	她在哀伤地叹气。
嘅其叹矣,	她在哀伤地叹气,
遇人之艰难矣。	嫁给的人啊无情无义。

中谷有蓷，	谷中生长益母草，
暵其脩矣。	已经枯萎干燥。
有女仳离，	那个被离弃的女人，
条其歗矣。	她在对天长啸。
条其歗矣，	她在对天长啸，
遇人之不淑矣。	嫁给的人啊坏心肠。

中谷有蓷，	谷中生长益母草，
暵其湿矣。	已经枯萎晒干。
有女仳离，	那个被离弃的女人，
啜其泣矣。	她在低低啜泣。
啜其泣矣，	她在低低啜泣。
何嗟及矣！	已经后悔莫及！

[注释]中谷：谷中。蓷（音推）：野生植物，高一二尺，开红花或白花，可入药，相传可治妇女病，且有养颜之效，俗称益母草。暵（音汉）其：干枯貌。暵，干燥；其是形容词词尾助词。仳离：分离。《毛传》"仳，别也"。旧释多从《毛传》，牟庭《诗切》以为"仳离"当为"仳倠"，《说文》释为丑面。近人王宗石《分类诠释》亦力主之。我认为"仳离"一词不用通假，其意甚明，与诗意亦合，而且此词后世已经通用为夫妻离异，何必再通假释之，故本书仍依旧说。嘅其：同"概"，感叹貌。遇人：称女子遇人，指其所从之夫或情夫。脩：同"修"，本义为肉干，亦泛用于干湿之干。条：长。歗：同"啸"。不淑：不善。湿：《玉篇》作"晛"，曝也。啜、泣：抽抽搭搭地哭。何嗟及矣：即嗟何及矣。

这篇弃妇诗以"中谷有蓷"起兴，兴中有喻，起兴二句喻女主人公已经年老色衰，为干燥、憔悴、褶皱而叹，每章中二句都叙述被弃的隐痛，以叹、以啸、以泣来表抒内心的痛苦与无奈。后二句则责男方无情义、坏心肠以及她追悔莫及。三章重叠，反复直抒其情，一叹二啸三泣，自怨自艾，由浅入深，层层递进，缠绵凄楚，悱恻悲凉。"仳离"、"遇人不淑"都是后世的成语。

江有汜(召南)

弃妇的自我宽慰。诗三章,章五句。

江有汜,	长江有支流,
之子归,	那个姑娘娶进门,
不我以。	他不肯使唤我。
不我以,	不肯使唤我,
其后也悔。	往后他后悔。
江有渚,	长江洲渚把水分,
之子归,	那个姑娘娶进门,
不我与。	他不再和我相好,
不我与,	不和我相好,
其后也处。	他往后要发愁。
江有沱,	长江有支流,
之子归,	那个姑娘娶进门,
不我过。	他不肯同我过。
不我过,	不肯同我过,
其啸也歌。	我长啸当歌。

[注释]三章叠唱。汜(音四):水的支流。渚:江中小洲,《毛传》"水歧成渚"。沱:江的支流。归:女嫁曰归。袁梅《译注》:"古代婚礼,男子到女家亲迎以归。归妻即娶妻。"以:用;不我以,即不用我,意为不需要我服侍。与:相与,交好;不我与,即不和我相好。处(音础):旧释多释为居所,难通。闻一多《诗经新义》谓"疑读为瘏,训忧",二字同音而假。过:过日子的过;不我

过,即不让我和他过日子,即逐弃之意。

这篇诗中的弃妇,对丈夫另娶新欢曾持容忍的态度,因为在那一夫多妻制的社会,她只得接受这样的事实;但她幻想丈夫会回心转意,自认为新人不如她好,所以"其后也悔"、"其后也处"。三章层层递进,最后丈夫还是不同她"过"了,终于被逐弃,她难过的长啸而歌。全篇基本是三言诗,既重章,又叠句,每章第三、四句两个字句相叠,再继以四言句用"跌笔"转意,诗意转折,声韵美妙。唐诗所用《阳关三叠》琴曲即祖继此法。

第二十四讲

其他歌诗

《诗经》内容丰富,"风"、"雅"、"颂"三部分各有侧重,反映了周代社会生活的各个方面,18 世纪欧洲的译介者,曾向读者推荐它是了解中国古代社会的"百科全书"。《诗经》作品的题材,当然不只以上 13 类,还有一定数量的反映民间风习和平民社会生活的歌诗,另外也有一些重要的和比较优秀的篇章,很难归入以上各类,我们另选 9 篇,统一归入这一讲。

鸱鸮(豳风)

这是一篇寓言诗。写一只雌鸟的哀诉,诉说猫头鹰对她的迫害和她面临的艰危处境。诗四章,章五句。

鸱鸮鸱鸮!	猫头鹰啊猫头鹰!
既取我子,	你夺去我的娃,
无毁我室。	别再毁我的窝。
恩斯勤斯,	我辛苦劳碌,
鬻子之闵斯。	吃苦受累为了养娃。

迨天之未阴雨，	趁着天晴不下雨，
彻彼桑土，	啄下桑树根的皮，
绸缪牖户。	把门窗修修堵堵。
今女下民，	你们下面的人，
或敢侮予。	有的常把我欺侮。

予手拮据，	我的两爪酸麻，
予所捋荼，	我还要捡茅草花，
予所蓄租，	我聚了又聚添了又添，
予口卒瘏，	磨坏了我的嘴，
曰予未有室家。	还没有整好我这个窝。

予羽谯谯，	我的羽毛稀稀少少，
予尾翛翛，	我的尾巴像把干草，
予室翘翘，	我的窝儿晃晃荡荡，
风雨所漂摇，	在风里雨里飘飘摇摇，
予维音哓哓。	我惊惊慌慌喳喳叫。

[注释]鸱鸮：鸟名，今俗名猫头鹰。室：指鸟巢。恩斯勤斯：斯是语词，恩勤，犹殷勤。鬻："育"的借字。闵：忧。迨：趁。彻：剥裂。桑土：土，杜的借字；桑杜，桑树根；亦可解为桑根和泥土。绸缪：缠绑。牖户：户为门，牖为窗。拮据：手病，手操作劳苦而不能伸屈自如。荼：指茅草花。蓄租：积聚，或谓积聚茅草，或谓积聚粟米，皆通。瘏：病。谯谯：形容羽毛稀疏。翛翛（音消）：形容羽毛干枯凋敝。翘翘：形容高而危。哓哓（音消）：惊叫声。

本篇是中国最早的寓言诗，或称禽言诗。全篇用比体，通过一只鸟的哀诉，反映人民辛辛苦苦经营的家园被毁，子女被夺，无辜遭受暴力的摧残和迫害。诗中以恶鸟暗喻凶狠恶毒的社会势力，当然是指罪恶累累的统治者，哀诉的鸟，当然是象征被迫害的劳苦人民。这是中国寓言诗之祖，汉乐府古辞的禽言诗《乌生》、《艳歌何尝行》中的一对白鹄,杜甫的《义鹘行》、韩愈的《病鸱》、柳宗元的《跂乌词》、白居易的《燕诗示刘叟》等,都是禽言诗;至于进而写其他动物喻义,更是历代都有,这种艺术方法源出本篇。本篇的语言艺术,以连用叠字和双声叠韵最为突出,加强了语言的形象性和声韵美。

旧注曾解说本篇是周公诫成王,或云"救乱",或云"自咎",我们就诗论诗,看不出这是作诗的本事。又,古人以为猫头鹰是恶鸟,不知猫头鹰是捕食林间害虫的益鸟。

蓼莪(小雅)

孝子伤痛未能终养父母。诗四章,章八句。

蓼蓼者莪,	看那高高的嫩莪,
匪莪伊蒿。	长大成了柴蒿。
哀哀父母,	可怜我的父母,
生我劬劳。	生我太辛劳。
蓼蓼者莪,	看那高高的嫩莪,
匪我伊蔚。	长大却成了柴卓。
哀哀父母,	可怜我的父母,
生我劳瘁。	生我受尽苦楚。
缾之罄矣,	汲水瓶子空了,
维罍之耻。	是水坛的羞耻。
鲜民之生,	孤苦的人活着,
不如死之久矣。	不如早点去死。
无父何怙?	没了爹将什么依靠?
无母何恃?	没了娘有什么倚恃?
出则衔恤,	出外时满腹忧伤,
入则靡至。	进门后不知身在哪里。

父兮生我，	爹啊将我生养，
母兮鞠我。	娘啊将我怀孕十月。
拊我畜我，	抚养我啊保护我，
长我育我。	养大我啊培育我。
顾我复我，	关心我啊爱护我，
出入腹我。	出出进进怀抱着我。
欲报之德，	想报亲恩他们去了，
昊天罔极。	老天爷啊你太缺德。
南山烈烈，	南山寒气凛冽，
飘风发发。	飙风呼呼不停。
民莫不穀，	人们都能养爹娘，
我独何害！	为何我独遭灾祸！
南山律律，	南山寒气栗栗，
飘风弗弗。	飙风啪啪作响。
民莫不穀，	人们都能养爹娘，
我独不卒。	只有我不能终养。

[注释]蓼蓼(音路)：长而大貌。莪：李时珍《本草纲目》曰："莪抱根丛生，俗谓之抱娘蒿。"嫩，可食。匪莪伊蒿：非莪而是蒿。陈奂《传疏》曰："莪、蒿本一物，而以时之先后而异其名。"盖嫩莪可食，而秋老则不可食用。诗人以此自比，喻自己长大后成了无用的蒿，有负父母之期望，借以自责。译文意译。劬(音渠)劳：辛勤劳苦。蔚：蒿的一种，俗名马新蒿，亦柴蒿。喻义同上，都是说自己不成材，不能尽孝终养父母。缾之罄二句：以父母喻瓶(缾，同"瓶")，以子女喻罍，罄为空，罍为大储水器具，瓶空应从罍汲水，但罍无水可汲，是罍之耻。鲜民：孤苦的人，诗人自指；鲜，寡；民，人。怙(音户)、恃：依靠。衔恤：含忧，心怀忧愁。鞠：通"育"，《毛传》释养也。拊：通"抚"。畜：抚爱。顾：关心。复：一遍遍看视。腹：怀抱。罔极：无准则，亦释缺德，责问

苍天无德。烈烈：亦作冽冽、栗栗，寒气逼人。飘风：疾风。发发（音拨）：拟声词，风声。榖：善。我独何害：我何独害的倒文；独害，独遭祸害。律律：同上文烈烈。弗弗：同上文发发。同义，皆换字就韵。卒：终了。

诗中抒发的是不能为父母养老送终的痛苦心情。第一章，写父母生养的辛劳而自己并未成材，引以自责；第二、三章，写父母生养抚育之恩，而以未能报恩而痛心。诗中连用生、鞠、拊、畜、长、育、顾、复、腹九个动词和九个"我"字，言直而意切，语拙而情挚，姚际恒《诗经通论》说："勾人眼泪全在无数'我'字。"诗人痛苦达于极致，乃至质问于天，谓天不公，谓天"缺德"。第四章，先营造悲凉的气氛，像第一章一样，又是前后四句叠唱，又连用四个叠字，加重了哀思。若干史书记载过一些人因读本篇而痛哭流泪的故事，如《晋书·孝友传》、《齐书·高逸传》等，都记述了《蓼莪》感人的事例。孝敬父母，赡养父母，是中华民族固有的传统美德，也是人人应该担负的道德义务，本篇是表现这一美德的最早的诗歌，为历代诗文乃至诏表所引用，"蓼莪之思"也成为流传后世的成语。

凯风（邶风）

儿子歌颂母爱并自责。诗四章，章四句。

凯风自南，	温煦和风从南来，
吹彼棘心。	吹那棘苗慢慢长。
棘心夭夭，	苗儿鲜亮长得旺，
母氏劬劳。	老娘苦累太辛劳。
凯风自南，	温煦和风从南来，
吹彼棘薪。	吹那棘树长成柴。

母氏圣善， 　　　　老娘贤能名声好，
我无令人。 　　　　儿子个个不成材。

爰有寒泉， 　　　　寒泉四季常浇苗，
在浚之下。 　　　　就在家乡浚城边。
有子七人， 　　　　辛苦养育七个儿，
母氏劳苦。 　　　　累坏了娘啊苦了娘。

睍睆黄鸟， 　　　　清脆婉转黄雀鸣，
载好其音。 　　　　声声悦耳真好听。
有子七人， 　　　　我娘养育七个儿，
莫慰母心。 　　　　不能宽慰娘的心。

[注释]凯风:《毛传》云"南风谓之凯风",凯,乐;南风和暖,使草木欣欣向荣,故称凯风。棘心:棘是酸枣树,棘心是酸枣树的幼苗。《诗三家义集疏》云"凯风喻母";棘,子自喻。夭夭:见《桃夭》注。母氏:老娘。劬劳:见《蓼莪》注。棘薪:长成柴的酸枣树,喻儿子已长大。圣善:贤明,《集疏》云"言通于事理,有美德也"。令:《尔雅·释诂》曰"善也"。"我无令人"是儿子反躬自责的话。爰:发语词。浚(音俊):地名,今河南省东北部有浚县。郦道元《水经注·瓠子水》曰:"濮水枝津……又东经浚城南,西北去濮阳三十五里,城侧有寒泉岗,即《诗》所谓'爰有寒泉,在浚之下'。"泉水冬夏常凉,可以灌溉。睍睆(音现缓):《毛传》曰"好貌",可释鸟的清脆婉转的叫声。好其音:声音好听。朱熹《诗集传》云:"言黄鸟犹能好其音以悦人,而我七子独不能慰悦母心哉?"

全诗四章,都在写母亲终生劳苦,养育子女,儿子深深感念,反复陈述,自责不能承欢膝下宽慰母心。古今评注对这篇诗是歌母爱、美孝子均无异辞,却硬要深究母为何人,子为何作诗,乃至异说纷纭。《诗序》说七子之母欲改嫁,儿子责己以慰母心;孟子还为此大发"过大"、"过小"的议论;朱熹进一步发挥"诸子自责","婉词几谏,不显其亲之恶,可谓孝矣";清代总结三家诗说的魏源、皮锡瑞、王先谦又说是"七子孝事其继母";现代的闻一多《诗经通义》则说是"名为慰母,实是谏父"……这些说解,其实都是臆测之辞。诗人未说明,文献无记载,诗中没有表现,作诗的本事从何而知? 诗毕竟是诗,只能用文学的眼光来看,我们涵泳诗的本文,从诗中的文辞、意象来领会诗的思想和情感。这是一篇母爱的赞歌,它歌颂母亲抚育子女的劳苦,表达子女对母亲的感恩和自责,二者都反映了人类普遍存在的母子亲情,所以历代广为传诵。古乐府《长歌行》写游子思母"凯风吹长棘,夭夭枝叶倾;黄鸟鸣相追,咬咬弄好音……",唐孟郊《游子吟》"谁言寸草心,报得三春晖",宋苏轼《为胡完夫母周夫人挽词》中"凯风吹尽棘有薪",上述诸作,或袭用或化用,都出于本篇。"凯风"、"寒泉"也成为我国古代通用的表示母爱的典故。

芣苢(周南)

妇女采撷车前子时咏唱的山歌。诗三章,章四句。

采采芣苢,	采呀采呀车前子,
薄言采之。	采呀那个采起来。
采采芣苢,	采呀采呀车前子,
薄言有之。	采呀那个采些来。
采采芣苢,	采呀采呀车前子,
薄言掇之。	采呀那个拣起来。
采采芣苢,	采呀采呀车前子,
薄言捋之。	采呀那个捋下来。
采采芣苢,	采呀采呀车前子,
薄言袺之。	采呀那个揣起来。

采采芣苢，　　　　　　采呀采呀车前子，

薄言襭之。　　　　　　采呀那个兜起来。

[注释]芣苢(音浮以)：植物名，俗称车前子，古人谓可以治疗妇女不孕。薄言有之：薄言，语助词；有(古读如以)之，见到芣苢动手采取。掇：拾取，把掉下来的拣起。捋：成把地从茎上向下抹取。袺(音结)：手持衣襟承接东西。襭(音洁)：把衣襟掖在腰带上兜东西。近人进行文化人类学考察，认为拣、捋、揣、兜等不同动作，都象征古代祭祀求神的祝祷动作，妇女们采摘车前子是为求子，一面劳作，一面作出这些动作，两面配合，采摘时作这些动作，是当时民俗风习。

这是一幅民俗图画。妇女们集体采摘车前子，一面采，一面唱，一面有节奏地作出象征宗教性祈祷的不同动作，以鲜明的节奏感和优美的韵律，创造了浓郁的诗的意境，表现出妇女们劳动的场景，愉快的心情和满载而归的欢欣。清代方玉润《诗经原始》评论说："读者试平心静气，涵咏其诗，恍听田家妇女，三三五五，于平原旷野，风和日丽中群歌互答，余音袅袅，若远若近，忽断忽续，不知其情之何以移，而神之何以旷。"这篇诗的内容本来只用一句话就可以说明，如果不采用复沓形式重章叠唱，那就索然无味了。清代王夫之《姜斋诗话》说"采采芣苢"，意在言先，亦在言后，从容涵咏，自然生其气象。意在言外，就是通过反复咏唱，具有鲜明节奏的轻快乐调，激发人们的情感，展开联想，从采、掇、捋、袺、襭的集体动作，感受优美的意境，如清代方东树《昭昧詹言》所言："只换数字，而备成一幅图画，言外又见圣世风俗，太平欢乐之象。"

隰有苌楚(桧风)

离乱之世无力承受生活重压而慨叹家计的艰难。诗三章,章四句。

隰有苌楚,	低湿地上长羊桃,
猗傩其枝。	枝条婀娜又娇娆。
夭之沃沃,	细细嫩嫩光泽好,
乐子之无知。	羡你无知无烦恼。
隰有苌楚,	低湿地上长羊桃,
猗傩其华。	繁花一片多俊俏。
夭之沃沃,	柔嫩浓密光泽好,
乐子之无家。	羡你无家真逍遥。
隰有苌楚,	低湿地上长羊桃,
猗傩其实。	果实累累挂枝条。
夭之沃沃,	又肥又大光泽好,
乐子之无室。	羡你无妻无家小。

[注释]隰(音习):湿洼地。苌楚:攀缘藤本植物,又名羊桃,枝叶形似桃,红花,果实甚小,可食。猗傩(音婀娜):柔美貌;《毛传》释柔顺。夭:少嫩。沃沃:形容枝叶茂盛。家、室:女子有夫曰有家,男子有妻曰有室,这里家、室分用,实为合用,无家、无室即指没有结婚,没有家庭负担。

西周末年至春秋时代战争连绵,社会动荡,桧国将亡,方玉润《诗经原始》说:"此遭乱诗也。……桧破民逃,自公族子姓以及小民之有室有家者,莫不扶老携幼,挈妻抱子,相与号泣路歧,故有家不如无家之好,有知不如无知之安也。"诗以羊桃起兴,通过对羊桃的赞美,反映了生逢乱世维持家计的艰难,他对羊桃的羡慕,正表现了内心的痛苦,人不如草木之无知、无牵、无挂,反复叠唱,感情深沉。本诗基本是四言诗,只是每章末句多一个"之"字成为五言。很明显,没有其中的"之"字,并不损伤这句话的基本意思,全诗就纯为四言体了。但是有这个"之"字,语意加重了,音节响亮而和谐了,表现力增强了,为了加强抒情效果,作者在句中还是用了这个起修辞作用的"之"字,而不单纯追求形式的整齐。

相鼠(鄘风)

全诗讽刺某个人不如耗子,骂他为人不要脸、丧廉耻、不知礼。诗三章,章四句。

相鼠有皮,	瞧那耗子有张皮,
人而无仪。	做人反而没脸皮。
人而无仪,	做人反而没脸皮,
不无何为!	不死你还干啥哩!
相鼠有齿,	瞧那耗子有牙齿,
人而无止。	做人反而无羞耻。
人而无止,	做人反而无羞耻,
不死何俟!	不死你还等啥哩!
相鼠有体,	瞧那耗子有四体,
人而无礼。	做人反而不知礼。
人而无礼,	做人反而不知礼,
胡不遄死!	为啥还不赶快死!

[注释]相鼠:《说文》"相,视也",故相鼠,可释为看那鼠,则古解如此。明代陈第《毛诗古音考·附相鼠释义》则以为相鼠是一种大鼠,能人立,似有礼仪。明清人有从之者。马瑞辰《通释》则以为是相州之鼠;相州,今河南安阳。王宗石《分类诠释》从此说。二说均可通。我以为古说内涵更宽一些,故从古说。仪:仪态,近仍听人们骂人:"瞧那不要脸的样!"即无仪。止:同"耻"。俟(音四):等待。体:四体,即四肢。礼:礼貌。遄(音传):速。

现代诸家解《诗》,只说本篇是讽刺贵族统治阶级。其实,不一定只是讽刺贵族阶级,至今我们在民间仍常常听到类似骂人的话,平民之间也有重面子、重廉耻、讲礼貌的善恶是非观念,不必限定所骂的阶级对象。诗中第一章骂"无仪"(仪表),第二章骂"无止",第三章骂"无礼",把诗意完全表达出来,冷嘲热讽,嬉笑怒骂。三章内容并列,但一章又重于一章,最重的是"礼"。所以末章末句放置重音符,不是换一个字而换了一句。每章的结构和基本文句相同,仍属于重章叠唱。

苕之华(小雅)

荒年饥馑,民不聊生的哀歌。诗三章,章四句。

苕之华,	凌霄花儿开,
芸其黄矣。	花儿灿灿黄。
心之忧矣,	忧愁的心儿,
维其伤矣。	是多么悲伤。
苕之华,	凌霄花儿开,
其叶青青。	叶儿翠青青。
知我如此,	早知我这个样,
不如无生!	不如死了干净!

羘羊坟首，	绵羊饿得脑袋大，
三星在罶。	罶内光光见三星。
人可以食，	有人找来点食物，
鲜可以饱。	很少能够饱饥肠。

[注释]苕(音条)：蔓生木本植物，又名凌霄。芸：黄盛貌。维其伤：何其伤。羘(音臧)：母绵羊。坟首：大头；坟，大。绵羊本来头小角短，羊身瘦了，就显得头大。罶(音柳)：竹编的捕鱼器具；朱熹《诗集传》注曰："罶中无鱼而水静，但见三星之光而已。"鲜：少。末二句谓，即使得到食物的人，也少有能吃饱的。

《春秋榖梁传》何休注，说《诗》是"饥者歌其食，劳者歌其事"，本篇就是"饥者歌其食"的代表作。春天花开，万木向荣，而现实社会却是连年饥馑，民不聊生，诗以花开起兴，即王引之《经义述闻》所云："物自盛而人自衰，诗人所以叹也。"西周后期起，自然灾害频仍，厉王时更曾天下大旱，挨饿的、饿死的，当然不会是贵族。从诗中的比兴来看，也可证明诗的作者是忍饥的平民。

河广（卫风）

在卫国的宋国人思乡之歌。诗二章，章四句。

谁谓河广？	谁说黄河宽？
一苇杭之！	一片苇筏能渡河！
谁谓宋远？	谁说宋国远？
跂予望之！	我翘起脚跟望得见！

谁谓河广？	谁说黄河宽？
曾不容刀！	容不下一只小船！
谁谓宋远？	谁说宋国远？
曾不崇朝！	去了回来吃早饭！

[注释]苇：用芦苇编的筏子。杭：通"航"。跂："企"的借字，《鲁诗》、《齐诗》均作"企"，《说文》曰"企，举踵也"。予：我。曾（音增）不容刀：曾，却、乃；容，容受；刀，同"舠"，小船。所谓不容舟，亦喻其狭，我一舟即可渡过也。崇朝：终朝，一个早上。

卫、宋两国一河之隔，这位思乡的宋国人却不能回去。诗中不写如何思乡，而以夸饰的艺术手法，连用"一苇杭之"、"跂予望之"、"曾不容刀"、"曾不崇朝"四个比喻，极言距离之近，渡河之易。既近且易，而不得归，更衬托出其思乡之切和实际归去之难。在思乡诗中这是情出一格的写法。

长发（商颂）

殷商后王祭祀成汤及列祖，并以伊尹从祀的祭祀乐歌。诗七章，一章，章八句；二、三、四、五章，章七句；六章，章九句；七章，章六句。

濬哲维商，	英明睿智商始祖，
长发其祥。	永久兴发福泽祥。
洪水芒芒，	上古时洪水茫茫，
禹敷下土方。	禹平治天下四方。
外大国是疆，	远方国都为疆土，
幅陨既长。	幅员广阔又绵长。
有娀方将，	有娀氏青春年少，
帝立子生商。	帝让她生子立商。

［注释］第一章，追述商国立国历史悠久，商契受天命出生立国，所以商国一直蒙承天赐的吉祥。濬哲：明智；濬，"睿"的假借。商：指商的始祖。发：兴发。芒芒：水盛貌。敷：治。下土方："下土四方"的省文。外大国：外谓邦畿之外，大国指远方诸侯国。疆：疆土。句意为远方的方国都归入疆土。幅陨：幅员。长：广。有娀（音松）：古国名，这里指有娀氏之女，古时妇女姓氏无考，以国号称之。《说文》："娀，帝高辛之妃，偰母号也。"将：壮，大。帝立子生商：《商颂·玄鸟》"天命玄鸟，降而生商"。有娀氏之女生契，契被奉为商的始祖。

玄王桓拨，	玄王契威武刚毅，
受小国是达，	受小国认真治理，
受大国是达。	成大国政令通畅。
率履不越，	遵循礼法无失误，
遂视既发。	巡视民情处置当。
相土烈烈，	相土武功更烈烈，
海外有截。	四海之外来朝王。

［注释］第二章，歌颂商契建国施政使国家发展兴盛，以及先祖相土开拓疆土的武功。下章即转入歌颂成汤。玄王：商契。契生前只是东方的一个国君，由小渐大，并未称王，下传十世至太乙（汤）建立商王朝，追尊契为王。根据"玄鸟生商"的神话，称为玄王。桓拨：威武刚毅。达：开，通。受小国、大国是达二句疏释多歧，兹取郑笺"玄王广大其政治，始尧封之商为小国，舜之末年乃益其地为大国，皆能达其教令"之说。率履：遵循礼法。履，"礼"的假借。遂视既发：视，巡视；发，施。旧解多歧，兹取朱熹《诗集传》"言契能循礼不过越，遂视其民，则既发以应之矣"之说。相土：人名，契的孙子，契生昭明，昭明生相土，是商的先王先公之一。烈烈：威武貌。海外：四海之外，泛言边远之地。有截：截截，整齐划一。

帝命不违，	上帝意旨不可违，
至于汤齐。	成汤完全合天心。
汤降不迟，	成汤降生逢其时，
圣敬日跻。	明哲圣德日增进。
昭假迟迟，	久久不息告神明，
上帝是祇，	奉上帝一片至诚，
帝命式于九围。	帝命他九州执政。

[注释]第三章，歌颂成汤继承和发展先祖功业，明德敬天，因而受天命而为九州之主。汤：成汤，帝号天乙，商王朝的建立者，他以武力推翻夏桀的统治，建立了商王朝。齐：齐一，一样。跻：升。昭假（音格）：向神祷告，表明诚敬之心。迟迟：久久不息。祇：敬。式：法，执法。九围：九州。

受小球大球，	接受小球和大球，
为下国缀旒。	诸侯方国有表率。
何天之休，	承受上天降福佑，
不竞不絿，	不竞争也不急求，
不刚不柔。	不太刚也不太柔。
敷政优优，	施政温和又宽厚，
百禄是遒。	千百福禄王所有。

[注释]第四章，歌颂成汤奉行天意温厚施政，刚柔适中，为诸侯表率，因得天赐百禄。球：一说球为玉器，小者尺二寸，大者三尺；一说通“捄”，训“法”。兹取前一说。下国：下面的诸侯方国。缀旒：表率、法则。何：同“荷”，承受。休：“庥”的假借，庇荫。絿（音求）：急。优优：温和宽厚。遒：聚。

受小共大共，	接受小拱和大拱，
为下国骏厖。	诸侯方国有依靠。

何天之龙,	随上天赐恩宠,
敷奏其勇。	显示他勇武英豪。
不震不动,	不震恐也不动摇,
不戁不竦,	不惧怯也不惊扰,
百禄是总。	千百福禄都来到。

[注释]第五章,歌颂成汤武力强大,可以保障天下的安宁,为诸侯所依靠。共:历代训释不一,一说通"拱",璧;一说通"拱",法;一说通"供",为祭名或祭物,均可通。骏厖(音庞):骏,大。《诗经世本古义》:"《说文》云:石大也。'为下国骏厖'者,下国诸侯恃汤以安,如依赖于磐石然。"龙:"宠"的假借,恩宠。敷奏:施展。不震不动:郑笺:"不可惊惮也。"戁(音报)、竦:恐惧。总:聚。

武王载斾,	武王兴师扬旌旗,
有虔秉钺。	持斧钺威风凛。
如火烈烈,	大军如熊熊火焰,
则莫我敢曷。	没有人胆敢阻截。
苞有三蘖,	一棵树三个杈,
莫遂莫达。	不能另外长枝叶。
九有有截,	天下九州归一统,
韦顾既伐,	先讨伐韦国顾国,
昆吾夏桀。	再灭掉昆吾夏桀。

[注释]第六章,歌颂成汤讨伐夏桀及其从国而平定天下。武王:成汤之号。载:始。斾:旌旗,此作动词。有虔:威武貌。秉钺:执持长柄大斧。钺是青铜制大斧,国王近卫军的兵器,国王亲征秉钺。《史记·殷本纪》:"汤自把钺以伐昆吾,遂伐桀。"即本诗所写。曷(音遏):通"遏"。苞有三蘖(音聂):苞,本,指树干;蘖,旁生的枝丫嫩芽。朱熹《诗集传》:"言一本生三蘖也,本则夏桀,蘖则韦也,顾也,昆吾也,皆桀之党也。"遂:草木生长之称。

达:苗生出土之称。九有:九州。韦:国名,在今河南滑县东,夏桀的与国。顾:国名,在今山东鄄城东北,夏桀的与国。昆吾:国名,夏桀的与国,与韦、顾、昆吾共为夏王朝东部屏障。据史实,成汤先将韦、顾、昆吾分割包围,先歼灭左边的韦,再歼灭右边的顾,然后两面夹击昆吾,最后伐孤立之桀,决战于鸣条(今河南封丘县东)之野,消灭了夏桀的主力。

昔在中叶,	自从开国家到中世,
有震且业。	汤有威力有业绩。
允也天子,	他是上天的儿子,
降予卿士,	天降卿士作辅弼,
实维阿衡,	他就是贤相伊尹,
实左右商王。	是商王左膀右臂。

[注释]第七章,歌颂成汤是上天之子,上帝降赐伊尹辅佐他建立功业。中叶:中世。商朝立国从契始,到十世成汤建立王朝,从开国历史年代说正值中世。震:威力。业:功业。允:信然。降:天降。实维:是为。阿衡:即伊尹,辅佐成汤征服天下建立商王朝的大臣。他原来是一个奴隶,成汤发现他的才干,破格重用。左右:在王左右辅佐。

全诗七章,每章句数不等,其结构形式与《诗经》大多数篇章整齐的四言体等句分章不同。有韵,又与"周颂"各篇大多无韵不同。其内容以歌颂成汤为主并追述先王功业,兼及功臣,也与其他祭颂之诗不同。

全诗从头到尾贯穿着殷商统治阶级的天命论思想:"君权天授",声称他们是天帝的嫡裔,立国、开辟疆土、征伐异族、占有九州而统治各族人民,都是奉行天意,得到天佑;他们建立的新王朝的统治权以及所有的福禄——权力、财富和显赫的荣耀,都得之于天,因为他们是天子及其嫡裔。诗中歌颂武功,即暴力掠夺和扩张,如"相土烈烈,海外有截","如火烈烈,则莫我敢曷","敷奏其勇,百禄是总"……统治权和享受的百禄,都来自运用本身的强大力量进行的战争。崇尚勇武和战争,为侵略、镇压、掠夺和统治披上"天意"的伪装,这正是殷商天命论的实质。诗中塑造了商王朝创造者成汤的形象。他继续祖业而积极进取;他英武威严,战无不克,既蔑视敌人,英勇无畏,又能采取正确的战略,是智勇双全的英雄;他又是贤明的执政者,励精图治,选贤与能,做诸侯的表率,是诸侯的依靠。《孟子·离娄下》也谈到商汤:"汤执中,立贤无方。""执中",即指汤"不竞不絿,不刚不柔"而言,是执政的必备品格;"立贤无方",即"不拘一格"任用人才。诗中歌颂的成汤的这些品格,正是古代奴隶主贵族阶级的理想品格。

　　全诗具有史诗的因素,叙述的事件以殷商的史实为基础,同时像各民族上古的史诗一样,吸取了上古的许多神话传说素材,但又根据殷商统治阶级的功利及其意识形态,对神话传说有所取舍和改造。这篇也显然经过春秋时代殷商后裔宋国人的整理改定,用作宋国的宗庙乐歌,可能限于流传的蓝本不全,或资料不足,有所减略或增益,因而全诗叙事和各章内容详略不等。近人也有怀疑本诗有因错简而章次颠倒之处,如张松如《商颂绎释》,就将第四、五两章移为最后两章。事关文献原貌,未成定论之前,此处兹仍其旧。

.